Les yeux dans les arbres

Barbara Kingsolver

Les yeux dans les arbres

Roman traduit de l'anglais (États-Unis)
par Guillemette Belleteste

Rivages

Couverture : D.R.

Titre original : *The Poisonwood Bible*
HarperCollins Publishers, Inc., New York, 1998

ISBN : 2-7436-0770-X
ISSN : 1160-0977

À Frances

Avant-propos

Ceci est une pure fiction. Les protagonistes en sont entièrement imaginaires et n'ont aucune relation de près ou de loin avec des personnes existantes. Pourtant le Congo où ils évoluent est, lui, authentique. Les figures politiques marquantes et les événements décrits sont bien réels, pour autant que j'aie pu les rendre en m'appuyant sur divers comptes rendus historiques selon leurs facettes multiples et passionnantes.

Faute d'avoir pu pénétrer au Zaïre à l'époque de mes recherches et de la gestation de ce roman, j'ai travaillé de mémoire à partir de voyages effectués dans d'autres parties de l'Afrique et de nombreux témoignages de spécialistes de l'histoire naturelle, culturelle et sociale du Congo/Zaïre. L'ouvrage remarquable de l'histoire post-coloniale du Zaïre, *Endless Ennemies*, de Jonathan Kwitny, m'a été d'un grand secours, en même temps qu'il a donné forme à mon désir d'écrire un roman sur ce sujet. Je me suis largement inspirée de ses travaux dans les grandes lignes et de sa grande finesse de pénétration. J'ai puisé d'innombrables enseignements de *Muntu,* le grand classique de Janheinz Jahn ; de *Things Fall Apart,* roman de Chinua Achebe ; de *Congo : Background of Conflict,* d'Alan P. Merriam ; de *Lumumba : The Last Fifty Days*, de G. Heinz et H. Donnay. Par ailleurs, ce roman n'aurait pu être écrit en l'absence de

9

deux irremplaçables sommes d'inspiration littéraire : le *Dictionnaire Kikongo-Français*, de K.E. Laman et *The King James Bible*.

J'ai trouvé un soutien sans faille auprès de la communauté enthousiaste de mes amis, dont certains ont pu craindre de ne jamais voir le bout des versions maintes fois réécrites d'un énorme manuscrit. Toute ma gratitude va à Steven Hopp, Emma Hardesty, Frances Goldin, Terry Karten, Sydelle Kramer et Lilian Lent, qui ont lu et fait de très précieux commentaires sur un grand nombre d'entre elles. À Emma Hardesty, miracle de tact collégial, d'amitié et d'efficacité, qui m'a permis de me consacrer à l'écriture. À Anne Mairs et Eric Peterson, qui m'ont aidée à vérifier les précisions grammaticales du kikongo et de la vie congolaise. À Jim Malusa et Sonya Norman pour leurs conseils éclairés à l'occasion de la version finale. À Kate Turkington, qui m'a prodigué ses encouragements depuis l'Afrique du Sud. À Mumia Abu-Jamal, pour avoir lu et commenté le livre depuis sa prison, toute ma reconnaissance pour son intelligence et son courage.

Enfin, je remercie tout particulièrement Virginia et Wendell Kingsolver, si radicalement différents des parents que j'ai donnés aux narratrices de mon histoire. J'ai eu, en effet, la chance d'avoir pour parents des gens qui, en tant que personnels de santé, ont été attirés au Congo par la compassion et par la curiosité. Ils m'y ont fait découvrir un lieu d'émerveillement, d'attention aux autres et m'ont lancée très tôt dans l'exploration du vaste terrain toujours mouvant où se départagent rectitude et justice.

Il m'aura donc fallu presque trente ans pour atteindre à la sagesse et la maturité nécessaires à l'écriture de ce livre. Qu'il ait abouti n'est nullement la preuve que j'aie atteint l'une ou l'autre, mais plutôt celle des encouragements sans fin, de la foi inconditionnelle, des conversations animées et des piles d'ouvrages de références trouvés à point nommé par mon extraordinaire époux. Merci à toi, Steven, de m'avoir appris à ne pas attendre ce qui paraît lointain, et à croire que seul compte l'esprit d'aventure.

LIVRE I

La Genèse

Dieu les bénit et leur dit : Croissez et multipliez-vous, remplissez la terre et vous l'assujettissez, et dominez sur les poissons de la mer, sur les oiseaux du ciel et sur tous les animaux qui se meuvent sur la terre.

Le Livre de la Genèse, I, 28.

Sanderling Island
Géorgie

Orleanna Price

Imagine une ruine si étrange qu'elle n'a jamais dû avoir lieu. D'abord, représente-toi la forêt. Je veux que tu en sois la conscience, les yeux dans les arbres. Les arbres sont des fûts d'écorce lisse et mouchetée telles des bêtes musculeuses qui auraient poussé dans la déraison. Le moindre espace fourmille de vie : de délicates grenouilles vénéneuses, aux peintures de guerre en forme de squelettes, accolées en pleine copulation, sécrétant leurs œufs précieux sur les feuilles ruisselantes. Des lianes étranglant leurs pareilles dans leur éternelle lutte pour la lumière du soleil. La respiration des singes. Le glissement d'un ventre de serpent sur une branche. Une armée de fourmis en colonne débitant un arbre géant en grains uniformes qu'elles entraînent vers d'obscures profondeurs à destination de leur reine vorace. À laquelle répond un chœur de jeunes plants inclinant leurs cols surgis de souches pourries, aspirant la vie de la mort. Cette forêt se dévore elle-même, vivante à jamais.

Au loin, un peu plus bas, en une seule file sur le sentier, s'avance à présent une femme avec quatre filles dans son sillage, toutes vêtues de robes-chemises. Ainsi, vues d'en haut, on dirait de blêmes fleurs au destin tracé, susceptibles d'attirer ta sympathie. Mais attention. Plus tard, tu devras décider si elles la méritent. La mère, en particulier, observe la manière dont elle les guide, l'œil

15

pâle, résolu. Sa chevelure sombre est nouée d'une gue-
nille de mouchoir en dentelle, la courbe de sa mâchoire
est éclairée de grandes boucles d'oreilles en fausses
perles, comme si ces phares d'un autre monde allaient
leur indiquer la voie. Ses filles marchent derrière elle,
quatre filles à l'étroit dans des corps tendus comme la
corde d'un arc, chacune d'elles brûlant d'expédier un
cœur de femme sur un autre chemin, celui de la gloire
ou de la damnation. Même maintenant, elles refusent
toute affinité, tels des chats dans un sac : deux blondes
– l'une petite et farouche, l'autre grande et impérieuse – flanquées de deux brunettes appariées en forme
de presse-livres, celle de devant menant avec entrain
tandis que celle de derrière balaie le sol au rythme de sa
claudication. Mais, assez crânement, elles escaladent
ensemble les troncs d'une décomposition exubérante
tombés en travers de la piste. La mère agite une main
gracieuse devant elle en montrant la voie, écartant les
toiles d'araignées, rideau après rideau. On croirait qu'elle
dirige une symphonie. Derrière elles, les rideaux se
referment. Les araignées retournent à leurs pratiques
assassines.

Sur la berge de la rivière, elle dispose leur morne
pique-nique, du gros pain qui s'émiette, tartiné de
cacahuètes écrasées et de tranches de plantains amers.
Au bout de tant de mois d'une faim discrète, les enfants
oublient désormais de se plaindre de la nourriture. En
silence, elles l'avalent, secouent les miettes et se laissent
entraîner plus bas dans la rivière pour aller se baigner
dans des eaux plus rapides. La mère reste seule sous le
berceau d'arbres énormes au bord d'un bassin. Ce lieu
lui est devenu aussi familier que la salle de séjour dans
la maison d'une vie dont elle n'avait jamais rêvé. Elle se
repose, mal à l'aise dans le silence, observant le sombre
bouillonnement de fourmis autour des miettes de ce qui
semblait, à première vue, le plus maigre repas qui fût. Il
y a toujours plus affamé que ses propres enfants. Elle

ramasse sa robe sous ses jambes et examine ses pauvres pieds, oiseaux jumeaux sans plumes dans leur nid d'herbe au bord de l'eau – impuissants à s'envoler de là, loin du désastre qu'elle pressent. Elle pourrait tout perdre. Se perdre, ou pire, perdre ses enfants. Et par-dessus tout : toi, son seul secret. Sa préférée. Comment une mère peut-elle survivre en se sentant coupable ?

Elle est inhumainement seule. Et, soudain, elle ne l'est plus. Une bête magnifique se dresse de l'autre côté de l'eau. Ils lèvent les yeux de leur existence, la femme et l'animal, étonnés de se trouver ensemble au même endroit. Il s'immobilise, l'inspecte, le bout des oreilles taché de noir. Son dos, d'un brun violet dans la lumière ténue, plonge depuis le tendre renflement des épaules. Les ombres de la forêt tombent en traits sur ses flancs rayés de blanc. Ses antérieurs raidis s'écartent sur les côtés comme des échasses, car il a été surpris au moment où il s'inclinait pour atteindre l'eau. Les yeux fixés sur elle, un léger frémissement agite son genou, puis son épaule où une mouche l'aiguillonne. Enfin, surmontant sa surprise, il détourne le regard et boit. Elle sent même le contact de la longue langue retroussée sur la peau de l'eau comme s'il la lapait dans sa main. Sa tête monte et descend sans à-coups, hochement de petites cornes veloutées éclairées de blanc par-derrière comme de jeunes feuilles.

Cela ne dura qu'un instant, quel que soit ce qui fut. Un souffle retenu ? Une après-midi de fourmi ? Ce fut bref, je peux l'assurer, car bien que cela fasse maintenant bien des années que mes enfants aient cessé de régler mon existence, une mère se souvient de la mesure des silences. Je n'ai jamais connu plus de cinq minutes de paix ininterrompue. J'ai été, bien sûr, cette femme au bord de la rivière. Orleanna Price, baptiste du Sud par mariage, mère d'enfants vivants et morts. Cette seule fois et nulle autre, l'okapi est venu à la rivière, et je fus la seule à le voir.

Je n'ai appris le nom de ce que je venais de contempler que bien des années plus tard, quand j'ai tenté durant un bref intervalle de me consacrer à la bibliothèque municipale d'Atlanta, persuadée que chaque livre parviendrait à colmater les lézardes de mon cœur. J'ai lu que l'okapi mâle était plus petit que la femelle, et plus réservé, et que c'était à peu près tout ce qu'on savait de lui. Depuis des centaines d'années, les gens de la vallée du Congo parlaient de cette belle et étrange bête. Quand les explorateurs européens en ont eu vent, ils l'ont déclarée mythique : une licorne, en quelque sorte. Encore un conte fabuleux sorti tout droit de l'obscur domaine des pointes de flèches empoisonnées et des lèvres transpercées d'os. Beaucoup plus tard, dans les années 20, lorsque ailleurs à travers le monde nos semblables faisaient une pause entre deux guerres pour perfectionner avion et automobile, un Blanc a fini par jeter les yeux sur l'okapi. Je le vois en train de l'épier à la jumelle, levant son viseur, le gardant pour lui tout seul. Une famille de ces bêtes réside actuellement au musée d'Histoire naturelle de New York, morte et empaillée, avec des yeux de verre pleins de morgue. Ainsi l'okapi est-il désormais, de source scientifique, un animal réel. Tout simplement réel, et non plus un mythe. Un genre de bête, une gazelle qui tiendrait du cheval, un parent de la girafe.

Oh, mais je le sais mieux que quiconque et toi aussi. Ces regards fixes de musée n'ont rien à voir avec toi, mon enfant préféré non capturé, aussi sauvage que le jour est long. Tes yeux brillants m'accablent sans cesse, de la part des vivants et des morts. Prends ta place, alors. Regarde ce qui s'est passé sous tous les angles et examine toutes les autres directions qui auraient pu être prises. Envisage même une Afrique qui n'aurait pas été conquise. Imagine ces premiers aventuriers portugais aux approches du rivage, scrutant les abords de la jungle à travers leurs longues-vues de cuivre ajustées. Imagine que, par quelque miracle de peur ou de respect, ils aient abaissé leurs lunettes, fait demi-tour, hissé les voiles et repris la mer. Imagine que tous ceux qui sont venus après en aient fait autant. Que serait maintenant l'Afrique ? La seule chose qui me vienne à l'esprit, c'est l'autre okapi, celui auquel ils croyaient. Une licorne capable de te regarder droit dans les yeux.

En l'an de Notre Seigneur 1960, un singe filait à travers l'espace à bord d'une fusée américaine : un des jeunes Kennedy privait de son siège un général paternel nommé Ike et le monde entier tourna autour d'un axe appelé Congo. Le singe voguait directement au-dessus de nos têtes, et sur un plan plus terre à terre, des hommes enfermés à double tour discutaient de ses trésors. Mais moi, j'étais là, les pieds posés sur le sol, exactement à l'extrémité de cet axe.

J'avais échoué ici, portée par le raz-de-marée d'assurance de mon époux et la vague de fond des besoins de mes enfants. C'est mon excuse, bien qu'aucun d'eux n'ait jamais vraiment eu besoin de moi. Ma première-née et mon bébé ont toutes deux essayé de se défaire de moi comme le blé de son enveloppe, dès le début, puis les jumelles sont arrivées, douées d'une vision intérieure si belle qu'elles pouvaient regarder au-delà de moi ce qui les intéressait davantage. Quant à mon mari, eh bien l'enfer ne connaît pas de plus grand acharnement que celui d'un prédicateur baptiste. J'ai épousé un homme qui ne pouvait probablement pas m'aimer. Cela aurait empiété sur son dévouement à l'humanité entière. Je suis restée sa femme car c'est un rôle que je savais tenir au quotidien. Mes filles diraient : tu vois, Mère, tu n'avais pas de vie à toi.

Elles n'en savent rien. On n'a seulement qu'une vie à soi.

J'ai vu des choses dont elles ne sauront jamais rien. J'ai vu une famille de tisserins bâtir ensemble durant des mois un nid devenu tellement monstrueux de brindilles, de progéniture et d'absurdité que, pour finir, il a entraîné la chute de l'arbre tout entier dans un fracas de tonnerre. Je n'en ai pas parlé à mon mari, ni aux enfants, jamais. Alors, vous voyez bien. J'ai ma propre histoire et, avec l'âge, elle me pèse de plus en plus. Maintenant que tout changement de temps provoque une douleur dans mes os, je m'agite dans mon lit et les souvenirs montent en moi comme un bourdonnement de mouches au-dessus d'une charogne. Je voudrais tant m'en défaire, mais aussi avec prudence, ne retenant avec soin que ceux qui valent d'être exhumés. Je veux que tu me trouves innocente. Autant j'ai langui de ton petit corps perdu, je veux main-tenant que tu cesses de caresser l'intérieur de mes bras, la nuit, du bout de tes doigts. Cesse de chuchoter. Je vivrai ou mourrai selon la force de ton jugement, mais d'abord laisse-moi dire qui je suis. Laisse-moi prétendre que l'Afrique et moi nous nous sommes tenu compagnie quelque temps, puis que nos chemins se sont écartés, comme si les liens qui nous réunissaient étaient défaits d'avance. Ou disons que j'ai été affectée par l'Afrique comme par un accès de maladie rare dont je n'ai pas réussi à me guérir entièrement. Peut-être avouerai-je même la vérité, que j'ai fait route avec les cavaliers et assisté à l'apocalypse, mais j'insisterai une fois de plus sur le fait que je n'ai été qu'un témoin captif. Qu'est donc l'épouse du conquérant sinon une conquête elle-même ? En ce cas, qu'est-il donc, lui ? Lorsqu'il arrive à cheval pour vaincre ces tribus intactes, crois-tu qu'elles vont se jeter par terre de désir devant ces yeux couleur de ciel ? Et que l'envie les démange d'essayer à leur tour ces che-vaux et ces fusils ? C'est toujours le cri que nous ren-voyons à l'histoire, toujours. Je n'étais pas la seule, il y avait des crimes perpétrés tous azimuts et j'avais mes propres bouches à nourrir. Je ne savais pas. Je n'avais pas de vie à moi.

Et tu vas dire que si. Tu vas dire que j'ai traversé

l'Afrique à pied, les poignets sans entraves, et que maintenant je suis un de ces cœurs libres de plus à se promener sous une peau blanche, exhibant quelques brimborions de biens volés : du coton ou des diamants, de la liberté au grand minimum, de la prospérité. Certains d'entre nous savent comment nous avons fait fortune, et d'autres l'ignorent, mais nous en usons tout pareil. Une seule question vaut la peine d'être posée désormais : comment pensons-nous pouvoir vivre avec ?

Je connais les gens et leurs façons de penser. La plupart voguent du berceau à la tombe avec la conscience blanche comme neige. Il est facile de montrer autrui du doigt, de préférence les morts, c'est plus commode, à commencer par ceux qui ont les premiers creusé la boue des berges de fleuves pour capter l'odeur d'une source. Alors quoi – « Dr Livingstone, je présume » – n'était-ce pas lui la canaille ? Lui et tous les profiteurs qui, depuis, ont délaissé l'Afrique comme un mari quitte sa femme, l'abandonnant nue, lovée autour du gisement vide de ses entrailles. Je connais les gens. La plupart n'ont pas la moindre idée du prix d'une conscience blanche comme neige.

Je ne serais pas différente de mon prochain si je n'avais payé mon modeste tribut de sang. J'ai piétiné l'Afrique sans réfléchir, immédiatement, du début de notre famille inspirée de Dieu jusqu'à notre terrible fin. Entre les deux, dans toutes ces nuits et ces jours cuisants, aux sombres couleurs, à l'odeur de terre, je crois qu'il existe quelque substantifique moelle d'enseignement. Parfois je peux presque dire de quoi il s'agit. Si je le pouvais, je le jetterais aux autres, je le crains, au risque de les déranger. Je laisserais glisser cette terrible histoire de mes épaules, la mettrais à plat, esquisserais nos crimes comme sur un plan de bataille perdue que j'agiterais sous le nez de mes voisins qui se méfient déjà de moi. Mais l'Afrique se dérobe à mes mains, refusant d'être associée à cet échec. Refusant de n'être autre chose, lieu ou objet, qu'elle-même : le règne animal moissonnant au règne de la gloire. Alors, voilà, occupe la place qui te revient. Ne laisse rien à cette vieille chauve-souris hantée qui puisse lui servir à troubler la paix. Rien, à part cette vie qui est la sienne.

Nous ne visions ni plus ni moins qu'à maîtriser tout être vivant sur terre. Et il s'est passé que nous avons posé le pied là-bas, en un lieu que nous croyions informe, où seules les ténèbres se mouvaient à la face des eaux. Maintenant, tu ris, le jour et la nuit, tandis que tu ronges mes os. Mais qu'aurions-nous pu croire d'autre ? Hormis que cela commençait et se terminait avec nous ? Que savons-nous, même encore aujourd'hui ? Demande aux enfants. Regarde ce qu'elles sont devenues. Nous ne savons parler que de ce que nous avons pris avec nous, de ce que nous avons remporté.

Les choses
que nous avons apportées

Leah Price

Nous sommes partis de Bethlehem, en Géorgie, en emportant avec nous au fond de la jungle nos boîtes de mélanges Betty Crocker. Mes sœurs et moi, nous comptions bien fêter nos anniversaires au cours de cette mission de douze mois. « Et Dieu sait, avait prédit notre mère, qu'ils n'auront pas ce genre de produits au Congo. »

« Là où nous allons, il n'y aura ni acheteurs ni vendeurs », avait rectifié mon père. Le ton impliquait que Mère n'avait pas saisi tout le sens de notre mission et qu'en se préoccupant de produits Betty Crocker, elle rejoignait les pécheurs aux espèces sonnantes qui avaient agacé Jésus au point de lui faire piquer une crise et de les chasser du temple. « Là où nous allons, dit-il, pour rendre les choses parfaitement claires, il n'y aura même pas de supermarchés Piggly Wiggly. » De toute évidence, Père y voyait un point positif en faveur du Congo. J'en eus de spectaculaires frissons dans le dos rien que d'y penser.

Elle ne voulut pas le contrer, naturellement. Mais une fois qu'elle eut compris qu'il était impossible de faire machine arrière, notre mère se rendit dans la chambre d'amis pour y entasser tout le matériel de base dont elle pensait que nous aurions besoin au Congo à de simples fins de survie. « Le strict minimum, pour mes enfants », avait-elle marmonné toute la sainte journée. En plus des mélanges, elle avait empilé une douzaine de conserves de jambon grillé Underwood, le miroir à main en plastique ivoire de Rachel décoré au revers de dames en perruques poudrées, un dé à coudre en acier inoxydable, une bonne paire de ciseaux, une douzaine de crayons n° 2, toute une batterie de sparadraps, de cachets d'Anacin, d'Absorbine junior et un thermomètre médical.

Nous voilà donc ici, avec tous ces trésors colorés transportés sans encombre, et mis de côté en cas de besoin. Nos stocks sont encore intacts, à part les cachets d'Anacin pris par notre mère et le dé que Ruth May a laissé tomber dans le trou des latrines. Mais d'ores et déjà les affaires de chez nous semblent représentatives d'un monde disparu : elles se détachent comme des cotillons de fête bigarrés, ici, dans notre maison congolaise, pour la plupart sur fond d'objets couleur de poussière rouge. Quand je les regarde, avec la lumière de la saison des pluies dans les yeux et le sable du Congo entre les dents, j'ai peine à me souvenir de l'endroit où ces articles se trouvaient d'habitude, tel crayon jaune, tel flacon vert d'aspirine parmi tant d'autres flacons verts sur une étagère à hauteur.

Mère avait essayé de parer à toute éventualité, voire à la faim et à la maladie. (Père, en règle générale, accepte les éventualités. Car c'est Dieu qui a fait don à l'homme seul de son aptitude à prévoir.) Elle s'était procuré une bonne provision d'antibiotiques par l'intermédiaire de grand-père, le docteur Bud Wharton, qui est atteint de démence sénile et qui adore se promener tout nu dehors, mais qui fait encore deux choses parfaitement : gagner aux échecs et rédiger des ordonnances. Nous avions également pris une poêle à frire en fonte, dix sachets de levure de boulanger, des ciseaux à cranter, une hachette sans manche, une pelle pliante de l'armée pour les latrines et tout un tas d'autres choses. Ceci pour donner la pleine mesure des vanités de la civilisation dont nous nous sentions obligés de nous munir.

Arriver jusqu'ici, même avec le simple minimum, se révéla une véritable épreuve. Juste au moment où nous pensions être totalement prêts à partir, patatras! voilà qu'on nous apprend que la Pan American Airline n'autorisait que vingt-deux kilos à emporter de l'autre côté de l'océan. Vingt-deux kilos de bagages par personne, et pas un gramme de plus. On peut dire que ces mauvaises nouvelles nous ont consternées! Une fois additionnés nos vingt-deux kilos, y compris ceux de Ruth May – heureusement, elle comptait pour une grande personne bien qu'elle fût petite – il nous restait encore trente kilos et demi de trop. Père prit note de notre désespoir comme s'il l'avait prévu tout du long et laissa femme et filles régler la question, nous suggérant simplement de nous rappeler les lis des champs qui, eux, n'avaient besoin ni de miroir ni d'aspirine.

«Je parie en revanche que les lis ne peuvent pas se passer de bibles, ni de sa fichue pelle à cabinets», avait grogné Rachel, tandis que ses articles de toilette chéris étaient éliminés de la valise l'un après l'autre. Rachel n'a jamais bien compris les Écritures.

Mais en parlant de lis, nos coupes sombres n'atteignaient en rien les trente kilos et demi, même en tenant compte des produits de beauté de Rachel. Nous ne savions plus quoi faire. Et puis, alléluia! Au tout dernier moment, sauvés! Par simple négligence (ou, probablement, quand on y pense, par simple correction), on ne pèse pas les passagers. C'est ce qu'avait laissé entendre la Ligue de la mission baptiste du Sud sans venir nous conseiller carrément de faire fi du règlement des vingt-deux kilos, et c'est à partir de là que nous avons échafaudé notre plan. Nous avons filé vers l'Afrique en transportant tous nos surplus de bagage sur nous, sous nos vêtements. Nous avions également mis d'autres vêtements sous nos vêtements. Mes sœurs et moi, nous sommes parties de la maison avec six culottes, deux jupons et chemises, plusieurs robes superposées, avec des pantalons corsaires dessous et, par-dessus, un manteau toutes saisons. (L'encyclopédie nous avait prévenus qu'il pleuvrait.) Les autres articles, outils, mélanges et la suite, avaient été dissimulés dans nos poches et sous nos ceintures, nous matelassant d'une armure cliquetante.

Nous portions nos plus belles tenues à l'extérieur pour faire bonne impression. Rachel avait son tailleur de Pâques en lin vert dont elle est si fière, ses longs cheveux presque blancs dégagés du front grâce à un large bandeau élastique rose. Rachel a quinze ans – ou, comme elle le dirait, bientôt seize – et ne s'intéresse qu'aux apparences. Son nom de baptême c'est Rachel Rebeccah, ainsi elle se croit obligée de copier Rébecca, la vierge au puits, dont il est dit dans la Genèse qu'elle «est une demoiselle à la pâle chevelure» et qui se voit offrir d'entrée de jeu des pendants d'oreilles en or en cadeau de mariage, dès l'instant où le serviteur d'Abraham l'espionne en train de puiser de l'eau. (Du fait qu'elle est mon aînée d'un an, elle prétend n'avoir aucun rapport avec la pauvre Rachel de la Bible, la sœur cadette de Leah, qui a dû poireauter tant d'années avant de se caser.) Assise à côté de moi dans l'avion, elle a passé son temps à papillonner de ses cils de lapin albinos et à remettre en place son bandeau rose vif, essayant de me faire remarquer qu'elle s'était mis du vernis à ongles rose chewing-gum pour aller avec. J'ai jeté un coup d'œil du côté de Père, assis près de la fenêtre à l'autre bout de la rangée des Price. Le soleil était comme une boule rouge sang qui flottait dans son hublot, lui blessant les yeux tellement il guettait l'Afrique à l'horizon. C'était une veine pour Rachel qu'il ait eu l'esprit ailleurs. Elle avait reçu une bonne correction avec une lanière de cuir justement à cause du vernis à ongles, encore à son âge. Mais c'était Rachel tout craché de se débrouiller pour commettre un dernier péché avant de quitter le monde civilisé. Rachel est, je trouve, matérialiste et ennuyeuse, c'est pourquoi je regardais le spectacle par la fenêtre, autrement plus intéressant. Père pense que le maquillage et le vernis à ongles sont des signes annonciateurs de prostitution, de même que les oreilles percées.

Il avait également raison à propos des lis des champs. Quelque part aux environs de l'océan Atlantique, les six sous-vêtements et les mélanges se sont bientôt révélés une lourde croix à porter. À chaque fois que Rachel se penchait pour fouiller dans son sac, elle posait la main sur le haut de sa veste en lin sans pouvoir retenir un petit tintement métallique. J'ai oublié quel genre d'arme ménagère elle portait cachée là. Je ne faisais pas attention à elle, elle bavardait donc la plupart du temps avec Adah, qui faisait comme moi, mais elle, elle ne parle jamais à personne, alors ça se voyait moins.

Rachel adore se moquer de la création tout entière et plus particulièrement de la famille. «Dis donc, Ade! lui chuchotait-elle, qu'est-ce qui arriverait si nous passions en ce moment chez *Art Linkletter*?»

Malgré moi, j'éclatai de rire. Ce bonhomme étonne les dames en leur prenant leur sac à main qu'il vide devant les spectateurs, à la télévision. On trouve très drôle qu'il en sorte un ouvre-boîte ou un portrait de Herbert Hoover. Imaginez qu'il nous ait secouées et que les ciseaux à cranter et la hachette aient dégringolé. Cette idée me remplissait d'anxiété. En plus, je devenais claustrophobe et j'avais chaud.

Finalement, finalement, nous sommes sortis de l'avion en nous bousculant comme du bétail, et en bas de la rampe, nous avons mis pied à terre dans la chaleur étouffante de Léopoldville, et c'est là que la tête blonde et bouclée de notre petite sœur, Ruth May, est partie en avant et qu'elle s'est évanouie sur Mère.

Elle a repris très vite conscience à l'aéroport qui sentait l'urine à plein nez. J'étais tout excitée mais j'avais envie d'aller aux toilettes tout en me demandant où une fille pouvait bien aller se cacher dans un endroit pareil. Les grandes feuilles de palmiers s'agitaient dans la lumière vive du dehors. Des foules de gens passaient à toute allure dans un sens puis dans l'autre. Les policiers de l'aéroport portaient des chemises kaki avec un luxe de boutons métalliques, et croyez-moi si vous le voulez, des fusils. Partout où l'on posait les yeux, il y avait des petites vieilles noires qui trimbalaient des paniers entiers de machins dans le genre légumes fanés. Des poulets, aussi. Des petites bandes d'enfants étaient embusquées aux entrées, apparemment dans le but précis d'accoster les missionnaires étrangers. En voyant la couleur de notre peau ils se sont précipités pour nous réclamer, en français : *Cadeau, cadeau ?* J'ai levé les mains pour indiquer que je n'avais strictement rien pour les petits Africains. Peut-être que les gens se cachaient pour s'accroupir quelque part derrière un arbre, je commençais à me dire que c'était pourquoi ça sentait mauvais.

C'est à ce moment-là qu'un couple de baptistes qui portaient des lunettes de soleil en écaille a émergé de la foule pour venir nous serrer la main. Ils avaient un drôle de nom, ils s'appelaient Underdown – le Révérend Underdown et Madame. Ils étaient là pour nous faciliter le passage à la douane en parlant en français aux hommes en uniforme. Père leur a bien fait comprendre que nous étions parfaitement capables de nous débrouiller tout seuls mais qu'il appréciait tout de même leur amabilité. Il s'est montré tellement poli que les Underdown ne se sont pas rendu compte à quel point il était énervé. Et ils ont continué à faire des embarras comme si nous avions été de vieilles connaissances, nous ont offert du filet à moustiquaire, des paquets et des paquets de tulle plein les bras comme le gros bouquet offert par un petit copain d'école trop empressé.

Comme nous restions là, avec notre tulle, à suer sang et eau dans notre garde-robe, ils nous ont inondés d'informations sur ce que serait bientôt notre demeure à

Kilanga. Oh, ils avaient une foule de choses à raconter parce qu'ils y avaient vécu avec leurs fils et qu'ils avaient tout démarré, l'école, l'église et le reste. À un certain moment, dans le temps, Kilanga constituait régulièrement une mission pour quatre familles américaines et un médecin qui venait faire sa visite une fois par semaine. Maintenant, elle était en plein déclin, ont-ils dit. Plus de médecin, et les Underdown eux-mêmes avaient dû déménager à Léopoldville pour donner un semblant de scolarisation à leurs garçons – si on pouvait appeler ça comme ça, a dit Mrs. Underdown. Les autres missionnaires de Kilanga avaient fait leurs temps. Il n'y aurait donc en tout et pour tout que les Price ainsi que l'aide quelconque que nous pourrions nous adjoindre. Ils nous ont prévenus de ne pas nous faire trop d'illusions. J'avais le cœur battant parce que, moi, j'en étais pleine, d'illusions. Les fleurs de la jungle, les animaux sauvages et leurs rugissements. Le Royaume de Dieu dans sa simple gloire primitive.

Et puis, à un moment où Père était en pleine explication avec les Underdown, ils nous ont poussés brusquement dans un petit avion et nous ont plantés là. Il ne restait plus que la famille et le pilote, occupé à ajuster ses écouteurs sous son chapeau. Il nous a totalement ignorés, comme si nous n'avions été qu'un vulgaire chargement. Nous étions assises là-dedans comme des demoiselles d'honneur épuisées, embobinées dans nos mètres de voile blanc, abruties par le vacarme épouvantable de l'avion qui rasait la cime des arbres. Nous étions vannées, comme aurait dit ma mère. *Complètement vannées,* disait-elle. *Poussin, ne va pas trébucher là-dessus, tu es vannée, c'est évident.* Mrs. Underdown s'était esclaffée et avait ri de ce qu'elle appelait notre délicieux accent du Sud. Elle avait même essayé d'imiter notre façon de prononcer «tout de suite» et «au revoir». Elle s'était mise à bêler comme un mouton. Elle m'avait fait tellement honte de nos expressions et de nos voyelles traînantes, alors que jamais de la vie je n'aurais pensé avoir un accent, bien sûr je savais que nous parlions très différemment des Yankees de la radio et de la télé. J'ai réfléchi à énormément de choses dans l'avion mais il se trouve que j'avais toujours envie de faire pipi. Nous avions toutes la tête qui tournait et nous restions muettes à ce moment-là, nous étant habituées à ne pas occuper plus de place que ce à quoi nous pouvions honnêtement prétendre.

Au bout d'une éternité, nous avons atterri en rebondissant sur une piste dans un champ de hautes herbes jaunes. Nous avons tous jailli de nos sièges, mais Père, à cause de son imposante stature, a dû se recroqueviller un tantinet à l'intérieur de l'avion au lieu de se redresser. Il a prononcé une brève bénédiction : «Notre Père qui êtes aux cieux, faites de moi le puissant instrument de votre volonté parfaite, ici, au Congo belge, Amen.»

«Amen!» avons-nous répondu, puis nous avons émergé dans la lumière crue par l'ouverture ovale.

Nous sommes restés un moment à cligner des yeux, à regarder fixement à travers la poussière une centaine de villageois sombres, minces et silencieux, qui oscillaient légèrement comme des arbres. Nous avions quitté la Géorgie au milieu d'un été de fleurs de pêcher et nous nous trouvions maintenant dans un inquiétant brouillard rouge et sec qui ne ressemblait strictement à rien de ce que nous connaissions en matière de saisons. Avec toutes nos épaisseurs de vêtements nous devions ressembler à une famille d'Esquimaux lâchée dans une jungle.

Mais c'était ce en quoi consistait notre fardeau, car nous avions besoin de tant de choses ici. Chacune de nous arrivait chargée d'une attribution supplémentaire qui nous meurtrissait sous nos vêtements : un marteau à pied-de-biche, un recueil de cantiques baptistes, chacun de ces objets précieux occupant l'espace libéré par quelque frivolité que nous avions trouvé la force de laisser. Notre voyage s'était révélé une difficile recherche d'équilibre. Mon père, naturellement, apportait la parole de Dieu – qui elle, heureusement, ne pèse rien du tout.

Ruth May Price

Le bon Dieu dit que les Africains viennent des tribus de Cham. Cham était le plus méchant des trois fils de Noé qui s'appelaient Sem, Cham et Japhet. Chaque personne descend par son arbre généalogique d'un de ces trois-là, c'est tout, parce que le bon Dieu, il a fait une grande inondation et il a noyé tous les gens qui commettaient des péchés. Mais eux, Sem, Cham et Japhet, ils sont montés dans le bateau, alors c'est qu'ils étaient bien.

Cham était le plus jeune, comme moi, et il était méchant. Moi aussi, quelquefois, je suis méchante. C'est quand qu'ils sont descendus de l'arche et qu'ils ont laissé sortir les animaux que c'est arrivé. Un jour, Cham a découvert Noé, son papa, qui dormait couché par terre tout nu et saoul comme un cochon, il a trouvé ça rudement rigolo. Les deux autres frères ont mis une couverture sur lui, mais Cham s'est mis à rire à s'en faire péter la culotte. Quand Noé s'est réveillé, il a su toute cette histoire grâce à ses rapporteurs de fils. C'est pour ça que Noé a condamné tous les enfants de Cham à être des esclaves pour toujours, toujours. C'est pour ça qu'ils sont devenus noirs.

Chez nous, en Géorgie, ils ont leur école à eux, comme ça ils peuvent pas faire les malins à l'école de Rachel ou à celle de Leah et Adah. Leah et Adah sont des enfants surdouées mais il faut quand même qu'elles aillent à la même école comme tout le monde. Mais pas les enfants de couleur. Le monsieur de l'église dit qu'ils ne sont pas comme nous et qu'ils doivent rester de leur côté. Jimmy Crow a dit ça, et c'est lui qui fait le règlement. Ils ont pas le droit non plus d'entrer au restaurant de White Castle où maman nous emmène chercher des Coca, ou au zoo. Leur jour de zoo, c'est le jeudi. C'est dans la Bible.

Dans notre village, voilà tous les Blancs qu'il y aura : moi, Rachel, Leah et Adah. Maman. Père. Ça fait six personnes. Rachel est la plus grande, je suis la plus petite. Leah et Adah sont au milieu, elles sont jumelles, alors peut-être qu'elles sont une personne, mais moi je pense qu'elles sont deux, parce que Leah court partout et grimpe aux arbres, et Adah, elle peut pas, elle va mal sur tout un côté et elle ne parle pas parce que son cerveau est abîmé et aussi parce qu'elle nous déteste tous. Elle lit les livres à l'envers. Il n'y a que le diable qu'on a le droit de détester et il faut aimer tous les autres.

Je m'appelle Ruth May et je déteste le diable. Pendant très longtemps, j'ai cru que je m'appelais *Poussin*. Maman dit toujours comme ça. *Poussin, viens ici une minute. Poussin, s'il te plaît, ne fais pas ça.*

À l'école du dimanche, Rex Minton m'a raconté qu'on ferait mieux de pas aller au Congo, à cause des indigènes cannibales qui pourraient nous faire bouillir dans une marmite et nous manger. Il dit : «Je peux parler comme un indigène, écoute ça : "Ouga bouga bouga louga."» Il dit que ça veut dire : «J'aimerais bien manger un cuissot de la petite avec les frisettes jaunes.» Notre maîtresse de l'école du dimanche, Miss Bannie, lui a demandé de bien vouloir se taire. Mais il faut que je vous dise, elle a pas dit si, oui ou non, on allait nous passer à la marmite et nous manger. Alors moi, je sais pas.

Voilà les autres Blancs que nous avons vus en Afrique jusqu'ici : Mr. Axelroot qui conduit l'avion. Il a un chapeau sale, mais sale, incroyable. Il habite tout seul dans une case, plus loin, à côté du terrain d'atterrissage quand il vient par ici, et maman dit que c'est bien assez près pour lui. Le Révérend et Mrs. Underdown, qui ont fait que les enfants africains ont commencé à aller à l'église, il y a de ça très longtemps. Les Underdown se parlent en français malgré qu'ils soient blancs tous les deux. Je sais pas pourquoi. Ils ont deux garçons à eux, les petits Underdown, qui sont grands et qui vont à l'école à Léopoldville. Ils ont eu pitié de nous et ils nous ont fait cadeau de bandes dessinées pour qu'on les emporte avec nous dans l'avion. Je les ai presque toutes gardées pour moi toute seule pendant que Leah et les autres dormaient dans l'avion. *Donald Duck. Lone Ranger.* Et celles avec les contes de fées, *Cendrillon et Briar Rose.* Je les ai cachées. Et puis j'ai été malade et j'ai vomi dans l'avion, et tout est tombé sur un sac en toile et sur *Donald Duck.* Celui-là, je l'ai mis sous le coussin, alors on l'a plus.

Voilà qui il y aura dans le village : les Price, Lone Ranger, Cendrillon, la Belle au bois dormant et les tribus de Cham.

Rachel Price

Oh mon Dieu, mon Dieu, alors ça y est, il va falloir y passer ? ai-je pensé du Congo dès l'instant où nous y avons posé le pied. On est censés reprendre les affaires en main ici, mais moi je n'ai pas l'impression qu'on va être responsables de quoi que ce soit, ne serait-ce que de nous-mêmes. Père avait prévu une de ses grandes réunions de prière en cérémonie d'accueil, preuve que le bon Dieu nous avait poursuivis jusqu'ici et qu'il avait bien l'intention de s'installer. Mais quand nous sommes sortis de l'avion en trébuchant à moitié sur le terrain avec nos sacs, nous nous sommes trouvés cernés par des Congolais – Seigneur ! – au milieu d'une bagarre de chants. Vraiment charmant. Nous avons eu droit à une fumigation d'odeurs de transpiration. J'aurais dû bourrer mon sac de ces tampons désodorisants qui tiennent le coup cinq jours.

J'ai cherché mes sœurs des yeux pour leur dire : « Hou ! hou ! Ade, Leah, ça ne vous soulage pas d'avoir votre savon Dial sous la main ? Ce serait pas mal si tout le monde en faisait autant, non ? » Pas moyen de dénicher l'une ou l'autre des jumelles, mais j'ai aperçu Ruth May sur le point de tomber en pâmoison pour la deuxième fois de la journée. Elle avait les yeux révulsés, on ne lui en voyait pratiquement plus que le blanc. Je ne sais pas ce qui la travaillait, mais elle résistait de toutes ses forces. C'est fou ce que Ruth May est tenace pour ses cinq ans, elle ne raterait pas une occasion de réjouissance pour tout l'or du monde.

Mère l'a empoignée par la main et moi avec – chose que je n'aurais jamais supportée chez nous, à Bethlehem. Mais là, dans cette cohue, on aurait pu se perdre, à voir comment on était embarqués au milieu d'un immense flot de Noirs. Et la poussière, mon Dieu ! Il y avait de la poussière partout comme de la poudre de craie rouge, et moi j'avais mon bel ensemble vert en lin. Je sentais surtout le sable dans mes cheveux, qui sont tellement fins qu'ils ont tendance à se salir facilement. Quel coin ! Je regrettais déjà de tout mon cœur les cabinets à chasse d'eau et le linge lavé en machine et autres trucs tout bêtes de la vie que je prenais jusqu'ici pour argent comptant.

Les gens nous ont poussés en direction d'un genre de patio en terre battue avec un toit au-dessus, qui s'est révélé par la suite être la future église de notre père. Tiens, c'est bien notre veine, une église en pisé. Mais les dévotions n'étaient pas au programme, croyez-moi. Nous avons atterri là dans la foule, sous le toit de chaume, et j'ai failli hurler quand j'ai réalisé que ce n'était pas la main de ma mère que je tenais mais une grosse pince brune, la main d'un inconnu ! Ma confiance avait été trompée. Je l'ai lâchée tout net, et le sol s'est dérobé sous moi. J'ai cherché partout, prise de panique comme Black Beauty au milieu des flammes. J'ai fini par repérer la robe-chemise blanche de ma mère, du genre drapeau on-abandonne-tout, qui s'agitait près de Père. Et puis, une par une, j'ai repéré les formes pastel de mes sœurs, ballons de fête, mais d'une fête qui aurait pas été la bonne, vous voyez. J'ai compris tout de suite que j'étais dans la panade la plus complète. Père, en revanche, était sans doute profondément comblé, envahi d'une gratitude qui lui montait d'un côté pour redescendre de l'autre. Louant Jésus de cette occasion de nous montrer tous à la hauteur des circonstances.

Il fallait absolument que nous allions nous changer – les dessous et les épaisseurs de robes nous lestant par le fond – mais inutile d'espérer quoi que ce soit. Impossible. Nous étions embarqués dans une mêlée indescriptible de païens. Je n'avais pas la moindre idée de l'endroit où nos valises et nos sacs en toile avaient disparu. Dans la bagarre, mes tambours à broder et une paire de ciseaux à cranter fixés à mon cou dans un étui en toile cirée devenaient un vrai danger public pour tout le monde, moi y compris. Pour finir, on nous a autorisés à nous asseoir aussi serrés qu'humainement possible devant une table, sur un banc douteux fait de gros rondins. Première journée au Congo, et voilà que mon costume de lin vert absinthe à godets, tout neuf, avec ses boutons carrés en nacre, menaçait de rendre l'âme. On était assis tellement serrés les uns contre les autres qu'il n'y avait pas un gramme de place pour respirer, en admettant qu'on l'ait voulu, un truc à choper tous les microbes de la terre. Tiens, encore une chose qu'on aurait dû emporter : de la Listerine. Quarante-cinq pour cent de rhumes garantis en moins. Un vrombissement de voix et d'oiseaux bizarres me vrillait les oreilles à me faire exploser le crâne. Je suis très sensible au bruit en général – ça, et la lumière trop vive ça me donne des maux de tête, mais au moins le soleil était couché à ce moment-là. Autrement, j'aurais sans doute fait comme Ruth May et j'aurais tourné de l'œil ou vomi, ses deux grands exploits de la journée. J'avais la nuque qui me pinçait et le cœur qui cognait comme un tambour. Ils avaient allumé un feu horrible qui faisait un potin d'enfer à l'autre bout de l'église. De la fumée grasse flottait au-dessus de nous comme un filet, suspendu au toit de chaume. Une odeur à asphyxier toutes les bestioles possibles et imaginables. À l'intérieur du cercle de feu orange vif, je distinguais les contours d'un truc noir qu'on tournait et qu'on transperçait, avec quatre pattes dressées en appel de détresse. Mon intuition féminine m'a soufflé que ma dernière heure était arrivée et que j'allais mourir sur place sans que la paume de ma mère ait pu seulement éponger la sueur de mon front. J'ai repensé aux rares occasions de ma vie où j'avais essayé jusqu'ici – je le reconnais – d'attraper la fièvre pour éviter l'école ou l'église. Désormais un vrai feu me brûlait les tempes, toutes les fièvres que j'avais pu désirer avaient fini par me rattraper.

Tout d'un coup, j'ai réalisé que le pincement dans le cou, c'était Mère. Elle nous entourait toutes quatre de ses grands bras : Ruth May, moi et mes sœurs Leah et Adah – Ruth May, toute petite bien sûr, mais Leah et Adah étant quand même des jumelles de bonne taille bien qu'Adah soit moins grande à cause de son handicap. Comment Mère réussissait-elle à nous maintenir toutes ainsi sous son aile, ça me dépasse, je ne comprends pas. Et les battements de mon cœur ne venaient pas de mon cœur, j'ai fini par m'en rendre compte, mais des tam-tams. Les hommes frappaient sur des grands tambours en forme de tronc d'arbre, et les femmes chantaient d'une voix chevrotante et suraiguë comme des oiseaux rendus fous par la pleine lune. Elles se répondaient dans leur langue en chœur alterné entre un chef et le reste du groupe. Des chants tellement bizarres que j'ai mis du temps à comprendre qu'elles suivaient les mélodies de cantiques chrétiens : *En avant, soldats du Christ* et *J'ai trouvé un ami en Jésus*, à m'en donner la chair de poule. J'imagine qu'elles ont bien droit de les chanter, mais voilà : carrément sous nos yeux, certaines des femmes se tenaient là dans la lumière du feu, les seins nus comme des œufs de jais. Il y en avait qui dansaient et d'autres qui s'activaient simplement à faire la cuisine, comme si la nudité n'avait rien eu d'extraordinaire. Elles allaient et venaient avec des casseroles et des bouilloires, la poitrine totalement à l'air, sans aucune honte. Elles s'affairaient autour de l'animal qui était dans le feu, en arrachant des morceaux qu'elles mélangeaient à quelque chose qui fumait dans une marmite. À chaque fois qu'elles se baissaient, leurs seins lourds retombaient en se balançant comme des ballons pleins d'eau. J'évitais de les regarder, elles et les enfants nus qui s'accrochaient à leurs longues jupes drapées. Je jetais de temps en temps un coup d'œil du côté de Père, me demandant si j'étais la seule ici à être choquée. Les yeux mi-clos, la mâchoire tendue, il avait l'air de commencer à s'énerver, mais avec lui on ne sait jamais vraiment jusqu'où ça peut aller. Le plus sûrement là où on n'a justement pas envie.

Après une bonne séance de soi-disant cantiques en forme d'allers et retours, l'offrande rôtie est passée du feu au poêlon, si l'on peut dire, et mélangée à un ragoût grisâtre qui cuisait à petit feu. Ils se sont mis à en flanquer dans les assiettes ou dans les bols en fer-blanc qui étaient devant nous. Les cuillers qu'ils nous avaient données étaient des vieilles louches à soupe en fer, trop grandes pour ma mâchoire, je l'aurais juré. J'ai la mâchoire tellement étroite que mes dents de sagesse poussent n'importe comment. J'ai cherché quelqu'un avec qui je pourrais faire échange mais, consternation, absolument personne, en dehors des gens de la famille, n'en avait ! Comment les autres allaient-ils s'y prendre avec leur nourriture, je n'osais même pas y penser. La plupart d'entre eux attendaient toujours qu'on les serve comme des oiseaux sauvages. Ils tendaient leur bols de métal vides ou des enjoliveurs ou je ne sais quoi encore, en tapant joyeusement dessus comme sur des tambours. On aurait dit un orchestre entier de vieilles ferrailles, chacun ayant une assiette différente. Ruth May avait juste une toute petite tasse, ce dont je suis sûre qu'elle était vexée parce que ça lui donnait encore plus l'air d'un bébé.

Au milieu de tout ce vacarme, quelqu'un parlait anglais. Je m'en suis rendu compte tout d'un coup. Il était pratiquement impossible de comprendre ce qui se passait, parce que tout le monde autour de nous chantait, dansait, cognant sur son assiette, balançant les bras d'avant en arrière comme des arbres dans un ouragan. Mais là-bas, auprès du feu de joie où l'on cuisinait, un homme noir comme du charbon, en chemise jaune aux manches retroussées, faisait des gestes dans notre direction en hurlant de toute la force de ses poumons : « Bienvenue ! Nous vous souhaitons la bienvenue ! »

Il y avait un autre homme derrière lui, beaucoup plus âgé, dans une tenue indescriptible, avec une coiffure en hauteur et des lunettes, entortillé dans du tissu à rideaux et qui fouettait le vide avec une queue de bête. Il a hurlé quelque chose dans leur langue et chacun a mis la sourdine.

« Révérend, Mrs. Price, les enfants ! lança le moins vieux à la chemise jaune. Vous êtes les bienvenus à notre festin. Aujourd'hui, nous avons tué la chèvre en l'honneur de votre arrivée. Bientôt vous aurez le ventre rempli de notre *fufu pili-pili*. »

Sur ce, oh là là ! les femmes à moitié nues qui étaient derrière lui se sont lancées brusquement dans des applaudissements et acclamations comme si elles ne pouvaient contenir plus longtemps leur enthousiasme à l'égard d'une chèvre crevée.

« Révérend Price, dit l'homme, s'il vous plaît, récitez avec nous une prière d'action de grâce en l'honneur de ce festin. »

Il fit signe à Père de venir, mais Père qui, semblait-il, n'avait pas besoin d'invitation, s'était déjà levé, dressé sur sa chaise, ce qui lui donnait l'air d'avoir trois mètres de haut. Il était en bras de chemise, spectacle qui n'était pas rare, étant de ces gens qui sont naturellement bien dans leur peau, il lui arrivait souvent de tomber la veste au plus fort d'un sermon. Son pantalon noir à pinces était étroitement serré à la taille, mais sa poitrine et ses épaules paraissaient tout simplement énormes. J'avais presque oublié qu'il transportait encore un tas d'armes dangereuses sous son impeccable chemise blanche.

Avec lenteur, Père a levé un bras au-dessus de sa tête telle l'une de ces divinités de l'époque romaine prêtes à lancer la foudre et l'éclair. Tous le regardaient en souriant, frappant dans leurs mains, agitant les bras au-dessus de leur tête, poitrines nues et tout et tout. Alors il a pris la parole. Ce n'était pas tant un discours qu'une véritable tempête qui s'annonçait.

« Le Seigneur, dit-il d'une voix profonde et menaçante, chevauchant un nuage rapide, pénétrera en Égypte. »

Hourra ! Tous, ils l'ont acclamé, mais j'ai senti mon estomac se nouer. Voilà qu'horreur d'horreur, il prenait son air de : Là, Moïse déboule du mont Cyanure avec ses dix nouvelles recettes pour mieux vous empoisonner l'existence.

« En Égypte, dit-il de sa voix de sermon qui s'amplifiait, avec ses inflexions musicales qui montaient et qui descendaient, de plus en plus haut, de plus en plus grave, allant et venant comme une scie éventrant un tronc d'arbre, et en tout lieu de la terre où Sa Lumière (Père marqua une pause, enveloppant d'un regard terrible ceux qui l'entouraient), où Sa Lumière n'a pas encore brillé ! »

Il s'est arrêté pour reprendre son souffle et a poursuivi, oscillant imperceptiblement tout en entonnant : « Le Seigneur viendra en la personne de ses anges de miséricorde. Ses émissaires de sainteté dans les cités de la plaine, où Loth demeure au milieu des pécheurs ! »

Les acclamations faiblissaient. Il monopolisait désormais l'attention de tous.

« Et Loth dit aux pécheurs qui s'attroupaient à sa porte : "Je vous prie mes frères, ne songez point à commettre un si grand mal ! Car les pécheurs de Sodome usent de leur mauvaise volonté contre l'entrée de cette demeure." »

J'ai eu un frisson. Bien sûr, je connaissais le chapitre XIX de la Genèse qu'il nous avait fait recopier tant de fois. Je déteste l'endroit où Loth offre ses propres filles, vierges, à cette racaille de pécheurs pour qu'ils en disposent à leur guise, de façon à leur faire oublier les anges de Dieu en visite et qu'ils leur fichent la paix. À quoi ça ressemble ce marchandage ? Et sa pauvre femme, bien sûr, qui se transforme en statue de sel.

Mais Père, ignorant tout ça, passait directement aux terribles conséquences : « Les émissaires du Seigneur frappèrent les pécheurs qui étaient devenus indifférents à la vue du Seigneur, indifférents dans leur nudité. »

Puis il s'est arrêté, figé dans une parfaite immobilité. Il a tendu une de ses grandes mains vers l'assemblée, pour l'attirer à lui. De l'autre, il a pointé le doigt vers une femme qui se tenait près du feu. Ses longs seins volumineux reposaient sur son torse comme s'ils avaient été aplatis au fer à repasser, mais elle ne semblait pas en avoir conscience. Elle portait un enfant aux grandes jambes à califourchon sur sa hanche et de sa main libre elle grattait ses cheveux courts. Elle a jeté un regard apeuré autour d'elle car toutes les paires d'yeux alentour avaient suivi le regard accusateur de Père en direction de sa nudité. D'un mouvement de genoux, elle a remonté le grand enfant un peu plus haut sur sa hanche. Il a dodeliné de la tête. Avec ses cheveux dressés en touffes rougeâtres sur sa tête, il avait l'air hébété. Pendant un silence qui a duré une éternité, la mère s'est tenue là sous les feux de la rampe, esquissant de la tête un mouvement de recul, de crainte et de confusion. Finalement, elle s'est détournée et, ramassant une longue cuiller de bois, s'est mise en devoir de touiller le ragoût.

« La nudité, répéta Père, et la noirceur de l'âme ! Car nous détruirons ce lieu où la clameur sonore des pécheurs s'est amplifiée à la face du Seigneur. »

Plus personne ne chantait, les ovations s'étaient tues. Qu'ils aient saisi ou non le sens de « clameur sonore », les gens n'osaient plus se manifester. Ils retenaient leur souffle, ou du moins c'est ce qu'il semblait. Père est capable de faire entrer bien des choses dans les têtes

simplement grâce au ton de la voix, je peux vous le dire.
La femme à l'enfant est restée de dos à surveiller sa
cuisine.

 «Et Loth est sorti et a parlé à ceux qui le méritaient.
(Maintenant sa voix s'était faite plus douce, plus apai-
sée.) Et Loth leur a dit : "Debout ! Fuyez ces lieux de
ténèbres ! Levez-vous et avancez vers une terre de plus
grande lumière !" Oh Seigneur, prions, conclut-il, revenant brutalement sur la terre ferme. Seigneur, accorde-
nous que les justes qui sont parmi nous s'élèvent contre
le mal et quittent les ténèbres pour entrer dans la merveilleuse lumière de notre Vénéré Père. Amen.»

Tous étaient encore tournés vers mon père, leurs
visages semblables à de sombres plantes vernissées
orientées vers le soleil de sa figure rouge. Mais leurs
expressions étaient passées insensiblement de la joie à la
perplexité, puis à la consternation. Le charme étant
désormais rompu, les gens se mirent à murmurer et à
bouger. Quelques femmes remontèrent le drapé d'étoffe
qui les enveloppait et le nouèrent sur le devant pour se
couvrir la poitrine. D'autres ramassèrent leurs enfants
aux fesses nues et disparurent dans l'obscurité. J'imagine
qu'elles retournaient chez elles l'estomac vide.

L'air au-dessus de nos têtes s'est fait parfaitement
immobile. On n'entendait plus le moindre piaulement
hormis celui des sauterelles vertes au fond de la nuit
noire, insondable.

Il ne nous restait plus qu'à aller à la pêche. Sous le
regard de tous, mes sœurs et moi nous avons empoigné
nos grandes cuillers de métal. La nourriture qu'on avait
disposée devant nous était tout à fait insipide, se rédui-
sant à des morceaux gluants que je devais mâcher jusqu'à ce qu'ils aient la consistance de la colle. À peine
dans ma bouche, pourtant, le tout premier morceau s'est
lentement transformé en une horrible brûlure sur ma
langue. Ça m'a grillé les tympans. Des larmes ont ruis-
selé de mes yeux et je n'ai rien pu avaler. Là commence

le vrai désespoir, me suis-je dit, pour une fille dont les seules ambitions de l'année se bornaient à vouloir fêter gentiment ses seize ans et à recevoir un twin-set en mohair rose.

Ruth May s'est étranglée bruyamment et a fait une horrible grimace. J'ai cru que Mère se penchait pour lui donner une tape dans le dos, mais au lieu de ça, elle nous a chuchoté d'un ton furieux : « Les filles, soyez polies, vous m'entendez ? Je suis désolée mais si vous recrachez ça, je vous étrille. »

C'était Mère qui nous disait ça, elle qui n'avait jamais porté la main sur nous de toute notre existence ! Oh ! j'ai compris tout de suite, dès notre première soirée en Afrique. Je suis restée assise là, à respirer par le nez, gardant en bouche l'ignoble goût de quelque chose de très fort agrémenté d'une touffe de poils de peau de chèvre morte. J'avais beau fermer les yeux, les larmes coulaient. Je pleurais sur les péchés de tous ceux qui avaient entraîné les miens sur ces sombres rivages.

Adah Price

Lever de soleil supplice, mauvais œil qui hypnotise :
ça, c'est le matin, rose Congo. N'importe quel matin,
chaque matin. Couleur rose fleuri, chants d'oiseaux, air
zébré de l'aigreur des feux du petit déjeuner. Une large
planche rouge de terre – la soi-disant route – étalée
devant nous, ininterrompue en principe, d'ici à quelque
part, loin. Mais à la manière dont je la vois à travers mes
yeux d'Adah, c'est une planche taillée en morceaux, en
rectangles, en trapèzes, par les maigres ombres en forme
de traits noirs des grands troncs de palmiers. À travers
les yeux d'Adah, oh le monde est une confusion de couleurs et de formes qui rivalisent pour attirer l'attention
d'une moitié de cerveau. Le défilé ne cesse jamais. Dans
les morceaux discordants de la route, des petits coqs de
jungle sortent de la brousse en caquetant. Ils lancent leurs
pattes dans leur orgueil de mâles insolents comme s'ils
n'avaient pas encore entendu parler de ces bêtes à deux
pattes qui transformaient leurs femmes en esclaves.

Le Congo s'étend au milieu du monde. Le soleil se
lève, le soleil se couche, à six heures exactement. Tout
ce qui arrive le matin se défait avant la tombée de la nuit :
les coqs retournent dans la forêt, les feux s'éteignent, le
cou-cou-cou des oiseaux aussi, le soleil s'abîme au loin,
le ciel saigne, disparaît, noircit, rien n'existe plus.
Cendres qui redeviennent cendres.

Le village de Kilanga suit la rivière Kouilou en une rangée de maisonnettes en torchis posées l'une après l'autre le long de l'interminable serpent solitaire de la route de terre. S'élevant tout autour de nous, des arbres, des bambous. Leah et moi, bébés, nous avions pour nous déguiser un collier de ficelle enfilé d'un méli-mélo de perles dépareillées et qui se cassait quand nous nous le disputions pour voler en une ligne sinueuse de mille petits éclats dans la poussière. C'est ce à quoi ressemble Kilanga vu d'avion. Chaque hutte est tapie au milieu de sa cour de poussière rouge, car le sol, dans le village, est lisse comme une brique. Pour mieux surveiller et tuer nos amis les serpents quand ils nous rendent visite, d'après ce qu'on nous a dit. Donc Kilanga est une longue clairière en pointillé destinée à faire obstacle aux serpents. En un long alignement, les huttes en torchis sont toutes prosternées vers l'est, comme pour rendre grâce du danger écarté – pas tout à fait vers la Mecque mais vers l'est, vers l'unique route du village et la rivière, et derrière tout ça, la surprise du lever de soleil rose.

Le bâtiment de l'église, théâtre de notre récent festin, est situé à un bout du village. À l'autre bout, notre maison. Ainsi, lorsque toute la famille se rend à l'église, on peut plonger du regard dans chaque habitation pendant le trajet. Les cases n'ont qu'une seule pièce carrée et un toit de chaume, sous lequel pourraient vivre des cousins de Robinson Crusoé. Mais personne ici ne s'y attarde. C'est dans les avant-cours – le monde entier est une scène de terre rouge damée par les pieds nus – que les femmes minces et usées, dans tous les états d'habillement et de délabrement imaginables, attisent leurs modestes foyers et remuent leur cuisine à l'aide de bâtons. Des grappes d'enfants, flot qui se rue en bombardant de cailloux des petites chèvres terrorisées, les dispersant sur la route pour qu'elles reviennent sur la pointe des sabots et soient de nouveau chassées. Des hommes assis sur des seaux regardent avec attention tout ce qui passe. L'habituelle passante, c'est une femme qui déambule nonchalamment le long de la route, superposition de ballots en équilibre sur la tête. Ces femmes sont des colonnes d'émerveillement, défiant les lois de la gravité en arborant une expression de parfait ennui. Elles peuvent s'asseoir, rester debout, parler, jouer du bâton contre un ivrogne, attraper dans leur dos un bébé pour lui donner le sein, tout cela sans faire tomber leurs hautes piles de fardeaux. Elles sont comme des danseuses de ballet totalement inconscientes d'être sur scène. Je ne parviens pas à les quitter des yeux.

Quand une femme abandonne sa cour grande-ouverte-sur-le-monde pour travailler son champ ou traîner faire ses courses, elle doit d'abord se rendre décente. Pour ce faire, bien qu'elle soit déjà vêtue d'une jupe drapée, elle va chercher un autre grand carré de tissu à l'intérieur de la maison, dont elle entoure le premier – couvrant ses jambes jusqu'à la cambrure du pied – en un long pagne étroit noué sous ses seins nus. Les étoffes aux vives impressions sont portées en mélanges disparates qui sonnent à mes oreilles : du guingan rose avec de l'écossais orange, par exemple. Accords de couleurs au petit bonheur, et qu'on les trouve beaux ou affreux, ils donnent aux femmes une allure nettement plus gaie et moins épuisée.

En toile de fond au spectacle de Kilanga, haut derrière les maisons, un grand mur d'herbe à éléphant masque toute perspective hormis le lointain. Le soleil, qui le surplombe dans l'après-midi, est un point rond et rose dans la brume blanche distante que l'on peut fixer sans jamais être aveuglé. La vraie terre où le vrai soleil brille semble ailleurs, loin d'ici. Et à l'est de nous, derrière la rivière, monte un froissement de collines vert foncé repliées les unes sur les autres comme une grande nappe ancienne, et qui s'estompe en un bleu pâle brumeux. « Vision de Jugement dernier », dit notre mère, faisant une pause pour essuyer son front humide du dos de la main.

« On dirait un endroit sorti tout droit d'un livre de contes », aime répondre en écho Leah, ma sœur jumelle, en ouvrant de grands yeux et en ramenant ses cheveux courts derrière ses oreilles comme pour voir et entendre, oh tellement mieux, le moindre petit détail. « Et dire que nous, les Price, nous habitons ici ! »

Vient ensuite la remarque de ma sœur Ruth May : « Ils ont pas beaucoup de dents par ici. » Et enfin, celle de Rachel : « Dites, vous me réveillez quand tout sera fini. » De sorte que tous les gens de la famille font leurs commentaires. Tous, sauf Adah. Adah qui ne fait pas de commentaires. Je suis celle qui ne parle pas.

Notre Père s'exprime au nom de nous tous, pour autant que je puisse en juger. Et en ce moment, il ne dit pas grand-chose. Son marteau, l'équivalent de deux ou trois bonnes livres, s'est révélé inutile car il semble qu'il n'y ait pas de clous dans le village en torchis et en chaume de Kilanga. Le bâtiment ouvert à tous vents qui sert d'église et d'école a été construit à partir de piliers en parpaings de béton sur lesquels reposent un toit de palmes et d'onduleux nuages de bougainvillées rouges. Maintenant décrépit, il semble plus ou moins tenir tout seul. Notre maison est elle aussi en torchis, chaume, ciment et vignes en fleur. Leah, en toute bonne foi, l'a aidé à chercher alentour une tâche à mener, mais hélas, il n'a rien trouvé sur quoi taper. Ce fut une grosse déception pour Notre Père qui aime bien faire des réparations entre deux dimanches.

Eh bien, c'est ici que nous allons devoir rester. L'avion de brousse qui a atterri sur le terrain pour nous déposer est reparti immédiatement, et il n'y aura plus aucune allée et venue jusqu'au retour de ce même avion. Nous nous sommes enquis à propos de la piste de terre qui traverse le village et on nous a dit qu'elle menait tout du long jusqu'à Léopoldville. J'en doute. À très peu de distance de part et d'autre de notre village, la route se transforme en un délire d'ornières de terre durcie qui ressemblent aux vagues d'un océan pétrifiées par le gel au beau milieu d'une tempête. Notre Père dit que dans le grand au-delà proche, il existe sans doute des marécages où l'on pourrait couler un navire de guerre, sans parler d'une simple voiture. On trouve en effet des indices de vestiges de voitures dans notre village, mais ils sont semblables aux signes de vie que l'on exhumerait d'un cimetière, en admettant qu'on ait du goût pour ce genre de distraction. À savoir : des pièces détachées, mortes, rouillées, éparses et qui servent à tout sauf au transport. En promenade, un jour, Notre Père, pour l'édification de ses filles, nous a montré du doigt un couvercle de filtre à air de carburateur dans lequel mijotait le repas d'une famille, et un silencieux de Jeep qui servait de tambour à six gamins en même temps.

La rivière Kouilou est la grande voie d'ici : Kouilou, un mot qui ne trouve pas sa rime. Presque un prélude, sans l'être tout à fait. Kouilou. Elle me trouble, cette échappée incertaine. Elle demeure sans réponse, telle une moitié de phrase musicale à mon oreille.

Notre Père prétend que le Kouilou est navigable en aval, à partir d'ici tout du long jusqu'à l'endroit où il rejoint le fleuve Congo. En amont, on ne peut aller que jusqu'aux chutes spectaculaires qui font un bruit de tonnerre juste au sud. Autrement dit, nous sommes parvenus presque jusqu'au bout de la terre. On aperçoit parfois un rare bateau qui passe, mais il ne transporte que des gens des villages voisins identiques au nôtre. Pour les nouvelles ou le courrier ou des signes de ce que Rachel appelle le cœur de la société dont nous sommes si éloignés, nous attendons le pilote aléatoire de l'avion, Mr. Eeben Axelroot. Il est fiable de la façon suivante : quand on dit qu'il viendra lundi, c'est que ce sera le jeudi, le vendredi, ou pas du tout.

Comme la rue du village et la rivière, rien ici ne va vraiment jusqu'au bout. Le Congo n'est qu'une longue piste qui vous transporte d'un lieu caché à un autre. Des palmiers l'encadrent, vous toisant d'un air choqué, tels d'immenses femmes effrayées, les cheveux dressés sur la tête. Pourtant, je suis décidée à emprunter cette voie, même si je ne marche ni vite ni bien. Mon côté droit traîne la patte. Je suis née avec la moitié du cerveau sèche comme un pruneau, privée de sang par un malheureux accident prénatal. Ma sœur jumelle Leah et moi sommes en principe identiques, comme nous sommes en principe tous faits à l'image de Dieu. Leah et Adah ont démarré leur vie en reflets parfaits dans un miroir. Nous avons les mêmes yeux sombres et les mêmes cheveux châtains. Mais moi je suis un mélange bancal tandis qu'elle est restée parfaite.

Oh, je n'ai aucune peine à imaginer l'accident prénatal : nous étions ensemble dans le ventre, tralalilala, quand Leah s'est retournée tout d'un coup en déclarant : « Adah, tu es vraiment trop lambine. Je prends tout ce qu'il y a de nourrissant ici et je passe devant. » Elle a grandi en force pendant que je m'affaiblissais. (Oui, Jésus m'aime !) Et c'est ainsi que cela s'est passé dans le paradis du ventre de notre mère, j'ai été cannibalisée par ma sœur.

Officiellement, je suis frappée d'hémiplégie. Hémi, moitié, hémisphère, hémicrânie, héminégligence, hémistiche, hem-hem. Plégie est la cessation de tout mouvement. À la suite de notre naissance compliquée, les médecins d'Atlanta ont avancé plusieurs diagnostics concernant l'asymétrie de mon cerveau, aphasies de Wernicke et Broca incluses, et ont renvoyé mes parents chez eux sur les routes verglacées, la veille de Noël, avec un demi-jeu de jumelles parfaites, pronostiquant que je lirais sans doute un jour mais ne prononcerais jamais un seul mot. Mes parents semblent avoir bien pris la nouvelle. Je suis certaine que le Révérend a expliqué à son épouse épuisée que c'était la volonté de Dieu, lequel avait bien vu – avec ces deux filles supplémentaires si rapprochées de la première – qu'il y avait désormais assez de femmes à la maison pour la remplir de bavardages. Ils n'avaient pas encore Ruth May, à l'époque, mais une chienne qui hurlait, Notre Père le raconte encore volontiers, comme une soprano de trop à l'église. La chienne qui faisait déborder le vase, comme il l'appelait aussi. Notre Père interpréta sans doute le syndrome de Broca comme une prime de Noël accordée par Dieu à l'un de ses serviteurs les plus méritants.

J'ai tendance à laisser de côté la prophétie des médecins et à garder mes réflexions pour moi. Le silence présente bien des avantages. Quand on ne parle pas, les autres s'imaginent qu'on est sourd ou déficient mental et ils offrent rapidement le spectacle de leurs propres limites. Ce n'est que de temps en temps qu'il faut que j'interrompe ma paix : crier ou risquer de me perdre dans la mêlée. Mais la plupart du temps, je suis perdue dans la mêlée. J'écris et je dessine sur mon carnet de notes et je lis tout ce qui me plaît.

C'est vrai que je ne parle pas aussi bien que je ne pense. Mais c'est vrai de la plupart des gens, d'après ce que je vois.

Leah

Au début, mes sœurs s'affairaient à l'intérieur, jouant les assistantes de Mère avec plus d'enthousiasme qu'elles n'en avaient jamais manifesté pour les travaux ménagers depuis leur naissance. Pour l'unique raison qu'elles avaient peur de mettre le nez hors de la maison. Ruth May se figurait curieusement que les voisins voulaient la manger. Quant à Rachel, elle voyait partout des serpents imaginaires pour peu qu'on l'y incite et disait : « Horreur d'horreur » en roulant des yeux et en annonçant qu'elle prévoyait de passer les douze mois à venir au lit. Si un prix de la maladie avait existé, Rachel aurait remporté la palme. Mais elle finit par s'ennuyer et s'arracha du lit pour voir ce qui se passait. Elle, Adah et Ruth May aidèrent au déballage et à la mise en route de la maison. La première tâche consista à mettre à plat tout le filet à moustiquaire et à le coudre en forme de tentes afin d'en couvrir quatre lits de camp identiques et celui, plus large, de mes parents. La malaria, c'est l'ennemi numéro un ici. Tous les dimanches, nous avalons nos cachets de quinine qui sont tellement amers qu'on en a la langue qui se rétracte presque comme une limace saupoudrée de sel. Mais Mrs. Underdown nous avait prévenus que cachets ou pas, un excès de piqûres de moustiques était encore capable de gagner de vitesse la quinine dans notre sang et de nous faire un sort.

Personnellement, j'avais pris des distances par rapport à la lutte contre les parasites. Je préférais aider mon père aux travaux du jardin. J'ai toujours été celle à qui revenaient les corvées de plein air, brûler les ordures et désherber, pendant que mes sœurs se chamaillaient à propos de plats ou autre. À la maison, nous avions un jardin superbe chaque été, sans exception, il était donc naturel que mon père eût pensé à se remplir les poches de semences : haricots du Kentucky, cous tors et pâtissons, tomates « Big Boy ». Il avait l'intention de créer un jardin modèle qui nous fournirait notre ordinaire, outre un supplément d'alimentation et de graines pour les villageois. Cela devrait constituer notre premier miracle en Afrique : une chaîne ininterrompue de bienfaits issus de ces bruissants petits paquets de graines, chaîne qui, à partir de nous, se propagerait en cercles à d'autres jardins, gagnant l'autre côté du Congo comme les ondes d'une pierre qu'on aurait lâchée dans une mare. Par la grâce de toutes nos bonnes intentions, je me sentais pleine de sagesse, bénie et protégée des serpents.

Mais il n'y avait pas de temps à perdre. Nous n'avions pas sitôt récité une prière d'action de grâces, à genoux sur notre humble seuil, et emménagé après nous être délestés de nos articles ménagers et de tout le reste, ne gardant que le strict minimum sur le dos pour rester décents, que Père se mettait en devoir de dégager un bout de terrain à la limite de la jungle, proche de la maison, mesurant les rangées à grandes enjambées. Au pas de l'oie – des pas de géant, comme nous les aurions appelés, s'il nous l'avait d'abord demandé, comme au jeu de « Maman, tu veux bien, dis ? ». Mais mon père n'a de permission à recevoir que du Seigneur, lequel, de toute évidence, est acquis à l'idée de domestiquer une nature sauvage pour en faire un jardin.

Il coucha un carré de hautes herbes et de fleurs roses sauvages, tout ça sans un seul regard pour moi. Puis il se baissa et entreprit d'arracher l'herbe à grandes poignées d'un coup sec et vigoureux comme s'il arrachait les cheveux du monde. Il portait son large treillis kaki serré aux chevilles, une chemise blanche à manches courtes, et s'agitait au milieu d'un nuage de poussière rouge dont il émergeait tel un génie coiffé en brosse soudainement apparu là. Une fourrure de poussière rouge s'amassait sur les poils frisés de ses avant-bras et des ruisselets de transpiration coulaient le long de ses tempes. Les muscles de sa mâchoire étant en mouvement, je sus qu'il se préparait à faire une révélation. L'édification des âmes de la famille n'est jamais bien loin des préoccupations paternelles. Il dit souvent qu'il se voit comme un capitaine sauvant du naufrage un chaos de cerveaux femelles. Je sais bien qu'il me trouve ennuyeuse, mais à toute autre occupation, je préférais passer du temps avec mon père.

« Leah, me demanda-t-il enfin, pourquoi crois-tu que le Seigneur nous ait fait cadeau de graines à faire pousser, au lieu de nous présenter nos repas tout prêts sortis du sol comme un tas de pierres dans les champs ? »

Alors ça, c'était une image stupéfiante. Tandis que j'y réfléchissais, il souleva le fer de la binette qui avait traversé l'Atlantique dans le sac de notre mère et l'enfonça sur un long bâton qu'il avait préparé à la mesure de la douille. Pourquoi le Seigneur nous avait-il envoyé les graines ? Bon, il est sûr qu'il était plus facile de bourrer nos poches de graines que d'y mettre des légumes entiers, mais je doutais que Dieu se fût vraiment intéressé aux problèmes de voyage. J'avais exactement quatorze ans et demi ce mois-ci, et j'essayais de me faire à l'embarras que me causaient mes petits ennuis mensuels. Je crois en Dieu de toutes mes forces, mais depuis quelque temps je me demandais pourquoi tant de détails laissaient à désirer par rapport à Sa dignité.

Je dois avouer que je ne connaissais pas la réponse.

Il évalua le poids et la résistance du manche de la binette et me scruta du regard. Il est très imposant, mon père, avec ses larges épaules et ses mains exceptionnellement grandes. C'est un bel homme aux cheveux d'un blond-roux que les gens attribuent volontiers aux Écossais, et il est plein d'énergie, bien que sans doute de caractère emporté.

« Parce que, Leah, le Seigneur vient en aide à ceux qui s'aident.

– Oh ! » m'écriai-je, le sang affluant à ma gorge, car bien sûr, ça, je le savais. Si seulement j'avais été capable de sortir tout ce que je savais assez vite pour contenter mon Père.

« Dieu a créé un monde de labeur et de récompenses, développa-t-il, pesés à l'aide d'une grande balance. » Il sortit un mouchoir de sa poche pour recueillir avec précaution la sueur d'une orbite puis de l'autre. Il porte une cicatrice à la tempe et sa vue est mauvaise du côté gauche, une blessure de guerre dont il ne parle jamais, n'étant pas du genre à se vanter. Il replia le mouchoir et le remit dans sa poche. Puis il me tendit la binette et écarta les mains, paumes levées pour illustrer la pesée céleste. « Modestes bonnes actions ici (il laissa sa main gauche se baisser légèrement) ; petites récompenses là. » Sa main droite descendit imperceptiblement, sous le poids d'une récompense presque insignifiante. « Grands sacrifices, grandes récompenses ! » dit-il alors, laissant lourdement tomber ses mains et, de toute mon âme, je convoitai le poids délicieux du bien qu'il tenait niché au creux de ces paumes.

Ensuite, se frottant les mains, il en termina du même coup avec la leçon et avec moi. « Dieu attend simplement de nous que nous donnions notre part de sueur en échange des bienfaits de la vie, Leah. »

Il reprit la binette et entreprit de prélever un petit domaine carré sur la jungle, se mettant à la tâche avec une telle intensité musculaire que nous aurions sûrement et très bientôt des tomates et des haricots qui nous sortiraient par les oreilles. Je savais que la balance de Dieu était immense et parfaitement juste : je la voyais une peu comme celle qui trônait sur le comptoir boucherie du supermarché Piggly Wiggly de Bethlehem, en un peu plus grand. Je fis le vœu de travailler dur pour Lui, et de surpasser tous les autres dans mon dévouement à retourner la terre pour la plus grande gloire de Dieu. Un jour, peut-être, enseignerais-je à l'Afrique entière comment obtenir des cultures ! Sans me plaindre, j'allais puiser de l'eau, seau après seau, dans la grande bassine en métal galvanisé qui était sous le porche pour que mon père puisse asperger le terrain devant sa binette, afin de rabattre cette horrible poussière. La terre rouge séchait sur son pantalon comme du sang sur une bête abattue. Je marchais derrière lui et trouvais les têtes coupées de nombreuses petites orchidées orange vif. J'en examinai une de près. Elle était d'une délicatesse extraordinaire, avec sa langue jaune renflée et sa gorge tachetée de marron. Personne n'avait jamais planté ces fleurs, j'en étais sûre, ni ne les avait récoltées, elles témoignaient d'une œuvre que le Seigneur avait poursuivie tout seul de son côté. Il avait dû douter des capacités de persévérance de l'humanité le jour où Il avait créé ces fleurs.

Mama Bekwa Tataba se tenait là à nous observer — petite bonne femme noire comme le jais. Les coudes en ailerons, une énorme bassine en émail blanc occupant l'espace du dessus de sa tête et qui restait tout à fait miraculeusement stable tandis qu'elle regardait par brèves saccades à droite et à gauche. La tâche de Mama Tataba, nous avions été surpris de le découvrir, consistait à vivre avec nous et à se faire un petit pécule en accomplissant pour nous les mêmes travaux que ceux qu'elle avait fournis à notre prédécesseur à la mission de Kilanga, le frère Fowles. En fait, il nous avait laissé deux pensionnaires : Mama Tataba et un perroquet du nom de Mathusalem. Tous deux avaient appris l'anglais grâce à lui et de toute évidence bien d'autres choses encore, car le frère Fowles laissait une part de mystère derrière lui. Je crus comprendre en écoutant mes parents en cachette que le frère

Fowles avait contracté des alliances non conventionnelles avec les indigènes et aussi qu'il était yankee. Je les entendis raconter qu'il était irlandais de New York, ce qui en disait long, car ces gens sont notoirement papistes. Père nous expliqua qu'il avait complètement perdu la tête à force de frayer avec les autochtones.

C'est pourquoi la Ligue de la mission nous avait finalement autorisés à venir. Au début, ils avaient vexé mon père en nous opposant un refus, bien que les paroissiens de Bethlehem se soient cotisés toute l'année pour financer notre transport en avion jusqu'ici afin de diffuser le nom de Jésus. Mais personne d'autre ne s'étant présenté pour le poste de Kilanga, les Underdown avaient demandé qu'il soit occupé par quelqu'un de stable, doté d'une famille. Nous formions bel et bien une famille, et mon père possédait la stabilité d'une souche. Pourtant, les Underdown avaient insisté pour que notre mission ne se prolonge pas plus d'un an – trop peu de temps pour devenir complètement fou, à moitié seulement, j'imagine, si les choses ne se passaient pas très bien.

Le frère Fowles était resté six ans à Kilanga, ce qui vraiment, quand on y pense, est un temps suffisant pour autoriser tout dérapage digne de ce nom. On ne tarissait pas sur la manière dont il avait pu influencer Mama Tataba. Quoi qu'il en soit, nous avions besoin de son aide. Elle rapportait toute notre eau de la rivière, nettoyait et allumait les lampes à alcool, fendait le bois, préparait le feu dans le fourneau, jetait des baquets de cendres dans le trou des cabinets et marquait une pause en tuant les serpents plus ou moins pour se distraire entre deux corvées pénibles. Mes sœurs et moi étions sidérées de peur devant Mama Tataba, mais c'est parce que nous ne la connaissions pas encore très bien. Elle était aveugle d'un œil. On aurait dit un œuf dont le jaune cassé n'aurait été battu qu'une seule fois. Pendant qu'elle se tenait là devant le jardin, j'étudiais à loisir son œil abîmé, tandis qu'elle gardait l'autre fixé sur mon père.

«Pourquoi tu creuses là ? Pour chercher des larves ? » s'enquit-elle. Elle tournait la tête légèrement d'un côté sur l'autre, inspectant le travail de mon père de son rayon-monoculaire-pénétrant, comme il l'appelait. La bassine en émail restait parfaitement immobile sur le sommet de son crâne – haute couronne en lévitation.

« Nous cultivons la terre, ma sœur, dit-il.

– Celui-là, il mord », dit-elle, pointant une main noueuse vers un arbrisseau qu'il s'efforçait d'arracher de son lopin. De la sève blanche suintait de l'écorce arrachée. Mon père s'essuya les mains sur son pantalon.

« Ce bois, c'est du poison », ajouta-t-elle d'un ton neutre, accentuant chacune des syllabes descendantes comme par lassitude.

Mon père s'épongea le front de nouveau et se lança dans la parabole de la graine de sénevé semée dans une terre stérile et d'une autre semée dans de la bonne terre. Cela me fit penser aux flacons de moutarde au chapeau pointu de couleur vive dont nous faisions une grosse consommation lors des dîners viennois de l'église – un monde étranger à tout ce qu'avait pu connaître Mama Tataba. Père avait trouvé œuvre à sa mesure en voulant prêcher la Parole en un lieu pareil. J'avais envie de me jeter à son cou fatigué et de caresser ses cheveux en bataille.

Mama Tataba semblait ne pas écouter. De nouveau elle montra du doigt la terre rouge. « Tu dois faire des collines. »

Il tenait bon, mon père, grand comme Goliath et pur de cœur comme David. Une pellicule de poussière rouge sur les cheveux, sur les sourcils et sur son solide menton lui donnait un air diabolique contre nature. Il promena une grande main couverte de taches de rousseur sur les côtés de la tête où ses cheveux étaient taillés ras, puis à travers la touffe que Mère laissait plus longue sur le dessus. Sans cesser d'examiner Mama Tataba dans un

58

esprit de tolérance chrétienne, prenant tout son temps pour formuler son message.

« Mama Tataba, dit-il enfin. Je cultive la terre depuis que je suis en âge de marcher derrière mon père. »

Il pouvait dire n'importe quoi ; un truc tout simple à propos de voiture, ou d'une réparation de plomberie, ça sortait comme ça – avec des mots auxquels on pouvait prêter un sens sacré.

Mama Tataba frappa la poussière de la plante de son pied nu et prit un air dégoûté. « Ça poussera pas. Tu dois faire des collines », déclara-t-elle, puis elle tourna les talons et se dirigea vers la maison pour aider ma mère à asperger le sol de Clorox afin d'exterminer les ankylostomes.

J'étais choquée. En Géorgie, j'avais déjà vu mon père mettre des gens en fureur, ou les intimider, mais pas susciter leur mépris. Jamais.

« Qu'est-ce qu'elle veut dire par faire des collines ? demandai-je. Et pourquoi pense-t-elle qu'une plante peut te mordre ? »

Il fit comme si rien ne s'était passé, mais ses cheveux rougeoyaient comme s'ils s'étaient enflammés aux dernières lueurs du soir. « Leah, notre monde est plein de mystères », répondit-il avec assurance.

Parmi tous les mystères de l'Afrique, certains se révélèrent sans attendre. Mon père se réveilla le lendemain matin couvert d'affreuses démangeaisons sur les mains et les bras, provoquées sans doute par l'arbre qui mord. Même son bon œil, le droit, était fermé tellement il était gonflé, là où il s'était essuyé le front. Du pus jaune s'écoulait comme de la sève de sa chair meurtrie. Il hurla quand Mère tenta de lui appliquer de la pommade. « Je te demande comment j'ai pu attraper ça ? l'entendîmesnous rugir à travers la porte fermée de leur chambre. Aïe ! Seigneur tout-puissant, Orleanna. Comment cette malédiction a-t-elle pu me frapper, alors que Dieu lui-même veut que l'on cultive la terre ! » La porte s'ouvrit violemment et Père sortit en trombe. Mère le poursuivit avec des pansements mais il la repoussa brutalement et sortit arpenter la véranda. Au bout d'un moment, il finit par rentrer et la laissa s'occuper de lui. Elle dut lui envelopper les mains dans du chiffon propre avant qu'il pût même tenir une fourchette ou la bible.

Tout de suite après les prières, je sortis vérifier les progrès de nos plantations et je fus stupéfaite de constater ce que Mama Tataba avait voulu dire par collines : pour moi, ça ressemblait à des tombes, aussi larges et longues que celles de morts normaux. Pendant la nuit, elle avait refait le jardin en huit monticules funéraires bien nets. J'allai chercher mon père qui arriva à toute vitesse comme si je venais de découvrir une vipère à décapiter. Mon père, en cet instant, était au summum de l'exaspération. Il clignait avec force de son mauvais œil, afin de juger de l'état du jardin. Puis tous deux, sans échanger un seul mot, nous le remîmes à plat, le rendant aussi uniforme que les Grandes Plaines. Je fis tout le binage moi-même, pour épargner ses mains blessées. De l'index, je traçai de longs sillons rectilignes et nous les remplîmes d'un peu plus de nos précieuses semences. Nous piquâmes les paquets de graines multicolores sur des bâtons au bout des rangs – courges, haricots, citrouilles de Halloween – pour nous souvenir de ce à quoi il faudrait nous attendre.

Quelques jours plus tard, Père, une fois sa sérénité et ses deux yeux retrouvés, m'assura que Mama Tataba n'avait pas eu l'intention de détruire notre jardin modèle. Les coutumes indigènes, cela existait, dit-il. Il nous faudrait avoir la patience de Job. « Elle voulait nous aider à sa façon », dit-il.

C'est ce que j'admire le plus chez Père : quelle que soit la tournure des événements, il finit toujours par recevoir la grâce de se calmer. Certains le trouvent dur, intransigeant, mais c'est simplement parce qu'il a été doté d'un jugement et d'une pureté de cœur sans faille. Il a été choisi pour une vie d'épreuves, comme Jésus. Étant toujours le premier à repérer les imperfections et les péchés, c'est à Père qu'il revient de donner des pénitences. Pourtant il est toujours prêt à reconnaître que tout pécheur possède en lui une aptitude à se racheter. Je sais qu'un jour, quand j'aurai suffisamment grandi dans l'Esprit saint, je recevrai son approbation sincère.

On ne s'en rend pas toujours compte, mais mon père a le cœur grand comme la main. Et sa sagesse aussi est grande. Jamais il ne s'est comporté comme l'un de ces pasteurs barbares qui vous obligent à capturer des serpents mocassins, à flanquer des bébés par terre, ou à hurler des sons inarticulés. Mon père croit en l'édification. Au séminaire, il a appris à lire des passages de la Bible en hébreu, et avant notre départ en Afrique il nous a toutes mises à l'étude du français, afin de mieux contribuer au succès de notre mission. Il s'est déjà rendu dans de nombreux endroits, y compris dans une autre jungle outre-mer, aux Philippines, où il est devenu un héros, blessé de guerre, pendant la Seconde Guerre mondiale. Il a donc presque tout vu.

Rachel

Le dimanche de Pâques, façon Congo, les petites Price ont dû se passer de robes neuves, point final. Nous sommes parties à l'église en vieilles chaussures et avec les robes que nous avions portées tous les autres dimanches africains jusqu'à présent. Pas de gants blancs, inutile de le préciser. Et pas de chichis non plus, car la seule glace dont nous disposions, c'était mon miroir à main en faux ivoire emporté de la maison et que nous devions tous partager. Mère l'avait posé sur le bureau de la salle de séjour, en appui contre le mur, et chaque fois que Mama Tataba passait devant, elle glapissait comme si un serpent l'avait mordue. Donc : dimanche de Pâques en souliers lacés crottés, spectacle charmant, n'en doutons pas. En ce qui concerne mes sœurs, je dois dire qu'elles s'en moquaient. Ruth May est du style à porter son jean à pattes d'éléphant retournées même le jour de son enterrement, et les jumelles, idem, elles se fichent complètement de l'allure qu'elles ont. Elles sont restées tellement longtemps à se dévisager avant de naître qu'elles seraient bien capables de vivre le reste de leur existence sans se jeter un seul coup d'œil en passant devant une glace.

Puisqu'on aborde le sujet, il faut voir comment les Congolais se trimballent. Les enfants sont attifés de défroques tirées des sacs de dons baptistes, sinon, ils n'ont rien du tout. Le mariage de couleurs n'est pas leur fort. Les adultes s'imaginent qu'un écossais rouge et une impression rose à fleurs sont des couleurs complémentaires. Les femmes portent des paréos faits d'une sorte de tissu, et un autre grand carré de tissu différent drapé par-dessus. Jamais de jeans ou de pantalons – hors de question. Les poitrines peuvent ballotter au gré du vent, mais en revanche, il faut absolument cacher ses jambes, top secret. Quand Mère met le pied dehors avec son pantalon corsaire noir, eh ben, ils restent là à la regarder d'un air ahuri. En fait, un bonhomme s'est cogné contre un arbre devant chez nous et s'est cassé une dent, tout ça à cause du pantalon en matière extensible de Mère. Les femmes sont supposées porter un seul type de vêtement et rien d'autre. Pour les hommes, c'est une autre affaire. Ils s'habillent n'importe comment : il y en a qui mettent des chemises longues dans les mêmes tissus à fleurs que ceux dont s'affublent les femmes. Ou bien ils en disposent un pan en écharpe sur une épaule, à la Hercule. D'autres ont des chemises boutonnées à l'américaine et des shorts décolorés, couverts de taches. Quelques-uns des plus petits se baguenaudent en maillots de corps avec des dessins enfantins et personne ne semble trouver ça drôle. Celui qui s'est fichu la dent en l'air s'est dégoté un habit violet avec des boutons métalliques qui ressemble à un vieil uniforme de portier. Quant aux accessoires, je ne sais même pas par où commencer. Les sandales en vieux pneus font fureur. Tout comme les vieux derbys avec le bout qui rebique, les caoutchoucs noirs portés non attachés et qui bâillent, ou les tongs en plastique rose vif, ou pieds nus – tout ça allant indifféremment avec les tenues citées plus haut. Lunettes de soleil, lunettes normales, avec chapeaux, sans chapeaux, idem. Quelquefois même une casquette tricotée surmontée d'un pompon, ou un béret de femme jaune vif – je suis témoin de toutes ces splendeurs et même plus. Ici, question habillement, on pense : « Du moment que c'est

63

là, pourquoi ne pas le mettre ? » Des hommes vaquent à leurs affaires quotidiennes, parés, dirait-on, pour une improbable tempête de neige tropicale, alors que d'autres sont si peu vêtus que c'en est une honte – un short en tout et pour tout. Quand on regarde autour de soi, on a l'impression que chacun avait l'intention de se rendre à une réception différente et que tout d'un coup, paf ! ils se retrouvent tous ensemble.

Voilà donc à quoi ressemble le dimanche de Pâques à la paroisse. De toute façon, rien à voir avec l'église avec robes à froufrou et chaussures vernies. Les murs sont ouverts à tous vents. Les oiseaux peuvent plonger en piqué à l'intérieur et prendre vos cheveux pour un nid si ça leur chante. Père avait dressé un autel avec des feuilles de palmier devant, ce qui le rendait présentable tout en lui donnant un côté rustique, mais par terre on voyait encore les anciennes traces de charbon et les taches noires du feu qu'ils avaient allumé le premier soir de notre arrivée, pour la fête d'accueil. Un souvenir désagréable de Sodome, Gomorrhe et la suite. Je m'étrangle encore au souvenir de la viande de chèvre, quand j'y repense. Je n'ai jamais réussi à l'avaler. J'ai gardé mon morceau dans la bouche toute la soirée et puis je l'ai recraché derrière les cabinets en rentrant.

Donc, pas de robes neuves. Mais il ne fallait pas trop que je me plaigne à cause de ça, car devinez quoi. On n'était même pas vraiment à Pâques. On était arrivés, plaf, en plein milieu de l'été, loin de toute fête religieuse. Père avait été très déçu de l'époque, jusqu'à ce qu'il découvre, un vrai choc à l'âge des avions à réaction, que d'une façon comme d'une autre les jours et les mois importaient peu aux gens du village. Ils ne savent même pas distinguer le dimanche du mardi ou du vendredi, ou de la saint-glinglin ! On compte jusqu'à cinq, arrive le jour de marché, et on recommence à zéro. L'un des types de la communauté avait confié à Père qu'aller à l'église juste de temps en temps, d'après ce qu'ils avaient compris, au lieu du jour du marché, les avait toujours étonnés de la part des chrétiens. Évidemment, ça nous a fait hurler de rire ! Si bien que Père n'avait franchement rien à perdre en imposant son calendrier à lui et en annonçant que Pâques aurait lieu le 4 juillet. Pourquoi pas ? Il a dit qu'il fallait un point de repère pour faire repartir l'église.

Le grand événement prévu pour le faux jour de Pâques avait consisté en un spectacle organisé par Père et par toutes les personnes qui voulaient bien ranimer le feu sacré. Jusque-là, lors de nos premières semaines à Kilanga, l'assistance à la messe s'était révélée presque nulle. De sorte que Père voyait dans cette manifestation une façon spéculataire de marquer la reprise des activités. Quatre hommes, dont celui en uniforme de portier et un autre qui n'avait qu'une jambe, ont joué le rôle de soldats avec de vraies lances. (Il n'y avait aucune femme présente aux services religieux, elles n'étaient donc pas susceptibles de faire de la figuration forcée.) Au départ, les hommes auraient voulu que quelqu'un tienne le rôle de Jésus et qu'il ressuscite d'entre les morts, mais Père s'y était opposé par principe. Alors, déguisés simplement en soldats romains, ils s'étaient tenus devant la tombe, avec de gros rires gras de satisfaction païenne parce qu'ils avaient réussi à supprimer Dieu, ensuite, au deuxième acte, ils s'étaient mis à sauter dans tous les sens, l'air furax de découvrir qu'on avait remis la pierre en place.

Je n'étais pas très passionnée à l'idée de regarder ces types. Pour commencer, on n'a pas tellement l'habitude des Africains, du fait que chez nous ils se cantonnent aux quartiers de la ville qui leur sont réservés. Mais ici, bien sûr, puisqu'ils sont partout chez eux, les gars du spectacle en ont fait des tonnes. Je n'ai pas compris pourquoi ils se sont crus obligés de se montrer aussi africains en la circonstance. Des bracelets en acier à leurs bras noirs et des étoffes lâches qui flottaient, plus ou moins coincées n'importe comment à la taille. (Même celui qui avait une jambe de bois !) Ils ont débarqué en courant ou en sautant dans l'église, armés des lourdes sagaies dont ils se servent pendant la semaine pour tuer les animaux. On était au courant parce que leurs épouses se présentaient quotidiennement à notre porte avec des cuissots entiers d'on ne savait trop quoi, dégoulinants de sang, de bêtes mortes depuis à peine dix minutes. J'imagine qu'avant la fin de cette grande aventure, Notre Père espère sans doute réussir à faire manger du rhinocéros à ses filles. L'antilope constitue plus ou moins notre pain quotidien. Les femmes ont commencé à nous en apporter dès la première semaine. Même un singe, une fois. Mama Tataba marchande avec elles devant la porte et, pour finir, se tourne avec notre repas au bout de ses bras décharnés telle une championne de boxe. Non, non et non ! Dites-moi quand tout ça sera fini ! Ensuite, elle se dirige à grands pas vers la hutte de la cuisine et allume un feu tellement énorme dans le fourneau qu'on dirait qu'elle est au cap Carnaval en train de lancer un vaisseau spatial. Elle est habile à préparer n'importe quoi, mort ou vif, mais Dieu soit loué, Mère a refusé le singe et son petit rictus macabre. Elle a dit à Mama Tataba qu'on pouvait sûrement s'en sortir avec des trucs qui ressemblaient moins à des êtres humains.

Si bien que quand les hommes armés de leurs lances tachées de sang ont défilé dans un bruit de cliquetis dans l'allée centrale, au spectacle du dimanche de Pâques, cela devait représenter un véritable progrès, j'en suis certaine, mais ce n'était pas tout à fait ce qu'avait espéré Père. Lui, il avait plutôt envisagé un baptême. L'idée de fêter Pâques en juillet se serait articulée autour d'une séance devant l'autel, laquelle se serait enchaînée sur une joyeuse procession jusqu'à la rivière avec les enfants tout de blanc vêtus allant chercher leur salut. Père se serait tenu dans l'eau jusqu'à la taille comme saint Jean et la main levée, au nom du Père, du Fils et du Saint-Esprit, il leur aurait fait boire la tasse, un par un. La rivière aurait été pleine à ras bord d'âmes purifiées.

Il y a un modeste cours d'eau qui coule près du village, avec des petits bassins où les gens lavent leur linge et puisent leur eau de boisson, mais il n'est ni assez profond ni assez large pour produire un effet baptismal d'envergure. Pour Père, c'est le grand fleuve Kouilou ou rien. Je savais exactement comment il souhaitait voir la cérémonie se dérouler. Cela aurait pu, en effet, faire un très beau spectacle.

Mais les hommes ont dit non, qu'il n'en serait rien. Les femmes étaient tellement ennemies de l'idée d'être plongées dans la rivière que toutes, rien que d'en entendre parler, ont retenu leurs enfants très loin de l'église ce jour-là. Si bien que les arguments clés du spectacle de Père ont été perdus pour la plus grande majorité des gens de Kilanga. En dehors de mes sœurs et de moi, de notre mère et de Mama Tataba, les seules femmes de l'assistance, et en dehors de tous les hommes ingambes figurant dans le spectacle, une plus grande proportion du public qu'on ne l'aurait souhaité, soit rêvassait, soit examinait le contenu de ses narines.

Ensuite, faute de baptême, Père avait incité les gens à s'approcher le plus près possible de la rivière au moyen d'une astuce ancienne et connue, celle du repas paroissial. Nous avons donc pique-niqué au bord du Kouilou à la délicieuse odeur de vase et de poisson crevé. Les familles qui avaient refusé d'encombrer l'entrée de l'église, laquelle, entre parenthèses, n'a pas de porte, se sont tout de même débrouillées pour nous rejoindre au pique-nique. Cela allait de soi puisque c'était nous qui avions apporté pratiquement toute la nourriture. Ils ont l'air de nous prendre pour le père Noël, à la façon dont les enfants viennent nous réclamer à manger ou autre, à chaque jour que le bon Dieu fait – à nous qui sommes pauvres comme Job ! Une bonne femme, venue dans l'espoir de nous vendre des paniers faits main, a aperçu nos ciseaux à travers la porte et nous a demandé, sans se gêner, si on ne pouvait pas lui en faire cadeau ! Le culot !

Ils sont donc arrivés en grande pompe au pique-nique : les femmes, la tête enturbannée dans de l'étoffe imprimée comme un cadeau d'anniversaire. Les enfants étant vêtus du peu qu'ils avaient – tout ceci manifestement dans le but de nous faire plaisir, je le savais, après l'explosion de Père à propos de la divergence en matière de code vestimentaire. D'une certaine façon, ils paraissaient tout nus quand même. Certaines des femmes avaient également des nouveau-nés, minuscules petites choses couleur fauve au visage plissé que leurs mères avaient entortillées dans des gros paquets de tissus et de couvertures, avec des petits bonnets de laine, par une chaleur pareille ! Juste pour montrer, je suppose, à quel point ils sont précieux. Dans toute cette poussière et cette saleté, où rien ne se passe, un bébé ça doit représenter un sérieux événement.

Évidemment, tout le monde me regardait, comme ils font toujours ici. Je suis d'une blondeur incroyable. J'ai des yeux bleu saphir, des cils blancs et des cheveux blond platine qui me descendent jusqu'à la taille. Ils sont tellement fins que je dois me servir de shampooing Breck formule spéciale et je n'ose pas penser à ce que je vais faire quand la seule bouteille que m'a autorisée Père sera vide : battre mes cheveux sur un rocher comme le fait Mama Tataba avec nos vêtements, charmante perspective. D'eux-mêmes, les Congolais ne semblent pas très doués du côté cheveux – la plupart sont chauves comme des genoux, même les filles. Il est pénible de voir une petite fille déjà grande et en robe à volants, sans un poil sur la tête. Du coup, ils sont si horriblement jaloux de mes cheveux qu'ils s'aventurent souvent à venir me les tirer. Je trouve étonnant que les parents laissent faire. Dans certains domaines, ils se montrent tellement stricts que ça revient à avoir des communistes pour parents, mais quand il s'agit de quelque chose que vous aimeriez bien qu'ils remarquent, des clous ! Le laxisme parental est à l'ordre du jour.

Le pique-nique pascal du 4 juillet a donc duré une interminable éternité d'après-midi congolais. Le bord du fleuve, qui semble attirant de loin, ne l'est pas autant de près : des berges envasées, lisses, odorantes, encadrées d'un fouillis de buissons avec des fleurs d'un orange éclatant tellement énormes que s'il vous prenait l'envie de vous en mettre une derrière l'oreille à la Dorothy Lamour, vous auriez l'air d'avoir un bol à soupe en plastique à la place. Le Kouilou n'est pas comme le Jourdain, réfrigérant et large. C'est un fleuve paresseux, qui roule, tiède comme une eau de bain, où l'on dit que les crocodiles se retournent comme des rondins. Pas de la rose non plus de l'autre côté, seulement encore plus de jungle nauséabonde, couchée dans la brume, aussi lointaine que le souvenir de pique-niques en Géorgie. Je fermais les yeux et rêvais de vrais sodas en boîte. Nous avons tous mangé du poulet préparé à la mode du Sud par Mère, qui avait commencé par le commencement, en tuant nos volatiles puis en leur coupant la tête. Ceux-là mêmes que Ruth May avait pourchassés autour de la maison ce matin-là avant l'église. Mes sœurs ont un peu pleurniché, quant à moi j'ai rongé mon pilon avec un plaisir ! Étant donné ma situation dans son ensemble, je n'allais pas me laisser turlupiner par le spectre de la mort le temps du pique-nique. J'étais tout bêtement contente de pouvoir savourer quelque chose de croustillant qui associait cette misérable chaleur bourdonnante à un véritable été.

Les poulets s'étaient révélés, comme Mama Tataba, une autre surprise pour nous. Une volée de poules tachetées de noir et blanc nous attendaient ici à notre arrivée. Elles débordaient du poulailler, perchaient sur les arbres et partout où elles se trouvaient un endroit, car après le départ du frère Fowles, elles s'étaient toutes mises à cacher leurs œufs et à élever leurs poussins pendant la période de relâche entre deux missions. Les gens du

69

village avaient bien pensé nous aider en en mangeant quelques-unes avant notre arrivée, mais Mama Tataba, je pense, les en avait dissuadés à l'aide de son bâton. C'est Mère qui avait décidé d'en consacrer la plus grande partie pour régaler le village, en offrande de paix. Le matin du grand jour, elle s'était mise au travail dès potron-minet, pour réussir à tuer et à rôtir toutes ces volailles à temps. Au moment du pique-nique, elle s'était promenée dans la foule, distribuant cuisses et pilons aux petits enfants qui, heureux comme des rois, s'en étaient léché les doigts et avaient chanté des cantiques. Mais elle avait eu beau s'esquinter au-dessus du fourneau brûlant, Père avait à peine remarqué à quel point elle s'était attirée les faveurs de la foule. Il avait l'esprit à deux millions de kilomètres de là. Il avait passé son temps les yeux obstinément fixés sur la rivière dans laquelle personne n'avait manifesté l'intention de se faire immerger ce jour-là, de toute façon. Seuls dérivaient d'épais matelas de plantes flottantes surmontés de grands échassiers qui tournaient en rond sans arrêt, chacun d'eux se croyant sans doute le roi de l'univers.

D'accord, j'en voulais à Père de nous avoir obligées à être là pour commencer. Mais on voyait bien qu'il était décontenancé lui aussi, et sérieusement. Quand il se fourre quelque chose dans le crâne, il n'y a plus qu'à attendre que ça passe. Le pique-nique avait été très gai, mais n'avait franchement rien eu à voir avec ce qu'il avait à l'esprit. Aucune valeur en termes de rédemption.

Ruth May

S'ils ont faim, pourquoi ils ont un gros ventre, alors ? Moi, j'y comprends rien.

Les enfants s'appellent Tumba, Bangwa, Mazuzi, Nsimba, des noms comme ça. Il y en a un qui vient presque tout le temps dans notre cour et je connais pas du tout son nom. Il est presque grand comme mes sœurs mais il a rien sur lui sauf une vieille chemise grise sans boutons et un caleçon gris qui pend. Il a un gros ventre rond avec son nombril qui dépasse comme une bille noire. Je sais que c'est lui à cause de la chemise et du caleçon, pas à cause du nombril. Ils ont tous ça. Je croyais que c'était parce qu'ils étaient tous gros, mais Père dit que non. Ils ont très, très faim et on leur donne pas de vitamines. Mais quand même, le bon Dieu leur donne l'air gros. Je crois bien qu'ils sont comme ça parce qu'ils viennent des tribus de Cham.

Il y en a une qui est une fille parce qu'elle porte une robe. Elle est en tissu écossais violet, avec le haut déchiré devant si bien qu'on voit un de ses nichons, mais elle se balade partout avec comme si elle remarquait rien et les autres gens non plus. Elle a aussi des chaussures. Elles étaient blanches, mais maintenant elles ont la même couleur que la poussière. Rien de ce qui est blanc ne reste jamais blanc ici. C'est une couleur qu'on voit pas. On dirait même qu'une fleur blanche qui s'ouvre sur un buisson est fichue d'avance.

J'ai eu la permission d'apporter deux jouets seulement : des cure-pipes et une poupée singe en tricot. La poupée singe a déjà disparu. Je l'ai laissée sur la véranda et le lendemain matin, elle était plus là. C'est un de ces petits enfants qui l'a volée, c'est un gros péché. Père dit qu'il faut leur pardonner parce qu'ils savent pas ce qu'ils font – maman dit qu'on ne peut vraiment pas appeler ça un péché du fait qu'ils sont tellement privés de tout. Alors moi, je sais plus, si c'est un péché ou pas. Mais ça m'a mise en colère et j'ai piqué une crise. J'ai eu un petit accident, j'ai fait pipi dans ma culotte. Mon singe s'appelait saint Matthieu.

Les messieurs adultes congolais s'appellent tous Tata quelque chose. Celui qui s'appelle Tata Une-deux, c'est lui le chef. Il a un costume en peaux de chat et autres, et une coiffure. Père doit rendre visite à Tata Une-deux pour payer son tribut au diable. Et les femmes sont toutes des Mama quelque chose, même si elles ont pas d'enfants. Comme Mama Tataba, notre cuisinière. Rachel l'appelle Mama Croquettes-de-patates. Mais elle ne veut pas nous en faire, j'aimerais bien pourtant.

La dame qui habite dans la petite maison à côté de chez nous, c'est Mama Mwenza. Un jour, son toit a pris feu et il est tombé sur elle et lui a brûlé les jambes mais pas le reste. Ça s'est passé il y a très longtemps. Mama Tataba a tout raconté à maman dans la case de la cuisine, je les ai entendues. Elles parlent pas de choses mal devant mes sœurs, mais moi je peux écouter toute la journée quand je vais me chercher une banane à la cuisine et que je l'épluche. Mama Tataba accroche tout ce gros paquet de bananes dans le coin, comme ça les tarentules qui s'en servent comme maison peuvent sortir quand elles veulent. Je suis restée assise par terre sans faire de bruit et j'ai épluché ma banane comme l'aurait fait saint Matthieu s'il avait été un vrai singe et s'il était pas parti, et je les ai entendues parler de la dame qui avait brûlé. Les toits brûlent parce qu'ils sont faits avec des bouts de bois et de la paille comme la maison des Trois petits Cochons. Le loup peut souffler de toutes ses forces sur votre maison et la faire tomber par terre. Même la nôtre. Elle est quand même beaucoup plus belle que les autres, mais elle est pas en brique. Les jambes de Mama Mwenza ont pas brûlé complètement mais on dirait qu'elle est assise sur un oreiller ou juste sur quelque chose qui serait enveloppé dans un sac en tissu. Elle se déplace à l'aide de ses mains. Les dessous de ses mains ont l'air d'être des dessous de pieds. Je suis allée là-bas pour bien la regarder, elle et ses petites filles qui n'ont rien sur elles. Elle a été gentille et elle m'a donné un quartier d'orange à sucer. Maman le sait pas.

Mama Mwenza a failli mourir brûlée, mais après elle est allée mieux. Maman dit que c'était bien sa chance à cette pauvre femme, parce que maintenant il faut qu'elle continue quand même à s'occuper de son mari et de ses sept ou huit enfants. Ils s'en fichent bien qu'elle ait pas de jambes à vrai dire, pour eux elle est simplement leur maman qui leur donne à manger. Pour les autres gens du Congo, c'est pareil. Eh ben ils font pas attention, ils font comme si elle était une personne normale. Personne ne fait de clin d'œil quand elle se déplace sur ses mains et s'en va dans son champ ou à la rivière pour laver les vêtements avec les autres dames qui travaillent là-bas tous les jours. Elle transporte toutes ses affaires dans un panier sur sa tête. Il est aussi grand que la grande corbeille à linge en osier blanc que maman a à la maison et on dirait qu'il y a toujours mille choses empilées là-dedans. Quand elle descend la rue, rien ne tombe. Toutes les autres dames ont aussi des grands paniers sur la tête, alors personne ne fait attention à Mama Mwenza, de toute façon.

Mais elles font que nous regarder. Et c'est Rachel qu'elles regardent le plus. D'abord maman et Père ont pensé que ça ferait les pieds à Rachel d'en rabattre un peu. Père a dit à maman : « Il ne faut pas qu'une enfant croie qu'elle est meilleure que les autres parce qu'elle est blonde comme un lapin albinos. » C'est ça qu'il a dit. J'ai raconté ça à Leah et elle a ri aux larmes. Je suis blonde moi aussi mais pas comme un lapin albinos. Maman dit que je suis blond rosé comme les fraises. Alors j'espère qu'on me rabattra pas d'un cran comme Rachel. J'aime les fraises plus que tout. Un lapin ça peut se garder comme animal de compagnie et ça peut se manger aussi. Pauvre Rachel. Chaque fois qu'elle va dehors, il y a tout un tas de petits Congolais qui lui courent après pour lui toucher les cheveux ou tirer dessus pour voir si on peut les arracher. Quelquefois des grandes personnes font pareil. J'ai l'impression qu'ils pensent que c'est comme un sport. Leah m'a dit que c'est parce qu'ils croient que c'est pas ses vrais cheveux et qu'elle a quelque chose de bizarre autour de la tête.

En plus, Rachel attrape les pires coups de soleil. Moi aussi j'en attrape, mais pas comme elle. Le rose c'est la couleur préférée de Rachel et c'est bien parce que c'est comme ça qu'elle est. Père dit que c'est le lot de chaque jeune femme d'apprendre l'humilité et que Dieu décide de la voie de chacune d'elle selon sa nature.

Maman dit : « Mais pourquoi se croient-ils obligés de nous regarder comme des bêtes curieuses ? »

Rachel a été d'abord Miss Bégueule, maintenant elle est une bête curieuse. Avant c'était Adah la seule de la famille à avoir quelque chose de travers. Mais ici, personne ne regarde Adah, juste un petit peu seulement, parce qu'elle a la peau blanche. Tout le monde se fiche qu'elle soit difforme d'un côté parce qu'ils ont tous des enfants handicapés ou une maman sans pieds, ou avec un œil en moins. Quand on regarde par la porte, eh ben il y a toujours quelqu'un qui passe avec quelque chose en moins et ça les gêne même pas. Ils vous diront bonjour gentiment avec leur moignon, s'ils en ont un.

Au début, maman nous grondait parce qu'on examinait trop les gens et qu'on les montrait du doigt. Elle passait son temps à nous chuchoter : « Les filles, combien de fois faudra-t-il que je vous répète qu'il ne faut pas dévisager les gens ! » Mais maintenant, maman regarde aussi. Il lui arrive de nous dire ou de se dire : « Alors Tata Zinsana, c'est celui à qui il manque tous les doigts, c'est ça ? » Ou bien : « Ce goitre gros comme un œuf d'oie sous le menton, c'est à ça que je reconnais Mama Nguza. »

Père dit : « Ils vivent dans les ténèbres. Brisés dans leur corps et dans leur âme, et ils ne voient même pas qu'ils peuvent guérir. »

Maman dit : « Eh bien, sans doute ont-ils une autre idée de leur corps. »

Papa dit que le corps est un temple. Mais maman peut parler d'une certaine façon quelquefois. Ce n'est pas vraiment qu'elle réponde, mais presque. Elle était en train de nous coudre des rideaux de fenêtre en tissu de robe pour qu'on nous espionne pas tout le temps, et elle avait des épingles dans la bouche.

Elle a retiré ses épingles et lui a dit : « Eh bien, en Afrique, ce temple a joliment à faire toute la journée. Tu sais, Nathan, ici ils sont obligés de se servir de leurs corps comme nous nous nous servons des choses à la maison – comme ta tenue ou tes outils de jardinage ou je ne sais quoi. Pendant que tu uses tes genoux de pantalon, mon cher, eux, ils sont obligés d'user leurs genoux ! »

Père l'a regardée d'un air mauvais pour lui avoir répondu.

« Eh bien, mon cher, a-t-elle dit, c'est ainsi que je vois les choses. C'est une simple constatation de ma part. Il me semble que leurs corps s'usent à peu de choses près comme s'usent nos biens matériels. »

En fait, maman ne lui répondait pas vraiment. Elle l'appelle *mon cher* comme elle nous appelle *Poussin* ou

Minou, pour être gentille. Tout de même. Si ç'avait été moi qui lui avais parlé comme ça, il aurait dit : « Continue, tu es sur la bonne voie, jeune fille. » On avait l'impression qu'il était sur le point de dire la même chose à maman. Il pesait le pour et le contre. Il se tenait là devant la porte d'entrée, dans le soleil qui essayait de s'infiltrer autour de lui de tous les côtés. Il est tellement grand qu'il remplissait presque tout l'espace de la porte. Sa tête touchait presque. Maman était assise toute petite à sa table, alors elle s'est remise à coudre.

Il a dit : « Orleanna, le corps humain est un spectacle plus précieux qu'un pantalon kaki de chez Sears & Roebuck. J'aurais espéré te voir faire la différence. »

Ensuite il l'a regardée de son unique œil devenu méchant : « Toi, surtout. »

Elle est devenue toute rouge et a poussé un gros soupir comme elle le fait parfois. Elle a dit : « Même ce qui est précieux s'abîme avec le temps. Si l'on tient compte de ce qu'ils ont à supporter ici, ils n'adoptent sans doute pas l'attitude la plus mauvaise. »

Sur ce, maman a remis les épingles dans sa bouche. Résultat, on a plus parlé.

Il a pas dit un mot. Ni oui ni non, il a juste tourné les talons et il est sorti. Il aime pas qu'on lui tienne tête. Si ç'avait été moi, ouyouyouille. Cette lanière de cuir chauffe tellement que, même au lit, on se sent les jambes rayées comme un zèbre.

Je vais vous dire une chose que Père a vraiment usée : son grand fauteuil pivotant à bascule vert dans la salle de séjour de chez nous, là où nous habitons à Bethlehem en Géorgie. Il y a des fils blancs qui ont la forme d'un derrière. Ça fait pas très poli. Et il y a que lui à avoir pu faire ça. Il s'assied là le soir et il se met à lire, lire. De temps en temps, il nous fait la lecture à voix haute pour nous raconter des histoires de l'Écriture. Quelquefois, je me mets à m'arracher mes croûtes et je pense à des bandes dessinées au lieu de penser à Jésus et Il me voit.

Mais Jésus m'aime et ça je le sais bien : personne d'autre que Père a le droit de s'asseoir dans ce fauteuil à bascule vert.

Maman dit qu'il y a un autre monsieur et une autre dame avec deux petites filles et un bébé qui habitent dans notre maison à Bethlehem, en Géorgie. Le monsieur fait le pasteur pendant que nous sommes pas là. J'espère qu'ils sont au courant pour le fauteuil de papa parce que, s'ils s'asseoient dedans, qu'est-ce qu'ils vont prendre.

Adah

Elle n'était ni diabolique ni divine, elle ne faisait qu'ébranler les portes de la prison où mes dispositions naturelles étaient enfermées. Si on ouvrait ces portes, tout ce qui était prisonnier s'échappait au-dehors*. C'est ainsi que je le ressens. Habiter au Congo force les portes de mon état à s'ouvrir pour laisser s'échapper toutes les Adah maléfiques et perverses.

Pour distraire mon moi dépravé d'Adah pendant le temps des devoirs, sur un petit triangle de papier j'ai inscrit de mémoire cette citation et l'ai passée à Leah avec la question suivante : «Dans quel livre de la Bible ?» Leah s'imagine être l'élève modèle de Notre Père en matière de Bible. Élève modèle, *elèdom evèlé*, mademoiselle la star a lu la citation et, avec un petit signe de tête solennel, a écrit dessous : «Livre de Luc. Je ne suis pas certaine du verset.»

Ha ! Je peux rire de tout mon saoul sans même laisser paraître l'ombre d'un sourire.

Cette citation est tirée de *Dr. Jekyll et Mr. Hyde*, livre que j'ai bien souvent lu et relu. J'éprouve une grande sympathie pour les obscurs désirs du Dr. Jekyll et le corps contrefait de Mr. Hyde.

---

* *Docteur Jekyll et Mister Hyde,* R.L. Stevenson, traduction de Mme B.-J. Lowe, revue par Danièle Lamarque, Nathan (1985). *(N.d.T.)*

Avant de nous enfuir des sinistres bibliothèques de Bethlehem, je venais également de lire *Le Voyage du pèlerin* et le *Paradis perdu* – dont les intrigues n'ont pas la vigueur de celle du *Dr. Jekyll* – et bien d'autres œuvres dont Notre Père ignore tout, y compris les poèmes de Miss Emily Dickinson et les *Histoires extraordinaires* d'Edgar Allan Poe. J'aime énormément Mr. Poe et son histoire « Le corbeau » : *Uaebroc el !*

Mère est celle qui remarque les choses mais qui ne dit rien. C'est grâce à elle que tout a commencé quand elle nous a lu à haute voix, à Leah et à moi, les Psaumes et diverses œuvres classiques. Mère apprécie la Bible de manière païenne, attachée qu'elle est à des phrases telles que : *Vous m'arroserez avec l'hysope* et *J'ai été environné par un grand nombre de jeunes bœufs, et assiégé par des taureaux gras* et *Vous m'avez délivré de mon cilice et rempli d'allégresse.* Elle aurait aimé, elle aussi, courir à travers champs vêtue de cilice et traquer l'hysope parmi les taureaux sauvages, si elle ne s'était pas vue contrainte de se maintenir au niveau le plus élevé du métier de mère. Elle est particulièrement obsédée par notre statut, à Leah et à moi, d'enfants surdouées. Lorsque nous sommes entrées au cours primaire, nous avons été soumises à une évaluation de la part de la vieille fille, directrice de l'école élémentaire de Bethlehem, Miss Leep, qui a déclaré que nous étions « surdouées » : Leah, à cause des notes éblouissantes obtenues sans effort aux tests de compréhension de lecture, et moi, par association, puisque je suis censée avoir le même cerveau, du moins dans ses parties intactes. Cela s'est révélé un choc pour Mère qui, jusque-là, s'était bornée à nous apprendre le nom des fleurs qui poussaient dans les fossés au bord de la route où nous nous promenions nu-pieds (lorsque l'œil incandescent de Notre Père n'était pas posé sur nous) du presbytère jusqu'au marché du coin. Mes souvenirs les plus anciens de ma mère gisent avec ses yeux bleus rieurs dans l'herbe où, enfant elle-même, elle roule d'un côté sur l'autre tandis que Rachel et Leah l'ensevelissent sous une masse de bijoux de trèfle pourpre. Pourtant, une fois que Leah et moi avons été décrétées «surdouées», tout a changé. Mère sembla dégrisée lorsqu'elle apprit cette nouvelle de nos maîtresses, comme si Dieu lui infligeait un châtiment particulier. Elle se fit secrète et efficace. Elle limita nos randonnées champêtres et se mit à l'ouvrage à l'aide d'une carte de bibliothèque.

Elle n'aurait guère dû se soucier de tant de discrétion pour le peu d'intérêt que nous manifestait Notre Père. En apprenant la nouvelle par Miss Leep, il se contenta de rouler des yeux, comme si deux toutous venaient d'être surpris dans sa cour en train de siffloter un air du Dixieland. Il avertit Mère du danger qu'il y avait à trahir la volonté de Dieu en espérant trop de nous. «Envoyer une fille à l'université, c'est comme de verser de l'eau dans ses chaussures, répète-t-il encore aussi souvent que possible. Difficile de dire ce qui est le pire : le fait qu'elle coule ses chaussures en se salissant au passage, ou qu'elle séjourne dedans au risque de les esquinter.»

De sorte que je n'aurai jamais l'occasion de voir mes souliers abîmés par les études, mais je suis redevable d'une grande dette vis-à-vis de Miss Leep pour m'avoir sauvée de la masse des recalés de l'école élémentaire. Une directrice peu observatrice aurait classé Leah parmi les surdoués, et Adah dans une section spécialisée en compagnie de mongoliens et des six enfants Crawley de Bethlehem, suceurs-de-pouce et tireurs-d'oreilles, dans laquelle je serais encore à apprendre à tirer la mienne. Exagérément hilare, nulle et vacante, mongolienne. J'éprouve encore un sentiment d'affinité pour ce mot au goût d'amande.

Ah ! mais c'est que les matrones de Bethlehem en avaient eu les sangs retournés d'apprendre que ce pauvre petit être avait été propulsé dans la classe au-dessus de celle de leurs enfants pour y devenir un phénomène stupéfiant de rapidité en arithmétique. Un peu plus tard, je me suis mise à calculer de tête notre note d'épicier, inscrivant le total sur un papier et le présentant plus vite que Delma Royce n'en avait le temps avec sa caisse enregistreuse. C'était un événement marquant qui ne manquait jamais d'attirer les foules. Je ne sais absolument pas pourquoi. Je me sentais tout bêtement attirée par ces chiffres épars et instables qui avaient besoin d'un rappel à l'ordre. Personne ne semble en avoir conscience, mais faire des additions ne réclame qu'un mécanisme des plus rudimentaires et une bonne concentration. La poésie est infiniment plus difficile. Et les palindromes donc ! à la saveur si parfaite, si satisfaisante : Être récompensée à hauteur de l'effort ! *Troffe'l ed ruetuah à eésnepmocér ertê*. Et pourtant, c'est toujours les maigres et ternes additions d'épicerie qui font impression.

Ma marotte, c'est d'ignorer les récompenses et d'exceller dans mes choix. Je lis et écris le français que parlent tous ceux qui, à Kilanga, sont passés par l'école des Underdown. Mes sœurs semblent ne pas s'être penchées suffisamment longtemps sur l'apprentissage du français. Parler, comme je l'ai dit – avec tout le reste des autres acrobaties de la vie – peut, sous un certain angle, se voir comme une distraction.

Quand j'ai fini de lire un livre à l'endroit, je le lis à l'envers. A l'envers, ça devient un autre livre, et on peut apprendre de nouvelles choses. Choses nouvelles de apprendre peut on et, livre autre un devient ça, l'envers à.On peut être d'accord ou non, au choix. C'est une autre façon de lire, bien qu'on m'ait affirmé qu'un cerveau normal n'appréhenderait pas : *sesohc sellevuon sed dnerppa no te, srevne'l à, ervil ertua nu tneived aç*. Les gens normaux, d'après ce que je comprends, ne perçoivent les mots comme moi que s'ils ont une tournure d'esprit suffisamment poétique : *Rose verte et rêves or* *.

---

* Luc Étienne, palindrome cité dans l'ouvrage de Claude Gagnière *Pour tout l'or des mots,* collection « Bouquins », Éditions Robert Laffont, 1996. *(N.d.T.)*

Mon nom à moi, tel que j'ai pris l'habitude de le penser, c'est Ecirp Nelle Hada. Quelquefois il m'arrive de l'écrire ainsi sans réfléchir et les gens se montrent surpris. Pour eux, je suis Adah ou, pour mes sœurs, Ade, morne monosyllabe, comme raide, laide, aide, aide-toi le ciel t'aidera.

Je préfère Ada, qui fonctionne dans les deux sens, comme moi. Je suis un parfait palindrome. Sur la couverture de mon cahier de notes j'ai inscrit en forme d'avertissement : « À révéler mon nom, mon nom relèvera * ! »

En ce qui concerne le nom de ma sœur jumelle, je préfère l'orthographier Lee, anguille en anglais.

Le Congo est le lieu idéal pour apprendre à lire plusieurs fois le même livre. Quand il pleut à torrents surtout, nous vivons de longues heures de captivité pendant lesquelles mes sœurs cultivent volontiers l'ennui. Mais y a-t-il des livres, des livres il y a ! Des mots bavards sur la page qui invitent mes yeux à danser avec eux. Toute autre en aurait terminé d'une traite, mais Ada, elle, dispose toujours de découvertes nouvelles et anciennes.

Lorsque la saison des pluies nous est tombée dessus, à Kilanga, elle s'est révélée une véritable calamité. On nous avait prévenus qu'il y aurait de la pluie en octobre, mais à la fin de juillet – ce qui ne surprit personne dans le village en dehors de nous – le ciel serein de là-haut s'est mis à verser de l'eau par seaux. *Xuaes rap uae !* Il s'est mis à pleuvoir des cordes comme le dit Mère. À tomber des trombes d'eau, un fléau de pluie avons-nous enduré, du genre que nous n'aurions jamais vu, ni espéré voir en Géorgie.

---

* Edmond Rostand, palindrome tiré de *Histoire comique des États et Empires de la Lune* et cité par Claude Gagnière dans le même ouvrage. *(N.d.T.)*

Sous l'auvent de la véranda, Mathusalem, notre protégé, poussait les cris de quelqu'un qui se noie dans sa cage. Mathusalem est un perroquet gris d'Afrique à la belle tête finement ornée de plumes en écailles, il a l'œil perçant et soupçonneux d'une Miss Leep et une queue rouge. Il réside dans une remarquable cage en bambou qui est aussi haute que Ruth May. Son perchoir est constitué d'un solide morceau de règle à l'ancienne mode, à section triangulaire. Il y a longtemps, quelqu'un l'a brisée des centimètres dix-neuf à quarante-trois afin de faciliter à Mathusalem la conduite de ses affaires.

Les perroquets ont une réputation de grande longévité et, de tous les oiseaux du monde, les perroquets gris d'Afrique sont les plus aptes à imiter le discours humain. Il est possible que Mathusalem ait – ou n'ait pas été – informé de la chose mais il radote lamentablement. Il marmonne toute la journée comme grand-père Wharton. La plupart du temps, il dit des choses incompréhensibles en kikongo, il parle également un anglais décousu comme le corbeau de Mr. Poe. Le premier jour de pluie, il a levé la tête et s'est mis à brailler au milieu du fracas de la tempête ses deux phrases les plus achevées dans notre langue : la première, avec la voix en coin de Mama Tataba : « Debout, frère Fowels ! Debout, frère Fowels ! »

Suivi d'un grommellement de baryton : « Fous-moi le camp, Mathusalem ! »

Le Révérend Price a levé les yeux de son bureau près de la fenêtre et pris note des mots « Fous-moi le camp ». La présence du fantôme à la moralité douteuse de frère Fowles rendait l'atmosphère soudain plus pesante.

« Ça, déclara le Révérend, c'est un oiseau catholique. »

Mère quitta des yeux sa couture. Mes sœurs et moi, nous nous trémoussions sur nos chaises, nous attendant à ce que Père inflige son « verset » à Mathusalem.

Le redouté « verset » constitue notre punition familiale. D'autres enfants, plus chanceux, recevront sans doute le fouet pour leurs péchés, mais nous autres, les petites Price, nous sommes châtiées à coups de versets de la Sainte Bible. Le Révérend ajuste son regard et déclare donc : « Vous avez droit au verset. » Puis, lentement, tandis que nous frétillons au bout de son hameçon, il inscrit sur un bout de papier Jérémie xlviii, 18, par exemple. Alors, adieu au beau soleil ou aux Hardy Boys pour l'après-midi entière tandis que vous devez, pauvre pécheresse, peiner à copier au crayon le verset xlviii, 18, de Jérémie de votre seule main gauche disponible, *Descends de ta gloire, et repose-toi dans l'indigence et dans la soif, fille habitante de Dibon,* sans compter les quatre-vingt-dix-neuf lignes suivantes. Une centaine de vers au complet copiés à la main, parce que c'est le dernier qui vous instruira de votre forfaiture. Dans le cas de Jérémie xlviii, 18, cela se terminera par Jérémie l, 31 : *C'est contre toi que j'en ai, « Insolence », oracle du Seigneur Yahvé Sabaoth, ton jour est arrivé, le temps où je te châtie.* Ce n'est qu'en parvenant au bout du centième vers que vous réalisez enfin que c'est le péché d'insolence qui vous a valu cette punition, bien que cela ait été relativement prévisible.

Si parfois il nous donne à copier des versets de la Bible anglaise, il marque cependant une préférence pour sa version américaine dans laquelle figurent ses très chers Livres deutérocanoniques. Encore un des projets que caresse le Révérend : faire avaler les Apocryphes aux autres baptistes.

Je me suis demandé si Notre Père possédait sa Bible tellement à fond qu'il fût à même de choisir le verset instructif désiré et de remonter jusqu'au centième en arrière. Où bien passe-t-il ses nuits à chercher le verset correspondant à toute infraction éventuelle, se constituant ainsi des réserves de munitions toutes prêtes pour ses filles ? Dans un cas comme dans l'autre, c'est aussi impressionnant que mes additions d'épicerie au supermarché Piggly Wiggly. Toutes, surtout Rachel, nous vivons dans la terreur du maudit verset.

Mais dans le cas du perroquet malappris, en cette première et interminable journée de pluie, Mathusalem ne fut pas obligé de copier la Bible. Ainsi demeura-t-il curieusement exempt des règles du Révérend tout comme les Congolais, lesquels échappaient aussi à sa férule. Mathusalem n'était qu'un sournois petit représentant de l'Afrique qui squattait ouvertement la maison. Mais à sa décharge, on pouvait dire qu'il était arrivé là le premier.

Nous écoutions le bavardage du perroquet, assises enfermées, un peu trop près de Notre Père pour nous sentir parfaitement à l'aise. Pendant cinq longues heures de pluie, nous contemplâmes les petites grenouilles rouges de dessin animé aux énormes doigts qui se pressaient autour des fenêtres et sautaient inlassablement le long des murs. Nos manteaux toutes saisons étaient suspendus à leur patère respective : peut-être étaient-ils prévus pour tous les temps à l'exception de celui-là ?

Notre maison est constituée de murs en pisé et surmontée d'un toit de frondes de palmier, mais elle est différente de toutes les autres habitations de Kilanga. D'abord, parce qu'elle est plus spacieuse, avec une grande pièce devant et deux chambres derrière, dont l'une ressemble à une scène d'hôpital du temps de Florence Nightingale tellement elle est encombrée de lits surmontés de triangles de moustiquaires et destinés à l'excès de filles de la famille. La cuisine est une hutte à part, à l'arrière de la maison principale. Dans la clairière au-delà, se dressent sans vergogne nos latrines, malgré les viles malédictions dont les accable Rachel toute la journée. Le poulailler se trouve aussi dans les parages. Contrairement aux cases des autres villageois, nos fenêtres sont fermées de panneaux de vitre carrés et les fondations, de même que le sol, sont en béton. Toutes les autres habitations ont un sol de terre battue. Sèche, bouleversée, épuisée. Nous voyons les femmes balayer constamment leurs huttes et les espaces dégagés qui sont devant à l'aide de balais faits de frondes de palmier et Rachel, avec son esprit habituel, fait remarquer qu'à ce compte-là on peut balayer carrément jusqu'en Chine sans obtenir de résultat probant. Grâce à Dieu et au ciment, ce genre de frustration a été épargné à la famille.

Dans la pièce de devant, la table des repas a l'air d'avoir été récupérée d'une épave, et il y a un énorme secrétaire à cylindre (provenant peut-être du même bateau) sur lequel Notre Père rédige ses sermons. Le bureau repose sur des pieds en bois terminés par des griffes de poulets en fonte, chacune d'elles enserrant une énorme bille de marbre, bien que trois d'entre elles soient fendues et qu'il en manque une, remplacée par un morceau d'écorce de noix de coco garant d'un plan d'équerre pour écrire. Dans la chambre des parents, d'autres meubles : un bureau en bois et un vieux phonographe vidé de son mécanisme. Tout ceci apporté par les autres courageux baptistes qui nous ont précédés, sans que l'on comprenne bien comment, à moins d'imaginer un temps où les conditions de transport étaient meilleures, avec plus de vingt-deux kilos de bagages autorisés. Nous possédons également une table de salle à manger et un buffet rustique bricolé contenant toute une panoplie de verrerie, de plats et de tasses en plastique dépareillés si bien qu'à table, nous, les sœurs, devons négocier entre nous couteaux et fourchettes. Le buffet renferme aussi un plat ancien ébréché, commémorant l'Exposition internationale de St. Louis, au Missouri, et une tasse en plastique avec un museau et des oreilles de souris. Et au milieu de cette foule, serein comme la Vierge Mère dans son étable envahie de bergers et de bétail galeux, un objet surprenant, magnifique : un grand plat blanc ovale peint de délicats myosotis, en porcelaine si fine qu'on voit le soleil au travers. Son origine est insoupçonnable. Si nous ne nous retenions pas, nous serions fichues de le vénérer.

À l'extérieur, nous disposons d'une longue galerie ombreuse que notre mère originaire du Mississippi appelle véranda. Mes sœurs et moi, nous adorons traîner là dans nos hamacs, et nous avions hâte d'y retourner même le jour de notre première pluie. Mais les rafales soufflaient en diagonale, fouettant les murs et le pauvre Mathusalem indistinctement. Lorsque ses cris devinrent par trop pathétiques et insupportables, notre mère, le visage fermé, rentra sa cage à l'intérieur et la posa par terre auprès de la fenêtre où l'oiseau poursuivit ses bruyants commentaires erratiques. En plus d'être papiste, le Révérend se mit à soupçonner cette tapageuse créature de féminitude latente.

Enfin, le déluge se termina juste avant le coucher du soleil. Le monde apparut comme foulé aux pieds, détrempé, mais mes sœurs s'échappèrent en trombe en couinant comme les premiers cochons sortis de l'arche pour constater ce que le déluge nous avait laissé. Un nuage bas se révéla être formé de millions de minuscules créatures ailées. Elles volaient au ras du sol en émettant un long bourdonnement grave à n'en plus finir. Avec leurs carapaces, elles produisaient un bruit de cliquetis lorsque nous voulions les chasser. Nous hésitâmes à la limite de la cour où la clairière de boue se muait en une longue pente d'herbe, dans laquelle nous nous élançâmes jusqu'à ce qu'une barrière de milliers de branches entrelacées en lisière de la forêt nous arrêtât : avocatiers, palmiers, taillis de hautes cannes à sucre sauvages. Cette forêt nous empêche de voir la rivière et autre spectacle à distance. L'unique chemin de terre contourne notre cour et va au-delà vers le village, au sud ; au nord, il disparaît dans les bois. Bien que nous voyions Mama Tataba disparaître par là et en revenir entière, avec ses seaux pleins d'eau, notre mère craignait encore que le chemin n'avalât ses enfants sans les lui rendre. Nous bifurquâmes donc et remontâmes à grands pas par la colline vers les deux boules d'hibiscus en fleur qui flanquaient les marches de notre véranda.

Quel attelage devions-nous former tandis que nous

déambulions, habillées toutes de la même façon avec nos souliers lacés, nos chemises à pans et nos pantalons de coton pastel, mais tellement différentes aussi. Leah était en tête, comme toujours, déesse de la chasse, le cheveu vigoureux couleur vison, avec sa coupe de lutin, les muscles huilés comme des rouages de pendule. Ensuite nous arrivions, Ruth May avec ses couettes qui voltigeaient dans son dos, s'efforçant à tout prix de passer devant parce qu'elle était la plus jeune et qu'elle reste persuadée que la dernière doit être la première. Et puis Rachel, la reine de Saba de la famille, papillonnant de ses cils blancs, secouant sa longue crinière blanche de Palomino, cheval qu'elle avait tant désiré autrefois. La Reine Rachel traînait à distance, le regard ailleurs. Elle aurait bientôt seize ans et elle était au-dessus de tout, quoiqu'elle refusât encore que nous trouvions quelque chose de bien sans elle. Bonne dernière arrivait Adah, le monstre, Quasimodo tirant son flanc droit dans le sillage de son gauche, avec son chant de marche permanent : *gauche... arrière, l'abandonnée.*

C'est l'ordre habituel que nous respectons : Leah, Ruth May, Rachel, Adah. Ni chronologique ni alphabétique, mais il varie rarement à moins que Ruth May, distraite, ne sorte du rang.

Au pied de l'hibiscus nous découvrîmes, tombé par terre, un nid rempli d'oisillons noyés. Mes sœurs se passionnèrent à la vue de ces petits corps nus ailés, semblables à des griffons de livres de contes, et de l'horrible fait qu'ils fussent morts. Puis nous découvrîmes le jardin. Rachel proclama à grands cris qu'il était définitivement fichu. Se faisant l'interprète de Notre Père, Leah tomba à genoux en grande démonstration de désespoir. Le torrent avait inondé le terre-plein et les semences se sauvaient comme des bateaux à la dérive. Nous en retrouvâmes partout cachées dans l'herbe haute et à la limite du lopin. La plupart avaient déjà germé les semaines précédentes, mais leurs menues racines ne les avaient pas retenues dans les plates-bandes sous la force du torrent. Leah progressait à genoux, recueillant les pousses dans un pan de sa chemise, avec sang-froid, comme sans doute l'aurait fait Sacajaweah, son héroïne indienne préférée, dans une situation analogue.

Plus tard, Notre Père vint constater les dégâts, et Leah l'aida à faire le tri des graines par espèce. Il déclara qu'il les ferait pousser, au nom du Seigneur, ou qu'il ferait de nouvelles plantations (le Révérend, comme tout prophète compétent, avait gardé quelques semences en réserve, au cas où le soleil voudrait bien se montrer et sécher cette maudite gadoue).

Même au coucher du soleil, aucun des deux ne rentra à l'heure du dîner. Mama Tataba se penchait au-dessus de la table, ceinte du grand tablier blanc de notre mère qui la déformait et la rendait bouffonne comme dans un rôle de « bonne » de théâtre. Elle le regardait régulièrement par la fenêtre, souriant de son étrange sourire inversé assorti de claquements de langue satisfaits. Nous nous mîmes en devoir de manger sa cuisine, plantains frits et luxe d'une viande en boîte.

Pour finir, Père renvoya Leah à la maison, mais longtemps encore après le dîner nous pûmes entendre le Révérend qui, là-bas, frappait le sol de sa binette, et retournait de nouveau sa terre. On ne peut pas dire qu'il ne tire jamais d'enseignement de son expérience, même si c'est parfois au prix d'un déluge et d'un refus catégorique d'admettre que l'idée était de son fait à l'origine. Néanmoins, Notre Père subissait l'influence de l'Afrique. Voilà qu'il était en train de remblayer la terre de son jardin en monticules rectangulaires, à l'épreuve des inondations, exactement de la largeur et de la longueur d'une tombe.

Leah

Il suffit de cinq jours, par temps chaud, à la Merveille du Kentucky pour concentrer sa volonté de haricot et germer. C'était tout ce qu'il fallait, d'après nous. Une fois les pluies apaisées, le jardin se mit à prospérer dans la moiteur telle une colère déchaînée. Mon père aimait bien aller regarder ses plantes sortir de terre, disait-il, et on le croyait sans peine. Les tiges de haricots s'entortillèrent autour des tuteurs en forme de tipis qu'il avait taillés à leur intention, elles se mirent ensuite à osciller de plus en plus haut, telles des voix féminines dans une chorale, rivalisant de hauteur entre elles. Elles s'étendirent aux branches des arbres voisins pour se mêler à la voûte végétale.

Les vrilles de citrouilles prirent, elles aussi, des airs de plantes tropicales. Leurs feuilles devinrent si étrangement énormes que Ruth May put se réfugier dessous et, en restant immobile, gagner la partie de cache-cache très longtemps après que le reste d'entre nous eut abandonné le jeu. En nous baissant, nous pouvions voir, en même temps que les grands yeux bleus de Ruth May, les fleurs jaunes des concombres et des courges qui pointaient le nez hors de l'obscurité du feuillage.

Mon père surveillait les progrès de la moindre jeune feuille, de la moindre fleur en généreux bouton. Je marchais derrière lui, veillant à ne pas piétiner les vrilles. Je l'aidai à construire une solide barricade de piquets de bois autour du jardin pour empêcher les animaux de la jungle et les chèvres du village d'y pénétrer et de détruire ainsi nos tendres légumes dès leur apparition. Mère prétend que j'ai tout d'un animal sauvage, moi aussi, mais je reste infailliblement respectueuse du jardin de mon père. L'attachement qu'il avait montré pour son évolution, comme son attachement pour l'église, avait été une force d'ancrage dans ma vie durant tout l'été passé. Je savais que mon père goûtait ces Merveilles du Kentucky aussi sûrement qu'une âme pure goûte le paradis.

L'anniversaire de Rachel tombait en août mais le mélange Betty Crocker nous laissa en panne. Quant à la fabrication de gâteaux maison, elle se révélait hors de question.

Pour commencer, nous avons pour cuisinière un engin métallique doté d'un foyer tellement immense qu'on pourrait carrément entrer dedans à condition d'en avoir envie. Mère en avait sorti Ruth May assez rudement en la tirant par le bras lorsqu'elle l'y avait découverte ; elle redoutait que Mama Tataba dans une de ses crises d'activité intempestive ne charge le poêle avec le bout de chou dedans. C'était une préoccupation légitime. Ruth May aime tellement gagner aux parties de cache-cache, comme à tout autre jeu d'ailleurs, qu'elle y serait bien restée à rôtir avant de trahir sa présence par un cri.

Mère s'était mise en tête de faire du pain « par tous les moyens possibles », aimait-elle à dire, mais la cuisinière n'était pas équipée d'un four approprié. En fait, elle ressemblait moins à un poêle qu'à un rafistolage fantaisiste de pièces de récupération. Un morceau de locomotive, avait dit Rachel, mais on sait bien qu'elle invente toujours des histoires qui ne reposent sur rien et qu'elle affirme haut et fort sur un ton sentencieux.

La cuisinière n'était pas le pire de nos ennuis, question gâteaux. Avec cette intense humidité, le mélange en poudre avait connu une transmutation, comme les pauvres femmes qui s'étaient retournées pour regarder Gomorrhe et s'étaient vues transformées en statues de sel. Le matin de l'anniversaire de Rachel, je tombai sur Mère dans le bâtiment de la cuisine en train de pleurer, la tête dans ses mains. Elle saisit la boîte de mélange et la cogna avec force contre la cuisinière, juste une fois, pour me montrer. Celle-ci produisit le son d'un marteau sur une cloche. Sa façon d'utiliser la parabole est différente de celle de mon père.

« Si j'avais seulement eu un peu plus d'idée, disait-elle sans arrêt, ses yeux clairs pleins de larmes fixés sur moi, simplement un peu plus d'idée. Nous avons emporté tout ce qu'il ne fallait pas. »

La première fois que mon père entendit Mathusalem dire « Bon Dieu », un étrange mouvement parcourut son corps, comme s'il avait été visité par l'Esprit saint, ou saisi de méchantes brûlures d'estomac. Mère se trouva un prétexte pour retourner dans la maison.

Rachel, Adah et moi étions restées sous la véranda, il nous regarda attentivement l'une après l'autre. Nous l'avions vu encaisser avec une grimace silencieuse les « Fous-moi le camp » de Mathusalem dont, naturellement, la faute revenait au frère Fowles. La paille dans l'œil de son frère, mais l'absence de péché sous son propre toit. Mathusalem n'avait jamais dit « bon Dieu » auparavant, c'était donc quelque chose de nouveau, proféré sans ambages et non sans vigueur, par une voix féminine.

« Laquelle de vous a appris ces mots à Mathusalem ? » demanda-t-il.

J'en eus la nausée. Personne ne parla. Pour Adah, c'est normal, bien entendu, et c'est même pour cette raison qu'on l'accuse le plus souvent quand tout le monde se tait. Et, honnêtement, si l'une ou l'autre d'entre nous avait été la plus encline à jurer, c'était Adah, qui se fiche du péché et du salut comme de l'an quarante. C'est la raison essentielle pour laquelle je me suis fait couper les cheveux par Mère, alors qu'Adah a gardé les siens longs, pour que personne ne se méprenne sur nos comportements. Personnellement je ne jure pas, Mathusalem ou pas, même en rêve, car je désire ardemment gagner le paradis et rester la préférée de mon père. Quant à Rachel, elle n'en ferait rien – elle lâche un «crotte, alors» à l'occasion, mais en dehors de ça, elle fait la distinguée surtout quand il y a quelqu'un à portée de voix. Quant à Ruth May, elle est beaucoup trop petite.

«Je ne comprends pas, dit Père qui comprend tout, pourquoi vous avez permis qu'une pauvre bête inintelligente nous voue tous au tourment éternel.»

Mais moi je vais vous dire, Mathusalem n'est pas idiot. Non seulement il imite les mots, mais il copie aussi les voix des gens qui les ont prononcés. Grâce à lui, nous avons découvert l'accent américano-irlandais du frère Fowles que nous imaginons sous les traits du père Flanagan, fondateur de l'orphelinat de Boys Town. Nous nous sommes reconnues, de même que Mama Tataba. De plus, non seulement Mathusalem reproduit les mots, mais il sait ce qu'il dit. C'est en effet une chose de lancer «Ma sœur, Dieu est grand ! Fermez la porte !» quand l'envie le prend, mais c'en est une autre de prononcer «banane» et «cacahuète» très distinctement quand il nous voit nous servir et qu'il veut sa part. Très souvent il nous étudie, copie nos gestes, et il a l'air de connaître les mots qui nous feront rire, réagir ou nous choqueront. Nous avions déjà compris ce que commençait maintenant à suspecter mon père : Mathusalem était capable de trahir nos secrets.

Je gardai cela pour moi, naturellement. Je n'ai jamais contredit mon père à propos de quoi que ce soit, jamais.

Rachel a fini par bafouiller un : «Père, nous sommes désolées.»

Adah et moi avons fait semblant d'être fascinées par

nos livres. Nous attrapions nos livres de classe et nous nous plongions dans l'étude toutes les fois que Mère disait que nous serions bonnes dernières en classe et que nous aurions le bonnet d'âne en rentrant chez nous, mais en fait, il y avait peu de chance que cela arrive, sauf pour Rachel, la seule de la famille à s'entêter dans la médiocrité. J'imagine que notre mère craint tout bêtement que nous oublions des détails classiques comme la traversée du Delaware par George Washington, les feuilles d'automne et le train qui fonce vers l'ouest en direction de St. Louis à cent à l'heure.

Je levai les yeux de mon livre. Oh ! mon Dieu. Il me regardait fixement. Mon cœur se mit à battre à tout rompre.

« Le Seigneur vous pardonnera si vous le lui demandez », dit-il calmement, l'air dégoûté, d'un ton de voix qui me donna l'impression d'être ravalée plus bas que terre. « Notre Seigneur est bienveillant. Mais ce pauvre volatile africain ne saurait être absous de ce que vous lui avez appris. Ce n'est qu'une innocente créature qui ne fait que répéter ce qu'il entend. Le mal est fait. » Il s'apprêtait à nous tourner le dos. Nous retînmes notre souffle quand il marqua une pause sur les marches et, faisant volte-face, il me regarda droit dans les yeux. J'étais consumée de honte.

« S'il y a bien une leçon à tirer de tout cela, dit-il, c'est que le péché originel est nauséabond et sale. J'attends de vous que vous y réfléchissiez pendant que vous copierez le verset. (Nos cœurs défaillirent.) Toutes les trois, dit-il. Le Livre des Nombres, XXIX, verset 34. »

Sur ce, il tourna les talons brusquement, nous abandonnant telles des orphelines sous la véranda.

La perspective de passer le reste de la journée à copier l'ennuyeux Livre des Nombres me dégrisa tandis que je suivais mon père des yeux. Il se dirigeait à grands pas vers la rivière. Il s'y était rendu presque quotidiennement, écartant violemment de sa canne les feuillage en oreilles d'éléphant qui masquaient les berges de la rivière. Il était en reconnaissance de futurs lieux de baptême.

Je savais déjà comment se terminait le passage des Nombres, XXIX, 34, parce qu'il m'avait déjà été attribué. La centième ligne s'achève sur le XXX, verset 32, qui dit comment on se rend compte que vous avez péché contre le Seigneur et pourquoi vous devez faire attention à ne pas dire n'importe quoi.

Je n'avais même pas réfléchi au fait que l'innocence de Mathusalem était irrémédiablement compromise, ce qui montre simplement que j'ai encore beaucoup à apprendre. Mais je dois admettre que j'ai prié cette après-midi-là pour que Père acceptât les excuses de Rachel comme un aveu, afin qu'il ne me croie pas responsable de ce péché. Il avait été dur de garder le silence sous ses accusations. Nous savions toutes très bien qui avait hurlé « Bon Dieu ! » Elle l'avait dit et redit en pleurant sur le désastre de sa pâte inutilisable. Mais aucune de nous ne pouvait dévoiler cet affreux secret à Père. Même pas moi – alors que, la plupart du temps, je suis la première à faire comme si elle n'existait pas.

Mais de temps à autre, rarement, il est nécessaire de la protéger. Lorsque nous étions toutes petites je me revois encore me précipitant pour serrer dans mes bras les genoux de Mère lorsqu'il l'abreuvait de reproches, le comble, pour des histoires de rideaux mal fermés ou de jupons qui dépassaient – des péchés de féminité. Nous avions pu constater de très bonne heure que tous les adultes ne présentaient pas une résistance égale devant les attaques. Mon père arbore sa foi comme le plastron d'airain des fantassins de Dieu, alors que notre mère ressemble davantage à un manteau d'occasion, en beau tissu, mais qui aurait été recoupé. Tout le temps que Père nous avait interrogées sous la véranda, je l'avais vue en esprit effondrée dans le bâtiment de la cuisine, frappant à grands coups sur cette locomotive de cuisinière. Dans les mains, le mélange «Rêve d'Ange» de Rachel, dur comme de la pierre, mais au cœur, la petite merveille glacée de rose, bougies allumées, apportée avec fierté sur ce précieux plat de porcelaine au décor de fleurs bleues. Un secret jalousement gardé, car Mère allait essayer de faire une belle fête à Rachel en l'honneur de ses seize ans.

Malheureusement le «Rêve d'Ange» s'était révélé loin d'être à la hauteur, très loin. Je l'avais transporté sous ma ceinture, de sorte que j'avais le sentiment d'être en partie responsable de cette catastrophe.

Adah

« Dieu, Notre Père, puisses-tu nous bénir et nous conserver sous ton regard », dit le Révérend. Regard ton sous conserver nous et bénir nous tu-puisses Père Notre Dieu. Et tous, les yeux clos, nous respirions les fleurs de frangipanier s'encadrant dans les grandes ouvertures rectangulaires des murs, fleurs si sucrées qu'elles évoquaient le péché ou le paradis selon la voie choisie. Le Révérend culminait au- dessus de l'autel branlant, son ardente coupe en brosse hérissée telle la coque d'un pic-vert. Lorsque le Saint-Esprit descendait en lui, il gémissait, se jetant corps et âme dans cette purgation hebdomadaire. « L'Amen énéma », comme je l'appelais. Mon poème au Révérend.

Le corps de Mama Tataba, proche du mien sur le banc pendant tout ce temps, s'était mué en un objet sans vie. Sa rigidité me rappelait celle de tous les poissons trouvés arqués et pétrifiés sur les berges de la rivière, et s'écaillant au soleil comme de vieilles savonnettes. Tout ça à cause des nouvelles méthodes de pêche qu'avait inaugurées Notre Père. La grande démonstration d'énergie du Révérend. Il avait ordonné aux hommes de sortir leurs pirogues et de poser de la dynamite dans la rivière, stupéfiant tout ce qui se trouvait à portée d'oreille. Oreilles cassées. Mais d'où avait-il donc sorti cette dynamite ? Il est certain qu'aucune d'entre nous n'en avait transporté dans sa culotte. Alors, elle devait venir d'Eeben Axelroot, je pense, et en échange d'une grosse somme d'argent. Nous touchions une allocation mensuelle de cinquante dollars en tant que missionnaires. Ce n'est pas ce que reçoivent habituellement les baptistes, mais Notre Père est un renégat qui n'est pas arrivé ici avec l'entière bénédiction de la Ligue missionnaire à qui il a arraché le droit de venir à moindre prix. Tout de même, cela représentait une masse de francs locaux qui, d'un point de vue congolais, était une véritable fortune, mais ce n'était pas le cas. L'argent arrive par avion dans une enveloppe apportée par Eeben Axelroot et il retourne presque entièrement au même Eeben Axelroot. Cendres redevenant cendres.

Aux gens affamés de Kilanga, Notre Père avait promis pour la fin de l'été les largesses du Seigneur, et davantage de poisson qu'ils n'en avaient vu de toute leur existence. « La parole du Christ est précieuse ! s'écriait-il, debout en équilibre précaire sur sa pirogue. Tata Jésus est bängala ! » Déterminé qu'il est à les convaincre de gré ou de force, à pied ou à cheval, de rejoindre le chemin de la Croix. Remplir les ventres d'abord, annonça-t-il au dîner un soir, surpris lui-même de ce plan génial. Remplir les ventres, et l'âme suivra. (N'ayant pas remarqué, car une épouse ne mérite sûrement pas cet honneur, que c'est exactement ce que notre mère avait fait en abattant tous les poulets.) Mais ce qui succéda au tonnerre sous-marin, ce ne furent pas des âmes mais des poissons. Ils arrivèrent en roulant à la surface, bouche bée devant cette énorme déflagration. Avec des yeux en bulles rondes de stupéfaction. Le village entier festoya toute la journée, mangea, mangea jusqu'à ce que nous ayons les yeux en boules de loto et le ventre gonflé. Il avait accompli l'inverse de l'histoire des pains et des poissons en s'efforçant de gaver cinquante bouches avec dix mille poissons : c'était le miracle qu'avait obtenu le Révérend Price. Allant et venant laborieusement sur la berge, avec son pantalon trempé jusqu'aux genoux, la bible dans une main et une nouvelle brochette de poissons noircis au feu dans l'autre, il brandissait ses cadeaux de façon menaçante. Des milliers d'autres poissons se trémoussaient au soleil et pourrissaient le long des rives. Pendant des semaines entières, notre village connut l'agrément d'une odeur de putréfaction. En fait d'abondance, ce fut la fête du gâchis. Pas de glace. Notre Père l'avait oubliée, car pour pêcher à la manière des culs-terreux de Géorgie, il fallait tout de même de la glace.

Il n'allait pas se risquer à évoquer l'histoire des pains et des poissons dans son sermon du jour, on le devine aisément. Il se contenterait de distribuer la communion, assortie des habituelles et perturbantes allusions à une nourriture de chair et de sang. Peut-être cela ranimerait-il l'intérêt de paroissiens, mais nous autres, les petites Price, n'écoutions que d'une oreille. Et Adah, de sa moitié de cerveau. Ho ho ho ! Le service durait deux fois plus longtemps maintenant, pour la bonne raison que le Révérend le prononçait une fois en anglais et qu'ensuite Tata Anatole, l'instituteur, le répétait intégralement en kikongo. Notre Père reprenait la parole pour finir, personne ne comprenant rien de rien à son horrible massacre en français ou en kikongo, selon.

« C'est l'absence de lois qui a résulté de Babylone ! L'ab-sen-ce-de-lois ! » déclarait le Révérend, en tendant de façon impressionnante un bras en direction de Babylone comme si cette turbulente localité était justement cachée derrière les latrines de l'école. À travers le toit effrangé, un rayon de soleil tombait tel le faisceau d'un projecteur divin sur son épaule droite. Il marchait à grands pas, s'arrêtait, parlait de derrière son autel en frondes de palmier, donnant tout à fait l'impression d'improviser dans l'instant ses paraboles bibliques. Ce matin-là, il filait l'histoire de Suzanne, la belle et pieuse épouse d'un homme riche, Joachim. Oh Susanna ! *Annasus ho !* Pendant qu'elle se baignait dans son jardin, deux des conseillers de Joachim l'avaient épiée dans son plus simple appareil et en avaient conçu un vilain plan. Ils avaient jailli de derrière les buissons et lui avaient demandé de coucher avec eux. Pauvre Suzanne. En cas de refus, ils feraient un faux témoignage contre elle en prétendant qu'ils l'avaient surprise avec un type dans le jardin. Naturellement, la vertueuse Suzanne les avait envoyés paître, bien que .cela impliquât qu'elle serait accusée d'adultère et lapidée. Lapidation, gémissement, possession, désossement. Nous n'étions pas censés nous demander quel genre de mari était ce Joachim qui préférait assassiner sa charmante femme plutôt que d'entendre sa propre version de l'histoire. À n'en pas douter, les Babyloniens étaient déjà dehors en train de patrouiller en quête de leurs cailloux favoris.

Le Révérend marqua une pause, une main posée à plat sur l'autel. Le reste de son corps oscillait presque imperceptiblement sous sa chemise blanche, marquant la mesure, gardant le rythme. Il scrutait les visages sans expression de ses paroissiens, guettant s'ils n'étaient pas, par hasard, assis au bord de leur siège. Il y avait maintenant onze ou douze nouveaux visages, une véritable ruée vers la gloire. Un petit garçon, à côté de moi, la bouche pendante, fermait un œil, puis l'autre, alternativement. Nous attendions tous que Tata Anatole, l'instituteur, l'ait rattrapé.

« Mais Dieu n'allait pas permettre que cela se produisît », gronda le Révérend tel un chien surpris dans sa sieste par un rôdeur. Puis, passant à l'octave supérieur comme dans l'hymne national américain : « Dieu a éveillé l'esprit de sainteté chez un homme nommé Daniel ! »

Ouah ! hourra ! Daniel arrive à la rescousse. Notre Père adore Daniel, premier « détective » du genre. Tata Daniel (c'est comme ça qu'il l'appelle pour faire plus local) intervient et demande à interroger les deux conseillers séparément. Tata Daniel s'enquiert de l'espèce de l'arbre

100

sous lequel Suzanne était supposée se tenir quand elle rencontrait son type dans le jardin. « Hum, un lentisque », dit l'un, quant à l'autre : « Ben, je crois bien que c'était un chêne vert. » Ce qu'ils étaient bêtes de ne pas s'être concertés pour mettre leur histoire au point. Tous ces méchants de la Bible semblent vraiment d'une imbécillité phénoménale.

J'observais Tata Anatole, m'attendant au minimum à le voir buter sur les mots « lentisque » et « chêne vert », ces arbres n'ayant aucune correspondance possible en kikongo. Il ne s'interrompit pas. *Kufwema, kuzikisa, kugambula,* harmonieusement les mots se déroulèrent et je compris que cette fine mouche de maître d'école pouvait raconter n'importe quoi sous le soleil qui brille, Notre Père ne serait jamais le plus malin. *Ainsi lapidèrent-ils la brave dame, épousèrent-ils deux autres femmes chacun et vécurent-ils heureux jusqu'à la fin de leurs jours.* Je bâillai, demeurant insensible une fois de plus à la pieuse et belle Suzanne. Je n'étais pas susceptible de connaître un jour les mêmes ennuis qu'elle.

Dans ma tête, je composais des senmyhymnes, comme je les appelais, des hymnes pervers à moi qui se chantaient aussi bien à l'endroit qu'à l'envers : L'âme sûre ruse mal*! Je profitais aussi de cette rare occasion pour examiner Mama Tataba de plus près. Normalement, elle est trop remuante. Je voyais en elle une alliée parce que, comme moi, elle était imparfaite. Il était difficile de dire ce qu'elle pensait des bénédictions de Notre Père, à l'église ou au-dehors, si bien que je soupesais des mystères plus intéressants, celui de son œil, par exemple. Comment l'avait-elle perdu ? Avait-elle été exemptée du mariage à cause de lui, comme je pensais que je le serais aussi ? Je n'avais qu'une vague idée de son âge et de ses aspirations. Je savais bien que beaucoup de femmes à

* Louise de Vilmorin, citée par Claude Gagnière dans *Pour tout l'or des mots*, Éditions Robert Laffont. *(N.d.T.)*

Kilanga étaient plus sérieusement défigurées et qu'elles étaient toutes nanties de maris, néanmoins. *Néant moins. De maris.* Ici, les dommages corporels sont plus ou moins considérés comme des produits dérivés de la vie, non comme une disgrâce. En matière de physique et d'appréciation d'autrui, je bénéficie à Kilanga d'un préjugé favorable que je n'ai jamais, mais jamais connu à Bethlehem, en Géorgie.

Nous en finîmes avec Suzanne en entonnant le psaume *Amazing Grace* à la vitesse d'un chant funèbre. La masse des fidèles dépenaillés intervenait avec toutes sortes de paroles et de mélodies. Oh ! nous formions une véritable tour de Babel ici, à la première église baptiste de Kilanga, à tel point que j'articulais mes propres mots sur l'air classique :

> *L'âme sûre... ruse mal !*
> *Ni l'âme, malin*
> *Oh Allah, ô !*
> *Car tel Ali il a le trac*
> *Oh Allah, ô !*

Quand tout fut terminé à l'église, Mama Tataba nous ramena à la maison tandis que le brillant Révérend et son épouse s'attardaient pour distribuer sourires et poignées de main dans une atmosphère de sainteté générale. Mama Tataba foulait pesamment la piste en avant de mes sœurs et de moi. Remontant de l'arrière, je me concentrais afin d'essayer de doubler cette lambine de Rachel qui marchait les mains légèrement décollées des cuisses comme si, une fois de plus, et pour ne pas changer, elle venait d'être couronnée Miss Amérique. «Tenez vos mains comme si vous veniez de lâcher une bille», nous enseigne-t-elle généralement en jouant les mannequins à travers la maison. En dépit de toute sa pompe, je ne parvenais pas à la rattraper. À défaut, j'entrepris de regarder un papillon orange et blanc qui, planant au-dessus d'elle, finit par se poser sur sa tête blanche. Le papillon plongea sa trompe minuscule au milieu de ses cheveux, en quête de nourriture, puis s'envola, déçu. Mama Tataba ne voyait rien de ces péripéties. Elle était de mauvaise humeur et nous hurla en confidence que «le Révérend Price, il ferait mieux de laisser tomber tout ça ! » Parlait-elle du repas de chair et de sang ? Le sermon avait divagué de la pieuse Suzanne en passant par Rahab, la prostituée de Jéricho. Tant de noms bibliques qui paraissaient prononcés à l'envers, tel celui de Rahab, je me demande parfois si toute la chose n'est pas l'œuvre d'un phénomène cérébral de mon acabit. Mais pour finir, Père s'arrangeait toujours pour revenir en force sur le baptême. C'était probablement ce qui troublait Mama Tataba. Notre Père semblait incapable d'accepter ce qui crevait les yeux, même d'un enfant, que lorsqu'il bassinait les gens d'ici avec son histoire de baptême – *batiza* – cela les faisait se ratatiner comme une sorcière aspergée d'eau bénite.

Plus tard, à la table du dîner, il se montra encore plein d'animation, bien que ce fût une période de statu quo, le dimanche. Une fois en chaire, et bien remonté, il refuse de quitter le devant de la scène.

«Saviez-vous, nous demanda-t-il, grand, flamboyant du chef, dressé comme une bougie sur sa chaise, que l'an dernier il y a des gens qui ont réussi à parvenir jusqu'ici en voiture depuis Léopoldville dans un camion dont la courroie de ventilateur était cassée ? Un camion Mercedes. »

Aïe ! Nous voilà bien. Encore une de ses humeurs socratiques. Ce qui ne présentait aucun danger en soi car il ne nous frappait que très rarement à table, mais visait seulement à nous montrer à quel point nous étions bovines et bêtes à manger du foin. Il terminait toujours son interrogatoire par un entretien exaspéré avec Dieu, à haute voix, à propos de l'incurabilité de notre état.

Mathusalem était manifestement dans le camp des

filles. Il avait pris pour habitude de jacasser à pleins poumons pendant le dîner dominical à la maison. Comme bien des humains, il comprenait le moindre signe de conversation comme une autorisation à faire du bruit. Parfois, notre mère, dans sa frustration, jetait une nappe sur sa cage. «*Mbote ! Mbote !*» glapissait-il maintenant, ce qui en kikongo veut dire à la fois bonjour et au revoir. Cette symétrie me convient. Bon nombre de mots, en kikongo, ressemblent à des mots anglais à l'envers et ont des significations contraires : *syebo* est une pluie épouvantable et destructrice, exactement l'inverse de l'anglais, *obeys*.

Nous écoutions vaguement l'histoire de Notre Père au sujet du camion censé être de marque Mercedes. Notre seule nourriture matérielle récente en provenance du monde extérieur se bornait à des bandes dessinées dont mes sœurs raffolaient comme si ç'avaient été des épices rapportées de Chine par Marco Polo, et aux œufs et lait en poudre qui nous laissaient indifférentes. Tout ça convoyé par Eeben Axelroot. Quant à l'histoire du camion et de sa courroie de ventilateur, le Révérend adorant s'exprimer en paraboles, à coup sûr, nous en avions repéré une en préparation.

«Par cette route ? dit notre mère, amusée, agitant un poignet incliné et languide par la fenêtre. Impossible, difficile à imaginer.» Elle secouait la tête, sans doute incrédule. Pouvait-elle se permettre de ne pas le croire ? Je ne l'ai jamais su.

«C'était à la fin de la saison sèche, Orleanna, dit-il brusquement. Quand il fait suffisamment chaud, l'eau des flaques s'évapore.» Tête sans cervelle, s'abstint-il d'ajouter.

«Mais comment sont-ils parvenus à le faire rouler sans courroie ?» demanda notre mère, comprenant au ton de voix irrité du Révérend qu'elle était supposée lui renvoyer la balle. Elle se pencha pour lui présenter des biscuits disposés sur le plat de porcelaine que, parfois, en secret, elle berçait comme un bébé après la vaisselle. Aujourd'hui elle en avait effleuré légèrement le bord avant de joindre les mains en signe de soumission à la volonté de Père. Elle avait mis son sémillant chemisier blanc avec des petits drapeaux de sémaphore rouges et bleus. C'est ce qu'elle portait sur le dessus au moment de notre arrivée. Les ardents petits fanions donnaient des signes de détresse désormais, en raison des vigoureux lavages que leur infligeait Mama Tataba dans la rivière.

Il se pencha en avant pour nous imposer le plein effet de ses sourcils roux et de sa mâchoire proéminente. « De l'herbe à éléphant », prononça-t-il, triomphant.

Nous restâmes saisies, la bouche encore pleine de nourriture non mâchée.

« Il y avait une douzaine de gamins à l'arrière qui tressaient des courroies de ventilateur avec de l'herbe. »

Leah laissa échapper en toute hâte : « Alors ça veut dire que l'herbe toute simple créée par Dieu est aussi résistante que du caoutchouc ou je ne sais quoi d'autre ! » Elle était assise raide comme un piquet, comme si elle avait été à la télé en train de répondre à une question à soixante-quatre dollars.

« Non, dit-il. Aucune ne tiendrait le coup plus de trois ou quatre kilomètres.

– Oh », fit Leah déconfite. Les autres idiotes ne s'aventurèrent pas à exprimer leurs conjectures.

« Mais dès qu'elle lâchait, expliquait-il, eh bien, ils en avaient une autre toute prête.

– Futé », dit Rachel, de manière peu convaincante. C'est la plus comédienne de la famille, et la pire des actrices, bien que, chez nous, ce soit un art indispensable. Toutes, nous portions une attention diligente à nos pommes de terre en flocons. On attendait de nous qu'à cet instant précis nous soyons à même d'appréhender une illustration de l'immense grandeur de Dieu grâce à la courroie de ventilateur en herbe à éléphant. Personne ne voulait passer à la question.

« Un camion Mercedes ! dit-il enfin. Le summum de l'ingéniosité allemande, capable de fonctionner grâce à douze petits Africains et à de l'herbe à éléphant.

– Ma sœur, fermez la porte ! *Wenda mbote !* » s'écria Mathusalem. À la suite de quoi il lança un «*Ko ko ko !*», ce que les gens disent, à Kilanga, pour s'annoncer chez quelqu'un, puisqu'en général on ne peut frapper nulle part, faute de porte. Cela se produisait fréquemment à la maison mais nous savions que c'était Mathusalem puisque nous avions une porte et n'avions pas, en principe, de visites. Si quelqu'un se présentait malgré tout, le plus souvent dans l'espoir de nous vendre de la nourriture, il ne frappait pas à la porte mais faisait simplement le pied de grue dans la cour jusqu'à ce que nous le remarquions.

« Eh bien, j'imagine qu'on peut faire marcher n'importe quoi à condition d'avoir assez de petits gamins et d'herbe sous la main », dit notre mère. (Elle n'avait pas l'air plus aimable que ça.)

« Exactement. Il suffit de s'adapter.

– Bon Dieu de bon Dieu de bon Dieu ! » observa Mathusalem.

Mère jeta un regard inquiet du côté de l'oiseau. « Si cette bête survit encore à neuf cents missions baptistes, elle aura beaucoup à dire. »

Elle se leva alors et se mit à empiler les assiettes. Sa permanente avait été déclarée morte depuis longtemps et dans l'ensemble Mère semblait s'être adaptée à la chose, à un cheveu près. Elle s'excusa pour aller faire bouillir l'eau de vaisselle.

Incapable d'exploiter ni l'eau de vaisselle ni l'admirable mémoire de Mathusalem pour terminer correctement sa parabole, Notre Père se contenta de nous regarder toutes et de pousser un profond soupir de mâle éprouvé. Ah quel soupir ! Profond à tirer de l'eau d'un puits, directement du sous-sol de notre maisonnée d'idiotes. Il s'efforçait simplement, ainsi que le suggérait ce soupir, de nous entraîner toutes vers la connaissance par la moelle de nos misérables os de femelles.

La tête basse, nous repoussâmes nos chaises et nous mîmes en rang pour contribuer à alimenter le foyer de la cuisine. On passe une moitié de la journée à y préparer le repas et l'autre à nettoyer. Nous sommes obligés de faire bouillir l'eau car elle vient de la rivière où les parasites se multiplient en foules pressées. L'Afrique dispose de parasites spécifiques et variés pour chaque recoin du corps, intestins – gros et grêles, peau, vessie, circuits reproducteurs masculins et féminins, fluides interstitiels, et même la cornée de l'œil. Avant de partir de la maison, dans un livre de la bibliothèque sur la santé en Afrique, j'étais tombée sur la représentation d'un ver fin comme un cheveu qui serpentait sur la pupille d'un bonhomme hébété. J'avais été saisie du genre de vénération subversive qui m'est propre : Loué soit le Seigneur de tous les fléaux et afflictions secrètes ! Si le bon Dieu s'était bien amusé à inventer les lis des champs, il avait dû se réjouir plus encore avec les parasites africains.

Dehors, en chemin vers le bâtiment de la cuisine, je vis Mama Tataba tremper la main pour boire à même le seau. Je croisai les doigts à l'intention du seul œil qui lui restait. J'eus des frissons à l'idée de la dose de créatures du bon Dieu qui la pénétraient pour la sucer à mort, de l'intérieur.

Leah

Mon père s'était rendu tous les jours au jardin pour s'y asseoir et réfléchir dans l'isolement. Cela le tracassait que les plantes profitent, envahissent de fleurs la partie enclose comme dans un salon funéraire, et qu'elles ne donnent pas de fruits. Je me doutais que c'était pour lui une occasion de prier. J'allais parfois m'asseoir à ses côtés bien que Mère me le reprochât, disant qu'il avait besoin d'être seul.

D'après lui, les arbres donnaient trop d'ombre. J'avais longuement et sérieusement réfléchi à cette explication car j'étais toujours désireuse d'améliorer ma compréhension de l'horticulture. C'était vrai, les arbres empiétaient sur notre petite clairière. Nous devions en permanence en casser et en rogner les branches, pour tenter de regagner du terrain. Certaines des tiges de haricots s'enroulaient jusqu'à la cime des arbres pour trouver la lumière.

Une fois, il me demanda brusquement, tandis que nous étions assis à ruminer nos pensées au-dessus des citrouilles : « Leah, sais-tu de quoi ils ont passé leur temps à débattre lors de la dernière Convention biblique d'Atlanta ? »

Je n'étais pas vraiment censée le savoir, si bien que j'attendis. J'étais simplement ravie qu'il me parlât gentiment, presque sur le ton de l'intimité. Il ne me regardait pas, bien sûr, parce qu'il avait l'esprit très occupé, comme toujours. Nous avions travaillé durement pour nous attirer la faveur de Dieu et pourtant celui-ci semblait attendre de nous plus de labeur encore et il revenait à mon père de trouver ce qu'il fallait faire. De son œil le plus valide, il cherchait au fond d'une fleur de potiron l'origine de la maladie de son jardin. Les fleurs s'ouvraient, se fermaient, et tous les fruits verts, derrière, se ratatinaient et brunissaient. Sans exception. En échange de notre honnête sueur, nous recueillions fleurs et feuillages, mais rien qui puisse nous sustenter.

« Des dimensions du paradis, finit-il par dire.

– Pardon ? » Mon cœur eut un raté. À cet instant précis, j'avais essayé de devancer les pensées de Père en réfléchissant à cette affaire de jardin. Il a toujours deux longueurs d'avance sur moi.

« Ils ont discuté des dimensions du paradis, à la Convention biblique. Combien d'arpents pouvait-il mesurer. Combien, dans le sens de la longueur, de la largeur – ils ont fait appel à des types avec des calculatrices pour les chiffrer. Le chapitre XXI de l'Apocalypse les détermine en roseaux, d'autres Livres en coudées, et aucune des mesures ne correspondent exactement. » Inexplicablement, il donnait l'impression d'être désarmé par ces hommes qui avaient apporté leurs calculatrices à la Convention biblique, et peut-être, par-dessus tout, par la Bible elle-même.

« Eh bien, j'espère qu'il y aura assez de place pour tout le monde », dis-je. C'était une préoccupation entièrement neuve pour moi. Tout d'un coup, je me mis à penser à tous les gens qui étaient déjà là-haut, vieux pour la plupart, et qui ne tenaient pas particulièrement la forme par ailleurs. Je les imaginai jouant des coudes dans une sorte de kermesse paroissiale.

« Il y aura toujours de la place pour les justes, dit-il.

– Amen, soufflai-je, en terrain plus sûr.

– Nombreuses sont les afflictions du juste et le Seigneur l'en délivre entièrement. Mais tu sais, Leah, parfois ce n'est pas de nos épreuves qu'il nous délivre, mais à travers elles.

– Père céleste, délivre-nous », dis-je, bien que cette nouvelle façon de voir ne me séduisît pas vraiment. Père avait déjà plié sa volonté à l'Afrique en remodelant son jardin en monticules, à la mode d'ici. Pour Dieu, c'était le signe certain de son humilité et de son obéissance, et il n'était que justice que nous en soyons récompensés. Alors, à quoi rimait cette histoire de délivrance par les épreuves ? Père insinuait-il que Dieu n'était aucunement dans l'obligation de nous envoyer des haricots ou des courges, aussi dur que nous ayons pu trimer en Son nom ? Et qu'Il se proposait juste de rester assis là-haut et de nous bombarder d'épreuves, les unes à la suite des autres ? Je n'étais certainement pas en situation d'examiner à la loupe le grand projet de Dieu mais, dans ce cas, qu'en était-il de la balance de la justice ?

Père ne dit rien qui pût atténuer mes angoisses. Il se contenta de ramasser une autre fleur de haricot et la leva dans la lumière africaine, l'examinant à contre-jour comme un médecin une radiographie, cherchant ce qui avait bien pu tourner mal.

Son premier sermon du mois d'août traita le sujet du baptême de long en large. Mais par la suite, à la maison, lorsque Mère demanda à Mama Tataba d'aller mettre la soupe sur le feu, celle-ci tourna les talons et sortit tambour battant par la porte d'entrée entre les mots « soupe » et « feu ». Elle partit trouver mon père et lui assena une sérieuse péroraison, agitant un doigt vers lui de l'autre côté d'une rangée de plants de tomates sans tomates. Quoi qu'il ait pu faire de mal, selon elle, c'en était vraiment trop. Nous entendions sa voix qui montait, qui montait.

Naturellement, nous fûmes profondément choquées

d'entendre quelqu'un vociférer après Père de cette manière. Nous le fûmes plus encore de le voir rester là, tout rouge, essayant de glisser un mot par-ci, par-là. Toutes les quatre alignées à la fenêtre, la bouche grande ouverte, nous devions ressembler aux sœurs Lennon dans le show télévisé de Lawrence Welk. Mère nous chassa de la fenêtre, nous ordonnant d'aller dare-dare chercher nos livres de classe pour les consulter. Ce n'était même pas un jour de classe, mais désormais nous faisions toutes ses volontés. Récemment, nous l'avions vue balancer une boîte de Potato Buds à travers la pièce.

Au bout d'une guerre de Troie qui nous parut une éternité, Mama Tataba fit irruption et jeta son tablier sur une chaise. Toutes, nous refermâmes nos livres.

« Moi, pas vouloir rester ici, déclara-t-elle. Toi envoyer fille me chercher à Banga quand toi avoir besoin d'aide. Je montre à toi comment cuire l'anguille. Ils ont attrapé grosse anguille, hier, dans la rivière. Ce poisson, bon pour les enfants. »

Ce fut son ultime conseil en vue de notre sauvegarde.

Je la suivis au-dehors et la regardai partir en trombe sur la route, ses plantes de pied claires m'adressant des signes en retour. Puis j'allai à la recherche de mon père, qui avait erré à peu de distance du jardin entouré de piquets et s'était assis contre un tronc d'arbre. De ses doigts, il étirait avec précaution quelque chose qui ressemblait à une guêpe encore en vie. Elle était large comme ma main et un 8 jaune se déployait distinctement sur chacune de ses ailes, aussi simplement que si quelque élève appliqué du bon Dieu l'y avait peinte. Mon père avait l'air de quelqu'un qui venait de tomber du ciel.

Il m'annonça : « Il n'y a pas de pollinisateurs.

– Comment ça ?

– Aucun insecte ici, capable de polliniser le jardin.

– Mais pourquoi, il y a des tonnes d'insectes ici ! »
Remarque superflue, je suppose, puisque nous étions

tous deux en train de regarder l'étrange insecte se débattre dans ses mains.

« Des insectes africains, Leah. Des êtres façonnés par Dieu dans le but d'être utiles aux plantes africaines. Regarde celui-ci. Comment saurait-il ce qu'il faut faire avec nos haricots Merveille du Kentucky ? »

Il m'était impossible de savoir s'il avait tort ou raison. Je n'avais qu'une vague idée de ce qu'était la pollinisation. Mais je n'ignorais pas que c'étaient les abeilles industrieuses qui l'assuraient en grande partie. Songeuse, je lançai : « Il aurait peut-être fallu aussi que nous prenions quelques abeilles dans nos poches. »

Mon père me dévisagea avec une expression nouvelle, étrange et terrifiante à mes yeux en ce qu'elle exprimait de confiance ébranlée. C'était comme si un minuscule étranger hagard m'avait scrutée à travers le masque imposant des traits paternels. Il me fixait comme si j'avais été son superbe nouveau-né et qu'il m'aimait en tant que tel, tout en redoutant que le monde fût différent de ce que chacun de nous avait espéré.

« Leah, dit-il, on ne peut pas apporter des abeilles. Ce serait comme de transporter le monde entier avec toi ici, il n'y a pas de place pour lui. »

Je ravalai ma salive. « Je le sais bien. »

Nous étions assis tous deux à contempler, à travers la haie de piquets tordus, la grande diversité des fleurs méprisées du jardin de mon père. J'éprouvais une grande variété de sentiments en cet instant : de l'exaltation devant l'étrange expression de tendresse de mon père et du désespoir devant son échec. Je me sentais remplie de perplexité, d'appréhension. J'avais l'impression que le soleil était en train de se coucher sur bien des choses auxquelles j'avais cru.

De sa cage sous la galerie, Mathusalem nous accueillit d'un cri perçant en kikongo : « *Mbote !* » et je me demandai simplement si c'était un bonjour ou un au revoir.

« Pourquoi Mama Tataba était-elle si furieuse tout à

l'heure? osai-je lui demander, très doucement. Nous l'avons entendue se fâcher.

— À cause d'une petite fille.

— Elle en a une?

— Non. Une petite d'ici, dans le village, qui est morte l'année dernière. »

Je sentis mon pouls s'accélérer. « Que lui est-il arrivé? »

Il ne me regardait plus, mais avait les yeux fixés au loin. « Elle s'est fait manger par un crocodile. Ils ne laissent pas les enfants mettre un pied dans la rivière, jamais. Ne serait-ce que pour être lavés par le Sang de l'Agneau.

— Oh », dis-je.

Mon propre baptême, et tous ceux auxquels j'avais assisté jusqu'ici, avaient eu lieu dans ce qui ressemblait à une grande baignoire, voire une petite piscine, à l'église baptiste. Le plus grand risque que l'on courait c'était de déraper sur les marches. J'espérai qu'il y aurait de la place au paradis pour cette pauvre petite fille, quel que soit l'état dans lequel elle y était arrivée.

« Je ne parviens pas à comprendre, dit-il, pourquoi il a fallu six mois avant que quelqu'un me le dise simplement. » L'ancien feu se ranimait peu à peu sous l'écorce de ce père étrange et désenchanté. J'en fus heureuse.

« *Ko ko ko!* lança Mathusalem.

— Entrez! lui répliqua mon père, l'impatience le démangeant.

— Debout, frère Fowles!

— Fous-moi le camp! » cria mon père.

Je retins mon souffle.

Il se remit debout sur ses jambes, marcha à grands pas vers la véranda et ouvrit brutalement la porte de la cage de Mathusalem. Mathusalem arrondit le dos et s'éloigna timidement de la porte. Dans leurs orbites saillantes, ses yeux clignaient de haut en bas, essayant de comprendre l'apparition de ce grand type blanc.

« Tu peux t'en aller », dit mon père. Mais l'oiseau ne sortit pas. Si bien qu'il allongea le bras pour s'en saisir.

Entre les mains de mon père, Mathusalem ne ressembla plus qu'à un jouet emplumé. Lorsqu'il balança l'oiseau vers la cime des arbres, il ne vola pas au début, mais se contenta de planer au-dessus de la clairière comme un volant de badminton empenné de rouge. Je crus que la vigoureuse poigne paternelle avait eu raison de cette pauvre bête indigène et qu'il allait s'écraser sur le sol.

Mais non, dans une explosion de lumière, Mathusalem ouvrit ses ailes et flotta telle la liberté soi-même en se propulsant jusqu'au sommet de nos vrilles de Merveille du Kentucky et jusqu'aux plus hauts rameaux de la jungle qui, à coup sûr, recouvriraient tout une fois que nous serions partis.

LIVRE II

La Révélation

Alors je vis s'élever de la mer une bête... Si quelqu'un a des oreilles, qu'il entende !

L'Apocalypse, XIII, 1-9.

Orleanna Price

Une fois de temps en temps, au fil des ans, même encore maintenant, je capte l'odeur de l'Afrique. Elle me donne envie de me jeter dans des lamentations, de chanter, de susciter le tonnerre en frappant dans mes mains, de me coucher au pied d'un arbre et de laisser les vers tirer de moi ce qui peut encore leur être utile.

Je trouve cela insupportable.

Fruits mûrs, transpiration âcre, urine, fleurs, obscures épices et autres choses que je n'ai même jamais vues – j'ignore de quoi cette odeur est faite, ni pourquoi elle s'élève pour me provoquer au détour d'un coin de rue que j'ai pris en hâte, sans méfiance. Elle m'a retrouvée ici, sur cette île, dans notre petite ville, où dans une venelle adjacente de minces adolescents fumaient dans une cage d'escalier au milieu des ordures du jour non ramassées. Il y a quelques années, elle m'a retrouvée sur la côte du Mississippi où j'étais revenue à l'occasion d'un enterrement dans la famille : l'Afrique s'était dressée pour me surprendre tandis que je me promenais sur une jetée le long d'un ramassis de vieux pêcheurs aux visages de tortue, avec leurs seaux à appâts disposés autour d'eux comme pour un banquet. Une fois, je sortais bêtement de la bibliothèque d'Atlanta, et voilà qu'elle était là, cette odeur qui me terrassait sans que je puisse savoir pourquoi. Cette sensation monte du fond de

117

moi et je sais que tu es toujours là, exerçant ton pouvoir. Tu as modifié la division de mes cellules de sorte que mon corps ne puisse plus jamais se libérer des petits bouts d'Afrique qu'il a absorbés. L'Afrique, où l'une de mes petites repose dans l'humide terre rouge. C'est l'odeur de l'accusation. Il semble que je ne me reconnaisse plus que par ta présence au fond de mon cœur.

J'aurais pu être une mère différente, me diras-tu. J'aurais pu me ressaisir et prévoir ce qui allait arriver, car l'air tout autour de nous en était chargé. C'était l'odeur même d'un jour de marché, à Kilanga. Ce marché avait lieu le cinquième jour – pas le septième, ni le trentième, rien que l'on pût dénommer « samedi », ou « le premier du mois », mais chacun des pouces si on limitait les jours aux doigts de la main. Cela n'a aucun sens mais, pour finir, tout le sens du monde une fois que l'on a compris que tenir les choses dans sa main, c'est exactement ce qui se fait au Congo. De partout, de quelques pas à la ronde, tous les cinq jours, des gens aux mains pleines ou vides apparaissaient au village, flânaient, marchandaient, allant et venant le long des interminables rangées où les femmes disposaient leurs marchandises sur des nattes, à même le sol. Les commerçantes étaient accroupies, l'air renfrogné, le menton appuyé sur leurs bras croisés, derrière des forteresses de noix de cola empilées, de bottes de bâtonnets odorants, de tas de charbon, de bouteilles et boîtes de conserve de récupération, ou d'étalages de quartiers d'animaux desséchés. Elles maugréaient sans cesse en construisant ou reconstruisant d'une main parcheminée mais ferme leurs pyramides d'oranges et de mangues verdâtres et mouchetées, et leurs remparts de bananes vertes et dures en demi-cercle. Je respirais à fond et je me disais que partout au monde une femme est capable d'en comprendre une autre, un jour de marché. Pourtant mon œil ne réussissait pas à percer le secret de ces marchandes : elles s'enveloppaient la tête d'étoffes de couleurs vives à la gaieté de fête, mais affrontaient le monde avec la mine en permanence maussade. Elles rejetaient la tête en arrière, les yeux mi-clos d'ennui tandis qu'elles se transformaient mutuellement les cheveux en explosions étoilées de piques ébahies. J'avais beau prétendre être leur voisine, elles n'étaient pas dupes. J'étais pâle avec de grands yeux de poisson. Un poisson qui, dans la poussière du marché, s'efforçait de nager tandis que toutes les autres femmes respiraient avec calme dans cette atmosphère de fruits trop mûrs, de viande séchée, de sueur et d'épices, qui infusaient dans leurs vies des pouvoirs que je redoutais.

Un jour précis me hante. J'étais occupée à retrouver la trace de mes filles mais je ne voyais que Leah. Je me souviens qu'elle portait sa robe bleu pâle, nouée dans le dos par une ceinture. Toutes les filles, à l'exception de Rachel, étaient en tenue débraillée en général, ce devait donc être – du moins pour la famille – un dimanche, notre grand jour, qui coïncidait avec celui des villageois. Leah avait un panier dans les bras, portant quelque charge pour moi, ce qui l'empêchait de reprendre sa place favorite à la tête de la meute. J'avais perdu les autres de vue. Je savais que Nathan serait impatient de nous voir revenir, je fis donc signe à Leah. Elle devait enjamber une rangée de marchandises pour arriver à moi. Sans réfléchir, étant la jumelle aux jambes sûres, elle déplaça son panier sur sa hanche gauche et franchit d'un pas de géant une pyramide d'oranges. Je lui tendis la main. Et là, tandis qu'elle tentait de la saisir, elle resta coincée en déséquilibre au-dessus des oranges, incapable de passer l'autre pied. La femme tapie derrière ses oranges bondit, la voix sifflante, agitant les mains en ciseaux dans notre direction, me fusillant d'un regard tellement brûlant que les furieux iris couleur chocolat semblèrent fusionner avec le blanc. Une rangée d'hommes assis sur un banc levèrent les yeux de leurs bols de bière fraîche et nous dévisagèrent avec insistance du même regard laiteux, tous me faisant signe d'ôter mon enfant de là : *imbécile de fan-*

tôme ! non-entité ! enjamber la fortune d'une femme, un jour de marché. Je ne cesse de ressentir de la gêne au souvenir de moi, avec Leah, le sexe à nu – comme chacun le savait – au-dessus des oranges de cette femme. Une mère étrangère et son enfant, se croyant à leur affaire et soudainement réduites à néant parce que, tous, ils nous voyaient telles que nous étions.

Jusqu'à cet instant, j'avais cru pouvoir être tout à la fois : l'une d'entre elles, et l'épouse de mon mari. Quelle vanité ! J'étais son instrument, sa bête. Rien de plus. Nous autres, épouses et mères, à quel point sommes-nous capables de périr, victimes de notre propre vertu. Je n'étais qu'une femme de plus à garder bouche cousue et à brandir le drapeau tandis que son pays s'empressait d'en conquérir un autre par la guerre. Coupables ou innocentes, elles ont tout à perdre. Elles sont ce qu'il y a à perdre. Une épouse c'est la terre en soi, qui change de mains, couverte de cicatrices.

Il nous faudrait toutes nous échapper de l'Afrique par une autre voie. Certaines d'entre nous sont maintenant au fond de la terre, d'autres au-dessus, mais nous sommes toutes des femmes faites de la même glaise couturée de cicatrices. J'étudie mes filles, désormais adultes, cherchant chez elles le signe d'une certaine forme de paix. Comment ont-elles fait ? Alors que je reste traquée par la crainte d'être jugée ? Les yeux dans les arbres s'ouvrent sur mes rêves. De jour, ils surveillent mes mains noueuses pendant que je gratte le sol de mon petit jardin humide. Que veux-tu de moi ? Quand je lève les yeux, ces vieux yeux fous, quand je parle toute seule, que veux-tu donc que je te dise ?

Oh, petite bête, petite préférée. Ne vois-tu donc pas que je suis morte aussi ?

Parfois, je prie pour me souvenir, d'autres fois je prie pour oublier. Cela ne fait aucune différence. Comment puis-je encore marcher librement en ce monde, après ce claquement de mains, au marché, purement et simplement désireux de me chasser ? J'avais été prévenue. Comment puis-je supporter l'odeur de ce qui me rattrape ?

Il y avait si peu de temps pour peser le bien et le mal, alors je ne savais même plus où j'en étais. Pendant ces tout premiers mois, eh bien, la plupart du temps je me réveillais en sursaut, persuadée d'être de retour à Pearl, au Mississippi. Avant le mariage, avant la religion, avant tout. Le matin, tout, au Congo, était tellement noyé de vapeur qu'on ne distinguait absolument rien à part un nuage descendu à terre, on aurait pu aussi bien se trouver ailleurs. Mama Tataba m'apparaissait, debout dans l'entrée de la chambre, avec son cardigan vert olive à moitié déboutonné, des trous aux coudes grands comme des pièces de monnaie, un bonnet de laine boulochée enfoncé jusqu'aux sourcils, les mains calleuses comme une peau de bête, elle aurait pu être quelqu'un qui se serait tenu à la sortie des magasins Luttons, en l'an du Seigneur et de mon enfance, en 1939.

Puis elle disait : « Mama Prize, dis, une mangouste s'est fourrée là, dans la farine », et je devais m'accrocher au cadre du lit tandis que le paysage tournoyait comme de l'eau dans une bonde pour me ramener au centre. Ici. Dans l'instant. Comment pouvait-on en arriver là où j'en étais ?

Tout changea le jour où nous les perdîmes tous deux, Mama Tataba et le maudit perroquet, tous deux libérés par Nathan. Quel jour ç'avait été. Pour les membres indigènes de notre maisonnée, le jour de l'Indépendance. L'oiseau traînait dans les parages, nous fixant d'un œil vexé depuis les arbres, ayant encore besoin d'être nourri. L'autre, celle dont dépendaient nos vies, disparue du village. Et la pluie tombait à seaux et je me demandais : Serions-nous perdus sans le savoir, en ce moment précis ? Il m'était déjà arrivé tant de fois dans ma vie (le jour de mon mariage me vient à l'esprit) de me croire sortie d'affaire, sans réaliser que je n'avais fait que marquer une pause au bord d'un autre étroit précipice au milieu d'une longue, longue chute.

Je peux encore énumérer la liste d'efforts qu'il m'a fallu fournir pour maintenir un mari et des enfants en vie, les nourrir chaque jour, au Congo. La journée la plus longue, il fallait toujours la commencer en s'asseyant dans le lit, au chant du coq, en écartant la moustiquaire, en enfilant des chaussures – car il y avait des ankylo-stomes aux aguets sur le sol, impatients de creuser dans vos pieds nus. Des chaussures, donc, me transportant d'une glissade à travers le sol pour célébrer le jour. Rêvant de café. Je crains que la présence physique de mon mari ne m'ait pas manqué durant ses absences autant que me manquait le café. Dehors par la porte de derrière, précipitée dans cette choquante chaleur moite, tentant en vain d'apercevoir la rivière : résistant à l'envie folle de m'enfuir.

Oh, cette rivière de souhaits, son fuyant rêve de cro-codile, comme elle aurait pu transporter mon corps le long de tous les étincelants bancs de sable vers la mer. Le plus dur, chaque jour, était de décider une fois de plus de rester avec la famille. Ils ne s'en sont même jamais douté. Lorsque je soulevais le loquet destiné à protéger l'appentis de la cuisine des bêtes et des enfants curieux, il me fallait presque le refermer derrière moi pour demeu-rer à l'intérieur. L'obscurité, l'humidité, le souffle aigre permanent de la saison des pluies, tout m'accablait à la façon d'un amant importun. La fraîche puanteur du sol nocturne dans les buissons. Et nos propres latrines, qui n'étaient qu'à un pas de là.

Debout devant la table de travail, je quittais mes pen-sées et me regardais en train de meurtrir des oranges à l'aide de notre seul couteau émoussé, les éventrant en en faisant sortir le sang rouge. Mais, non, les fruits devaient d'abord être lavés ; ces étranges oranges dites sanguines cueillies dans la forêt où elles poussaient à l'état sauvage. En les achetant à Mama Mokala, je savais qu'elles étaient passées entre les mains de ses garçons qui avaient tous des croûtes blanches sur les yeux et sur le pénis. Lavées, donc, avec une goutte de précieuse eau de chlore, comptée comme le Sang de l'Agneau. C'est bizarre, je sais, mais pendant toutes ces journées, j'ai gardé en tête l'image d'une célèbre campagne publicitaire de chez nous représentant des bandes d'enfants très sales au-dessous d'une audacieuse exhortation : CLOROX ! À L'AIDE !

Très bien, le jus une fois exprimé de la peau désinfectée, le liquide pulpeux devait être dilué dans de l'eau si je voulais que ces précieuses oranges durent un peu. Difficile de dire ce qui me coûtait le plus : l'eau chlorée, les oranges ou l'eau. L'eau chlorée et les oranges, il me fallait les marchander, ou les mendier dans le cas du ravitaillement qui nous venait des airs par cet horrible Eeben Axelroot. Toutes les deux ou trois semaines, il arrivait sans prévenir, apparition soudaine en bottes pourries et chapeau mou taché de transpiration, fumant des Tiparillos dans mon entrée et réclamant de l'argent pour des choses qui nous appartenaient déjà, données par la Ligue missionnaire. Il nous vendait même notre courrier ! Mais de toute façon, rien ne nous parvenait gratuitement. Pas même l'eau. Il fallait la transporter sur deux kilomètres et la faire bouillir. « Bouillir », petit mot qui équivalait à un temps de vingt minutes à feu d'enfer sur un poêle qui ressemblait à une carcasse rouillée d'Oldsmobile. « Feu », qui équivalait à ramasser une pile de bois dans un village qui y glanait le sien depuis la nuit des temps, privant son sol de combustibles avec l'efficacité d'un animal qui s'épouille. Ainsi « feu » était-il synonyme d'incursions de plus en plus profondes dans la forêt, à soustraire les branches tombées sous le regard neutre des serpents, tout ça pour un seul seau d'eau potable. Le moindre effort d'hygiène était amplifié par des heures de labeur passées à obtenir les éléments les plus simples : eau, chaleur, tout ce qui avait la réputation de désinfecter.

Quant à la nourriture, c'était une autre chanson. La

trouver, en apprendre le nom, la débiter, la piler ou en fracasser la coque pour la rendre acceptable par les miens. Pendant longtemps, je n'ai pas compris comment les autres familles s'en sortaient. Il semblait qu'il n'y eût aucune nourriture digne de ce nom, même les jours de marché quand chacun se rassemblait pour entasser le plus haut possible ce qu'il possédait. Pile qui semblait insuffisante à sustenter les deux douzaines de familles de notre village. Oui, je voyais bien qu'il y avait du charbon pour la cuire, et du *pili-pili* – du piment rouge desséché – pour l'épicer, et des calebasses pour l'y mettre, mais où était la «chose», quelle qu'elle fût? Grands dieux, que pouvaient-ils bien manger?

À la longue, j'ai trouvé la réponse : une pâte gluante appelée *fufu*. Elle provient d'un tubercule prodigieux que les femmes cultivent et arrachent du sol, trempent dans la rivière, sèchent au soleil, pilent en poudre blanche dans des souches évidées, et qu'elles font bouillir. On appelle cela du manioc, m'informa Janna Underdown. Cela a la valeur nutritionnelle d'un sac de papier brun avec, en prime, des traces de cyanure. Malgré tout, il remplit l'estomac. En cuisant, il se transforme en une masse insipide et on peut persuader un petit Américain d'essayer une fois, après une longue série de froncements de nez et de regards en chiens de faïence. Mais pour les gens de Kilanga, le *fufu*, c'était la seule chose qui comptait dans l'existence, à part le temps, et qui semblait évidente. Il y aurait toujours du manioc. Il est au centre de la vie. Lorsque les grandes femmes minces drapées dans leurs étoffes rentraient sereinement des champs, elles le chargeaient sur leur tête en gros ballots à l'équilibre invraisemblable : des fagots de racines de manioc de la taille d'un cheval recroquevillé. Après l'avoir fait tremper et l'avoir épluché, elles en disposaient les longues racines blanches en faisceaux debout dans des bassines émaillées et traversaient le village en une seule file, immenses lis au bout de longues tiges mobiles. Ces femmes consacraient leurs journées au labeur incessant de la plantation, de l'arrachage et du pilage du manioc, bien que l'attitude rêveuse qu'elles manifestaient dans cette activité semblât totalement indépendante de tout produit fini. Elles me rappelaient ces bandes de cheminots du vieux Sud qui passaient le long de la voie ferrée en chantant, avec des hochements de tête, avançant et reculant à l'unisson, battant la mesure avec leurs barres d'acier, captivant les enfants puis disparaissant avant que l'on ait compris qu'ils avaient, dans le même temps, réparé la voie. C'est ainsi que ces femmes produisaient le manioc et que leurs enfants le mangeaient : sans notion apparente des objectifs supérieurs de la production et de la consommation. Le *fufu* n'était qu'un autre mot pour dire « nourriture ». Toute autre denrée comestible – une banane, un œuf, les haricots appelés *mangwansi*, une pièce de viande d'antilope noircie au feu – était exactement l'opposé, et sa consommation considérée comme une occasion exceptionnelle, peut-être même imméritée.

Mais les membres de ma famille réclamaient leurs occasions exceptionnelles trois fois par jour. Ils ne comprenaient pas que le genre de repas qu'ils trouvaient tout naturels, fabriqués en trente minutes au pays de la General Electric, se traduisaient ici par une vie entière de travail. La famille serait bien restée à table en attendant que Mère et ses domestiques sortent de la cuisine avec trois repas de Thanksgiving quotidiens. Pourtant Mama Tataba s'en débrouillait, en ronchonnant constamment. Elle marmonnait en travaillant, sans jamais prendre de repos, ne s'interrompant que le temps de remonter la taille de son pagne sous son tricot de laine. Elle roulait des yeux quand il lui fallait réparer mes maladresses : les boîtes de conserve que j'oubliais de laver et de garder, les bananes dont j'oubliais de vérifier qu'elles étaient exemptes de tarentules ; le foyer que j'avais une fois entièrement bourré de branches de *bängala* – l'arbre à poison ! D'une chiquenaude elle avait envoyé promener l'allumette que je tenais à la main au moment où je me baissais pour l'enflammer, puis avait retiré les tiges de bois vert une par une à l'aide d'un gant de cuisine, m'expliquant sèchement que la fumée seule aurait pu nous tuer tous.

Au début je ne parlais pas le kikongo, en dehors des quelques mots usuels qu'elle m'enseignait, si bien que je ne sus pas si elle maudissait nos âmes mortelles avec autant d'impartialité qu'elle nourrissait nos corps. Même si elle dorlotait mes filles ingrates, nous l'irritions énormément. Elle était capable de plonger la main au fond d'un sac moisi et d'en retirer la miraculeuse mesure de farine blanche pour confectionner des biscuits en un tournemain. Elle transformait la graisse de chèvre en quelque chose qui ressemblait à du beurre, et broyait la viande d'antilope en steaks hachés à l'aide d'un appareil qui me semblait fabriqué à partir d'une hélice de bateau à moteur. Elle usait d'une pierre plate et de toute la force de sa volonté pour réduire des noix pilées en un beurre de cacahuètes présentable. Et au bout de tout ça, une Rachel installée à l'extrémité de la table, toute soupir, qui dégageait sa chevelure blanche de ses épaules en annonçant que la seule chose au monde qui lui aurait fait plaisir, ç'était « du Jiffy, du lisse. Pas du qui croque ».

Fufu nsala, comme nous appelait Mama Tataba. J'avais cru comprendre que cela avait un rapport avec le *fufu*, la nourriture de base, ignorant encore que le kikongo est une langue que l'on chante beaucoup plus qu'on ne la parle. Le même mot peut revêtir bien des sens différents selon que l'intonation monte ou descend. Quand Mama Tataba nous adressait à tous cette incantation, entre haut et bas, elle ne nous appelait pas mangeurs de *fufu*, contempteurs de *fufu* ou je ne sais quoi encore. Le *fufu nsala* est un rat à tête rouge qui vit dans les forêts et qui fuit le soleil.

Je pensais être courageuse. La toute première fois que je m'étais rendue dans le bâtiment de la cuisine, un serpent s'était laissé tomber du seuil et une tarentule m'avait lorgnée depuis le mur, crapahutant sur ses pattes arquées tel un joueur de football sur la ligne d'attaque. Si bien que je gardais un gros bâton avec moi. Je dis à Mama Tataba que j'avais appris très jeune à faire la cuisine, mais non à être dresseuse de cirque. Dieu sait qu'elle avait dû mépriser cette poltronne de maîtresse, ce rat blême. Elle n'aurait pu imaginer des choses comme une cuisinière électrique ou un pays dans lequel les femmes n'avaient pour seul souci que les empâtements de cire sur leurs parquets. Pour autant qu'elle ait éprouvé du mépris pour moi, il est possible qu'elle n'ait jamais eu le moindre soupçon de ma véritable impuissance. Je préfère penser qu'elle ne nous aurait pas quittés si elle l'avait connue. Les choses étant ce qu'elles étaient, elle laissait derrière elle un profond sillage dans lequel je sentais que je me noierais.

Étrange à dire, mais c'est l'effrayante confiance en soi de Nathan qui l'avait fait partir. Il croyait, comme moi, que nous étions censés être arrivés ici préparés. Mais on ne vous prépare pas aux vipères sur les seuils des portes ni au tam-tam dans la forêt qui appelle à la fin d'un siècle de malheur. À l'époque, au moment où l'été se prolongeait en une saison de pluies sans fin, il devint évident que les ennuis allaient venir. Je ne cessais d'imaginer la mort de mes enfants. Je les rêvais noyées, perdues, dévorées vives. Je rêvais et me réveillais affolée d'une peur froide comme la pierre. Quand le sommeil se refusait obstinément, j'allumais la lampe au kérosène et restais assise, seule, jusqu'à l'aurore devant notre grande table de salle à manger, fixant les mots des Psaumes jusqu'à m'en engourdir l'esprit : *Seigneur, j'ai aimé uniquement la beauté de votre maison et le lieu où habite votre gloire. Ne perdez pas, ô mon Dieu, mon âme avec les impies, ni ma vie avec les hommes qui sont sanguinaires. Ayez pitié de moi.*

Au lever du soleil, je quittais parfois la maison pour aller marcher. Pour éviter la rivière j'empruntais le sentier de la forêt. Plus d'une fois j'ai dérangé des familles d'éléphants qui paissaient dans les clairières. Les éléphants des forêts sont différents de leurs grands cousins qui martèlent la savane : ils sont plus petits, plus délicats, et fouaillent le sol couvert de feuilles de leurs défenses rosées. Quelquefois, aux premières lueurs du jour, je voyais aussi des familles de Pygmées qui se déplaçaient parmi les ombres, nus, à l'exception de colliers de plumes et de dents d'animaux, et, les jours de pluie, de coiffures faites de feuilles. Ils étaient si petits – véritablement, ils ne m'arrivaient même pas à la taille – et si gaiement décorés que longtemps je les ai pris pour des enfants. Je m'émerveillais que des bandes entières de garçons et de filles fussent lâchées dans la forêt, avec couteaux, sagaies et nouveau-nés attachés dans le dos.

Peut-être était-ce la lecture de la Bible qui me mettait dans de telles dispositions d'ouverture, prête à adhérer à toute bizarrerie possible. Ça, et le manque de sommeil. J'avais besoin de m'arrimer à une bouée quelconque, car il n'y avait absolument personne à qui parler. J'essayais de me plonger dans les magazines américains récents qui nous étaient envoyés par l'intermédiaire des Underdown, mais je les trouvais assez troublants. Le président Eisenhower prétendait avoir la maîtrise de tout alors que le jeune Kennedy disait que le tonton Ike était complètement débordé et qu'il ne fallait pas voir plus loin que le Congo – *le Congo !* – pour être convaincu de la faiblesse des États-Unis en matière de leadership, de déficit de missiles, et y voir la preuve de la menace communiste. Des émules d'Eleanor Roosevelt déclaraient que nous devions porter assistance à ces pauvres enfants et les faire entrer dans le xxe siècle. Et cependant, Mr. George F. Kennan, le diplomate en retraite, reconnaissait « qu'il ne se sentait pas la moindre responsabilité morale envers l'Afrique ». Ce n'est pas notre problème, dit-il. Laissons-les devenir communistes si cela leur fait plaisir.

Il était bien au-dessus de moi d'apprécier de tels sujets

alors que le seuil de ma maison abritait des serpents capables de tuer net un enfant d'un crachat dans les yeux.

Mais Nathan ne voulait rien entendre de mes soucis. Pour lui, notre existence était aussi simple que de payer comptant et de fourrer notre reçu dans nos poches : nous étions sous la protection du Seigneur, disait-il, parce que nous étions venus en Afrique pour Le servir. Pourtant, à l'église, nous chantions *Tata Nzolo !* Ce qui veut dire *Notre Père qui êtes aux Cieux* ou encore *Notre Père des appâts à poisson* selon la façon dont on le chante, et cela résumait joliment bien ma perplexité. Je ne savais jamais si nous devions considérer la religion comme une police d'assurance vie ou comme une condamnation à perpétuité. Je comprends assez bien un Dieu vengeur qui préfère nous envoyer tous nous faire pendre. J'arrive à comprendre un Jésus, tendre et sans préjugés. Mais je ne parvenais pas vraiment à les faire cohabiter ensemble sous le même toit. Vous finissiez par marcher sur des œufs, ne sachant jamais lequel des *Tata Nzolo* était chez vous à tel ou tel moment. Sous ce toit incertain, où était donc la place de mes filles ? Pas étonnant qu'elles parussent à peine m'aimer, la moitié du temps – je ne pouvais me présenter devant mon époux pour les protéger de sa lumière ardente. On attendait d'elles qu'elles le regardent droit dans les yeux et tombent aveugles.

Nathan, pendant ce temps, se drapait dans le salut de Kilanga. Nathan, adolescent, avait joué au football dans l'équipe de l'école secondaire de Killdeer, dans le Mississippi, avec énormément de succès bien entendu, et s'attendait à ce que sa saison de victoires se poursuivît jusqu'à la fin des temps. Il ne supportait ni de perdre ni de battre en retraite. Je pense qu'il montrait déjà une tendance marquée à l'entêtement et qu'il méprisait l'échec, bien avant sa conscription dans la guerre et les étranges circonstances de sa démobilisation. À la suite de quoi, hanté par ce qui s'était passé dans la jungle philippine et par les fantômes d'un millier d'hommes qui n'avaient pu en réchapper, son horreur inébranlable de la lâcheté avait tourné à l'obsession. Il était difficile d'imaginer un mortel moins décidé à changer de trajectoire que Nathan Price. Il était à mille lieues de comprendre, désormais, à quel point il s'égarait, avec sa fixation sur le baptême. Le chef du village, Tata Ndu, encourageait haut et fort les gens à ne pas fréquenter l'église sous le prétexte que Nathan voulait donner leurs enfants à manger aux crocodiles. Même Nathan aurait dû comprendre que cette situation invitait à la réconciliation.

Mais toute entreprise de paix avec Tata Ndu était une lourde croix à porter. Lorsqu'il nous accorda audience, il était assis sur son siège, dans sa cour de devant, le regard lointain. Il rajusta sa grande coiffure de fibres de sisal. Retira et examina la grosse monture noire de ses lunettes (sans verres) et fit tout son possible pour manifester un désintérêt supérieur tout le temps que parla Nathan. D'un coup sec, il chassait les mouches avec l'insigne de sa fonction – un genre de queue de bête rigide qui se terminait par une soyeuse touffe blanche. Au cours de la seconde entrevue, Nathan finit même par supprimer le baptême en tant que projet précis et laissa entendre que nous pourrions organiser une sorte d'aspersion en lieu et place.

Nous finîmes par recevoir une réponse officielle, par l'intermédiaire du fils aîné de Ndu, déclarant qu'une aspersion c'était bien joli, mais que son prédécesseur, le frère Fowles, avait perturbé le chef à cause de ses drôles d'idées de ne posséder qu'une femme à la fois. Imaginez la honte, disait Tata Ndu, d'un chef qui ne pourrait s'offrir qu'une seule épouse ! Le chef attendait de nous que nous désavouions toutes ces absurdités avant de pouvoir accorder son aval à notre église.

Mon intraitable époux s'arracha les cheveux en privé. Sans la bénédiction du chef, impossible de réunir une communauté de fidèles. Nathan bouillait. On ne pouvait pas mieux dire. *Nombreuses sont les épreuves du juste : mais le Seigneur le délivra de toutes celles-ci,* lançait-il au ciel, clignant des yeux vers Dieu pour lui réclamer justice. Je le prenais dans mes bras la nuit et je voyais des parties de son âme devenir cendres. Puis je le vis renaître, avec une pierre en guise de cœur. Nathan n'accepterait plus aucun compromis. Dieu le mettait à l'épreuve comme Job, décida-t-il, et l'essentiel c'était que, précisément dans cette parabole, Job n'avait rien fait de mal pour commencer. Nathan avait le sentiment qu'il avait eu tort de céder en quoi que ce fût à l'Afrique. De refaire son jardin en monticules, de se soumettre à Tata Ndu à propos du baptême dans la rivière ; voire même d'écouter le chef ou les discours de Mama Tataba. Tout cela n'avait été qu'une mise à l'épreuve de sa force et Dieu était mécontent du résultat. Il ne connaîtrait plus d'échec.

Il faisait de moins en moins attention aux enfants. C'est à peine s'il se conduisait en père, sauf dans le sens professionnel du terme, comme un potier obligé de modeler de la glaise. Il était incapable d'entendre les rires de chacune, ni même leurs angoisses. Il ne se rendait aucunement compte qu'Adah avait choisi de s'exiler, que Rachel mourait d'envie de mener une vie normale de surprise-parties, que ses albums de disques lui manquaient. Quant à la pauvre Leah, elle le suivait comme une servante sous-payée qui attend son pourboire. Cela me fendait le cœur. Je l'éloignais de lui sous le moindre prétexte. C'était inutile.

Tandis que les intentions de mon époux se cristallisaient comme une pierre à sel et que je me préoccupais de notre survie, le Congo respirait derrière le rideau de la forêt, se préparant à nous recouvrir comme une rivière. Mon âme était réunie à celles des pécheurs et des hommes de sang, et mon idée fixe était de faire revenir Mama Tataba et ce que nous aurions dû emporter de Géorgie. J'étais aveugle à force de regarder en arrière : la femme de Loth. Je ne voyais guère que les nuages qui s'amoncelaient.

Kilanga
30 juin 1960

Leah Price

Au début, nous étions à peu près dans le même bateau qu'Adam et Eve. Nous avons dû apprendre comment les choses se nommaient. *Nkoko, mongo, zulu* – rivière, montagne, ciel –, elles devaient être convoquées du vide grâce au mot que nous utilisions pour les désigner. Toutes les créatures de Dieu portent des noms, qu'elles se glissent en travers de notre chemin ou se présentent pour vendre à notre porte : guib, mangouste, tarentule, cobra, le singe rouge et noir qu'on appelle *ngonndo*, les geckos qui escaladent les murs à toute vitesse. La perche du Nil et la *nkyende*, une anguille électrique que l'on tire du fond de la rivière. *Akala, nkento, a-ana* : homme, femme et enfant. Et tout ce qui pousse : frangipanier, jacaranda, haricots *mangwansi*, canne à sucre, arbre à pain, paradisier. *Nguba*, c'est la cacahuète, *malala*, ce sont les oranges à jus rouge sang, les *mankondo* sont des bananes. *Nanasi*, c'est l'ananas et *nanasi mputu* veut dire l'ananas du pauvre : la papaye. Et tout ça pousse naturellement ! Même notre jardin ressemble au jardin d'Éden. Je note tous ces mots nouveaux sur mon cahier de classe et je me promets de m'en souvenir plus tard quand je serai une dame américaine adulte, avec un jardin à moi. Je raconterai au monde entier ce que j'aurai découvert en Afrique.

Nous avons beaucoup appris grâce aux livres laissés

par le frère Fowles, des guides de la nature décrivant les mammifères, les oiseaux et les lépidoptères, qui sont des papillons. Et nous avons appris aussi grâce à tous ceux (surtout les enfants) qui voulaient bien nous parler et nous montrer les choses du doigt. Notre propre mère nous a même surprises en une ou deux occasions, car elle vient du Sud profond, de beaucoup plus bas que chez nous. Quand les boutons s'ouvrent sur les arbres, étonnée, elle hausse des sourcils noirs au-dessus de ses grands yeux bleus et s'exclame : « Oh ! une bougainvillée ! un hibiscus ! oh ! un ailante ! » Qui aurait dit que Mère connaissait ces arbres ? Et les fruits – mangue, goyave, avocat – que nous avions à peine entrevus auparavant, au grand magasin Kroger, à Atlanta, et pourtant les arbres descendent jusqu'à terre maintenant et nous livrent ces présents exotiques directement dans les mains ! Voilà encore une chose dont il faudra que je me souvienne à propos du Congo quand je serai plus vieille : la façon dont les mangues pendent au bout de longs, longs pédoncules semblables à des rallonges électriques. J'ai l'impression que le bon Dieu s'est senti tellement coupable envers les Africains d'avoir mis les noix de coco si loin de leur portée qu'il a cherché à ce que la mangue soit plus facile à attraper.

J'examine tout soigneusement, en clignant des yeux comme un appareil Brownie qui prendrait des photos-souvenir. De même que les gens, dont il faut se rappeler les noms. Petit à petit, nous nous sommes mis à nous adresser à nos voisins en les appelant par leur nom. La plus proche, c'est cette pauvre infirme de Mama Mwenza qui, à l'aide de ses mains, se hâte le long de la route. Et Mama Nguza, qui marche la tête haute à cause d'un goitre gros comme un œuf d'oie niché sous son menton. Tata Boanda, le vieux pêcheur, qui part en bateau tous les matins avec un pantalon d'un rouge vif comme on en voit rarement dans la vie. Les gens sont toujours habillés de la même façon et c'est grâce à ça qu'on les reconnaît, en général. (Mère dit que s'ils voulaient vraiment nous embrouiller, ils n'auraient qu'à tous échanger leurs vêtements, le temps d'une journée.) Quand les matinées sont fraîches, Tata Boanda porte également un tricot vert pâle bordé de blanc – il faut le voir, avec un torse musclé des plus virils mis en valeur par la découpe en V d'un pullover de femme ! Mais quand on réfléchit bien, à quoi pourrait-il – ou pourrait-on d'ailleurs – deviner que c'est un vêtement féminin ? Comment puis-je l'affirmer ? À cause de la forme ? Encore une chose qu'on ne peut pas franchement décrire. Et en fin de compte, est-ce même un pull de femme, ici, au Congo ? Je me pose la question.

Il y a quelque chose d'autre que je dois avouer à propos de Tata Boanda : cet homme est un pécheur. Sans complexe, sous les yeux mêmes du bon Dieu, il a deux femmes, une jeune et une vieille. Et cela ne les empêche pas d'aller tous à l'église ! Père dit qu'il faut prier pour les trois, mais à y regarder de plus près, il est difficile de savoir exactement ce pour quoi il faut prier. Il faudrait qu'il en laisse tomber une, j'imagine, mais à coup sûr c'est la vieille qu'il lâcherait et elle a déjà l'air assez triste comme ça. C'est la plus jeune qui a tous les gosses et on ne peut décemment pas prier pour qu'un papa vire purement et simplement ses bébés, à votre avis ? J'ai toujours cru que l'on pouvait facilement se corriger à condition d'accueillir Jésus-Christ dans son cœur, mais ici ça devient compliqué.

Mama Boanda numéro deux ne semble pas autrement bouleversée par la situation. En fait, on dirait même qu'elle est sur le point d'exploser de satisfaction. Ses petites filles et elle ont les cheveux dressés en piquants hirsutes tout autour de la tête, ce qui donne à peu près le même effet qu'une pelote à épingles. (D'après Rachel, c'est ce qu'on appelle une coiffure ratée.) En plus, Mama Boanda noue toujours son pagne un peu n'importe comment, avec une énorme étoile rose qui rayonne sur toute la largeur de son vaste derrière. Les longues jupes que portent les femmes sont gaiement imprimées des motifs les plus bizarres qui soient : impossible de prévoir qui, du tas de parapluies jaunes, du chat en indienne, du chien en vichy, ou encore du portrait à l'envers du pape hantera bientôt votre cour.

Tard à l'automne, les buissons d'un vert laiteux qui entourent chaque maison et son chemin se révélèrent soudainement être des poinsettias. Ils ont fleuri comme des fous et Noël a carillonné dans la chaleur moite, avec l'à-propos d'un «Il est né le divin enfant» sur les ondes en plein mois de juillet. Oh ! c'est le paradis, au Congo, et quelquefois j'ai envie de rester ici jusqu'à la fin de mes jours. Je pourrais grimper dans les arbres comme les garçons pour aller cueillir des goyaves et les manger à en faire dégouliner le jus sur ma chemise et à la tacher, définitivement. La seule chose, c'est que j'ai quinze ans maintenant. Notre anniversaire, en décembre, nous a prises au dépourvu. Adah et moi avons toujours été un peu à la traîne en ce qui concerne les choses pénibles du genre poitrine qui pousse et petits ennuis mensuels. En Géorgie, quand mes camarades de classe se sont mises à arriver les unes après les autres en soutien-gorge de sport, comme atteintes d'une maladie contagieuse, je me suis fait couper les cheveux très court et me suis juré de garder mon allure de garçon manqué. Adah et moi nous adonnant à l'algèbre et à la lecture des livres les plus épais qui nous tombaient sous la main, alors que les autres élèves progressaient péniblement dans leurs devoirs. Mais c'est terminé. Maintenant que j'ai quinze ans, il va falloir que je pense à devenir une chrétienne adulte.

À dire vrai, ce n'est tout de même pas totalement le paradis ici. Peut-être avons-nous mangé des fruits qu'il ne fallait pas dans le Jardin, car nous autres, dans la famille, nous semblons en savoir trop, tout en n'en sachant pas assez. Lorsque quelque chose d'important se produit, nous sommes parfaitement interloqués, alors que personne d'autre ne semble surpris le moins du monde. Que ce soit par une saison des pluies arrivée et repartie alors qu'elle n'était pas prévue, par d'ingrats buissons verts qui se transforment, paf! en poinsettias. Par des papillons aux ailes aussi lumineuses que des petits Cataphotes, par le serpent le plus long, le plus court et le plus vert sur la grand-route. Même les tout petits enfants semblent en savoir plus que nous, ici, et avec d'autant plus d'aisance qu'ils s'expriment dans leur propre langue.

Je dois admettre qu'au début j'ai été déconcertée d'entendre ces mouflets jacasser tout ce qu'ils savaient en kikongo. Comment ces petits plus jeunes que Ruth May arrivaient-ils à parler cette autre langue aussi parfaitement? La même chose que lorsque Adah se révèle parfois savoir à fond une chose aussi difficile que le français ou la racine carrée de pi alors que je croyais avoir d'emblée les mêmes connaissances qu'elle. Au début, quand nous sommes arrivés, les enfants se sont rassemblés devant la maison tous les matins sans exception, ce qui nous a déroutés. Nous pensions qu'il devait y avoir quelque chose de particulier, un babouin perché sur le toit, par exemple. Et puis nous avons compris que ce quelque chose de spécial c'était nous. Ils étaient attirés par nous pour la même raison qui pousse les gens à assister à l'incendie d'une maison ou aller voir une voiture accidentée. Nous n'avions pas besoin de faire grand-chose pour être extraordinaires, sinon nous déplacer dans la maison, parler, porter des pantalons, faire bouillir notre eau.

Notre vie est beaucoup moins intéressante, de mon point de vue. Mère nous a laissé quelques semaines de répit avec les livres de classe, étant donné tout le remue-ménage de notre installation, et puis, en septembre, elle a frappé dans ses mains en déclarant: «Congo ou pas, le temps de l'école est revenu pour vous les filles!» Elle est décidée à faire de nous des intellectuelles – et cela ne se limite pas à celles d'entre nous qui sont douées. Dans ses projets, nous sommes toutes dans le même sac. Tous les matins, après le petit déjeuner et les prières, elle nous installe devant la table et pose l'index sur notre nuque pour que nous nous penchions sur nos livres scolaires (et Ruth May sur ses coloriages), nous mettant en forme pour le purgatoire, je suppose. Et pourtant la seule chose qui m'absorbe c'est le bruit des enfants au-dehors, les étranges syllabes étincelantes de leurs mots. Qui paraissent absurdes mais qui sont porteuses de tant d'intentions secrètes. Une seule phrase mystérieuse lancée par un des plus grands est capable de faire déguerpir toute la bande au milieu de cris aigus et de rires.

Après le déjeuner, elle nous accorde enfin quelques précieuses heures de liberté. Les enfants se mettent à piailler et à détaler de terreur dès que nous sortons, comme si nous étions vénéneuses. Et puis, au bout d'une minute ou deux, ils reviennent tout doucement, nus et cloués au sol, ravis de la régularité de nos habitudes. Avant peu, ils se rassemblent en demi-cercle à la limite de la cour, suçotant leurs bâtonnets de canne à sucre roses et regardant de tous leurs yeux. Un courageux s'avance de quelques pas en tendant la main et criant : «Cadeau!» avant de s'enfuir en courant avec des petits rires offusqués. C'est tout ce que nous avons réussi à obtenir jusque-là en matière de fraternisation – une demande de cadeau assortie de cris! Que pouvons-nous donc leur donner? Nous n'avions pas réfléchi un seul instant, dans nos prévisions, au fait qu'ils pourraient vouloir quelque chose. Nous n'avions pensé qu'à nous. Si bien que je fais mine de me désintéresser de toute l'affaire, allongée dans mon hamac, le nez dans un livre que j'ai déjà lu trois fois. Je fais semblant d'ignorer qu'ils me considèrent comme une bête curieuse ou comme une source possible de butin. Et ils me montrent du doigt, puis se parlent entre eux, en me faisant bien sentir que leur monde entier m'exclut.

Ma mère dit : «Eh bien, chérie, cela marche dans les deux sens. Tu sais l'anglais, eux non. »

Je sais bien qu'elle a raison, mais cela ne me console pas. Parler anglais n'est rien. Ce n'est pas comme de pouvoir dire les noms des capitales et des principales ressources de l'Amérique du Sud, de réciter les Écritures ou de marcher au sommet d'un mur. Je n'ai aucun souvenir d'avoir eu à travailler énormément ma langue maternelle. Pendant un temps, je me suis donné beaucoup de mal pour apprendre le français, mais c'est Adah qui s'est couronnée de lauriers, si bien que j'ai laissé tomber. Elle pouvait bien connaître le français pour nous deux, pour ce que j'en avais à faire. Malgré tout, cela semble un don curieux pour quelqu'un qui, en règle générale, refuse de prononcer un mot. Chez nous, l'idée du français a un petit côté jeu de salon en quelque sorte. Une fois ici, rien n'avait changé. Ces enfants se moquent bien des *je suis, vous êtes* *. Ils parlent une langue qui gargouille et qui pleut de leur bouche comme de l'eau d'un tuyau. Et depuis le premier jour, je la leur envie amèrement. J'avais envie de me lever de mon hamac et de leur crier quelque chose qui les ferait fuir comme une bande de canards apeurés. Je m'efforçais d'inventer ou d'imaginer une telle phrase, vigoureuse, percutante. «Bukabuka ! We like Ike ! » m'entendais-je leur crier, ou un truc d'un film de fiction spatiale que j'avais vu une fois : «Klatu barada nikto ! »

Je voulais qu'ils jouent avec moi.

Je suppose que, dans la famille, tout le monde éprouvait plus ou moins les mêmes envies. Celles de jouer, de marchander gentiment, d'offrir le Verbe, de tendre la main par-dessus l'espace neutre de protection qui nous entourait.

Ruth May fut la première de nous toutes à parvenir à ses fins.

* En français dans le texte.

Cela n'aurait pas dû nous surprendre étant donné que Ruth May semble être capable de franchir des montagnes par la force de sa seule volonté. Mais qui aurait pensé qu'un bout de chou de cinq ans saurait entrer en communication avec les Congolais ? Elle qui n'était même pas autorisée à sortir de la cour ! En général, j'étais chargée de l'empêcher de s'échapper, l'œil constamment aux aguets de peur qu'elle ne tombe d'un arbre et ne s'ouvre le crâne. C'est tout à fait le genre de choses dont Ruth May est capable, histoire de monopoliser l'attention. Mais il était probable, aussi déterminée qu'elle l'était, qu'elle s'échapperait, et parfois je devais la menacer des pires calamités afin de rester maîtresse de la situation. Oh, je lui racontais des horreurs. Qu'un serpent la mordrait, ou que l'un de ces bonshommes qui passaient en balançant leur machette lui arracherait le gésier. Après quoi, je me sentais toujours coupable et récitais le Psaume de contrition : *Ayez pitié de moi, mon Dieu, selon la multitude de vos bontés.* Pourtant, franchement, avec toutes ces multitudes de bontés, il serait bon qu'Il comprenne que, de temps en temps, il faut un peu terroriser les gens pour leur bien. Avec Ruth May, c'était tout ou rien.

Dès que j'avais obtenu par la terreur qu'elle reste sage, je m'éclipsais. Je partais à la recherche des Pygmées, qui sont censés habiter sous notre nez dans la forêt, ou des singes (plus faciles à repérer). Ou je coupais des fruits pour Mathusalem, qui traînait toujours dans le coin, à réclamer, et j'attrapais des sauterelles pour Léon le caméléon que nous avions mis dans une caisse en bois. Mère nous laissait le garder à condition que nous ne le rentrions jamais à l'intérieur de la maison. Ce qui est drôle, parce que c'est justement dans la maison que je l'avais trouvé. Ses gros yeux saillants pivotent dans tous les sens, et nous adorons quand nous réussissons à lui faire lever un œil et baisser l'autre en même temps. Il happe les sauterelles que nous lui jetons dans sa boîte en projetant sa langue comme une fronde.

139

Je pouvais aussi persuader Père de me laisser partir avec lui. Il y avait toujours cette possibilité. Père passe ses journées en tournée dans le village, essayant d'entrer en conversation avec les vieillards oisifs, ou s'aventurant plus loin pour voir où en est la Grâce dans les villages voisins. Il existe plusieurs petits campements à une journée de marche, mais je suis navrée de dire qu'ils tombent tous sous la gouverne de notre chef sans Dieu, Tata Ndu.

Père ne me permet jamais d'aller aussi loin, mais je lui demande tout de même. J'essaye d'échapper à l'ennui des tâches ménagères, davantage dans les cordes de Rachel quand elle daigne s'abaisser à rendre service. Telle que je vois la maison, il vaut toujours mieux être dehors. Si bien que je m'attarde aux confins du village dans l'attente du retour de mon père. Là-bas, là où le chemin de terre creuse une profonde entaille rouge entre les hautes parois de graminées, on ne sait jamais ce qui peut se présenter devant vous sur des pieds couverts de poussière. Des femmes, le plus souvent, qui transportent un monde sur leur tête : une grande bonbonne de verre pleine de vin de palme, avec une calebasse perchée au sommet comme un chapeau à l'envers ; ou un fagot de bois pour le feu, lié avec de l'herbe à éléphant, surmonté d'une grande bassine d'émail remplie de légumes. Le sens de l'équilibre est spectaculaire chez les Congolais.

La plupart des filles de mon âge, ou même plus jeunes, ont des bébés. Elles paraissent beaucoup trop jeunes pour être mariées jusqu'à ce que vous regardiez leurs yeux. Alors, vous comprenez. Ils sont heureux et tristes en même temps, mais sans enthousiasme pour rien, coulissant facilement de côté comme si elles en avaient déjà trop vu. Des yeux « mariés ». Quant aux plus jeunes – si elles sont trop jeunes pour être mariées et trop vieilles pour être attachées dans le dos de quelqu'un (ce qui ne laisse pas une marge énorme) – elles arrivent à grands pas en balançant leurs sacs tissés par-dessus l'épaule et vous regardent de travers en ayant l'air de dire : «Passe ton chemin, tu ne vois pas que je suis occupée?» Il se peut qu'elles ne soient encore que des petites filles qui suivent leur mère à la trace, mais croyez-moi, pour elles, c'est du sérieux. Les filles sont chauves, en général, comme les garçons. (Mère dit que c'est par manque de protéines.) Mais on les reconnaît à leurs robes froncées pleines de taches, des vêtements donnés qui viennent de loin. Ça m'a troublée pendant des mois de les voir ressembler autant à des garçons en robes à volants. Aucune fille, aucune femme ne porte de pantalons, jamais. Ici, nous sommes de drôles d'oiseaux. Apparemment, elles nous prennent pour des garçons, sauf Rachel, peut-être, et sont incapables de nous distinguer les unes des autres. Elles nous traitent de *Beelezi*, ce qui veut dire Belges ! Je voulais vous dire aussi qu'elles nous appellent comme ça juste sous notre nez. C'est ainsi qu'elles nous saluent : «*Mbote, Beelezi !*» Les femmes sourient mais, confuses, elles s'empressent de cacher leur bouche. Les tout petits bébés n'ont qu'à nous voir une fois pour se mettre à brailler. Cela suffit à vous donner des complexes. Mais moi, je m'en fiche, tout m'intéresse trop pour rester cloîtrée à l'intérieur ou dans notre cour. C'est la curiosité qui tue les chats, je le sais bien, mais j'essaye de retomber sur mes pattes.

En plein milieu du village il y a un énorme fromager autour duquel les gens se réunissent et où tous les cinq jours se tient le marché. Ah, ça, c'est quelque chose à voir ! Toutes les femmes viennent vendre et se chamailler. Elles ont des bananes vertes, des bananes roses, des montagnes de riz et autres choses blanches en tas sur du papier, des oignons ou des carottes ou même des cacahuètes, si c'est votre jour de chance, ou des cuvettes remplies de petites tomates rouges, déformées, mais très appréciées. On peut même voir des bouteilles de soda à l'orange que, j'imagine, quelqu'un aura rapportées à pied d'aussi loin que Léopoldville et qui devra faire encore un long parcours avant de les avoir toutes vendues. Il y a une dame qui vend des cubes de savon couleur de caramel appétissant. (Ruth May en a chipé un une fois et a mordu dedans et puis s'est mise à pleurer très fort, non pas tant à cause du goût qu'à cause de la déception, je pense. Il y a si peu de sucreries ici pour les enfants.) Et puis aussi, de temps en temps, il y a un sorcier avec des aspirines, des pilules roses, des pilules jaunes et des bouts d'animaux étalés en rangées bien nettes sur un morceau de velours noir. Il écoute vos ennuis, puis il vous dit s'il vous faut acheter une pilule, une amulette porte-bonheur, ou vous conseille tout bêtement de rentrer chez vous et d'oublier tout ça. Voilà à quoi ressemble un jour de marché. Jusqu'ici nous n'avons acheté que des marchandises qui se trouvaient aux limites du marché, nous n'avons pas eu le courage de nous risquer plus loin pour faire nos courses. Mais il est captivant de voir dans les allées toutes ces femmes aux longues jambes avec leurs pagnes colorés, qui se plient pratiquement en deux pour examiner ce qui est disposé sur le sol. Et ces femmes qui retroussent leurs lèvres jusqu'aux narines quand elles tendent le bras pour prendre votre argent. On contemple tout ce bruit et cette activité et, au-delà de tout ça, les onduleuses collines vertes dans le lointain, avec les antilopes qui paissent sous les arbres aux sommets plats, et cela ne va pas ensemble. On dirait deux films bizarres qui seraient projetés en même temps.

Les autres jours, quand il n'y a pas marché, les gens se rassemblent simplement sur la place principale pour une chose ou l'autre : se faire coiffer, faire réparer ses chaussures, ou juste cancaner dans un coin. Il y a un tailleur qui installe sa machine à coudre à pédale sous l'arbre et qui prend des commandes, aussi bête que ça. Les coiffures sont une autre affaire, étonnamment compliquées, étant donné que les femmes n'ont pas de cheveux à proprement parler. On les répartit en raies selon des motifs très complexes, de sorte qu'elles finissent par avoir la tête comme une boule de laine sombre faite d'une centaine de bouts attachés ensemble avec beaucoup de fantaisie. Si elle dispose de quelques centimètres pour les travailler, la coiffeuse en entortillera des touffes dans du fil noir pour que celles-ci se dressent comme des piques, comme sur Mama Boanda numéro deux. Cette affaire de coiffure attire toujours les curieux. La consigne, c'est : si vous n'avez pas de cheveux, regardez ceux des autres. Les hommes et les femmes âgés assistent au spectacle, mâchonnant leurs gencives, vêtus d'étoffes devenues de la couleur exacte de leur peau à force d'innombrables années de lavage et d'utilisation. De loin, on ne peut pas savoir s'ils ont quoi que ce soit sur eux, en dehors d'une très légère ombre de cheveux d'un blanc de neige comme s'ils avaient reçu sur la tête un coup de baguette magique de la fée Hiver. Ils ont l'air vieux comme le monde. Tout objet coloré qu'ils tiennent en main, comme un seau en plastique, par exemple, ressort étrangement. Leur apparence dément l'existence du monde moderne.

Mama Lo est coiffeuse en chef. Parallèlement, elle dirige aussi une petite fabrique d'huile de palme, qu'elle fait extraire de petites noix rouges par des gamins au moyen d'un pressoir maison et qu'elle vend ensuite aux autres villageois, par petites quantités quotidiennes, pour frire leurs légumes ou autre. Mama Lo n'a pas de mari bien qu'elle soit aussi industrieuse qu'un jour sans fin. Avec les habitudes qu'ils ont ici, il se pourrait bien qu'un bonhomme lui saute dessus pour compléter utilement sa famille. Elle n'est pas terrible à regarder, je vous l'accorde, avec ses petits yeux tristes et sa bouche ridée qu'elle garde fermée du matin au soir pendant qu'elle coiffe son monde. L'état de sa chevelure reste un vrai mystère car sa tête est toujours drapée d'une étoffe éblouissante imprimée de plumes de paon. La gaieté de ces plumes ne correspond pas réellement à sa personnalité, mais comme Tata Boanda avec son pull de femme, elle ne semble nullement consciente de l'ironie de la chose.

Si je m'installe sur une souche quelque part en lisière de la place du village, on m'oublie tôt ou tard, je m'en suis aperçue. J'aime bien m'asseoir là et chercher des yeux la bonne femme au grand sac blanc, exactement celui que Mamie Eisenhower prendrait pour faire ses courses, et qu'elle transporte avec fierté sur sa tête à travers le village. Et j'adore regarder les garçons escalader les palmiers pour aller détacher les noix. Tout là-haut dans la lumière du soleil brun rouge qui baigne le tronc des arbres et leurs membres minces d'adolescents, ils sont magnifiques. On les dirait touchés par la grâce du Seigneur. En tout cas, ils ne tombent jamais. Les frondes de palmier s'agitent autour de leurs têtes comme des plumes d'autruche.

Deux fois j'ai vu le chercheur de miel sortir de la forêt en transportant un bloc de rayons dégoulinant de sirop – parfois avec les abeilles et tout le reste ! – à mains nues. Un rouleau de feuilles fumant coincé dans sa bouche pareil à un cigare géant. Il chante tout doucement pour ses abeilles tandis qu'il traverse le village à pied, et les enfants courent tous après lui, fascinés à la perspective du miel, leur envie de sucre les faisant vibrer et bourdonner comme les abeilles.

Les rares jours où Eeben Axelroot se trouve dans sa cabane au bout du terrain d'aviation, on sait aussi que je vais là-bas pour l'espionner. Quelquefois Adah vient également, bien que, le plus souvent, elle préfère sa propre compagnie à celle d'autrui. Mais Mr. Axelroot est très tentant du fait qu'il constitue un objet de curiosité tellement repoussant. Nous nous dissimulons parmi les bananiers qui ont poussé tout autour de ses latrines, alors même que nous frissonnons à l'idée que toute cette luxuriante végétation soit engraissée par les déchets nocturnes d'un type aussi dégoûtant. Les grandes feuilles de bananier poussent le long de la fenêtre derrière la hutte, laissant des fentes étroites suffisantes pour espionner. Mr. Axelroot lui-même est ennuyeux à observer, normalement il dort jusqu'à midi, ensuite il fait la sieste. On sait très bien qu'il ne sera pas sauvé. Mais son bazar est fascinant : des fusils, des outils, des vêtements militaires, et même un genre de radio qu'il enferme dans une cantine de l'armée. On entend des faibles crachotements magnétiques qui émanent de la malle, et des voix lointaines, fantomatiques, qui parlent en français et en anglais. Les parents nous ont dit qu'il n'y avait pas de radio à moins de cent cinquante kilomètres de notre village (ils voulaient s'en procurer une pour des raisons de sécurité, mais jusqu'ici, ni la Ligue missionnaire ni le Seigneur ne nous en ont fourni). Donc, ils ne sont pas au courant pour la radio de Mr. Axelroot, et comme j'ai appris son existence en l'espionnant, je ne peux pas leur en parler.

Mes parents l'évitent soigneusement. Notre mère est tellement persuadée qu'aucune de nous ne voudrait s'approcher de sa maison qu'elle n'a pas pensé à nous le défendre. C'est ma chance. Puisque personne n'a clairement dit que c'était un péché d'espionner Mr. Axelroot, eh bien le bon Dieu ne peut pas, en principe, me le reprocher. Les Hardy Boys l'ont fait pour la bonne cause et j'ai toujours pensé que mon cas était assimilable au leur.

C'est vers la mi-septembre que Ruth May a commencé ses incursions. Je revenais de mon expédition d'espionnage, une après-midi, quand je l'ai trouvée en train de jouer à « Maman, tu veux bien, dis ? » avec la moitié des enfants du village. J'en ai été sidérée. Voilà que ma petite sœur se tenait au centre de notre cour, point de ralliement d'enfants d'un noir luisant disposés en arc de cercle, suçant leurs bouts de canne à sucre en silence, sans même oser bouger un cil. Leurs visages convergeaient vers Ruth May, comme vers une lentille concentrant la lumière du soleil. Je m'attendais presque à ce qu'elle s'enflamme.

« Toi, là-bas. (Ruth May pointait le doigt, quatre doigts dressés.) Tu avances en ciseaux de quatre pas. »

L'enfant désigné ouvrit grand la bouche et entonna un chant à quatre notes ascendantes : « Maman, tu veux bien, dis ? »

« Oui, je veux bien », répondit Ruth May avec bienveillance.

Le petit garçon croisa les jambes à hauteur des genoux, se renversa en arrière et avança deux fois et encore deux fois, exactement comme un crabe sachant compter.

Je regardai le spectacle un long moment, étonnée de voir ce que Ruth May avait réussi à obtenir à mon insu. Chacun de ces enfants était capable d'exécuter des pas de géants, des pas d'enfants, des ciseaux et autres mouvements absurdes inventés par Ruth May. C'est à contrecœur qu'elle nous laissa nous joindre au jeu, et c'est à contrecœur que nous nous y sommes jointes. Pendant plusieurs après-midi, sous les nuages qui s'amoncelaient, toutes – y compris Rachel la grande – nous avons joué à « Maman, tu veux bien, dis ? » J'essayais de me voir dans le rôle d'une missionnaire, rassemblant les petits enfants autour de moi, car il était vexant de jouer à ce jeu bêta avec des enfants qui m'arrivaient à la taille. Mais à ce moment-là, nous étions tellement excédées de nous-mêmes et de chacune des autres que toute compagnie était bonne à prendre.

Cependant, nous perdîmes rapidement tout intérêt, car il n'y avait aucun suspense : les enfants congolais nous dépassaient toujours dans leur marche vers la victoire. Dans nos efforts pour augmenter le plus possible l'écart de nos ciseaux ou autre, il nous arrivait, à mes sœurs et à moi, d'oublier de demander (ou à Adah, de former les mots) « Maman, tu veux bien, dis ? » Alors que les autres enfants, eux, n'oubliaient jamais, jamais. Pour eux, la formule rituelle n'était qu'une étape automatique dans une chaîne d'étapes mémorisée, et non une politesse à utiliser. La compréhension du jeu par les petits Congolais ne tenait même pas compte de la politesse ou de l'impolitesse, si l'on y pense, pas plus que Mathusalem ne le faisait lorsqu'il se répandait en jurons d'enfer et de damnation contre nous. C'était toujours source d'une étrange déception de voir que le jeu profitait à ceux qui connaissaient les règles sans en comprendre l'enseignement.

Néanmoins, il avait permis de briser la glace. Lorsque les autres enfants s'éclipsèrent, lassés des façons autoritaires de Ruth May, un des garçons resta. Il s'appelait Pascal, ou quelque chose d'approchant, et il nous fascina par son prodigieux langage des signes. Pascal fut mon *nkundi* : mon premier véritable ami au Congo. Il faisait les deux tiers de ma taille, mais il était beaucoup plus costaud, et heureusement pour tous les deux, il possédait un short kaki. Deux gros trous à son fond de culotte offraient une vue généreuse sur ses fesses, mais ce n'était pas grave. J'avais rarement à me trouver directement derrière lui sauf quand nous grimpions aux arbres. Mais l'effet était beaucoup moins gênant pour moi qu'une nudité absolue. Je pense qu'il m'aurait été impossible d'être l'amie d'un garçon entièrement nu.

«*Beto nki tutasala ?*» me demandait-il en manière d'accueil. «Qu'est-ce qu'on fait ?» C'était une bonne question. Notre compagnonnage consistait surtout à ce que Pascal me nomme tout ce que nous voyions et tout ce que je n'avais pas l'idée de chercher. Le *bängala*, par exemple, l'arbre vénéneux qui nous empoisonnait la vie à tous. Pour finir, j'appris à le reconnaître et à éviter ses feuilles lisses et brillantes. Il me parla aussi des *ngondi*, les différentes sortes de temps : *mawalala*, pour la pluie au loin qui ne vient jamais. Quand le tonnerre gronde et couche l'herbe, cela s'appelle *nuni ndolo*, et la pluie qui tombe en douceur c'est *nkazi ndolo*. Celles-là, il les appelait «pluie garçon» et «pluie fille» en pointant carrément du doigt sur son sexe et sur le mien sans avoir l'air de penser le moins du monde qu'il y avait du mal à ça. Il y avait d'autres mots garçon et fille, comme droite et gauche : la main homme et la main femme. Ces discussions intervinrent à plusieurs semaines du début de notre amitié, après que Pascal eut appris que je n'étais pas un garçon, en fait, mais quelque chose dont on n'avait jamais entendu parler : une fille en culotte. La nouvelle le surprit énormément et je n'aime guère m'appesantir sur la façon dont l'incident s'est produit. Une histoire de pipi dans les buissons. Mais Pascal me pardonna très vite et ce fut une bonne chose parce que les amis de mon âge et de mon sexe n'étaient pas disponibles, les filles de Kilanga étant toutes trop occupées à transporter du bois, de l'eau ou des bébés. Je m'étais bien demandé pourquoi Pascal était libre de jouer et de vagabonder alors que ses sœurs ne l'étaient pas. Pendant que les petits garçons couraient partout en faisant semblant de se tirer les uns sur les autres et de se tuer sur la route, il apparaissait que c'étaient les petites filles qui faisaient marcher le pays.

Mais Pascal faisait un bon camarade. Tandis que nous étions accroupis l'un en face de l'autre, j'examinais ses yeux très écartés et j'essayais de lui enseigner des mots anglais – palmier, maison, courir, marcher, lézard, serpent. Pascal était capable de me redire ces mots parfaitement, mais de toute évidence il ne se souciait pas de les retenir. Il n'était attentif que lorsqu'il s'agissait de quelque chose qu'il n'avait jamais vu auparavant, telle que la Timex de Rachel, avec sa trotteuse. Il voulait savoir aussi comment on appelait des cheveux comme ceux de Rachel. Cheu-veux, cheu-veux, répétait-il sans cesse comme si c'était le nom de quelque nourriture dont il voulait s'assurer qu'il n'en prendrait jamais par erreur. Ce n'est que plus tard qu'il m'est venu à l'esprit que j'aurais dû lui dire «blonde».

Une fois devenus amis, Pascal emprunta une machette et coupa de la canne à sucre pour me la donner à mâcher.

148

À grands coups vigoureux, effrayants, il trancha la canne en morceaux de la longueur d'une sucette glacée avant de replacer la machette derrière le hamac de son père. Cette habitude de sucer de la canne, à Kilanga, avait sans doute un rapport avec les chicots noirs que presque tous les gens découvraient lorsqu'ils nous souriaient, et Mère ne manquait jamais une occasion d'en faire la remarque. Mais Pascal possédait une solide collection de dents blanches, si bien que je décidai de risquer le coup.

J'invitais Pascal à la cuisine quand Mère n'y était pas. Nous nous tenions cachés dans l'obscurité parfumée de l'odeur des bananes, à contempler le mur au-dessus du comptoir en planches où Mère punaisait des photos découpées dans les magazines. Elles lui tenaient compagnie, je suppose, ces maîtresses de maison, ces enfants et ces beaux garçons des publicités de cigarettes, que Père aurait désapprouvés si d'aventure la voie du Seigneur avait conduit ses pas vers la cuisine, éventualité peu vraisemblable. Mère y avait même mis un portrait du président Eisenhower. Dans la pénombre, le bulbe blanc du crâne du Président brillait comme une ampoule électrique qui nous tenait lieu d'éclairage. Mais Pascal préférait plonger la main dans les sacs de farine et, quelquefois, il attrapait des petites poignées de poudre de lait Carnation. Je trouve cette substance dégoûtante, et pourtant il la mangeait avec gourmandise comme si ç'avait été une friandise.

En échange de sa première confrontation avec le lait en poudre, Pascal m'a indiqué un arbre à escalader pour y chercher un nid. Après avoir manipulé et examiné les oisillons à la peau rose, il s'en est expédié un dans la bouche comme si ç'avait été du jujube, ce qui a eu l'air de lui faire grand plaisir. Il m'en a offert un, avec force mimiques, pour me montrer qu'il fallait que je le mange. J'avais parfaitement compris ce qu'il voulait dire, mais j'ai dit non. Il n'a pas eu l'air déçu d'avoir à avaler toute la couvée à lui tout seul.

Une autre après-midi, Pascal m'a montré comment bâtir une maison de quinze centimètres de haut. Accroupi dans l'ombre de notre arbre à goyaves, il a piqué des bouts de bois debout dans la terre. Ensuite, il a transformé les bâtons en murs en tressant une vannerie d'écorces de bouleau tout autour. Il a craché par terre pour obtenir une boue rouge qu'il a appliquée à petits coups sur les murs jusqu'à ce qu'ils en soient entièrement recouverts. Enfin, pour le toit, il s'est servi de ses dents pour régulariser le bout des frondes de palmier de façon très professionnelle. Pour finir, il s'est redressé sur ses talons pour contempler son œuvre, le front plissé, appliqué. Cette petite maison réalisée par Pascal, je m'en rendais compte, était conçue et construite exactement comme celle dans laquelle il vivait. Il n'y avait que la taille qui différait.

J'étais frappée de voir qu'il y avait un monde entre nos jeux. En plus, ce garçon n'avait pas plus de huit ou neuf ans. Il avait une sœur qui transportait le petit dernier de la famille partout où elle allait et arrachait les mauvaises herbes avec sa mère dans le champ de manioc. Je comprenais bien que toute idée ou activité liée à l'enfance n'avait rien de garanti. J'avais l'impression, en fait, que c'était quelque chose qui avait été plus ou moins inventé par les Blancs et plaqué sur une vie d'adulte comme une dentelle sur une robe. Pour la première fois de ma vie, j'en voulais à mon père d'avoir fait de moi la fille d'un prédicateur blanc de Géorgie. Je n'y étais pour rien. Je me mordis la lèvre et m'appliquai à la petite maison que je construisais sous l'arbre à goyaves, mais à côté de l'impeccable adresse de Pascal, mes mains s'agitaient lourdement comme les pâles nageoires d'un morse sorti de son élément. Sous mes vêtements, je me sentis envahie du rouge de la plus profonde confusion.

Ruth May Price

Tous les jours maman disait : « Tu vas finir par te fendre le crâne », eh bien non, m'dame, c'est le bras que je me suis cassé.

Comment je me suis fait ça ? En espionnant les scouts communistes africains. De là-haut, dans l'arbre, je les voyais, et eux, ils pouvaient pas me voir. Dans l'arbre il y avait des avocats et ils ont pas un goût formidable. Personne aime ça chez nous, à part maman, et uniquement parce qu'elle se souvient du goût qu'ils avaient quand on était en Amérique, au petit supermarché, avec du sel et de la mayonnaise Hellman. « De la mayonnaise », je lui ai demandé. « Il était de quelle couleur, le pot ? » Mais elle s'est pas mise à pleurer. Quelquefois, quand j'arrive pas à me rappeler des trucs de Géorgie, elle pleure.

Je trouvais qu'ils ressemblaient aux scouts normaux du Congo qui défilaient, à part qu'ils avaient pas de chaussures. Les soldats de l'Armée belge ont tous des chaussures et des fusils et quelquefois ils défilent bien en ordre par ici, quand ils s'en vont quelque part. Père dit que c'est pour montrer à tous ceux qui sont congolais, comme Tata Une-deux, que c'est toujours la Belgique qui commande. Mais l'autre armée, c'est juste des garçons qui habitent dans le coin. On voit bien la différence. Il n'y a pas de Blancs qui les commandent et ils sont pas habillés pareil. Ils sont juste en shorts et ils vont nu-pieds

151

ou avec ce qu'ils ont d'autre. Il y en a un qui s'est déniché un chapeau rouge français. Oh là là ! qu'est-ce que je l'aime ce chapeau. Les autres ont des mouchoirs rouges attachés autour du cou. Maman dit que ce ne sont pas des scouts, que ce sont des jeunes du Mou-Pro : « Ruth May, poussin, tu n'as strictement rien à faire avec les Jeunes du Mou-Pro, alors, dès que tu les vois, tu rentres à la maison vite fait. » Maman nous laisse jouer avec les petits enfants et les garçons, même quand ils sont presque tout nus, mais pas avec ceux qui ont des mouchoirs rouges. *Mbote ve !* Ça veut dire que c'est pas bien. Voilà pourquoi j'ai grimpé dans l'avocatier quand je les ai vus. Pendant longtemps, j'ai cru que maman disait que c'était des Jimmy Crow, un nom que j'ai entendu chez nous.

Le matin, on peut pas espionner. Mes sœurs doivent travailler à leurs devoirs, et moi, je fais du coloriage et j'apprends mon alphabet. J'aime pas quand on a de l'école. Père dit qu'une fille ça doit pas aller à l'université parce qu'autrement elle versera de l'eau dans vos chaussures. Quelquefois, j'ai le droit de m'amuser avec mes animaux au lieu de colorier, à condition que je fasse pas de bruit. Je vous présente mes animaux : Léon et la mangouste. Et aussi le perroquet. Mon père a laissé échapper le perroquet parce que, sans le faire exprès, on lui avait appris à dire des gros mots, mais il est pas parti tout de suite, tout de suite. Il s'en va, et puis il revient parce que ses ailes marchent pas bien ; et puis aussi il est trop apprivoisé et il sait plus ni voler ni manger tout seul. Je lui donne à manger des citrons verts qui viennent du *dima* exprès pour le faire éternuer et se frotter le bec, d'un côté et de l'autre. *Mbote ve ! Dima, dimba, dimbama.* J'aime bien dire tous ces mots-là parce qu'ils sortent de la bouche et qu'ils rient. Mes sœurs sont embêtées pour le perroquet, moi pas. J'aimerais bien aussi avoir un serpent si je pouvais, parce que j'en ai pas peur.

C'est personne qui m'a donné la mangouste. Elle est

152

venue dans la cour et elle m'a regardée. Chaque jour, elle s'est rapprochée un peu plus. Une fois, la mangouste est entrée dans la maison et après ça, tous les jours. C'est moi qu'elle aime le plus. Elle supporte personne d'autre. Leah a dit qu'il fallait qu'on l'appelle Ricky Ticky Tabby, mais moi j'ai dit non, elle est à moi et moi je l'appelle Stuart Little. C'est le nom d'une souris qui est dans un livre. J'ai pas de serpent parce que les mangoustes, elles tuent les serpents. Stuart Little a tué celui qui était à côté de la cuisine et ça a été très bien parce que maintenant, maman la laisse entrer dans la maison. *Dimba* ça veut dire écoute ! Écoute-moi bien, ma petite ! Le serpent près du bâtiment de la cuisine était un cobra du genre qui crache dans les yeux. Tu deviens aveugle et après ça, il est capable de se dresser et de te mordre autant de fois qu'il a envie.

C'est nous qui avons trouvé le caméléon toutes seules. Leah l'a presque déniché sur son lit, celui-là. La plupart des animaux sont de la couleur que le bon Dieu les a faits et ils doivent rester comme ça, mais Léon il prend la couleur qu'il veut. Nous le rentrons à l'intérieur quand maman et Père sont encore à l'église et une fois on l'a posé sur une robe de maman, pour voir, et il est devenu fleuri. Quand il se sauve dans la maison, eh ben, c'est la catastrophe. On arrive pas à le retrouver. *Wenda mbote* – au revoir, bon voyage et ainsi soit-il ! Alors c'est pour ça qu'on le garde dehors dans l'ancien carton où étaient des bandes dessinées. Si on le chatouille avec un bâton, il devient noir avec des étincelles et il fait du bruit. On fait ça pour lui montrer qui est le chef.

Quand je me suis cassé le bras, c'était le jour où Mr. Axelroot était supposé arriver. Père a dit que justement ça tombait bien, Dieu soit loué. Mais quand Mr. Axelroot a découvert qu'on devait aller à Stanleyville, il a fait demi-tour et il a décampé tout de suite en amont de la rivière ou dans un endroit que personne connaissait et il a dit qu'il reviendrait demain. Maman a dit : « Ah ce type. » Père a dit : « Mais d'abord, qu'est-ce que tu fabriquais dans cet arbre, Ruth May ? » J'ai dit que Leah était censée me surveiller et que, donc, c'était pas ma faute. J'ai dit aussi que je me cachais à cause des Jimmy Crow.

« Pour l'amour du ciel, a dit maman, qu'est-ce que tu faisais là-bas quand je t'avais dit de rentrer vite dès que tu les voyais arriver ? » Elle avait peur de tout raconter à Père parce qu'il aurait pu me fouetter, avec mon bras fichu et tout ça. Elle lui a dit que j'étais un agneau du bon Dieu et que c'était un pur accident, alors il m'a pas battue. Enfin, pas encore. Peut-être que quand je serai réparée, il le fera.

Mon bras, il m'a fait drôlement mal. Mais j'ai même pas pleuré, et je l'ai tenu bien droit sur mon cœur. Maman m'a confectionné une écharpe avec le même tissu qu'elle a apporté pour faire des draps et des robes de baptême pour les petites Africaines. On n'en a pas encore baptisé. Les plonger dans la rivière, alors là, ça non ! rien à faire. À cause des crocodiles.

Mr. Axelroot est quand même revenu le jour d'après, à midi, et il sentait comme quand on a des fruits pourris sur soi. Maman a dit que ça pouvait attendre un jour de plus si on voulait arriver entiers là-bas. Elle a dit : « Encore heureux que ce ne soit qu'un os cassé plutôt qu'une morsure de serpent. »

Pendant qu'on attendait que Mr. Axelroot s'assoie dans son avion et qu'il aille mieux, des dames congolaises sont arrivées sur la piste de décollage avec des gros, gros sacs de manioc sur la tête et il leur a donné de l'argent. Les dames, elles se sont mises à grogner et à crier quand il leur a donné. Père a dit que c'était parce qu'il leur payait deux cents le dollar, parce que ils ont même pas de vrais dollars ici. Ils se servent de billets roses. Certaines des dames se sont fâchées très fort après Mr. Axelroot et sont parties sans lui laisser leurs marchandises. Et puis, on est montés dans l'avion et on s'est envolés pour Stanleyville : Mr. Axelroot, Père et mon bras cassé. J'étais la première de mes sœurs à avoir un os cassé en dehors d'un doigt de pied. Maman voulait venir à la place de Père parce que je lui faisais perdre son temps. Si elle était venue, j'aurais voyagé sur ses genoux, alors moi aussi je lui ai dit ça, que j'allais lui faire perdre son temps. Mais non, il a décidé qu'après tout il avait envie de se promener dans une rue en ville, à Stanley-ville, alors c'est lui qui est venu et maman est restée. Au fond de l'avion il y avait tellement de sacs que j'ai été forcée de m'asseoir dessus. Des gros sacs marron qui grattent avec du manioc et des bananes et des petits sacs avec des trucs durs dedans. J'ai regardé dans les sacs, c'étaient des pierres. Des trucs qui brillaient et des cailloux sales. Mr. Axelroot a dit à Père que la nourri-ture se vendait à prix d'or à Stanleyville, mais c'était pas de l'or qu'il y avait dans les petits sacs en tissu. Non, m'dame, c'étaient des diamants. J'ai découvert ça, mais je peux pas dire comment. Même Père ne sait pas qu'on a voyagé dans un avion avec des diamants. Mr. Axelroot a dit que si je le disais, eh ben que le bon Dieu rendrait maman malade et la ferait mourir. Alors, je peux pas le dire.

Après, j'ai dormi et je me suis réveillée encore dans l'avion. Mr. Axelroot nous a montré tout ce qu'on pouvait voir de là-haut en regardant en bas : des hippo-potames dans la rivière. Des éléphants qui couraient par-tout dans la jungle, tout un tas. Un lion au bord de l'eau en train de manger. Il avait la tête qui montait et qui des-cendait comme notre minou, à Atlanta. Il nous a dit aussi qu'il y avait des Pygmées tout petits en bas, mais on n'en a pas vu. Peut-être qu'ils sont trop petits.

Je lui ai demandé : « Où sont tous les mambas verts ? »

Je sais qu'ils habitent dans les arbres et qu'ils tombent sur vous pour vous tuer et je voulais les voir. Mr. Axel-root a répondu : « Rien au monde ne se cache mieux qu'un mamba vert. Ils se confondent exactement avec ce sur quoi ils sont posés, qu'il a dit, et ils ne bougent pas d'un muscle. Tu en aurais un à côté de toi que tu ne t'en rendrais pas compte. »

On a atterri dans l'herbe en douceur. Ça secouait plus là-haut que sur l'herbe. Le grand bâtiment énorme juste là, c'était l'hôpital et il y avait plein de personnes blanches dedans, et d'autres en blouses blanches. Il y avait tellement de Blancs que j'ai oublié de les compter. J'en avais pas vu, à part nous, depuis très, très longtemps.

Le docteur a dit : « Qu'est-ce qu'elle faisait donc dans un arbre, cette gentille petite fille de pasteur ? » Le docteur avait des poils jaunes sur les bras, une grosse figure et il avait l'air étranger. Mais il m'a pas fait de piqûre, alors je l'ai trouvé gentil.

Père a dit : « C'est justement ce que sa mère et moi aurions aimé savoir. »

J'ai dit que je voulais pas que des gens me jettent dans une grande casserole pour me manger, et que c'est pour ça que je m'étais cachée. Le docteur a souri. Alors je lui ai dit qu'en vrai, c'était pour me cacher des Jimmy Crow, et le docteur a pas souri, il a juste regardé Père. Et puis il m'a dit : « Grimper aux arbres, c'est bon pour les garçons et les singes.

– On n'a pas de garçons dans la famille », je lui ai répondu.

Ça l'a bien fait rire. Il a dit : « Et pas de singes non plus, je pense ! »

Lui et Père ont parlé de trucs de grandes personnes. Le docteur a été surpris qu'il y ait des Jimmy Crow dans notre village. Il ne parlait pas l'anglais comme nous, il prononçait bien tous les mots. Il a demandé à Père : « Alors, ils ont entendu parler de notre Patrice Lumumba même jusqu'à Kilanga ?

– Oh, nous ne les voyons pratiquement pas. On les entend s'entraîner au tir, à l'occasion.

– Que le Seigneur nous vienne en aide, a dit le docteur.

– Mais bien sûr qu'Il nous aidera ! Nous bénéficierons de sa miséricorde divine en tant que ses serviteurs qui apportent les secours », a répondu Père.

À ce moment-là, le docteur a froncé les sourcils. Il a dit qu'il lui demandait pardon mais qu'il n'était pas d'accord. Il appelait mon père : Révérend. « Révérend, l'œuvre missionnaire est une excellente affaire pour la Belgique, mais c'est une sacrée manière d'assurer les services sociaux. »

Heu-heu ! il a dit sacré ! J'ai plus respiré et j'ai écouté de toutes mes oreilles.

Père a dit : « C'est vrai, docteur, je ne suis pas fonctionnaire. Certains s'engagent dans une carrière, d'autres suivent leur vocation. Mon travail à moi c'est d'apporter le salut dans les ténèbres.

– Le salut, mon œil ! » voilà ce qu'a dit le docteur. Je suis sûre que ce bonhomme est un pécheur à la façon dont il a été insolent avec Père. Nous l'avons regardé faire sa bouillie de plâtre blanc et arranger ses bandes. J'avais pas envie que mon père et lui se bagarrent. Ou à moins que je puisse tout voir. Une fois, j'ai vu mon père frapper un bonhomme qui voulait pas chanter les louanges du Seigneur.

Sans lever les yeux de mon bras, le docteur a dit : « Nous autres, Belges, nous les avons mis en esclavage et nous leur avons coupé les mains dans les plantations de caoutchouc. À présent, vous, les Américains, vous leur payez des salaires de misère dans les mines et vous les laissez se couper les mains eux-mêmes. Pendant que vous, mon ami, vous cherchez désespérément à faire amen honorable. »

Il emboînait mon bras pendant qu'il racontait toute cette histoire sur les mains coupées. Il a continué à enrouler, à enrouler les bandes blanches toutes froides jusqu'à ce que tout soit fini et que mon bras ressemble à une saucisse dans un hot-dog. J'étais bien contente que personne ait envie de me couper les mains. Mais Jésus m'a faite blanche, c'est pour ça qu'ils peuvent pas faire ça.

« Ça va te gêner. On enlèvera ça dans six semaines.

— D'accord », j'ai dit à sa manche de blouse blanche. Il y avait du sang dessus. Du sang de quelqu'un d'autre.

Mais Père avait pas encore fini avec le docteur. Il sautillait d'un pied sur l'autre et criait : « C'est à moi de faire amen honorable ? Je ne vois pas pourquoi. Les échanges commerciaux belges et américains ont apporté la civilisation au Congo ! L'aide américaine assurera le sauvetage du Congo. Vous verrez ! »

Le docteur tenait entre ses mains mon bras cassé, blanc comme un gros os, en vérifiant comment mes doigts pliaient. Il a levé ses sourcils jaunes sans regarder Père et a dit : « Allons, Révérend, cette civilisation apportée par les Belges et les Américains, qu'est-elle vraiment ?

— Mais enfin, les routes ! Les voies ferrées…

— Ah, je vois. » Le docteur s'est baissé dans sa grande blouse blanche et m'a regardée. Il m'a demandé : « Est-ce que ton père t'a amenée ici en voiture, ou avez-vous pris le train de voyageurs ? »

Il faisait le malin et Père et moi, on lui a pas répondu. Ils ont pas de voitures, ici, au Congo, et il le savait.

Il s'est redressé et il s'est débarrassé de la poudre blanche en tapant dans ses mains, et j'ai bien vu qu'il avait fini avec mon bras, même si Père voulait discuter à en avoir la figure toute bleue. Le docteur nous a tenu la porte ouverte.

« Révérend, a-t-il dit.

— Monsieur, a répondu mon père.

— Je ne voudrais pas vous contredire, mais en soixante-quinze ans, les seules routes qu'aient construites les Belges se limitent à celles dont ils se servent pour le transport des diamants et du caoutchouc. De vous à moi, Révérend, je ne crois pas que les gens d'ici attendent le genre de salut que vous leur promettez. Je crois qu'ils attendent Patrice Lumumba, la nouvelle âme de l'Afrique.

– L'Afrique est faite de million d'âmes, c'est ce que lui a répondu Père, et il doit mieux savoir, puisqu'il est là pour les sauver toutes.

– Bon d'accord, oui ! dit le docteur. (Il a jeté un coup d'œil dans le couloir puis a refermé la porte avec nous toujours à l'intérieur. Puis en baissant la voix :) À peu près la moitié d'entre elles sont venues ici, à Stanleyville, la semaine dernière pour acclamer leur Tata Lumumba.

– Tata Lumumba, qui d'après ce que j'entends dire n'est qu'un va-nu-pieds d'employé des postes qui n'a même pas fait d'études.

– C'est vrai, Révérend, mais l'absence de chaussures ne semble pas l'empêcher de galvaniser les foules. La semaine dernière, il a parlé pendant une heure de la voie non-violente vers l'indépendance. La foule a tellement apprécié qu'il y a eu une émeute et qu'il y a eu douze tués. »

Le docteur nous a alors tourné le dos. Il s'est lavé les mains dans une cuvette et les a essuyées avec une serviette, comme maman après la vaisselle. Puis il est revenu, a examiné mon bras avec beaucoup d'attention, ensuite il a regardé Père. Il lui a raconté qu'il n'y avait que huit Congolais dans tout le pays à avoir fait des études. Pas un seul médecin ou officier de l'armée qui soit congolais, rien, parce que les Belges ne leur permettent pas d'étudier. Il a dit : « Révérend, si vous voulez savoir où sont les nouveaux dirigeants du Congo, ne vous fatiguez pas à les chercher dans les écoles. Vous auriez davantage de succès avec les prisons – Monsieur Lumumba y a atterri à la suite des émeutes de la semaine dernière. Quand il en sortira, je ne doute pas que son audience soit plus grande que celle de Jésus. »

Ouille ouille ouille ! Mon père a pas aimé du tout le docteur après ça. Plutôt n'importe quoi que de raconter que Jésus vaut pas tripette. Père a regardé le plafond, puis par la fenêtre et s'est retenu de cogner sur quoi que ce soit jusqu'à ce que le docteur ouvre la porte et qu'il soit temps qu'on s'en aille. La lumière du plafond était comme un bol en verre transparent à moitié plein d'un truc noir, comme dans une tasse de café, à part que c'étaient des insectes morts. Je sais pourquoi. Ils vont vers la lumière parce que c'est tellement, tellement joli qu'ils la veulent, c'est comme ça qu'ils se font prendre au piège.

Je sais à quoi ça ressemblerait si on les touchait. Comme si quelqu'un battait juste des cils sur vos doigts.

Quand nous sommes rentrés à la maison, mes sœurs ont dû m'aider à couper ma nourriture et à m'habiller tous les jours. C'est ce qui m'est arrivé de mieux. J'ai montré à Leah où on pouvait monter dans l'arbre à avocats et elle m'a fait la courte échelle. Je pouvais encore rudement bien grimper en m'aidant de mon autre bras. C'est avec Leah que je joue le plus, dans la famille, parce que les autres ont tous quelque chose qui va pas ou alors ils sont trop grands pour jouer.

On a dû attendre là-haut dans l'arbre. Je lui ai dit : « Mr. Axelroot boit du whisky rouge. Il le met sous son siège dans l'avion. Avec mon pied je l'ai fait sortir en le roulant, et puis je l'ai remis en place. »

J'étais peut-être la plus petite, mais ça m'empêchait pas d'avoir des trucs à raconter.

On n'a pas longtemps à attendre les soldats de l'armée belge. Ils arrivent toujours à la même heure. Juste après le déjeuner, quand il pleut pas encore et que toutes les femmes sont parties à la rivière et aux champs avec leurs seaux et leurs affaires et que les hommes sont à la maison en train de dormir. C'est calme. Et puis les garçons arrivent en défilant le long de la route et ils chantent en français. Celui qui est blanc sait qui est le chef et tous les autres doivent répondre en hurlant parce qu'ils font partie des tribus de Cham. Mais alors, il y a une chose qu'il faut que je vous dise, ils ont tous des chaussures. Ils marchent ensemble à fond sur la route et ils s'arrêtent tout d'un coup, si bien que de la poussière retombe sur leurs pieds.

Les Jimmy Crow, ils sont plus difficiles à voir. Ils aiment pas trop l'armée belge, alors ils se cachent. Ils viennent que de temps en temps et ils ont des réunions dans un endroit qui est derrière notre poulailler. Ils s'accroupissent pour écouter le chef qui parle, et ils ont les bras et les jambes si maigres qu'on peut dire comment sont les os en dessous. Pas de chaussures non plus. Juste des croûtes de poussière blanche sur le dessus de leurs pieds et tous, ils ont des bobos noirs et des cicatrices. Chaque cicatrice se voit bien. Maman dit que leur peau a des cicatrices différentes des nôtres parce qu'elle est la carte de toutes les douleurs de leur vie.

On attendait pour pouvoir les espionner par là, derrière le poulailler, quand ils sont arrivés. Leah m'a raconté que maman dit que Mrs. Underdown dit qu'il faut même pas les regarder quand ils arrivent. Ils veulent reprendre tout le pays et chasser les Blancs.

J'ai dit : « J'aimerais bien avoir un chapeau rouge comme ça.

– Chut, tais-toi donc. Eh ben, moi aussi. Il est chouette ce chapeau rouge. » Elle a dit ça parce « Tais-toi », ça m'aurait fait de la peine.

Les garçons disaient : « Patrice Lumumba ! »

J'ai dit à Leah que ça voulait dire la nouvelle âme de l'Afrique et qu'il était allé en prison et que Jésus était vraiment furieux à cause de ça. Oui, je lui ai dit ça ! J'avais beau être petite, mais j'étais au courant. J'étais tellement immobile appuyée contre la branche d'arbre que c'était comme si j'étais pareille que l'arbre. J'étais comme un grand mamba vert. Du poison. Je pourrais être tout près de vous que vous le sauriez même pas.

Rachel

Alléluia, alléluia ! À moi les munitions. De la compagnie pour le dîner ! Et en plus, un célibataire présentable qui n'a même pas trois femmes, ni même une seule, d'après ce que j'ai compris. Anatole, l'instituteur, il a vingt-quatre ans, encore tous ses doigts, ses deux yeux et ses deux pieds, et c'est ce qu'on peut rêver de plus romantico-émoustillant dans les environs. Bon, évidemment, il n'est pas tout à fait du même genre de couleur que moi, mais même si j'étais congolaise, il faudrait que je dise merci, désolée mais non merci pour Anatole. Il porte des cicatrices sur tout le visage. Pas des cicatrices accidentelles, mais de minces petites lignes, du style de celles que certains ici se font faire exprès, une sorte de tatouage. J'ai essayé de ne pas trop le regarder, mais on finit par se demander comment on arrive à obtenir des incisions qui coïncident toutes aussi parfaitement. Qu'est-ce qu'ils ont pris pour faire ça, un couteau à pizza ou quoi ? Elles sont de la finesse d'un cheveu et parfaitement alignées, il y en a un million, je dirais, qui partent du milieu du nez jusque sur les côtés de son visage, comme les côtes d'une jupe en velours noir taillée dans le biais, avec la couture juste en plein milieu. Ce n'est pas le genre de choses que l'on voit souvent par ici, au village, mais Anatole n'est pas d'ici. Il est congolais, oui, mais ses yeux sont différents, fendus un peu comme ceux

162

d'un Siamois, en plus intellectuel. Tous, nous avons dû faire de notre mieux pour ne pas trop le reluquer. Il était là, à la table du dîner, les cheveux bien coupés, en chemise jaune, réglementaire, boutonnée jusqu'en bas, avec des yeux bruns intelligents clignant tout ce qu'il y a de plus normal en vous écoutant, mais alors… toutes ces cicatrices énervantes ! Ça lui donnait l'air mystérieux d'un putatif recherché par la justice. J'ai passé mon temps à lui jeter des regards en coulisse au-dessus d'un plat de viande d'antilope et de vieille purée en flocons, ce qui, j'imagine, vous montre à quel point j'ai perdu l'habitude de l'espèce masculine.

Anatole parle à la fois le français et l'anglais, et il dirige l'école entièrement seul. Six matinées par semaine, piétinant dans la poussière, des petites foules bruyantes de garçons de notre village et du village voisin arrivent dans le désordre pour recevoir un enseignement. Il n'y a que des garçons, et encore, ils ne sont pas tous là, parce que la plupart des parents sont contre l'étude du français ou de tout ce qui est étranger en général. Mais quand ces heureux privilégiés viennent régulièrement le matin, Anatole les aligne, du plus petit jusqu'au plus grand. Si jamais vous traînez dehors dans le village aux aurores, ce que j'évite de faire, vous pouvez les voir. Chaque garçon se tient la main posée sur l'épaule du plus grand qui se trouve devant lui, ce qui forme une longue chaîne de bras. Leah les a dessinés. Étant donné que ma sœur est dérangée mentalement, elle a intitulé son dessin «Garçons en plan incliné».

Après les avoir mis en rang, Anatole les emmène dans l'église et les presse, j'imagine, de se colleter avec leurs chiffres et leurs conjugaisons de français, et je ne sais quoi d'autre encore. Mais ils ne vont pas très loin, voyez-vous. S'ils n'ont pas déjà perdu tout intérêt pour la chose vers l'âge de douze ans, leur formation est terminée une fois pour toutes. C'est plus ou moins la règle. Imaginez : défense d'aller à l'école après douze ans. (Ce ne serait pas pour me déplaire !) Mrs. Underdown nous a dit que les Belges avaient toujours eu pour politique d'empêcher les Congolais de poursuivre des études supérieures. Les filles également, mais je suppose que cela va sans dire, parce que les filles ici, tout ce qu'elles font c'est d'avoir des bébés quand elles ont autour de dix ans et elles continuent jusqu'à ce que leurs doudounes s'aplatissent comme des crêpes. Personne n'a l'œil fixé sur tous ces tout-puissants diplômes, je peux vous le dire. Et pourtant, ici, Anatole parle le français, l'anglais, le kikongo, outre tout ce qu'il a pu apprendre au départ, en plus d'en savoir assez pour être instituteur polyvalent. Il a dû avoir une véritable activité de castor pendant sa courte carrière scolaire.

Anatole est né du côté de Stanleyville, mais à l'âge le plus tendre, sa mère étant morte, on l'a envoyé travailler à la plantation de caoutchouc près de Coquilhatville, là où il y avait davantage d'opportunités – bonnes ou mauvaises, c'est ainsi qu'il nous l'a exprimé quand il nous a raconté son autographie personnelle, au dîner. Il a également passé un certain temps dans les mines de diamants, plus bas dans le Sud, au Katanga, d'où sort, a-t-il dit, le quart des diamants du monde. Quand il a parlé de diamants, j'ai naturellement pensé à Marilyn Monroe avec ses longs gants et ses lèvres pulpeuses en train de susurrer : *Diamonds are a Girl's best Friend*. En parlant de meilleure amie, Dee Dee Baker et moi, on s'est débinées en douce pour aller voir M. M. et Brigitte Bardot – les deux – en matinée (Père me tuerait sur place s'il savait), alors vous comprenez, je sais une ou deux choses sur les diamants. Mais en regardant les jointures brunes et plissées et les paumes vaguement roses d'Anatole, j'imaginais des mains semblables en train d'extraire les diamants du sol du Congo et je me disais : Eh ben, est-ce que la Marilyn Monroe sait seulement d'où ils sortent, ces diamants ? À l'imaginer juste en robe de satin côté à côte avec un ouvrier des mines de diamants congolais, ça me donnait des zigouzis dans le dos. Alors j'ai arrêté d'y penser.

Au lieu de ça, j'ai examiné le genre particulier des cicatrices d'Anatole. De toute évidence, dans les parages on trouve que ça embellit, ou en tout cas dans un des endroits où il a vécu. Par ici, les gens semblent parfaitement se contenter des cicatrices dont la vie les décore. Ça, plus les coiffures spéculaires des femmes, qui ne m'emballent pas du tout.

Mais Anatole n'étant pas d'ici, ça explique pourquoi il n'a pas de mère, de père et mille quatre cents cousins qui vivent avec lui comme tout le monde le fait dans le coin. On savait déjà son histoire en partie, c'est-à-dire qu'il était orphelin. Les Underdown ont entrepris de s'en occuper parce que sa famille entière est morte d'une manière horrible telle qu'ils adorent l'insinuer en se gardant bien de préciser comment. Ça date du temps où ils vivaient ici, ils avaient entendu parler d'Anatole par d'autres missionnaires et ils l'ont sauvé des fameuses mines de diamants, lui ont enseigné à aimer Jésus, à lire et à écrire. Ensuite, ils l'ont mis comme instituteur. Père dit qu'Anatole est «notre seul allié dans tout ça», ce qui pour moi est clair comme de la vase, mais apparemment les dires de Père ont justifié qu'on l'invite à dîner. Au moins, cela nous a ouvert des perspectives alléchantes autres que ces merveilleux bestiaux morts qu'on nous donne à manger. Et ç'a été pour Mère un bon prétexte pour se mettre dans tous ses états. Elle a décrété être à court d'idées pour cuisiner un dîner présentable. Elle avait préparé de la viande d'antilope avec des bananes plantains frites qui ont fini par ressembler au fond de la poêle à un genre de glu noire à ferrer les chevaux. Pour faire passer le repas, elle avait mis la nappe blanche et disposé ces minables plantains noirs dans le plat en porcelaine aux myosotis dont elle est si fière – son seul bel objet au milieu de tout ce vieux barda dans lequel il nous faut vivre. Et je dois dire qu'elle a fait de son mieux pour se montrer gracieuse. N'importe comment, Anatole lui a distribué des compliments de droite et de gauche, ce qui vous indique tout de suite qu'il était soit bien élevé comme jeune homme, soit mentalement taré.

Les conversations et les compliments ont duré si longtemps que j'ai failli tomber dans les pommes. Mes sœurs restaient bouche bée devant ce fascinant étranger, suspendues à la moindre de ses paroles en anglais, mais, en ce qui me concerne, c'était exactement comme de dîner avec ces chichiteux de groupes d'études bibliques que réunit Père, en Géorgie, à part que la nourriture était plus dégoûtante.

Puis, tout d'un coup, la discussion s'est enflammée.

Anatole s'est penché en avant et a annoncé : « Notre chef, Tata Ndu, s'inquiète du déclin moral de son village.

– En effet, il a toutes les raisons de l'être, si rares sont les villageois qui vont à l'église.

– Non, Révérend. Justement, c'est parce que autant de villageois vont à l'église. »

On en est tous restés babas pendant un certain temps. Mais Père s'est penché, avec l'intention de relever le défi. Si jamais il voit se pointer une discussion, oh ! nom d'un chien, il commence sérieusement à s'échauffer.

« Frère Anatole, je ne vois pas comment l'église peut avoir d'autre sens que la joie, pour les quelques personnes qui, ici, ont préféré le christianisme à l'ignorance et à l'obscurantisme ! »

Anatole soupira. « Je comprends vos difficultés, Révérend. Tata Ndu m'a demandé de vous expliquer tout ça. Son souci a à voir avec les dieux et les ancêtres importants de ce village, qui ont toujours été honorés selon certaines pratiques sacrées. Tata Ndu s'inquiète de ce que les gens qui fréquentent votre église négligent leurs devoirs.

– Négliger leurs devoirs envers de faux dieux, vous voulez dire. »

Anatole soupira de nouveau. « Il se peut que ce soit

difficile à comprendre pour vous. Vos paroissiens sont pour la plupart ce que nous appelons en kikongo des *lenzuka*. Des gens qui se sont déshonorés ou qui ont connu de graves revers ou des choses comme ça. Tata Boanda, par exemple. Il n'a vraiment pas eu de chance avec ses femmes. La première ne peut pas avoir d'enfant du tout, et la seconde a présentement un bébé qui passe son temps à mourir et à revenir dans son ventre sans arrêt. Plus personne ne peut aider cette famille. Les Boanda veillent à prier leurs dieux personnels à la maison en accomplissant les sacrifices de nourriture nécessaires et en se conduisant bien. Pourtant, leurs dieux les ont abandonnés, on ne sait pour quelle raison. C'est ainsi qu'ils le ressentent. Ils ne pouvaient connaître pire sort, voyez-vous ? C'est pourquoi ils sont intéressés à essayer de faire des sacrifices à votre Jésus. »

Père eut l'air d'avoir avalé un os de travers. J'ai pensé : Y a-t-il un médecin dans la maison ? Mais Anatole poursuivait joyeusement, sans paraître se rendre compte qu'il était en train de tuer mon père à coup de crise cardiaque.

« Tata Ndu est content que vous éloigniez les malchanceux, dit-il. Ainsi les esprits protecteurs du village ne les remarquent plus autant. Mais il s'inquiète que vous tentiez d'entraîner trop d'autres gens sur la voie de pratiques corrompues. Il craint qu'un désastre ne survienne si nous mécontentons les dieux.

— Corrompues, dites-vous, assena Père plus qu'il n'interrogea, après avoir repéré que le chat avait mangé la langue de son interlocuteur.

— Oui, Révérend Price.

— De pratiques corrompues. Tata Ndu a l'impression qu'apporter la parole chrétienne à ces gens les conduit à adopter des pratiques corrompues.

— C'est du moins ainsi que je pense le mieux traduire le message. En fait, il dit que vous entraînez nos villageois vers un trou où ils ne seront peut-être plus capables de voir le vrai soleil et où ils seront piégés comme des insectes dans une carcasse pourrie. »

Houla ! Ç'a été le bouquet ! Père allait tomber à la renverse. Vite ! l'ambulance. Et pourtant, voilà Anatole soutenant le regard de Père, le sourcil haussé très haut, dans le style « Vous comprenez l'anglais au moins ? » Sans parler de mes petites sœurs qui zyeutaient Anatole comme s'il avait été le veau à deux têtes de la rubrique « monstres en tous genres » de nos bandes dessinées.

« C'est Tata Ndu qui vous a chargé de transmettre tout ceci ?

– Oui, en effet.

– Et vous aussi, vous trouvez que j'entraîne vos concitoyens à partager de la viande de cadavre pourri ? »

Anatole fit une pause. On voyait bien qu'il essayait différents mots dans sa tête. Finalement, il a dit : « Révérend Price, est-ce que je ne me tiens pas à vos côtés dans votre église, tous les dimanches, à traduire les paroles de la Bible et vos sermons ? »

Mon père se garda bien de répondre oui ou non, bien que de toute évidence cela ait été vrai. Mais ça, c'est Père tout craché. Il ne répond pas directement aux questions, en général. Il agit toujours comme s'il y avait un piège tendu quelque part dans lequel il ne fallait surtout pas tomber. Au lieu de ça, il a demandé : « Mais, Anatole, n'êtes-vous pas assis à ma table en train de traduire les paroles de la bible idolâtre de Tata Ndu et de ses sermons qui me sont destinés à moi en particulier ?

– Oui, monsieur, c'est ce que je fais. »

Père posa son couteau et sa fourchette en croix sur son assiette et respira un bon coup, satisfait d'avoir le dessus. C'est la spécialité de Père de toujours avoir le dessus. « Frère Anatole, je prie chaque jour pour mieux comprendre et montrer davantage de patience envers le frère Ndu pour l'amener à notre église, dit-il. Sans doute faudra-t-il que je prie pour vous aussi. »

C'est du grand chef Ndu dont ils parlaient, ou encore

de Mister Une-deux comme l'appelle Ruth May. Et je n'hésite pas à dire que c'est quelqu'un. Difficile d'éprouver un respect suffisant pour un chef qui porte des lunettes sans verres (il semble croire qu'elles augmentent son quotient intellectuel) et la fourrure d'une petite bête agrafée autour du cou, un trait de mode qu'il partage avec les vieilles paroissiennes de Géorgie, ravissant ! c'est certain.

« Si vous êtes en train de dénombrer vos ennemis, vous ne devriez pas me compter parmi eux, monsieur, dit Anatole. Et si vous craignez d'avoir des rivaux, il faut que vous sachiez qu'il y a un autre *nganga* ici, un autre pasteur. Les gens lui font également confiance. »

Père desserra sa cravate et le col de sa chemise à manches courtes des dimanches. « Premièrement, jeune homme, je ne crains personne à Kilanga. Je suis le messager de la grande et bonne nouvelle de Dieu pour l'humanité tout entière, et Il m'a doté d'une force supérieure à celle du bœuf brutal ou à celle du plus résolu des païens. »

Anatole cligna calmement des yeux. J'imagine qu'il était en train de se demander dans quelle catégorie Père le fourrait, celle du bœuf brutal ou celle du païen résolu.

« Deuxièmement, poursuivait Père, je vous ferai remarquer – ce que vous devez absolument savoir – que frère Ndu n'est pasteur de rien du tout. Il est chargé de veiller à la bonne conduite des relations humaines et non des affaires spirituelles. Mais vous avez parfaitement raison, il existe un autre pasteur en dehors de moi et qui guide ma propre main droite. Le Seigneur est notre berger. » Naturellement, Père devait donner l'impression qu'il était au courant de qui – ou de quoi – parlait Anatole, même s'il l'ignorait, étant par essence le Père qui-sait-mieux-que-tous-les-autres.

« Oui, oui, bien sûr, le Seigneur est notre berger, lança rapidement Anatole, comme s'il ne croyait pas tellement à tout ça et voulait écarter le sujet au plus vite. Mais je parle du *nganga* Tata Kuvudundu. »

Nous nous sommes tous mis à fixer le centre de la table comme si un truc crevé avec des pattes venait d'y apparaître. D'accord, nous le connaissions, le Tata Kuvudundu. On l'avait vu babiller et se promener de guingois sur la route, tellement penché qu'on croyait toujours qu'il allait se casser la figure. Il a six orteils à un pied, et ça encore, ce n'est pas le bout de l'affaire. Certains jours, il vend des aspirines au marché, digne comme un docteur Miracle, tandis que d'autres, il débarque le corps peinturluré de fond en comble (et quand je dis fond, je m'entends) avec un genre de lait de chaux. On l'a également vu installé dans sa cour de devant, entouré d'autres vieux qui ne tiennent pas debout tellement ils ont bu de vin de palme. Père nous a dit que Tata Kuvudundu commettait le péché de prophétie. Soi-disant que lui et ses grands fils prédisent l'avenir en jetant des os de poulet dans une calebasse.

« Anatole, que voulez-vous dire par "pasteur" en parlant de lui ? demanda Mère. Nous, on avait plutôt l'impression que Tata Kuvudundu c'était l'ivrogne du village.

— Non, Mama Price, il ne l'est pas. C'est un *nganga* respecté, un prêtre des traditions, si l'on peut dire. Il est assez bon conseiller de Tata Ndu.

— Conseiller de rien du tout », dit Père, se levant à demi de sa chaise en prenant sa voix de baptiste. Ses sourcils rouges flamboyaient au-dessus de son regard menaçant, son mauvais œil se mettant à loucher un peu à cause de toute cette tension. « Un conseiller à la noix, comme on en voit rarement, et c'est tout. Là d'où je viens, monsieur, on appelle ça un sorcier. »

Anatole prit une des serviettes en tissu de Mère et se tamponna le visage. Des gouttelettes de sueur coulaient le long de la mince arête de son nez. Mes sœurs le regardaient toujours de toutes leurs forces et il n'y avait rien d'étonnant à ça. Nous n'avions plus eu de compagnie depuis que Mère avait fait disparaître Mr. Axelroot de notre table l'été dernier, sous prétexte qu'il crachait et jurait. Nous ignorions encore avoir affaire à un mauvais numéro qui nous faisait payer ce qui nous appartenait. Depuis ce temps-là, nous n'avions plus entendu un seul mot d'anglais de la bouche de quiconque en dehors de celle des Price. Six mois, c'est long à supporter pour une famille privée de distractions extérieures.

Anatole semblait sur des charbons ardents mais toujours décidé à en découdre avec Père. « Tata Kuvudundu règle énormément de problèmes pratiques ici. Les hommes vont le voir, en particulier quand leurs femmes n'ont pas d'enfants ou quand elles sont adultères. » Il m'a jeté un coup d'œil comme si moi, précisément, j'étais trop jeune pour savoir ce que ça voulait dire. Non, vraiment.

Mère coupa court soudainement. « Les filles, venez m'aider, dit-elle. L'eau pour la vaisselle est en train de bouillir sur le poêle, j'avais complètement oublié. Vous débarrassez toute la table et commencez à laver. Faites attention de ne pas vous brûler. »

À ma grande surprise, mes sœurs quittèrent la table pratiquement au pas de course. Elles étaient pleines de curiosité, j'en suis sûre, mais il fallait avant tout tenir compte de Père. Flustré qu'il était, il paraissait sur le point de jouer du bâton. Moi, en revanche, je restai. J'aidai à débarrasser les plats mais revins m'asseoir. Si on s'imaginait que j'étais trop jeune pour entendre une conversation à propos d'adultéreux et de gens qui ne pouvaient pas avoir d'enfants, alors là, il faudrait qu'on y réfléchisse à deux fois. En dehors de ça, c'était ce qui nous arrivait de plus passionnant depuis que Ruth May était tombée de son arbre, ce qui vous montre à quel point notre existence était intéressante. Si le grand-méchant-loup devait se mettre à souffler sa meule sur le sorcier guérisseur, il y avait ici un petit cochon qui n'allait sûrement pas rater l'occasion d'assister au spectacle.

Anatole dit à Père qu'il fallait qu'il renonce à voir un rival en Tata Kuvudundu. Il dit que la stérilité et l'adultère étaient de graves problèmes que l'on devait traiter

171

en dehors de Tata Jésus. Mais il nous assura que beaucoup de gens, à Kilanga, se rappelaient l'époque missionnaire où le frère Fowles avait obtenu que pratiquement tout le village prie Jésus, et que, d'après leurs souvenirs, les dieux ne s'en étaient pas trop offusqués puisqu'il ne s'était passé rien de pire que d'habitude à Kilanga.

Ç'a été le coup final. Se rappelaient l'époque missionnaire ? Ce fut un vrai choc nerveux, même pour moi, d'entendre dire que les villageois envisageaient le christianisme comme un film muet vieux comme Hérode. Que devenait Père, dans l'histoire ? Un Charlie Chaplin qui se dandinait, les pieds en canard, en agitant sa canne, sans qu'aucun son ne sorte de sa bouche ?

Mère et moi nous l'observions, guettant l'explosion atomique redoutée. En fait, Père ouvrit et ferma bel et bien la bouche en un « Quoi ! » ou « Ouah ! » comme dans un plan de film muet et son cou devint tout rouge. Puis il s'immobilisa totalement. On entendit cette horreur de mangouste de Ruth May qui se carapatait sous la table dans l'espoir que quelqu'un laisserait tomber quelque chose à son intention. Puis Père changea de visage et je compris qu'il allait recourir au ton si particulier dont il use fréquemment avec les membres de sa famille, les chiens qui ont pissé dans la maison et les crétins, le ton de sa voix contredisant la relative gentillesse de ses paroles. Il dit à Anatole qu'il respectait et appréciait son aide (en clair : je commence à en avoir plutôt soupé de toi, mon petit gars) mais qu'il était déçu de l'interprétation enfantine que faisaient les villageois du plan divin (en clair : tu es largement aussi frappé que les autres). Il annonça qu'il allait travailler à un sermon qui dissiperait tout malentendu. Ensuite il annonça que cette conversation était parvenue à son terme et que, donc, Anatole veuille bien se considérer comme excusé de cette table et de cette maison.

Ce qu'accepta Anatole sans délai.

« Eh bien, tout ceci donne une autre vision des choses, dirait-on ? » demanda Mère dans le silence exceptionnel qui suivit. Je gardai le nez baissé et débarrassai tout ce qui restait en dehors du grand plat à fleurs bleues qui trônait au milieu de la table et que je ne pouvais atteindre sans traverser la zone de contamination nucléaire de Père.

« Je me demande quelle *vision* tu imagines possible », dit-il à Mère du même ton particulier destiné aux chiens mal élevés et aux crétins.

Elle écarta les cheveux de son visage et lui sourit tandis qu'elle allongeait le bras pour prendre le plat de porcelaine. « Eh bien, d'abord une chose, mon cher, il est à espérer pour toi et le bon Dieu que la foudre ne tombera pas dans les six mois à venir !

– Orleanna, tais-toi ! » hurla-t-il en la saisissant par le bras et en lui arrachant le plat des mains. Il le souleva au-dessus de sa tête et le lâcha violemment sur la table, le brisant net en deux. Le morceau le plus petit se retourna en se cassant, et s'immobilisa sur place, dégoulinant du jus sombre des plantains semblable à du sang sur la nappe. Mère se tenait là, impuissante, les mains tendues vers le plat, sans doute dans l'espoir d'apaiser sa peine.

« Tu commençais à t'attacher un peu trop à ce plat. Tu crois que je ne l'avais pas remarqué ? (Elle ne lui répondit pas.) J'avais espéré que tu aurais mieux à faire que de réserver ta sollicitude aux choses de ce monde, mais apparemment je me suis trompé. J'ai honte de toi !

– Tu as raison, dit-elle calmement. J'étais trop attachée à ce plat. »

Il l'étudiait. Père n'est pas de ceux qui vous laissent vous en sortir avec de plates excuses. Il lui demanda avec un petit sourire mesquin : « Qui croyais-tu impressionner par tout cet étalage, ta nappe et ton beau plat ? » Il prononça ces mots d'un ton amer, comme s'il s'agissait de péchés déjà caractérisés.

Mère se tenait simplement là, devant lui, tandis que tout éclat se retirait de son visage.

«Et ta cuisine pitoyable, Orleanna? Le chemin du cœur d'un jeune Noir passe par son estomac – c'est là-dessus que tu comptais, hein?»

Ses yeux bleu clair étaient devenus vides comme des flaques d'eau. Honnêtement on ne pouvait savoir ce qu'elle pensait. Je regarde toujours les mains de Père pour savoir où elles vont frapper. Mais les yeux d'eau de Mère s'attardaient sur son visage, sans vraiment le voir.

Enfin, il se détourna d'elle et de moi, avec son air de profond dégoût habituel. Il partit s'installer dans son bureau, nous laissant toutes dans un silence encore plus profond. Je suppose qu'il travaillait au fameux sermon annoncé qui dissiperait tout malentendu. Et puisque personne d'autre qu'Anatole lui-même ne se tiendrait à côté de lui pour traduire ses discours dans leur langue, je suis sûre qu'il espérait qu'Anatole serait le tout premier de cette communauté de crétins naïfs de pisse de chien à être touché par la pure lumière de Dieu.

Adah Price

À marcher j'apprends. Je et Chemin. Long est celui du Congo.

Le Congo est un long chemin et j'apprends à marcher.

C'est le titre de mon histoire, à l'endroit et à l'envers. *Manene,* c'est le mot pour dire chemin : *Manene enenam, amen.* Sur le seul long *manene* du Congo, Adah apprend à marcher, amen. Un jour, elle a failli ne pas rentrer. Comme Daniel elle est descendue dans la fosse aux lions, mais n'ayant pas l'âme pure et sans tache du prophète, Adah s'est épicée des saveurs du vice qui rendent un repas succulent. Les âmes pures et sans tache doivent être bien fades avec leur arrière-goût d'amertume.

Tata Ndu répandit la nouvelle de ma disparition. Tata Ndu est le chef de Kilanga et de tout ce qui se trouve au-delà, dans toutes les directions. Derrière ses lunettes et sa tenue extraordinaire, il possède un large front dégarni et il a l'énorme buste en triangle d'un héros de bande dessinée. Comment avait-il appris l'existence de quelqu'un comme moi, la petite Blanche tordue (c'est ainsi que l'on m'appelle) ? Et pourtant, il la connaissait. Le jour où il vint rendre visite aux parents, je m'étais promenée seule, en rentrant de la rivière par le sentier de la forêt. C'était un événement de le voir venir chez nous. Il ne s'était écarté de son chemin que pour éviter mon père, bien que, de temps en temps, il nous fît transmettre des messages par l'intermédiaire d'Anatole, de ses fils, ou d'autres ambassadeurs de moindre importance. Mais aujourd'hui, c'était différent. Il venait parce qu'il avait appris que j'avais été dévorée par un lion.

Tôt dans l'après-midi, Leah et moi avions été envoyées chercher de l'eau. Expédiées ensemble, la jumelle et la *ellemuj*, à jamais enchaînées l'une à l'autre, dans la vie comme dans l'avant-vie. Nous n'avions guère le choix. Son Altesse Rachel étant au-dessus de tout travail manuel, et Ruth May au-dessous, si l'on peut dire, Leah et moi nous avions été jugées – par défaut – dignes de faire les courses de notre mère. C'étaient toujours la jumelle et sa *ellemuj* qu'elle dépêchait les jours où se tenait le marché, afin que nous fassions le tour de ces terrifiantes bonnes femmes pour rapporter les fruits ou la bouilloire pleine de ce dont elle avait besoin. Quelquefois, elle nous envoyait même au marché de la boucherie, lieu où Rachel n'aurait jamais mis les pieds à cause des tripes et des têtes empilées avec soin. Pour savoir si ce marché était ouvert, il suffisait de se pencher à la porte de la maison et de vérifier que le grand fromager était garni de buses noires. Vrai de vrai. Nous les avions surnommées le panneau d'affichage congolais.

Mais d'abord, et quotidiennement, elle nous envoie chercher de l'eau. Il était difficile pour moi de porter le lourd seau de ma seule main valide et j'allais trop lentement. *Tnemetnel port sialla'j.* Sur ce sentier, j'avais pris l'habitude de réciter des phrases à l'endroit et à l'envers car, en me concentrant, je marchais mieux. Cela m'aidait à oublier l'inconvénient de me déplacer en sens unique à travers le monde, à la manière d'un corps lent, si lent. Leah portait donc toute la charge d'eau et marchait devant. Comme de toutes les façons.

Le chemin de la forêt était vivant sous nos pas et s'allongeait chaque jour un peu plus. Pour moi, en tout cas. Au début, il n'allait que d'un côté à l'autre de notre jardin : portion que notre mère pouvait voir et juger sans danger si elle se tenait au milieu. Au début, nous ne savions de ce sentier que ce qui lui arrivait au nord, après que la forêt se fut refermée sur lui : un cours d'eau, une cascade, des bassins limpides pour se baigner. Il conduisait à un pont de rondins. Il menait vers un autre village. Il menait à Léopoldville. Il menait jusqu'au Caire. Certaines de ces histoires étaient vraisemblables, d'autres, non ; pour en découvrir le moyen terme, j'avais décidé de marcher. J'étais résolue à découvrir quelques étapes supplémentaires jour après jour. Si nous restions assez longtemps, je marcherais jusqu'à Johannesburg et jusqu'en Égypte. Mes sœurs paraissaient toutes décidées à prendre l'avion, ou, dans le cas de Rachel, à monter directement au ciel grâce à un état mental supérieur, quant à moi je voulais aller à pied, lentement mais sûrement. Ce qui me manque c'est la *kakakaka*, le mot kikongo qui veut dire « aller vite ». Mais j'avais constaté que je pouvais faire du chemin sans *kakakaka*. Déjà j'étais allée aussi loin que les bassins et que le pont en rondins, au nord. Et au sud, jusqu'aux clairières où des femmes qui portaient des bébés en écharpe creusaient avec des bâtons en chantant (pas des cantiques) et cultivaient le manioc. Tout le monde connaît ces lieux. Faute de *kakakaka*, je découvre des visions qui n'appartiennent qu'à moi seule : la façon dont les femmes qui travaillent aux champs se redressent les unes après les autres, déroulent leur pagne d'étoffe aux tons vifs noué sous leurs seins, l'étendent de toute sa largeur avant de le rattacher. On dirait une bande de papillons qui ouvrent et referment leurs ailes.

J'ai vu les petits éléphants de forêt qui se déplaçaient tranquillement en troupeaux, donnant de leurs petites défenses rosâtres contre les arbres. J'ai vu aussi des bandes de Pygmées. Quand ils sourient, ils révèlent des dents limées en pointes aiguës, et pourtant ils sont doux et incroyablement petits. On n'est sûr que ce sont des hommes ou des femmes que parce qu'ils ont des barbes ou de la poitrine, et aussi à la façon adulte dont ils protègent leurs enfants. Ils sont les premiers à vous voir et se font aussi immobiles que des troncs d'arbres.

J'ai découvert le *bidila dipapfumu*, le cimetière des sorciers.

J'ai découvert un oiseau à tête noire et à la queue acajou longue comme mon bras, cintrée comme un arc. D'après le *Guide des oiseaux africains*, laissé par notre ami, le frère Fowles, l'amateur de volatiles, mon oiseau porte le nom de gobe-mouches du paradis. Dans le carnet que je range dans ma taie d'oreiller et dans lequel je dessine tout ce que je connais, j'ai fait sourire mon gobe-mouches du paradis et dessous j'ai calligraphié selon mon code secret inversé : SIDARAP UA SEHCUOM ED ECNETSIXE'L ED EVUERP ELLEVUON : SIDARAP UD SEHCUOM-EBOG EL.

J'ai également pris l'habitude de suivre Mathusalem pendant qu'il tourne autour de la maison en spirales indécises. Il niche carrément dans nos latrines, proches de l'endroit où sa cage vide a été fracassée dans l'herbe par le Révérend. Sa carcasse y pourrit comme une épave. Mathusalem est, comme moi, un infirme : l'épave de l'Afrique sauvage. De tous temps, depuis l'arrivée du Christ, il avait vécu sur quelques centimètres de règle en bois. Désormais il possède un univers. Que peut-il en faire ? Les muscles de ses ailes ont perdu leur tonus. Elles sont atrophiées, probablement au-delà de tout espoir de récupération. Là où il devrait y avoir des pectoraux, son poitrail pèse du poids des mots humains : enseveli sous les mots, absurdité d'être libre-comme-un-oiseau, du sans précédent ! Parfois, il agite les ailes comme s'il se rappelait comment voler, chose qu'il avait faite au cours de l'initiale terreur jubilatoire de sa remise en liberté. Mais son indépendance s'est figée en cet instant. Désormais, après avoir déployé ses ailes, il les replie de nouveau, tend la tête et se dandine, accomplissant son trajet monotone d'une branche haute à une branche basse.

Maintenant, Mathusalem se glisse chaque matin par un petit trou sous les chevrons de nos latrines, dresse la tête et lève un regard inquiet comme s'il était en prière : *Dieu des emplumés, délivre-moi en ce jour des carnivores qui pourraient me détacher le poitrail du bréchet !* À partir de là, je le suis à la trace. Je dispose des petites offrandes de goyave et d'avocat que j'ai ramassés et ouverts, les lui indiquant en tant que nourriture. Je ne le crois pas capable de reconnaître ces fruits à moins qu'on ne les lui épluche. Quand il saura le faire, il devra franchir une autre étape pour comprendre que ce fruit n'est pas une chose qu'il puisse attendre indéfiniment de la main humaine, et qu'il pousse sur les arbres. *Serbra sel rus essuop li'uq te.*

En suivant Mathusalem dans ses lentes incursions à travers la forêt, j'ai découvert des jeunes et des hommes adultes qui faisaient des exercices d'entraînement. Ce n'était pas l'armée belge, les conscrits officiels protecteurs des Blancs, mais un groupe de jeunes gens qui tenaient des réunions secrètes dans les bois situés derrière la maison. J'ai découvert qu'Anatole était bien davantage qu'un instituteur et qu'un traducteur de sermons. Ah ! Anatole, *elotana ha !* Il ne portait pas de fusil dans la clairière où je l'ai espionné, mais il s'entretenait avec des hommes en armes qui l'écoutaient. Une fois, il a lu à haute voix une lettre révélant que les Belges étaient en train de fixer le calendrier de l'indépendance. Anatole a parlé de 1964. Les hommes sont partis d'un rire féroce en entendant ça. Ils se sont mis à hurler comme si on les avait écorchés vifs.

Je n'avais pas peur, et je m'habituais à mes promenades solitaires. Notre mère ne pensait pas devoir nous les autoriser, en particulier à l'approche de la nuit. C'était mon secret. Elle ne comprit jamais que lorsqu'elle m'envoyait quelque part avec Leah, à la rivière, ce jour-là par exemple, pour chercher de l'eau, cela sous-entendait qu'il fallait que je rentre seule.

C'était déjà la fin de l'après-midi, et je traversai une zone de lumière tachetée puis des clairières plus lumineuses, et l'herbe était si haute qu'elle s'inclinait des deux côtés pour former un tunnel au-dessus de ma tête, et je terminai sous les arbres de nouveau. Leah m'avait depuis longtemps dépassée avec l'eau. Mais il y avait quelqu'un derrière, quelqu'un ou quelque chose. Je me rendais parfaitement compte que j'étais suivie. Je ne peux pas dire que j'entendais quoi que ce fût, mais je le savais. Je voulais croire que Mathusalem me jouait un tour. Ou les Pygmées. Mais j'étais certaine du contraire. Je notais que des petits poils se dressaient sur ma nuque. Je n'éprouvais aucune angoisse car cela ne sert à rien dans mon cas. Je suis incapable de me sauver sous l'effet d'une décharge d'adrénaline, mais j'avais le goût de la peur au fond de la gorge et en ressentais le poids désespérant sur mes membres atones. Pour certains, me dit-on, cette impuissance qui vous cloue au sol intervient dans les rêves. Pour moi, c'est dans la vie. Dans ma vie en tant qu'Adah, je dois me débrouiller pour traiter à l'amiable avec le prédateur.

Je m'arrêtai, me retournai lentement pour regarder derrière moi. Le mouvement s'interrompit également : un bruissement final dans l'herbe haute près du sentier, comme un rideau de velours qui retombe. À chaque pause, cela se reproduisait. Alors, j'attendis dans l'immobilité de l'obscurité croissante, jusqu'à ce qu'il ne fût plus possible de m'attarder plus longtemps.

Voilà ce que c'est que d'être si lente : la moindre histoire que vous auriez envie de raconter est déjà finie avant que vous n'ayez pu ouvrir la bouche. Quand je suis arrivée à la maison, il faisait nuit dans une autre existence.

Le coucher de soleil à six heures signifie que la vie se poursuit une fois la nuit venue : lecture à la lumière de la lampe, dans la véranda, événement familial de la soirée. Leah était rentrée à la maison avec les seaux d'eau, Mère l'avait fait bouillir et mise à refroidir pendant qu'elle s'affairait pour le dîner, Rachel y avait trempé un linge pour s'en couvrir le front et elle reposait dans son hamac tout en examinant ses pores dans le miroir à main. Ruth May avait essayé de convaincre tous les membres de la famille chacun leur tour qu'elle était capable de soulever toute seule un seau plein d'eau avec son bras resté valide. Je sais tout cela sans y avoir été. Quelque part, dans le vacarme discret de cette famille, j'étais censée avoir vaqué à mes propres occupations depuis des heures. Quand enfin j'atteignis la maison, c'était comme si, comme à l'accoutumée, j'étais à la traîne dans ma propre vie, je me glissai donc furtivement dans mon hamac au bout de la véranda et me tins tranquille sous les sombres bougainvillées.

Peu de temps après, Tata Ndu émergea de l'obscurité. Il gravit les marches pour nous expliquer dans son français cérémonieux que les traces d'un grand lion, d'un chasseur solitaire, avaient été repérées sur le chemin venant de la rivière. Le fils aîné de Tata Ndu venait juste de revenir avec cette nouvelle. Il avait vu les traces de la petite fille qui traînait le pied droit et celles du lion, toutes fraîches, qui les recouvraient. Il avait trouvé les signes d'un fauve qui avait suivi sa proie et bondi sur elle, de même qu'une traînée de sang frais qui disparaissait dans la brousse. Et c'est ainsi qu'ils savaient que la petite Blanche tordue, la petite qui n'avait pas la *kakakaka*, avait été dévorée. *La petite Blanche tordue a été mangée**. C'était le triste message de Tata Ndu. Cependant, il avait l'air réjoui. Par égard pour mes parents, un groupe de jeunes gens, dont ses fils, étaient partis à la recherche du corps, ou de ce qu'il en restait.

Je me rendis compte que j'avais le souffle coupé en observant son visage pendant qu'il faisait son récit et les visages des autres apprenant la nouvelle. Mes sœurs, ne comprenant rien à la salade de français et de kikongo de

---

* En français dans le texte.

Tata Ndu, restaient tout simplement fascinées par la présence d'une célébrité dans la galerie. J'étais le cadet de leurs soucis, même pour Leah. Elle qui m'avait laissée dans la dite fosse aux lions. Mais ma mère : Oui. Non ! Elle avait compris. Elle était arrivée précipitamment de la cuisine, tenant encore à la main une grande cuiller en bois qui dégoulinait d'eau fumante sur le sol. Une partie de sa chevelure tombait en vague en travers de son visage. Le reste d'elle semblait sans vie, comme une pâle copie en cire de ma mère : la femme qui ne pouvait guérir le mal par le mal, même pour sauver ses enfants. Je découvris un tel désespoir sur sa figure qu'un bref instant je me crus morte. J'imaginai les yeux du lion fixés sur moi comme ceux d'un méchant homme en ayant la sensation d'être dévorée. Je me transformai en néant.

Notre Père se leva et déclara d'un ton péremptoire : « Prions tous le Seigneur d'avoir pitié et compassion. »

Tata Ndu ne baissa pas la tête mais la leva, sans plaisir, mais avec fierté. C'est alors que je compris qu'il avait gagné et que mon père avait perdu. Tata Ndu était venu nous annoncer personnellement que les dieux de son village n'acceptaient pas volontiers le pasteur de la corruption. En modeste signe de leur mécontentement, ils avaient mangé sa fille toute crue.

Il me fut très difficile de me relever et de m'avancer. Mais j'y parvins. Notre Père cessa de prier, pour une fois. Tata Ndu recula, l'œil rétréci. Sans doute n'était-ce pas tant parce qu'il aurait aimé que je sois mangée que parce qu'il détestait se tromper. Il se contenta de lancer un *mbote* – adieu, bon vent. Puis tourna les talons, plein de dignité, et nous laissa entre nous. Il ne reviendrait plus chez nous avant longtemps, quand bien des choses auraient changé.

Le lendemain matin, nous apprîmes que l'équipe de recherche avait trouvé ce que le lion avait tué à ma place : un guib d'un an. Je me suis alors demandé s'il était grand, si sa chair était tendre, si le lion avait fortement été déçu et si la victime aimait sa vie. Je me suis demandé si la religion dépendait pour vivre ou mourir d'une faible brise qui s'agite. D'un faisceau d'odeurs détournées qui fait manquer sa proie au prédateur. Un dieu respire la vie et s'élève, tandis qu'un autre rend son dernier souffle.

Leah

Certains envoient une lettre de remerciements après une invitation à dîner. Eh bien, Anatole, lui, nous expédia un jeune garçon. Il se présenta à notre porte avec une note sur laquelle était inscrit le nom de Lekuyu mais nous étions bienvenus de l'appeler Nelson. Il fallait le nourrir, lui accorder le privilège de dormir dans notre poulailler (dans lequel une poignée de volailles prudentes s'étaient réintroduites après avoir échappé à la folie meurtrière de Mère, à l'époque du pique-nique), et un panier d'œufs à vendre chaque semaine pour commencer à économiser en vue d'une épouse. Nelson fendrait le bois pour le feu, ferait bouillir des marmites fumantes de manioc plein de grumeaux et nous apporterait des fruits, des légumes et des tisanes d'écorce tirées de la forêt. Il concocta une potion pour les maux de tête sur laquelle Mère finit par compter. Il reconnaissait nos serpents en fonction des catégories de mort que ceux-ci aimaient infliger, et qu'il mettait en scène à notre intention grâce à des saynètes pleines d'action, dans la partie de la véranda donnant sur la façade. De son propre chef, il entreprit également d'autres tâches inattendues dans la maison. Par exemple, un jour, il encadra de bambou le miroir à main de Rachel qu'il suspendit au mur de la salle de séjour pour que l'on puisse mieux se voir dedans. Par la suite, Nelson inaugura chaque jour nouveau en se plantant à dix centimètres du miroir ainsi encadré afin de peigner laborieusement ses rares cheveux dans notre salle de séjour, avec un sourire si large qu'à tout moment nous redoutions de voir s'éjecter ses molaires. D'autres gens commencèrent aussi à entrer dans la maison pour disposer de notre miroir. De toute évidence, l'objet que nous avions suspendu à notre mur était unique en son genre à Kilanga.

Tandis qu'il scrute son reflet, je me surprends à étudier Nelson : ses coudes noircis par l'usage, sa peau patinée de différentes nuances de brun tel un meuble ancien en acajou. À cause de la canne à sucre, ses dents de devant, usées, sont presque toutes parties rejoindre des jours meilleurs. Un troublant éclair de canines simiesques luit sur les côtés quand il grimace un sourire. Tout de même, quand il le fait, on sait que ce sourire est authentique. Il est gai et ordonné, et il nous est arrivé sans autre possession visible qu'un fond de culotte intact à son énorme short marron, un T-shirt rouge qu'il porte tous les jours que le bon Dieu fait, une ceinture de cuir, un peigne en plastique rose, une grammaire française et une machette. Nelson voyage léger. Ses cheveux sont coupés très ras et une cicatrice rose, parfaitement ronde, occupe sa nuque. Anatole l'a choisi pour nous aider, parce que, comme lui, Nelson est orphelin. Il y a quelques années, la famille entière de Nelson, ses parents, plusieurs frères et une petite sœur toute neuve se sont noyés lors d'un voyage en amont de la rivière, leur embarcation s'étant retournée. Les pirogues congolaises sont faites d'un bois très dense qui coule comme du plomb pour peu qu'on l'y encourage. Comme la plupart des Congolais ne savent pas nager, on pourrait penser qu'ils trouveraient un inconvénient à voyager par voie d'eau, mais non. Joyeusement, voilà qu'ils montent et qu'ils descendent la rivière sans penser un seul instant au naufrage. C'est par hasard que Nelson fut oublié en ce jour fatal, à ce qu'il prétend. Il dit que sa mère était tellement ravie de montrer son bébé aux parents qui vivaient plus haut sur la rivière, que, jaloux, il s'était caché ; elle l'avait totalement oublié. Par voie de conséquence, Nelson fait grand cas des signes et des superstitions. Et maintenant, il ne sait plus que faire, n'ayant plus de famille pour subvenir à ses besoins, et comme il a douze ans, pour lui l'école, c'est terminé.

Anatole avait indiqué dans sa note que ce garçon était l'un de ses meilleurs éléments et que nous comprendrions vite pourquoi. En effet. Le jour de l'arrivée de Nelson chez nous, il ne connaissait que quelques mots d'anglais : « Comment allez-vous ? Merci beaucoup », mais au bout de quelques semaines, il était capable de dire à peu près tout ce qui était important, sans avoir à retourner tout ça dans sa tête comme le faisait Mama Tataba. Je dirais que Nelson était doué. Mais je vais vous dire quoi, être doué compte pour des haricots au Congo où quelqu'un d'aussi futé que Nelson n'est pas plus autorisé à fréquenter l'université que ne le sont les filles Price. D'après les Underdown, les Belges ont tendance à décourager l'indépendance d'esprit en terre indigène.

S'il en est ainsi, je me demande comment, par exemple, les Underdown ont réussi à faire d'Anatole un maître d'école. Dans ma tête, j'imagine parfois des scènes où je lui pose la question. Quand mes sœurs et moi nous nous allongeons après le déjeuner et que j'ai l'esprit vacant, je revois ces moments-là. Anatole et moi sommes en train de nous promener sur le chemin qui va vers la rivière. Il y a de bonnes raisons pour ça, soit qu'il va m'aider à rapporter quelque chose à la maison soit, peut-être, qu'il m'a invitée à débattre d'un certain point des Écritures qu'il n'a pas totalement saisi. Et nous voilà à bavarder. Dans cette scène imaginaire, Père a pardonné à Anatole et l'encourage à cultiver notre amitié. Anatole a un sourire très bienveillant, avec un léger espace entre ses dents de devant qui sont impeccables, et je m'imagine tellement mise en confiance par ce sourire que j'ai même l'audace de le questionner sur son étonnant visage : comment réussit-on à avoir des scarifications aussi parfaitement régulières ? Est-ce que cela lui a fait mal ? Et puis, il me parle des plantations de caoutchouc. Comment c'était ? J'ai lu dans un livre qu'on coupait les mains des ouvriers s'ils n'avaient pas recueilli suffisamment de caoutchouc au bout de la journée. Les contremaîtres belges rapportaient des paniers entiers de mains brunes à leurs patrons, entassées en désordre comme des poissons. Cela est-il possible de la part de chrétiens blancs civilisés ?

Dans mon imagination, Anatole et moi parlons anglais, alors que dans la réalité il s'adresse le plus souvent en kikongo à ses élèves. Son accent est différent de celui des autres gens – même moi, je m'en rends compte. Il étire la bouche en larges formes précises autour de ses dents comme s'il craignait toujours d'être mal compris. Je crois qu'Anatole nous aide parce que, comme nous, il se sent étranger ici. Il est capable de comprendre la difficulté de notre situation. Et Père lui semble reconnaissant de bien vouloir encore traduire ses sermons, même après leur altercation. Anatole pourrait être ami avec mon père si seulement il comprenait mieux les Écritures.

Nous nous étions bien demandé, malgré tout, pourquoi il avait eu la gentillesse de nous envoyer Nelson. La première fois que Nelson était allé chercher de l'eau et l'avait fait bouillir de son propre chef, Mère en avait éprouvé une telle gratitude qu'elle s'était assise sur une chaise et avait fondu en larmes. Un élève apprécié est un très beau cadeau. À mon idée, c'était parce qu'Anatole s'était rendu compte de deux choses chez nous : la première, c'est qu'il y avait beaucoup de livres à lire pour un garçon intelligent, même s'il ne pouvait plus aller à l'école. Et la seconde, c'est que nous avions autant besoin d'aide que les enfants de Moïse avaient besoin de Moïse. À peu près aux environs de la fête de Thanksgiving, Mère s'était mise à prier à haute voix devant mon père afin que le Seigneur veuille bien nous laisser partir d'ici entiers. Il n'appréciait pas ses manifestations de foi ébranlée et le lui disait. C'est vrai, Ruth May nous avait causé une belle frayeur, mais avec bon sens il rappelait à Mère qu'un enfant pouvait se casser le bras n'importe où, que ce soit en Géorgie ou à Kansas City. Et pour être franc, si cela avait dû arriver à l'une ou l'autre d'entre nous, c'était bien à Ruth May. Elle fonce dans la vie comme si elle prévoyait d'en voir le bout avant ses vingt ans.

Et je regrette d'avoir à le dire, mais Adah est tout aussi désagréable et encline à la destruction, à sa façon d'escargot. Personne ne lui demandait d'aller traîner toute seule dans la jungle. Elle aurait pu rester avec moi. Le Seigneur est notre berger, et la moindre des choses que nous autres, les moutons, puissions faire, c'est, je trouve, de coller au troupeau de notre plein gré. Surtout que nous sommes assez grandes désormais pour entendre les autres le dire. On voit toujours les jumelles en coquettes copies conformes quand elles sont petites, mais on n'imagine pas deux femmes adultes se balader habillées de manière identique en se tenant par la main. Adah et moi sommes-nous censées rester sœurs jumelles à vie ?

Tout de même, il nous a fallu copier le verset, le livre IV de la Genèse, sur Caïn et Abel, à la suite de sa soi-disant rencontre avec le lion, et avec ça plus le bras cassé, Mère craignit pour nos vies avec une vigueur renouvelée. La saison des pluies s'accentuait et le village tout entier fut pris de la *kakakaka*. Nous pensions jusqu'ici que cela signifiait simplement « se dépêcher ». Quand Mama Mwenza nous avait annoncé que tous ses enfants l'attrapaient, nous avions compris qu'ils devenaient insupportables ou qu'enfin on les grondait pour qu'ils accomplissent leurs tâches. Mais Nelson nous dit : « Non, non, Mama Price, la *kakakaka* ! » Évidemment, c'est une maladie qui vous oblige à aller aux toilettes mille fois par jour. (Il mima la scène, ce qui fit hurler de rire Ruth May.) Il dit qu'on y allait tellement de fois qu'il ne vous restait plus rien à l'intérieur. Ensuite, il arrivait que les enfants en meurent. En fait, Nelson nous raconte beaucoup de choses. Par exemple, que si vous tombez sur deux bouts de bois en forme de X, il faut sauter pardessus à reculons sur le pied gauche. De sorte que nous ne savions pas s'il fallait le prendre au sérieux ou non au sujet de cette maladie. Mais ensuite, nous découvrîmes que devant la petite maison tout près de chez nous dans la rue, il y avait une arche funéraire, faite de frondes de palmier tressées et de fleurs, et des visages très, très tristes dans la cour. Ce n'était pas un petit enfant qui était mort, mais la mère de toute une famille, laquelle avait l'air tellement amaigrie et désolée qu'on aurait dit qu'elle avait perdu toute raison de vivre avec sa disparition. Alors vous vous demandiez de quoi elle était morte et si c'était contagieux.

Avec tout ça, Mère adopta un tout autre état d'esprit. La contagion, horreur, c'était pire que les serpents, parce qu'on ne la voyait pas arriver ! Elle imagina mille et une raisons pour nous garder à la maison même quand il ne pleuvait pas. Elle inventa «le temps de repos», période d'inactivité interminable qui s'étendait après la classe et le déjeuner, et pendant laquelle nous avions l'ordre de rester au lit sous nos moustiquaires. Mère appelait ça «l'heure de la sieste» qu'au début je pris pour «l'heure de la fiesta», une énigme pour moi car cela n'avait strictement rien de réjouissant. Ruth May s'endormait en général, la bouche ouverte en pleine chaleur, les cheveux plaqués sur son visage en sueur comme l'enfant fiévreux des publicités. Nous, les autres sœurs, transpirions comme des truies, vautrées côte à côte sur nos lits à châssis métalliques séparés par les cloisons fantomatiques de nos moustiquaires, nous jetant des insultes à la figure, mues par un sentiment d'outrage généralisé et par l'envie de nous lever. Je n'avais rien à lire en dehors des *Jumelles Bobbsey au pays des Esquimaux*, un livre bébé qui n'avait rien pour susciter mon intérêt. J'enviais juste ces idiotes de vivre une aventure supérieure à la nôtre, en ce lieu de fraîcheur et de neige où personne n'avait à supporter une fiesta obligatoire.

Ma liberté me manquait. Il y avait tant de choses à suivre de près, au village. La première de toutes, Eeben Axelroot. Il manigançait quelque chose. La dernière fois qu'Adah et moi l'avions espionné là-bas, nous avions entendu la radio appeler au crime de sang et, pour une fois, nous l'avions surpris en train de répondre. Il s'était roulé hors de son lit de camp en marmonnant des mots à me faire risquer l'enfer, rien que de les entendre. Il s'était agenouillé près de la cantine et de ses vociférations, et avait rapproché de son oreille un engin équipé de fils. Il avait répété « Compris » plusieurs fois de suite, et « Il est comme mort, s'ils y arrivent, monsieur. » Oh ! malheur de malheur, et dire que j'avais dû m'arracher de là !

Et maintenant, je ne saurais peut-être jamais qui – ou quoi – était comme mort, parce qu'il semblait bien que nous allions devoir languir sur nos lits jusqu'à la saint-glinglin tant que la pluie tomberait dru. Au moins Rachel se montrait-elle utile, pour une fois dans sa vie. Dans des situations désespérées, elle est capable de nous faire rire, son plus grand talent se révélant dans des publicités radiophoniques susurrées d'une fabuleuse voix de mannequin : « Odo-ro-no, testé médicalement, stoppe à la source toute odeur et humidité sous vos aisselles ! » Sur ce, elle secouait la tête et lançait les bras en l'air, révélant les taches sombres de ses dessous de bras. Elle mimait aussi divers produits capillaires, tortillant sa crinière blanche en bouse de vache sur le haut de sa tête : « La modernité d'une luxuriante chevelure ! » Et elle aimait bien nous rappeler aussi « Carnation », le lait écrémé en poudre instantané (« Nouveau ! ses paillettes magiques à dissolution immédiate ! »), devenu notre nourriture de sustentation qui non seulement ne se dissolvait pas mais coagulait en caillots blancs dans nos verres. Nous étions tellement excédées de ces grumeaux cristallisés qu'ils nous étouffaient même dans nos rêves.

Tôt ou tard, elle finissait par être à court de publicités tel un jouet mécanique en bout de course. Alors, toutes, nous redevenions tranquilles et nous retournions sans enthousiasme à nos livres. Notre matériel de lecture, choisi au petit bonheur la chance et inadapté, nous était livré de Léopoldville dans des cartons non étiquetés. Nous soupçonnions Mr. Axelroot de garder les envois plus intéressants pour d'autres enfants plus chanceux. À Bethlehem, nous avions nous-mêmes organisé des collectes de livres destinés à des personnes démunies et maintenant je plaignais ces enfants qui devaient se taper nos romans poussiéreux de deuxième catégorie et nos manuels de travaux de menuiserie périmés, et s'en montrer reconnaissants. Quand nous serons rentrés, je jure que je donnerai tous mes plus beaux livres aux déshérités, une fois que je les aurai lus.

Dans le même lot de littérature enfantine dont faisaient partie les jumelles Bobbsey, j'avais choisi un Nancy Drews, par pur désœuvrement, me sentant mauvaise conscience et vexée d'en être réduite là, moi, une jeune fille qui avait ses règles et un niveau d'études quasiment universitaire. Malgré tout, je dois avouer que certains livres de cette collection retenaient mon attention. Dans l'un d'entre eux, une intrigue étrange qui se passait dans des souterrains secrets m'avait égarée, pendant que j'étais sur mon lit à essayer de dormir, dans d'interminables fantasmes qui me paraissaient coupables. Je crois vraisemblable qu'un esprit vacant soit l'officine du diable. En effet, il m'arrivait souvent de penser à lui, dans ces périodes-là. J'imaginais que Nancy descendait au fond des enfers par un long escalier métallique et qu'un homme l'attendait en bas. Quelquefois il n'apparaissait que comme une ombre anonyme. Quelquefois, il avait un sourire édenté et un élégant visage balafré. D'autres fois, c'était le diable rouge embusqué des conserves de jambon Underwood, content de lui, dépravé, avec son nœud papillon, sa moustache et sa queue fourchue. La première fois que je rêvai à ce scénario, je ne puis dire si j'étais encore éveillée ou au fond d'un sommeil enfiévré, haut en couleurs. Tout ce que je sais, c'est que j'en sortis brusquement, baignant dans l'odeur aigre de ma propre transpiration, me sentant aiguillonnée et délicieusement en alerte au-dessous de la ceinture. Je savais que cette sensation était très coupable. Mais tout de même, j'eus plusieurs de ces rêves et parfois, j'en suis sûre, j'étais encore à moitié consciente quand ils commençaient.

Au bout de quelques semaines, mes fièvres s'accentuèrent de plus en plus et ma mère se rendit compte que, compte tenu de la taille et de la force que j'avais pour mon âge, mon dosage de quinine était peut-être insuffisant. Ces sensations au-dessous de la taille, on le découvrit, correspondaient à un effet secondaire de la malaria.

Pour Noël, Mère nous offrit à toutes des travaux d'aiguille. Nous avions été prévenues qu'il ne fallait pas nous attendre à recevoir grand-chose et de crainte que nous l'oubliions, le sermon de Père, le matin de Noël, avait traité uniquement de la grâce qui régnait dans nos cœurs et qui évinçait tout désir de choses matérielles. Mais tout de même. En guise d'arbre de Noël, nous eûmes droit à une fronde de palmier plantée dans un seau rempli de pierres. Tandis que nous nous rassemblions, attendant notre tour pour ouvrir nos maigres cadeaux utiles, je contemplai cette misérable palme décorée d'anges blancs de frangipanier qui devenaient marron aux extrémités, et décidai qu'il aurait mieux valu faire une impasse sur le tout. Même si l'on vient d'avoir quinze ans sans gâteau d'anniversaire, il est difficile de faire montre d'une égale maturité quand il s'agit de Noël.

Mère annonça que désormais, nous, les filles, pourrions occuper nos périodes d'oisiveté à préparer nos coffres de mariage. J'avais déjà entendu parler de la chose, sans y accorder une attention particulière. J'avais vu de ces réclames de chez Mark Eden aux dos de nos bandes dessinées, prometteuses d'articles à faire rougir et j'en avais conclu que préparer son coffre de mariage revenait à développer les muscles de son «coffre», pour avoir de la poitrine. Mais non, ce n'était pas ça du tout. Mère voulait parler d'un autre genre de coffre, du genre malle de voyage, dans lequel une jeune fille était censée mettre tout ce qu'elle espérait pouvoir utiliser une fois mariée. C'était la justification qu'elle avait invoquée pour emporter toute cette soie à broder, ces ciseaux à cranter et tout le reste (en douce ou autrement) à travers l'Atlantique.

Désormais, nous étions supposées nous enthousiasmer pour ces projets de mariage à long terme, allongées sur nos lits à contempler nos chaussures qui moisissaient. Rachel et Adah furent autorisées à réaliser toutes les idées de trousseau de leur choix, mais le rayon domestique n'ayant jamais été mon fort, je dus me consacrer à un seul projet : une nappe au point de croix. Ouvrage qui se réduisait en tout et pour tout à un millier de petits X à broder de différents fils de couleur. La nappe en toile était imprimée d'un motif à l'encre lavable qui se répétait comme sur un coloriage à cases numérotées. Un singe en mal de distraction aurait été parfaitement fichu d'en faire autant. Inutile d'être douée pour broder au point de croix. Ce qui restait à espérer c'était, j'imagine, qu'au bout du compte vous trouviez quelqu'un qui veuille bien vous épouser.

En ce qui me concerne, je ne voyais d'ailleurs pas comment. D'abord, je n'ai pas de poitrine et je suis bien trop maigre. Lorsque Adah et moi avons sauté deux classes, cela n'a guère arrangé nos affaires. Pour commencer, nous étions filles de pasteur et voilà que nous arrivions véritablement comme des cheveux sur la soupe au milieu de toutes ces grandes au regard flirt, couvertes de fond de teint, avec des poitrines qui faisaient des bosses sur le devant de leurs twin-sets. Jamais un garçon ne me regardait à moins qu'il n'ait besoin d'aide pour ses devoirs. En réalité, je ne peux pas dire que ça m'embêtait. Embrasser, si vous voulez mon avis, ça revient trop à vérifier l'hygiène dentaire de quelqu'un d'autre. Si vous avez envie de voir des étoiles – Rachel prétend qu'il s'agit de ça – pourquoi ne pas grimper dans un arbre, dans le noir ? Quand je pense à mon avenir, je ne m'imagine qu'en missionnaire, en maîtresse d'école ou en fermière, enseignant aux autres que le Seigneur aide ceux qui s'aident. Un genre de vie pieuse, de toute manière (ce qui me garantirait qu'Adah ne serait pas présente dans un rayon de moins de cent cinquante kilomètres) ; et que j'aimerais passer surtout dehors, à me réjouir de la création de Dieu et à porter des pantalons, si possible.

Quelquefois, je me vois avec des enfants, pour qui d'autre tiendrais-je mon journal, plein de toutes les leçons tirées de mon enfance en Afrique ? Pourtant on ne peut pas dire areu-areu à ses propres petits sans avoir un mari au départ. C'est franchement l'obstacle insurmontable.

Mon père dit qu'une fille qui ne se marie pas s'écarte du projet divin – c'est ce qu'il reproche à l'université, en ce qui nous concerne, Adah et moi, en dehors des frais inutiles – et je suis sûre que ce qu'il dit est vrai. Mais sans université, comment apprendrais-je quoi que ce soit qui vaille d'être enseigné aux autres ? Et quel jeune et robuste Américain s'appesantirait sur un crack en géographie aux genoux couverts de croûtes s'il pouvait s'offrir une fille en twin-set à la place ? Je suppose qu'il faudra que j'attende pour voir. Dieu sait faire ses comptes. Il les a sûrement calculés de manière à larguer un mari à chaque épouse qu'Il a prévue. Si le Seigneur ne dispose pas d'un mari en réserve pour moi, c'est Son Affaire.

Rachel, en revanche, n'éprouve jamais de doute en ce

domaine. Une fois surmonté le premier choc d'avoir eu à se passer du nouvel album des Platters, d'un twin-set en mohair et d'un endroit où danser sur les airs de l'un avec l'autre sur le dos, elle fut ravie à l'idée du coffre de mariage, ou prétendit l'être. Elle s'est jetée à plat ventre sur son lit, les jambes repliées, les pieds en l'air, les mains fébriles à quinze centimètres de ses yeux, pour réfléchir à fond sur ses projets de trousseau. Elle semblait penser qu'il fallait qu'elle ait tout terminé d'ici la semaine d'après ou tout comme. Oh, elle brodait ses serviettes d'invités de monogrammes et confectionnait des cols au crochet en vue de son trousseau, et je ne sais quoi d'autre encore. Ce fut la seule fois où elle cessa jamais de rouler des yeux et de secouer ses cheveux pour se mettre honnêtement à l'ouvrage.

Adah et moi, nous traînâmes nos projets de couture dehors dans la véranda, afin de pouvoir continuer à garder un œil sur les intéressantes activités du monde. Quelque chose s'était passé entre Adah et moi, et pour le pire, depuis le jour où elle était censée avoir été suivie par ce lion dont tout le village parlait encore. Les gens adoraient montrer Adah du doigt en nous voyant, imitant le rugissement du fauve, ce qui ne nous aidait aucunement à oublier l'affaire. Mais le côté positif, c'est que l'incident offrait un regain de fréquentation à l'église de Père. On semblait croire que si Jésus était capable d'empêcher un lion de gober une pauvre petite infirme, il devait avoir l'œil sacrément ouvert sur les chrétiens – ha ! justement au moment où tout le monde pensait que les dieux africains en prenaient un sérieux coup à cause de nous et qu'ils s'apprêtaient à nous infliger une leçon. Ils envisageaient ça comme un match de catch entre les dieux, Jésus et Adah ayant le dessus. Père, bien sûr, disait que ce n'était que superstition et que l'on simplifiait trop. Mais par chance, il avait prêché la parabole de Daniel dans la fosse aux lions à peine quelques jours plus tôt, alors bien sûr maintenant ils se bousculaient pour se rendre à l'église le dimanche. Et tout ça à cause d'Adah. Père est heureux comme un roi à cause d'elle, je me fiche bien de ce qu'il dit – il lui passe le bras autour des épaules en public ! Ce qui n'est pas tout à fait juste.

Pourtant il nous fallait continuer à rester la principale compagnie l'une de l'autre. Enchaînées à la véranda selon les ordres de Mère, comme de maussades ours jumeaux en captivité, envieuses, nous observions Nelson vaquer à ses affaires, libre d'aller et venir au village et de contracter la *kakakaka* s'il le voulait. Tandis qu'il s'éloignait, nous pouvions voir sa cicatrice ronde et rose qui nous espionnait à travers les arbres tel un petit œil rieur. Nous observions aussi Mathusalem qui, au bout de quatre mois de liberté, traînait encore autour de la maison en maugréant. Il était très étrange d'entendre les voix des membres de la famille venir des branches dans les arbres, comme si nous avions été transformés en esprits volants d'un genre obsédé par les cacahuètes, bananes et formules de bienvenue courantes. Parfois, la nuit, il nous faisait sursauter, quand nous oubliions qu'il passait ses nuits solitaires dans les latrines. Croyez-moi, cela fait une drôle d'impression quand vous vous asseyez dans le noir pour faire pipi et que vous entendez une voix juste derrière vous déclarer : « Ma sœur, Dieu est grand ! » Mais nous avions pitié de lui et nous nous étions mises à lui laisser des morceaux de fruits là-dedans. Nous faisions attention de bien fermer la porte des latrines et poussions le loquet la nuit pour que ni mangouste ni civette ne puisse entrer pour n'en faire qu'une bouchée.

Au début, je voulais que Mathusalem revienne habiter dans sa cage, jusqu'à ce que Père m'explique que tout ça n'était pas bien. Nous avions laissé Mathusalem s'en aller parce que sa captivité constituait un embarras pour nous. Cela faisait du perroquet une créature moins noble que Dieu ne l'avait souhaité. Si bien que je devais prendre racine pour que Mathusalem apprenne à être libre. Je ne sais pas pour qui Adah prenait racine tandis que nous restions allongées là avec nos travaux d'aiguille, à le regarder se dandiner du haut en bas des branches. Je dois dire que vraiment elle s'en fichait d'un côté comme de l'autre et qu'elle ne s'intéressait qu'à ce qui allait bientôt se passer. Adah est comme ça. Elle ne se sent aucune obligation d'entretenir de bons sentiments pour garantir des lendemains à son âme mortelle, ou même un présent. Elle est capable d'observer la vie, sans s'en faire.

Ce qui est sûr, c'est qu'elle ne faisait aucun effort en vue de sa future vie de femme. Adah confectionnait des drôles de choses, morbides, pour son coffre de mariage, des bordures noires sur des serviettes de table, des trucs comme ça qui désespéraient notre mère. Quant à Ruth May, elle était dispensée de coffre de mariage, mais était autorisée à s'allonger dans son hamac avec nous et à jouer au berceau avec du cordonnet si elle nous promettait de ne pas se sauver et de ne pas se casser quelque chose.

Je restais mollement étendue sur le dos à travailler distraitement à ma nappe, afin d'entretenir le rêve de ma mère de me voir mariée un jour, et au bout d'un certain temps je me pris au jeu. Le point de croix en lui-même était ennuyeux, mais les perspectives étaient magnifiques ; Mère avait eu la bonne idée de m'attribuer un motif botanique, sachant à quel point j'aime la verdure et tout ce qui pousse. Des bouquets de pensées et de roses devaient fleurir aux quatre coins, tous reliés par une bordure verte de vrilles entrelacées. Et de même que le Saint-Esprit s'était manifesté autrefois dans le Corps du Christ, la première rose en chou commença à se matérialiser sur ma nappe. À partir de là, je pus voir d'emblée le jardin tout entier.

Tout de même, le projet paraissait excessivement vaste. Rachel termina un jeu entier de serviettes de table dans le temps qu'il me fallut pour couvrir une rose rose. L'humidité était si dense qu'elle perlait de nos cils et dans cette atmosphère, le premier bouquet me prit tellement de temps que mes tambours à broder rouillèrent par endroits.

Le programme des coffres de mariage cessa avant peu d'être notre principale préoccupation. Rachel, trop gourmande, se trouva bientôt à court de matériaux, tandis que nous, les autres sœurs, de moindre appétit, fûmes à court d'inspiration. Il n'est pas si rare que je sorte encore ma nappe et que je m'efforce de retrouver cette inspiration. J'ai même prié le bon Dieu de me rendre plus apte au rôle d'épouse. Mais les tambours à broder ont déposé en rouillant un disgracieux rond orangé sur la toile qui a sans doute compromis définitivement mes projets.

Ruth May

J'ai essayé de voir Nelson tout nu. Je sais pas pourquoi, mais ça me faisait envie. Quand il se lève le matin,
la première chose qu'il fait, c'est se laver la figure dans
une cuvette toute cabossée, dans le poulailler, et après il
enfile sa culotte et sa chemise. Il se lave le cou jusqu'à
ce que sa peau brille et que l'eau dégouline partout.
Ensuite, il examine vraiment à fond ses vêtements et les
maudit avant de les mettre. Une culotte marron, un
T-shirt rouge. C'est tout ce qu'il a comme habits. Tout
le monde ici n'a qu'un vêtement. Mes amis sont : celui
qui porte le haut de pyjama bleu, celui qui a un pantalon
à carreaux avec les jambes retournées, celui avec le short
aux grandes poches blanches qui pendent au derrière, et
celui qui a une chemise un peu rose qui lui descend jusqu'aux genoux et pas de culotte. Les filles ne portent
jamais, jamais, de pantalons. Et les tout petits enfants
n'ont rien, mais rien, sur le dos, ils ont juste qu'à se baisser pour faire pipi quand ils ont envie.

Le poulailler est bâti avec des piquets. Il y a des petits
trous carrés dans le mur et j'ai simplement envie de voir
Nelson. C'est mal. Quelquefois, je prie le petit Jésus pour
qu'il me rende sage, mais il fait rien.

Les poules sont en train de couver. Quelles bonnes
petites mamans, comme on dit, qui nous fabriquent
d'autres poules. Leur maison n'est qu'une cabane. Elles

199

ont essayé de cacher leurs nids dans les buissons mais Nelson et moi, on les a trouvés. Il a dit que c'étaient des méchantes poules qui voulaient nous priver de leurs petits. J'ai essayé de les gronder, mais il m'a dit que les poules comprenaient pas l'anglais. Il m'a montré comment leur chanter : *Kuyiba diaki, kuyiba diaki, mbote ve ! Mbote ve !* Et puis on a ramené tous ces œufs. J'avais le droit d'aider Nelson le matin, quand Rachel et les autres avaient l'école, si je promettais à maman que j'irais pas voir les autres enfants. Ils sont tous malades. Ils sont obligés d'aller faire la grosse commission dans les buissons et on pourrait attraper la maladie.

On a rapporté les œufs à maman qui les a trempés dans un seau. Il y en a qui ont coulé au fond, et d'autres qui ont rebondi comme quand on essaie d'attraper des pommes. Ceux qui coulent sont bons à manger, ceux qui flottent sont les pourris. Quand on dit que le dernier des derniers c'est un pourri ! Je crois que ça veut dire que vous allez flotter. Nelson les voulait et maman avait peur qu'il tombe malade s'il les mangeait et elle a fini par dire : « Oh ! et puis tiens », alors il les a pris. Mais il les a pas mangés. Il les a cachés dans un coin. Il a dit que le sorcier Tata Kuvudundu voulait ces œufs pour les personnes mortes qui ont besoin de se coucher. *Nganga*, ça veut dire sorcier. Tata Kuvudundu est un sorcier parce qu'il a six doigts à un pied. Nelson dit que Nganga Kuvudundu peut faire mourir des gens vivants, et faire redevenir vivants des gens morts. Nelson pense que Tata Kuvudundu est probablement si important qu'il pourrait diriger une armée, mais qu'il est trop vieux. Peut-être un de ses fils, à la place. Nelson sait aussi qui est Patrice Lumumba, comme moi. Il raconte qu'il y en a qui disent qu'il faut enterrer des pierres dans son jardin dès maintenant, et que quand tous les Blancs seront morts, il faudra les déterrer et que ces pierres se transformeront en or. Nelson dit que ça, il y croit pas. Personne n'y croit vraiment, il a dit, à part les gens qui veulent bien. J'ai

demandé : «Pourquoi tous les Blancs seront morts ?»
Nelson en sait rien.

Il y a tous ces gens en plus qui vont à l'église maintenant. Nelson dit que c'est parce que le lion a essayé de
manger Adah, mais que Jésus l'a transformée en guib
juste à la dernière minute. Comme dans la Bible. Et juste
quand la gueule du lion se refermait sur l'Adah qui s'était
transformée en guib, la vraie Adah a disparu et elle est
rentrée en bon état dans la véranda.

Nelson dit que tous les gens ici possèdent un petit dieu
à eux pour les protéger, des petits dieux spéciaux
d'Afrique, qui habitent dans le minuscule truc qu'ils portent autour du cou. Un grigri, ils appellent ça. C'est
comme une petite bouteille, sauf que c'est fait avec des
petits bouts de bois, des coquillages et d'autres choses.
Quelquefois je pense à tous ces tout petits dieux qui se
baladent au cou des gens, et qui crient : «Au secours !
Laissez-moi sortir de là !»

Tous les petits dieux sont furieux après Jésus en ce
moment, et ils aimeraient bien faire du mal à l'un de nous
s'ils pouvaient. Si Jésus fait pas assez attention. J'ai
raconté à Nelson que Jésus était beaucoup trop grand
pour se promener dans un grigri. Il est grand, comme
homme, avec des longs cheveux bruns et des sandales
super grande taille. Nelson dit que oui, tout le monde a
compris qu'Il était très grand. Il y en a beaucoup qui ont
commencé à aller écouter Père parler de Jésus pour comprendre de quoi il retournait. Mais Nelson dit qu'ils ont
un pied à l'intérieur de l'église et un pied dehors. S'il
nous arrivait malheur, ils s'en iraient tous.

Une fois que nous avons trouvé les œufs dans les buissons, le petit Jésus a rendu sages toutes les poules et elles
ont pondu leurs œufs dans un seul grand nid qu'on leur
a fabriqué dans un coin du poulailler. Maman a pris un
crayon et elle a marqué un X sur treize œufs. Ceux-là on
les a laissés dans le nid, et quand les poules en ont pondu
des nouveaux, on les a pris pour les manger. Quelque-

fois brouillés, quelquefois durs. On mange jamais ceux qui sont marqués d'un X parce qu'ils deviendront des poussins. Quand ils auront grandi, ils deviendront nos nouvelles poules pondeuses, enfin, certains. Et les autres grossiront et feront des poulets grillés ! Ceux qui auront pas de chance. On leur coupera le cou et ils sauteront partout avec du sang qui sortira, ha ha ha, les pauvres ! Je trouve que les poules feraient bien d'avoir leur grigri à elles autour du cou.

Tous les jours, je regarde si des bébés sont nés, parce que j'ai été la première à les trouver. Ils ont tous éclos, à part un qui a été écrasé. Il a été aplati contre le mur en terre derrière le nid comme un tableau qu'on a accroché. Nelson habite là avec le portrait d'un poussin mort sur le mur. Ça m'a fait de la peine et j'ai plus essayé de voir son zizi après ça.

Quand il fait noir dehors et que vous voyez un serpent, ou même si vous voulez seulement parler de lui, on doit pas dire « serpent ». On doit dire « ficelle ». On dit : « Tu te souviens du jour où on a vu cette petite ficelle noire en rentrant du pique-nique ? » Si c'est la nuit, c'est comme ça qu'il faut parler. Nelson a été tellement furieux après moi quand j'ai prononcé le mot serpent, la nuit, parce qu'il dit que quand le soleil descend un serpent est capable d'entendre si on dit son nom et qu'il peut arriver à toute vitesse. D'autres animaux aussi. Ils entendent drôlement bien dans le noir, alors il faut faire attention.

Nelson s'est fâché aussi après Leah à cause de la chouette qu'elle a prise comme animal de compagnie. C'était un bébé chouette qui volait pas très bien quand on l'a trouvée, alors Leah lui a fabriqué une cage et lui a donné des insectes et de la viande à manger. Elle est couverte de fourrure blanche qui dépasse de tous les côtés. Leah lui a donné un nom de la langue qu'ils parlent ici : *Mvufu*. Ça veut dire chouette. Mais Pascal, l'ami de Leah, la déteste, et Nelson encore plus. Mama Mwenza la déteste quand elle fonce jusqu'ici sur ses mains pour échanger des oranges contre des œufs. Pareil pour Mama Boanda. C'est celle qui porte la chemise noire avec la grosse étoile rose sur le derrière et une coiffure qui ressemble aussi à des étoiles qui partent dans tous les sens. Celle qui fait les coiffures des gens, c'est la vieille Mama Lo, qui a juste deux dents, une à l'étage et l'autre au rez-de-chaussée, alors elle mâche de travers. De tous les gens d'ici, c'est elle qui déteste le plus notre chouette, et elle nous enguirlande parce qu'on la garde ! Parce que sa sœur est juste morte ici, il y a pas longtemps. Tous ceux qui voient notre chouette se mettent tout de suite à la détester. Nelson a dit qu'il fallait la sortir de la maison sans ça il rentrait pas, un point c'est tout. Maman l'a fait mettre dehors, mais Leah a piqué une crise parce que c'était encore qu'un bébé. C'est vrai, ça. Elle commençait à avoir des plumes mais elle avait toujours son duvet blanc de bébé et en plus, elle était apprivoisée.

Nelson est allé chercher Anatole en le tirant par la main comme si c'était pour nous apporter un message de chez nous. Anatole a dit que les gens du Congo aimaient pas les chouettes parce que cet oiseau vole la nuit et mange les âmes de morts. Et qu'il y en avait beaucoup trop par ici ces temps derniers, a-t-il dit. Trop d'enfants malades pour que les gens supportent qu'une chouette traîne dans le coin à les regarder avec des yeux encore affamés. Même si la chouette était qu'un bébé elle-même. Peut-être qu'elle a envie que d'autres bébés lui tiennent compagnie.

Père a dit que tout ça c'était que des superstitions. Alors Leah est allée rechercher sa chouette et a dansé à travers toute la maison avec la chouette perchée sur son épaule, en disant que Père était de son côté. Ho ho ! Il l'a méchamment giflée pour son péché d'orgueil et lui a donné son verset à faire. Elle est restée assise là à se tenir le cou pendant qu'elle le copiait. Quand elle baissait la main, on pouvait très bien voir la marque. On aurait dit que Père tenait la main devant la lumière de la lampe à pétrole et qu'il faisait de l'ombre sur elle. Mais non, il était dans l'autre pièce en train de lire sa bible.

Quand elle a eu fini son verset, elle est partie loin dans la jungle pour rendre sa liberté au bébé chouette, et on a bien cru qu'elle rentrerait jamais. On avait toutes affreusement peur et on est restées assises à attendre qu'elle revienne, sauf Père. Tout était tellement silencieux qu'on entendait la trotteuse de la Timex de Rachel qui faisait tsit-tsit-tsit. La flamme de la lanterne montait et descendait et les ombres sautillaient chaque fois qu'on clignait des yeux. Ça faisait très longtemps qu'il faisait noir. Alors si on pensait à ce qui aurait pu attraper Leah là-bas, un serpent ou un léopard, on pouvait pas le dire tout haut, sauf si on disait « ficelle » ou « tissu avec des taches ». J'ai dit : « J'espère qu'elle s'est pas fait mordre par une ficelle ! »

Père était déjà parti dans sa chambre depuis très longtemps. Il a fini par crier à maman de nous mettre au lit et de venir se coucher aussi. Il a dit que notre sœur allait rentrer, alors qu'on ferait mieux de poursuivre nos activités parce que tout ce qu'elle cherchait c'était à faire l'intéressante. Il a dit qu'il fallait pas qu'on fasse attention à elle parce que sinon, on aurait droit au même traitement. Et puis il a dit : « Si une chouette est capable de dévorer une âme sur place, c'est qu'elle a une mesure d'avance sur le diable, parce que le diable, lui, il doit commencer par les acheter et je vois bien qu'il a déjà fait quelques emplettes ici même, dans ma propre maison. » Père était furieux et voulait qu'on pense à autre chose qu'à Leah, puisque c'était lui qui l'avait chassée.

On lui a pas répondu, mais on n'est pas allées au lit non plus. On est juste restées là. Maman regardait de tous ses yeux par l'ouverture de l'entrée, en attendant que Leah revienne à la maison. Les moustiques et les gros papillons de nuit blancs entraient par la porte et sortaient par les fenêtres. Il y en avait qui décidaient d'enlever leur manteau et de rester un moment, alors ils volaient dans la lampe à pétrole et se brûlaient. C'est ce qui se passe quand on est méchant et qu'on va pas au ciel, au lieu de ça on va se faire griller dans un sale endroit. Alors ce soir-là notre maison c'était un sale endroit pour les insectes congolais. Hi hi hi.

Père essaye d'enseigner à tout le monde qu'il faut aimer Jésus, mais l'un dans l'autre, ici, ils le font pas. Il y en a qui ont peur de Jésus, et d'autres pas, mais je crois pas qu'ils l'aiment. Même ceux qui vont à l'église, ils continuent à adorer des poupées avec des faux yeux et ils se marient tout le temps. Ça rend Père fou furieux.

Moi aussi j'ai peur de Jésus.

Quand Leah est revenue de la forêt, on s'est mises à faire du chahut, à crier, à aller en courant jusqu'à la véranda en sautant comme des folles et on l'a entraînée à l'intérieur par les pans de sa chemise. Mais, aïe-aïe, il y avait Père qui regardait depuis le seuil tout noir de sa chambre. On ne voyait que ses yeux. On voulait pas recevoir le même traitement, alors on a regardé très fort Leah avec des yeux qui disaient : « On est désolées pour toi », pour essayer de lui transmettre un gentil message. Après qu'on a été couchées, j'ai tendu le bras à travers la moustiquaire et je lui ai pris la main.

Maman n'a pas dormi dans sa chambre.

Maman dit que les oiseaux seront sa mort. Moi, je dirais plutôt les serpents. Mais je pense qu'un oiseau qui mange les âmes des petits enfants morts, c'est quand même embêtant. Encore un bruit à guetter la nuit. Encore un truc qu'on peut pas dire tout haut quand il fait noir.

Rachel

En janvier, les Underdown ont rappliqué de Léopoldville totalement par surprise. Ils sont arrivés par l'avion
de Mr. Axelroot alors que ce que nous attendions le plus
c'était des Potato Buds et du jambon en conserve. Les
Underdown n'aiment pas venir ici au fin fond de la
brousse, alors croyez-moi, c'était une occasion rare. Ils
avaient l'air d'avoir souffert de migraines. Mère était
embêtée du fait qu'ils sont nos chefs à la Ligue missionnaire et qu'ils l'ont trouvée en pleins travaux ménagers avec son vieux pantalon corsaire noir troué aux
genoux. Un vrai spectacle qu'elle offrait là en train de
frotter par terre, avec ses cheveux dans tous les sens et
des cernes comme des bleus sous les yeux tellement elle
avait peur que nous attrapions la « kamikaze ». Avec les
mangoustes et les lézards qui entraient et sortaient sans
se gêner, à mon avis, elle aurait dû se faire davantage de
bile que d'être simplement vue dans ses vieilleries. Au
moins cette horrible chouette avait disparu. Quel soulagement, même si Père y était allé un peu trop fort avec
Leah. Ç'avait été quelque chose. Après, nous avons
toutes marché sur des coquilles d'œufs encore plus que
d'habitude. En plus, cette chouette puait la viande pourrie, alors moi j'ai dit : Bon débarras !
Mais enfin, pourquoi aurions-nous dû faire semblant
d'habiter au Ritz pour les beaux yeux des Underdown ?

Ils ne sont même pas baptistes d'après ce que j'ai entendu dire à Père ; ils sont seulement chargés de surveiller les finances de la Ligue missionnaire depuis le départ d'une foule de gens. Ils sont « épiscopotamiens », et leur vrai nom c'est quelque chose d'étranger comme Édredon. Nous, nous disons Underdown parce que c'est plus facile. À parler franchement, tous les deux, ils forment le couple le plus tarte qu'on ait jamais vu, avec leurs coupes de cheveux à la radin et leurs pantalons kaki. Le plus drôle, avec Frank et Janna Underdown, c'est qu'ils se ressemblent comme deux gouttes d'eau, à part les accessoires : lui porte une moustache, elle a des petites boucles d'oreilles en or ou en forme de croix et des lunettes au bout d'une chaîne. Mr. et Mrs. Tête-de-patate.

Ils se sont assis tout en sueur à notre table pendant que Mère se dépêchait d'aller presser des oranges et de servir l'orangeade. Même les verres dégoulinaient de sueur. Dehors, le ciel était en train de mijoter sa tempête habituelle de l'après-midi : avec le vent qui faisait claquer les feuilles de palmier les unes contre les autres, des fantômes de poussière rouge qui s'envolaient de la route, des petits gamins qui couraient comme des fous follets à la recherche d'un abri. Mère était trop angoissée pour venir faire salon, elle se tenait derrière la chaise de Père, appuyée au rebord de la fenêtre, en attendant qu'il ait terminé de lire le journal qu'ils avaient apporté. Ils l'ont fait circuler. Sauf à Mr. Axelroot, le pilote, qui n'aurait sans doute su quoi faire d'un journal en dehors de s'essuyer le vous-savez-bien-quoi avec. Oui, il était des nôtres. Il se tenait appuyé contre le chambranle de la porte de derrière, et il crachait à tel point que j'ai cru que j'allais trépasser. Il me déshabillait carrément du regard. J'ai déjà dit que mes parents étaient complètement dans le brouillard par rapport à certaines choses. Je lui ai fait des grimaces et il a fini par s'en aller.

Pendant que Père découvrait les dernières nouvelles, Mrs. Underdown a essayé de jouer les intimes avec Mère en se plaignant de leur boy, à Léopoldville. «Franchement, Orleanna, il volerait bien n'importe quoi, à part les enfants. Il les prendrait sûrement aussi s'il pensait pouvoir les vendre. Si je mets des choses sous clef, il se frappe la poitrine comme si je l'accusais de meurtre. Alors même que je l'ai surpris la veille au soir avec quatre mouchoirs de Frank et un kilo de sucre cachés sous sa chemise. Il prétend invariablement qu'il n'a aucune idée de la manière dont ils sont arrivés là.

– Eh bien, mon Dieu», a dit Mère, sans avoir l'air autrement intéressée.

Mrs. Underdown a regardé Mère d'un air perplexe. «Vos vieux ?» Elle laisse toujours entendre que nous avons un accent en répétant, sous couvert de plaisanterie, tous les mots et les expressions que nous employons. Étant plus ou moins étrangère elle-même, c'est un peu comme l'histoire de la paille et de la poutre, si vous voulez mon avis.

Pour une fois, mes sœurs et moi nous avions été dispensées de jouer à drelin-drelin, c'est l'école ! avec Mère pendant toute la matinée. Mais la visite des Underdown nous intriguait et nous n'avions pas vraiment envie de nous en aller. Nous étions tellement privées de compagnie, honnêtement. J'ai traîné à travers la pièce en vérifiant mes cheveux une ou deux fois dans le miroir pour voir si j'étais bien coiffée, en rangeant le bureau, et puis en fin de compte, je suis allée rôder avec mes sœurs dans la véranda, suffisamment près de l'entrée pour ne pas perdre une miette de ce qui se passait. Nous louchions sur les verres d'orangeade en regrettant que Mère n'ait pas eu l'idée d'en faire assez pour tout le monde, tout en tendant l'oreille pour nous faire une idée de la raison qui justifiait leur venue ici. En le sachant avant même que tout soit terminé, je me serais probablement embêtée à mourir.

C'est sûr qu'une fois qu'ils en ont eu fini avec l'article de journal, ils ont laissé tomber l'affaire du boy, l'élément coupable de chez les Underdown, pour passer à tout ce qu'il y a de plus enquiquinant sous le soleil qui brille : des histoires de draps neufs, de pilules contre la malaria, de bibles neuves pour l'école. Et tout le bastringue.

Je me suis glissée à l'intérieur comme si de rien n'était et j'ai ramassé le journal que Père venait de jeter par terre. Bon, et alors, on a bien le droit ? C'était écrit en vrai anglais, de New York, aux États-Unis d'Amérique. J'ai lu la page qu'ils avaient repliée : « Progression de la stratégie soviétique au Congo. » Ça racontait que Khrouchtchev voulait annexer le Congo belge et empêcher ces innocents sauvages d'évoluer en direction d'une société libre, chose qui faisait partie de son projet de domination du monde. À la tienne, Étienne ! Si Khrouchtchev veut le Congo, qu'il le prenne donc, pour ce que j'en ai à faire. Le journal datait de décembre dernier, de toute façon, et si le grand projet avançait si bien que ça, m'est avis que les Russes auraient déjà montré le bout de leur nez. L'article disait que les Belges étaient des héros méconnus et que, quand ils débarquaient dans un village, ils dérangeaient les indigènes cannibales en plein sacrifice humain. Heeeu ! S'ils s'étaient pointés au village aujourd'hui, ils auraient dérangé Mère occupée à récurer par terre, et une douzaine de petits garnements tout nus en train de faire un concours de pipi de l'autre côté de la rue. J'ai passé le journal à Adah, et Leah l'a lu par-dessus son épaule. Elles en ont feuilleté quelques pages et m'ont montré une caricature : Nikita Khrouchtchev, grand, gros, chauve, en uniforme de communiste, qui dansait main dans la main avec un indigène cannibale tout maigre, avec des grosses lèvres et un os dans les cheveux en chantant « Bingo, Bango, Bongo, je ne veux pas quitter le Congo ! »

J'ai regardé par la fenêtre en me demandant qui oserait ne pas avoir envie de quitter le Congo le temps de dire ouf ! si on lui en offrait la moindre occasion. Les

Underdown et Mère en avaient terminé avec leur passionnante conversation à propos de cachets de quinine quand tout est retombé dans un silence gêné. Les Underdown ont émis des « Hum, hum » en croisant les jambes et ont abordé ce qui apparaissait comme la grande nouvelle : il allait y avoir une élection en mai et l'indépendance serait proclamée en juin. En ce qui me concerne, on peut la rayer tout de suite cette nouvelle-là, en même temps que les cachets antimalaria et les bibles, ce sont des sujets nullissimes, mais Père et Mère ont eu l'air de prendre ça très mal. La figure de Mère dégoulinait. On aurait dit Claire Bloom dans *La Belle et la Bête* quand elle jette enfin un coup d'œil sur l'être qu'elle devra épouser. J'attendais en vain que Mère retrouve sans délai son air habituel de mais-tout-va-parfaitement-bien, pourtant elle restait pétrifiée, très pâle et le souffle coupé. Elle a posé sa main sur sa gorge et son expression m'a fait peur. Je suis devenue plus attentive.

« Ce mois de juin ? dit Mère.

– La Belgique n'acceptera certainement pas le résultat de l'élection », dit Père. Évidemment, il savait déjà tout là-dessus. Il peut se passer n'importe quoi dans les verts pâturages du Seigneur, Père agit comme s'il avait déjà vu le film et comme si nous étions des idiotes de ne pas en savoir la fin. Naturellement Leah était presque sur le point de tomber de son hamac, suspendue à la moindre de ses paroles. Depuis que Père lui a fichu une claque à cause de la chouette, elle en fait deux fois plus qu'avant pour regagner sa confiance.

« La Belgique le devra à tout prix, Nathan. C'est le dernier projet officiel. Le roi Baudoin a invité quatre-vingts dirigeants congolais à Bruxelles pour définir le processus d'indépendance. » C'est ce qu'a dit Mr. Tête-de-patate, qui n'a aucun sens de l'élocution. Je suis affirmative, il est étranger ou alors il l'a été.

« Quand ? a demandé Mère.

– Il y a deux semaines.

– Et serait-il possible de demander ce qu'est devenu l'ancien plan officiel ? » a dit Père. Il faut toujours qu'il dise « Serait-il possible de demander ? » au lieu de poser directement la question.

« Léopoldville et Stanleyville ont été fermées pour cause d'émeutes et de grèves, au cas où vous ne l'auriez pas su. L'ancien plan officiel n'a pas tellement bien fonctionné.

– Qu'en est-il de la menace d'invasion soviétique ? voulut savoir Mère.

– Franchement, je pense que la Belgique se sent plus concernée par la menace d'une prise de pouvoir africaine », a-t-il répondu. Le Révérend Underdown, dont le prénom est Frank, répète « franchement » à tout bout de champ et ne semble pas réaliser l'humour de la chose. « Les Russes sont une menace de principe, alors que les Congolais sont une menace bien réelle et semblent prendre les choses au sérieux. En français, on dit : "Si ton frère est prêt à te voler ta poule, conserve ton honneur et sois le premier à la lui offrir."

– Alors, ils seraient prêts à accorder l'indépendance aux Congolais ? » Pour parler, Mère s'est penchée en avant au-dessus de la tête de Père. On aurait dit un ange gardien frappé d'anémie par manque de fer dans le sang. « Frank, qui sont ces dirigeants dont vous parlez et qui ont été invités à Bruxelles ? Quels sont ceux, grands dieux, qui seraient capables ici de tenir ce rôle ?

– Les chefs de tribus, les dirigeants syndicalistes et autres gens du même acabit. On dit que l'assemblée était joliment panachée. Joseph Kasavubu avait hésité entre boycotter toute l'affaire et mener la danse. Lumumba est sorti de prison à pic pour l'occasion. Ils se sont mis d'accord sur un système de gouvernement parlementaire. Les élections auront lieu à la mi-mai. Le jour de l'indépendance, le 30 juin. »

Mathusalem s'était coulé dans le buisson de bougain-villées juste derrière nous et marmonnait : l'empotél'empotél'empoté. Je jure qu'on aurait dit que, lui aussi, il essayait d'écouter la conversation.

«La Belgique n'avait pas manifesté sa volonté de débattre de l'indépendance auparavant, déclara Père.

— C'est vrai, Frank», ajouta Mère. Elle avait les deux mains posées sur ses cheveux, les tirant en arrière pour se dégager le visage comme un lapin qu'on dépiaute et elle s'éventait le cou. C'était tout à fait disgracieux. «Nous en avons discuté avec les gens de la mission, à Atlanta, avant de nous décider à venir. Ils ont dit que les conseillers politiques belges avaient dressé un plan, l'an dernier, qui accorderait l'indépendance dans quoi, trente ans, c'est ça Nathan? Dans trente ans!»

Mère avait légèrement élevé le ton de sa voix, et Mr. Tête-de-patate eut l'air gêné. «Je suis désolé d'avoir à vous le rappeler mais on vous avait déconseillé de venir, finit-il par dire.

— Ce n'est pas tout à fait exact», dit Mère. Elle regarda Père et Mrs.Tête-de-patate regarda Père. Père fixa Mr. Tête-de-patate, qui n'eut pas l'audace de soutenir son regard. Toute cette histoire devenait surréaliste.

Pour finir, Mr. Tête-de-patate osa parler. «Ne prenez pas cela mal, dit-il. Votre travail ici a certainement la bénédiction de la Ligue missionnaire, Orleanna.» Sans doute n'avait-il pas eu l'intention de la blesser, mais il prononça le nom de ma mère comme une incongruité. «Et je dirais aussi qu'il recueille l'admiration de bien des gens qui n'ont pas... l'audace de votre famille.» Il considéra le bouton de sa chemise, probablement cousu à l'envers ou n'importe comment par le boy voleur de mouchoirs. Puis il se mit à promener inlassablement son verre mouillé vide sur le rond d'humidité laissé sur la table.

Tout le monde était en attente de ce que Frank Underdown pourrait bien avoir d'autre à dire qui ne serait pas blessant intentionnellement. Finalement il laissa tomber : «Mais vous savez bien que votre mission ici n'a pas été ratifiée. » Il leva les yeux vers Mère, puis les baissa de nouveau sur son verre en mouvement perpétuel.

« Allons, que voulez-vous dire par là ?

– Vous le savez bien. Vous n'avez bénéficié ni des cours de langue en interne ni des autres formations habituelles. Je crains que la Ligue missionnaire ne considère votre allocation que comme une générosité de sa part. Je ne serais pas autrement surpris qu'elle y mette fin dès maintenant. »

Dieu du ciel ! De la main, Mère frappa la table, bang ! « Si vous croyez que la famille arrive à survivre dans ce coin pourri de merde avec cinquante dollars par mois ! » lui hurla-t-elle presque à la figure. Ah les amis ! Si la véranda avait pu s'ouvrir et nous engloutir tous…

« Orleanna, dit Père. (De sa voix : Le chien a encore pissé sur le tapis.)

– Écoute, Nathan, pour l'amour du ciel ! Ne vois-tu pas qu'on est en train de te faire un affront ? » D'habitude il est capable de déceler des affronts gros comme une poussière planquée sous un rocher dans le comté voisin. Nous avons toutes croisé les doigts.

« Allons, tout le monde se calme, dit Mr. Tête-de-patate en riant un peu faux. Il n'est pas question d'affront à qui que ce soit. Nous n'avons aucun pouvoir sur les décisions de la Ligue missionnaire, vous le savez bien. Nous ne sommes que de modestes administrateurs de la LMBS et de bien d'autres organisations qui, toutes, prodiguent actuellement des conseils dans le même sens. Nous sommes venus nous entretenir avec vous en particulier parce que nous sommes profondément concernés par votre témoignage chrétien et vos chères enfants. »

Ma mère, qui venait de prononcer le mot « merde », était à mille lieues de tout témoignage chrétien pour l'instant. Je dirais même qu'en ce moment précis elle semblait prête à assommer quelqu'un à coup de batte de base-ball. Elle tourna le dos aux Underdown. « Mais alors pourquoi nous ont-ils seulement laissés venir ici, si c'était dangereux ? » demanda-t-elle à quelque petit zoziau par la fenêtre.

Père ne s'était pas encore exprimé. À mon idée, ne sachant pas sur qui sauter en premier, sur ces blessants Underdown ou sur son indélicate épouse, il restait planté là à bouillir comme une cafetière. Sauf que, dans le cas de la cafetière, on savait exactement ce qui allait en sortir.

« Je vous en prie, Orleanna, susurra Mr. Tête-de-patate. Ce n'est pas la faute de la Ligue missionnaire. Personne ne pouvait prévoir que ce processus d'indépendance interviendrait aussi soudainement. »

Elle se retourna et lui fit face. « Mais enfin, quelqu'un n'était-il pas chargé de le prévoir ?

– Comment l'aurait-on pu ? demanda-t-il, les mains grandes ouvertes. L'année dernière, lorsque de Gaulle a accordé l'indépendance à toutes les colonies françaises, les Belges ont bien insisté sur le fait que cela n'avait rien à voir avec nous ! Personne ne s'est même donné la peine de prendre le ferry pour Brazzaville afin d'assister à la cérémonie. Les Belges ont continué à parler de gouverner d'une poigne paternelle.

– D'une poigne paternelle, ah, c'est comme ça que vous dites ! (Elle secouait la tête d'un côté et de l'autre.) En exploitant ces gens comme des esclaves dans vos plantations de caoutchouc et dans vos mines et je ne sais quoi encore ? Nous avons appris ce qui se passait, Frank, vous ne pensez tout de même pas que nous soyons complètement idiots ? Il y a des hommes ici, dans ce même village, avec des histoires à faire dresser les cheveux sur la tête. Un pauvre type s'est fait trancher la main, là-haut, à Coquilhatville, et s'est enfui en pissant le sang ! »

Père la foudroya du regard.

« Écoute, Nathan. Je parle avec leurs épouses. (Elle regarda Mrs. Tête-de-patate qui restait bouche cousue sur le sujet.) Nous n'avions aucune idée avant, mais votre roi Baudouin fait ses choux gras de ce pays, voilà la vérité, et il l'abandonne à des médecins missionnaires sans le sou et à des gens désintéressés comme mon mari qui pourvoient aux moindres de leurs besoins. C'est ça, gouverner d'une poigne paternelle ? Nom de nom, et il croit que ça va se passer tout seul ? »

Ses yeux allaient et venaient de Mr. Underdown à Père, tels ceux d'une enfant apeurée, ne sachant qui des deux hommes serait à même de lui administrer une raclée.

Mr. Underdown regardait fixement Mère comme si, tout d'un coup, il ne savait plus d'où elle sortait – comme le boy qui ne savait pas comment le sucre était arrivé sous sa chemise. Dieu que je ne me sentais pas tranquille ! Tous les adultes qui étaient dans cette pièce, y compris ma mère, la mauvaise coucheuse, et Mrs. Underdown, qui ne cessait de se frotter le cou et de rejeter le menton de côté, auraient pu en cet instant précis passer pour des malades mentaux. À l'exception de Père qui, lui, bien sûr, est authentiquement fou.

Le Révérend Underdown tendit le poing brusquement, et Mère recula. Mais le geste ne lui était aucunement destiné. En fait, il voulait seulement le leur faire admirer. « Voici la relation qu'entretient la Belgique avec son Congo, dit-il. Regardez-moi ça ! Solide comme le poing, bien serré. Personne ne pouvait prédire un tel soulèvement. »

Mère sortit brusquement de la pièce par la porte de derrière pour aller vers la cuisine. Personne ne fit de réflexion sur son absence. L'espace d'une minute, elle fut de retour, s'étant souvenue tout d'un coup qu'il ne lui était pas possible de sauter dans le premier Greyhound venu à destination d'Atlanta.

« Qu'est-ce qu'il raconte, en fait ? demanda-t-elle à Mrs. Underdown. Qu'il n'y aura aucune transition ? Pas de période d'intérim en vue de – je ne sais pas, moi – un gouvernement provisoire, un temps de mise à l'épreuve ?

215

Allez, vlan ! les Belges seront partis et les Congolais devront faire marcher tout, seuls ? »

Personne ne répondait et je craignais que Mère ne recommence à injurier le roi, ou ne fonde en larmes. Comme c'était embarrassant. Mais elle ne fit ni l'un ni l'autre. Elle tira sur ses cheveux pendant un moment puis inaugura un nouveau ton de voix, plus ferme, du style : Allons, posons cartes sur table. « Frank. Janna. Aucun de ces gens n'a jamais mis les pieds à l'université ou voyagé à l'étranger pour étudier comment gouverner. C'est ce qu'Anatole nous raconte. Et maintenant, vous nous dites qu'on va les abandonner du jour au lendemain, les laisser diriger la moindre école, le moindre service, la moindre administration ? Et l'armée ? Oui, à propos, l'armée, Frank ? »

Le Révérend Underdown secouait la tête. « Je ne peux vous dire que ce que je sais. »

À la maison, à la maison, à la maison, priais-je. Si le problème était suffisamment grave, nous n'avions qu'à rentrer à la maison. Nous pouvions prendre cet avion demain et nous en aller de là tout de suite, si seulement il voulait bien se prononcer.

Père se leva et se dirigea vers l'entrée, face à la véranda. J'eus un frisson, espérant et redoutant à la fois qu'il ait lu dans mes pensées. Mais il ne nous regardait pas, nous, les filles. Il regardait au-delà de nous, simplement pour tourner le dos aux Underdown et à Mère. Je regagnai nonchalamment mon hamac et me concentrai sur mes cuticules, tandis que Père s'adressait aux grands espaces.

« Pas un seul poste de télévision dans tout ce fichu pays, annonça-t-il aux palmiers. Des radios, peut-être une pour cent mille résidents. Pas de téléphone. Des journaux aussi rares que les poules ont des dents, et un taux d'alphabétisation du même tonneau. Ils reçoivent les nouvelles de la soirée en écoutant le tam-tam de leurs voisins. »

Tout ça, c'était vrai. Presque toutes les nuits, nous les entendions venant du village voisin et Nelson disait d'eux qu'ils parlaient. Mais bon sang, que pouvait-on bien se raconter ainsi ?

Père dit : « Une élection. Frank, j'en suis gêné pour vous. Vous tremblez dans votre peau à propos d'une chimère. Ouvrez-donc les yeux, l'ami. Ces gens ne sont même pas capables de lire le moindre slogan : Votez pour moi ! À bas Shapoopie ! Une élection ! Qui, ici, saurait même que cela se fait ? »

Personne ne lui a répondu. Nous autres, les filles, nous n'avons évidemment pas pipé, pas plus que ne l'auraient fait les palmiers, car nous savions qu'il parlait à Mère et aux Underdown. Je savais exactement ce qu'ils ressentaient devant une des interros surprises de Père.

« Deux cents dialectes différents, dit-il, parlés à l'intérieur des frontières d'un soi-disant pays inventé dans un salon par des Belges. Autant parquer ensemble moutons, loups et poulets, et leur demander de se conduire en frères. » Il se retourna, ayant tout d'un coup l'air d'un prédicateur. « Frank, nous n'avons pas affaire à une nation, mais à la tour de Babel et une élection y est impensable. Si ces gens doivent s'unir un jour, ce sera en se rassemblant tels des agneaux de Dieu dans l'amour du Christ. Rien d'autre ne les fera avancer. Ni la politique ni le désir de liberté – ils n'ont ni le tempérament ni l'intelligence pour ça. Je sais que vous essayez de nous dire ce que vous avez appris, mais croyez-moi, Frank, je sais ce que je vois. »

Mrs. Tête-de-patate prit la parole pour la première fois depuis qu'on avait laissé tomber la question des cachets anti-malaria. « Orleanna, ce pour quoi nous sommes venus, en réalité, c'est pour vous demander de vous préparer à partir. Je sais que vous deviez rester jusqu'au 15 juin, mais nous devons vous renvoyer chez vous. »

Oh là là, mon cœur s'est mis à danser le cha-cha-cha, en entendant ça. Chez nous !

Enfin. S'il y a bien une chose que Père n'aime pas, c'est qu'on lui dise ce qu'il a à faire. « Mon contrat arrive à expiration en juin, annonça-t-il à tous ceux que ça regardait, nous resterons tout le mois de juillet afin d'accueillir le Révérend et Mrs. Minor à leur arrivée. Je suis sûr que les secours chrétiens ne se feront pas attendre de la part de l'Amérique, quels que soient les problèmes que rencontre la Belgique du côté de sa poigne paternelle.

– Nathan, les Minor… commença à dire Frank, mais Père lui coupa la parole et poursuivit.

– J'ai obtenu quelques miracles ici, je ne me gêne pas pour vous le dire, et j'y suis parvenu seul. De l'aide extérieure, ça ne m'intéresse pas. Je ne veux pas risquer de perdre un précieux terrain en me sauvant comme un lâche avant d'avoir assuré convenablement la transition ! »

Jusqu'à quand, la transition, c'est ce que j'aurais aimé savoir. Une semaine ? Un mois ? Juillet, c'était presque à six mois d'ici !

« Frank, Janna, dit ma mère d'une voix pleine d'anxiété. Pour ma part… (Elle se troubla.) Pour les filles, j'aimerais…

– Tu aimerais quoi, Orleanna ? » Père se tenait encore là, dans l'encadrement de la porte, de sorte que nous pouvions voir son visage. Il avait l'air d'un mauvais garçon qui s'apprête à estourbir des bébés chiens à coups de brique. « Qu'aimerais-tu dire pour ta part ? » demanda-t-il.

Mrs. Underdown lançait des regards inquiets à son mari, du genre : Allons bon, et puis quoi encore ?

« Nathan, il n'y aura peut-être pas de période de transition », dit Mr. Underdown un peu nerveusement, prononçant le nom de Père comme on le fait pour un chien qui gronde, histoire de le calmer. « Les Minor ont renoncé à leur contrat, sur nos conseils. Il se peut que la mission ne reprenne pas avant des années. »

Père regardait fixement les arbres, ne donnant aucun signe d'avoir accordé la moindre attention à sa pauvre femme affolée, ni à aucune de ces nouvelles. Père préférerait nous voir toutes mourir l'une après l'autre plutôt que d'écouter qui que ce soit à part lui. Des années avant d'envoyer quelqu'un d'autre dans cette mission, pensai-je. Des années ! Oh Seigneur, s'il vous plaît, faites qu'un arbre tombe sur lui et lui fracasse le crâne ! Faites que nous partions tout de suite !

Mrs. Underdown intervint utilement : « Nous nous apprêtons nous-mêmes à partir.

– Oui, ajouta son époux. Tout à fait. Nous sommes en train de préparer nos bagages. Nous considérons le Congo comme notre pays depuis des années, vous le savez, mais la situation est extrêmement grave. Nathan, peut-être ne vous rendez-vous pas compte à quel point tout ceci est sérieux. Selon toute vraisemblance, l'ambassade procédera aux évacuations depuis Léopoldville.

– Je crois avoir parfaitement compris », dit Père, se retournant brusquement pour leur faire face. Avec son treillis kaki et sa chemise aux manches retroussées, il avait l'air d'un travailleur, mais il éleva la main au-dessus de sa tête, comme il le fait à l'église pour prononcer sa bénédiction.

« Dieu seul sait quand les secours nous arriveront. Mais Lui le sait. Et nous resterons à Son bon service. »

Adah

Tant de choses tiennent à une brouette rouge laquée d'eau de pluie, plantée auprès des poules blanches. C'est tout un poème écrit par un médecin qui s'appelait William C. Williams. Des poules blanches auprès de la pluie d'eau plantée, avec une brouette laquée. Rouge ! Des choses tiennent. Tant ?

J'aime particulièrement ce nom de William C. Williams. L'auteur a écrit ce poème pendant qu'un enfant se mourait. J'aimerais devenir poète-médecin dans le cas où je survivrais jusqu'à l'âge adulte. Je ne me suis jamais bien imaginée en femme adulte, de toute façon, et de nos jours, surtout, cela semble de l'imagination en pure perte. Mais si j'étais poète-médecin, je passerais mes journées entières avec des gens qui ne pourraient pas me rattraper en courant, ensuite je rentrerais à la maison et j'écrirais tout ce que je voudrais sur ce qu'ils ont dans le ventre.

Nous attendons tous de voir ce qui va bientôt se passer. La mort d'un enfant n'offre pas l'occasion d'écrire un poème, ici, à Kilanga : l'attente n'est pas suffisamment longue. Chaque jour, ou presque, un enterrement de plus. Pascal ne vient plus jouer car son frère aîné est mort et on a besoin de lui à la maison. Mama Mwenza, en plus de ses jambes, a perdu ses deux plus jeunes. Cela nous avait étonnés que tout le monde ici ait tant d'enfants : six, huit ou neuf. Mais maintenant, tout d'un coup, on a l'impression qu'il n'y en a plus assez. On enveloppe les petits corps dans plusieurs épaisseurs d'étoffe comme des gros fromages de chèvre, et on les expose devant leur maison sous une arche faite de frondes de palmier tressées, dans l'odeur sucrée si entêtante des fleurs de frangipaniers. Toutes les mères arrivent en se traînant sur les genoux. Elles poussent des cris perçants et des gémissements en un long chant aigu aux faibles trémulations palatales comme des petits enfants qui meurent de faim. Leurs larmes coulent et elles tendent les mains vers l'enfant mort sans vraiment le toucher. Une fois qu'elles y ont renoncé, les hommes transportent le corps dans un hamac suspendu entre deux bâtons. Les femmes suivent, toujours en gémissant, les bras tendus. Au bas de la route, une fois passée la maison, ils s'en vont dans la forêt. Notre Père nous interdit de regarder. Il ne semble pas tant se préoccuper des corps que des âmes non rachetées. Dans le grand comptage de Là-Haut, chacune d'elles représente un mauvais point à son passif.

D'après mes maîtres baptistes de l'école du dimanche, un enfant n'a pas le droit d'entrer au paradis simplement parce qu'il est né au Congo plutôt que, disons, en Géorgie du Nord, où il pourrait fréquenter l'église régulièrement. C'est le point qui pose problème dans ma propre petite démarche bancale vers le salut : l'admission au paradis est une question de loterie. À l'âge de cinq ans, à l'école du dimanche, j'ai levé la main gauche – ma main valide – et j'ai eu recours à une réserve de mots d'au moins un mois pour en faire la remarque à Miss Betty Nagy. Naître à portée d'oreille d'un pasteur, d'après mon raisonnement, n'était qu'une simple affaire de chance. Serait-il possible que Notre Seigneur joue à ce point à quitte ou double ? Serait-il vraiment capable de condamner certains enfants à la souffrance éternelle sous prétexte qu'ils sont nés, pure coïncidence, chez des païens, et de gratifier d'autres d'un privilège qu'ils n'ont rien fait pour mériter ? J'ai attendu que Leah et les autres

221

élèves saisissent le prétexte de ce débat pour me mêler à leur débordante conversation. À ma grande déception, ils n'en ont rien fait. Pas même ma jumelle, qui, en matière de privilège injuste, devrait pourtant être au courant. C'était avant que Leah et moi n'ayons été déclarées surdouées ; j'étais encore Adah l'idiote. Adah la lambine, l'arbre vénéneux, la plaisanterie permanente, sujette à de fréquents coups de dé sur la tête. Miss Betty m'a mise au coin jusqu'à la fin de l'heure afin de prier pour mon salut, à genoux sur des grains de riz secs. Quand je me suis enfin relevée, avec des grains durs enfoncés dans les genoux, j'ai découvert, à ma grande surprise, que je ne croyais plus en Dieu. Les autres enfants y croyaient encore, apparemment. Tandis que je regagnais ma place en boitant, ils ont détourné les yeux de mes genoux grêlés de pécheresse. Comment pouvaient-ils ne pas s'interroger sur leur état privilégié ? Je n'avais pas, comme eux, confiance en moi, hélas. J'avais passé plus de temps que la moyenne des enfants à évaluer les accidents malheureux de la naissance. À partir de ce jour-là, je cessai de réciter comme un perroquet les paroles Oh, Dieu ! Amour de Dieu ! et commençai à faire l'hypocrite dans ma propre langue inversée : *Ueid, ho ! Ueid ed ruoma !*

Désormais, j'ai trouvé une langue plus cynique encore que la mienne : à Kilanga, le mot *nzolo* peut être employé de trois façons, au moins. Il veut dire « le plus aimé ». Ou bien c'est une grosse larve jaune, très appréciée en tant qu'appât pour la pêche. Ou encore un genre de toutes petites pommes de terre que l'on trouve au marché de temps en temps, toujours vendues en grappes réunies le long des racines comme des nœuds sur une ficelle. Ainsi, quand nous chantons à pleins poumons à l'église : *Tata Nzolo !* qui invoquons-nous ?

Je pense que ce doit être le dieu des petites pommes de terre. L'autre, le Bien-aimé, celui qui réside en Géorgie du Nord, ne semble pas prêter beaucoup d'attention aux bébés d'ici, à Kilanga. Ils meurent tous. Ils meurent de la *kakakaka*, la maladie qui transforme le corps en petit pichet noir, qu'elle verse en répandant tous les liquides qu'il contient. Les grosses pluies ont véhiculé la maladie le long des cours d'eau et des rivières. Tous, dans le village, en savent plus long que nous sur l'hygiène, nous l'avons découvert dernièrement. Alors que nous nous lavions et nagions n'importe où dans le cours d'eau, il est apparu qu'il y avait des règles : qu'il fallait laver les vêtements en aval, là où le ruisseau de la forêt se jette dans la rivière aux crocodiles. Se baigner au milieu. Recueillir l'eau à boire au-dessus du village. À Kilanga, tout ceci est matière à observance religieuse, comme le baptême et la communion. Même la défécation est régie par les dieux africains qui commandent que l'on utilise seulement les buissons sanctifiés dans ce but par Tata Kuvudundu – et, croyez-moi, il choisit ceux qui sont situés bien loin de l'eau à boire. Nos latrines se trouvaient probablement en terrain neutre, mais en ce qui concerne et le bain et la lessive, nous sommes restés très longtemps dans l'ignorance. Nous avons offensé la totalité des plus anciennes divinités de toutes les façons possibles. *Tata Nzolo !* chantons-nous, et je me demande quels nouveaux péchés dégoûtants nous pouvons bien commettre chaque jour, la tête haute, dans une ignorance sacrée, pendant que nos voisins suffoquent, la main sur la bouche.

Nelson dit que ce sont nos transgressions qui ont entraîné cette saison pluvieuse. Oh il pleut, il pleut à torrents, Noé lui-même en serait effaré. Cette saison des pluies a bouleversé toutes les règles. Arrivée prématurément, s'éternisant, avec des pluies si violentes que les collines de manioc ont fondu et que les tubercules ont pourri loin de leur feuillage et, pour finir, le déluge nous a apporté la *kakakaka*. Après tout, même quand chacun défèque là où il faut, il existe des villages, plus haut, en amont de nous. L'aval correspond toujours à l'amont de quelqu'un d'autre. Les derniers seront les premiers.

Maintenant les orages sont terminés. Les enterrements s'espacent peu à peu à mesure que les flaques s'assèchent. Mathusalem trône, souffreteux et immobile, sur son avocatier, battant de la paupière en un aller et retour mécanique, non préparé à une nouvelle saison de terrifiante liberté. *Beto nki tutasala ?* marmonne-t-il quelquefois avec la voix fantôme de Mama Tataba : Que faisons-nous ? C'est une question que chacun est à même de se poser. Dans ce calme insolite, la famille ne sait que faire.

Tous les autres semblent moralement anéantis et affairés en même temps, comme des insectes étourdis qui émergent après la tempête. Les femmes vont battre leurs nattes en sisal et replanter leurs champs tout en pleurant leurs enfants perdus. Anatole se rend dans les maisons voisines, une par une, présentant ses condoléances pour la perte d'écoliers de notre village. Il les prépare aussi, je l'ai vu, à l'élection et à l'indépendance. Ce sera une élection de cuisine : puisque personne ne sait lire, chaque candidat sera désigné par un symbole. Avec sagesse, ces hommes choisissent de se représenter sous la forme d'objets utiles – couteau, bouteille, allumettes. Anatole a disposé devant l'école de grandes jattes en terre et, à côté de chacune, le couteau, la bouteille ou les allumettes. Le jour de l'élection, tout homme de Kilanga devra y jeter un caillou. Les femmes rabâchent à leurs hommes : Le couteau ! La bouteille ! N'oublie pas ce que je te dis ! Les hommes, qui ont le privilège de pouvoir voter, semblent les moins intéressés. Les vieux disent que l'indépendance c'est pour les jeunes, et c'est sans doute vrai. Les enfants sont les plus passionnés de tous : ils s'entraînent à lancer des cailloux dans les jattes depuis l'autre côté de la cour. Anatole les jette à la fin de la journée. Il soupire tandis que les pierres tombent dans la poussière en forme de nouvelles constellations. Le vote pour faire semblant des enfants. À la fin de la journée d'élection, les fils de Tata Ndu mettront les cailloux dans des sacs en même

temps que le symbole correspondant à chaque candidat – le couteau, la bouteille ou les allumettes – et les
transporteront en pirogues en remontant la rivière jusqu'à
Banningville. Des cailloux venus du Congo tout entier
remonteront les rivières ce jour-là. En effet, la terre bou-
gera. Une pirogue de bois évidé semble un bien fragile
oiseau pour se charger de tout ce poids.

Toorlexa Nebee, Eeben Axelroot, voyage aussi. Il ne
perd pas de temps. Ces jours-ci, il accomplit le plus de
voyages possible depuis le haut de la rivière Kouilou vers
je ne sais où dans le Sud. Au Katanga et au Kasaï, dit sa
radio. Là où se trouvent les mines. Il fait escale ici toutes
les semaines, juste le temps de payer des cacahuètes aux
femmes en échange de leur manioc et de leurs plantains,
les laissant se lamenter telles des pleureuses à un enterrement, s'envolant avec tout ce dont il peut bourrer son
sac, tant qu'il le peut. Les Belges et les Américains qui
dirigent les plantations de caoutchouc et les mines de
cuivre se servent, j'imagine, de plus grands sacs.

Le poète-médecin de notre village, c'est le *nganga*
Kuvudundu, je crois. Ce type à la noix, comme l'appelle
Notre Père, ce truc, ce grain à écraser. L'histoire de la
paille et de la poutre. Le *nganga* Kuvudundu écrit des
poèmes à notre seule intention. Tout dépend tellement
des os de poulet blanchis dans la calebasse abandonnée
dans une flaque de pluie devant notre porte.

Je l'ai vu l'y déposer. Je regardais par la fenêtre et il
s'est retourné, l'espace d'une seconde, en me regardant
droit dans les yeux. J'ai vu de la bonté en lui, et je crois
qu'il veut nous protéger, vraiment. Nous protéger des
dieux furieux et de notre bêtise en nous faisant partir.

Bongo, bango, bingo. C'est l'histoire du Congo, telle
qu'ils la racontent maintenant, en Amérique : une histoire de cannibales. Je connais ce genre d'histoire – le
regard méprisant du solitaire à celui qui a faim ; le regard
méprisant de celui qui a faim à celui qui meurt de faim.
Le coupable qui accuse la victime. Ceux à la vertu dou-

teuse qui parlent de cannibales, les infâmes incontestés, les pécheurs et les damnés. Tout le monde s'en porte tellement mieux. Ainsi raconte-t-on que Khrouchtchev danse avec les cannibales d'ici, les exhortant à haïr les Américains et les Belges. Ce doit être vrai, car autrement comment les pauvres Congolais pourraient-ils apprendre à haïr les Américains et les Belges ? Après tout, nous avons la peau tellement blanche. Nous mangeons leur nourriture à l'intérieur de notre grande maison et jetons les os au-dehors. Des os qui gisent pêle-mêle dans l'herbe et à partir desquels on peut prédire notre avenir. Pourquoi les Congolais devraient-ils lire notre destin ? Après tout, nous leur avons bien offert de donner leurs enfants aux crocodiles afin qu'ils connaissent le Royaume, la Puissance et la Gloire.

Tous les yeux de l'Amérique savent à quoi ressemble un Congolais. La peau et les os qui dansent, les lèvres retroussées en forme de coquilles d'huîtres, un individu qui ne compte pas, avec un fémur dans les cheveux.

Le *nganga* Kuvudundu, vêtu de blanc et sans os dans les cheveux, se tient au fond de notre cour. Lui et ses onze orteils. Il redit sans cesse la fin de son propre nom : le mot *dundu*. Le *dundu* est un sorte d'antilope. Ou c'est une petite plante du genre *véronia*. Ou une colline. Ou le prix qu'on a à payer. Tout dépend tellement de l'intonation de la voix. Une de ces choses que notre famille nous aura values. Nos oreilles de baptistes venus de Géorgie ne saisiront jamais la différence.

Rachel

Père est parti en avion avec Eeben Axelroot à destination de Stanleyville, sans doute pour les mêmes raisons qui poussent l'ours à traverser la montagne. Et tout
ce qu'il a pu voir, c'est l'autre côté du Congo. L'autre
raison importante de ce voyage, c'était les cachets de quinine dont nous allions bientôt manquer, pas de veine. Ces
cachets ont tellement mauvais goût qu'ils vous créent des
problèmes de cheveux. Par hasard, je me suis aperçue
que Ruth May n'avalait pas toujours le sien : une fois, je
l'ai surprise à le dissimuler derrière ses dents, sur le côté,
quand elle a ouvert grand la bouche pour montrer à Mère
qu'il était bien descendu. Ensuite, elle l'a recraché dans
sa main et l'a plaqué sur le mur derrière son lit. Moi, je
l'avale. Il ne manquerait plus que je rentre à la maison
avec une saleté de maladie. Fêter ses seize printemps
sans avoir jamais été embrassée, c'est déjà assez dur
comme ça, si en plus de ça je devais être pestiférée. Je
n'ose pas y penser.

Père est furieux après les Underdown. D'habitude, ils
nous envoient les produits de base dont ils pensent que
nous avons besoin tous les mois (ça ne va pas bien loin,
remarquez), mais cette fois-ci, ils se sont contentés de
nous écrire : « Préparez-vous à partir. Nous vous expé-
dions un avion spécial de la Mission pour vous évacuer
le 28 juin. Nous quitterons Léopoldville la semaine

d'après et nous avons pris des dispositions pour assurer le transport de toute votre famille en même temps que nous jusqu'en Belgique. »

La fin, alors ? Et la famille Price coulerait à jamais des jours heureux ? Jamais de la vie. Père est remonté à fond pour rester ici jusqu'à perpète, je pense. Mère tente de lui expliquer toute la journée à quel point il met la vie de ses propres enfants en danger, mais il n'écoute même pas son épouse, et encore moins sa malheureuse aînée. J'ai poussé des cris, j'ai envoyé des coups dans les meubles jusqu'à tant qu'un pied cède dans un horrible craquement qu'on a dû entendre jusqu'en Égypte, que peut faire d'autre une fille sinon tenter le coup ? Rester ici, alors que tous les autres rentrent, sautent, dansent et boivent des Coca ? C'est carrément une rhapsodie de justice.

Père est rentré de Stanleyville ; les cheveux pratiquement dressés sur la tête, il regorgeait littéralement de nouvelles du jour. Ils ont eu leur élection, d'après ce que j'ai compris, et le vainqueur c'est quelqu'un qui s'appelle Patrice, il faut le faire. Patrice Lumumba. Père a dit que le parti de Lumumba avait gagné trente-cinq des cent et quelques sièges du nouveau parlement, en grande partie à cause de son magnétisme animal naturel. Et aussi à cause de la vaste population de sa ville natale. Ça a eu l'air de ressembler à des élections au conseil des étudiants du lycée de Bethlehem, où c'est celui qui a le plus de copains qui gagne. Ce n'est pas qu'une fille de pasteur aurait la moindre chance, notez. Peu importe que vous flirtiez ou que vous vous conduisiez en souris décontractée, en retournant l'élastique de votre jupe pour la raccourcir, ils vous voient toujours dans la division des nuls du secondaire. Rétro, autrement dit. Essayez donc de vous décrocher un petit ami, dans ces conditions : croyez-moi, vos chances sont quasiment nulles.

Donc, monsieur Patrice sera le Premier ministre du Congo désormais, qui ne sera d'ailleurs plus le Congo belge, mais la république du Congo. Et pensez-vous que qui que ce soit dans cette ville trépidante où nous sommes va s'en rendre vraiment compte ? Oh, sûr et certain. Il va falloir qu'ils aillent se faire changer leur permis de conduire. En l'an deux mille, c'est-à-dire, quand ils auront construit une route jusqu'ici et qu'un quidam aura sa voiture.

Mère l'interroge : « Dis-moi, c'est bien celui dont on raconte qu'il est communiste ? »

Père répond : « Non, si tu ne l'as pas remarqué. » C'est la seule et unique expression du Mississippi qu'il ait jamais empruntée à Mère. On lui demande quelque chose comme « As-tu repassé ma robe en lin comme je te l'avais demandé ? » et elle dit : « Non, si tu ne l'as pas remarqué. » À la maison, elle pouvait parfois faire la maligne, et comment, c'est-à-dire quand Père n'était pas dans les parages.

Père a dit qu'il avait entendu le futur Premier ministre Lumumba parler à la radio chez un coiffeur de Stanleyville à propos d'une politique étrangère neutre, de l'Unité de l'Afrique et tout le bastringue. Il a dit que maintenant Patrice Lumumba et les autres élus congolais étaient en pourparlers pour créer un gouvernement qui réconcilierait tout le monde. Mais le problème c'est que, tous autant qu'ils sont, ils préfèrent leurs propres tribus et leurs propres chefs. J'imagine tout à fait bien la salle du parlement : une centaine ou plus de Tata Ndu en chapeau pointu et avec des lunettes sans verres, tous en train de chasser les mouches à l'aide de leurs baguettes magiques en poils de bête dans la chaleur étouffante, et faisant mine de s'ignorer les uns les autres. Il leur faudra cent ans simplement pour décider qui s'assoira à tel ou tel endroit. C'est déjà assez. Tout ce que je veux, c'est rentrer à la maison et me désincruster la peau de toutes les impuretés du Congo.

Ruth May

Maman a besoin de son remontant. Quand Père est monté en avion avec Leah, elle est partie se coucher et elle veut plus se lever.

C'était pas l'avion de Mr. Axelroot. Parce que lui, il vient et il s'en va quand il en a envie. C'était un autre avion, aussi petit, mais jaune celui-là. Le pilote portait une chemise blanche et il avait de la brillantine sur les cheveux qu'on pouvait sentir. Il avait une odeur de propre. Il mâchait du chewing-gum Experimint et il m'en a donné une tablette. Il était blanc et il parlait français. Quelquefois, il y en a qui parlent comme ça et je sais pas pourquoi. On a toutes enfilé nos chaussures et on est allées voir l'avion atterrir. Je suis forcée de mettre mes chaussures babies alors que j'en suis même pas un, de bébé. Quand je serai grande ma mère a dit qu'elle garderait mes chaussures. Elle veut les faire recouvrir de métal marron qui brille pour les mettre sur la table, en Géorgie, à côté de ma photo de bébé. Elle a fait pareil pour toutes les autres, même pour Adah avec son pied qui compte pas; il rebique et ça fait que la chaussure s'use d'une drôle de façon. Même cette chaussure tout usée d'un côté, maman l'a fait transformer en métal et elle l'a gardée, elle fera pareil pour moi aussi.

Maman a dit que l'avion, c'était un avion affrété spécialement que les Underdown nous ont envoyé pour que nous mettions dedans toutes nos affaires et pour qu'on s'en aille d'ici. Mais Père a pas donné la permission. Il y a que lui et Leah qui sont montés, et ils ont rien pris parce qu'ils vont revenir. Rachel a fait l'insolente devant lui et elle a essayé de grimper directement dans l'avion avec ses affaires ! Il l'a envoyée promener. Elle a flanqué ses trucs par terre, elle a dit : « Bon ! » et puis elle a dit qu'elle partait se jeter dans la rivière, mais on savait qu'elle irait pas. Rachel a pas envie de se salir comme ça.

Adah était pas là non plus. Elle était à la maison. Juste moi et maman on est restées sur la piste pour voir s'envoler l'avion. Mais maman a même pas voulu sauter et faire au revoir de la main. Elle était là, avec sa figure qui devenait toute petite, petite, et quand on a plus vu l'avion, elle est rentrée à la maison et elle s'est couchée sur son lit. C'était le matin, pas la nuit. C'était même pas l'heure de la sieste.

J'ai dit à Rachel et à Adah qu'on avait besoin de Seven-up pour maman. Rachel imite des réclames de la radio de chez nous, c'est pour ça : « Fatiguée ? Déprimée ? Besoin d'un remontant ? Seven-up, la plus grande découverte à ce jour pour retrouver la forme. Requinquée en l'espace de deux à six minutes. »

Mais la journée a passé, tout est devenu noir et maman se sent toujours pas une nouvelle maman. Rachel me parle pas d'aller chercher du Seven-up. Elle est assise dans la véranda, elle regarde le trou dans le ciel par où l'avion est parti. Et Adah parle pas de toute façon, parce qu'elle est comme ça. Nelson nous a fait notre dîner, mais il traîne dans la maison comme si quelqu'un s'était disputé et qu'il voulait pas le savoir. Alors, c'est très tranquille. J'ai essayé de jouer, mais j'avais pas envie. Je suis rentrée et j'ai pris la main de maman et elle est retombée. Alors, je me suis faufilée dans son lit à côté d'elle, et maintenant ça fait deux qui voudront plus jamais se lever.

Leah

Mon père et moi nous nous sommes réconciliés. Il m'a permis de l'accompagner à Léopoldville où nous sommes allés contempler l'Histoire en marche. Nous avons assisté aux cérémonies de l'indépendance à partir d'une péniche géante, complètement rouillée, qui était amarrée à une berge du Congo et chargée d'une foule de gens qui se poussaient et se trémoussaient. Mrs. Underdown a déclaré que nous allions probablement tous couler comme le Titanic. C'était un événement tellement important, le roi Baudouin de Belgique lui-même allait être là. C'était puéril, je sais, mais j'ai été tout excitée quand elle m'a dit ça. Je crois que je m'imaginais voir quelqu'un avec une couronne et un manteau rouge bordé d'hermine, comme un roi mage. Mais les Blancs qui étaient assis sur l'estrade se ressemblaient, avec leurs uniformes blancs, leurs ceinturons, épées et épaulettes, et leurs casquettes plates militaires. Pas la moindre couronne en vue. Pendant l'attente, ils se retournaient pour se parler, et des taches sombres de transpiration fleurissaient sous les manches de leurs uniformes. Une fois que tout a été terminé, je n'aurais même pas su vous dire lequel était le roi.

Les Blancs ont surtout évoqué les temps glorieux du précédent roi de Belgique, le roi Léopold, qui le premier avait entrepris de faire du Congo ce qu'il est aujourd'hui. Mrs. Underdown me traduisait tout ça rapidement, par bribes, tandis qu'elle me serrait très fort la main, parce que la plupart des discours étaient en français. Je n'aimais pas qu'elle me tienne la main, je suis aussi grande qu'elle et loin d'être froussarde. Mais il est vrai que nous aurions pu être séparées l'une de l'autre, avec le monde qu'il y avait. Et jamais de la vie Père ne m'aurait prise par la main – il n'est pas comme ça. Mrs. Underdown m'a traitée de pauvre agneau abandonné. Elle n'en a pas cru ses yeux quand Père et moi sommes arrivés sans les autres. Elle en est restée comme deux ronds de flan. Plus tard, quand nous avons été seules, elle m'a dit qu'à son avis Père perdait la tête et qu'il aurait dû penser à ses pauvres enfants. Je lui ai répondu qu'il savait ce qui répondait le mieux aux vues du Seigneur et que nous étions privilégiées de le servir. Incroyable, cela l'a sidérée. C'est une femme résignée et je ne peux pas dire que j'éprouve du respect pour elle. Ils s'en vont demain pour la Belgique et nous rentrons à Kilanga pour occuper la place forte jusqu'à ce qu'une autre famille puisse venir. C'est le projet de Père. Le Révérend Underdown fait mine de ne pas nous en vouloir.

Après que le roi et les autres Blancs se furent exprimés, ils ont intronisé Patrice Lumumba en tant que Premier ministre. J'ai su immédiatement lequel c'était. Il était mince, distingué, il portait des vraies lunettes et une petite barbe en pointe. Quand il s'est levé pour parler, tout le monde s'est tu. Dans ce silence soudain, nous entendions le clapotis du Congo le long de ses berges. Même les oiseaux ont paru interloqués. Patrice Lumumba a levé la main gauche et il a paru grandir de trois mètres, dans l'instant. Ses yeux brillaient, éclats blancs aux pupilles sombres. Son sourire formait un triangle, retroussé sur les côtés et pointu vers le bas, comme sa barbe. Je distinguais très bien son visage, malgré la distance.

«Mesdames et messieurs du Congo, a-t-il dit, vous qui vous êtes battus pour l'indépendance que nous avons conquise aujourd'hui, je vous salue!»

La foule paisible a éclaté en ovations renouvelées. *«Je vous salue! Je vous salue encore*!»*

Patrice Lumumba nous a demandé de retenir à tout jamais dans nos cœurs cette date du 30 juin et d'en transmettre le sens à nos enfants. Tous, sur le radeau et sur les rives pleines de monde, lui obéiraient, je le savais. Même moi, si un jour j'avais des enfants. À chaque fois qu'il marquait une pause pour reprendre son souffle, les gens poussaient des cris et agitaient les bras.

Il a d'abord parlé de notre partenaire à égalité, la Belgique. Puis il a dit d'autres choses qui ont inquiété Mrs. Underdown. «Notre lot a été quatre-vingts années de férule coloniale», traduisit-elle, ensuite elle s'interrompit. Elle me lâcha la main, s'essuya sur son pantalon et la reprit.

«Qu'est-ce qu'il raconte?» lui demandai-je. Je ne voulais pas manquer la moindre parole de Patrice Lumumba. Tandis qu'il parlait, ses yeux semblaient de feu. J'avais vu des prédicateurs qui parlaient comme ça à des réunions de Renouveau, avec des voix qui montaient de telle façon que ciel et colère se mélangeaient ensemble. Les gens l'acclamaient de plus belle.

«Il dit que nous avons dépouillé leurs terres et que nous avons mis les Noirs en esclavage, aussi longtemps que nous avons pu le faire sans problèmes, a-t-elle ajouté.

– On a fait ça?

– Enfin, les Belges en général. Il est très fâché des choses gentilles qu'on a dites un peu plus tôt sur le roi Léopold. Qui ne valait pas grand-chose. Je le reconnais.

– Oh», dis-je. Je clignais des yeux pour mieux voir Patrice Lumumba et essayais de comprendre ce qu'il

* En français dans le texte.

234

disait. J'étais jalouse d'Adah qui apprenait plus facilement les langues qu'elle ne nouait ses chaussures. Je regrettai de ne pas avoir travaillé davantage.

« Nous avons connu *les maisons magnifiques** pour les Blancs dans les villes, et les maisons délabrées pour les Nègres. » Oh, ça je le comprenais. Il avait raison, je l'avais vu de mes yeux quand nous nous étions rendus chez les Underdown. Léopoldville est une jolie petite agglomération de maisons élégantes avec des vérandas et des cours fleuries donnant sur des rues soigneusement pavées pour les Blancs et autour, sur des kilomètres et des kilomètres, il n'y a rien en dehors de taudis déglingués, poussiéreux, destinés aux Congolais. Leurs maisons sont faites de bouts de bois ou de tôles, tout ce qui leur tombe sous la main. Père dit que cela vient des Belges et que les Américains ne supporteraient jamais une telle inégalité de traitement. Il dit qu'après l'indépendance les Américains leur feront parvenir des aides pour leur permettre d'améliorer leurs maisons. Celle des Underdown est décorée de tapis persans vieux rouge, de chaises avec des ottomanes assorties, et il y a même une radio. Mrs. Underdown possède un service à thé en véritable porcelaine sur son buffet de bois sombre. Hier soir, je l'ai vue emballer toutes ces tasses fragiles, se lamentant sur ce qu'elle aurait à laisser et à qui. Pendant le dîner, le boy nous a servi une chose après l'autre jusqu'à ce que j'aie l'impression d'éclater : de la vraie viande, des fromages orange recouverts de paraffine rouge, des asperges jaunes en boîte. Après une centaine de repas blancs à base de *fufu*, de pain, de Potato Buds et de lait Carnation, tout avait trop de goût et de couleur pour moi. J'ai mâché, mais j'ai avalé la nourriture avec difficulté, au bord de la nausée. Après le dîner – en plus ! – il y a eu des petits biscuits au chocolat de France ! Les deux fils des Underdown, des grands

---

* En français dans le texte.

gaillards aux cheveux en brosse, qui tournaient en rond dans leurs corps d'adultes, ont attrapé des petits gâteaux par poignées et sont sortis de table. Malgré mon envie, je n'en ai pris qu'un seul sans réussir à actionner correctement mes mâchoires pour le manger. Le boy filiforme des Underdown transpirait dans son tablier blanc tandis qu'il se dépêchait d'apporter d'autres choses. Je pensai au kilo de sucre qu'il avait essayé de dissimuler sous sa chemise. Pourquoi Mrs. Underdown – qui avait tant – n'avait-elle pas passé outre et ne lui en avait-elle pas fait cadeau ? Allait-elle vraiment remporter tout son sucre en Belgique ?

Demain, elle sera partie, et je serai toujours là, pensais-je en mon for intérieur, pendant que nous nous tenions sur la péniche amarrée à la berge du Congo, à regarder l'Histoire se faire. Un rat s'est faufilé entre les pieds nus de gens qui étaient près de nous, mais personne ne lui a prêté attention. Ils se contentaient de pousser des acclamations. Patrice Lumumba venait de s'arrêter de parler un instant pour retirer ses lunettes et s'éponger le front avec un mouchoir blanc. Dans son costume sombre, il ne transpirait pas comme les Blancs qui avaient taché leurs uniformes blancs, mais son visage était luisant.

« Dites-moi ce qu'il raconte, suppliai-je Mrs. Underdown, je n'ai pas dépassé l'imparfait dans mon livre de français. »

Mrs. Underdown s'est laissée fléchir au bout d'un moment et m'a transmis certaines phrases. La suite commençait à m'arriver par lambeaux de compréhension, comme si Patrice Lumumba parlait toutes les langues et que mes oreilles étaient du même coup touchées par la grâce. « Mes frères, disait-il, nous avons souffert de l'oppression coloniale dans nos corps et dans nos âmes, et nous vous le disons, tout cela est terminé. Ensemble, nous allons faire place à la justice, à la paix, à la prospérité et à la grandeur. Nous allons montrer au monde ce que l'homme noir peut faire quand il travaille pour la liberté. Nous allons faire du Congo, pour toute l'Afrique, le cœur de la lumière. »

J'ai cru que j'allais devenir sourde à cause des rugissements.

Adah

Eguor emulp euqinu'l. Tant de choses tiennent à l'unique plume rouge que j'ai aperçue en sortant des latrines.

C'est le matin de bonne heure, ciel rose fanfaron, matinée d'air enfumé. De longues ombres cisaillant la route, d'ici à n'importe où. Le jour de l'Indépendance. Le 30 juin.

Est-ce que quelqu'un ici est au courant de cette liberté toute neuve ? Ces femmes accroupies, les genoux largement écartés sous leurs longues jupes drapées, lançant des poignées de poivrons et de petites pommes de terre dans des poêles qui sifflent sur leurs foyers ? Ces enfants qui, dans les buissons, défèquent de bon cœur ou avec peine, selon leur destin ? Une unique plume rouge pour fêter l'événement. Personne d'autre ne l'a vue que moi.

Lorsque Miss Dickinson dit : « L'espoir, c'est cette chose emplumée * », je pense toujours à quelque chose de rond – la balle de l'un des jeux auxquels je ne jouerai jamais – encollée tout autour, comme une orange piquée de clous de girofle, de plumes rouges. Je me le suis imaginé maintes fois – l'espoir ! – me demandant comment je l'attraperais d'une seule main, s'il descen-

---

* Emily Dickinson, *Une âme en incandescence*, traduction de Claire Malroux, Éditions José Corti, 1998. *(N.D.T.)*

dait du ciel en flottant vers moi. Maintenant je réalise qu'il est déjà tombé et qu'un fragment de lui gît là, tout près de nos latrines, une plume rouge. En guise de célébration, je me baisse pour la ramasser.

Par terre dans l'herbe humide, j'ai vu le tuyau rouge d'une autre plume et j'ai tendu la main pour la prendre. En suivant la trace, j'ai d'abord trouvé la rouge, puis la grise : des bouquets de longues rémiges encore rattachées à du cartilage et à de la peau, écartées comme des doigts. Des plumes du poitrail, claires, duveteuses, en toupets. Mathusalem.

Enfin il est arrivé, le jour de l'indépendance, pour Mathusalem et pour le Congo. *Oh Seigneur des emplumés, délivre-moi aujourd'hui même.* Après toute une vie en cage, privé de vol et de vérité, arrive la liberté. Après de longues saisons d'une lente préparation à une mort innocente, le monde leur appartient, enfin. *Des carnivores qui me déchireraient, le poitrail arraché du bréchet.*

Attaqué par la civette, l'espionne, l'œil, la faim d'une nécessité supérieure, Mathusalem est libéré de sa prison, enfin. Voici ce qu'il laisse au monde : des plumes grises et rouges éparses dans l'herbe humide. Seulement cela et rien de plus, le cœur dénonciateur, une histoire de carnivore. Aucune de celles qu'il a apprises dans la maison du maître. Des plumes seules, sans la balle de l'espoir à l'intérieur. Des plumes, enfin, enfin et sans aucun mot.

LIVRE III

Les Juges

Mais à condition que vous ne feriez pas alliance
avec les habitants du pays de Canaan ;
et que vous renversiez leurs autels...

en sorte que vous les ayez pour ennemis,
et que leurs dieux vous soient un sujet de ruine.

Les Juges, II, 2-3.

Orleanna Price

Écoute, petite bête. Juge-moi comme tu l'entendras, mais écoute-moi d'abord. Je suis ta mère. Ce qui nous est arrivé aurait pu arriver à n'importe qui, à n'importe quelle mère. Je ne suis pas la première femme au monde à avoir vu ses filles possédées. De tous temps et de toute éternité, il y a eu des pères comme Nathan qui n'ont tout simplement pas été capables de voir en leur fille autre chose qu'un lopin de terre à leur disposition. La travailler, la labourer en profondeur, faire pleuvoir un affreux poison sur elle. Miraculeusement, cela fait que ces filles poussent. Elles s'étirent sur les minces tiges pâles de leurs attentes, tels des tournesols aux lourdes têtes. Vous avez beau les protéger de tout votre être pour tenter d'absorber cette mauvaise pluie, elles ne cessent d'aller vers lui. Sans répit, elles s'inclineront vers sa lumière.

Oh ! une épouse pourra couvrir un tel homme de toutes les insultes de son répertoire. Mais elle ne saurait lui jeter la pierre. Elle le traverserait directement pour aller frapper l'enfant fait à son image, arrachant ici un œil, là une langue ou une main tendue. Cela ne servirait à rien. Dans ce combat, il n'y a pas d'armes. Il existe d'innombrables lois humaines, naturelles, mais aucune d'elles ne sera en votre faveur. Vos bras se transforment en coton dans leurs articulations, votre cœur se vide. Vous vous rendez compte que ce que vous chérissez le plus au monde est né de la semence du diable. Et c'est vous qui l'avez laissé la planter.

Le temps vient, enfin, où une enfant s'éloigne d'un tel homme – avec un peu de chance. Sa propre férocité se retrouve en elle et elle se détache pour de bon, pour ne plus jamais lui adresser la parole. Au lieu de cela, elle commencera à vous parler à vous, sa mère, en vous demandant avec une immense indignation : « Comment as-tu pu le laisser faire ? Pourquoi ? »

Il y a tant de réponses. Toutes sont parfaites mais aucune n'est suffisante.

Qu'avais-je en propre ? Aucun argent, c'est certain. Aucun conseiller, aucun ami auquel recourir ici, aucun moyen de surmonter les puissances qui gouvernaient nos vies. L'histoire n'est pas nouvelle : j'étais la moins forte.

Il y avait aussi autre chose, une chose terrible à admettre. J'en étais venue à croire que Dieu était de son côté. Cela me fait-il paraître folle pour autant ? Mais je le croyais, je devais le croire. J'avais peur de lui comme il n'est pas possible d'avoir peur d'un être humain. Peur de lui, je l'aimais, je le servais, plaquais mes mains sur mes oreilles pour empêcher ses paroles de résonner dans ma tête, même lorsqu'il était au loin, ou lorsqu'il dormait. Dans les profondeurs de mes nuits sans sommeil, je ne me tournais vers la Bible en quête de réconfort que pour m'y trouver de nouveau régalée. *Dieu dit aussi à la femme : Je vous affligerai de plusieurs maux pendant votre grossesse ; vous enfanterez dans la douleur. Vous serez sous la puissance de votre mari, et il vous dominera.*

Oh ! miséricorde. Si elle te surprend dans une mauvaise disposition d'esprit, la Bible du Roi James est capable, sans ambages, de te faire désirer boire du poison.

Ma ruine n'était pas annoncée. Je n'avais pas grandi dans l'espoir d'être ravie ou sauvée. J'avais eu une enfance heureuse, à sa manière débridée. Ma mère était morte quand j'étais toute jeune et à coup sûr une fille sans mère grandira avec des lacunes, à certains égards, mais selon moi, elle jouira d'une liberté inconnue des autres. On ne lui révèle rien des moindres faits de la vie d'une femme, une constellation de possibilités lui adresse toujours un clin d'œil, à l'horizon.

À Jackson, au Mississippi, pendant la grande dépression, tout n'était pas si différent du Congo, trente ans plus tard, hormis le fait qu'à Jackson nous en connaissions certains qui vivaient dans l'abondance et je crois que cela nous turlupinait de temps à autre. À Kilanga, les gens étaient ignorants de ce qu'ils auraient pu posséder – un Frigidaire ? Un combiné lave-linge sécheuse ? Vraiment, ils auraient plus facilement imaginé un arbre qui se serait arraché de terre pour aller cuire du pain. Il ne leur venait pas à l'idée de s'apitoyer sur leur sort. Sauf quand les enfants mouraient – alors, ils pleuraient, se lamentaient. Tout un chacun reconnaîtra là une injustice criante. Mais par ailleurs, je crois qu'ils étaient satisfaits de leur sort.

Ainsi en a-t-il été pour moi, petite fille, au moment de la dépression, avec cette même innocence de fait. Tant que je n'étais entourée que de ce que je connaissais, c'était ce que la vie avait à m'offrir et je m'en contentais. Enfant particulièrement jolie et, plus tard, jeune fille à la beauté saisissante, je m'accommodais du monde à ma modeste façon. Mon père, Bud Wharton, était ophtalmologiste. Nous vivions aux abords de Jackson, dans un banal lotissement du nom de Pearl. Papa recevait ses clients dans la pièce du fond, équipée de placards métalliques où étaient nichées ses lentilles qui tintaient comme un carillon de verre éolien quand on ouvrait ou refermait les tiroirs. Devant, nous tenions boutique. Il le fallait bien, car par les temps difficiles la vue des gens s'améliore ou du moins se révèle suffisante. Dans le magasin, nous vendions des produits frais que mes cousins rapportaient de leur ferme maraîchère ainsi que d'autres denrées déshydratées et quelques munitions. Nous survivions. Nous habitions tous à l'étage. À une époque, nous avons vécu jusqu'à onze ensemble, des cousins du comté de Noxubee, des oncles qui allaient et venaient en fonction des cueillettes de la saison, et ma vieille tante Tess. Elle s'était montrée une vraie mère pour moi quand j'en avais eu besoin. Tante Tess me répétait : « Ma jolie, ce ne sera pas pour faire la fête, mais il faudra bien que tu fréquentes le monde un de ces jours, alors redresse donc les épaules et va de l'avant. » Et c'était plus ou moins ce en quoi nous croyions tous.

Je ne pense pas que, par la suite, papa m'ait jamais pardonnée d'avoir embrassé la confession baptiste. Il ne voyait pas pourquoi le projet de Dieu nécessitait plus de fanfare et de manifestation que ce qu'il découvrait, par exemple, dans l'univers finement veiné d'un globe oculaire. Ça, plus une bonne fricassée de poulet le dimanche. Papa buvait et jurait bien un peu mais sans que cela fût très gênant. Il m'avait enseigné la cuisine et, autrement, me laissait la bride sur le cou avec mes cousines. Au voisinage de Pearl, c'était la pleine nature. Là, nous découvrions des fondrières à céphalotes et, robes ôtées, nous nous enfoncions jusqu'aux genoux dans la boue grasse et noire, et fixions des yeux la gueule des plantes carnivores que nous alimentions en araignées. Enfant, ce furent les objets de ma vénération et de mon adoration : les miracles d'une nature passionnée. Plus tard, nous avons découvert que l'on pouvait embrasser les garçons. Puis le Renouveau religieux, sous la tente.

C'est un peu tout ça à la fois qui m'a fait rencontrer Nathan Price. J'avais dix-sept ans, je rayonnais de joie de vivre. Bras dessus, bras dessous, nous autres, les filles, nous nous sommes avancées dans nos robes de mince cotonnade, les regards braqués sur nous. En secouant nos chevelures, nous nous sommes dirigées sans hésiter dans l'allée centrale, parmi les rangées de chaises pliantes empruntées au salon funéraire, jusqu'à l'avant de la tente pleine de monde pour répondre à l'appel du Seigneur. Nous nous sommes données à Jésus, de toutes nos haletantes poitrines à sauver. Nous avions offert leurs chances à tous les voyous mal dégrossis de Pearl, et cherchions quelqu'un qui nous méritât mieux. Alors, pourquoi pas Jésus ? Nous n'y allions que pour un petit tour en quelque sorte – car nous pensions qu'il aurait disparu comme tous les autres dès la fin de la semaine.

Mais une fois la tente repliée, je compris qu'au lieu de Jésus, c'était Nathan qui était entré dans ma vie, un jeune et beau prédicateur aux cheveux roux qui se rua sur mon âme laissée pour compte comme un chien sur un os. Il était beaucoup plus sûr de lui que je ne croyais qu'un jeune homme pût l'être, mais je lui résistai. Son sérieux me faisait peur. Il pouvait se montrer gai avec des vieilles dames toutes voûtées et vêtues de crêpe de Chine, qu'il tapotait dans le dos, mais avec moi, il était intarissable sur le paradis qu'il ne délaissait à l'occasion qu'au profit de réflexions sur l'enfer.

Notre fréquentation amoureuse fut insidieuse pour moi, surtout parce que je ne la reconnus pas comme telle. Je croyais que son seul but était de me convertir. Il stationnait sur les marches poussiéreuses de notre perron, pliait soigneusement sa veste sur la balancelle, remontait ses manches et me lisait des extraits des Psaumes et du Deutéronome pendant que j'épluchais les haricots. *Comment dites-vous à mon âme, Prends ton envol tel un oiseau vers ta montagne ?* Ces mots étaient pleins de mystère et de beauté, si bien que je lui permettais de rester. Mon expérience précédente des jeunes gens se limitait à des paroles sacrilèges : « Le Christ tout-puissant, aux chiottes ! » devant une robe qui comptait trop de boutons. Et voilà que de la bouche de celui-là sortait *Les paroles du Seigneur sont des mots purs : comme de l'argent filtré dans un creuset de terre, purifié sept fois ;* ou encore : *Il m'a fait coucher dans les verts pâturages.* Oh ! je les désirais tant ces verts pâturages. J'en goûtais déjà les pousses de blé à la tendresse vert pâle, décortiquées et sucées entre les dents. Je voulais me coucher avec ces mots et me relever en parlant une nouvelle langue. Alors, je lui ai permis de rester.

En tant que jeune et ambitieux prédicateur du Renouveau religieux, il devait se partager équitablement, au cours de sa tournée, entre les comtés de Rankin, Simpson et Copiah, mais je vais vous avouer quelque chose, plus d'âmes furent sauvées à Pearl cet été-là que le Seigneur n'en sût que faire. Nathan manqua rarement le poulet dominical chez nous. Tante Tess finit par déclarer : «Tu le nourris déjà, petite, pourquoi ne pas continuer à le faire en l'épousant, si c'est ça qu'il cherche.»

J'imagine que je ne saurai jamais si c'était ce qu'il cherchait. Mais quand je lui annonçai que tante Tess attendait plus ou moins une réponse avant d'investir davantage de poulets dans l'affaire, l'idée de mariage lui plut assez pour qu'il la revendiquât comme sienne. J'eus à peine le temps de réfléchir à ma propre réponse – en fait, il parut que la conclusion allait de soi. Et quand bien même eût-on attendu mon opinion, je n'aurais su comment m'en faire une. Je n'avais jamais fréquenté de gens mariés. Que savais-je du mariage ? D'après moi, c'était un monde d'attentions flatteuses et, en outre, une occasion de franchir les frontières du comté.

Nous nous mariâmes en septembre et notre lune de miel se passa à cueillir du coton afin de contribuer à l'effort de guerre. En 39 et en 40, on parlait tant de la guerre que les jeunes gens répondaient, je crois, à l'appel juste pour montrer qu'ils étaient prêts à tout. Mais Nathan en avait toujours été exempté, étant un travailleur irremplaçable – non au service du Seigneur mais du Roi Coton. Il travailla aux champs entre deux sessions de Renouveau et, à l'automne 41, notre première entreprise de jeunes mariés fut de courber l'échine dans les plantations poussiéreuses. Lorsque les sacs grossiers étaient pleins, nos mains écorchées vives et nos cheveux et épaules couverts de bourre blanche, nous pensions avoir fait notre part. Jamais nous n'aurions imaginé que bientôt les bombes tomberaient sur un port lointain dont le nom donnerait le frisson à notre modeste petite Pearl, nichée dans ses terres.

Au terme de cette semaine infâme, la moitié des hommes du monde entier se retrouvèrent engagés dans une guerre unique, Nathan inclus. Il fut appelé sous les drapeaux. À Fort Sill, son capitaine remarqua la foi de Nathan et promit de l'affecter en tant que pasteur ou chapelain à l'hôpital, à une distance convenable des lignes ennemies. Je respirai : enfin je pouvais vraiment dire que j'aimais le Seigneur ! Et puis, sans aucune explication, Nathan se retrouva à Paris, Texas, à s'entraîner dans un régiment d'infanterie. On m'autorisa à venir passer deux semaines avec lui, là-bas, dans cette plaine battue par les vents, à l'attendre la plupart du temps dans l'étrange vacuité d'un appartement froid, m'efforçant d'inventer des cordialités à prodiguer aux autres épouses. Épaves, femmes de tous accents et perspectives, échouées là à faire bouillir du gruau et des pâtes, notre unique réconfort, unies dans nos efforts pour ne pas penser aux mains de nos maris qui apprenaient à épauler un fusil. Le soir, je calais la tête de Nathan sur mes genoux et je lui lisais les Écritures : *Le Seigneur est mon roc et ma forteresse... la trompe de mon salut... ainsi serai-je sauvé de mes ennemis*. Quand il se mit en route, je rentrai à la maison, à Pearl.

Il fut parti à peine trois mois. On l'emmena en camion, en bateau et puis on le transféra sur un navire de la flotte asiatique, et pour finir il rejoignit un camp sous les palmiers d'un rivage philippin, afin de résister aux côtés du général MacArthur. Sa compagnie combattit pour entrer dans Luzon, au début sans rencontrer d'autres fléaux que les moustiques et la jungle, mais la deuxième nuit ils furent réveillés par des salves d'artillerie. Nathan fut touché à la tête par un éclat d'obus. Il courut s'abriter, hébété, dans une cabane à cochons en bambou, où il passa la nuit. Commotionné, il reprit conscience peu à peu au petit matin et tituba à l'air libre, à moitié aveugle, sans plus de sens de l'orientation qu'un insecte se jetant sur une flamme. Par pur hasard, juste avant la tombée de la nuit, il fut repéré sur la plage et ramassé par un navire de patrouille. D'un hôpital bunker dans l'île de Corregidor, il m'expédia par courrier militaire une réconfortante missive au sujet de son sauvetage réalisé grâce à la bienveillance de Dieu et à une auge à cochons japonaise. Il ignorait l'endroit où il se trouvait, naturellement, mais me jurait que, par miracle, il était à peu près intact et qu'il serait bientôt de retour à la maison !

Ce fut la dernière chose qui m'arriva de l'homme que j'avais épousé – celui qui savait rire (même d'avoir dormi dans une auge), qui m'appelait « sa petite agnelle », et qui croyait à la chance miraculeuse. Je revois encore le jeune soldat qui écrivait cette lettre, soulevé sur ses oreillers dans son lit, souriant sous son bandeau et ses pansements, montrant aux infirmières une photo de sa jolie femme, les cheveux piqués de coton du Delta. Jouissant, comme cela devait se révéler, des dernières heures heureuses de son existence. Il ignorait encore ce qu'il était advenu du reste de sa compagnie. En l'espace de quelques jours les nouvelles atteindraient bientôt Corregidor. À travers les souterrains de cette île forteresse souffla un vent d'une horreur trop grande pour qu'on l'évoquât à voix haute – une litanie chuchotée qui demanderait des années avant d'être pleinement révélée au monde, et surtout à moi. Le cœur de tout soldat en serait à jamais racorni comme un vieux bout de cuir.

Au moment où commença le bombardement cette nuit-là, tandis que Nathan était touché et titubait invisible dans l'obscurité vers sa porcherie, la compagnie reçut l'ordre de se déplacer rapidement vers la péninsule de Bataan, où elle pourrait se cacher dans la jungle, se regrouper et revenir sur ses pas pour investir Manille de nouveau. Ce fut une erreur due à l'excès de confiance en soi d'un commandant, erreur infime aux yeux de l'Histoire, mais capitale pour la vie de ces hommes. Ils furent pris au piège dans la péninsule, mourant de faim et terrifiés et, enfin, rassemblés à la pointe de la baïonnette pour être conduits dans des rizières moites sous une chaleur torride, jusqu'à l'épuisement, la maladie et au-delà, menés d'abord à pied, puis sur les mains et sur les genoux, émaciés, délirants de soif et ravagés de malaria, vers un camp de prisonniers que peu d'entre eux atteignirent et auquel peu survécurent. La compagnie de Nathan mourut jusqu'au dernier homme, lors de la Marche de la mort, à Bataan.

Le soldat Price ne fut évacué de Corregidor que quelques semaines avant que MacArthur lui-même n'abandonnât le poste, non sans promettre solennellement qu'il reviendrait un jour. Mais ils ne reviendraient pas, tant s'en faut, en ce qui concerne ces garçons de Bataan, non plus que ne le ferait la jeune recrue que j'avais épousée. Il rentra à la maison avec une cicatrice à la tempe en forme de croissant, une vision gravement amoindrie de l'œil gauche, et une suspicion à l'égard de sa propre lâcheté dont il ne guérirait jamais. Ses premiers mots furent pour me dire à quel point il sentait l'œil farouche de Dieu posé sur lui. Il s'arracha à mon baiser et à mon contact d'amoureuse en me déclarant : « Ne comprends-tu pas que le Seigneur nous observe ? »

Pourtant, je m'efforçais de le persuader que nous avions de la chance. Je croyais que la guerre n'avait que très peu différé nos projets. Nathan avait changé, je le voyais bien, mais il n'en semblait que plus pieux, et il était difficile d'y voir là l'indication d'une dégradation. Enfin, j'allais, en voyageant en tant que femme de pasteur, franchir la frontière des États, un rêve que j'avais longtemps caressé.

Dieu soit loué que j'aie pu le faire – le Mississippi, l'Alabama, la Géorgie. Nous avons traversé des frontières de sable tracées dans des broussailles de palmiers nains, des frontières au milieu de grandes routes, des files d'attente à la soupe populaire, des files d'anxieux, des files d'âmes attendant le salut. Par manque d'argent et de temps pour nous installer, à chaque saison nous emménagions dans de nouvelles locations ou pensions de famille misérables jusqu'à ce que, grosse de Rachel jusqu'aux yeux, notre statut de nomades devînt peu convenable. Une nuit, sur la carte, nous jetâmes simplement notre dévolu sur Bethlehem, en Géorgie. Par un effet de la chance ou de la providence, notre break poussa jusqu'à Bethlehem qui devait se révéler un marché prometteur en matière de baptistes évangélistes. J'ai essayé d'en rire, car voilà que nous nous trouvions là, un homme et sa femme enceinte, et que l'auberge était au complet.

Nathan ne trouva rien de divertissant à cette comparaison optimiste. En fait, c'est à cette occasion que, pour la première fois, il porta la main sur moi. Je me souviens que j'étais assise sur le bord d'une chaise dans la cuisine – rien n'était encore déballé – tenant mon énorme ventre à deux mains tandis que nous écoutions la radio. Quelqu'un venait de lire un long récit de guerre, ce qui se faisait à l'époque : un compte rendu de première main d'un camp de prisonniers et d'une marche atroce où des hommes exténués luttaient sans espoir, tombaient et périssaient sous le feu de brèves explosions orange dans les ténèbres. Je n'écoutais qu'à moitié jusqu'au moment où Nathan me rappela à l'ordre.

« Aucun de ces hommes ne verra naître un fils qui perpétuera son nom. Et tu oses te prévaloir devant le Christ lui-même de cette chance que tu ne mérites pas. »

Jusqu'à cette soirée, je n'avais jamais eu connaissance des détails de l'endroit où s'était trouvé Nathan, ni mesuré ce qu'il fuyait en permanence.

Mes grossesses le gênaient profondément. Au point de penser qu'elles étaient des bonheurs immérités et qu'en outre chacune d'elles attirait de nouveau l'attention de

Dieu sur le fait que je possédais un vagin et mon mari un pénis, et que nous les rapprochions suffisamment pour concevoir un enfant. Mais Dieu seul sait que cela ne se faisait pas aussi simplement. Nathan, que le sexe rendait fébrile, se mettait ensuite à trembler de tout son corps, à prier à haute voix et à me reprocher ma conduite licencieuse. Si sa culpabilité faisait de lui un tyran devant les hommes, elle faisait de lui un enfant devant son Dieu. Non un enfant implorant, mais un enfant irritable, du genre difficile qui n'a pas reçu beaucoup d'amour et qui est prompt à rejeter ses fautes sur les autres. Du genre qui, en grandissant, est déterminé à leur en remontrer à tous. Il avait personnellement l'intention, je crois, de sauver davantage d'âmes qu'il n'en avait péri sur le chemin de retour de Bataan et sur toutes les autres voies empruntées par la lie de l'humanité.

Où avais-je donc disparu, moi, la jeune fille – ou la femme – qu'on appelait autrefois Orleanna, tandis que nous franchissions éternellement ces démarcations ? Absorbée corps et âme par la mission de Nathan. Occupée comme par une puissance étrangère. Extérieurement, je n'étais pas différente, j'en suis sûre, tout comme il ressemblait encore au jeune homme parti à la guerre. Mais désormais, la moindre des cellules de mon corps se pliait au projet de Nathan. À sa volonté superbe. C'est ainsi qu'une conquête s'opère : un projet empiète toujours sur un autre. J'ai tenté de toutes mes forces de faire ce que je croyais être du devoir d'une épouse, des choses comme laver les chemises blanches et les chaussettes noires séparément dans les éviers des pensions de famille. Comme préparer repas après repas de la bouillie de maïs frite. Les villes où nous prêchions étaient vides de leurs jeunes hommes, car nous étions encore en période de guerre, ce qui attisait les feux du martyre intérieur de Nathan. Lorsqu'il avait sous les yeux ces communautés sans soldats, il devait voir des spectres en marche vers le nord. Pour ma part, je ne voyais que de

253

jeunes poitrines féminines pleines de soupirs devant mon beau mari, ce soldat du Seigneur. (Je mourais d'envie de leur crier : « Allez-y, essayez-le, les filles, je suis trop épuisée ! ») Ou autrement, je l'attendais à la maison, avalant quatre verres d'eau avant son arrivée afin de pouvoir le regarder manger ce qu'il y avait sans que mon estomac gronde. Quand je fus enceinte des jumelles, j'eus de telles envies que, parfois, je sortais la nuit à quatre pattes pour aller manger secrètement de la terre du jardin. Trois petites en moins de deux années de solitude, que j'aie eues. Je doute qu'aucune femme n'ait mis au monde autant de bébés en si peu de coïts.

Trois enfants, c'était trop, je le ressentais profondément dans mon corps. Lorsque la troisième fut née, elle ne pouvait ni tourner la tête de côté ni même téter convenablement. C'était Adah. J'ai pleuré des journées entières lorsque j'ai su que j'attendais deux enfants, et maintenant, je reste éveillée des nuits entières en me demandant si mon désespoir ne l'a pas empoisonnée. Déjà l'obsession de la culpabilité de Nathan et de la réprobation de Dieu me gagnaient. Adah était ce que Dieu m'avait envoyé, punition ou récompense. Le monde a son idée là-dessus, moi, j'ai la mienne. Les médecins ne nous donnèrent guère d'espoir, pourtant l'une des infirmières se montra compatissante. Elle me dit que l'alimentation artificielle était ce qu'il y avait de mieux, un miracle des temps modernes, mais nous ne pouvions nous la permettre pour les deux. J'ai donc fini par nourrir au sein l'avide Leah et par réserver à Adah les coûteux biberons, les alimentant toutes les deux en même temps. Avec des jumelles, on apprend à tout faire d'un revers de main. Non seulement avec les jumelles, mais aussi avec un bout de chou aux cheveux filasse dont la peau semblait si délicate qu'elle pleurait au moindre inconfort. Rachel poussait des cris à chaque fois qu'elle mouillait sa couche et déclenchait les pleurs des deux autres comme des réveille-matin. Elle pleura énormément aussi au moment des dents. Adah hurlait de frustration, et Leah sanglotait à cause de ses cauchemars. Pendant six ans, de l'âge de dix-neuf ans à vingt-cinq ans, je ne dormis pas une seule nuit complète. Voilà. Et on se demandera pourquoi je ne me suis pas dressée et rebellée contre Nathan ? Je m'estimais heureuse de n'avoir pas les deux pieds dans le même sabot, voilà pourquoi. Je ne faisais qu'aller de l'avant, pensant qu'avec chaque jour nouveau le pire s'éloignait.

Nathan croyait avant tout que le Seigneur distinguait la vertu et qu'il la récompensait. Mon mari n'acceptait pas d'alternative. De telle sorte que si nous souffrions dans notre petite maison au milieu de cette nullité de plaine de Bethlehem, c'était la preuve que l'un de nous avait commis une faute. J'interprétais cette défaillance comme étant mienne. Nathan s'irritait de mes attraits, comme si j'avais choisi exprès d'avoir des hanches minces et de grands yeux bleus pour attirer l'attention sur moi. L'œil de Dieu nous regardait, me fit-il savoir. Si je demeurais un instant immobile dans l'arrière-cour, entre deux draps à étendre, pour noter le picotement de l'herbe sous mes pieds nus, mon oisiveté attirait Son Regard. Dieu était tout ouïe quand je laissais échapper un des jurons de mon père, et Il me regardait quand j'étais dans mon bain, m'empêchant de me prélasser dans l'eau chaude. C'est à peine si je pouvais me moucher sans me sentir observée. Comme pour compenser tout cet espionnage, Nathan me négligeait, dans l'ensemble. Si je me plaignais de notre existence, il mastiquait son repas en détournant les yeux avec tact, comme on ignore une petite fille qui a délibérément cassé ses poupées et qui pleurniche de ne plus savoir avec quoi jouer. Pour conserver mon équilibre, j'appris à contourner les difficultés à pas feutrés et à en garder les bons côtés.

S'il existait encore quelque trace de la belle païenne en moi, fille encline à l'admiration telle une noctuelle attirée par la lune, et si son cœur battait encore par les nuits de Géorgie quand les rainettes chantaient dans les fossés au bord de la route, elle était trop fascinée pour se défendre. Une ou deux fois, lorsque Nathan s'absentait pour une session du Renouveau, il m'est arrivé de verrouiller les portes et de souffler dans ma propre bouche sur le miroir, me mettant du rouge à lèvres pour accomplir les travaux ménagers. Mais rarement. Je me retrouvais de plus en plus rarement. À l'époque de la naissance de Ruth May, nous emménageâmes au presbytère de Hale Street, et Nathan entra définitivement en possession d'une contrée autrefois appelée Orleanna Wharton. J'acceptai le Seigneur en tant que mon sauveteur, car enfin, Il m'apportait une machine à laver Maytag. Je m'abandonnai à cette paix et me prétendis heureuse. Parce qu'en ce temps-là, voyez-vous, c'est ainsi que l'on qualifiait une vie comme la mienne.

Il me fallut beaucoup de temps pour comprendre que je l'avais payée très cher, et qu'il fallait que Dieu lui-même reconnût la valeur de la liberté. *Comment dis-tu à mon âme, Prends ton envol tel un oiseau vers ta montagne ?* À ce moment-là j'étais logée au cœur des ténèbres, si profondément conforme au moule du mariage que je ne voyais guère comment tenir debout autrement. Comme Mathusalem, je me faisais toute petite à côté de ma cage et bien que mon âme soupirât après la montagne, je constatai que je n'avais pas d'ailes.

Voilà pourquoi, petite bête. J'avais perdu mes ailes. Ne me demande pas comment je les ai retrouvées – cette histoire est trop insupportable. J'ai longtemps cru aux rassurants discours mensongers, convaincue comme toutes les autres que lorsque les hommes évoquent l'intérêt national, ils parlent aussi du nôtre. En fin de compte, mon sort se confondit avec celui du Congo. Pauvre Congo, épouse aux pieds nus d'hommes qui lui ont arraché ses bijoux tout en lui promettant le paradis.

Les choses
que nous ignorons

Leah

Pour la deuxième fois, nous quittâmes Léopoldville en survolant la jungle et nous atterrîmes dans cette petite aire dégagée du nom de Kilanga. Cette fois, Père et moi étions seuls dans l'avion, outre Mr. Axelroot, dix kilos de produits déshydratés et des boîtes de pruneaux entiers que les Underdown ne pourraient emporter avec eux lorsqu'ils quitteraient le Congo. Mais ce second atterrissage cahoteux n'eut pas le même impact qu'au tout début, lors de notre arrivée. Au lieu d'éprouver de l'excitation, je tremblais d'appréhension. Il n'y avait absolument personne pour nous accueillir en bout de terrain – ni villageois, ni Mère ni mes sœurs. À coup sûr, personne ne battait du tam-tam ou ne préparait un ragoût de chèvre à notre intention. Tandis que Père et moi traversions le terrain désert et que nous nous dirigions vers la maison, je ne pus m'empêcher de penser à cette fameuse soirée, à la fête de bienvenue et à toutes les saveurs et les sons qu'elle évoquait. Comme elle nous avait paru étrange et misérable à l'époque et, maintenant, avec le recul, quelle abondance d'excellentes protéines avaient été sacrifiées en notre honneur. Une abondance scandaleuse, en vérité. Mon ventre en grondait. Silencieusement, je promis au Seigneur de témoigner franchement de ma gratitude lors d'une telle fête si elle devait se reproduire un jour. En dépit de ce que peut penser Rachel à propos de la viande

257

de chèvre, nous ferions sûrement bon usage d'un tel festin, comment allions-nous faire pour nous nourrir à l'avenir ? On ne va pas bien loin dans la vie avec des conserves de pruneaux.

À cause de l'indépendance, je pensais davantage à l'argent que je ne l'avais jamais fait auparavant, mis à part les problèmes d'arithmétique scolaire qu'il posait. Cinquante dollars par mois, en francs belges, cela ne représentait peut-être pas grand-chose, mais à Kilanga cela nous avait fait paraître plus riches que n'importe qui. Désormais, il faudrait nous débrouiller avec zéro dollar par mois en francs belges, et ce genre de problème est vite résolu en arithmétique.

Il est certain que dans les quelques semaines qui suivirent notre retour à Père et à moi, sans rien dans les mains, les femmes, devinant que nous n'avions pas d'argent, cessèrent de venir nous proposer les bêtes ou les poissons qu'avaient pris leurs époux. Cela se fit jour progressivement, bien entendu. Au début, elles comprirent mal la dégradation de notre situation. Nous leur expliquâmes du mieux possible que nous n'avions plus de *fyata*, plus d'argent ! C'était la stricte vérité. Le moindre franc que nous avions économisé avait été remis à Eeben Axelroot, car Père avait dû carrément lui graisser la patte pour qu'il nous ramène de Léopoldville en avion. Pourtant, nos voisines de Kilanga semblaient penser : Est-il possible qu'un Blanc n'ait plus de *fyata* ? Elles stationnaient des éternités devant notre entrée, nous examinant des pieds à la tête, pendant que leurs paniers de richesses se dressaient, muets, sur leurs têtes. J'imagine qu'elles avaient cru notre fortune inépuisable. Nelson expliquait sans relâche, avec Rachel et Adah et moi par-dessus son épaule, que maintenant c'était l'indépendance et qu'on ne nous versait pas de supplément sous prétexte que nous étions des chrétiens blancs. Sur ce, les femmes émettaient une foule de sons compatissants en apprenant la triste vérité. Elles remontaient leur bébé sur leur hanche

et disaient : *Á bu*, bon alors, *ayi*, d'accord, l'indépendance. Malgré tout, elles n'étaient toujours pas convain-
cues, du moins pas entièrement. Avions-nous bien
cherché partout ? s'enquéraient-elles. Peut-être y avait-il
encore un peu d'argent caché sous ces drôles de lits, tout
en hauteur, ou dans les casiers de notre secrétaire ? Et les
gamins continuaient de nous attaquer tels de bons petits
bandits dès que nous sortions, réclamant du lait en
poudre ou des pantalons, insistant sur le fait que nous
avions encore toute une flopée de ces articles planqués à
la maison.

Mama Mwenza, d'à côté, fut la seule à nous plaindre.
Elle vint en se déplaçant sur ses mains nous offrir
quelques oranges, indépendance ou pas. Nous lui annon-
çâmes que nous n'avions absolument rien à lui donner
en échange, mais elle se contenta d'agiter en l'air la
semelle de ses mains. *Á bu*, ça ne fait rien ! Ses petits
gars savaient où les trouver, nous dit-elle, et elle dispo-
sait toujours d'un *bákala mpandi* à la maison – d'un
solide bonhomme. Il allait poser ses grandes nasses plus
tard dans la semaine, et si la pêche était bonne, il lui per-
mettrait de nous apporter un peu de poisson. Quand on
a beaucoup de quelque chose, il faut le partager avec les
fyata, dit-elle. (Et dire que Mama Mwenza n'est même
pas chrétienne !) Vraiment, on sait que tout va au plus
mal quand une femme sans jambes et qui vient de perdre
deux de ses enfants éprouve de la compassion pour vous.

Mère réagissait mal. Aux dernières nouvelles, lorsque
Père et moi avions pris l'avion pour Léopoldville, elle
s'efforçait encore de faire bonne figure à l'occasion, mais
le peu de temps que nous fûmes absents, elle abandonna
tout faux-semblant et tomba dans la déprime. Désormais,
elle avait tendance à traîner partout dans la maison, l'air
hagard, en chemise de nuit, en mocassins marron éraflés,
sans chaussettes et en blouse rose déboutonnée, passant
ses nuits et ses jours à moitié habillée ou déshabillée,
selon. Elle restait une grande partie du temps recroque-

villée sur son lit en compagnie de Ruth May. Ruth May ne voulait rien manger, et disait qu'elle ne tenait plus debout parce qu'elle transpirait trop. La vérité, c'est que ni l'une ni l'autre ne manifestaient plus d'intérêt pour rien.

Nelson me confia que Mère et Ruth May avaient le *kibáazu*, ce qui voulait dire que quelqu'un leur avait jeté un mauvais sort. En plus, il savait qui l'avait fait, et que, tôt ou tard, le *kibáazu* s'en prendrait à toutes les femmes de la maisonnée. Je repensai aux os de poulet de la calebasse déposée sur notre seuil par Tata Kuvudundu quelques semaines plus tôt, et qui m'avaient donné des frissons dans le dos. J'expliquai à Nelson que son vaudou était une pure absurdité. Nous ne croyions pas en un dieu malfaisant que l'on pouvait convaincre d'ensorceler quelqu'un.

« Non ? demanda-t-il. Et votre dieu, ce n'est pas lui qui a jeté un sort à Tata Chobé ? »

Ceci se passait lors d'une après-midi étouffante où Nelson et moi fendions du bois pour le stocker dans le bâtiment de la cuisine. Une corvée sans fin qu'était celle d'alimenter le poêle en fonte, ne serait-ce que pour faire bouillir de l'eau, sans parler de la cuisine.

« Tata Chobé ? » J'étais sur mes gardes mais curieuse de savoir dans quelle mesure il avait retenu les enseignements de la Bible. À travers les très larges trous de son T-shirt rouge, je vis les muscles du dos de Nelson se durcir, l'espace d'une longue seconde, tandis qu'il levait sa machette pour fendre le cœur violet foncé d'une petite bûche. Nelson se servait de sa machette pour tout et le reste, pour fendre des allume-feu, pour se raser (à treize ans, il n'en avait pas vraiment besoin) et nettoyer le fourneau. Il l'affûtait et la nettoyait avec énormément de soin.

Il se releva pour reprendre souffle. Ayant déposé précautionneusement l'outil par terre, il exécuta de grands moulinets avec ses bras pour se détendre. « Ton dieu a jeté un *kibáazu* sur Tata Chobé. Il lui a envoyé la vérole et des démangeaisons et a tué tous ses sept enfants d'une même famille.

– Oh pauvre Job ! dis-je. Mais ce n'était pas un sort, Nelson. Dieu éprouvait sa foi.

– *Á bu* », dit Nelson, ce qui voulait plus ou moins dire : Bon, d'accord. Après avoir repris son arme et fendu trois ou quatre autres bûches à cœur violet, il ajouta : « Quelqu'un est en train d'éprouver la foi de ta mère et de ta petite sœur. La prochaine qu'il éprouvera ce sera celle de "la Termite". »

Mvúla – un termite blanchâtre qui sort après la pluie – c'est ainsi que les gens d'ici appellent Rachel, en raison de son extrême pâleur. D'après eux, elle est comme ça parce qu'elle reste enfermée trop souvent et qu'elle est terrifiée par la vie en général. Rachel n'a pas grande opinion des termites, inutile de le préciser, et elle est persuadée que le mot possède un autre sens, beaucoup plus édifiant. On m'appelle généralement *Leba*, ce qui est infiniment plus joli et qui veut dire « figuier ». Au début, nous pensions qu'ils savaient prononcer « Leah » mais en fin de compte, non, et ils se montrent gentils en l'évitant, car *léa* en kikongo veut dire « pas grand-chose ».

Je répétai à Nelson que, dans la famille, quelle que soit son interprétation de la parabole de Job, nous ne croyions pas aux sorciers *nganga*, aux fétiches maléfiques ni aux *nkisi* et *grigri* que les gens portent autour du cou pour éloigner les mauvais sorts et autres balivernes. « Je suis désolée, Nelson, lui dis-je, mais nous ne vénérons pas ces dieux-là. » Pour marquer plus nettement notre position, j'ajoutai : « *Baka veh.* » Ce qui veut dire « Nous ne payons pas pour ça », c'est ainsi que l'on dit qu'on ne croit pas.

Avec précaution Nelson empila du bois sur mes bras tendus. « *Á bu* », me dit-il tristement. Je n'avais guère d'autre choix que de regarder de près Nelson et son visage luisant de sueur, tandis qu'il arrangeait le bois que je tenais maladroitement entre mes bras – notre travail nous rapprochait à ce point. Je voyais bien qu'il était vraiment navré pour nous. Il émit un claquement de langue à la manière de Mama Tataba et me dit : «Leba, les dieux que vous ne payez pas sont ceux qui vous maudissent le plus. »

Kilanga
Septembre 1960

Adah

Sesohc ed tnat snorongi suon.

Les choses que nous ignorons, individuellement ou
ensemble, dans la famille, rempliraient deux paniers dis-
tincts, l'un et l'autre percés d'un grand trou au fond.

Muntu, c'est le mot congolais pour désigner l'homme.
Ou le peuple. Mais il signifie plus encore. Ici au Congo,
j'ai le plaisir de vous annoncer qu'il n'existe aucune différence particulière entre les vivants, les morts, les
enfants à naître et les dieux – ce sont tous des *muntu.*
C'est ce que dit Nelson. Tout le reste c'est *kintu* : animaux, pierres, bouteilles. Un lieu ou une heure, c'est
hantu, et le qualitatif, c'est *kuntu* : beau, hideux, ou bancal, par exemple. Toutes ces choses ont une racine commune, *ntu* : «Tout ce qui est ici, c'est *ntu*», dit Nelson
en haussant les épaules, comme si ce n'était pas difficile
à comprendre. Et ce serait facile, sauf que «être là» n'est
pas la même chose qu' «exister». Il explique la différence de la manière suivante : les principes du *ntu* sont
endormis, jusqu'à ce qu'ils soient touchés par le *nommo.*
Le *nommo,* c'est l'énergie qui fait vivre les choses telles
qu'elles sont : un homme, un arbre ou un animal. *Nommo*
veut dire «le verbe». Le lapin a la vie qui est la
sienne – non la vie d'un rat ni celle d'une mangouste –
parce qu'il s'appelle «lapin», *mvundla.* Un enfant n'est
pas vivant, prétend Nelson, tant qu'il n'a pas de nom. Je

lui ai dit que cela m'aidait à éclaircir un mystère. Ma sœur et moi sommes de vraies jumelles, alors comment se faisait-il qu'à partir d'une seule graine nous vivions des vies tellement différentes ? Maintenant, je sais. C'est parce que je m'appelle Adah et qu'elle s'appelle Leah.

« *Nommo*, ai-je écrit sur mon carnet que j'avais ouvert pour nous sur la grande table. *Nommo, ommon, NoMmo* », écrivis-je, avec l'espoir d'apprendre ce mot à l'endroit et à l'envers. En principe j'étais en train de montrer à Nelson (sur sa pressante demande) comment rédiger une lettre (ignorante du fait qu'il n'aurait aucun moyen de la poster). Il apprécie ma tutelle silencieuse et la sollicite souvent. Mais Nelson, en tant qu'élève, est apte à se montrer lui-même professeur pour peu qu'on l'y incite. Et il semble croire que son bavardage améliore notre conversation, puisque je ne fais qu'écrire des choses sur du papier.

« *Nommo mvula*, c'est ma sœur Rachel ? » m'enquis-je.

Il approuva d'un signe de tête.

« Ruth May, alors, c'est Nommo Bandu et Leah, c'est Nommo Leba. Et d'où vient le *nommo* ? »

Il montre sa bouche du doigt. Le *nommo* sort de la bouche, comme de la vapeur d'eau, dit-il : une chanson, un poème, un cri, une prière, un nom, tout ça ce sont des *nommo*. L'eau elle-même est *nommo*, du genre le plus essentiel, à ce qu'il paraît. L'eau, c'est la parole des ancêtres qui nous est donnée – ou refusée – selon que nous les traitons bien ou non. La parole des ancêtres est attirée à l'intérieur des arbres et des hommes, m'a expliqué Nelson, et c'est ce qui leur permet de se dresser et de vivre en tant que *muntu*.

« Un arbre, c'est aussi un *muntu* ? » ai-je écrit. Vite, avec des bâtons, j'ai tracé un homme à côté d'un arbre, pour être plus claire. Nos conversations se passent le plus souvent sous forme d'images et de gestes. « Un arbre, c'est un genre de personne ?

– Évidemment, a répondu Nelson. Il suffit de les regarder. Ils ont tous les deux des racines et une tête. »

Nelson était troublé que je ne parvienne pas à comprendre une chose aussi simple.

Puis il demanda : « Toi et ta sœur Leba, qu'est-ce que ça veut dire quand tu déclares que vous venez de la même graine ? »

« Jumelles », ai-je écrit. Il n'a pas reconnu le mot. J'ai dessiné deux silhouettes identiques l'une à côté de l'autre, ce qu'il a trouvé encore plus perturbant, étant donné que Leah et moi – la belle et la bête – étions censées être les jumelles en question. Alors, comme il n'y avait personne pour nous voir et que Nelson semble difficile à choquer, j'ai mimé sans pudeur une mère qui accouchait d'un bébé, puis – oh ! désastre ! – d'un autre. Des jumelles.

Il a ouvert de grands yeux. *« Báza ! »*

J'ai fait signe que oui, pensant qu'il n'était pas le premier à s'étonner d'une telle nouvelle à propos de Leah et de moi. Mais il devait y avoir plus que ça, car il s'écarta de moi d'un bond, avec une telle précipitation qu'il en renversa sa chaise.

« Báza ? » répéta-t-il, le doigt pointé sur moi. Il me toucha délicatement le front puis il recula, comme si ma peau allait le brûler.

Je griffonnai, un peu sur la défensive : « Tu n'as jamais vu de jumelles ? »

Il secoua la tête avec conviction. « Toute femme qui a des *báza* doit emporter les deux bébés dans la forêt après leur naissance et les y laisser. Elle les emporte vite, tout de suite. C'est tout à fait, tout à fait, indispensable.

– Pourquoi ?

– Les ancêtres et les dieux, bégaya-t-il, tous les dieux. Quel dieu ne serait pas furieux après une mère qui garderait des bébés pareils ? Je crois que le village entier serait inondé ou que presque tout le monde mourrait, si une mère gardait ses *báza*. »

Des yeux, je fis le tour de la pièce, sans déceler de preuve immédiate d'une catastrophe et haussai les épaules. Je tournai la page de notre leçon de correspondance commerciale et entrepris de faire au crayon un dessin compliqué de l'arche de Noé. Au bout d'un moment, Nelson releva sa chaise et alla s'asseoir à plus d'un mètre de moi. Mais il se penchait exagérément pour essayer d'apercevoir mon dessin.

« Ça n'a rien à voir avec des jumelles », écrivis-je en haut de la feuille. Ou bien, qui sait, peut-être que ça a tout de même à voir. Avec tous ces lapins et ces éléphants par deux.

« Qu'est-ce qui s'est passé dans ton village quand ta mère ne vous a pas abandonnées dans la forêt ? »

Je réfléchis un instant sur l'année de ma naissance et écrivis : « Nous avons gagné la guerre. » Puis je me mis en devoir de dessiner les contours d'une girafe exceptionnellement élégante. Mais Nelson me regardait de travers, attendant toujours la preuve que ma naissance n'avait pas entraîné de catastrophes pour notre maisonnée. « Pas d'inondation. Pas d'épidémies, écrivis-je. Tout va bien aux U.S.A., où les mères gardent tous les jours leurs *báza*. »

Nelson me fixait avec une telle expression de scepticisme agacé que je fus tentée de douter de ma propre parole. N'y avait-il pas eu, je ne sais pas, moi, une série d'ouragans dans les mois qui avaient suivi notre naissance à Leah et à moi ? Un mauvais hiver, à l'échelon national, pour la grippe ? Qui aurait pu le dire ? Je haussai les épaules et dessinai une deuxième girafe avec une déformation accentuée du cou en forme de Z. La girafe *benduka*.

Nelson n'allait pas me lâcher comme ça. Il était clair que ma gémellité représentait un danger pour la société. « Et Tata Jésus, qu'est-ce qu'il en dit ? »

Je haussai les épaules, mais Nelson me poussait dans mes retranchements. Il refusait de croire que la Bible de

266

Jésus, dans sa prodigieuse abondance de mots, ne renfermait pas d'instructions particulières pour les mères de nouveau-nés jumeaux. Pour finir, j'écrivis : «Je pense que Jésus leur dit de les garder.»

Nelson s'agitait de nouveau. «Alors, tu vois, les deux femmes de Tata Boanda vont à l'église de Jésus ! Et la Mama Lakanga ! Toutes ces femmes et leurs amies et leurs maris ! Ils pensent qu'ils auront de nouveau des jumeaux, et que Tata Jésus ne les forcera pas à les abandonner dans la forêt.»

Ces nouvelles étaient d'un intérêt exceptionnel, et je le questionnai en détail. Aux dires de Nelson, pratiquement la moitié des fidèles de mon père étaient apparentés à des jumeaux morts. Intéressant précepte sur lequel fonder un ministère : la première église baptiste évangélique de fidèles à tendance gémellaire. J'appris également de Nelson que nous recevions sept lépreux tous les dimanches, plus deux hommes ayant accompli un acte définitivement impardonnable pour les dieux locaux — c'est-à-dire qu'ils étaient responsables de la mort accidentelle d'un homme de leur clan ou d'un enfant. Nous semblons être l'église des causes désespérées, ce qui n'est probablement pas si loin de ce que Jésus lui-même souhaitait en son temps.

Cela n'aurait pas dû être surprenant. Anatole avait déjà essayé de nous expliquer la fonction de notre église dans la société lors de ce dîner fatal qui s'était terminé par un plat brisé. Mais le Révérend a tellement le sentiment d'abattre du bon travail en clarifiant tous ces points délicats des Écritures à l'intention des païens qu'il est à mille lieues de penser qu'il sert simplement à nettoyer les rues, ou tout comme. À écarter les éléments perturbateurs du grand cérémonial de Kilanga. Le Révérend ne s'était pas aperçu que l'ensemble des familles pratiquantes dont les enfants avaient été durement touchés par la *kakakaka* s'étaient discrètement éclipsées pour faire leurs dévotions à leurs ancêtres, tandis que quelques-unes des familles païennes qui, elles aussi, avaient été durement touchées, tentaient le coup du christianisme. Alors que cela me semble parfaitement logique, cette vision pragmatique de la religion échappe totalement au Révérend. Chaque fois qu'un nouveau converti un peu bancal franchit la porte, le dimanche matin, il se félicite pendant tout le dîner « d'être capable désormais de les ramener pour de bon au bercail, les amis. Et finalement, d'attirer l'attention de certaines grosses huiles du coin ».

Ainsi, il continue à prêcher aux lépreux et aux parias. Purement par erreur, car sa pratique se révèle plus innocente que ses intentions. Mais la plupart du temps, c'est l'inverse. Le plus souvent il s'écrie : « Dieu soit loué ! » en même temps que d'un revers de main il vous flanque par terre.

Comment a-t-il réussi à exister, ce *nommo* Nathan Price ? Je me le demande. Au commencement était le verbe, la guerre, la voie de toute chair. La Mère, le Père, le fils qui n'existait pas, les filles trop nombreuses. Les jumelles qui faisaient crouler de rire l'assistance. Au commencement était le verbe, le troupeau, l'indistinct, la crotte, les dettes encourues par ce théâtre de l'absurde. Notre Père a son os à ronger en ce monde, et il le ronge comme une plaie. Le ronge par le verbe. Son châtiment c'est le verbe, et ses lacunes sont celles des mots – tandis que s'accentue son impatience de traduire et qu'il s'aventure dangereusement seul, à raconter ses paraboles dans son insensé charabia de kikongo. Il est périlleux, je le réalise maintenant, de faire erreur sur le *nommo*, au Congo. Si vous ne donnez pas leurs vrais noms aux choses, il vous arrivera de faire qu'un poulet parle comme un homme. De faire qu'une machette se lève pour danser.

Nous, ses filles et sa femme, ne sommes pas non plus innocentes. En tant qu'actrices de son théâtre. De nous, les Price, on pense que nous sommes à la fois particulièrement bien intentionnées et ineptes. Je le sais. Nelson

268

se garderait bien de le dire. Mais il m'indique toujours, quand je le lui demande, les mots dont nous ne saisissons pas le sens. Je suis capable de deviner la suite. Il faut être hors du commun pour réunir une assemblée de fidèles, se présenter devant elle et d'une voix claire et orgueilleuse aligner des mots de travers semaine après semaine. *Bandika*, par exemple : tuer quelqu'un. Si vous le prononcez trop vite, comme le fait le Révérend, cela signifie « pincer une plante » ou « déflorer une vierge ». Quelle surprise ce doit être pour les Congolais d'apprendre que ce brave David, qui avait l'intention d'abattre le puissant Goliath, était en réalité en train de sauter partout à pincer des plantes et peut-être même pire.

Ensuite, il y a le *batiza*, l'obsession chérie de Notre Père. *Batiza* prononcé avec la langue relevée signifie simplement « baptême ». Autrement, il veut dire « terrifier ». Nelson a passé presque toute une après-midi à me faire la démonstration de cette subtile différence linguistique pendant que nous raclions la crotte de poule des nichoirs. Personne ne l'a encore expliquée au Révérend. Il n'est pas disposé à recevoir certaines nouvelles. Sans doute aurait-il intérêt à nettoyer les poulaillers.

Ruth May

Quelquefois, on a juste envie de rester couchées et de regarder le monde entier de côté. Maman et moi, c'est ce qu'on fait. On est bien. Si je pose ma tête sur elle, le monde vu de côté monte et descend. Elle fait : Hun-hun. Huh-hun. C'est mou, sur son ventre et sur sa poitrine. Quand Père et Leah sont partis en avion, on a simplement eu besoin de s'allonger un moment.

Quelquefois je lui dis : Moman, moman. Je dis ça, c'est tout. Père, il écoute pas, alors je peux. Son vrai nom c'est Mère et Missrusse Price. Mais en secret, je l'appelle moman, moman. Il est parti en avion et j'ai dit : « Maman, j'espère qu'il reviendra plus jamais. » Alors, on s'est mises à pleurer.

Mais j'étais triste et j'avais envie que Leah revienne parce que, quelquefois, elle me prend à califourchon sur son dos et elle me traite pas de peste. Tout le monde est gentil de temps en temps et le petit Jésus dit qu'il faut aimer tout le monde, même si on a pas vraiment envie. Le petit Jésus sait ce que j'ai dit, que je veux que Père revienne plus jamais, mais Père c'est le pasteur. Alors Dieu et les autres l'aiment mieux.

J'ai rêvé que je grimpais tout en haut de l'avocatier et que je les voyais tout petits, en bas, les enfants, avec leurs jambes tordues de cow-boys et leurs grands yeux qui regardaient en haut et les tout petits bébés enveloppés, avec leurs petites mains et leurs visages qui sont clairs jusqu'à ce qu'ils deviennent vieux et noirs, parce que ça doit demander du temps, je pense, au bon Dieu, avant qu'il se rende compte qu'ils font partie de la tribu de Cham. Et les maisons couleur de boue, pareilles que la terre où ils s'assoient. Maman dit qu'il y a rien dans tout le village qui fondrait pas avec une bonne pluie. Et je pouvais voir moman moman, le dessus d'elle. Je voyais tout ce qu'elle pouvait penser, comme Jésus. Elle pensait à des bêtes.

Quelquefois quand on se réveille, on sait pas si c'est en rêve ou en vrai.

Adah

Les voies de Dieu, c'est bien connu, sont insondables. Il n'existe rien de ce qui porte un nom qu'Il ne soit capable de mettre à exécution, un jour ou l'autre. Oh, Il enverra tant de pluie que tous ses petits peuples boiront les eaux usées les uns des autres et mourront de la *kakakaka*. Ensuite, Il organisera une sécheresse qui brûlera les champs d'ignames et de manioc, de telle sorte que ceux qui ne seraient pas déjà morts des fièvres se tordront de faim. Qu'arrivera-t-il ensuite, vous demanderez-vous ? Un autre mystère, ni plus ni moins !

Après que l'indépendance nous eut privés de notre allocation et de tout contact avec le monde extérieur, il apparut que le projet de Dieu voulait que Mère et Ruth May soient malades à en frôler la mort. Enfiévrées, couvertes de taches, la langue chargée, épuisées, évoluant au ralenti, elles atteignirent la limite la plus extrême de ce que l'on imagine généralement constituer un être vivant.

Le Révérend semblait ne pas s'en préoccuper. Il poursuivait son œuvre missionnaire, laissant ses trois aînées en charge du foyer et de la maison pendant qu'il s'en allait visiter les âmes en péril ou voir Anatole dans le but d'imposer un cours de Bible aux jeunes garçons d'âge tendre. Ah cette fameuse Bible, où n'importe quel âne

doté d'une mâchoire * rencontre son heure de gloire !
(Anatole, évidemment, n'était pas chaud pour le projet.)
Souvent, le Révérend se contentait de sortir et d'arpenter seul le bord de la rivière pendant des heures, soumettant ses sermons au jugement des lis des champs – qui le comprenaient à peu près aussi bien que ses fidèles et qui, franchement, se montraient bien meilleurs auditeurs. L'un dans l'autre, être le seul émissaire de Dieu resté à Kilanga procurait énormément de travail à Notre Père. Si nous le harcelions de nos inquiétudes au sujet de Mère, il répondait sèchement qu'elle ne manquerait pas d'entendre l'appel de Dieu et qu'elle se remuerait bientôt. La nuit, nous surprenions d'étranges discussions mêlées de larmes, au cours desquelles Mère parlait d'une voix éteinte, inintelligible, ralentie comme un phonographe à la mauvaise vitesse, évoquant des possibilités de mort pour la famille. En une fraction du temps qui lui était nécessaire pour former sa supplique, Notre Père rétorquait avec irritation que le Seigneur agissait selon des voies mystérieuses. Comme si elle l'avait ignoré.

Sérieuses, délirantes, impérieuses, les voies délétères qui nous fatiguent.

Nos voisins semblaient plutôt indifférents à notre train de vie réduit, étant eux-mêmes préoccupés du leur. Pascal, l'ami de Leah, était le seul qui venait encore, à l'occasion, lui demander de l'accompagner dans ses explorations aventureuses de la brousse. Pendant que nous peinions à changer les draps ou à laver la vaisselle, Pascal attendait dehors, distrayant notre attention, répétant à tue-tête la poignée d'expressions américaines que Leah lui avait apprises. D'habitude cela nous faisait rire, mais maintenant nous nous mordions les doigts de l'avoir dressé à l'insolence.

---

* Allusion biblique à Samson qui, ayant trouvé «une mâchoire d'âne qui était à terre, [il] la prit, et en tua mille hommes» – Livre des Juges. (*N.d.T.*)

Notre enfance avait basculé dans l'histoire du jour au lendemain. La transition était passée inaperçue de tous, sauf de nous.

La tâche de nous procurer notre pain quotidien relevait clairement de notre seule initiative, à nous les filles, et le simple travail que cela représentait m'épuisait. Souvent, j'avais envie d'aller me coucher moi aussi. Mes sœurs en étaient également affectées. Rachel, les yeux de plus en plus cernés, avait l'air accablé et ne se coiffait plus qu'une fois par jour. L'allure de Leah rétrograda de la course à la marche. Nous n'avions pas réalisé ce que notre mère avait vécu en réussissant à nous servir des repas à table tout au long de l'année passée. Père ne le réalisait pas encore, n'ayant aucune idée de la charge que cela représentait pour une infirme, une reine de beauté et un garçon manqué qui abordait les travaux ménagers comme un chat craint l'eau froide. Quelle famille nous faisions !

Quelquefois, en plein milieu de la nuit, Leah se dressait toute droite sur son lit, éprouvant l'envie de se confier. Je pense qu'elle avait peur, mais elle ramenait fréquemment sur le tapis l'épisode humiliant de Mama Mwenza déclarant sans ambages qu'il était indispensable d'avoir un homme fort chez soi. Cela dérangeait Leah que les gens puissent penser que notre maisonnée était incomplète, non parce que notre mère se trouvait aux portes de la mort mais parce que nous n'avions pas de *bákala mpandi* – d'homme fort – pour veiller sur nous.

« Père ne chasse ni ne pêche parce que sa vocation est d'ordre supérieur », argumentait Leah depuis son lit, comme si je n'avais pas déjà réfléchi à la question. « Ne voient-ils pas qu'il travaille dur dans son métier ? »

Aurais-je été tentée d'entrer dans le débat que je lui aurais fait remarquer qu'aux yeux de Mama Mwenza, son métier ressemblait probablement au jeu de « Maman, tu veux bien, dis ? » qui consistait surtout à allonger des tirades d'absurdités sans fin.

Il fallut moins d'un mois à notre maisonnée pour sombrer dans le chaos le plus complet. Nous dûmes supporter la rage montante de Père quand, de retour à la maison, il constatait que le dîner n'en était encore qu'au stade de la discussion : celui de savoir si oui ou non il y avait des asticots dans la farine, voire de la farine tout court. Son mécontentement ayant atteint un point de non-retour, nous pansâmes toutes trois nos blessures et nous nous convoquâmes mutuellement à un genre de sommet féminin. À la grande table de bois sur laquelle nous avions passé tant d'heures fastidieuses à étudier l'algèbre et le Saint Empire romain, nous étions maintenant installées afin de déterminer nos priorités.

« La première chose, c'est de faire bouillir l'eau, quelles que soient les circonstances, annonça Rachel, notre aînée. Tu notes ça, Adah. Parce que si nous ne la faisons pas bouillir pendant trente bonnes minutes, nous allons attraper des plébiscites ou je ne sais quoi encore. »

Dûment noté.

« La deuxième, il faut décider de ce que nous allons manger. »

Sur les étagères du placard à provisions, dans la cuisine, il nous restait encore un peu de farine, du sucre, du lait Carnation en poudre, du thé, cinq boîtes de sardines et les pruneaux des Underdown. J'enregistrai toutes ces denrées sur une colonne de mon carnet. Les inscrivant, dans l'intérêt de mes sœurs, de gauche à droite. Leah ajouta à la liste : mangues, goyaves, ananas et avocats, fruits qui apparaissaient et disparaissaient en fonction de saisons mystérieuses (non sans similitude avec les voies du Seigneur) mais qui, au moins, poussaient gratuitement dans notre cour. Les bananes abondaient tellement dans le village que les gens se les volaient ouvertement sur les arbres les uns des autres. Quand les enfants de Mama Mwenza coupaient un régime dans le grand jardin des Nguza, Mama Nguza ramassait celles qu'ils avaient laissé tomber et les leur rapportait un peu plus tard. Ainsi encouragées, Leah et moi nous cueillîmes un régime de la taille de Ruth May derrière les cabinets d'Eeben Axelroot, pendant qu'il était dedans. Des fruits, nous pouvions donc nous en procurer sans débourser. Les oranges, nous les avions toujours achetées au marché, car elles poussaient au fin fond de la jungle et elles étaient difficiles à trouver, mais Leah prétendait savoir où chercher. Elle se déclara responsable du ravitaillement en fruits, ce qui ne nous surprit guère étant donné qu'il relevait des corvées ménagères qui se tenaient le plus loin possible de la maison. Elle s'engageait également à ramasser des noix de palme, dont nous trouvions qu'elles avaient un goût de cire à bougies mais qui, malgré tout, semblaient très appréciées des enfants congolais. Je notai quand même « noix de palme » sur mon carnet pour rallonger la liste. Cet exercice étant destiné à nous convaincre que le loup n'était pas derrière la porte du fond, mais qu'il se contentait d'attendre en salivant à l'entrée du jardin.

Se reposant entre deux observations essentielles, Rachel étudiait de très près ses pointes de cheveux à la recherche de fourches éventuelles. Elle ressemblait à un lapin atteint de strabisme. À la mention des noix de palme, elle gémit : « Mais attendez vous autres, si nous ne mangeons que des fruits, nous allons en crever et avant attraper la colique.

— Bon, qu'est-ce qu'il y aurait d'autre de gratuit ? demanda Leah.

— Les poulets, bien sûr, dit Rachel. On peut les tuer. »

Nous ne pouvions pas tous les tuer, expliqua Leah, parce que nous n'aurions plus d'œufs pour les omelettes – une des rares choses que nous savions préparer. Mais si nous laissions couver quelques poules pour augmenter notre réserve, nous pourrions nous en tirer en rôtissant un coq une ou deux fois par mois. Mes sœurs me nommèrent responsable de toutes les décisions concernant la volaille, pensant que j'étais la moins encline aux impulsions incontrôlées susceptibles d'entraîner des regrets par la suite. La partie de mon cerveau réservée à ce secteur avait été détruite à la naissance. La question de qui se chargerait du meurtre des infortunés volatiles ne fut pas abordée. Dans des temps anciens, notre mère s'en occupait avec brio. À l'époque où elle était plus heureuse, elle disait que Père l'avait épousée à cause de son habileté à tordre le cou aux coqs. En effet, notre mère recelait de nombreux mystères auxquels nous étions restées absolument indifférentes jusqu'ici.

Ensuite, Leah souleva le problème de Nelson : pratiquement la moitié de nos œufs servait à le rétribuer. Nous discutâmes pour savoir si Nelson nous était plus indispensable que les œufs. Il n'avait plus guère matière à cuisiner, désormais. Mais il allait tout de même chercher notre eau et coupait notre bois, outre qu'il élucidait pour nous les nombreux mystères quotidiens de Kilanga. Comme je n'étais capable ni de puiser l'eau ni de couper du bois, je ne pouvais me prononcer pour une existence sans Nelson. Mes sœurs avaient également leurs propres appréhensions. À bulletin secret, nous votâmes de le garder. À l'unanimité.

« Et moi, je cuirai le pain. Mère me montrera comment faire », annonça Rachel, comme si cela allait résoudre tous nos problèmes. À notre insu, Mère avait hanté notre réunion, et elle se tenait devant la fenêtre, les yeux fixés au-dehors. Elle toussa et toutes trois nous fîmes volte-face pour la regarder : Orleanna Price, l'ancienne boulangère de notre pain. Franchement, elle n'avait pas l'air de quelqu'un qui va vous montrer comment coudre correctement un bouton. Il était étrange, alors qu'on a reçu l'ordre une dizaine d'années durant de rentrer ses pans de chemise et de marcher comme une dame, de voir sa propre mère en tenue négligée. Consciente de notre désapprobation silencieuse, elle se tourna vers nous. Ses yeux étaient du bleu le plus pur d'un ciel sans pluie. Vides.

« Tout va bien, maman, dit Leah. Tu peux aller te

rallonger si tu veux. » Leah ne l'avait pas appelée maman depuis l'apparition de nos premières molaires. Maman, née Orleanna, vint nous déposer un baiser au sommet de la tête puis, d'un pas traînant, regagna son lit de mort.

Leah se tourna vers Rachel et lui dit d'un ton mauvais : «Espèce de pimbêche, tu ne serais même pas fichue de tamiser la farine !

– Ah ! voilà le génie qui parle, dit Rachel. Et puis-je te demander pour quelle raison ? (Je mâchonnais mon crayon, en simple témoin de ces faits et gestes.)

– Aucune raison en particulier, dit Leah, se grattant derrière l'oreille à travers sa courte tignasse ébouriffée. Je suis sûre que tu te fiches de plonger la main dans le sac de farine avec tous ces charançons et asticots qu'il y a dedans.

– Il n'y a pas systématiquement des asticots dans la farine.

– Non, tu as raison. Quelquefois, les tarentules les mangent. »

J'éclatai de rire. Rachel se leva et quitta la table.

Ayant rompu le silence au profit de Leah, j'eus le sentiment qu'il fallait la blâmer pour rétablir l'équilibre. « Si nous ne nous tenons pas les coudes… écrivis-je sur mon bloc.

– Je sais. Nous nous débrouillerons chacune de notre côté. Mais Rachel doit descendre de son piédestal. Elle n'a jamais levé le petit doigt ici et maintenant, tout d'un coup, il faudrait qu'elle s'impose comme la Fée du logis ? »

Très juste. Rachel responsable serait tout à fait comme si Donna Reed, star du petit écran, se révélerait soudain être votre mère. C'était de la comédie. Très vite elle retirerait son tablier pour se transformer en quelqu'un qui se ficherait totalement de votre bien-être.

Cette pauvre Rachel, tyrannique, elle essayait de se bâtir une carrière de grande sœur sur sa mince antériorité de seize mois, insistant pour que nous la respections en tant qu'aînée. Mais Leah et moi avions cessé de la considérer comme telle depuis l'école primaire, époque où nous l'avions battue au concours d'orthographe de l'école. Elle était tombée sur un obstacle d'une ridicule facilité, le mot « prévision ».

Leah

Au bout de trois semaines de déprime, je fis sortir Ruth May du lit. Juste comme ça, j'ai lancé : « Ruth May, mon chou, lève-toi. Allons faire un petit tour dehors. » Il n'y avait pas grand-chose à faire pour Mère, mais comme j'avais passé beaucoup de temps à m'occuper de Ruth May, je croyais savoir maintenant ce qui lui réussissait. Elle avait besoin de commander. Nos animaux s'étaient sauvés, ou avaient été mangés pour la plupart, comme ç'avait été le cas pour Mathusalem, mais le Congo offrait encore un large éventail de créatures pour se distraire. J'emmenai Ruth May au-dehors pour qu'elle prenne un peu le soleil. Mais elle s'affalait partout où je l'installais, absolument privée d'énergie. Elle se comportait comme une poupée de chiffon qui aurait fait un séjour en machine à laver.

« Où crois-tu que soit parti Stuart Little ? » lui demandai-je. Je me servais de ce nom juste pour lui faire plaisir, reconnaissant de fait que la mangouste était sa propriété. Elle ne l'avait ni capturée, ni particulièrement soignée, en dehors de lui avoir donné le nom inexact d'un animal sorti d'un livre de contes, une souris, pour ne pas la nommer. Mais je ne pouvais nier que la bête la suivait partout.

« Elle s'est sauvée. Je m'en fiche.

– Regarde, là, Ruth May, des fourmis-lions. »

Au cours de l'interminable et bizarre sécheresse que nous subissions à la place de la saison des pluies de l'an dernier, une inconsistante poussière s'était répandue en larges plages blanches sur toute l'étendue de notre cour. Elle était entièrement grêlée de trous en forme d'entonnoirs, au fond desquels, enfouies, des fourmis-lions attendaient que quelque malheureux insecte culbutât dans leur piège pour le dévorer. Nous n'avions, en fait, jamais vu de fourmis-lions en soi, en dehors de leurs constructions perverses. Pour amuser Ruth May, je lui racontai qu'elles ressemblaient à des lions à six pattes et qu'elles étaient énormes, grosses comme sa main gauche. Je ne savais pas vraiment de quoi elles avaient l'air, mais au train où allaient les choses au Congo, cette taille semblait plausible. Avant qu'elle ne tombe malade, Ruth May pensait qu'en se mettant à plat ventre et en chantant, elle les inciterait à montrer le nez : « Sale bête, sale bête, sors de ton trou ! » monotone incantation répétée des après-midi entières, même si cela ne marchait jamais. Le trait le plus marquant de la personnalité de Ruth May était son opiniâtreté à toute épreuve. Mais, à ma suggestion, elle tourna simplement la tête de côté et s'allongea de tout son long dans la poussière.

« J'ai trop chaud pour chanter. Elles sortent jamais, de toute façon. »

J'étais décidée à la faire bouger d'une manière ou d'une autre. Si je ne réussissais pas à trouver la moindre étincelle en Ruth May, je craignais de tout lâcher ou de fondre en larmes.

« Oh, regarde-moi ça ! » dis-je. J'avais repéré une colonie de fourmis qui grimpaient le long d'un tronc d'arbre et j'en avais prélevé deux exemplaires. Manque de chance pour ces pauvres bestioles surprises en pleine activité au milieu de leurs sœurs. Même une fourmi n'a qu'une vie et l'idée m'en effleura brièvement tandis que je me baissais pour laisser tomber une fourmi partiellement écrasée dans l'antre de la fourmi-lion. Autrefois, on donnait des chrétiens à manger aux lions et, maintenant, Adah ne manquait pas de me faire remarquer avec ironie que je l'avais abandonnée en chemin pour qu'elle fût mangée. Mais Adah n'était pas plus chrétienne qu'une fourmi.

Nous restâmes accroupies au-dessus du trou et nous attendîmes. La fourmi se débattit dans le piège de sable mouvant jusqu'à ce qu'une paire de pinces apparût brusquement, se saisît d'elle, projetât un peu de poussière et l'entraînât au fond. Disparue, comme ça.

« Ne recommence pas avec les autres, Leah, dit Ruth May. La fourmi n'était pas méchante. »

J'eus honte de cette leçon de morale infligée par ma petite sœur. D'habitude, la cruauté inspirait indéfiniment Ruth May et j'étais désespérée de ne pouvoir l'aider à retrouver son humeur passée.

« Tu sais, même les méchantes bêtes sont obligées de manger, lui fis-je remarquer. Tout être est obligé d'en manger un autre. Même les lions, je pense. »

Je soulevai Ruth May et époussetai sa joue. « Assieds-toi sur la balançoire, je vais te coiffer. » Je gardais le peigne dans ma poche arrière depuis des jours, avec l'intention de m'attaquer aux cheveux de Ruth May. « Quand j'en aurai fini avec tes nattes, je te pousserai un moment sur la balançoire. Tu veux bien ? »

Ruth May ne semblait éprouver de préférence marquée ni pour l'une ni pour l'autre proposition. Je l'installai sur la balançoire que Nelson nous avait aidées à accrocher avec une énorme corde huilée qu'il avait trouvée au bord de la rivière. Le siège était fait d'un ancien bidon à huile de palme de forme rectangulaire. Tous les gamins du village utilisaient notre balançoire. Je fis tomber un peu de poussière du peigne en le tapotant et entrepris de démêler la masse de nœuds filasse qu'était devenue sa chevelure. Je ne pouvais m'en tirer qu'en la faisant souffrir, et pourtant elle geignit à peine, ce que j'interprétai comme un mauvais signe.

Du coin de l'œil, j'aperçus Anatole à moitié dissimulé dans le bouquet de cannes à sucre au bout de notre cour. Il n'était pas là pour en couper car il n'en consomme pas – je crois qu'il est un peu fier de ses solides dents blanches joliment écartées au milieu. Mais il se tenait là et nous observait ; quoi qu'il en soit, je rougis en pensant qu'il avait pu me surprendre en train de nourrir les four-mis-lions. Cela paraissait très infantile. Au grand jour, presque tout ce que nous faisions à Kilanga paraissait infantile. Même Père, qui arpentait le bord de la rivière en parlant tout seul et notre mère qui traînait à la dérive, à moitié vêtue. Coiffer Ruth May, au moins, pouvait passer pour une activité maternelle et pratique, si bien que je m'y employais avec concentration. Malgré moi, je me voyais avec un père aux bras noirs, luisants, tirant du poisson de la rivière et une mère aux seins lourds et sombres, occupée à piler le manioc dans un mortier de bois. Puis, par habitude, j'entrepris de réciter le Psaume de la contrition : *Aie pitié de moi, Ô Seigneur, pour la multitude de tes bienfaits*. Mais je n'étais pas très sûre du commandement enfreint par mes pensées – Honore ton père et ta mère, ou Ne convoite pas les parents de ton prochain, ou quelque chose de plus vague ayant un rapport avec la loyauté vis-à-vis de sa race et de sa classe.

Anatole s'engageait dans notre direction. Je lui fis signe de la main et lui adressai un «*Mbote*, Anatole !

– *Mbote*, Béene-béene », dit-il. Il a un nom pour cha-cune de mes sœurs et moi, pas des noms humiliants comme ceux qu'utilisent les autres gens comme «Ter-mite » et Benduka pour Adah, qui se traduit par «celle qui marche de travers ». Anatole refusait de nous dire ce que signifiaient ces noms. Il ébouriffa les cheveux de Ruth May et me serra la main à la congolaise, en étrei-gnant son avant-bras droit de sa main gauche. Père dit que cette tradition sert à montrer que l'on ne dissimule pas d'arme.

«Quelles sont les nouvelles, monsieur ? » demandai-je

à Anatole. C'est toujours la question que Père lui pose. En dépit du fâcheux déroulement du premier dîner, Père comptait beaucoup sur Anatole et attendait même ses visites avec impatience, parfois avec anxiété, je crois. Anatole nous surprenait toujours en étant au courant de nouvelles importantes du monde extérieur – de l'extérieur de Kilanga du moins. Nous ne savions pas très bien d'où il tenait ces informations, mais en général elles se vérifiaient.

« Beaucoup de nouvelles, dit-il. Mais d'abord, je vous ai apporté une surprise. »

J'adorais entendre Anatole parler anglais. Il avait une élégante prononciation britannique. Mais qui sonnait congolais, à la façon dont il déroulait ses syllabes en accordant à chacune un poids identique, comme si aucun mot ne voulait dominer l'ensemble de la phrase.

« Une surprise, dis-je. Mère prétend qu'il ne faut jamais rien acheter sans savoir de quoi il s'agit.

— De toute façon, ce n'est pas un piège et il n'y a rien à payer. Devinez ce qu'il y a dedans, et vous l'aurez pour le dîner. » Il portait un sac en toile marron qui pendait de son épaule. Il me le tendit. Je fermai les yeux, en évaluai le poids en le balançant légèrement de haut en bas. Il aurait pu contenir un poulet mais il pesait trop lourd pour renfermer une volaille. Je soulevai le sac et examinai la masse arrondie que formait le fond. Elle révélait des petites aspérités, peut-être des coudes.

« Un *umvundla* ! » m'écriai-je en faisant des bonds comme un enfant. C'était un lapin de la jungle. Nelson saurait préparer un civet de lapin aux haricots *mangwansi* et aux mangues que même Rachel ne pourrait s'empêcher de manger tellement c'était bon.

J'avais deviné juste : Anatole sourit de toute la blancheur de son émouvant sourire. J'ai peine à me souvenir comment il nous était apparu la première fois, choquées que nous avions été par les scarifications de son visage. Maintenant je ne voyais plus qu'Anatole, l'homme carré d'épaules et mince de hanches, en chemise blanche et pantalon noir, Anatole, avec son sourire facile et son pas vif. Un homme qui se montrait bienveillant à notre égard. Son visage possède bien d'autres traits intéressants en dehors des scarifications, comme, par exemple, des yeux en amande et un menton délicatement pointu. Je n'avais pas réalisé à quel point je tenais à lui.

« C'est vous qui l'avez tué ? »

Il leva les deux mains. « J'aurais aimé vous répondre oui pour que vous pensiez que votre ami Anatole était un bon chasseur. Mais, hélas. Un nouvel élève me l'a apporté ce matin pour s'acquitter de sa scolarité. »

Je regardai dans le sac. Il était bien là, avec sa petite tête couverte de fourrure, anormalement renversée en arrière, le cou rompu. Il avait été pris au piège et non tué d'un coup de feu. Je pressai le sac contre ma poitrine et lançai un regard en coin vers Anatole. « Vous l'auriez vraiment remporté si je n'avais pas deviné juste ? »

Il sourit. « Je vous aurais laissé toutes les chances de deviner.

– Eh bien, est-ce le genre d'indulgence que vous montrez envers vos garçons dans leurs devoirs de maths et de français à l'école ? Ils ne doivent jamais rien apprendre !

– Oh non, mademoiselle ! Je défonce le crâne de ces vilains à coups de bâton et je les renvoie chez eux, en disgrâce. » Nous éclatâmes de rire tous les deux. Je savais bien que ce n'était pas vrai.

« S'il vous plaît, venez dîner avec nous ce soir, Anatole. Avec ce lapin, nous aurons trop à manger. » En fait ce seul lapin ferait un maigre civet et nous aurions encore faim en lavant la vaisselle par la suite – une sensation à laquelle nous nous efforcions de nous habituer. Mais c'était ainsi que les gens remerciaient, à Kilanga. Au moins, j'avais acquis quelques manières.

« Je viendrai peut-être, dit-il.

– Nous allons faire un civet, promis-je.

– Les haricots *mangwansi* sont chers au marché, fit-il

remarquer. À cause de la sécheresse. Tous les jardins sont secs.

– Il se trouve que je sais qui en a : Mama Nguza. Elle fait puiser de l'eau dans la rivière par ses enfants pour arroser son jardin. Vous ne l'avez pas vu ? Il est merveilleux.

– Non, je n'ai pas vu cette merveille. Il va falloir que je me mette bien avec Tata Nguza.

– Je ne sais pas grand-chose de lui. Il ne me parle absolument pas. Personne ne me parle, Anatole.

– Pauvre Béene.

– Mais c'est vrai ! Je n'ai strictement pas un seul ami ici, en dehors de Nelson et de Pascal, deux petits gamins ! Et de vous. Toutes les filles de mon âge ont des bébés et sont trop occupées. Quant aux hommes, ils font comme si j'étais un serpent prêt à les mordre. (Il secoua la tête en riant.) Si, je vous assure, Anatole. Hier j'étais assise dans les herbes à regarder Tata Mwenza en train de fabriquer ses nasses quand je me suis relevée pour lui demander comment il s'y prenait, il s'est enfui en courant et a sauté dans l'eau ! Je vous jure !

– Béene, ce n'est pas bien de votre part. Tata Mwenza ne pouvait pas risquer d'être vu en conversation avec une jeune femme, vous le savez bien. Cela aurait fait scandale !

– Ah bon », dis-je. Pourquoi serait-il scandaleux pour moi de converser avec un homme de Kilanga suffisamment vieux pour avoir un fond de culotte intact à son pantalon, à part Anatole ? Mais je m'abstins de le lui demander. Je ne voulais pas porter ombrage à notre amitié.

« Ce que j'ai appris, en revanche, dis-je, en jouant un peu les modestes, c'est qu'une civette a dévoré toutes les poules des Nguza dimanche dernier. Mama Nguza sera bien d'humeur à troquer des haricots *mangwansi* contre des œufs, non ? »

Anatole eut un énorme sourire. « La finaude. »

Je souris aussi, mais après ça je ne sus plus que dire.

Embarrassée, je me remis à coiffer les cheveux de Ruth May.

« Elle n'a pas l'air de très bonne humeur aujourd'hui, cette petite fille, dit Anatole.

– Elle est au lit, malade, depuis des semaines. Mère aussi. N'avez-vous pas remarqué quand vous êtes venu l'autre jour comme elle se tenait dans la véranda, le regard dans le vague ? Père dit qu'elles vont aller mieux… (Je haussai les épaules.) Ce ne serait pas la maladie du sommeil, vous croyez ?

– Je ne crois pas, non. Ce n'est pas la saison des mouches tsé-tsé. Il n'y a guère de maladie du sommeil, ici à Kilanga, en ce moment.

– Bon, heureusement, car ce que j'ai entendu dire c'est qu'on pouvait en mourir », dis-je, toujours en train de coiffer Ruth May avec l'impression d'être quelqu'un qu'un mouvement répétitif aurait hypnotisé. Dormir jour et nuit dans la transpiration avec ses nattes avait crêpelé les cheveux blond foncé de Ruth May en vagues brillantes comme de l'eau. Anatole les regardait avec attention tandis que je les passais au peigne jusqu'en bas du dos. Son sourire s'évanouit quelque part lors de cette silencieuse minute.

« Il y a des nouvelles, Béene, puisque vous voulez savoir. Je crains qu'elles ne soient pas très bonnes. Je suis venu m'en entretenir avec votre père.

– Il n'est pas là. Mais je peux lui dire de quoi il s'agit. »

Je me demandai si Anatole me considérerait comme une messagère à la hauteur. J'avais remarqué que les Congolais ne traitaient pas leurs propres épouses et filles comme si elles étaient très intelligentes ou importantes. Bien que, pour autant que j'aie pu en juger, je me fusse rendu compte que les épouses et les filles se chargeaient de presque tout le travail.

Mais Anatole pensait apparemment qu'on pouvait me

parler. « Savez-vous où se trouve la province du Katanga ?

– Dans le Sud, dis-je. Où sont toutes les mines de diamants. » J'avais surpris des conversations à ce sujet lorsque Mr. Axelroot nous avait ramenés en avion de Léopoldville, Père et moi. De toute évidence, Mr. Axelroot s'y rendait souvent. Du moins, je le devinais, ce que je faisais avec l'excès de confiance qui était la marque de fabrique de mon père.

« Des diamants, oui, dit Anatole. Mais aussi du cobalt, du cuivre et du zinc. Tout ce que possède mon pays et que convoite le vôtre. »

Cela m'angoissa. « Avons-nous fait quelque chose de mal ?

– Pas vous, Béene. »

Pas moi, pas moi ! Mon cœur s'en réjouit, sans que je puisse dire pourquoi.

« Mais, oui, il y a du grabuge, dit-il. Le nom de Moïse Tschombé vous dit-il quelque chose ? »

J'en avais peut-être entendu parler, mais je n'en étais pas certaine. J'esquissai un oui, puis me ravisai, non. Je décidai sur-le-champ de ne pas prétendre en savoir plus long. Je serais moi-même, Leah Price, avide d'apprendre tout ce qu'il y avait à apprendre. En observant mon père, j'avais constaté qu'on n'apprenait rien en feignant d'être le plus malin de l'assistance.

« Moïse Tschombé est le chef de la tribu Lunda. Pour tout ce qui est d'ordre pratique, il est le chef de la province du Katanga. Et depuis quelques jours, le dirigeant de son pays, le Katanga. Il l'a déclaré indépendant de la république du Congo.

– Quoi ? Mais pourquoi ?

– Désormais, il peut traiter directement avec les Belges et les Américains, vous comprenez. Avec tous ses minerais. Certains de vos compatriotes ont fortement encouragé sa décision.

– Pourquoi ne peuvent-ils se contenter de s'entendre

avec Lumumba ? C'est lui qui a été élu. Ils devraient le savoir.

– Ils le savent. Mais Lumumba n'a pas envie de dilapider les réserves. Sa loyauté va à ses compatriotes. Il croit en un Congo unifié pour les Congolais, et il sait que le moindre diamant du Katanga peut servir à verser un salaire de professeur à Léopoldville, ou à nourrir un village d'enfants warega dans le Nord. »

J'éprouvais un sentiment de confusion et de perplexité. « Pourquoi les hommes d'affaires voudraient-ils s'emparer des diamants du Congo ? Et qu'est-ce que fabriquent les Américains là-dedans, de toute façon ? Je croyais que le Congo appartenait à la Belgique. Je veux dire, avant. »

Anatole fronça les sourcils. « Le Congo appartient au Congo depuis toujours.

– Oui, ça je le sais. Mais…

– Ouvrez les yeux, Béene. Regardez vos voisins. Ont-ils jamais appartenu à la Belgique ? » Du doigt il indiqua, de l'autre côté de notre cour et au travers des arbres, la maison de Mama Mwenza.

J'avais dit une absurdité et je ne savais plus où me mettre. Je regardai là où il le voulait : Mama Mwenza, avec ses jambes mutilées et sa noble petite tête, le tout drapé dans une cotonnade jaune vif. Sur la terre damée, elle se tenait assise, comme enracinée devant un petit feu qui léchait la boîte de conserve cabossée qui lui servait de casserole. Elle se renversa en arrière en s'appuyant sur ses mains et leva le visage vers le ciel, pour lancer des ordres, un chœur de réponses sans enthousiasme lui répondit de la part de ses garçons, réfugiés à l'intérieur de la case en pisé. Près de l'ouverture béante, les deux filles aînées pilaient le manioc dans le haut mortier de bois. Tandis que l'une levait son pilon, celui de l'autre fille descendait dans l'étroit passage, alternant en un rythme parfait, régulier, telle une course de pistons. Je les avais contemplées je ne sais combien de fois, attirée par cette danse de dos droits et de bras noirs musclés. J'enviais ces filles qui travaillaient ensemble en si parfaite synchronisation. C'est ce qu'Adah et moi aurions pu ressentir si nous n'avions été entièrement empêtrées dans des rets de culpabilité et d'un avantage injuste. Maintenant, la famille tout entière était en désaccord, semblait-il : Mère avec Père, Rachel avec les deux, Adah avec le monde, Ruth May qui attirait sans succès tous ceux qui passaient auprès d'elle, et moi qui faisais de mon mieux pour soutenir Père. Nous étions tellement emberlificotés dans nos nœuds de rancune que c'est à peine si nous les comprenions. « Deux de ses enfants sont morts au cours de l'épidémie, lui dis-je.

– Je sais. »

Bien sûr qu'il le savait. Le village était petit, et Anatole connaissait tous les enfants par leur nom. « C'est vraiment un scandale », déclarai-je, maladroitement.

Il se contenta d'acquiescer.

« Les enfants ne devraient jamais mourir.

– Non. Mais s'ils ne le faisaient pas, ils ne seraient plus aussi précieux.

– Anatole ! Diriez-vous la même chose si c'étaient vos enfants qui mouraient ?

– Bien sûr que non. Mais c'est néanmoins vrai. De même que si tout le monde vivait vieux, la vieillesse ne serait plus un tel trésor.

– Mais tout le monde a le désir de vivre longtemps. Ce n'est que justice.

– Justice de le vouloir. Mais non justice d'y parvenir. Pensez seulement à ce qui se passerait si tous les arrière-grands-parents étaient encore dans les parages. Le village serait envahi de vieux grincheux, débattant de qui aurait les fils les plus ingrats et les os les plus douloureux, et avalant toute la nourriture avant que les enfants puissent même atteindre la table.

– Ça ressemblerait à une assemblée paroissiale de chez nous, en Géorgie », dis-je.

Anatole se mit à rire.

Mama Mwenza cria de nouveau et frappa dans ses mains, attirant un fils récalcitrant hors de la maison, traînant des pieds plats aux plantes roses. Alors, je me mis à rire à mon tour, simplement parce que les gens, qu'ils soient jeunes ou vieux, sont plus ou moins partout pareils. J'eus un soupir de soulagement, me sentant un peu moins comme un des écoliers d'Anatole en train de prendre un savon.

« Vous voyez ça, Béene ? C'est le Congo. Pas les minéraux ou les cailloux qui brillent et qui sont sans cœur, ces choses que l'on commercialise dans notre dos. Le Congo, c'est nous.

– Je sais.

– À qui appartient-il, d'après vous ? »

Je n'aventurai aucune hypothèse.

« Je suis désolée de le dire, mais ces types qui passent leurs accords au Katanga en ce moment ont l'habitude d'obtenir ce qu'ils veulent. »

De l'extrémité du peigne, lentement, je séparai les cheveux de Ruth May d'une raie soigneuse jusqu'au bas de la tête. Père avait dit que les bidonvilles de Léopoldville seraient améliorés grâce aux secours américains, après l'indépendance. Sans doute étais-je stupide de le croire. Il existait des baraques aussi misérables en Géorgie, en limite d'Atlanta, où Noirs et Blancs se séparaient, et qui se trouvaient en plein cœur de l'Amérique.

« Est-ce qu'on peut faire ça, simplement, comme ils l'ont fait là-bas ? Proclamer son propre pays indépendant ? demandai-je.

– Le Premier ministre Lumumba dit que non, absolument pas. Il a demandé aux Nations unies d'intervenir avec l'armée pour rétablir l'unité.

– Va-t-il y avoir une guerre ?

– Il y a déjà un genre de guerre, je crois. Moïse Tschombé emploie des Belges et des mercenaires. Je ne pense pas qu'ils partiront sans livrer combat. Et le

Katanga n'est pas le seul endroit où l'on jette des pierres. Il y a une autre guerre à Matadi, Thysville, Boende, Léopoldville. Les gens sont très montés contre les Européens. Ils s'attaquent même aux femmes et aux enfants.

– Pourquoi sont-ils tellement montés contre les Blancs ? »

Anatole soupira. « Ce sont de grandes villes. Là où le boa et la poule nichent ensemble, il n'y a que des problèmes. Les gens ont trop vu les Européens et tout ce qu'ils possédaient. Ils ont cru qu'après l'indépendance la vie serait tout de suite meilleure.

– Ne peuvent-ils patienter ?

– Le pourriez-vous, vous-même ? Si vous aviez l'estomac vide et que vous voyiez des paniers entiers de pain de l'autre côté de la fenêtre, continueriez-vous à attendre gentiment ? Ou lanceriez-vous une pierre ? »

J'ai le ventre vide, faillis-je dire à Anatole. « Je n'en sais rien », confessai-je. Je pensais à la maison des Underdown, à Léopoldville, avec ses tapis persans, son service à thé en argent et ses petits gâteaux au chocolat, entourée de kilomètres de bidonvilles et d'affamés. Peut-être des jeunes arpentaient-ils nu-pieds cette maison en ce moment même, pillant le placard à provisions presque vide et mettant le feu aux rideaux dans une cuisine qui sentait encore le savon désinfectant de Mrs. Underdown. Je ne pouvais affirmer qui avait tort, qui avait raison. Je voyais bien ce que voulait dire Anatole en parlant de serpents et de poules trop rapprochés les uns des autres dans un tel endroit : vous pouviez suivre à la trace les écailles ventrales de la haine et en venir à hurler. Je jetai nerveusement un coup d'œil vers notre propre maison, sans tapis ni argenterie, mais cela avait-il tant d'importance ? Jésus nous protégerait-il ? Lorsqu'il sonderait nos cœurs pour juger de notre valeur, y trouverait-il de l'amour pour nos proches congolais, ou du dédain ?

« Eh bien, c'est aux Nations unies de maintenir la paix, dis-je. Quand arrivent les hommes ?

– C'est ce que tout le monde aimerait savoir. S'ils ne viennent pas, le Premier ministre a menacé de demander de l'aide à Khrouchtchev.

– Khrouchtchev, dis-je en essayant de cacher mon trouble. Les communistes aideraient le Congo ?

– Oh oui, je pense qu'ils le feraient. (Anatole me scrutait bizarrement.) Béene, savez-vous ce qu'est un communiste ?

– Je sais qu'ils ne craignent pas le Seigneur et qu'ils pensent que tout le monde devrait avoir le même… » Je me rendis compte que j'étais incapable de terminer ma propre phrase.

« Le même genre de maison, plus ou moins, termina à ma place Anatole. C'est à peu près ça.

– Alors, je veux que les Nations unies interviennent immédiatement et règlent l'affaire de façon à ce que tout soit juste, à la minute même ! »

Anatole se moqua de moi en riant. « Je trouve que vous êtes une jeune fille très impatiente, en voie de devenir une femme impatiente. »

Je rougis.

« Pas d'inquiétude à avoir à propos de Khrouchtchev. Lorsque Lumumba dit qu'il peut se faire aider par la Russie, c'est, comment dites-vous ? qu'il trompe son monde, comme la poule qui gonfle ses plumes et devient très grosse pour montrer au serpent qu'elle est trop volumineuse pour être mangée.

– Du bluff, dis-je, ravie. Lumumba bluffe.

– Du bluff, exactement. Je crois que Lumumba veut rester neutre, plus que tout autre chose. Plus que sa vie. Il ne veut pas dilapider nos richesses, mais il ne veut surtout pas non plus de votre pays comme ennemi.

– Sa tâche est difficile, dis-je.

– Je ne pense pas que personne d'autre ait actuellement tâche plus difficile au monde.

– Mr. Axelroot ne pense pas grand-chose de lui,

admis-je. Il dit que Patrice Lumumba est une catastrophe par personne interposée. »

Anatole se pencha tout près de mon oreille. « Vous voulez que je vous confie un secret ? Je trouve qu'Axelroot est une catastrophe en chapeau qui pue. »

Oh, que j'ai ri en entendant cela.

Nous restâmes encore un moment à regarder Mama Mwenza en train de sermonner avec bonhomie son fainéant de fils, le menaçant de plusieurs larges moulinets de sa grande cuiller. Il fit un saut en arrière en poussant des cris exagérés. Ses sœurs le grondèrent aussi en riant. Je me rendais compte que Mama Mwenza avait un visage extraordinairement joli, avec ses yeux largement écartés, sa bouche solennelle et son front haut et bombé sous son foulard. Son mari n'avait pas pris d'autre épouse, même après son terrible accident et la perte de leurs deux plus jeunes enfants. La famille avait connu beaucoup de malheurs et cependant il leur paraissait facile de rire entre eux. Je les enviais avec une intensité à la fois proche de l'amour et de la rage.

Je dis à Anatole : « J'ai aperçu Patrice Lumumba. Le saviez-vous ? Mon père et moi avons réussi à le voir quand il a prononcé son discours inaugural, à Léopoldville.

– Ah oui ? (Anatole paraissait impressionné.) Alors, vous êtes à même de décider. Qu'avez-vous pensé de notre Premier ministre ? »

Il me fallut réfléchir un moment avant de savoir ce que je pensais. Finalement, je dis : « Je n'ai pas tout compris. Mais il m'a donné l'envie de croire chacune de ses paroles. Même celles dont je n'étais pas sûre.

– Alors, c'est que vous avez bien compris.

– Anatole, est-ce que le Katanga est près d'ici ? »

D'un doigt, il me fit une pichenette sur la joue. « Ne vous inquiétez pas, Béene. Personne ne viendra vous tirer dessus. Allez préparer votre lapin. Je reviendrai quand je sentirai l'odeur du civet de *umvundla* depuis mon bureau, à l'école. *Sala mbote !*

– *Wenda mbote !* » J'étreignis mon avant-bras et lui serrai la main.

Je m'adressai à son dos tandis qu'il s'éloignait. « Merci, Anatole. » Je ne le remerciais pas seulement pour le lapin mais aussi pour m'avoir confié des choses.

Il se retourna et marcha à reculons l'espace de quelques pas dansants. « N'oubliez pas de dire à votre père que le Katanga a fait sécession.

– Impossible d'oublier. »

Je revins aux nattes de Ruth May, tout en restant très consciente des larges épaules et de la taille mince d'Anatole, du triangle de sa chemise blanche qui s'éloignait de nous tandis qu'il empruntait d'un pas décidé le chemin de terre qui regagnait le village. J'eus envie que les gens de chez nous qui lisaient dans les journaux des histoires de cannibales en train de danser aient l'occasion de voir quelque chose d'aussi ordinaire que l'impeccable chemise blanche d'Anatole et l'expression gentille de ses yeux, ou Mama Mwenza avec ses enfants. Si le mot Congo évoquait chez les gens ce grand cannibale lippu des caricatures, ils se trompaient sur toute la ligne. Mais comment réussir à les persuader du contraire ? Depuis le jour de notre arrivée, Mère nous harcelait pour que nous écrivions à nos camarades de classe de Bethlehem High, et aucune de nous ne l'avait fait jusqu'ici. Nous nous interrogions encore. Par où commencer ? Ce matin je me suis levée… aurais-je écrit, mais non : Ce matin, j'ai écarté ma moustiquaire qui est bordée serré autour de nos lits parce qu'ici les moustiques donnent la malaria, une maladie du sang que presque tout le monde attrape de toute façon, pourtant personne ne va voir le médecin, car il y a pire, comme la maladie du sommeil ou la *kakakaka* – ou parce que quelqu'un vous a jeté un *kibáazu* – sauf qu'il n'y a ni médecin ni argent pour le payer, si bien que les gens espèrent qu'avec un peu de chance ils vieilliront et qu'alors on les chérira, et en attendant, ils vaquent à leurs affaires parce qu'ils ont des enfants qu'ils aiment et des chants à entonner au travail, et…

Et vous n'auriez pas attendu le petit déjeuner pour manquer de papier. Il aurait fallu expliquer les mots, et ensuite les mots pour les expliquer.

Ruth May resta indifférente tandis que j'explorais mon cerveau et en terminais avec ses nattes. Je savais que j'aurais dû lui donner un bain et lui laver la tête avant de la coiffer, mais à la seule idée de traîner la grande bassine, de faire chauffer une douzaine de bouilloires d'eau pour qu'elle n'ait pas froid… et maintenant il fallait que je me préoccupe de trouver des haricots *mangwansi* et de dépouiller le lapin. C'est à coup sûr que l'enfance est terminée quand on doit penser à dépiauter un lapin en se disant : Personne d'autre ne le fera, autrement. Donc pas de bain pour Ruth May, ce jour-là. Je me contentai de la pousser un moment sur la balançoire comme je le lui avais promis et elle s'élança tout de même un peu en donnant des coups de pieds. Peut-être cela lui procura-t-il du plaisir, je ne saurais le dire. J'espère que oui. Les paroles d'Anatole avaient remué des choses en moi. Il était vrai que la maladie et la mort rendaient les enfants plus précieux. Avant, je menaçais Ruth May de mort avec tant de légèreté pour qu'elle se tienne tranquille. Maintenant, je devais envisager que nous pourrions vraiment la perdre et mon cœur me donnait l'impression d'un lieu vulnérable, meurtri, au fond de ma poitrine, comme une flétrissure sur une pêche.

Elle s'envolait vers l'avant, vers l'arrière, et je regardais son ombre projetée sur la poussière blanche sous la balançoire. Chaque fois qu'elle atteignait le sommet de sa course sous le soleil, les ombres de ses jambes se transformaient en pattes d'antilope finement cambrées, terminées par des sabots arrondis au lieu de pieds. J'étais pétrifiée et horrifiée à l'idée de ma sœur avec des pattes d'antilope. Je savais bien que ce n'était dû qu'à l'ombre et à l'angle du soleil, mais tout de même, il était effrayant de voir que ce que l'on aimait semblait soudain différent de ce que vous aviez toujours connu.

Ruth May

Tous ces visages noirs qui me regardent dans la nuit noire. Ils voudraient que je vienne jouer. Mais on peut pas prononcer les mots tout haut, la nuit. Maman, tu veux bien, dis ? Non, je ne veux pas ! Maman a dit non. Maman est là qui respire. Quand nous dormons toutes les deux, je l'entends qui parle et c'est ce qu'elle dit : non, non, non. Mais les lézards grimpent à toute vitesse sur les murs avec le reste de ses paroles, et j'arrive pas à entendre.

Quelquefois, je me réveille et… personne. Dehors, il y a le soleil qui brille alors je sais qu'il fait grand jour, mais tout le monde est parti, je suis tout en sueur et j'arrive pas à le dire. D'autres fois, il fait noir, et maman et Père se racontent des secrets. Maman supplie Père. Elle dit qu'ils ont poursuivi des jeunes filles blanches, à Stanleyville. Qu'ils sont entrés dans leurs maisons et qu'ils ont pris tout ce qu'ils voulaient, la nourriture et les piles de radio et tout ça. Et qu'ils ont obligé les missionnaires à monter tout nus sur les toits, sans habits sur eux, et qu'ensuite ils en ont tué deux à coups de fusils. Tout le monde parle de ça et maman l'a entendu dire. Stanleyville, c'est là où le docteur a mis mon bras dans le plâtre. Est-ce qu'il a été obligé lui aussi de monter sur le toit de l'hôpital sans habits ? J'arrête pas de penser au docteur tout nu. Les lézards grimpent partout à toute vitesse sur les murs et emportent tous les mots que j'ai envie de dire. Mais Père dit ce que dit la Bible : *Les humbles hérite-ront.* Il a voulu poser la main sur maman et elle l'a repoussé. *Rendez vos oreilles attentives à ma supplica-tion selon la vérité de vos promesses. Exaucez-moi selon l'équité de votre justice.*

Nuit et jour et nuit et jour. Jésus nous regarde par la fenêtre, de toute façon. Il voit à travers le toit. Il peut voir ce qui se passe dans nos têtes et que nous pensons à des vilaines choses. J'ai essayé de pas penser au docteur sans ses habits, avec tous les autres sur le toit, mais il avait des poils jaunes sur les bras. Rachel a crié, elle a secoué ses cheveux blancs et a mal répondu à Père : « Tout le monde s'en fiche, tout le monde s'en fiche, s'en fiche ! Quelle différence est-ce que ça ferait si nous nous sau-vions d'ici et que nous rentrions chez nous, à l'abri ? » Père a hurlé : « Dieu, lui, saurait faire la différence ! » Et Rachel est tombée un bon coup par terre avant même que j'aie entendu le bruit sur le mur et celui de la main de Père. *« Dieu méprise le lâche qui s'enfuit pendant que les autres restent et souffrent. »*

Où est-ce qu'on sera en sécurité ? Quand maman lève les yeux vers lui, ils sont tellement froids qu'on dirait qu'il y a plus de maman à l'intérieur, et elle dit : « Nathan Price, les humbles hériteront. Attends donc de voir. »

Je sais que les humbles hériteront et que les derniers seront les premiers, mais les tribus de Cham ont été les dernières. Est-ce que maintenant elles vont être les pre-mières ? Ça, je sais pas.

Dans la famille, maman vient en dernier. Adah est l'avant-dernière à cause de tout son côté qui va mal, et puis ensuite arrive maman, la dernière de toutes parce que il y a quelque chose en elle qui est encore pire que ce qu'a Adah.

Nelson m'a dit où je pouvais me réfugier. Une fois, je me suis réveillée et voilà qu'il était là, Nelson.

Oh, peut-être qu'il était furieux parce que j'avais

essayé de le voir tout nu, je sais pas. Ma bouche pouvait rien dire. Mais il était là, à côté du lit, et maman était plus là à côté de moi.

Il a mis la main sur ma bouche, en se baissant et ici, il y avait personne d'autre. Personne d'autre. Chuut, il m'a dit, et il a mis sa main. Je croyais qu'il allait me faire du mal, mais au lieu de ça il a été mon ami. Chuut, il a dit, et il a enlevé sa main de ma bouche et m'a fait un cadeau. *Á bu,* Bandu. Prends ça !

Bandu, c'est mon nom. *Nommo Bandu !* Ça veut dire la plus petite à partir du bas. Et ça veut dire la raison de toute chose. C'est vrai, c'est Nelson qui me l'a dit.

J'ai demandé : Qu'est-ce que c'est ? mais aucun mot a voulu sortir de ma bouche. J'ai regardé dans mes mains et il y avait une petite boîte, comme celle des allumettes. Une boîte d'allumettes. Sur la boîte d'allumettes, il y avait la photo d'un lion, et j'ai cru qu'il y aurait un tout petit lion là-dedans qui me servirait d'animal favori, petit comme les méchants qui mangent les fourmis, mais en plus gentil. Stuart Lion. Mais non. Nelson l'a ouverte et il a sorti quelque chose, je pouvais pas dire ce que c'était. Ça ressemblait à un bout d'os de poulet avec du cartilage et de la ficelle partout dessus, tout collant avec quelque chose de noir. Qu'est-ce que c'est, quelque chose qui est mort ? J'ai eu peur et je crois bien que j'ai failli me mettre à pleurer.

Nelson m'a dit : « N'aie pas peur. » Il a dit que ça avait traversé le feu magique. On appelle ça un *nkisi.* Il m'a obligée à le toucher et ça m'a pas brûlée. « Regarde », il a dit. Il l'a mis tout près de mon œil. Il y avait un petit trou sur le côté et une petite cheville qui allait dans le trou, attachée avec une ficelle. « Mets ton esprit là-dedans, il a dit, tiens, dépêche-toi, souffle dans le trou. » Il a enlevé la cheville et j'ai soufflé dans le petit trou et à toute vitesse il a dit mon nom Nommo Bandu Nommo Bandu Nommo Bandu ! et il l'a refermé avec la petite cheville : « Maintenant, tu es en sécurité. » Il a dit que, à partir de maintenant, si quelque chose m'arrive, si je commence à mourir ou quoi, tu tiens ça très serré et *bambula !* il y aura plus de Ruth May.

« Comment tu le sais ? » Mais Nelson sait tout sur les gens morts. Sa maman et son papa, ses frères et sa petite sœur sont tous morts au fond de la rivière.

« Mais c'est que je veux pas disparaître, je lui ai dit.

— Seulement si tu es sur le point de mourir. » Il dit que comme ça je vais pas mourir, que je disparaîtrai en une seconde et puis que j'irai quelque part où on est en sécurité. Au lieu d'être morte, je serai en sécurité. Mais d'abord, il faut que je pense à cet endroit tous les jours, pour que mon esprit sache où se sauver le moment venu. La figure de Nelson était plus grosse qu'une bougie en plein dans ma figure et j'entendais comme il sentait bon. Le savon qu'il prend pour se laver et laver ses habits. Toutes ces odeurs qui étaient si fortes dans mes oreilles. Nelson est mon ami qui m'a appris à chanter pour les poulets. *Bidumuka,* c'est le nom magique du poulet. Personne d'autre ne sait ça, même pas Leah ou Père.

Nelson a dit : « N'oublie pas. »

J'ai mis la boîte d'allumettes avec la photo du lion dessus et les os brûlés magiques dedans, je l'ai cachée sous mon oreiller. Mon *nkisi.* Quelquefois je me réveille et il est toujours là. S'ils essayent de venir et de me faire monter toute nue sur le toit, je disparaîtrai et j'irai dans un autre endroit. Mais d'abord, il faut que je réfléchisse où je veux m'en aller. Je sens la boîte dans ma main. Mon oreiller est mouillé et la petite boîte est molle, mais je sais ce qu'il y a dedans. Un secret. Il y a la fenêtre et maintenant c'est le jour et les gens parlent dans la pièce d'à côté et ils savent pas que j'ai un secret. Mais Nelson est parti quelque part et sa maman est morte ; je me demande où et j'arrive plus à me rappeler la chanson qu'on chantait aux poulets.

Leah

La maladie de Ruth May n'en finissait pas, cependant Mère commençait à se remettre. Voir les deux ensemble, blotties dans le même lit, l'une émergeant lentement et l'autre perdant pied, me ramenait à mes habituelles réflexions déplaisantes sur Adah et moi dans le ventre de notre mère. Mille fois, j'avais prié Dieu de répondre à ma question : est-ce que j'ai vraiment fait ça à Adah ? Si je lui témoignais plus de gentillesse à l'avenir, pourrais-je être pardonnée d'avoir fait d'elle une infirme ? Mais une dette de cette envergure semblait tellement impossible à rembourser que c'en était une horreur, ne serait-ce qu'au départ.

Mère avait puisé dans ses propres réserves, sans retirer de vie à Ruth May ni à qui que ce soit, d'ailleurs. On aurait dit qu'elle tirait sa force directement de l'air chaud et moite. Parfois, je la voyais rester assise un moment au bord du lit, avant de se lever et d'inspirer profondément, les lèvres serrées. Elle avait de bons et mauvais passages, mais elle cessa une fois pour toutes d'errer en somnambule. Cela se produisit soudainement, un jour où Rachel venait de faire brûler une omelette. Elle en avait brûlé deux de suite, pour être précise – elle avait laissé le feu s'emballer dans la cuisinière. La seule façon d'obtenir une température modérée pour cuire le pain ou quelque chose de délicat comme l'omelette, c'est de commencer par allumer un bon feu avec du bon bois dense et de mettre à cuire ensuite lorsque les braises s'éteignent tout doucement. Rachel n'avait jamais réussi à comprendre ça. Elle essayait d'allumer le feu et de cuisiner en même temps, ce qui ne menait à rien. Il est impossible de tempérer un feu qui vient d'être allumé, car soit il flambe bien, soit il s'éteint. C'est Nelson qui me l'avait appris.

Mais Nelson était parti chercher de l'eau avant la nuit, si bien que Rachel s'était chargée de préparer seule le repas. C'était son jour de corvée et elle avait oublié de le prévoir. Je l'entendais rouspéter tout ce qu'elle savait, là-bas, dans le bâtiment de la cuisine. Je sortis pour voir ce qui se passait et pour lui faire savoir que nous avions faim.

« Je m'en fous que vous ayez faim, avait-elle hurlé, tu ne vois pas que je n'ai que deux mains ? »

Si. Elle les employait toutes deux à récurer le poêlon carbonisé à l'aide d'une spatule fabrication Nelson. Ses cheveux, tombés de son chignon, étaient plaqués sur son visage, et son beau chemisier était maculé de suie. On aurait dit le contraire de Cendrillon, échappée de sa vie de bals pour connaître une journée de malheur, au milieu des cendres.

« Ton feu est bien trop vif, lui dis-je.

— Fiche le camp, Leah, mais fiche-moi donc le camp d'ici !

— Je veux simplement t'aider. Regarde, tu vois, le métal est tout rouge sur le dessus. À ce stade, la seule chose à faire c'est d'attendre qu'il refroidisse. Ensuite, tu peux essayer de recommencer. »

Rachel soufflait abondamment. « Oh, de quoi serais-je capable si ma sœur prodigue ne me disait pas ce qu'il faut faire.

— Prodige, rectifiai-je.

— Ferme-la, la barbe à la fin ! J'aimerais que tu la fermes une bonne fois pour toutes comme ta fichue géniale sourde-muette de jumelle. » Elle tournoya sur elle-même et lança la spatule, ne manquant ma tête que de très peu. L'objet alla bruyamment heurter la porte de derrière de la maison principale. J'étais choquée, non pas tant par son langage que par la violence de son geste. D'habitude Rachel agissait par en dessous, ce qui ne présentait aucun danger.

« Oh, post-scriptum : Leah, il n'y a plus d'œufs, ajouta-t-elle avec satisfaction. Pour ton information.

– Bon, il va bien falloir que nous mangions quelque chose. Nous n'avons qu'à manger ceux qui sont brûlés.

– Ah ça ! Sûrement pas ! Je préférerais mourir que de servir ça à Père. (Elle adressa une horrible grimace à la poêle et la secoua vigoureusement.) On dirait que cette tentative de bonne cuisine a fait un aller et retour en enfer. »

Rachel leva les yeux vers moi et plaqua sa main gauche sur sa bouche. Je me retournai. Mère se tenait là, dans l'entrée, derrière moi, la spatule à la main.

« Rachel, dit-elle, je crois que tu as laissé tomber ceci. »

Nous restions pétrifiées devant l'autel d'une cuisinière rougie à blanc. Rachel reprit la spatule sans un mot.

« Rachel, mon chou, laisse-moi te dire quelque chose. Je comprends que tu sois malheureuse. Mais j'ai bien peur que tu sois enfin punie pour ces seize années de grimaces devant ma cuisine. Je veux te voir présenter cette horreur ici même et la servir à ton père ainsi qu'à nous toutes, toi y compris. Et je veux te voir terminer ton assiette sans un mot. Demain, je commencerai à t'apprendre à faire la cuisine. »

Mère tint parole. Elle s'était relevée transformée de son mois passé au lit. D'abord, elle disait maintenant assez volontiers ce qu'elle avait sur le cœur devant Dieu et les hommes. Et même devant Père. Elle ne s'adressait pas à lui personnellement ; c'était plutôt comme si elle parlait directement à Dieu, ou à l'air, ou aux lézards qui faisaient une pause à mi-hauteur sur les murs, et lorsque

Père saisissait ce qu'elle disait, il en avait pour son argent. Elle déclarait qu'elle nous sortirait d'ici dès qu'elle en aurait les moyens. Elle avait même demandé de but en blanc à Eeben Axelroot s'il voudrait bien nous emmener. Pas pour le moment, avait-il répondu, car il serait probablement abattu au-dessus de Léopoldville avec sa cargaison de dames blanches, et il ne souhaitait guère faire les frais de ce genre de gros titre. Mais un autre jour il revint, le sourire en coin, et confia à Mère que tout humain avait son prix. À voir maman, elle avait bien l'intention de le payer.

J'étais choquée et je redoutais de la voir faire fi de l'autorité de Père, mais à la vérité, je me sentais animée intérieurement d'une envie similaire. Pour la première fois de ma vie, je mettais son jugement en doute. Il nous avait obligées à rester ici alors que tout le monde disait, de Nelson jusqu'au roi des Belges, que les missionnaires blancs devaient rentrer chez eux. Notre présence ici, jour après jour, relevait de l'unique décision de Père. Non seulement il ne subvenait pas à nos besoins, mais il nous invectivait de plus en plus. Et il était incapable de protéger Mère et Ruth May de la maladie. Si notre destin ne dépendait que de lui, n'était-il pas tenu aussi de nous protéger ?

Je voulais croire en lui. Nous avions amplement de quoi faire œuvre de Dieu ici, c'était clair. Et quelle meilleure époque pour s'en acquitter, m'avait dit Père avec juste raison pendant le voyage de retour de Léopoldville, que celle de l'atmosphère festive de l'indépendance, quand tous les Congolais étaient libres d'accepter notre enseignement et de faire leur choix ? Père est persuadé qu'ils opteront pour l'amour infini du Seigneur, et donc pour nous, bien sûr, puisque nous sommes ses représentants spéciaux à Kilanga. Il dit que nous sommes courageux et vertueux. Le courage et la vertu – deux choses que le Seigneur ne peut pas ne pas récompenser. Père n'en doute jamais et je vois bien que cela se vérifie pour lui. Il a vécu toute sa vie selon les préceptes du Christ, se dressant bien haut pour prêcher dans les sessions du Renouveau quand il était à peine plus vieux que je ne le suis maintenant, et pendant tout ce temps, les gens se sont réunis pour bénéficier de sa parole et de sa sagesse. Il s'est montré courageux pendant la guerre, j'en suis sûre, car il a été décoré. Aux yeux de Père, le Royaume de Dieu est un lieu sans complication, où de grands et beaux jeunes gens se battent du côté qui gagne toujours. J'imagine que ça ressemble à Killdeer, au Mississippi, où Père a grandi et où il a joué en position de meneur d'équipe, au collège. Dans ce genre d'endroit, on trouve même normal que les gens s'affrontent parfois rudement, de façon sportive, prenant quelques coups pour la bonne cause du score final.

Mais où les filles se situent-elles dans ce Royaume ? Ses règles ne s'appliquent guère à nous, non plus qu'elles ne nous protègent. À quoi bon être courageuse et vertueuse, si on n'est pas également jolie ? Essayez donc d'être la plus intelligente et la plus fidèle des chrétiennes dans les grandes classes de Bethlehem, en Géorgie. Vos camarades vous adresseront des sourires affectés et vous traiteront de vieux jeu. Pire, si vous vous appelez Adah.

Toute ma vie je me suis efforcée de mettre mes pas dans les siens, persuadée que si je restais suffisamment près de lui, ces mêmes règles simples et nettes guideraient aussi ma vie. Que le Seigneur verrait ma rectitude et me remplirait de Sa lumière. Et cependant, avec chaque jour qui passe, je constate que je m'en éloigne un peu plus. Une vaste guerre sainte occupe l'esprit de mon père, guerre dans laquelle nous sommes censées nous baisser, courir, obéir aux ordres et nous battre pour toutes les causes justes, mais je ne comprends pas toujours les ordres ni même exactement de quel côté je me trouve. Je n'ai même pas le droit d'avoir un fusil. Je suis une fille. Cela lui échappe.

Si sa décision de nous faire rester ici, au Congo, n'était

pas la bonne, alors se pouvait-il qu'il se trompe aussi pour autre chose ? Dans mon cœur s'était ouvert un monde malsain de doutes et de possibilités, là où, auparavant, régnaient ma foi en mon père et mon amour envers le Seigneur. Sans ce roc de certitude sous mes pieds, le Congo devenait un endroit redoutable où il allait falloir sombrer ou surnager.

Rachel

J'étais dans la cuisine à trimer au-dessus du fourneau brûlant, quand tout le monde est passé en courant. Tous les petits gamins en loques avec leurs mères qui les suivaient de près, en criant « *Tata Bidibidi ! Tata Bidibidi !* » Ce qui veut dire « Mr. Bird », d'après Leah, qui s'est précipitée séance tenante pour les rejoindre. Si un Mr. Bird – quel qu'il soit – allait faire son apparition, Leah n'allait sûrement pas rater ça. Ils racontaient qu'il était venu par la rivière dans un genre de vieux rafiot et qu'il était occupé là-bas à décharger sa famille et on ne sait quoi d'autre encore.

Étant le nouveau chef cuistot de la famille, je n'avais franchement ni le temps ni le loisir de m'amuser. Ces temps-ci, je n'étais au courant des nouvelles de Kilanga que si elles se passaient au voisinage de la cuisine.

Il semble que je n'aurais pas eu longtemps à attendre, car ils se sont dirigés sans hésiter vers notre porte d'entrée ! Mais qui donc, sous nos yeux ébahis, se présentait là-bas devant notre véranda ? Un Blanc, un vieux très maigre, avec une chemise en jean tellement usée qu'on voyait pratiquement au travers et une petite croix suspendue au bout d'un lacet de cuir attaché autour du cou à la façon dont les Congolais portent leurs fétiches maléfiques. Il avait une barbe blanche et des yeux bleus pétillants, et avec tout ça, il donnait une idée de ce à quoi le père Noël aurait pu ressembler s'il s'était converti au christianisme et s'il avait mangé à sa faim depuis son dernier Noël. Quand je suis sortie pour aller jusqu'à la véranda, il était déjà en train de serrer la main de Mère et de lui présenter sa femme, une grande Congolaise, et leurs enfants, d'âges et de couleurs variés et qui, pour la plupart, se cachaient dans les longues jupes colorées de leur mère. Mère était confuse, mais elle sait se montrer accueillante même envers de vrais étrangers, elle les a donc invités à entrer et m'a demandé de foncer faire du jus d'orange. Et allez donc, retour aux cuisines pour Rachel l'esclave !

Mais le temps que je revienne avec un grand pot dégoulinant de jus d'orange et que je m'effondre sur une chaise pour me reposer, j'avais déjà tout manqué. J'étais incapable de savoir ni qui ils étaient ni ce qu'ils faisaient, mais voilà que Mère jacassait avec eux comme si ç'avaient été de vieilles connaissances. Assis sur nos chaises de la salle de séjour, ils demandaient des nouvelles des gens du village comme s'ils étaient familiers du coin. «Et Mama Mwenza, comment va-t-elle ? Et Mama Lo, elle continue toujours sa coiffure et à fabriquer son huile de palme ? Ma parole, elle doit bien avoir dans les cent dix ans et dire qu'elle ne s'est jamais mariée – tout ça pour vous dire. Et Mama Tataba, où est-elle ? Ah ! Anatole ! Nous ferions mieux d'aller lui rendre visite tout de suite. » Ce genre de choses. Le révérend père Noël avait l'air d'un bon vieillard. Il avait un accent à moitié américain, à moitié irlandais, comme un de ces braves flics dans les vieux films.

Ruth May, qui se levait depuis quelques jours et semblait récupérer, était tellement fascinée par lui qu'elle s'était assise la joue pratiquement contre son pantalon tout usé. Le vieil homme, la main posée sur la tête de ma sœur, écoutait très attentivement tout ce que lui disait Mère, avec des hochements de tête polis et parfaitement flatteurs. Sa femme, qui avait à peu près cent ans de moins que lui et qui était séduisante à sa façon, restait muette la plupart du temps. Pourtant, elle parlait un anglais parfait. Ils ont demandé comment ça se passait à l'église. Père était de sortie, à chercher des embêtements comme d'habitude, et nous avons été bien en peine de lui donner une réponse. Mère a dit : « Eh bien, c'est difficile. Nathan se sent très frustré. Pour lui, il semble tellement évident que les paroles de Jésus vont introduire la grâce dans leurs vies. Mais les gens d'ici ont des priorités si différentes de celles auxquelles nous avons été habitués.

— Ce sont des gens très religieux, vous savez, dit le vieil homme. En dépit de tout.

— Qu'entendez-vous par là ? demanda Mère.

— Tout ce qu'ils font, ils le font en vue du spirituel. Quand ils plantent leurs ignames et leur manioc, ils prient. Quand ils font leurs récoltes, ils prient. Et même pendant qu'ils conçoivent leurs enfants, je crois bien qu'ils prient aussi. »

Mère avait l'air très intéressée. Mais Leah a croisé les bras en demandant : « Vous voulez dire qu'ils prient leurs dieux païens ? »

Le révérend père Noël adressa un sourire à Leah. « Que vous imaginez-vous que Dieu pense de ce petit coin de Sa création, des arbres qui fleurissent dans la forêt, des oiseaux, des grosses averses, de la chaleur du soleil – vous savez de quoi je parle ?

— Ah oui, a dit Leah, excellente élève comme d'habitude.

— Et vous ne pensez pas que Dieu soit content de tout ça ?

— Oh je crois qu'il s'en glorifie ! s'empressa-t-elle de dire. Je pense qu'il doit être plus fier du Congo que de n'importe quel autre endroit qu'Il a créé.

— Je le pense aussi, dit-il. Je pense que les Congolais possèdent un monde de grâce divine dans leur vie, en même temps qu'un lot d'épreuves à terrasser le moindre quidam. Il m'arrive de penser qu'ils ont toujours su produire une joyeuse cacophonie en l'honneur du Seigneur. »

Leah s'est renversée en arrière sur sa chaise, se demandant probablement ce que son père aurait répondu à ça. Comme si nous ne le savions pas. Il aurait dit que les Irlandais et ceux de leur acabit étaient bien connus pour être des papistes et des adorateurs d'idoles. Toute cette affaire de fleurs et de petits zoziaux ne faisant que couronner le tout.

« Avez-vous entendu leurs chants, ici, à Kilanga ? demanda-t-il. Ils sont très pieux. C'est une façon grandiose d'entamer un service religieux que de chanter un hymne pour attirer la pluie sur les semences d'ignames. Il est très facile de partir de là pour aborder ensuite la parabole du grain de sénevé. Bien des passages de la Bible prennent tout leur sens ici, il suffit simplement d'en changer quelques mots. (Il se mit à rire.) Et il y a sûrement aussi pas mal de chapitres entiers à jeter.

— Mais tout est la parole de Dieu, non ? dit Leah.

— La parole de Dieu qui vous a été transmise par une bande d'idéalistes romanesques au milieu d'une rude culture du désert, il y a de ça des éons, et auxquels des générations de traducteurs ont emboîté le pas depuis deux mille ans. »

Leah le regardait fixement.

« Ma chérie, vous ne pensiez tout de même pas que Dieu avait tout écrit dans l'anglais du Roi James lui-même ?

— Non, je ne crois pas.

— Pensez à toutes ces tâches qui étaient parfaitement logiques pour Paul ou Matthieu au milieu de ce désert arabe et qui nous paraissent totalement absurdes maintenant. Tous ces lavages de pieds, par exemple. Était-ce pour la gloire de Dieu ou simplement pour empêcher d'apporter du sable dans la maison ? »

Leah restait assise sur sa chaise, les yeux à demi

fermés, incapable, pour une fois, de donner une réponse correcte.

« Oh ! et le chameau. Était-ce un chameau qui pouvait passer dans le chas d'une aiguille plus facilement qu'un riche ne pouvait entrer au royaume des cieux ? Ou un grossier bout de fil ? En hébreu les mots sont les mêmes, mais auquel faisait-on allusion ? Si c'était au chameau, le riche avait plutôt fait de ne pas tenter le coup. Mais si c'était au fil, il avait une petite chance de réussir, en se donnant un peu de mal, vous comprenez ? (Il se pencha vers Leah, les mains sur ses genoux.) Ah, je ne voudrais pas introduire le doute dans vos convictions, alors que votre père est absent. Mais je vais vous confier un secret. Quand je veux croire Dieu sur parole, je jette un coup d'œil par la fenêtre sur Sa création. Parce que ça, ma chérie, tous les jours Il la renouvelle pour nous, sans avoir besoin de tout un tas de vagues intermédiaires. »

Leah ne se compromit pas. « Les fleurs et les oiseaux et tout ça, vous voulez dire que c'est votre Évangile ?

– Ah, vous pensez sûrement que je suis un vieux toqué de païen. » Le vieux Tata Bird riait de bon cœur, tripotant la croix qu'il portait à son cou (encore un signe patent de papisme), et il n'avait aucunement l'air repentant.

« Non, je comprends », dit Mère pensivement. Elle semblait si bien le comprendre qu'elle aurait aimé l'adopter et pouvoir héberger sa famille mixte sur-le-champ.

« Il faut me pardonner. J'ai vécu ici si longtemps que j'en suis venu à aimer les gens du coin et leurs façons de penser. »

Inutile de le préciser, pensai-je. Étant donné sa situation conjugale.

« Mais j'y pense, vous devez être affamés ! dit soudain Mère, sautant de sa chaise. Restez à dîner, au moins. Nathan ne devrait plus tarder maintenant. Vous vivez vraiment sur ce petit bateau ?

– Oui, en fait. C'est un excellent point d'attache pour mener à bien notre travail – un peu de collecte, un peu d'étude de la nature, un peu d'aide, un peu d'hygiène publique et de distribution de quinine. Nos aînés restent à Léopoldville la plus grande partie de l'année pour y suivre leur scolarité, mais ils sont venus avec nous pour de courtes vacances afin de rendre visite à la famille. » Il jeta un regard à sa femme qui sourit.

Elle expliqua, sereine : « Tata Fowells s'intéresse tout spécialement aux oiseaux. Il en a répertorié plusieurs espèces dans la région qui étaient inconnues des Européens jusqu'ici. »

Tata Fo-wells ? Où avais-je déjà entendu ce nom ? Je me creusais la cervelle, tandis que Mère et Madame entamaient une discussion d'une exquise politesse sur la présence éventuelle de la petite famille au dîner. Mère avait apparemment oublié que nous n'avions strictement rien de présentable à manger, et ces gens ignoraient ce qui les attendait s'ils restaient. Tata Fowells, ruminais-je. Entretemps, Adah avait rapproché sa chaise de lui et ouvert un des vieux livres moisis qu'elle avait trouvés dans la maison et qu'elle adorait promener partout.

« Ah, s'écria-t-il joyeusement, j'avais complètement oublié ces bouquins. C'est merveilleux que vous puissiez vous en servir. Mais je vais vous dire, j'en ai de bien plus intéressants là-bas, dans le bateau. »

Adah eut l'air d'avoir envie de foncer là-bas et de les lire tous à l'envers dans l'instant même. Elle montrait du doigt différentes représentations de jais rouspéteurs à longue queue et je ne sais plus quoi d'autre, et il débordait tellement d'explications qu'il ne se rendait sans doute pas compte qu'Adah était incapable de parler.

Oh ! me dis-je tout d'un coup en moi-même : Le frère Fowles ! Le fameux frère Fowles ! Le religieux qui nous avait précédés à la mission et qui s'était fait virer pour avoir trop frayé avec les indigènes. Mon Dieu, mais je pense bien ! Maintenant tout s'éclairait. Mais il était trop tard pour que je puisse dire quoi que ce soit, ayant loupé les présentations du fait que je faisais la bonne à tout faire. Je restais assise là, pendant qu'Adah recevait son cours sur les oiseaux et que Leah persuadait les farouches petits Fowles de quitter la véranda pour entrer s'asseoir par terre avec elle et Ruth May afin de lire des bandes dessinées.

Puis brusquement la pièce s'assombrit : Père était dans l'encadrement de la porte. Nous nous immobilisâmes tous, en dehors du frère Fowles qui sauta sur ses jambes pour aller tendre la main à Père, sa main gauche serrant son avant-bras, geste de salutation secrète des Congolais.

« Frère Price, enfin, dit-il. J'ai pensé à vous dans mes prières et voici que je viens d'avoir le bonheur de faire la connaissance de votre délicieuse famille. Je suis le frère Fowles, votre prédécesseur dans cette mission. Ma femme, Céline. Nos enfants. »

Père ne tendit pas la main. Il examinait cette grande croix – catholique, à n'en pas douter – au cou du visiteur, pensant probablement à tout ce que nous avions entendu dire à propos des égarements du frère Fowles, outre les jurons prononcés par le perroquet. Pour finir, il lui serra tout de même la main, mais de manière détachée, à l'américaine. « Pour quelle raison êtes-vous de retour ici ?

– Ah, nous passions dans le coin ! Nous travaillons la plupart du temps en aval de la rivière, près du Kwa, mais les parents de mon épouse habitent à Ganda. Nous avons pensé vous rendre visite ainsi qu'à d'autres amis de Kilanga. Il va nous falloir sûrement présenter nos respects à Tata Ndu. »

Vous auriez dû voir Père se ratatiner dans sa peau en entendant le nom de son pire ennemi. Prononcé avec l'accent yankee, en plus. Mais Père resta impavide, refusant d'admettre le lamentable échec en matière de christianisation qu'il avait connu jusqu'ici. « Nous allons à merveille, merci. Et à quel travail vous employez-vous maintenant ? » Il appuya sur le mot maintenant, comme pour dire : Nous savons parfaitement que vous vous êtes fait débarquer en tant que prédicateur.

« Je me réjouis à faire œuvre de Dieu, dit frère Fowles. J'étais justement en train de dire à votre femme que j'apportais un peu de secours. J'étudie et répertorie la faune. J'observe énormément et offre probablement très peu de salut à long terme.

– C'est dommage, déclara Père. Le salut est la voie, la vérité et la lumière. Car tous ceux qui invoqueront le nom du Seigneur seront sauvés. Et comment croiront-ils en Lui, s'ils n'en ont point entendu parler ? Et comment en entendront-ils parler, si personne ne le leur prêche ?… Comme il l'est écrit, *Que les pieds de ceux qui annoncent l'Évangile de paix sont beaux, de ceux qui annoncent les vrais biens !*

– Épître aux Romains, chapitre x, verset 15 », dit le frère Fowles.

Ça alors. Ce Yankee connaissait sa Bible. Père accusa le coup.

« Je fais certainement de mon mieux, dit Père rapidement, pour cacher son trouble. Je prends à cœur les paroles bénies : *Croyez au Seigneur Jésus et vous serez sauvé, vous et votre famille. Et ils lui annoncèrent la parole du Seigneur et à tous ceux qui étaient dans sa maison.* »

Le frère Fowles hochait la tête attentivement. « Paul et Silas à leur geôlier, après que les anges les ont aimablement libérés grâce à un tremblement de terre. Les Actes des Apôtres, chapitre xvi, il me semble ? Le verset suivant m'a toujours laissé un peu perplexe : *À cette même heure de la nuit, il lava leurs raies.*

– La traduction américaine va peut-être vous éclairer. Elle dit : *Lava leurs plaies.* » Père parlait comme le gamin de la classe qui sait tout et qu'on a envie d'étrangler.

« En effet, oui, répliqua lentement le frère Fowles. Et

cependant, je me pose des questions : qui a bien pu traduire ça ? Toutes ces années passées ici, au Congo, j'ai entendu tellement de mauvaises traductions, parfois très amusantes. Vous me pardonnerez donc si je reste sceptique, frère Price. Quelquefois, je me demande : et si ces raies n'étaient pas des plaies, mais autre chose ? Il était gardien de prison, peut-être portait-il un maillot rayé, comme un arbitre ? Paul et Silas se chargeaient-ils de sa lessive, en signe d'humilité ? Ou peut-être le sens en est-il métaphorique : Paul et Silas ont-ils effacé les doutes de l'homme ? Ont-ils compris ses sentiments divisés envers cette nouvelle religion qu'ils lui imposaient soudain ? »

La petite fille qui était assise par terre avec Ruth May lui dit quelque chose dans leur langue. Ruth May chuchota : « Donald Duck et Blanche-Neige, ils se sont mariés. »

Père enjamba les enfants et souleva une chaise qu'il enfourcha comme il aime le faire quand il a l'occasion d'une bonne discussion chrétienne. Il croisa les bras sur le dossier et eut un sourire de désapprobation à l'égard de frère Fowles. « Monsieur, je vous présente toutes mes condoléances. Personnellement, je n'ai jamais jamais éprouvé ce genre de difficultés à interpréter la parole de Dieu.

— En effet, c'est ce que je vois, dit le frère Fowles. Mais je vous assure que cela ne me dérange pas du tout. C'est une façon formidable de passer l'après-midi, vraiment. Tenez, par exemple, l'Épître aux Romains, chapitre x. Revenons-y. À la traduction américaine, si vous préférez. Un peu plus loin, on tombe sur la proposition suivante : *Si les prémices sont saintes, la masse l'est aussi, et si la racine est sainte, les rameaux le sont aussi. Si donc quelques-unes des branches ont été rompues, et si vous, qui n'étiez qu'un olivier sauvage, avez été enté parmi celles qui sont demeurées sur l'olivier franc et avez été rendu participant de la sève et du suc qui sort*

de la racine de l'olivier, Ne vous élevez pas de pré-
somption contre les branches naturelles... sachez que ce
n'est pas vous qui portez la racine, mais que c'est la
racine qui vous porte. »

Père restait assis là, clignant des yeux, empêtré dans
toutes ces racines et ces rameaux.

Mais les yeux du vieux père Noël brillaient ; il s'amu-
sait bien. « Frère Price, dit-il, n'y songez-vous pas quelquefois lorsque vous partagez la nourriture de vos frères
congolais et que vous vous réjouissez le cœur de leurs
chants ? Ne vous vient-il pas à l'idée qu'ici c'est nous
qui sommes le rameau greffé, quand nous partageons la
richesse de ces racines africaines ? »

Père répliqua : « Vous pourriez vous reporter au
verset 28, monsieur. Car du point de vue de la bonne
nouvelle, ils sont traités en ennemis de Dieu.

— C'est certain et cela s'enchaîne sur : *Mais du point*
de vue du choix de Dieu, ils lui sont chers à cause de
leurs pères.

— Vous ne dites que des sottises ! s'écria Père. Ce
verset se réfère aux enfants d'Israël.

— C'est possible. Mais l'image de l'olivier est belle,
vous ne trouvez pas ? »

Père se contentait de le regarder d'un œil mi-clos,
comme s'il avait été un arbre qu'il aurait bien transformé
en bois de chauffage.

Frère Fowles, quant à lui, ne s'échauffait pas le moins
du monde. Il dit : « Je suis carrément emballé par les
images de la nature que l'on trouve dans la Bible, frère
Price. À ce point. Je trouve qu'elles sont tellement com-
modes, ici, au milieu de ces gens qui ont une si grande
intelligence et un si grand sens du monde vivant qui les
entoure. Ils sont très humbles dans leurs dettes envers la
nature. Connaissez-vous l'hymne à la pluie pour les
graines d'ignames, frère Price ?

— Des hymnes à leurs dieux païens et à leurs idoles ?

Je crains de ne pas avoir le temps de me pencher sur ce genre de choses.

– C'est vrai, vous êtes très occupé, je n'en doute pas. Mais c'est tout de même intéressant. Si l'on en revient à ce que vous citiez dans votre Épître aux Romains, chapitre xii. Vous vous souvenez, bien sûr, du troisième verset ? »

Père lui répondit en découvrant les dents : «*Je vous exhorte donc vous tous, selon le ministère qui m'a été donné par grâce, de ne vous point élever au-delà de ce que vous devez dans les sentiments que vous avez de vous-mêmes...*

– *Car comme dans un seul corps nous avons plusieurs membres, et que tous ces membres n'ont pas la même fonction ; ainsi, quoique nous soyons plusieurs, nous ne sommes tous néanmoins qu'un seul corps en Jésus-Christ...*

– En Jésus-Christ ! » hurla Père, comme s'il avait dit : Gagné !

– *Et nous sommes tous réciproquement membres les uns des autres,* continuait à citer le frère Fowles. *Comme nous avons des dons différents selon la grâce qui nous a été donnée ; que celui qui a reçu le don de prophétie en use selon l'analogie et la règle de la foi... Que celui qui a reçu le don d'enseigner s'applique à enseigner... Que celui qui fait l'aumône la fasse avec simplicité... Que celui qui exerce les œuvres de miséricorde le fasse avec joie... Que votre charité soit sincère et sans déguisement... Que chacun ait pour son prochain une affection et une tendresse vraiment fraternelle...*

– Chapitre xii. Verset 10. Merci, monsieur. » Père était manifestement prêt à demander une pause dans cette bataille biblique. Je parie qu'il aurait volontiers donné son verset à copier au frère Fowles pour sa punition. Mais alors le vieil homme se serait tenu là à les débiter à toute vitesse, de mémoire, additionnés de quelques images de la nature pour faire bonne mesure.

Père se souvint brusquement qu'il devait se carapater pour aller faire quelque chose de très important, ce qui voulait dire, pour faire court, qu'ils ne resteraient pas dîner. Ils pigèrent qu'ils n'étaient guère bienvenus chez nous et même probablement dans tout le village, selon l'humble opinion de Père. Ils étaient du genre qui se seraient assis là et auraient préféré manger leurs chaussures plutôt que de vous déranger de quelque façon que ce soit. Ils nous racontèrent qu'ils avaient prévu de passer l'après-midi à rendre visite à de vieux amis, et qu'il leur fallait reprendre la rivière avant la tombée de la nuit.

Nous avons failli nous attacher à nos chaises pour nous empêcher de leur coller au train. Nous étions tellement curieuses de savoir ce qu'ils raconteraient à Tata Ndu et aux autres. Ma parole ! Tout ce temps où nous avions plus ou moins pensé être les seuls et uniques Blancs à avoir mis les pieds ici. Et tout du long, nos voisins avaient connu cette totale amitié avec le frère Fowles et n'en avaient soufflé mot. On croit toujours en savoir plus sur les gens qu'ils n'en savent sur vous, c'est dire.

Ils sont revenus avant le coucher du soleil et nous ont invitées à venir voir leur bateau avant de partir au large, si bien que Mère, mes sœurs et moi sommes parties en troupe au bord de la rivière. Le frère Fowles avait d'autres livres qu'il souhaitait donner à Adah. Mais ce n'était pas fini. Mrs. Fowles ne cessait de sortir des cadeaux pour Mère : des produits en conserve, du lait en poudre, du café, du sucre, des cachets de quinine, des fruits en boîte, et tant d'autres choses qu'on aurait dit qu'ils étaient vraiment le père et la mère Noël, en fin de compte. Et cependant, leur bateau n'était guère plus qu'une modeste cabane flottante au toit de tôle ondulée vert vif. À l'intérieur, pourtant, il y avait tout le confort, des livres, des chaises, un poêle à gaz, s'il vous plaît. Leurs enfants couraient dans tous les sens, se laissaient tomber sur les chaises et jouaient avec des trucs, sans donner l'impression de trouver bizarre d'habiter sur l'eau.

«Oh! grands dieux, oh! Sainte Vierge, vous êtes trop gentille! ne cessait de dire Mère tandis que Céline sortait une chose après l'autre qu'elle nous déposait dans les mains. Oh! je ne sais comment vous remercier.»

J'avais envie de leur glisser un mot, comme la jeune espionne retenue captive dans les films : *Au secours! Tirez-moi de là!* Mais leur petit bateau déjà bien chargé semblait sur le point de couler. Toutes les conserves qu'ils nous avaient données l'aidaient probablement à rester à flot.

Mère enregistrait aussi certaines choses. Elle demanda : «Comment faites-vous pour être aussi bien approvisionnés?

— Nous avons tant d'amis, dit Céline. La mission méthodiste nous procure du lait en poudre et des vitamines à distribuer dans les villages au bord de la rivière. Les conserves et les cachets de quinine viennent du SMEBA.

— Nous devenons terriblement interconfessionnels, dit le frère Fowles en riant. Nous recevons même une petite allocation de la National Geographic Society.

— Le SMEBA? s'enquit Mère.

— Le Service de la mission étrangère des baptistes américains, dit-il. Ils ont un hôpital en amont de la rivière Wamba, vous n'en avez pas entendu parler? Cette petite unité a accompli des miracles en matière de traitement contre les filaires, en matière d'alphabétisation et de dévouement. Ils font honte au fantôme de vieux roi Léopold, je dirais. Si tant est que ce soit possible. Elle est dirigée par un pasteur des plus sages, un homme qui s'appelle Wesley Green et sa femme, Jane.»

Le frère Fowles ajouta comme après coup : «Sans vouloir offenser votre mari, bien sûr.

— Mais nous sommes baptistes, dit Mère, l'air blessé.

Et la Ligue missionnaire nous a coupé notre allocation juste avant l'indépendance ! »

Mr. Fowles pesa sa réponse avant d'avancer avec tact : « Il est sûr, Mrs. Price, qu'il y a chrétiens et chrétiens.

– À quelle distance cette mission se trouve-t-elle ? Vous vous y rendez par bateau ? »

Mère considérait le bateau, les conserves, et peut-être notre avenir tout entier.

Mais le frère et Mrs. Fowles éclatèrent tous deux de rire, secouant la tête comme si Mère leur avait demandé s'ils partaient fréquemment dans la lune chercher leur fromage bleu en bateau.

« Impossible de traîner ce vieux baquet au-delà de soixante kilomètres sur le Kouilou, expliqua-t-il. On tombe sur des rapides. Mais la route carrossable qui part de Léopoldville traverse le Wamba et rejoint cette rivière à Kikwit. Certaines fois, le frère Green remonte en bateau, arrive en stop par camion et nous retrouve à Kikwit. Ou bien nous nous rendons au terrain d'aviation de Masi Manimba pour prendre livraison de nos paquets. Grâce à Dieu, nous avons toujours réussi, semble-t-il, à recevoir ce dont nous avions vraiment besoin.

– Nous comptons beaucoup sur nos amis, ajouta Céline.

– Ah oui, acquiesça son époux. Ce qui veut dire que pour obtenir une bonne communication, il faut comprendre le kituba, le lingala, le bembe, le kunyi, le vili, le ndingi, et ces fichus bavards de tam-tam. »

Céline se mit à rire en disant : oui, c'est vrai. Nous autres, nous nous sentions comme des poissons hors de l'eau – comme d'habitude. Si Ruth May s'était sentie en forme, elle aurait déjà sauté à bord et se serait sans doute mise à jacasser avec les petits Fowles dans toutes ces langues, sans compter le français et le siamois. Ce qui vous fait vous demander si les petits enfants utilisent vraiment des mots, ou s'ils se comprennent d'entrée de jeu avant d'atteindre la force de l'âge. Mais Ruth May n'était pas en forme, de sorte qu'elle restait silencieuse, pendue à la main de Mère.

« Ils nous ont demandé de partir, dit Mère. En termes plus que clairs. Vraiment, je crois que nous aurions dû le faire, mais c'est Nathan qui a pris la décision de rester.

— Il y a eu pas mal de bousculade après l'indépendance, reconnut le frère Fowles. Les gens sont partis pour mille raisons : bons sens, caprice, lâcheté. Et le reste d'entre nous, pour exactement les mêmes raisons. À l'exception de la lâcheté. Personne ne peut nous en accuser, n'est-ce pas, Mrs. Price ?

— C'est-à-dire… » dit Mère, indécise. J'imagine qu'elle détestait devoir admettre que s'il n'avait tenu qu'à elle nous aurions filé d'ici comme des lapins. Moi aussi, et je me fiche pas mal d'être traitée de trouillarde. S'il vous plaît, aidez-nous, suppliai-je des yeux Mrs. Fowles. Faites-nous sortir d'ici ! Envoyez-nous un bateau plus grand !

Pour finir, Mère se contenta de soupirer et dit : « Nous sommes absolument désolées de vous voir partir. » Je suis sûre que les sœurs étaient toutes d'accord là-dessus. Ici, nous avions eu l'impression d'être les dernières créatures sur terre à savoir utiliser l'anglais et les ouvre-boîtes, et une fois ce petit bateau parti sur la rivière au milieu de ses pout-pout-pout, nous allions la revivre une fois de plus.

« Vous auriez pu rester un moment à Kilanga », offrit Leah, bien qu'elle ne dît pas s'ils pourraient rester chez nous. Et elle s'abstint d'ajouter : Vous auriez pu expliquer des choses à Père qui pense que vous n'êtes qu'une bande de relaps. Ces mots ne furent prononcés par aucune de celles qui étaient présentes.

« Vous êtes très aimable, dit Céline. Nous devons nous rendre auprès de la famille de ma mère. Leur village démarre une exploitation de soja. Nous repasserons par ici à la fin de la saison des pluies et nous reviendrons sûrement vous voir. »

Ce qui, bien entendu, pouvait se produire n'importe

quand entre juillet prochain et la saint-glinglin, pour autant que nous le sachions. Nous nous contentions de rester là, de plus en plus désespérées, pendant qu'ils rassemblaient leurs affaires et comptaient leur marmaille.

« Je ne voudrais pas vous importuner, dit Mère, mais Ruth May, ma toute petite, a eu une forte fièvre pendant plus d'un mois. Elle semble s'en remettre maintenant, mais je me suis fait tant de souci. Existe-t-il un médecin quelque part que nous pourrions aller voir facilement ? »

Céline enjamba le flanc du bateau et posa la main sur le front de Ruth May, puis elle se pencha pour examiner ses yeux. « Ce pourrait être la malaria. Ou le typhus. Pas la maladie du sommeil, je ne pense pas. Je vais vous donner quelque chose qui vous sera peut-être utile. »

Tandis qu'elle disparaissait à l'intérieur du bateau, le frère Fowles confia à Mère à voix basse : « Je voudrais pouvoir faire davantage pour vous. Mais les avions de la mission ne volent plus du tout et les routes sont hasardeuses. La confusion règne. Nous essayerons de faire passer le message au frère Green pour votre petite, mais impossible de dire ce qu'il pourra faire, en ce moment. » Il regardait Ruth May qui semblait ne pas réaliser qu'ils discutaient de son avenir. Il demanda avec précaution : « Pensez-vous que ce soit très urgent ? »

Mère se rongeait un ongle en étudiant Ruth May. « Frère Fowles, je n'en ai pas l'ombre d'une idée. Je ne suis qu'une simple ménagère de Géorgie. »

Juste à ce moment-là, Céline réapparut avec un petit flacon de capsules roses. « Des antibiotiques, dit-elle. Si c'est le typhus ou le choléra ou autre, ils vous seront peut-être utiles. Si c'est la malaria ou la maladie du sommeil, je crains que non. De toute façon, nous prierons pour votre Ruth.

— En avez-vous parlé à Tata Ndu ? ajouta frère Fowles. C'est un homme surprenant de ressources.

— Je crains que Nathan et Tata Ndu ne soient à couteaux tirés. Je ne sais même pas s'il nous donnerait l'heure.

« – Vous pourriez être agréablement surprise », dit-il.

Ils étaient vraiment sur le point de partir, mais Mère paraissait particulièrement anxieuse de poursuivre la conversation. Elle demanda au frère Fowles, pendant qu'il enroulait cordages et autres bricoles sur le pont : « Vous étiez donc en si bons termes avec Tata Ndu ? »

Il leva les yeux, un peu surpris. « J'ai du respect pour lui, si c'est ce que vous voulez dire.

– Mais en tant que chrétien, avez-vous vraiment réussi à faire quoi que ce soit de lui ? »

Le frère Fowles se redressa en se grattant la tête, ce qui eut pour effet de mettre ses cheveux blancs en bataille. Plus vous regardiez agir cet homme, plus il paraissait jeune. Pour finir, il dit : « En tant que chrétien, je respecte ses jugements. Il dirige consciencieusement son village, tout bien considéré. Mais nous n'avons jamais pu discuter entre quatre yeux de la question des quatre épouses…

– Il en a encore plus maintenant, commenta Leah.

– Ah bon ? Alors vous voyez, je n'ai pas eu beaucoup d'influence en ce domaine, dit-il. Mais chacune de ses épouses a profité des enseignements de Jésus, je peux vous le dire. Tata Ndu et moi avons passé bien des après-midi autour d'une calebasse pleine de vin de palme, à discuter des avantages de traiter une femme avec aménité. Au cours de mes six années passées ici, j'ai vu l'habitude de battre sa femme tomber en désuétude. Résultat, des petits autels secrets en l'honneur de Tata Jésus ont fleuri dans toutes les cuisines. »

Leah lui lança la corde d'amarrage et l'aida à pousser le bateau hors des hauts fonds de vase vers les eaux plus profondes. Elle avança carrément jusqu'aux genoux sans le moindre souci. Adah serrait sur son cœur ses nouveaux livres sur l'ornithopédie des papillons, tandis que Ruth May disait au revoir de la main en criant faiblement : « *Wenda mbote ! Wenda mbote !* »

« Pensez-vous avoir fait assez ? » demanda Mère au

frère Fowles, comme si personne n'avait compris que nous nous étions dit au revoir et que cette conversation était définitivement terminée.

Le frère Fowles se tenait sur le pont, face à l'arrière, considérant Mère de haut en bas comme s'il ne savait plus que faire à son sujet. Il finit par hausser les épaules. «Nous sommes des branches greffées sur cet arbre sain, Mrs. Price. La grande racine de l'Afrique nous supporte. Je vous souhaite sagesse et miséricorde divines.

– Merci de tout cœur», dit-elle.

Ils étaient déjà loin sur l'eau lorsqu'il redressa brusquement la tête et nous cria : «Oh, à propos, le perroquet, Mathusalem, comment va-t-il ?»

Nous nous sommes regardées, refusant de clore la visite sur ce qu'on pourrait appeler une fausse note. C'est Ruth May qui lança de sa toute petite voix : «Au paradis des oiseaux ! Il est parti au paradis des oiseaux, Mr. Fowles !

– Ah ! C'est bien le meilleur endroit où il pouvait aller, ce petit salopard !» répondit le frère, ce qui nous choqua profondément, il va sans dire.

Pendant ce temps-là, tous les enfants du village s'étaient rassemblés et faisaient des bonds dans la boue du rivage. Ils avaient reçu des cadeaux, eux aussi, comme je pouvais le constater : paquets de lait en poudre et autres articles du même acabit. Mais ils poussaient des cris si joyeux qu'on aurait dit qu'ils aimaient le frère Fowles pour bien d'autres raisons que le simple lait en poudre. Comme les gamins qui ne reçoivent que des chaussettes vides à Noël, mais qui continuent encore à croire au père Noël de tout leur cœur.

Mère seule n'agita pas la main. Elle se tenait enfoncée dans la boue jusqu'aux chevilles, comme s'il était de son devoir de regarder leur bateau se réduire à un point sur l'eau miroitante, et elle ne bougea de son poste qu'une fois qu'ils eurent disparu définitivement.

Adah

Au marché, au marché, pour acheter un cochon gras !
Gras de cochon à acheter ! Au marché au marché ! Mais
où que l'on pose les yeux, il n'y a pas de cochons en ce
moment. À peine un chien qui vaille la peine et le bois
pour le cuire. De chèvres et de moutons, nenni. Une
demi-heure après le point du jour, les buses s'élèvent de
l'arbre panneau publicitaire privé de ses feuilles et s'en-
volent dans un bruit de vieilles robes de satin noir bat-
tues à l'unisson. Le marché à la viande est resté fermé
toute la durée de cette sécheresse, pas de pluie, toujours
pas de pluie. Pour ce qui est des herbivores, il n'y a plus
rien à tuer.

Juillet ne nous a apporté que la surprenante apparition
de la famille Fowles et, dans la foulée, la conviction dans
nos esprits, chacune séparément, que leur visite n'avait
pu être qu'un rêve. Dans tous les esprits, sauf celui de
Père, qui prononce fréquemment et en vain le nom de
frère Fowles, persuadé maintenant que tous les pavés de
son chemin ont été posés par cet instigateur fourvoyé
d'incurie chrétienne.

Août n'a pas été le moins du monde fertile en rêves
plaisants. L'état de Ruth May s'est brusquement aggravé,
de manière aussi inexplicable qu'il s'était amélioré un
peu plus tôt. Contre tout espoir et malgré les antibiotiques fidèlement donnés par Mrs. Fowles, la fièvre s'est

mise à monter, monter. Ruth May est retournée au lit, les cheveux collés sur la tête sous l'effet d'une sombre transpiration. Mère a fait des prières au petit dieu de verre ventru des capsules roses.

La seconde moitié d'août nous a apporté également une semaine spéciale Kilanga de cinq jours, commençant et se terminant un jour de marché, ne comportant pas de jour de repos, mais encadrée de deux dimanches comme entre parenthèses. Tenez, pendant que j'y pense, cette combinaison particulière a une chance sur sept de se produire. Ce qui doit arriver en moyenne sept fois par an, avec des intervalles entre deux un tout petit peu plus longs que ceux que doit avoir supportés Noé à bord de sa supposée arche.

Cet événement rare était-il particulier à nos voisins ? Le remarquaient-ils ? Je n'en ai pas la moindre idée. Telle était notre association avec nos semblables de Kilanga. Mais à la maison, il s'est passé comme un congé bizarre et obscur, car quotidiennement au cours de ces cinq jours, le chef du village de Kilanga, Tata Ndu, est venu à la maison. *Udn Atat.* Il envoyait ses fils en émissaires qui poussaient des cris en agitant des quartiers de bêtes conservés avec tout le cérémonial d'usage pour annoncer Son Éminence.

À chaque occasion, il apporta un cadeau : le premier jour, de la viande fraîche d'antilope enveloppée d'un morceau de toile ensanglanté (aussi affamées que nous étions, nous nous sommes évanouies à la vue de ce sang !) Le deuxième jour, un panier sphérique bien net, muni d'un couvercle hermétiquement scellé, et rempli de haricots *mangwansi*. Le troisième, un francolin vivant, les deux pattes attachées ; le quatrième, une peau tannée de tamanoir, toute douce. Et le dernier jour, une petite sculpture représentant une femme enceinte en ivoire rose. Notre Père ayant observé cette petite créature rose, se sentit en veine pour engager la conversation avec Tata Ndu sur les idoles. Mais jusqu'au jour numéro cinq – et bien après, dans l'ensemble – Notre Père se réjouit de cette attention neuve de la part du chef. Le Révérend en poussa des cocoricos à l'envi à travers toute la maison. « Notre charité chrétienne nous est rendue au septuple », déclara-t-il, prenant certaines libertés avec l'arithmétique et frappant à grandes claques les cuisses de son pantalon kaki. « Bonté divine ! Orleanna, ne t'avais-je pas dit que Ndu se rallierait à nous pour finir ?

– Oh, ce serait la fin maintenant, Nathan ? » demanda Mère. Elle restait muette sur le sujet de Tata Ndu en tant qu'hôte. Nous mangeâmes bien la viande et fûmes heureuses de pouvoir en profiter, mais les objets, elle les séquestra dans sa chambre hors de vue. Nous mourions d'envie d'examiner et de manipuler ces objets mystérieux, surtout la petite madone rose, mais Mère pensait que nous ne devions pas manifester un intérêt excessif à leur égard. En dépit du frère Fowles qui s'était porté garant de son caractère, Mère soupçonnait que ces cadeaux du chef n'étaient pas sans nous lier d'une manière ou d'une autre. Et il se trouva qu'elle avait raison. Bien que nous ayons mis un certain temps à le comprendre.

Au début, nous fûmes simplement flattées et étonnées de voir Udn Atat franchir résolument notre porte d'entrée, marquer une pause devant le miroir à main de Rachel sur le mur et s'installer sur notre seul siège convenable muni d'accoudoirs. Trônant là sous sa coiffure, il observait notre maisonnée à travers ses lunettes sans verres et battait l'air de son chasse-mouches en poils de bête, insigne de sa position dans l'existence. Lorsqu'il lui arrivait de retirer cet étrange couvre-chef pointu, on le découvrait costaud, puissant. Son front noir, en demi-dôme et sérieusement dégarni, accentuait la largeur du visage, du poitrail et des épaules, ainsi que l'extraordinaire musculature de ses bras. Il remontait son drapé coloré sous ses aisselles et croisait les bras sur sa poitrine tel un homme fier de son physique. Notre Mère n'était pas impressionnée. Mais elle faisait appel à ce qui lui restait de bonnes manières pour confectionner du jus d'orange dont le chef raffolait.

Notre Père, qui désormais se faisait un point d'honneur d'être à la maison pour accueillir Tata Ndu, tirait une des autres chaises, s'asseyait à la renverse, les bras noués derrière le dossier, et parlait Écritures. Tata Ndu tentait de ramener la conversation sur le village ou sur les vagues rumeurs dont nous avions tous entendu parler à propos des émeutes de Matadi et de Stanleyville. Mais la plupart du temps, il régalait Notre Père de commentaires flatteurs, du genre : « Tata Price, vous avez trop de jolies filles », ou de remarques moins plaisantes mais plus réalistes telles que : « Vous avez grand besoin de nourriture, n'est-ce pas ? » Pour sa distraction ésotérique, il demandait aux jolies filles (demande à laquelle nous nous soumettions) de se mettre en rang par ordre de grandeur. La plus grande étant Rachel avec son mètre soixante-huit et le plein avantage d'une posture de Miss Amérique, la plus petite étant moi, avec cinq centimètres de moins que ma jumelle pour raison de difformité. (Ruth May étant délirante et couchée était dispensée du défilé.) Tata Ndu claquait la langue et disait que nous étions toutes très maigres. Ce qui faisait frémir d'orgueil Rachel, laquelle défilait à travers la maison précédée de son bassin à la manière des mannequins de haute couture. Elle avait tendance à faire un peu trop d'épate lors de ces visites, se précipitant pour aider Mère d'une façon qu'elle n'aurait jamais imaginée en l'absence de spectateurs.

« Tata Ndu, lança Mère, notre petite dernière est brûlante de fièvre. Vous êtes un homme d'une telle importance que je ne voudrais pas qu'en venant ici vous vous exposiez à quelque affreuse contagion. » C'était pour elle ce qui se rapprochait le plus d'une demande d'aide directe.

L'attention de Tata Ndu retomba alors pendant un

certain nombre de semaines, durant lesquelles nous fréquentions l'église, avalions notre pilule antimalaria hebdomadaire, tuions une autre poule de notre réserve volaillère en déclin, et nous chipions notre tour pour rôder dans la chambre des parents afin d'examiner la sculpture et ses minuscules attributs génitaux féminins. Puis, au bout de deux dimanches, il revint. Cette fois ses cadeaux étaient plus personnels : un pagne de tissu à la teinture merveilleuse, un bracelet en bois sculpté, et un petit flacon de substance cireuse odorante, sur lequel nous nous refusâmes de spéculer ou de discuter en présence de Tata Ndu. Mère accepta ces présents des deux mains, comme il est de coutume ici, et les mit de côté sans un mot.

Nelson, comme d'habitude, fut celui qui, en fin de compte, eut pitié de notre bêtise aveuglante et nous dit ce qu'il en était : *kukwela*. Tata Ndu cherchait une épouse.

« Une épouse ? » dit Mère, regardant fixement Nelson au milieu de la cuisine, exactement comme je l'avais vue faire avec le cobra qui s'était présenté sur les lieux. Je me demandai si elle n'allait pas, en réalité, attraper un gourdin et en frapper Nelson derrière la tête comme dans le cas du serpent.

« Oui, Mama Price », dit-il d'un ton las, sans aucune trace d'embarras. Nelson avait l'habitude de nos réactions excessives à l'égard de ce qu'il jugeait ordinaire, comme la présence de cobras dans la cuisine, par exemple. Cependant, il prit un ton particulièrement péremptoire quand il répondit, car il avait la tête plongée dans le fourneau. Mère s'était agenouillée à ses côtés pour l'aider à maintenir le lourd seau à cendres tandis que Nelson nettoyait l'engin. Ils tournaient tous deux le dos à la porte et ignoraient que j'étais là.

« Une des filles, tu veux dire », dit Mère. Elle tira sur le haut du T-shirt de Nelson, pour l'extraire du fourneau afin de lui parler les yeux dans les yeux. «Tu es en train de me dire que Tata Ndu veut épouser une de mes filles.

– Oui.

– Mais enfin, Nelson, il a déjà six ou sept femmes! Seigneur Dieu!

– Oui. Tata Ndu est très riche. Il a entendu dire que Tata Price n'avait plus d'argent pour la nourriture. Il voit bien que vos enfants sont maigres et mal portantes. Mais il sait que Tata Price n'est pas du genre à accepter de l'aide de la part des Congolais. Alors il veut traiter d'homme à homme. Il peut aider la famille en payant Tata Price en ivoire ou avec six chèvres et peut-être avec un peu d'argent pour sortir la Mvúla de cette maison. Tata Ndu est un bon chef, Mama Price.

– Il veut Rachel!

– C'est la "Termite" qu'il veut acheter, Mama Price. Vous aurez des chèvres et, en plus, vous n'aurez plus à la nourrir.

– Oh Nelson. Peux-tu seulement imaginer?»

Nelson s'assit sur les talons, clignant avec sérieux de ses paupières pleines de cendres tandis qu'il inspectait le visage de Mère.

De manière surprenante, elle se mit à rire. Puis, de manière plus surprenante encore, Nelson se mit à rire aussi. Sa bouche pratiquement sans dents s'élargit et il hurla de rire avec Mère, tous deux les mains sur les cuisses. J'imagine qu'ils voyaient Rachel enveloppée d'un pagne en train de s'escrimer à piler du manioc.

Mère s'essuya les yeux. «Mais enfin, pourquoi penses-tu qu'il ait choisi Rachel?» Au ton de sa voix, je devinais qu'elle ne souriait plus, même après avoir tant ri.

«Il dit que la couleur bizarre de Mvúla égayera ses autres femmes.

– Quoi?

– Sa couleur.» Il frotta son avant-bras noir puis leva deux doigts pleins de cendres, comme pour montrer

331

comment, dans le cas regrettable de Rachel, l'encre était partie. «Elle n'a pas de vraie peau, vous savez», dit Nelson comme si c'était une chose à dire à une mère sans l'offenser. Puis il se pencha en avant et plongea la tête et les épaules au fin fond du fourneau pour enlever le reste des cendres. Il ne parla plus avant de resurgir des profondeurs.

«Les gens disent qu'elle est sans doute née trop tôt, avant la fin de la cuisson. C'est vrai, ça?» Il regardait le ventre de Mère d'un air interrogateur.

Elle se contenta de le fixer des yeux. «Qu'entends-tu en disant que sa couleur distrairait les autres femmes?»

Il considérait Mère, patiemment interrogatif, attendant une question plus explicite.

«Eh bien, je ne comprends pas du tout. Tu as l'air d'insinuer qu'elle serait une sorte d'accessoire qui compléterait sa tenue?»

Nelson marqua une longue pause pour s'essuyer le visage et se triturer la cervelle à propos de cette métaphore sur les accessoires et les tenues. Je pénétrai dans la cuisine pour aller prendre une banane, sachant qu'il n'y aurait sans doute rien de plus à entendre. Ma mère et Nelson étaient arrivés aux limites de leur compréhension mutuelle.

Leah

Notre problème était le suivant : Tata Ndu allait se montrer très offensé si Père refusait sa généreuse proposition d'épouser Rachel. Et s'il n'y avait eu que Tata Ndu dans l'affaire… Quoi que nous pûmes penser de cet homme imposant en chapeau pointu, il était le personnage qui incarnait la volonté de Kilanga. Je crois que c'était la raison pour laquelle le frère Fowles nous avait conseillé de le respecter, ou du moins de veiller au grain, même si le chef nous paraissait dérangé. Il ne parlait pas qu'en son seul nom. Périodiquement, Tata Ndu tenait conseil avec ses sous-chefs, qui eux-mêmes tenaient conseil avec l'ensemble des familles. Si bien que lorsque Tata Ndu se décidait à parler, vous pouviez être sûr que c'était le village tout entier qui s'adressait à vous.

Anatole m'a expliqué comment fonctionnait l'administration locale. Il dit que cette histoire de mettre des cailloux dans des calebasses – le plus grand nombre permettant de remporter une élection – correspond à l'idée de justice telle que l'entend la Belgique, mais que, pour les gens d'ici, elle est anormale. Pour les Congolais (y compris Anatole lui-même, il devait l'admettre), il semble étrange que de deux individus ayant obtenu l'un cinquante et une voix, l'autre quarante-neuf, ce soit le premier qui gagne tandis que l'autre perd. Cela équivaudra à ce que la moitié du village soit mécontente et, d'après Anatole, un village qui n'est qu'à demi satisfait risque de faire longtemps parler de lui. À coup sûr, il y aura du grabuge à un moment ou à un autre.

Ici, pour que ça marche, il faut du cent pour cent. Cela demande un certain temps avant d'y arriver. Les gens palabrent, concluent des ententes et discutent jusqu'à ce qu'ils tombent à peu près tous d'accord sur ce qui doit être fait et, ensuite, Tata Ndu veille au bon déroulement des affaires. S'il s'acquitte bien de sa tâche, l'un de ses fils lui succédera après sa mort. Sinon, les femmes le chasseront de la ville à coups de bâtons et Kilanga mettra un nouveau chef à l'épreuve. De telle sorte que Tata Ndu représente la voix du peuple. Et cette voix nous disait maintenant que nous serions une moindre charge pour nous-mêmes et pour les autres si nous le laissions nous débarrasser de Rachel en échange de quelques chèvres. D'une certaine manière, cela nous mettait dans une position difficile.

Rachel piqua une crise, et pour une fois dans ma vie, je ne pus l'en blâmer. J'étais très contente qu'il ne m'eût pas choisie. Mère jura de tout son cœur à Rachel que nous ne la vendrions pas, mais des paroles de réconfort de ce genre ne sont pas celles que l'on attend de la bouche de sa mère. L'idée même d'être mariée à Tata Ndu semblait contaminer l'ensemble du mental de Rachel à tel point que toutes les dix minutes ou à peu près, elle s'interrompait dans ses occupations pour pousser des cris de dégoût. Elle exigea devant Père que nous rentrions à la maison séance tenante, refusant de supporter une humiliation pareille un seul jour de plus. Père la rappela à l'ordre au moyen du verset qui se termine par *Tu honoreras ton père et ta mère,* et elle n'eut pas sitôt fini que Père le lui infligea de nouveau ! Nous étions arrivés à la fin de notre réserve de papier vierge si bien qu'elle dut copier la centaine de lignes d'une toute petite écriture aux dos de vieilles lettres et enveloppes, vestiges du temps où nous recevions encore du courrier. Adah et moi eûmes pitié d'elle et nous lui en copiâmes un peu. Sans même lui faire payer dix cents la ligne, comme nous le faisions chez nous. Dans le cas présent, avec quoi nous aurait-elle indemnisées ?

Nous ne pouvions refuser les visites du chef, quels que fussent les sentiments que nous éprouvions. Malgré tout, Rachel adoptait un comportement très curieux dès qu'il arrivait à la maison. Il faut dire qu'elle était bizarre même quand il s'en abstenait. Elle restait exagérément couverte, s'enveloppant entièrement de la tête aux pieds, allant même jusqu'à porter son imperméable à l'intérieur. Elle faisait aussi de drôles de trucs avec ses cheveux. Chez Rachel, c'est le signe d'une perturbation très profonde. On aura noté qu'il régnait une certaine tension nerveuse dans la famille.

Depuis l'indépendance, nous avions entendu parler d'histoires de violence entre Blancs et Noirs. Et pourtant, quand nous regardions par la fenêtre, le seul spectacle que nous avions sous les yeux c'était Mama Nguza et Mama Mwenza en train de bavarder sur la route et deux petits gamins qui faisaient des bonds de côté en essayant de se faire pipi l'un sur l'autre. Tout le monde continuant à être pauvre comme la misère, et cependant plus ou moins content de son sort. L'indépendance semblait être passée au-dessus de notre village comme l'avait fait la peste lors de cette nuit des temps en Égypte, en épargnant tous ceux dont le seuil était marqué d'un symbole. Malgré tout, nous ignorions quelle était la nature de ce symbole, et pour quelle raison nous étions épargnés. Nous savions à peine ce qui se passait, pour commencer, et maintenant, si les choses avaient changé, nous ne savions ni que penser ni comment agir. Il régnait un sentiment de danger latent dont nous ne pouvions parler mais qui devait mobiliser notre vigilance à tout instant. Mère supportait mal les colères de Rachel. Elle lui demanda de se tenir car en ce moment elle avait assez à faire avec la maladie de Ruth May.

Ruth May était maintenant entièrement couverte de rougeurs dans le dos et brûlante au toucher. Mère la rafraîchissait à l'aide d'une éponge à peu près toutes les heures. Elle passait presque toutes ses nuits pelotonnée au pied du grand lit métallique des parents. Mère prit la décision de déménager le lit de Ruth May dans la grande salle pour qu'elle puisse rester avec nous dans la journée afin d'être surveillée de plus près. Rachel et moi nous aidâmes au déménagement pendant qu'Adah roulait la literie. Nos lits étaient faits de tubes métalliques soudés entre eux, à peu près aussi lourds qu'un lit peut l'être. Il nous fallut d'abord enlever la moustiquaire de son cadre. Ensuite, à grands renforts de ho ! hisse ! nous écartâmes le lit loin du mur. Ce que nous découvrîmes alors nous stupéfia.

« Qu'est-ce que c'est que ça ? demanda Rachel.

— Des boutons ? » m'aventurai-je, car ils étaient parfaitement ronds et blancs. Je pensais à nos projets de coffres de mariage. Quoi qu'il en soit, cela devait représenter le projet de Ruth May depuis un bon moment.

« Ses cachets antimalaria », dit Mère, et elle avait raison. Il devait y en avoir une centaine, tous fondus en partie et collés en longues rangées irrégulières à l'endroit où s'était trouvé le lit.

Mère se tint là à les considérer longuement. Puis elle disparut pour revenir avec un couteau de table. Soigneusement elle décolla les pilules du plâtre et les recueillit une par une dans le creux de la main. Il y en avait soixante et une. Adah fit le compte et le nota. Exactement le nombre de semaines que nous avions passées au Congo.

Rachel

Crotte de crotte ! Je suis dans tous mes états, je ne sais plus où me fourrer. Quand Tata Ndu arrive à la maison, c'est le bouquet. Je ne supporte pas de le voir me dévisager. Je regarde derrière moi. Quelquefois je fais des trucs pas très élégants, je me gratte ou je joue les attardées. Mais je pense qu'il serait bien content de compléter sa collection d'épouses par une débile, peut-être bien que ça lui manque. Affreux. Le seul fait que les parents le laissent entrer ! Je refuse de faire à Père l'aumône d'une réponse quand il me parle. À Mère non plus, si je peux. D'ailleurs, il n'y a que Ruth May qui l'intéresse : pauvre Ruth May par-ci, pauvre Ruth May par-là ! Bon, mais zut à la fin, elle est peut-être malade mais ce n'est tout de même pas de la tarte non plus pour moi de rester plantée là à supporter ces âneries. Mes parents pensent à tout sauf à ma sécurité. À peine rentrées en Géorgie, je dépose un dossier en vue de mon adoption.

Et si ça n'était pas déjà la fin des haricots, voilà maintenant que rapplique mon chevalier à la rutilante armure : ce triste sire d'Axelroot. Il s'est présenté un jour, dans la cour, juste au moment où Tata Ndu montait l'escalier, affublé de son chapeau idiot et de ses lunettes sans verres, et ils ont échangé quelques mots. Après ça, Tata Ndu n'est plus resté que dix minutes et ensuite il est parti.

Et moi qui étais justement sur le point de jouer les demeurées. C'est quand même bête !

En fait, à ce qu'il paraît, Père et Mr. Axelroot ont cogité un plan pour me sortir de cette affaire de mariage avec Tata Ndu sans vexer la totalité du village. Ils ont prévu de faire comme si j'étais déjà fiancée avec Eeben Axelroot ! J'ai failli passer l'âme à gauche. Mère dit qu'il ne faut pas que ça me déprime, que ce n'est que dans le but de sauver les apparences. Mais ça veut dire que, maintenant, c'est lui qui vient traîner à la maison tout le temps, et qu'il faut aussi que j'aie l'air fiancée ! Et, évidemment, nous devons faire «comme si» dans la véranda de devant, pour que tout le monde nous voie. S'asseoir là-bas à regarder l'herbe se dessécher sur pied, c'est le gros de ma vie mondaine. Ne pas me laisser aller à la déprime ? Oh là là ! et moi qui ai toujours voulu être la reine du bal, mais enfin zut, pourquoi n'est-ce jamais le bon ?

La toute première fois où nous nous sommes trouvés seuls dix secondes dans la véranda, vous n'allez pas le croire, Axelroot a joué les malins. Il a passé le bras autour du dossier de ma chaise. Je l'ai giflé de toutes mes forces, comme Elizabeth Taylor dans «Le toit en tôle brûlante» , et je crois bien que ça lui a mis les point sur les *i*. Mais il s'est mis à *rire*, mais à rire, incroyable. Alors je lui ai fait savoir que toutes ces fiançailles n'étaient que de la foutaise et qu'il ne fallait surtout pas qu'il l'oublie. «Mr. Axelroot, lui ai-je dit, je ne consentirai à votre présence à mes côtés, dans cette véranda, que comme un service public destiné à maintenir la paix dans ce village. Et en plus, ce ne serait pas mal si vous preniez un bain une fois ou deux par an.» Je veux bien agir en philatéliste de la paix, mais pour une jeune fille de la bonne société il y a des bornes en ce qui concerne les odeurs de transpiration. Je n'arrêtais pas de penser à Brigitte Bardot au milieu de tous ces soldats.

À tel point que, maintenant, son attitude est à peu près

correcte. Je l'appelle simplement Axelroot. Il m'appelle Princesse, ce qui est peut-être un peu excessif de la part de ce vieux tacot, mais il le dit sans mauvaise intention, enfin je crois. Il n'est pas si mal quand il fait un effort. Il s'est vraiment mis à prendre des bains et laisse son affreux galurin chez lui, Dieu merci. Mère le déteste plus que jamais et je crois bien que moi aussi, mais je suis censée faire quoi ? Je lui parle. Puisqu'on est assis là à faire semblant d'être fiancés, autant passer le temps. Et sa présence éloigne commodément les enfants. Ils ne l'aiment pas beaucoup. Il leur flanque des claques. Bon, d'accord, ce n'est pas bien, je sais ! Mais au moins, ça m'évite d'être entourée de petits garnements qui me sautent après et me tirent les cheveux toute la sainte journée. Normalement ils me grimpent dessus à me donner l'impression d'être Gulliver au milieu des Lilliputiens.

Mon plan tacite c'est que, si j'arrive à lui passer assez de pommade, il changera peut-être d'avis et nous tirera d'ici. Mère lui a déjà secrètement offert son alliance plus un millier de dollars, que sans aucun doute nous trouverons à notre retour en Géorgie sans Père ni aucun moyen de subsistance en vue. Axelroot a dit : « En espèces, uniquement, mesdames », parce qu'il ne fait pas crédit. Mais il nous fera peut-être la charité !

Alors je passe mon temps à lui raconter des histoires de chez nous, en Amérique, sur les gamins que je fréquentais au lycée de Bethlehem et ce que nous y faisions. Ça me donne le mal du pays. Oh, si ces solides meneurs qui se fichaient de moi parce que j'étais fille de pasteur pouvaient me voir en ce moment, pratiquement fiancée à un vieillard ! Il a fait le tour du pâté de maisons, je peux vous le dire, puisqu'il est né en Afrique du Sud et qu'il y a passé sa jeunesse, il est même allé au Texas, d'après ce que je comprends. Son accent est normal. Et il invente des histoires indécrottables à me faire dresser les cheveux sur la tête sur ses activités de pilote de chasse. Comment il a tiré de sang-froid sur des types très influents et lâché des bombes de là-haut capables de brûler un champ entier de récolte en moins de dix secondes chrono. Il n'est pas seulement le coursier qui fait le tour des missionnaires en avion, oh que non ! Ce n'est qu'une couverture, du moins c'est l'information qu'il m'a révélée. Il prétend qu'il est en réalité un personnage très important au Congo en cette période de l'histoire. Quelquefois il me débite tous ces noms de gens auxquels je ne pige jamais rien : le directeur adjoint de la CIA, le chargé de mission au Congo. Il donne des noms de code à tout le monde. Le Gros Ponte pour le directeur adjoint et, le chargé de mission, il l'appelle Super Démon. Oh, tout ça c'est pour s'amuser, j'en suis sûre. Il est certainement trop vieux pour jouer les Zorro, mais enfin il faut tout de même voir d'où ça vient.

Je lui ai demandé : « Si vous êtes si important que ça, comment se fait-il que tout ce qu'on vous ait vu faire c'est payer des clous les marchandises des gens que vous revendez en ville, et revenir de Léopoldville avec notre lait en poudre et nos bandes dessinées ? »

Il dit que jusqu'ici il n'avait pas été libre de révéler sa véritable activité, mais que maintenant il bénéficie de la protection des États-Unis et qu'il peut me confier une ou deux bricoles à condition que je mette mon mouchoir par-dessus. Naturellement, auprès de qui est-ce que je pourrais bien aller cafeter ? Une innocente jeune fille dans un trou, privée de téléphone et qui est en froid avec ses géniteurs ? À vrai dire, Père ne s'est même pas rendu compte que je ne lui parlais plus, pour autant que je puisse en juger. Mère, oui. Quelquefois elle joue les copines et me pose tout un tas de questions intimes. Elle aimerait bien savoir qui est réellement Rachel Price.

Mais je ne lui dirai rien. Je préfère rester synonyme.

Ruth May

La nuit, les lézards grimpent à toute vitesse sur les murs et pis ils redescendent au-dessus de mon lit pour me regarder. Ils restent collés là-haut à cause de leurs doigts. Les souris aussi. Elles me parlent. Elles disent que Tata Une-deux veut se marier avec Rachel. Elle a déjà fini son trousseau, alors elle peut. Mais Tata Une-deux est congolais. Est-ce qu'ils ont le droit de se marier avec nous ? Je sais pas. Tout de même, j'aimerais bien voir Rachel en robe blanche, elle serait très belle. Et puis après ils ont dit qu'à la place, elle allait se marier avec Mr. Axelroot, mais il est môôoche. Quelquefois je rêve que c'est Père qu'elle épouse et j'y comprends plus rien et je suis triste. Qu'est-ce qu'on ferait de maman, alors ?

Les lézards font un bruit qui ressemble à celui d'un oiseau, la nuit. Dans les rêves que j'arrive à voir, j'attrape les lézards et ils deviennent mes copains. Ils restent dans ma main et ils se sauvent pas. Quand je me réveille, ils sont plus là, alors je suis triste. Donc, je me réveille pas si je suis pas obligée.

J'étais dans le noir, dans la chambre de maman, mais maintenant je suis ici. Il y a beaucoup de lumière et tout le monde parle, parle. Je peux pas dire ce que je veux. Mes lézards me manquent la nuit, voilà ce que j'ai envie de dire. Ils sortent pas en plein jour qui me fait mal aux yeux. Maman me passe le chiffon mouillé partout et alors

341

j'ai moins mal aux yeux, mais elle a un drôle d'air. Elle est grande, mais grande, et les autres aussi.

L'ex-mission. C'est ce qu'ils ont dit. Tata Une-deux vient tout le temps. Il est orange quelquefois, enfin, ses habits. Sa peau noire avec sa robe orange. Ça fait très joli. Il a dit à Père qu'il faudrait que Rachel ait l'ex-mission, ça veut dire qu'on la couperait pour qu'elle ait pas envie d'aller avec les maris des autres. J'y comprends rien quand il parle français mais c'est Père qui a raconté ça à maman, le soir. L'histoire de l'ex-mission. Il a dit qu'on faisait ça à toutes les filles d'ici. Père a dit : «Tu vois le travail qu'il nous reste à faire ? Ils mènent ces petites filles telles des agnelles à l'abattoir.» Maman a demandé : «Depuis quand as-tu commencé à vouloir protéger les jeunes filles ?» Elle a dit que son devoir à elle c'était de s'occuper avant tout des siennes et que s'il était un vrai père, il devrait bien en faire autant.

Père a dit qu'il faisait ce qu'il pouvait et qu'au moins Mr. Axelroot était une meilleure affaire. Maman a piqué une rage et a déchiré un drap en deux. Elle les aime pas tous les deux, mais il faut qu'ils viennent quand même parce que Tata Une-deux est le chef qui commande tout et que Mr. Axelroot est une affaire. Pourtant tout le monde pique des rages. Rachel surtout.

Maman a trouvé les pilules que j'ai collées sur le mur. Elles sont sorties de ma bouche. Je pouvais pas m'en empêcher. Elles avaient trop mauvais goût et elles collent mieux sur le mur quand je les ai un peu sucées. Maman les a toutes enlevées avec un couteau et les a mises dans une tasse blanche. J'ai vu où elle les a posées, sur l'étagère avec les aspirines Bayer qu'on a plus. Rachel a demandé : «Qu'est-ce qu'on va en faire ?» et maman a dit : «Les prendre, bien sûr, Ruth May et nous quand nous serons à court des autres.» Mais moi, j'en veux pas, elles me font vomir. Rachel dit qu'elle non plus. Elle était dégoûtée et elle a dit : beurk, comme pour du chewing-gum qui aurait été déjà mâché. Rachel est

dégoûtée tout le temps en ce moment. Maman a dit :
« Bon, si tu veux être malade comme Ruth May, vas-y,
continue, comme on fait son lit on se couche. » C'est ce
qui m'est arrivé. J'ai fait mon lit et maintenant je suis
malade. Je croyais que j'avais juste trop chaud, mais elle
a dit à Rachel que j'étais très malade. Maman et Père
en parlent quelquefois et il dit : « Le bon Dieu », elle
répond : « Un médecin. » Ils sont pas d'accord et c'est à
cause de moi.

Je suis déjà allée deux fois chez le docteur avant, à
Stanleyville, quand je me suis cassé le bras et quand il a
été réparé. Mon plâtre est devenu tout sale. Il l'a coupé
avec les très gros ciseaux qui font pas mal. Mais maintenant, on peut plus y aller parce qu'ils ont des grosses
bagarres et qu'ils font se balader tout nus tous les Blancs,
à Stanleyville. Ils ont tué des gens. Quand on est allés là-
bas, la première fois, j'ai vu ces petits diamants sales dans
un sac à l'arrière de l'avion. Mr. Axelroot était pas
content que je regarde dans ses affaires. Pendant qu'on
attendait que Père revienne de chez le coiffeur, Mr. Axelroot m'a secouée très fort. Il a dit : « Si tu racontes que
tu as vu des diamants dans les sacs, ta maman et ton papa
tomberont tous les deux malades et ils mourront. » Je
savais pas que c'étaient des diamants jusqu'à ce qu'il me
le dise. J'ai rien dit. Et c'est pour ça que je suis tombée
malade à la place de maman et de papa. Mr. Axelroot
habite encore dans sa cabane et quand il vient ici, il me
regarde pour voir si j'ai raconté quelque chose. Il peut
voir direct à l'intérieur de vous, comme Jésus. Il vient
chez nous et il dit qu'il a appris ce qui se passait avec
Tata Une-deux qui voulait se marier avec Rachel. Tout le
monde le sait ici. Père dit que les Blancs doivent se soutenir et que maintenant on doit être amis avec Mr. Axelroot. Mais moi, je veux pas. Quand on attendait dans
l'avion, il m'a secouée très fort.

Je me suis cassé le bras parce que j'espionnais et que
maman m'avait défendu de le faire. Cette fois-ci je suis

malade parce que le petit Jésus voit tout ce que je fais et que j'ai pas été sage. J'ai déchiré des images d'Adah et j'ai raconté que des mensonges à maman, quatre fois, et j'ai essayé de voir Nelson tout nu. En plus, j'ai tapé avec un bâton sur la jambe de Leah et j'ai vu les diamants de Mr. Axelroot. Ça fait plein de vilaines choses. Si je meurs, je vais disparaître et je sais où je reviendrai. Je serai tout là-haut dans l'arbre, de la même couleur, et tout. Je te regarderai en bas. Mais tu me verras pas.

Rachel

Dix-sept ans ! D'après le système centésimal, j'ai dix
ans plus sept ans. Ou du moins c'est ce que je croyais
jusqu'à ce que Leah me raconte que centésimal, ça voulait dire cent. Quand le bon Dieu a vraiment décidé de
vous punir, on le sait, parce qu'Il vous expédie non pas
une, mais deux sœurs plus jeunes que vous et qui
connaissent déjà tout le dictionnaire sur le bout des
doigts. Une veine qu'il n'y en ait qu'une seule qui soit
capable de parler sur les deux.

On ne peut pas vraiment dire que j'ai bénéficié de la
moindre attention, le jour de mon anniversaire. C'est le
deuxième que je passe au Congo, et je pensais avoir
connu le pire au moment du premier. L'an dernier, au
moins, Mère a fondu en larmes en me montrant la boîte
d'Angel Dream qu'elle avait emportée du supermarché
de Bethlehem jusqu'ici pour me faire oublier la corvée
d'avoir à passer mes tendres années d'adolescence à
l'étranger. J'avais été drôlement déçue parce que je
n'avais rien reçu de beau : ni twin-set ni 45 tours – pour
moi, ç'avait été le jour le plus sinistre de mon existence.

Ne m'en parlez pas ! Jamais je n'aurais cru avoir à
vivre un autre anniversaire ici, un autre 20 août, avec
exactement les mêmes frusques et dessous que l'an
passé, tous devenus affreux, à part la petite gaine que j'ai
laissé tomber aussi sec : inutile de chercher à garder sa

345

ligne de jeune fille au milieu de cette horrible jungle poisseuse. Et maintenant, pour couronner le tout, un anniversaire qui passe pratiquement inaperçu. «Oh, on ne serait pas le 20 août aujourd'hui, par hasard ? » ai-je demandé plusieurs fois à haute voix, en regardant ma montre comme si j'avais quelque chose à faire. Du fait qu'elle tient son journal à l'envers, Adah est la seule à être au courant des dates. Elle et Père, bien entendu, qui possède son petit calendrier paroissial pour tous les événements importants, au cas où il s'en présenterait. Leah ne s'est carrément pas intéressée à moi ; elle était installée au bureau de Père à réviser son arithmétique de chouchou du prof. Leah fait la supérieure depuis qu'Anatole lui a demandé de l'aider à faire la classe. Vraiment, il n'y a pas de quoi s'exciter. Ce ne sont que des maths, ce qu'il y a de plus rasoir au monde, et de toute façon il ne lui laisse que les tout petits gamins. Moi, je ne le ferais pas, même si Anatole me payait en vrais dollars. J'attraperais sans doute le mal des autoroutes à force de regarder la morve couler le long de ces petits canaux à morve qui vont de leur nez à leur bouche.

Alors j'ai demandé à Adah d'une voix plutôt forte : «Dis donc, on serait pas le 20 août aujourd'hui ? » Elle a fait oui d'un signe de tête, et j'ai regardé autour de moi, estomaquée, parce que ma famille, la mienne, était en train de mettre la table du petit déjeuner et de faire des projets de cours ou de je ne sais quoi, comme si on était simplement le lendemain d'hier et qu'il ne se passait rien de plus que le jeudi, chez nous à Bethlehem, jour où on met les poubelles dehors.

Mère s'en est finalement souvenue, comme par hasard. Après le petit déjeuner, elle m'a offert une paire de boucles d'oreilles à elle avec le bracelet assorti sur lesquels j'avais louché. Ce n'est que du cristal taillé, mais d'une très jolie nuance de vert qui fait justement ressortir mes cheveux et mes yeux. Et comme c'était à peu près les seuls bijoux que j'avais vus de toute l'année, je les ai appréciés comme si ç'avaient été des diamants – vous dire à quel point ça me manque. N'importe comment, c'était bien de recevoir une petite marque d'attention. Elle les avait enveloppés dans un bout d'étoffe et écrit sur une carte faite avec une feuille du carnet d'Adah : « Pour ma belle aînée, déjà toute grande. » Parfois, Mère se donne vraiment du mal. Je l'ai embrassée pour la remercier. Mais après, il a fallu qu'elle retourne rafraîchir Ruth May avec une éponge, si bien que le spectacle s'en est trouvé limité. La température de Ruth May est montée en flèche jusqu'à 40°5, Adah s'est fait piquer au pied par une araignée à pédipalpe et a dû le laisser tremper dans de l'eau froide, ensuite une mangouste a réussi à pénétrer dans le poulailler et a mangé des œufs, tout ça le même jour : celui de mon anniversaire ! Et tout ça uniquement pour détourner l'attention de moi. À part la mangouste, j'imagine.

Adah

Tata Jésus est *bängala !* proclame le Révérend chaque dimanche en fin de sermon. De plus en plus souvent, ne faisant aucunement confiance à ses interprètes, il s'exprime en kikongo, du moins le pense-t-il. La tête rejetée en arrière, il jette ces mots vers le ciel, tandis que ses ouailles remplies de perplexité se grattent sur leur siège. *Bängala* veut dire quelque chose de « précieux », de « cher ». Mais à la façon dont il le prononce, cela signifie « arbre à poison ». Louez le Seigneur, alléluia, les amis ! car Jésus vous procurera des démangeaisons comme personne.

Et tandis que Notre Père diffusait son évangile de bois vénéneux, sa propre fille, Ruth May, ressuscitait d'entre les morts. Notre Père ne prêta pas à l'événement une attention particulière. Peut-être n'en fut-il pas autrement impressionné, ayant toujours pensé que la chose arriverait. Sa confiance en Dieu est exceptionnelle. *Oh Allah, ô !* Le Seigneur s'est ou ne s'est peut-être pas rendu compte que Mère avait contribué à ce miracle en forçant Ruth May à avaler deux fois les mêmes pilules.

Selulip semêm sel. On ne traverse pas deux fois de suite la même rivière. Ainsi parlent les philosophes grecs, et les crocodiles se chargent de veiller à ce que cela ne se produise pas. Ruth May a cessé d'être celle qu'elle était. *Yam Htur*. Aucune de nous n'est plus la même : Lehcar, Hael, Hada. Annaelro. Seul Nahtan, pour l'essentiel, reste égal à lui-même, quel que soit l'angle sous lequel on le regarde. Nous autres, nous possédons deux visages. Nous allons nous coucher et, à l'instar de ce malheureux Dr. Jekyll, nous nous réveillons différentes. Notre Mère, récente agoraphobe, et qui nous a gardées sous globe à l'intérieur pendant tous ces mois de pluie, d'épidémie et d'indépendance, s'est maintenant retournée contre sa protectrice : elle scrute la maison avec suspicion, l'accuse d'être «pleine de toiles d'araignées» et de «nous étouffer de chaleur». Elle en parle comme d'une chose qui aurait sa propre volonté, ses desseins. Toutes les après-midi, elle nous oblige à mettre nos robes les plus légères et à fuir cette demeure malfaisante. Le long du sentier forestier, nous nous rendons en file indienne jusqu'à la rivière pour pique-niquer. Une fois que nous nous sommes dispersées en courant et qu'elle croit que nous ne la voyons pas, elle se balance légèrement au milieu de la clairière, comme un arbre agité par le vent. Au risque d'attraper des ankylostomes, elle retire ses souliers.

Et maintenant, réjouissons-nous, ah ouais, nous les croyantes, car Ruth May s'est levée, mais elle a le regard vide d'un zombie et n'a plus du tout envie d'être la première ou la meilleure en quoi que ce soit. Nelson refuse de s'approcher d'elle. Il a sa théorie personnelle : la chouette que nous avons retenue temporairement captive a mémorisé le plan de la maison de sorte qu'elle peut retrouver son chemin en passant par la fenêtre pour aller dévorer son âme.

Mes autres sœurs, chacune à leur manière, témoignent d'un étrange comportement vis-à-vis des hommes. Rachel est hystérique et fiancée. Ce sont de prétendues fiançailles, mais cela ne l'empêche pas de passer des heures à se jouer : Miroir, miroir, dis-moi que je suis la plus belle, avec ses nouvelles boucles d'oreilles vertes en cristal, pour ensuite piquer des colères contre son mariage à venir.

Quant à Leah, la jumelle la plus tonique, elle s'est découvert un solide intérêt pour le français et le kikongo, tout particulièrement parce qu'elle les apprend d'Anatole. Le matin, elle enseigne l'arithmétique à ses plus jeunes élèves, et ensuite, elle passe des heures littéralement collée à sa manche de chemise d'un blanc éclatant à conjuguer les verbes pronominaux, ceux-là mêmes qu'elle trouvait inutiles l'an dernier. Apparemment, les verbes réfléchis prennent une importance neuve pour certaines filles de quinze ans. On l'initie également à la chasse à l'arc. Anatole lui a fait cadeau d'un petit arc extrêmement fonctionnel et d'un carquois rempli de flèches empennées de plumes caudales rouges – comme dans *L'Espoir,* le poème de Miss Dickinson, et comme celles de notre désespérément et définitivement défunt Mathusalem, notre ancien perroquet. À l'aide de son propre couteau, Anatole a taillé dans une branche d'ébène vert ces cadeaux pour Leah.

Voici mon poème en forme de palindrome à ce sujet : *Eva, élue seule. Ave !*

Nelson, quoi qu'il en soit, en est tout remonté. Il voit dans l'arc et les flèches de Leah une évolution positive de notre maisonnée après tant d'autres événements décourageants, telle que la mort, ou quasiment, de Ruth May. Nelson a pris sur lui de surveiller l'entraînement militaire de Leah. Il confectionne des cibles à l'aide de feuilles qu'il pique sur le tronc du grand manguier en bordure de notre cour. Les cibles rapetissent de jour en jour. Elles ont commencé par une oreille d'éléphant géante, grand tablier triangulaire qui claquait dans la brise, pratiquement impossible à rater. L'une après l'autre, Leah a expédié ses flèches tremblantes dans la marge verte aux profondes entailles. Mais elle a travaillé avec acharnement jusqu'à viser maintenant la foliole ronde, vernissée, large d'un pouce, d'une feuille de goyavier. Nelson lui montre comment se tenir, fermer un œil, et envoyer sa flèche vibrante au cœur de la feuille. C'est une formidable tireuse.

Ma jumelle, déesse de la chasse, et moi sommes désormais, je le crois, des parentes plus éloignées que jamais, à ceci près que, dans le village, on commence à la trouver bizarre. Au minimum, regrettablement privée de féminité. Pour un peu, on me considérerait maintenant comme la plus normale. Je suis la *bënduka*, mot unique qui me décrit avec précision : quelqu'un qui penche d'un côté et qui marche tout doucement. Mais pour ma jumelle qui enseigne à l'école et assassine des troncs d'arbres, j'ai entendu les noms variés dont l'affublent les voisins et qui ne sont pas très tendres. Le mot favori, *bákala*, couvre pas mal de terrain, entre le piment-oiseau, la pomme de terre bosselée et l'organe sexuel mâle.

Leah s'en fiche. Elle prétend que c'est Anatole qui lui a fait cadeau de l'arc et que puisque c'est lui aussi qui l'a réquisitionnée pour enseigner à l'école, elle ne va sûrement à l'encontre d'aucune des traditions locales. Elle ne réalise pas qu'Anatole n'enfreint les lois que pour ses beaux yeux, et que cela aura des conséquences. Telle une déesse, elle porte son initiale, le grand D de son arc en bandoulière. D pour Drame, ou Diane chasseresse, ou au Diable les bonnes manières. Affublée de son arc, elle se rend au marché, et même à l'église, quoique le dimanche il lui faille abandonner ses flèches. Même notre mère, qui n'est pourtant pas dans les meilleurs termes avec Jésus actuellement, lui impose des limites en refusant qu'elle entre dans Sa demeure chargée de munitions.

Leah

De profil, le visage d'Anatole, avec son œil en forme d'amande et son grand front, ressemble à celui d'un pharaon ou d'un dieu des peintures égyptiennes. Ses yeux sont du brun le plus sombre que l'on puisse imaginer. Même les blancs n'en sont pas blancs, mais d'une teinte crème très claire. Il nous arrive de nous asseoir à la table sous les arbres devant l'école, une fois que les garçons ont terminé leur journée. J'étudie mon français et j'essaye de ne pas trop le déranger pendant qu'il prépare ses cours pour le lendemain. Anatole lève rarement les yeux de ses livres, et je dois reconnaître que je me surprends à chercher toutes les occasions de le distraire. Il y a trop de choses que j'ai envie de savoir. Je voudrais savoir pourquoi, par exemple, il me laisse enseigner à l'école, désormais. Est-ce à cause de l'indépendance, ou à cause de moi ? Je voudrais lui demander si toutes ces histoires qu'on nous raconte sont vraies : à Matadi, à Thysville, à Stanleyville. Un marchand de bidons, qui traversait Kilanga en allant sur Kikwit, nous a fait de terrifiants récits de la boucherie de Stanleyville. Il a dit que les jeunes Congolais couronnés de feuilles étaient restés insensibles aux balles des Belges qui les traversaient de part en part pour aller se loger dans les murs derrière eux. Il a dit qu'il avait vu ça de ses propres yeux. Anatole était là, mais il ne semblait pas prêter attention à tous ces racontars. Au lieu de cela, il inspectait avec soin une paire de lunettes qu'il a fini par acheter au marchand. Les lunettes sont équipées de bons verres qui grossissent les objets : quand je les essaye, même en français les mots paraissent plus gros et plus faciles à lire. Elles donnent à Anatole un air plus intelligent, quoiqu'un peu moins égyptien.

Par-dessus tout, j'ai envie de lui poser cette question impossible : est-ce qu'il me hait d'être blanche ?

J'ai préféré lui demander : «Pourquoi Nkondo et Gabriel me haïssent-ils ? »

Anatole m'a jeté un regard surpris par-dessus la monture en corne et les verres authentiques de ses nouvelles lunettes. «Nkondo et Gabriel, plus que les autres ? » a-t-il dit, ramenant lentement toute son attention sur la conversation présente. «À quoi voyez-vous ça ? »

J'ai soufflé tel un cheval ombrageux. «Nkondo et Gabriel plus que les autres parce qu'ils tambourinent sur leurs chaises et couvrent ma voix quand j'essaye de leur expliquer une division compliquée.

– Ce sont de vilains garnements, c'est tout. »

Anatole et moi savions que ce n'était pas tout à fait le cas. Tambouriner sur sa chaise aurait sans doute été sans conséquence dans une école de Bethlehem où les jeunes élèves agissaient comme bon leur semblait. Mais les familles de ces garçons-là grappillaient un supplément de nourriture ou d'argent liquide pour les envoyer à l'école et personne ne l'oubliait. Aller à l'école relevait d'une décision grave. Les élèves d'Anatole étaient sérieux comme la tombe. Ce n'était que lorsque j'essayais d'enseigner l'arithmétique pendant qu'Anatole travaillait avec les plus grands qu'ils faisaient du chahut.

«D'accord, vous avez raison. Ils me haïssent tous, dis-je d'un ton plaintif. J'imagine que je ne suis pas un bon professeur.

– Vous êtes un bon professeur. Le problème n'est pas là.

— Où est-il, alors ?

— Il faut comprendre. D'abord, vous êtes une fille. Ces gosses n'ont pas l'habitude d'obéir, ne serait-ce qu'à leurs grands-mères. Si une division compliquée est vraiment si indispensable à la réussite d'un jeune dans le monde, comment une jolie fille peut-elle être au courant ? C'est ce qu'ils pensent. Et comprenez aussi que vous êtes blanche. »

Que voulait-il dire par jolie fille ? « Blanche, répétai-je. Alors ils ne pensent pas que les Blancs connaissent les divisions complexes ?

— Secrètement, la plupart croient que les Blancs sont capables d'allumer et d'éteindre le soleil et de faire couler la rivière à rebours. Mais officiellement, non. Ce qu'ils apprennent maintenant de leurs pères, en ce moment, c'est que l'indépendance est là et que les Blancs ne devraient plus rester au Congo pour nous dire ce que nous avons à faire.

— Ils pensent aussi que l'Amérique et la Belgique devraient leur donner beaucoup d'argent, d'après ce que je sais. Assez pour que chacun possède sa radio ou sa voiture. Nelson me l'a dit.

— Oui, ça c'est le troisième point. Ils pensent que vous êtes les représentants d'une nation de rapaces. »

Je refermai le livre de conjugaison française une fois pour toutes. « Anatole, ça n'a aucun sens. Ils refusent d'être nos amis, ils ne nous respectent pas et à Léopold-ville ils pillent les maisons des Blancs. Mais ils veulent que les Américains leur donnent de l'argent.

— Qu'est-ce qui n'a pas de sens pour vous, en particulier ?

— Tout l'ensemble.

— Béene, réfléchissez, dit-il patiemment, comme si j'avais été une de ses élèves butant sur un problème facile. Lorsqu'un des pêcheurs, disons Tata Boanda, a de la chance sur la rivière et qu'il rentre chez lui avec sa barque chargée de poissons, que fait-il ?

– Ça n'arrive pas très souvent.

– Non, mais c'est arrivé, vous l'avez constaté. Que fait-il ?

– Il chante à pleins poumons et tout le monde arrive pour la distribution générale.

– Même ses ennemis ?

– Je crois. Ouais. Je sais que Tata Boanda n'aime pas beaucoup Tata Zinsana, pourtant c'est à ses épouses qu'il donne le plus.

– Très bien. Pour moi, cela a du sens. Lorsque quelqu'un a plus qu'il ne lui faut, on peut raisonnablement espérer qu'il ne gardera pas tout pour lui.

– Mais Tata Boanda est obligé de donner parce que le poisson ne se conserve pas. S'il ne s'en débarrasse pas, tout ça pourrira et empestera jusqu'au ciel. »

Anatole sourit et pointa le doigt vers mon nez. « C'est exactement ce que pense un Congolais à propos de l'argent.

– Mais si vous donnez tout ce que vous avez en trop, vous ne serez jamais riche.

– C'est probablement vrai.

– Et tout le monde a envie d'être riche.

– Sûr ?

– Certain. Nelson veut économiser pour avoir une femme. Vous en faites sans doute autant. (Je ne sais pourquoi mais j'évitai de le regarder en prononçant ces mots.) Tata Ndu est tellement riche qu'il a six épouses et que tout le monde l'envie.

– Tata Ndu remplit une tâche très difficile. Il a besoin de beaucoup de femmes. Mais ne soyez pas si sûre que tout le monde l'envie. Moi, par exemple, je ne voudrais pas de son travail. (Anatole se mit à rire.) Ni de ses femmes non plus.

– Mais vous n'avez pas envie d'avoir beaucoup d'argent ?

– Béene, j'ai passé de nombreuses années à travailler pour les Belges, à la plantation d'hévéas de Coquilhat-

355

ville, et j'y ai rencontré des riches. Ils étaient toujours malheureux et avaient très peu d'enfants.

– Ils auraient été probablement encore plus malheureux s'ils avaient été pauvres », répliquai-je.

Il rit. « Vous avez peut-être raison. Pourtant, je n'ai pas appris à envier le riche.

– Mais vous avez bien besoin d'un peu d'argent, insistai-je. Je comprends bien que Jésus ait vécu une vie de pauvreté, mais c'était en un autre lieu, à une autre époque. Une rude culture du désert, comme le disait le frère Fowles. Il vous en faut assez pour payer votre nourriture, les médecins et tout le reste.

– Alors, bon, un peu d'argent, tomba-t-il d'accord. Une automobile et une radio pour chaque village. Votre pays peut bien nous donner ça ?

– Probablement. Je ne pense pas que cela creuserait un gouffre. En Géorgie, tous les gens que nous connaissions avaient une voiture.

– *Á bu,* vous me racontez des histoires. C'est impossible.

– Peut-être pas tout le monde. Je mets les bébés et les enfants à part. Mais toutes les familles.

– Impossible.

– Mais si ! Certaines familles en avaient même deux !

– Quel est l'intérêt de posséder tant de voitures à la fois ?

– C'est parce que chacun doit se rendre quelque part tous les jours. Pour le travail ou les courses, est-ce que je sais ?

– Et pourquoi les gens n'y vont-ils pas à pied ?

– Ce n'est pas comme ici, Anatole. Tout est loin. Les gens vivent dans des grandes villes, dans des métropoles. Des villes plus importantes même que Léopoldville.

– Béene, vous me racontez des histoires. Si tous les gens vivaient dans des villes, ils seraient incapables de produire assez pour se nourrir.

– Oh, ça se fait dans les campagnes. Dans des champs

immenses. Les cacahuètes, le soja, le maïs et tout ça. Les fermiers les cultivent puis les chargent sur de gros camions à destination de la ville où les gens peuvent se les procurer dans les magasins.

– Au marché.

– Non, ça ne ressemble pas du tout à un marché. C'est une sorte de très grande bâtisse, avec beaucoup de lumière et une multitude d'étagères dedans. C'est ouvert tous les jours, et il n'y a qu'une seule personne pour vendre un tas de produits différents.

– Un fermier dispose-t-il de tant de choses ?

– Non, pas un fermier. Le marchand achète le tout à des fermiers et les revend aux gens des villes.

– Ainsi, vous ne savez même pas de quels champs provient cette nourriture ? Ça paraît affreux. Elle pourrait être empoisonnée !

– Non. En fait, ça fonctionne très bien.

– Comment peut-il y avoir suffisamment de nourriture, Béene ? Si tout le monde habite en ville ?

– Il y en a. Tout est différent d'ici.

– Qu'est-ce qui est si différent ?

– Tout », dis-je, décidée à poursuivre. Mais ma langue se contenta de heurter l'arrière de mes dents, en goûtant le mot « tout ». Je contemplais le bout de la clairière derrière nous, là où la jungle nous excluait de sa grande muraille d'arbres verts, de cris d'oiseaux, de respirations d'animaux, tout cela aussi permanent que le battement de cœur que nous entendions en plein sommeil. Autour de nous s'élevait une épaisse masse d'arbres et de hautes herbes, humide, vivante, qui s'étendait sur tout le Congo. Et nous, nous n'étions que d'infimes souris qui la traversaient en se trémoussant le long de leurs obscurs petits sentiers. Au Congo, dirait-on, la terre possède les humains. Comment pouvais-je expliquer à Anatole les champs de soja dans lesquels des hommes, juchés sur d'énormes tracteurs, tels des rois sur leurs trônes, apprivoisaient le sol d'un horizon à l'autre ? Cela ressemblait à un caprice de la mémoire ou à un rêve en bleu et vert : impossible.

« Chez nous, dis-je, nous n'avons pas de jungle.

– Mais alors, qu'est-ce que vous avez ?

– Des champs immenses, comme des cultures de manioc, aussi longs et larges que le Kouilou. Il a dû y avoir des arbres à une époque, je pense, mais ils ont été abattus.

– Et ils n'ont pas repoussé ?

– Nos arbres ne sont pas aussi vivaces que les vôtres. Il nous a fallu un temps infini à Père et à moi pour comprendre comment poussaient les choses ici. Vous vous souvenez quand nous sommes arrivés, au début, et que nous avons dégagé un bout de terrain pour faire notre jardin ? Maintenant, on ne voit même plus où il se trouvait. Tout poussait à tort et à travers et puis crevait. La terre se transformait en gadoue rouge amorphe, on aurait dit de la viande pourrie. Et puis les lianes ont tout envahi. Nous pensions montrer aux gens comment obtenir des récoltes comme celles que nous avions chez nous.

– Des champs de manioc aussi longs et larges que le Kouilou ?

– Vous ne me croyez pas, mais c'est vrai ! Vous n'arrivez pas à vous l'imaginer parce qu'ici, si on défrichait une surface de jungle suffisante pour aménager des champs de cette envergure, la pluie la transformerait en rivière de boue.

– Et puis la sécheresse la cuirait.

– Oui ! Et si vous récoltiez quoi que ce soit, les routes seraient emportées, de sorte que vous n'arriveriez jamais à faire parvenir vos produits en ville, de toute façon. »

Il eut un claquement de langue. « Vous devez trouver que le Congo est un endroit très peu coopérant.

– Vous ne pouvez pas vous imaginer à quel point il diffère de ce à quoi nous sommes habitués. Chez nous, il y a des villes, des voitures et d'autres choses parce que la nature est organisée de façon entièrement différente. »

Il écoutait, le visage penché de côté. «Et malgré tout, votre père est venu ici, décidé à planter son jardin américain au Congo.

– Mon père est convaincu que le Congo est à la traîne et qu'il peut l'aider à être à la hauteur. C'est dingue. C'est comme s'il voulait monter des pneus sur un cheval.»

Anatole leva les sourcils. Je ne pense pas qu'il ait jamais vu de cheval de sa vie. Ces animaux sont incapables de survivre au Congo à cause des mouches tsétsé. J'ai essayé de trouver une autre bête de somme qui puisse étayer ma parabole, mais le Congo n'en possède pas. Même pas de vaches. Le point que je tentais de démontrer était si patent qu'il n'y avait même pas de façon appropriée de l'exprimer.

«À une chèvre, finis-je par dire. Des roues à une chèvre. Ou à un poulet, ou à une épouse.» Les notions paternelles à propos de ce qui contribuerait à mieux faire fonctionner les choses s'avéraient totalement inadéquates ici.

«*Áyi*, Béene. Cette pauvre chèvre de ton père serait une bête bien à plaindre.»

Et sa femme, donc! pensai-je. Mais je ne pus m'empêcher d'imaginer une chèvre équipée de gros pneus englués dans la boue, et je me mis à pouffer de rire. Ensuite, je me trouvai bête. Je ne savais jamais si Anatole me respectait ou s'il ne voyait en moi qu'une amusante petite fille.

«Je ne devrais pas me moquer de mon père, dis-je.

– Non, répondit-il en touchant ses lèvres et en levant les yeux au ciel.

– Je ne devrais pas! C'est un péché.» Le péché, le péché, j'en avais par-dessus la tête, j'en avais plein le dos. «Avant, je priais Dieu de faire que je lui ressemble. Intelligente, droite et conforme à Sa volonté, confessai-je. Maintenant, je ne sais même plus ce que je veux. J'aimerais davantage ressembler à tout le monde.»

Il se pencha pour me regarder au fond des yeux. Son doigt quitta ses lèvres pour aller vers mon visage et plana, indécis quant au lieu bénit où il le planterait. « Béene, si vous ressembliez davantage à tout le monde, vous ne seriez plus aussi *béene-béene*.

– J'aimerais bien que vous me disiez ce que veut dire *béene-béene*. Est-ce que je n'ai pas le droit de connaître mon nom ? »

Il laissa tomber sa main sur la table. « Je vous le dirai un de ces jours. »

Quand bien même n'apprendrais-je jamais mes conjugaisons françaises d'Anatole, du moins m'efforcerais-je d'en imiter la patience.

« Est-ce que je peux vous demander autre chose ? »

Il réfléchit à cette requête, la main gauche marquant toujours la page de son livre. « Oui.

– Pourquoi continuez-vous à traduire les sermons de mon père ? Je sais bien ce que vous pensez de notre mission ici.

– Croyez-vous ?

– Enfin, oui. Quand vous êtes venu dîner l'autre fois, vous lui avez expliqué que Tata Ndu n'aimait pas que tant de gens préfèrent les rites chrétiens aux anciennes traditions. Je devine que vous avez la même opinion, que les anciennes façons étaient mieux. Vous n'appréciez pas la manière dont les Belges ont conduit les élections et je ne pense même pas que vous soyez si sûr que ça à propos des filles qui enseignent.

– Béene, les Belges ne sont pas venus me trouver pour me demander, Anatole Ngemba, comment devons-nous procéder aux élections ? Ils ont simplement dit : "Kilanga, voici vos cailloux de vote. Vous avez le choix entre les mettre dans cette calebasse-ci ou cette calebasse-là, ou de les jeter dans le fleuve." Ma tâche consistait à leur expliquer ce choix.

– Tout de même. Je ne pense pas que vous soyez très emballé par ce que mon père cherche à faire ici.

– Je ne sais pas exactement ce qu'il cherche à faire ici. Vous le savez, vous ?

– Raconter des histoires de Jésus, et d'amour de Dieu. Les ramener tous au Seigneur !

– Et si personne ne traduisait ses sermons, comment pourrait-il les raconter, ces histoires ?

– Bonne question. Je suppose qu'il essayerait en français et en kikongo, mais il fait de très regrettables confusions. Les gens ne comprendraient jamais exactement ce qu'il fabrique aujourd'hui.

– Je crois que vous avez raison. Ils apprécieraient peut-être davantage votre père s'ils ne le comprenaient pas, qui sait. Difficile à dire. Mais en comprenant ce qu'il dit, ils sont mieux à même de prendre leur décision. »

Je dévisageai longuement et intensément Anatole. « Vous respectez donc mon père.

– Ce que je respecte, c'est ce que j'ai vu. Rien n'est plus jamais pareil lorsqu'un nouveau venu vient chez vous avec des cadeaux. Admettons qu'il ait apporté une casserole. Vous en aviez déjà une que vous aimiez bien, mais sans doute celle-ci est-elle plus grande. Vous serez très contente et vous vous en vanterez tout en faisant cadeau de la vieille à votre sœur. Ou peut-être la nouvelle a-t-elle le fond percé. Dans ce cas, vous remercierez beaucoup votre visiteur et, après son départ, vous la reléguerez dans la cour, pleine d'écailles de poisson à l'intention des poulets.

– Alors c'est simplement par politesse que vous faites ça. Vous ne croyez pas du tout en Jésus-Christ. »

Il fit un claquement de langue. « Ce que je crois n'est pas tellement important. Je suis instituteur. Est-ce que je crois aux tables de multiplication ? Est-ce que je crois à la langue française, avec ses lettres en trop qui s'accrochent à chaque mot comme des enfants paresseux ? Aucune importance. Les gens doivent être conscients de ce qu'ils choisissent. J'ai observé nombre de Blancs qui entraient dans notre maison et qui, à chaque fois, appor-

taient des choses que nous n'avions jamais vues auparavant. Des ciseaux, un médicament ou un moteur de
bateau. Des livres, est-ce que je sais. Un projet d'extra-
ction de diamants ou de plantation d'hévéa. Des histoires
à propos de Jésus. Certaines de ces choses semblent très
pratiques, d'autres se révèlent moins utiles. Il est important de pouvoir faire la distinction.

– Et si vous ne traduisiez pas les récits de la Bible, les
gens seraient alors fichus de devenir chrétiens pour de
mauvaises raisons. Ils se figureraient que notre Dieu dis-
tribue ciseaux et cachets antimalaria, et que c'est donc
Lui qu'il faut suivre. »

Il me lança un sourire en coin. « Ce mot *béene-béene*,
vous voulez vraiment savoir ce qu'il veut dire ?

– Oui !

– Cela veut dire aussi vraie que peut l'être la vérité. »

Je me sentis piquer un fard et la confusion me fit rougir davantage. Je cherchai, en vain, quelque chose à dire.
Des yeux, je revins aux phrases en français que je découvris intraduisibles.

« Anatole, dis-je enfin, si vous n'aviez qu'un souhait
au monde, que demanderiez-vous ? »

Sans hésitation, il dit : « Voir une carte du monde
entier d'un seul tenant.

– Vraiment ? Vous n'en avez jamais vu ?

– Non, pas d'un seul tenant. Je n'arrive pas à me figu-
rer si c'est un triangle, un cercle ou un carré.

– C'est un rond », dis-je, étonnée. Comment pouvait-
il l'ignorer ? Il avait fréquenté les écoles de la plantation
et servi chez des hommes dont les étagères regorgeaient
de livres. Son anglais était meilleur que celui de Rachel.
Et pourtant, il ignorait la forme qu'avait le monde. « Non
comme un cercle, mais comme ça, dis-je en arrondissant
les mains en coupe. Ronde comme une boule. Sans rire,
vous n'avez jamais vu de globe terrestre ?

– On m'a parlé de globe. Une carte sur une boule. Je
ne suis pas sûr d'avoir bien compris de quoi il s'agissait,

parce que je ne voyais pas comment elle pouvait se placer sur une boule. Vous en avez déjà vu, vous ?

– Mais Anatole, j'en ai une. En Amérique, c'est le cas de beaucoup de gens. »

Il éclata de rire. « Pour quoi faire ? Pour les aider à se décider où conduire leur voiture ?

– Je ne plaisante pas. Il y en a dans les salles de classe, partout. J'ai passé tant de temps à examiner des globes terrestres que je serais sans doute capable d'en fabriquer un. »

Il me jeta un regard de doute.

« J'en serais capable. Je vous assure. Vous m'apportez une belle calebasse bien propre et je vous fabrique un globe.

– J'aimerais bien », dit-il, me parlant d'égal à égale, non plus comme à une enfant. Pour la première fois, j'en eus la certitude.

« Vous savez quoi, je ne devrais pas enseigner l'arithmétique. Je devrais enseigner la géographie. Je pourrais faire découvrir à vos garçons les océans, les villes et toutes les merveilles du monde ! »

Il sourit tristement. « Béene, ils ne vous croiraient pas. »

Rachel

Le lendemain de mon anniversaire, Axelroot est venu et nous sommes allés nous promener. Je sais toujours plus ou moins quand il arrive. Il a l'habitude de décoller le jeudi pour de mystérieuses destinations, de revenir le lundi et de passer chez nous le mardi. J'avais donc mis mon tailleur absinthe à godets, lequel a officiellement tourné au vert fadasse et perdu deux boutons. Toute la première partie de l'année dernière, j'ai prié pour avoir un miroir en pied, toute la seconde, j'ai loué le ciel qu'il n'en soit rien. Et puis qui est-ce que ça regarde si mon tailleur n'est pas formidable. Ce n'était pas un rendez-vous, mais une rencontre destinée à sauver les apparences. J'avais prévu de faire le tour du village avec lui, pas un pas de plus. J'avais juré à Mère que je ne mettrais pas les pieds dans la forêt en sa compagnie ni là où on ne pourrait pas nous voir. Elle dit qu'elle ne lui fait aucunement confiance, et si elle pouvait le jeter, croyez-moi, à voir son expression, nul doute que ce serait le plus loin possible. Mais il se montre poli et son style s'est amélioré. Debout dans l'encadrement de la porte, en train de m'attendre avec son pantalon kaki réglementaire qu'on n'a pas besoin de repasser et ses lunettes de pilote, il n'était pas si mal que ça, notez. Abstraction faite des signes affichés de la fripouille certifiée.

Si bien que nous sommes partis à l'aventure dans l'intolérable chaleur du 21 août 1960. Les insectes bourdonnaient si fort qu'on en avait mal aux oreilles et de minuscules oiseaux rouges, perchés au sommet des hautes herbes le long de la route, se balançaient d'un côté sur l'autre. À l'extérieur du village, l'herbe à éléphant pousse à une telle hauteur que les tiges se rejoignent pour former un tunnel ombragé au-dessus de la route. Quelquefois, on est presque tenté de trouver le Congo superbe. Presque. Et puis – ce n'est pas le moment de regarder – un cafard de dix centimètres de long ou une autre bestiole décampe devant vous sur le sentier. Exactement ce qui s'est produit dans l'instant qui a suivi, et Axelroot a sauté dessus à pieds joints pour l'écraser. Je n'ai pas pu supporter le spectacle. Le bruit occasionné a été franchement horrible. Quelque chose entre le crac et le pfouac. Mais je pense que c'était un geste civileresque de sa part.

« Remarquez, c'est quand même bien de se sentir protégée, pour changer, lui ai-je dit. Si d'aventure un cafard géant se présentait aux environs de la maison, il y aurait toujours quelqu'un pour l'apprivoiser ou le faire cuire pour le dîner.

– Vous avez une famille originale.

– Et comment ! dis-je. C'est la manière la plus courtoise de le dire.

– Je voulais vous demander, qu'est-il arrivé à votre sœur ?

– Laquelle ? Tout ce que je peux dire, c'est qu'elles sont toutes les trois tombées sur la tête quand elles étaient petites. »

Il se mit à rire. « Celle qui boite, dit-il, Adah.

– Oh, elle. Une hémiplégie. La moitié de son cerveau s'est trouvée plus ou moins détruite avant la naissance et l'autre a dû prendre le relais, d'où son aptitude à faire certaines choses à l'envers. » J'avais pris l'habitude de présenter une explication scientifique du cas d'Adah.

« Je vois, dit-il. Est-ce que vous vous êtes rendu compte qu'elle m'espionnait ?

— Elle espionne tout le monde. Ne prenez pas ça pour vous. Dévisager les gens sans émettre le moindre son correspond à son idée de la conversation. »

Nous avons longé la maison de Mama Mwenza puis un autre groupe de constructions où des hommes, vieux pour la plupart, et totalement édentés, étaient assis sur des seaux. Nous avons également bénéficié de la présence de petits enfants qui couraient dans tous les sens, entièrement nus à l'exception d'un rang de perles autour du ventre. Je vous demande un peu, quel intérêt ? Ils arrivaient tous en courant jusqu'à la route en essayant de se rapprocher le plus possible de nous pour nous voir, avant de s'égailler en poussant des cris perçants. C'est leur grand jeu. Les femmes étaient encore dans les champs de manioc car la matinée n'était pas terminée.

Axelroot a sorti un paquet de Lucky Strike de sa poche-poitrine et l'a agité de côté dans ma direction. J'ai ri et j'ai failli lui rappeler que j'étais trop jeune, mais tout d'un coup, j'ai réalisé, ciel ! que j'avais dix-sept ans. Que je pouvais fumer si je voulais – pourquoi pas ? Même des baptistes fument quand il le faut. J'en ai pris une.

« Merci. Vous savez, j'ai dix-sept ans depuis hier », lui ai-je dit en posant légèrement la cigarette sur mes lèvres et en m'arrêtant à l'ombre d'un palmier pour qu'il puisse me l'allumer.

« Mes félicitations, dit-il, d'une voix assourdie à cause de la cigarette qu'il avait lui-même à la bouche. Je vous croyais plus vieille. »

Ça m'a procuré des picotements, mais pas autant que ce qui devait se passer par la suite. Au beau milieu de la route, il m'a pris la cigarette de la bouche, l'a mise dans la sienne, a gratté une allumette sur son ongle de pouce et a allumé les deux en même temps, exactement comme Humphrey Bogart. Et puis, avec énormément de délicatesse, il a remis la cigarette allumée entre mes lèvres.

C'était presque comme si on s'était embrassés. J'en ai eu des frissons partout dans le dos, tout en étant incapable de savoir si c'étaient des frissons de plaisir ou de frousse. Quelquefois il est difficile de faire la différence. Je me suis efforcée de tenir le filtre entre deux doigts comme les filles sur les réclames de magazines. Jusque-là tout allait bien, pensai-je, côté cigarette. Puis j'aspirai une bouffée, arrondis les lèvres et la soufflai, et presque instantanément je me suis sentie partir. J'ai toussé une ou deux fois, Axelroot a éclaté de rire.

« Ça fait un certain temps que je n'ai pas fumé, dis-je. Vous savez bien. Il nous est difficile de nous procurer quoi que ce soit maintenant.

– Je peux vous trouver toutes les américaines que vous voudrez. Vous n'avez qu'un mot à dire.

– Heu, en fait, je n'en parlerai pas à mes parents. Ce ne sont pas de grands fumeurs. » Mais tout d'un coup il m'est venu à l'esprit : Comment est-ce qu'il se débrouille pour se procurer des cigarettes américaines dans un pays où on ne trouve même pas de papier hygiénique ? « Vous connaissez un tas de gens bien placés, on dirait ? »

Il s'est mis à rire. « Princesse, vous n'en connaissez même pas la moitié.

– Ça, je n'en doute pas », dis-je.

Une bande de jeunes étaient juchés sur le toit de l'école-église en train d'en colmater les trous à l'aide de frondes de palmier. Père devait sûrement avoir organisé cette session de rempaillage, pensai-je, et c'est alors que je fus saisie de panique : Horreur d'horreur ! Voilà que j'étais là, au grand jour, à me rafraîchir l'haleine avec une Lucky Strike. Mais un bref coup d'œil m'assura que Père n'était nulle part en vue, Dieu merci. Il n'y avait tout bêtement que ces garçons qui réparaient le toit en chantant et bavardant en congolais, c'était tout.

Pourquoi réparer le toit maintenant ? Bonne question. L'année dernière, à l'époque de mon anniversaire, il était tombé des cordes toutes les après-midi sans exception, qu'il pleuve qu'il vente, mais cet été, rien, pas la moindre petite goutte à ce jour. Seuls les insectes crissaient dans l'herbe sèche, cassante, et l'air devenait de plus en plus oppressant au long de ces étouffantes journées d'attente. La lourdeur de l'atmosphère rendait tout le monde impatient de quelque chose, je crois.

Juste à ce moment-là un large essaim de femmes nous a dépassés au retour de leur champ de manioc. D'énormes bottes de racines brunes géantes, nouées d'une corde, étaient posées en équilibre sur leur tête. Les femmes se déplaçaient lentement, posant un pied devant l'autre avec grâce, leur corps mince drapé entièrement d'un pagne de couleur, la tête haute – franchement, ça paraît drôle à dire, mais èlles avaient l'air de mannequins. Il est vrai qu'il y avait des éternités que je n'avais pas feuilleté de magazine de mode. Certaines d'entre elles, je trouve, sont très jolies à leur manière. Axelroot semblait penser la même chose. Il leur a adressé un petit salut du bord de son chapeau, oubliant sans doute qu'il ne le portait pas. «*Mbote a-akento akwa Kilanga. Bënzika kooko.*»

Toutes sans exception ont détourné la tête et regardé par terre. C'était très bizarre.

«Mais qu'est-ce que vous leur avez donc dit? lui ai-je demandé après leur passage.

– Eh, vous là-bas, mesdames de Kilanga, pourquoi ne m'accordez-vous pas une petite chance, pour changer? C'est plus ou moins ce que je leur ai raconté.

– Eh bien, cher monsieur, cela n'a pas eu l'air de les tenter vraiment, on dirait?

– Oh, elles ne veulent pas avoir d'ennuis avec leurs jaloux de maris.»

C'est bien ce que je disais à propos d'Axelroot : à aucun instant on ne peut oublier que c'est une fripouille. Ici même, devant moi, sa supposée fiancée, il était en train de flirter avec toute la population féminine de Kilanga. Et ce qu'il a dit à propos de maris jaloux, j'y crois. Pour autant que nous pouvions nous en rendre compte, personne à Kilanga – homme ou femme – n'aimait Axelroot. Mère et Père ont fait des commentaires à ce sujet. Les femmes, en particulier, semblaient le mépriser. Lors de ses palabres avec elles à propos du transport de leur manioc et de leurs bananes à Stanleyville, je les avais vues de mes yeux cracher sur ses chaussures.

« Pas une grosse perte, notez, a-t-il dit. Je préfère les *a-akento akwa* d'Elizabethville.

– Qu'est-ce qu'elles ont de si spécial, les femmes d'Elizabethville ? »

Il a relevé la tête, a souri, et soufflé sa fumée vers le ciel plombé. Aujourd'hui, on avait vraiment l'impression qu'il allait enfin pleuvoir, on le sentait aussi. L'air était comme si quelqu'un vous avait soufflé une haleine tiède sur tout le corps, même sous vos vêtements.

« De l'expérience », dit-il.

Je savais qu'il valait mieux changer le tour de cette conversation. Je tirai nonchalamment une bouffée de ma cigarette sans inhaler exagérément. Je me sentais encore tout étourdie. « Où se trouve Elizabethville ?

– Plus bas, au sud, dans la province du Katanga. La nouvelle nation du Katanga, devrais-je dire. Est-ce que vous saviez que le Katanga s'était séparé du Congo ? »

Je poussai un soupir, la tête un peu vide. « Je suis contente d'apprendre que quelqu'un a réussi à faire quelque chose. C'est là-bas que vous allez quand vous partez en voyage ?

– Parfois, dit-il. À partir de maintenant, plus souvent encore.

– Oh, c'est vrai ? Vous avez de nouvelles instructions du commando, j'imagine.

– Vous ne pouvez pas savoir », dit-il de nouveau. Je commençais à être un peu lasse de m'entendre dire que je ne pouvais pas savoir. Franchement, me prenait-il pour une petite fille ou quoi ?

« Non, en effet », dis-je. Nous étions arrivés à la lisière

du village près de la case du chef, où nous devions précisément nous débrouiller pour nous faire voir de Tata Ndu, ce qui nous était totalement sorti de la tête à tous les deux. Maintenant nous parvenions à l'endroit où il n'y avait plus de huttes et où les hautes tiges d'herbe à éléphant commençaient à se fondre avec la jungle. J'avais juré que je ne dépasserais pas le bout du village, mais une femme est capable, par provocation, de changer d'avis. Axelroot poursuivait simplement son chemin et, tout d'un coup, je décidai de me moquer de ce qui arriverait. Je continuai moi aussi. Sans doute était-ce à cause des cigarettes : je me sentais très téméraire. J'obtiendrais de lui qu'il nous sorte d'ici à tout prix, c'était ce à quoi je pensais au plus profond de mon cœur. Il faisait plus frais dans la forêt, de toute façon, et tout était très silencieux. Quand on tendait l'oreille, seuls étaient audibles des chants d'oiseaux entrecoupés de silence, et ces deux sons additionnés semblaient en quelque sorte plus silencieux que l'absence de bruit. L'ombre était très dense, presque noire, alors que nous étions en plein milieu de journée. Axelroot s'arrêta et éteignit sa cigarette avec sa botte. Il me retira la mienne, et prenant mon menton dans sa main, se mit à m'embrasser. Ciel ! Mon premier baiser, et moi qui n'avais même pas eu l'occasion de m'y préparer. Je voulais, tout en ne le voulant pas, que ce soit lui qui me le donne. Pourtant si. Il avait un goût de tabac et de sel, et l'expérience tout entière fut très mouillée. Pour finir, je le repoussai.

« Ça suffit, dis-je. Si nous devons faire quoi que soit, il faut que ce soit là où les gens peuvent nous voir, vous le savez bien.

– Allons, allons. » Il souriait et il me caressa la joue du dos de la main. « Je me serais attendu à davantage de réserve de la part d'une fille de pasteur.

– Je vous en ficherais, moi, des filles de pasteur. Allez au diable, Axelroot ! » Je fis demi-tour et me mis à marcher à grands pas vers le village. Il me rattrapa et m'entoura les épaules de son bras pour ralentir mon allure au pas de promenade.

« Il ne faudrait pas que Tata Ndu nous voie en pleine querelle d'amoureux », dit-il en se penchant vers mon visage. Je secouai la tête exprès pour lui balancer mes cheveux à travers sa sale tête de curieux. Nous étions dans la forêt et encore loin de la maison de Tata Ndu ou de quiconque.

« Allez, me persuada-t-il. Faites-moi un sourire. Un seul beau sourire et je vous confie le plus gros secret de toute l'Afrique.

— Mais oui, bien sûr, dis-je. (J'étais curieuse. Je lui lançai un coup d'œil.) Alors, ce secret ? Est-ce que mes parents vont réussir à rentrer ? »

Il éclata de rire. « Vous vous prenez encore pour l'épicentre du continent, c'est ça, Princesse ?

— Ne soyez pas grotesque », dis-je. Il allait falloir que je me renseigne auprès de Leah pour savoir à quoi ça servait, un épicentre. Si le type auquel vous étiez censée être fiancée vous appelait comme ça, il valait mieux être au courant.

Nous avons ralenti jusqu'à ce que nous nous traînions carrément comme des escargots. J'étais inquiète. Pourtant il allait me raconter son secret si je patientais un peu. Je devinais qu'il en mourait d'envie, c'est pourquoi je m'abstins de lui poser des questions. Je sais une ou deux choses à propos des hommes. Il a fini par y venir. « Quelqu'un va mourir, annonça-t-il.

— Quelle surprise, dis-je. Ici, toutes les dix secondes et demie, il y a quelqu'un qui meurt. » Mais évidemment, je me posais la question : Qui ? J'avais un peu la frousse mais ne le lui demandai pas. Nous avancions, pas à pas. J'y étais obligée. Son bras m'entourait toujours.

« Quelqu'un qui compte, dit-il.

— Tout le monde compte. Aux yeux de Notre Seigneur Jésus-Christ, tout le monde compte. Même les moineaux qui tombent de leur petit nid et je ne sais plus quoi encore.

— Princesse, vous avez encore beaucoup à apprendre. Vivant, nul n'a beaucoup d'importance à long terme. Mais morts, certains hommes en ont plus que d'autres. »

J'en avais soupé de ce jeu de devinette. « D'accord, alors qui ? »

Il rapprocha ses lèvres si près de mon oreille que je les sentis sur mes cheveux. Il chuchota : « Lumumba.

— Patrice Lumumba, le président ? lui demandai-je à voix haute, atterrée. Ou je ne sais plus ce qu'il est ? Celui qu'on a élu ?

— C'est comme s'il était mort, dit-il d'une voix paisible, naturelle, qui me glaça les sangs.

— Vous voulez dire qu'il est malade ou quoi ?

— Je crois bien que son affaire est faite. Il est foutu.

— Et comment se fait-il que vous le sachiez ?

— Je l'ai appris, dit-il en se moquant de moi, parce que je suis en position de le savoir. Croyez-moi, ma chère. Hier, Gros Ponte a expédié un câble à Super Démon avec l'ordre de renverser le gouvernement congolais par la force. J'ai intercepté cette nouvelle codée sur ma radio. Mes ordres à moi arriveront avant la fin de la semaine, je vous le garantis. »

Alors ça, c'étaient de fichues foutaises, sûr et certain, car personne au village n'avait de radio. Mais je le laissai raconter ses petites énigmes si ça lui faisait plaisir. Il avait dit que Super Démon était supposé obtenir de ses soi-disant détectives qu'ils persuadent l'armée de se rebeller contre Lumumba. Théoriquement, ce Super Démon allait recevoir un million de dollars des États-Unis pour payer les soldats dans ce but, s'opposer à la personne même qu'ils venaient tous d'élire. Un million de dollars ! Alors que nous ne réussissions même pas à obtenir cinquante misérables billets verts par mois pour notre subsistance. Cette histoire ne tenait pas debout. J'avais presque pitié d'Axelroot qui, dans son désir de

372

m'impressionner pour que j'aie de nouveau envie de l'embrasser, inventait des salades pareilles. J'avais beau être fille de pasteur, j'étais tout de même au courant d'une ou deux petites bricoles. D'une, en particulier : que les hommes qui ont envie de vous embrasser se vantent toujours d'être à la veille de chambouler le monde.

Adah

Pressentiment, cette Ombre longue – sur le Gazon ! –
Signe que les soleils déclinent –
L'Annonce à l'Herbe effarée
Que la Ténèbre – va passer * –*

Plaindre cette pauvre herbe muette, effarée, je le fais.
Ressap av. J'aime beaucoup Miss Emily Dickinson :
Nosnikcid ylime, un nom contradictoire à la délicieuse
saveur vert acide. À la lecture de ses secrets et des petites
cruautés policées de son cœur, je suis persuadée qu'elle
avait du plaisir à surprendre cette herbe muette, dans son
poème. Encombrée de son corps, vêtue de noir, bossue
au-dessus de son carnet secret, les volets de sa fenêtre
fermés aux gens heureux et insouciants du dehors, avec
sa plume, elle produit des petits crissements, couvrant à
la tombée de la nuit toutes les créatures qui devraient
réellement savoir à quoi s'attendre désormais, mais qui
l'ignorent. Elle se préférait dans l'obscurité, comme moi.
Dans l'obscurité où tous les chats sont pareillement
noirs, je me déplace avec autant de grâce que quiconque.
Bënduka, c'est la fille penchée de côté qui marche tout
doucement, mais *bënduka,* c'est aussi le nom d'un oiseau

* Emily Dickinson, *Une âme en incandescence*, traduction de
Claire Malroux, Éditions José Corti (1998). *(N.d.T.)*

374

qui vole très vite, l'hirondelle aux ailes incurvées qui s'élance en biais des arbres proches de la rivière. Cet oiseau, je peux le suivre. Je suis le lisse, l'élégant chat noir qui se glisse hors de la maison telle une ombre liquide à la nuit tombée. La nuit, c'est le temps de voir sans être vue. Avec mon ombre étroite pour bateau, je navigue le long des rivières du clair de lune qui coulent entre les îlots d'ombre du bois de palmiers. Des chauves-souris transpercent la nuit de voix de sonnerie tels des couteaux. *Elle erre, mal amer, réelle...* Et les chouettes en appellent aux *bikinda*, aux esprits des morts. Les chouettes, qui ont simplement faim comme tout un chacun, cherchent des âmes à dévorer.

Pendant la longue agonie des enfants frappés de *kaka-kaka*, j'ai vu l'air changer de couleur : il était du bleu des *biläla*, des lamentations pour les morts. Il entrait dans notre maison, où notre mère se bouchait les oreilles, la bouche. *Bí la ye bandu ! Bí la ye bandu !* Pourquoi, pourquoi, pourquoi, chantaient-elles, ces mères qui chancelaient le long de notre route à la suite de petits cadavres étroitement empaquetés, ces mères qui se traînaient erratiques sur les genoux, la bouche béante comme une déchirure dans une moustiquaire. Cette béance ! Ce trou déchiqueté dans leurs esprits qui laissait entrer et sortir ces envols de petits supplices. Mères aux yeux serrés fort, sombres muscles des joues noués, têtes battant d'un côté sur l'autre tandis qu'elles passaient. Tout cela, nous l'avions regardé de nos fenêtres. Deux fois, j'avais vu davantage. Le Révérend nous interdisait d'assister à tout rituel qu'il n'avait pas été prié de célébrer, mais par deux fois, la nuit, je m'étais glissée au-dehors pour espionner les funérailles. Dans une futaie, les mères se jetaient sur les monticules de terre qui recouvraient leurs enfants. Rampaient sur les mains et les genoux, essayant de manger la terre des tombes. D'autres femmes venaient les en arracher. Les chouettes ululaient, ululaient, et l'air devait être dense des âmes d'enfants morts.

Des mois ont passé depuis lors, et le Révérend est allé parler à chacune des mères qui ont perdu des enfants. Certaines sont de nouveau enceintes. Il raconte à sa famille, au bout d'une longue journée de travail, que ces femmes ne souhaitent pas parler des morts. Qu'elles refusent de prononcer le nom de leurs petits. Il a tenté de leur expliquer que le baptême – le *batiza* – aurait tout changé. Mais elles répondent non, non, non, qu'elles avaient déjà noué le *nkisi* autour du cou ou du poignet de l'enfant, un fétiche du Nganga Kuvudundu pour écarter le mal. Qu'elles ont été de bonnes mères et n'ont pas négligé cette protection, disent-elles au Révérend. Quelqu'un d'autre détenait un maléfice plus puissant. Notre Père tente de leur faire comprendre que le *batiza* n'est pas un fétiche mais un contrat avec Jésus-Christ. Que s'ils avaient été baptisés, les enfants seraient maintenant au ciel.

Et les mères le regardent, les yeux mi-clos. Et si ma fille était au ciel, pourrait-elle encore surveiller le bébé pendant que je travaille dans mon champ de manioc ? Serait-elle capable de porter l'eau à ma place ? Un fils qui est au ciel aurait-il des épouses pour prendre soin de moi quand je serai vieille ?

Notre Père interprète ce ton ironique et intéressé comme l'indication d'un manque de chagrin authentique. Sa conclusion scientifique, c'est que les Congolais ne s'attachent pas à leurs enfants comme nous autres, les Américains. Oh ! quel homme sophistiqué est Notre Père. Il est en train de rédiger un article à ce sujet, à l'intention de d'érudits baptistes de chez nous.

De l'extérieur de la maison de Toorlexa Nebee, j'épie à travers la fenêtre, *eipe'j, ennoipse enu sius ej,* dans le noir, d'un seul petit œil noir gauche, collé contre le verre. Des feuilles de bananier masquent la vitre sale comme des stores de papier commodément découpés de longs triangles étroits pour mon œil. Toorlexa Nebee m'a surprise près de ses latrines, une après-midi, en train de traîner, a-t-il dit, comme si ce lieu pestilentiel était un refuge de choix et que j'étais anxieuse de ses excréments et, désormais, il est persuadé qu'il m'a terrorisée pour de bon. Pour de bon et pour de mal. Maintenant, je n'y vais que la nuit quant tout est plus clair : formes bien éclairées à l'intérieur, son visage et sa radio cerclés d'éclatants halos diaboliques à la lumière de la lanterne à pétrole. La radio, masse vivante de fils s'échappant de sa malle, grouillant nœud de serpents. Il parle au travers des serpents et prononce des mots inexprimables. Des noms codés. J'en comprends certains : Eugor, I-W, W-I Rogue. Une forme de nom qui correspond à une forme d'homme. Entre deux feuilles, j'ai enfin vu W.I. Rogue. Il est arrivé par avion au crépuscule et il est resté jusqu'au lendemain matin, caché dans la maison de Toorlexa. Les deux hommes ont bu du whiskey à la bouteille et ont rempli la pièce d'un lac stratifié de fumée de cigarette dans la lumière blanc flamboyant de la nuit. Ils ont récité une litanie de noms à l'intention du nœud de serpent. Ils se sont dits d'autres noms tout haut.

Sans arrêt, ils répètent : « C'est comme s'il était mort, Patrice Lumumba. » La voix à la radio l'a souvent rabâché. Mais les mots que les deux hommes se sont dits tout haut c'était le président. Pas Lumumba. Le président Eisenhower, We like Ike. *Eki Ekil Ew*. Le roi de l'Amérique veut qu'un grand homme mince meure au Congo. Trop de cailloux en faveur de la bouteille. Il faut briser la bouteille.

Mes genoux ont flanché, un afflux de sang chaud m'a fait tomber. Je suis familière de cette défaillance du corps, mais non de cette faiblesse mauvaise, soudaine, d'un corps infesté d'une horrible surprise. De ce secret : le monsieur souriant au crâne dégarni de grand-père possède un autre visage. Il peut parler à travers des serpents et ordonner qu'un président lointain – après que tous ces cailloux ont été transportés en amont de la rivière sur ces précieuses pirogues qui n'ont pas versé —, que ce président, Lumumba, soit tué.

J'ai rampé jusqu'à mon lit et j'ai noté ce que j'avais vu et entendu, ensuite j'ai écrit la fin à l'envers. Ai contemplé longuement ces mots sur mon cahier, mon poème captif : *Ertruem el emia iuq eki snomia suon.*

Au matin il avait perdu de son impact. Vraiment, au jour, en quoi ceci peut-il être surprenant ? En quoi ceci diffère-t-il d'un dieu grand-père qui envoie les enfants africains en enfer parce qu'ils sont nés trop loin d'une église baptiste ? J'aimerais à présent me dresser à l'école du dimanche pour demander : L'Afrique a-t-elle le droit de répondre ? Ces bébés païens auraient-ils le droit de nous expédier en enfer parce que nous vivons trop loin de la jungle ? Parce que nous n'avons pas goûté au sacrement des noix de palme ? Ou : Le grand monsieur mince va-t-il se lever et déclarer : Nous n'aimons pas Ike. Vraiment désolés, mais il faudrait peut-être le tuer tout de suite d'une flèche empoisonnée. Oh, les magazines auraient de quoi parler. Quel genre d'homme souhaiterait assassiner le président d'un autre pays ? Aucun, à moins d'être un barbare. Un type avec un os dans les cheveux.

Je ne veux pas en voir davantage, mais j'y retourne tout de même, Adah couleur de jais, entraînée sur son unique trace, Adah la folle qui jure de porter du noir et de gratter d'affreux poèmes. Ha ! je veux obliger l'ombre à passer sur tous ces honnêtes visages effarés, tous ceux qui croient aux grands-pères présidents. À commencer par Leah.

Rappelée au milieu des feuilles de bananiers qui ne parlent pas dans la nuit silencieuse, j'écoute. Joe, de Paris, arrive, dit la radio. Joe de Paris a fabriqué un poison qui aura l'air d'une maladie congolaise, une maladie africaine toute bête pour Lumumba. W.I. Rogue dit qu'ils l'introduiront dans son dentifrice. Toorlexa rit, mais rit – parce que ici on ne se sert pas de brosse à dents. On mâche de l'herbe *muteete* pour se nettoyer les dents. Puis la colère monte chez Toorlexa. Cela fait dix ans qu'il habite ici et il sait mieux, dit-il. C'est lui qui devrait mener la danse. Et je me demande : de quelle danse il parle ?

À travers les triangles des feuilles de bananiers immobiles, j'ai vu des visages éclairés d'un halo de flamme rire à la promesse d'une mort éternelle. Pressentiment, cette ombre longue qui passe, et nous sommes l'herbe effarée.

Leah

.

Cette nuit épouvantable est la pire que nous ayons vécue : celle des *nsongonya*. Elles sont arrivées sur nous comme un cauchemar. Les bang-bang-bang de Nelson sur la porte de derrière se sont mêlés à mon sommeil, et même après mon réveil, les heures qui suivirent ont eu l'instable présence d'un rêve. Avant même d'avoir réalisé où je me trouvais, j'ai senti qu'on me tirait par la main dans le noir, en même temps qu'une horrible sensation de démangeaison cuisante gagnait mes mollets. J'eus l'impression que nous pataugions tous dans une eau très chaude, mais ce ne pouvait être de l'eau, je tentai donc de mettre un nom sur le liquide bouillant qui inondait la maison – mais non, nous étions déjà dehors —, qu'est-ce qui envahissait donc le monde entier ?

« *Nsongonya*, hurlait-on sans arrêt, Les fourmis ! Un corps d'armée ! » Nous marchions sur les insectes, nous étions encerclés, pris au piège, enveloppés, dévorés par des fourmis. La moindre surface en était couverte, bouillonnait, et le chemin ressemblait à un flot de lave noire sous le clair de lune. Les troncs noirs et bulbeux étaient comme en ébullition, se boursouflaient. L'herbe s'était transformée en un champ de sombres poignards qui se dressaient, se gauchissaient et se recroquevillaient sur eux-mêmes. Nous marchions, courions sur les fourmis, libérant ce faisant leur odeur vinaigrée dans l'étrange nuit silencieuse. C'est à peine si nous parlions. Nous courions simplement le plus vite possible aux côtés de nos voisins. Les adultes emportaient les bébés et les chèvres ; les enfants, des récipients de nourriture, les chiens, leurs frères et sœurs plus jeunes, le village tout entier de Kilanga. Je pensai à Mama Mwenza et à ses fainéants de fils, allaient-ils la porter ? En foule, nous avancions sur la route tel un cours d'eau furieux jusqu'à ce que nous atteignîmes la rivière, et là, nous nous arrêtâmes. Sautant tous d'un pied sur l'autre, nous nous frappions à grandes claques, certains avec des gémissements de douleur, mais seuls les tout-petits poussaient des cris et pleuraient bruyamment. Les hommes solides barbotaient en une lente avancée dans l'eau jusqu'à la taille, hâlant leurs embarcations, tandis que le reste d'entre nous attendait son tour pour monter à bord d'une pirogue.

« Béene, où sont vos parents ? »

Je sursautai. La personne à côté de moi, c'était Anatole.

« Je ne sais pas. Je ne sais pas vraiment où sont les autres, j'ai couru, c'est tout. » J'étais encore à peine réveillée et brutalement je me rendais compte que j'aurais dû aller à la recherche des miens. Je m'étais inquiétée pour Mama Mwenza, mais non pour ma propre jumelle infirme. Un gémissement monta de moi : « Oh mon Dieu !

– Qu'est-ce qu'il y a ?

– Je ne sais pas où ils sont. Oh mon Dieu. Adah va se faire dévorer vive. Adah et Ruth May. »

Sa main toucha la mienne dans l'obscurité. « Je vais les retrouver. Attendez-moi ici, je reviendrai vous chercher. »

Il parla doucement à quelqu'un, à côté de moi, puis disparut. Il paraissait impossible de rester immobile là où le sol était noir de fourmis, mais il n'y avait nulle part où aller. Comment avais-je pu de nouveau abandonner Adah ? Une fois dans le ventre de notre mère, une fois au lion, et maintenant voilà que, comme Simon Pierre, je la reniais pour la troisième fois. Des yeux, je la cherchai, ou Mère ou n'importe qui, mais ne vis que d'autres mères qui couraient dans l'eau avec des petits enfants en sanglots, essayant de les asperger et de chasser les fourmis de leurs bras, jambes et visages. Quelques personnes âgées étaient entrées dans l'eau jusqu'au cou. Loin, dans la rivière, je distinguai la tête à moitié blanche, à moitié noire de calvitie de la vieille Mama Lalaba qui devait avoir décidé que les crocodiles étaient préférables à la mort par les *nsongonya*. Nous autres, nous attendions dans les hauts fonds, où le reflet lisse de l'eau était voilé de la sombre dentelle des fourmis qui flottaient. *Père, pardonne-moi selon la multitude de tes miséricordes. Je fais tout tellement mal et maintenant il n'y aura plus d'issue pour aucun d'entre nous.* Une lune énorme tremblait à la surface noire du Kouilou. Je regardais fixement le ballonnement de son reflet rose, convaincue que ce serait mon ultime vision avant d'avoir les yeux rongés hors de mon crâne. Bien qu'indigne, je voulais monter au ciel avec le souvenir de quelque beauté du Congo.

Rachel

J'ai pensé que j'étais morte, en enfer. Mais c'était pire que ça – j'étais vivante et en enfer.

Alors que tout le monde s'enfuyait de la maison, je me suis mise à tourner en rond, prise de frénésie, essayant de réfléchir à ce que je pourrais sauver. Il faisait si noir que j'y voyais à peine, mais j'avais l'esprit très clair. J'avais juste le temps de récupérer un objet précieux. Quelque chose de la maison. Pas mes vêtements, le temps manquait, et pas la bible – elle ne valait pas la peine d'être sauvée en ce moment, alors à l'aide, mon Dieu. Il fallait que ce soit mon miroir. Mère nous criait de sortir de toute la force de ses poumons, mais j'ai fait demi-tour et je suis passée devant elle en la bousculant pour retourner à l'intérieur, sachant ce que je voulais faire. Je me suis emparée de mon miroir. J'en ai simplement fracassé le cadre que lui avait confectionné Nelson et l'ai arraché du mur. Ensuite, je me suis mise à courir aussi vite que mes jambes pouvaient me porter.

Sur la route, il y avait une véritable mêlée d'étrangers qui me palpaient, me poussaient. La nuit aux dix mille odeurs. Les insectes étaient partout sur moi, me dévoraient la peau, à commencer par les chevilles, se faufilant sous mon pyjama pour finir Dieu seul sait où. Père était quelque part dans les environs, car je l'entendais vociférer sur Moïse, les Égyptiens et sur la rivière charriant un fleuve de sang et je ne sais quoi encore. Je serrais mon miroir contre mon cœur pour éviter de le perdre ou de le casser.

Nous nous sommes précipités vers la rivière. Au début, je n'ai compris ni pourquoi ni où nous allions, mais cela n'avait pas d'importance. Il était impossible d'aller ailleurs car la foule vous entraînait de force. Cela m'a rappelé un truc que j'avais lu une fois : si par hasard on se trouve dans un théâtre bondé et qu'éclate un incendie, il faut écarter les coudes et lever les pieds. *Comment survivre à 101 catastrophes*, c'était le titre du livre qui traitait de ce qu'il convenait de faire en cas de situation périlleuse – ascenseurs qui se décrochaient, trains qui se tamponnaient, incendies de théâtre, etc. Et c'était une vraie chance que je l'aie lu parce que maintenant que j'étais en pleine cohue, je savais quoi faire ! J'ai enfoncé les coudes dans les côtes des gens qui s'écrasaient autour de moi, et j'ai réussi à me faire coincer. Ensuite, j'ai plus ou moins soulevé les pieds et ça a marché comme par enchantement. Au lieu de me faire piétiner, j'ai flotté tranquillement comme un bâton sur une rivière, portée par la seule force des autres.

Mais dès que nous sommes arrivés au fleuve, mon univers s'est effondré. La ruée s'est immobilisée et pourtant les fourmis grouillaient encore dans tous les coins. À la minute même où je me suis retrouvée debout sur la berge, j'en ai été de nouveau couverte, positivement envahie. Incapable de supporter ça une seconde de plus, j'aurais voulu mourir. J'en avais jusque dans les cheveux. Jamais dans mon enfance innocente je n'aurais cru me retrouver au Congo, à la nuit noire, avec des fourmis en train de m'arracher le cuir chevelu. J'aurais pu tout aussi bien être en train de mijoter dans la marmite d'un cannibale. J'en étais arrivée à ce point de l'existence.

Il m'a fallu un moment avant de réaliser que le gens grimpaient sur des embarcations et se sauvaient ! J'ai hurlé qu'on me mette sur un bateau, mais ils m'ont tous ignorée. J'avais beau crier, tout le monde s'en fichait. Père était là-bas, à essayer d'obtenir que les gens prient pour leur salut mais, là non plus, personne ne l'écoutait. C'est alors que j'ai repéré Mama Mwenza qui se dirigeait sur le dos de son mari en direction des bateaux. Et ils sont passés sous mon nez! Elle méritait bien qu'on l'aide, la pauvre, mais je suis personnellement de constitution délicate.

J'ai pataugé à sa suite pour tenter de monter dans le bateau avec toute la famille. Tous les enfants Mwenza étaient encore en train de l'escalader, et en tant que voisine, j'ai pensé qu'ils voudraient sûrement de moi, mais j'ai été soudainement repoussée par le bras de quelqu'un en travers de la figure. Vlan, paf, merci beaucoup! Je suis retombée au milieu de la boue. Avant même de réaliser ce qui m'arrivait, mon précieux miroir m'a glissé des mains et s'est brisé contre le flanc du bateau. Vite, je l'ai ramassé sur le bord de la rivière, mais en me relevant, les morceaux se sont échappés et se sont plantés comme des couteaux dans la vase. Je suis restée là, sous le choc, à regarder la barque s'éloigner du rivage dans les clapotis. Ils m'avaient laissée. Avec les morceaux de mon miroir éparpillés autour de moi qui réfléchissaient le clair de lune. M'ont laissé tomber, au plus fort du malheur et du ciel brisé.

Ruth May

Tout le monde toussait et hurlait et j'ai donné des grands coups de pied pour redescendre, mais je pouvais pas parce que maman me tenait si serré que ça me faisait mal au bras. Chut ! mon bébé ! Chut ! Elle courait et ça faisait comme si ça sautait quand elle me le disait. Souvent, elle me chantait : Chut, mon bébé ! Maman va t'acheter un miroir !

Elle allait m'acheter tout un tas de choses, même si tout se cassait et tournait mal.

Quand nous sommes arrivées là-bas où il y avait tout le monde, elle m'a prise sur ses épaules et elle a enjambé le bateau de côté, des mains m'ont soulevée et le bateau a bougé. Nous nous sommes assises. Elle m'a obligée à me baisser. Ça faisait mal, les petites fourmis nous mordaient partout méchamment et ça brûlait. La fois où Leah en a donné une à manger à la fourmi-lion, Jésus l'a vue. Et voilà, maintenant ses amies reviennent toutes pour nous manger.

Et puis on a vu Adah. Maman lui a tendu la main et s'est mise à pleurer et à parler tout fort, avec des mots en pleurs, et après c'est quelqu'un d'autre qui m'a prise. C'était plus maman, alors moi aussi je me suis mise à pleurer. Qui est-ce qui va m'acheter un miroir qui va se casser et un oiseau moqueur qui va pas chanter ? J'ai envoyé plein de coups de pieds mais il a pas voulu me mettre par terre. J'ai entendu des bébés qui pleuraient et des femmes qui pleuraient et je pouvais pas tourner la tête pour regarder. Je m'en allais loin de maman et c'est tout ce que je savais.

Nelson dit qu'il faut penser à un endroit agréable où on peut aller, alors quand le temps sera venu de mourir, je mourrai pas, je disparaîtrai et c'est là que j'irai. Il me disait de penser à cet endroit tous les jours et toutes les nuits pour que mon esprit connaisse le chemin. Mais je l'ai pas fait. Je savais où me mettre en sécurité, mais après que j'ai été mieux, j'ai complètement oublié d'y penser. Mais quand maman a couru sur la route avec moi, j'ai bien vu que tout le monde allait mourir. Le monde entier criait et hurlait, c'était affreux. Tellement de bruit. J'ai mis mes doigts dans mes oreilles et j'ai essayé de penser à l'endroit le plus en sécurité.

Je sais ce que c'est : c'est un mamba vert tout là-haut dans l'arbre. C'est plus la peine d'avoir peur d'eux parce que tu en es un. Ils sont si tranquilles, couchés sur la branche d'arbre ; ils sont exactement comme l'arbre. Tu pourrais être à côté d'un sans t'en apercevoir. Tout est si tranquille là-haut. C'est exactement là que je veux aller m'installer quand il faudra que je disparaisse. Tes yeux seront petits et ronds mais tu seras si haut perchée que tu pourras regarder en bas et voir le monde entier, maman et tout le monde. Les tribus de Cham, Sem et Japhet, toutes ensemble. Finalement tu seras la plus haute de tous.

Adah

Adah ou Eda, l'âme malade.

Désormais, je suis de l'autre côté de cette nuit et je suis capable d'en faire le récit, donc je suis peut-être encore en vie, bien que je n'en ressente aucun signe. Et peut-être n'est-ce pas le mal que j'ai vu, mais simplement le cheminement de tous les cœurs lorsque la peur a arraché la pellicule des aimables prétentions. Est-ce mal de regarder son enfant, d'en emporter un autre dans ses bras et de se détourner?

Nodnaba abandon.

Mère, je peux te lire à l'envers et à l'endroit.

Eda, l'âme malade.

J'aurais dû être dévorée dans mon lit, puisque que je semblais valoir si peu. Un instant vivante, et le suivant abandonnée. Tirées de nos lits par quelque chose ou quelqu'un, le vacarme, les coups sonores et les cris dehors, mes sœurs faisant des bonds avec des cris perçants, disparues. Impossible de produire un son à cause des fourmis sur ma gorge. Je me suis traînée dehors, au clair de lune, et j'ai découvert une vision de cauchemar, une terre rouge sombre, grouillante. Rien n'était immobile, ni homme ni bête, ni même l'herbe qui se tordait sous l'ombre, noire et vorace. Ni même l'herbe effarée.

Seule ma mère restait immobile. Elle était plantée là, devant moi, sur le chemin, ses minces jambes s'élevant de la terre dévorante et sans racine. Dans ses bras, jetée en travers tel un fagot de bois, Ruth May.

J'ai parlé à haute voix, la seule fois : « Aide-moi.

– Ton père… a-t-elle dit. Je pense qu'il a dû partir devant avec Rachel. J'aurais voulu qu'il attende, mon chou, il t'aurait portée mais Rachel était… Je ne sais pas comment elle va se sortir de tout ça. Leah, oui, Leah est capable de se débrouiller. »

J'ai parlé de nouveau : « S'il te plaît. »

Elle m'a examinée un moment, soupesant ma vie. Puis elle a hoché la tête, a rajusté son fardeau dans ses bras, et s'est détournée.

« Viens ! » a-t-elle ordonné par-dessus son épaule. J'ai essayé de la suivre de près, mais même avec le poids de Ruth May, elle se déplaçait ondoyante et rapide dans la foule. Mes talons furent happés par d'autres pieds. On me marcha dessus, bien que je n'en eûs éprouvé qu'une vague douleur, déjà engourdie par les cuisantes fourmis. J'ai compris que j'étais tombée. Un pied nu fut sur mon mollet puis sur mon dos, on me piétinait. Des pieds m'écrasaient la poitrine. Je roulais, roulais sur moi-même, me protégeant le visage de mes bras. J'ai réussi à me remettre sur les coudes, à me hisser, m'agrippant de ma main gauche valide à des jambes qui m'ont entraînée plus loin. Des fourmis sur le lobe des oreilles, la langue, les paupières. Je m'entendais hurler – un bruit si étrange, comme s'il venait de mes cheveux et de mes ongles, et de nouveau, de nouveau, je remontais. Une fois, j'ai cherché ma mère et je l'ai vue, loin devant. J'ai suivi, gîtant à mon propre rythme. Courbée dans le chant permanent de mon corps.

Je ne sais pas qui m'a soulevée au-dessus de la foule et déposée dans la pirogue avec ma mère. J'ai dû me retourner vite pour entrevoir la personne tandis qu'elle battait en retraite. C'était Anatole. Nous avons traversé la rivière ensemble, mère et fille, l'une en face de l'autre, au plus profond du centre de l'embarcation. Elle a tenté de me prendre les mains, mais n'a pas pu. L'espace d'une largeur de rivière, nous nous sommes regardées longuement, sans parler.

Cette nuit-là, je pouvais encore me demander pourquoi elle ne m'avait pas aidée. *Eda, l'âme malade*. Maintenant, je ne me pose plus du tout la question. Cette nuit marque l'obscur centre de mon existence, le moment où la croissance s'est arrêtée et où la longue descente vers la mort a commencé. Ce qui m'étonne maintenant, c'est que, moi, je me sois jugée digne d'être sauvée. Pourtant, c'est vrai, c'est vrai. J'ai tendu la main et me suis accrochée à la vie grâce à ma main valide, la gauche, telle une serre qui s'agrippait aux jambes en mouvement pour m'arracher de la terre. Acharnée à m'en sortir au milieu d'un fleuve de gens qui cherchaient à se sauver. Et si, par hasard, ils ont baissé les yeux et m'ont vue lutter sous eux, ils ont compris que même la petite tordue trouvait de la valeur à sa vie. Voilà ce que c'est que d'être une bête dans le Royaume.

Kilanga
Septembre 1960

Leah

Soudain, je fus poussée par-derrière et hissée par d'autres mains à l'intérieur du bateau et nous fûmes sur l'eau, en route vers la sécurité. Anatole grimpa à ma suite. Je fus sidérée de constater qu'il portait Ruth May sur ses épaules comme une antilope fraîchement abattue.

« Comment va-t-elle ?

– Elle dort, je pense. Il y a vingt secondes, elle hurlait. Votre mère et Adah sont parties devant avec Tata Boanda, dit-il.

– Dieu soit loué. Et Adah ?

– Adah est en sécurité. Rachel est une vraie peste. Et votre père fait un sermon sur l'armée du pharaon et les plaies. Tout le monde est sauf. »

J'étais recroquevillée, le menton appuyé sur mes genoux, et je voyais mes pieds nus passer lentement de l'acajou foncé au tacheté, puis au blanc tandis que se dispersaient les fourmis qui cherchaient à fuir par le fond de l'embarcation. C'est à peine si je sentais encore la douleur – les pieds que je contemplais semblaient appartenir à quelqu'un d'autre. Je m'agrippais aux deux bords du bateau, craignant brusquement d'avoir envie de vomir ou de m'évanouir. Lorsque je pus enfin redresser la tête, je demandai posément à Anatole : « Pensez-vous que ce soit la main de Dieu ? »

Il ne répondit pas. Ruth May gémit dans son sommeil.

J'attendis si longtemps sa réponse que je décidai qu'il ne m'avait pas entendue.

Puis, il déclara simplement : « Non.

– Alors quoi ?

– L'univers vous fournira toujours de bonnes raisons. Absence de pluie, les fourmis qui ne trouvent pas assez de nourriture. Quelque chose de ce genre. Quoi qu'il en soit, les *nsongonya* se déplacent continuellement, c'est dans leur nature. Que Dieu s'y intéresse ou non. » Encore une fois, il semblait en vouloir à Dieu. À juste titre. La nuit donnait l'impression d'un rêve qui passait trop vite devant moi, tel un cours d'eau en crue, et dans ce rêve incontrôlable, Anatole était la seule personne qui se souciait assez de m'aider. Dieu, non. J'essayai de percer l'épaisse obscurité qui s'attachait à la rivière, fouillant des yeux la rive opposée.

« Dieu nous hait, dis-je.

– Ne reprochez pas à Dieu ce qu'il est propre aux fourmis de faire. Nous avons tous faim à notre tour. Les Congolais ne sont pas si différents des fourmis congolaises.

– Sont-elles obligées d'envahir un village et de manger les autres tout vifs ?

– Quand elles y ont été poussées depuis quelque temps, elles se rebellent. Quand elles vous mordent, c'est qu'elles essaient de réagir de la seule façon qu'elles connaissent. »

L'embarcation était pleine de gens, mais dans le noir je ne reconnaissais pas ces dos arrondis. Anatole et moi parlions anglais, et nous avions l'impression d'être seuls au monde.

« Qu'est-ce que ça veut dire ? Que vous pensez que c'est bien de faire du mal aux gens ?

– Vous me connaissez en tant qu'homme. Vous n'êtes pas obligée de me dire ce que je suis. »

Ce que je savais, c'est qu'Anatole nous avait aidés

bien plus souvent que ne l'avaient su mes parents. Ma sœur dormait maintenant sur son épaule.

« Mais vous croyez en ce qu'ils font aux Blancs, même si vous ne le faites pas vous-même. Vous dites que vous êtes révolutionnaire, comme les Jeunesses du Mouvement pro-Lumumba ! »

Les bras noirs et vigoureux d'un inconnu nous propulsaient à la rame tandis que je frissonnais d'une peur glacée. Il me vint à l'esprit que je redoutais la colère d'Anatole plus que n'importe quoi.

« Les choses ne sont pas aussi simples que vous le pensez, dit-il enfin, d'un ton ni fâché ni particulièrement aimable. Ce n'est pas le moment d'expliquer l'histoire des mouvements révolutionnaires congolais.

– Adah raconte que le président Eisenhower a donné des ordres pour qu'on assassine Lumumba », confessai-je soudain. Après avoir gardé pour moi cette sordide bordée de mots pendant tant de jours, je les déversais dans notre bateau infesté de fourmis. « Elle l'a entendu à la radio d'Axelroot. Elle dit que c'est un tueur mercenaire à la solde des Américains. »

Je m'attendais à ce qu'Anatole réagisse à tout ça, mais il s'en abstint. Un froid semblable à de l'eau s'enfla dans mon ventre. Il était impossible que cela fût vrai, et cependant Adah était capable d'être au courant de choses que j'ignorais. Elle m'avait montré la conversation d'Axelroot et d'un autre type qu'elle avait transcrite dans son journal. Depuis lors, je n'avais plus eu une vision nette de ce qu'était la sécurité. Où se trouvait donc cette aimable contrée de cornets de glace, de mocassins Keds et de *We Like Ike*, ce pays dont je croyais connaître les codes ? Où était ce pays qui était chez moi ?

« C'est vrai, Anatole ? »

L'eau s'agitait au-dessous de nous, fuyant en une ruée froide, rythmée.

« Je vous l'ai dit, ce n'est pas le moment de parler.

– Mais je m'en moque ! Nous allons tous mourir de toute façon, alors je parlerai si ça me plaît. »

Même s'il m'écoutait encore, il devait me considérer comme une petite fille ennuyeuse. Mais je ressentais une si grande peur au-dedans de moi que je ne pouvais l'empêcher de sortir. Je mourais d'envie qu'il me fasse taire, qu'il me dise de me tenir tranquille et d'être bien.

« Je veux être juste, Anatole. Être capable de distinguer le bien du mal, c'est tout. Je veux vivre dans le droit chemin et trouver la rédemption. » Je tremblais si fort que je crus mes os sur le point de se rompre.

Pas un mot.

Je criai pour me faire entendre de lui. « Vous ne me croyez pas ? Lorsque je marche dans la vallée de l'ombre, le Seigneur est censé être avec moi, et Il ne l'est pas ! Vous Le voyez, ici, dans ce bateau ? »

L'homme – ou l'imposante femme – contre le dos duquel je m'appuyais se déplaça légèrement pour s'installer un peu plus bas. Je me jurai de ne plus prononcer une seule autre parole.

Mais Anatole dit soudainement : « N'espérez pas trouver la protection de Dieu dans des lieux qui échappent à son autorité. Cela ne ferait que renforcer votre sentiment d'être punie. Je vous mets en garde. Quand les choses tourneront mal, vous n'aurez à vous en prendre qu'à vous-même.

– Qu'est-ce que vous me racontez ?

– Je vous raconte ce que je vous raconte. N'essayez pas de faire de la vie un problème de mathématiques dont vous seriez le centre et dont tous les résultats seraient justes. Même si vous vous comportez bien, des ennuis peuvent toujours vous arriver. Et si vous faites le mal, la chance peut être de votre côté. »

Je voyais bien ce qu'il pensait : que ma foi en la justice était puérile, aussi dérisoire ici que des pneus sur un cheval. Je sentais le souffle de Dieu refroidir sur ma peau. « Nous n'aurions jamais dû venir ici, dis-je, nous sommes des imbéciles qui avons tenu jusqu'ici par pure chance. C'est bien ce que vous pensez, non ?

– Je ne répondrai pas à ça.

– Donc vous voulez dire que nous n'aurions pas dû venir.

– Non, vous n'auriez pas dû. Mais vous êtes là, donc, vous devez être là. Le monde ne se limite pas aux seuls mots oui ou non.

– Vous êtes le seul ici à bien vouloir nous adresser la parole, Anatole ! Personne d'autre ne se soucie de nous, Anatole !

– Tata Boanda transporte votre mère et votre sœur dans son bateau. Tata Lekulu rame, les oreilles bouchées de feuilles pendant que votre Père l'exhorte à aimer Dieu. Et pourtant, Tata Lekulu le conduit en lieu sûr. Saviez-vous que Mama Mwenza glisse parfois des œufs de ses propres poules sous les vôtres, quand vous avez le dos tourné ? Comment pouvez-vous dire que personne ne s'intéresse à vous ?

– Mama Mwenza fait ça ? Comment le savez-vous ? »

Il ne répondit pas. J'étais stupide de ne pas m'en être doutée. Nelson trouvait quelquefois des oranges et du manioc, et même de la viande dans notre cuisine, alors qu'il n'y avait rien la veille au soir. J'imagine que nous croyions si fort en la Providence divine que nous nous contentions d'accepter ces miracles en notre faveur.

« Vous n'auriez pas dû venir ici, Béene, mais vous êtes là et personne, à Kilanga, ne veut vous voir mourir de faim. On sait que les Blancs font des fantômes très encombrants. »

Je me vis en fantôme : toute os et dents. Rachel, un fantôme aux longs cheveux blancs ; Adah, un fantôme silencieux, au regard insistant. Ruth May, fantôme escaladeur d'arbres, pression d'une petite main sur votre bras ; mon père n'était pas un fantôme, il était Dieu, de dos, les mains nouées derrière lui, le regard farouche fixé sur les nuages. Dieu s'était détourné et se retirait.

Tout doucement, je me suis mise à pleurer, et tout ce qui était au-dedans de moi s'est exprimé dans mes yeux. «Anatole, Anatole, chuchotai-je. J'ai une peur horrible de ce qui se passe, et personne ici n'accepte de m'en parler. Vous êtes le seul.» Je répétai son nom parce qu'il me tenait lieu de prière. Le nom d'Anatole m'ancrait à la terre, à l'eau, à la peau qui me contenait comme une bouteille d'eau. J'étais un fantôme dans une bouteille. «Je vous aime, Anatole.

– Leah! Ne redites plus jamais ça.»

Je ne le redirai jamais.

Nous atteignions l'autre rive. La poule rescapée de quelqu'un voleta sur la poupe de notre embarcation et se pavana placidement le long du plat-bord, ses délicates caroncules tremblotant tandis qu'elle picorait des fourmis. Pour la première fois cette nuit, je pensai à nos pauvres volailles qui avaient été enfermées pour la nuit dans leur poulailler. Je me les imaginai, ossements disposés en un tas net et blanc sur des œufs.

Deux jours plus tard, une fois que l'armée rebelle de minuscules soldats eut terminé sa traversée de Kilanga, nous pûmes regagner la maison et c'est exactement ainsi que nous découvrîmes nos bêtes. Je fus surprise de constater que leurs squelettes disloqués étaient tels que je les avais imaginés. C'était ce que j'avais dû apprendre la nuit où Dieu m'avait tourné le dos : l'art de lire l'avenir dans des os de poulet.

LIVRE IV

Bel et le serpent

Croyez-vous que Bel ne soit pas un dieu vivant?
Ne voyez-vous pas combien il mange et combien il boit
chaque jour?

Bel et le serpent – Daniel, xiv, 5.

Orleanna Price

Une piqûre de mouche, disent les Congolais, est capable de déclencher la fin du monde. Les choses peuvent commencer aussi simplement.

Peut-être cela n'a-t-il été qu'une rencontre de hasard. Un Belge et un Américain, disons, deux vieux amis qui partageaient une même ambition, une activité dans le commerce des diamants. Une mouche bourdonne et se pose. Ils la chassent de la main et pénètrent dans le bureau méticuleusement astiqué du Belge, à Elizabethville. Ils veillent soigneusement à s'enquérir de leurs familles respectives et de leurs bénéfices, et évoquent leur train de vie à une époque de grands bouleversements, de grandes opportunités. Une carte du Congo repose sur la table d'acajou qui les sépare. Tandis qu'ils s'entretiennent de la main-d'œuvre et du cours des devises, leur appétit les conduit à frôler les bords de la carte posée sur la table et à parler d'un partage entre eux deux. Chacun à leur tour, ils se penchent en avant pour indiquer leurs mouvements dans un subtil accord dont ils jouent comme dans une partie d'échecs, ce genre de jeu qui permet aux hommes civilisés de faire semblant de jouer à qui tuera. Entre deux avancées, ils rejettent la tête en arrière, font tournoyer un cognac couleur de sang dans des verres ballon et le regardent glisser comme des veines liquides le long du verre bombé. Nonchalamment, ils refont la carte à leur idée. Qui seront les rois, les tours et les fous qui se lèveront pour frapper à distance ? Quels seront les pions sacrifiés, à balayer ? Des noms africains roulent épars comme les têtes de fleurs séchées écrasées distraitement entre le pouce et l'index – Ngoma, Mukenge, Kasavubu, Lumumba. Ils tombent en poussière sur le tapis.

Derrière les crânes coiffés de frais de ces messieurs, les panneaux d'acajou se tiennent au garde à vous. Les lambris de ce bureau ont autrefois respiré l'atmosphère humide d'une forêt congolaise, ont abrité la vie, éprouvé le contact d'écailles de serpents. Maintenant, ils retiennent leur souffle, plaqués au mur. De même que le font les têtes de rhinocéros et de guépards montées en trophées, preuves de l'habileté du Belge à la chasse. Elles sont désormais des espionnes muettes dans la maison bâtie par des étrangers. Derrière la fenêtre, les frondes de palmier frissonnent dans le vent qui se lève. Une voiture passe dans un glissement. Les feuilles d'un journal déployé soufflent dans l'eau fétide qui se rue dans un fossé à ciel ouvert ; le journal tournoie au long de la rue, éparpillant ses pages sur l'eau où elles flottent tels de translucides carrés de dentelle. Personne ne peut dire si les nouvelles sont bonnes ou mauvaises. Une femme déambule le long du fossé avec son panier de maïs grillé sur la tête. À l'instant où le Belge se lève pour fermer la fenêtre, le parfum de tout cela lui parvient : la tempête, le fossé, la femme au maïs. Il ferme la fenêtre et regagne le monde qu'il s'est construit. Les rideaux sont en damas. Le tapis est turc. La pendule sur la table est allemande, ancienne, mais toujours à l'heure. Les têtes sur le mur observent de tous leurs yeux de verre rapportés. L'impeccable pendule fait son tic-tac et, en l'espace exigu qui sépare deux secondes, le fantasme est devenu une réalité.

Avec le temps, des légions d'hommes sont entraînées dans la partie, ébène et ivoire mêlés : le délégué de la CIA pour le Congo, le Conseil national de sécurité, et même le président des États-Unis. Ainsi qu'un jeune Congolais nommé Joseph Mobutu, qui était entré nu-pieds dans une agence de presse pour se plaindre de la nourriture qu'on lui donnait à l'armée. Un journaliste belge reconnut là une intelligence et une rapacité à l'état brut – combinaison utile quel que soit le jeu. Il prit ce jeune Mobutu sous son aile et lui apprit à naviguer dans les hautes sphères où évoluaient les étrangers. Une tour qui deviendrait roi. Et quelle serait la pièce qui tombe-rait ? Patrice Lumumba, l'employé des postes élu à la tête de la nation. Les Belges et les Américains en conviennent, Lumumba est quelqu'un de difficile. En même temps trop exalté pour les Congolais et peu enclin à laisser les Blancs garder la maîtrise de l'échiquier, leur préférant les conseils et la compagnie de Noirs.

Les joueurs avancent rapidement et en secret. Chaque gros coup balaye rivières, forêts, continents et océans, avec pour seuls témoins les yeux de verre étrangers et les arbres indigènes autrefois puissants, coupés de leurs racines.

J'ai deviné cette scène, reconstituée bribe par bribe au long de nombreuses années, à partir de ce que j'ai lu quand tout a commencé à se faire jour. J'essaye d'ima-giner ces hommes et leur jeu, car cela m'aide à resituer mes actes regrettables dans un contexte plus vaste, où ils paraissent moins importants. Que faisais-je d'insignifiant pendant qu'ils divisaient la carte sous mes pieds ? Qui était cette femme qui passait avec son maïs grillé ? Se pouvait-il qu'elle fût une lointaine parente de quelqu'un avec qui je discutais les prix les jours de marché ? Com-ment se fait-il que, tous, nous ayons ignoré si longtemps les manigances du monde ?

Quinze ans après l'indépendance, en 1975, un groupe de sénateurs, réunis sous le nom de comité Church, a pris sur lui d'examiner de près les opérations secrètes qui avaient été menées au Congo. Le monde en fut ébranlé de stupeur. Le comité Church découvrit les notes des rencontres secrètes du Conseil national de sécurité et du président Eisenhower. Dans leur bureau verrouillé, ces hommes s'étaient entendus pour déclarer que Patrice Lumumba était un danger pour la sécurité du monde. Ce même Patrice Lumumba – attention – qui se débarbouillait tous les matins dans une cuvette d'aluminium cabossée, qui se soulageait derrière un buisson soigneusement choisi et allait à la recherche des visages de sa nation. Imagine qu'il ait pu entendre ces mots – dangereux pour la sécurité du monde ! – sortis d'une pièce remplie de Blancs qui disposaient entre leurs mains manucurées d'armées et de bombes atomiques, du pouvoir de supprimer toute vie sur terre. Lumumba aurait-il miaulé à l'instar d'un guépard ? Ou aurait-il simplement ôté ses lunettes pour les essuyer avec son mouchoir, en secouant la tête et en souriant ?

Par une journée de la fin du mois d'août 1960, un certain Mr. Allen Dulles, qui était responsable de la CIA, expédiait un télégramme à son délégué en poste au Congo, lui suggérant de remplacer le gouvernement congolais dès que possible. Le représentant, Mr. Lawrence Devlin, fut donc chargé d'entreprendre une action d'autant plus audacieuse qu'elle resterait secrète : un coup d'État serait parfait. De l'argent arriverait afin d'indemniser les soldats à cet effet. Mais un assassinat serait d'un moindre coût. Une troupe d'hommes, rapides de la gâchette et sans scrupules, serait à sa disposition. Et aussi, pour ne rien laisser au hasard, un scientifique, le Dr. Gottlieb, fut pressenti pour fabriquer un poison qui entraînerait une maladie tellement affreuse (le bon docteur devait en témoigner par la suite au cours des auditions) qui, si elle ne le tuait pas immédiatement, le laisserait tellement défiguré qu'il devrait renoncer à être meneur d'hommes.

Ce même jour d'août, tout ce que je savais, c'est que

la douleur de ma maisonnée semblait bien assez vaste pour remplir le monde entier. Ruth May glissait de plus en plus profondément dans sa fièvre. Et c'était le dix-septième anniversaire de Rachel. J'avais enveloppé les boucles d'oreilles vertes en cristal dans du papier de soie, espérant faire un tant soit peu la paix avec mon aînée tout en m'efforçant d'apaiser le feu de ma plus jeune avec une éponge. Au même moment, le président Eisenhower donnait l'ordre de changer le pouvoir au Congo. Imagine ça. Sa maison était le monde et il avait fini par se décider. Il avait donné sa chance à Lumumba, pensait-il. Le Congo aurait connu l'indépendance durant cinquante et un jours.

Mr. Devlin et ses amis s'entendirent avec Mobutu, l'ambitieux jeune homme qui venait d'être promu colonel. Le 10 septembre, ils fournirent une somme d'un million de dollars en argent des Nations unies destiné à acheter les loyautés, et le département d'État mit la touche finale à ses projets de coup d'État qui rendraient Mobutu responsable de toute l'armée. Toutes les cibles étaient alignées. Le 14 septembre, l'armée prit le contrôle de la république provisoirement indépendante du Congo, et Lumumba fut placé en maison d'arrêt à Léopoldville, encerclée des soldats fraîchement achetés de Mobutu.

Pendant toutes ces journées, tandis que nous grattions et marchandions notre pain quotidien, dans ma cuisine, j'avais pour compagnie une photographie du président Eisenhower. Je l'avais découpée dans un magazine et clouée au-dessus de la paillasse de bois sur laquelle je pétrissais le pain. Elle faisait tellement partie de ma vie que je me souviens des moindres détails de l'homme : les lunettes sans bords, la cravate à pois, le large sourire, le crâne chauve de l'aïeul, chaleureux bulbe lumineux. Il paraissait tellement digne de confiance et bienveillant. Un signe de chez moi, qui me rappelait notre mission.

Le 27 novembre, très tôt dans la matinée, probablement pendant que je rechargeais le fourneau pour le petit déjeuner, Lumumba s'échappa. Il avait été secrètement aidé par un réseau de soutien largement étendu à travers le Congo, de Léopoldville jusqu'à notre village et loin au-delà. Bien entendu, personne ne m'en parla. Seules de vagues rumeurs au sujet des ennuis de Lumumba nous étaient parvenues aux oreilles. Franchement, l'annonce d'une grosse pluie qui tombait à l'ouest de nous et qui arriverait bientôt sur notre village assoiffé nous intéressait davantage. La pluie offrit une couverture au Premier ministre, semble-t-il. Léopoldville avait été trempée la nuit précédente. J'imagine la texture de soie de cet air rafraîchi, l'odeur de la terre congolaise recroquevillant ses orteils sous un chaume d'herbes mortes. Dans le brouillard intense, le rougeoiement nerveux de la cigarette d'un garde, tandis qu'il rêvasse, assis, maudissant le froid mais se réjouissant probablement de la pluie – étant très vraisemblablement fils de fermiers. Mais, de toute façon, désormais seul devant le portail de la prison de Lumumba à Léopoldville. Les pneus d'un break crissent en s'arrêtant dans l'obscurité. Le garde se redresse, touche son uniforme, constate que le véhicule est rempli de femmes. Une voiturée d'employées de maison de l'équipe de nuit qui rentrent chez elles dans les bidonvilles des faubourgs de la ville. Le jeune homme manifeste une certaine impatience : les affaires de l'État l'occupent bien trop pour qu'il s'intéresse à des domestiques et à leur chauffeur. Il agite le pouce et l'index, et fait signe à la voiture de passer.

Derrière la banquette avant, serré contre les genoux gainés de bas blancs des domestiques, le Premier ministre est blotti sous une couverture.

. Une Peugeot et une Fiat attendent au bas de la rue pour prendre la suite. Les trois voitures se dirigent vers l'est, hors de la ville. Après avoir traversé le Kwango par le bac, le Premier ministre s'extirpe de derrière la banquette, déploie sa longue et mince carcasse et rejoint sa femme Pauline et leur petit garçon, Roland, dans une voiture de l'ambassade guinéenne. Elle poursuit seule vers l'est, direction Stanleyville, où les foules loyalistes attendent d'acclamer leur chef, croyant de tout leur cœur qu'il fera revivre leurs rêves d'un Congo libre.

Mais les routes sont épouvantables. Cette même boue délicieuse, salut du manioc, se révèle un Waterloo pour une voiture. Ils avancent pouce par pouce à travers la nuit, jusqu'à l'aube, où le clan de Lumumba est immobilisé par un pneu crevé. L'homme arpente l'herbe couchée le long du fossé, il reste totalement impeccable, pendant que le chauffeur s'escrime à changer le pneu. Mais l'effort transforme la route noire et humide en fondrière, et lorsqu'il remet la voiture en marche, elle refuse de bouger. Lumumba s'agenouille dans la boue pour ajouter la force de son épaule au pare-choc arrière. Cela ne sert à rien. Ils sont bel et bien enlisés. Ils devront attendre les secours. Encore enivrés de liberté, ils restent confiants. Deux des membres de l'ancien cabinet de Lumumba sont derrière eux, arrivant de Léopoldville à bord d'une autre voiture.

Mais la chance n'est pas au rendez-vous. Ces deux hommes ont atteint la rivière Kwango et font en vain des gestes à l'intention d'un pêcheur ahuri. Ils veulent qu'il aille réveiller le passeur du bac. L'engin flotte au ras de l'eau sur l'autre rive, là où, la veille, il a déposé le groupe de Lumumba. Ces dignitaires en fuite font tous deux partie de la tribu Batetela et ont appris le français dans les écoles des missionnaires, mais ils n'ont aucune idée de la façon dont on s'adresse aux hommes de la tribu du Kwango qui pêchent dans les rivières à l'est de Léopoldville. Jamais auparavant cela n'avait présenté d'inconvénient ; avant l'indépendance, rares étaient ceux qui se seraient intéressés à l'idée d'un Congo géographiquement unifié. Mais maintenant, au matin du 28 novembre, cette idée prend tout son sens. La rivière n'est pas si large. Ils distinguent parfaitement le bac et le montrent du doigt. Pourtant le pêcheur regarde avec de grands yeux ces messieurs en costume de ville, avec leurs mains propres et leurs bouches qui articulent avec exagération d'incompréhensibles syllabes. Il se rend compte qu'ils sont désespérés. Il leur offre du poisson.

Et voilà comment vont les choses.

Le clan de Lumumba a attendu presque toute la journée jusqu'à ce qu'un commissaire de région les trouve, les dépanne et les conduise à Bulungu. C'est là qu'ils ont fait halte, et la femme et le fils de Lumumba, affamés, ont dû se restaurer. Pendant qu'il attendait à l'ombre d'un arbre, époussetant la boue séchée de son pantalon, le Premier ministre a été reconnu par un villageois et attiré au milieu de ce qui devait rapidement devenir une foule en délire. Il prononce un discours impromptu sur l'inextinguible soif de liberté des Africains. Quelque part au cœur de cette foule se trouve un Sud-Africain pilote mercenaire qui possède une radio. Très vite, le responsable de la délégation de la CIA a su que Lumumba était libre. Partout à travers le Congo, sur les ondes invisibles des radios, se sont envolés des messages codés : *Le lapin s'est échappé.*

L'armée a rattrapé Lumumba à moins de soixante-dix kilomètres de notre village. Les gens attroupés sur les routes se sont mis à cogner à coups de bâtons et de grigris sur les capots du convoi militaire qui l'emportait. L'événement fut colporté rapidement par les tambours à travers toute la province et au-delà, et certains de nos voisins se sont mêmes précipités à pied pour tenter d'aider leur chef capturé. Pourtant, au milieu de tout ce tonnerre, de toutes ces nouvelles qui assaillaient nos oreilles, nous n'entendîmes parler de rien. Lumumba fut emmené à la prison de Thysville, puis transporté en avion jusqu'à la province du Katanga et, pour finir, battu avec tant de sauvagerie qu'on ne put rendre le corps à sa veuve de peur d'entraîner des complications internationales.

Pauline et ses enfants vivront un grand chagrin : ne pas disposer de corps à ensevelir dans les règles est quelque chose de terrible pour une famille congolaise. Un corps non pleuré ne peut connaître de repos. Il vole alentour, la nuit venue. Pauline sera partie se coucher en suppliant son époux de ne pas ronger les vivants de son bec. C'est ce que je crois, de toute manière. Je pense qu'elle l'aura imploré de ne pas voler les âmes de ceux qui prendraient sa place. Malgré ses prières, le Congo a été abandonné aux mains d'hommes sans âme, d'hommes vides.

Quinze ans après que tout ceci fut arrivé, j'étais installée près de ma radio, à Atlanta, en train d'écouter le sénateur Church et les auditions du comité spécial à propos du Congo. J'ai enfoncé mes ongles dans la paume de mes mains à en déchirer ma propre chair. Où avais-je donc été ? Totalement ailleurs ? Du coup d'État du mois d'août, je suis certaine que nous n'avons rien compris. Des cinq mois qui suivirent l'emprisonnement, la fuite et la capture de Lumumba, je me souviens de quoi ? De la difficulté de laver et de cuisiner en pleine sécheresse. D'un événement humiliant à l'église, et de discussions croissantes au village. De la maladie de Ruth May, évidemment. Et d'une choquante altercation avec Leah qui voulait partir à la chasse avec les hommes. J'étais tellement occupée par chacune de ces journées que je me sentais détachée de tout ce qui durait un mois, un an. L'histoire était loin de mes préoccupations. Maintenant, non. Maintenant, je sais qu'il est illusoire, quels que soient ses soucis, d'ignorer le lot des plus puissants. En cette atroce journée de janvier 1961, Lumumba a payé de sa vie, de même que je l'ai fait. Sur les ailes d'une chouette, le Congo déchu est venu hanter jusqu'à notre modeste famille, nous, les messagers de bonne volonté, entraînés sur une mer d'intentions mal comprises.

Étrange à dire, mais quand tout cela est arrivé, j'ai eu l'impression que c'était ce que j'avais attendu toute mon existence de femme mariée. Attendu que cette hache tombe pour que je puisse m'en aller le cœur absent de pardon. Peut-être le drame avait-il commencé le jour de mon mariage. Ou même plus tôt, lorsque mes yeux s'étaient posés pour la première fois sur Nathan sous la tente, à la session du Renouveau. Une rencontre fortuite de deux étrangers et la fin du monde se dévoile. Qui peut dire où elle a commencé ? J'ai passé trop d'années à revenir en arrière sur cette route embourbée : si seulement je n'avais pas quitté les enfants des yeux, ce matin-là. Si je n'avais pas laissé Nathan nous entraîner à Kilanga, pour commencer. Si les baptistes n'avaient pas pris sur eux de convertir les Congolais. Et quoi, si les Américains, et les Belges avant eux, n'avaient pas pris goût au sang et à l'argent en Afrique ? Si le monde des Blancs n'avait jamais touché au Congo ?

Oh, qu'elle est belle et inutile l'entreprise de vouloir fixer son destin. Cette piste retourne tout droit à l'époque qui a précédé notre existence et dans ce puits profond il est facile de jeter des imprécations telles des pierres sur nos ancêtres. Mais ce n'est rien d'autre que de se faire injure à soi-même et à tout ce qui nous a faits. N'eussé-je épousé un pasteur du nom de Nathan Price, mes propres enfants n'auraient jamais vu la lumière de ce monde. J'ai traversé la vallée de mon destin, c'est tout, et j'ai appris à aimer ce que je pouvais perdre.

On peut maudire les morts, prier à leur intention, et pourtant on ne doit rien espérer d'eux. Ils sont tellement occupés à nous observer, à épier ce que nous inventerons de faire au nom du ciel.

Les choses
que nous avons perdues

Leah

On ne peut pas se contenter de pointer le doigt sur le plus terrible des malheurs et se demander pourquoi il s'est produit. Cette période tout entière s'est, en effet, révélée terrible, du début de la sécheresse qui a laissé tant de gens affamés, puis la nuit des fourmis, et maintenant la tragédie la plus atroce de toutes. Chaque catastrophe entraîne quelque chose de pire encore. Comme le dit Anatole, si l'on y regarde de plus près, on trouve toujours de bonnes raisons à cela, mais si l'on pense que tout ceci vient en châtiment de ses péchés, on devient fou. Je le vois parfaitement quand il s'agit de mes parents. Dieu n'a pas besoin de nous punir. Il lui suffit de nous accorder une vie suffisamment longue pour que nous ayons tout loisir de le faire nous-mêmes.

En revenant sur tous ces mois qui ont conduit à ce jour, il semble que les choses avaient commencé à se dégrader dès octobre, lors du vote à l'église. Nous aurions dû nous montrer beaux joueurs et quitter le Congo sur-le-champ. Comment Père pouvait-il ne pas avoir réalisé son erreur ? Ses propres paroissiens avaient interrompu le sermon afin de tenir une élection pour décider s'il fallait ou non garder Jésus comme Sauveur personnel de Kilanga.

Il faisait si chaud ce jour-là que nos langues étaient comme anesthésiées avec un goût de poussière et se réveillaient engourdies. Les creux de la rivière où nous aimions nager et dans lesquels une eau brunâtre aurait dû s'engouffrer en tourbillons à cette époque de l'année se réduisaient à des berceaux de cailloux blancs. Les femmes devaient aller puiser l'eau à boire directement dans la rivière, non sans claquements de langues et histoires de sœurs tombées dans la gueule des crocodiles d'autres années de sécheresse, par ailleurs sans aucune mesure avec celle-ci. Les champs de manioc étaient uniformément morts. Les arbres fruitiers stériles. Des feuilles jaunes tombaient partout, jonchant le sol d'un tapis déroulé à l'approche des pas de la fin des temps. Les grands fromagers et les baobabs antiques qui donnaient de l'ombre au village souffraient et gémissaient de toutes leurs ramures. Ils ressemblaient plus à des vieillards qu'à des végétaux.

Nous avions vaguement entendu parler de pluies qui seraient tombées dans les vallées fluviales à l'ouest d'où nous étions, et ces rumeurs suscitaient la soif la plus profonde que l'on puisse imaginer – celle des cultures et des animaux moribonds. Les herbes mortes sur les collines, au loin, étaient d'un rouge jaunâtre, qui n'était pas orange mais d'une teinte plus sèche : d'un blanc orangé comme la brume de l'air. Les singes se rassemblaient sur les hautes branches dénudées, au soleil couchant, échangeant des petits cris plaintifs tout en explorant le ciel des yeux. Tout ce que l'on comptait de vivant et de capable de quitter son gîte, y compris certains de nos voisins, avait émigré vers l'ouest dans la direction d'où provenait, la nuit, le son des tambours. Tata Kuvudundu se lançait dans ses prédictions d'os et presque toutes les filles du village avaient dansé un poulet dans les mains, tenu à hauteur de leur visage, pour attirer la pluie. Les gens faisaient ce qu'ils pouvaient. L'assistance à l'église était fluctuante. Si Jésus avait pu sembler un genre de dieu secourable au départ, cela ne se confirmait pas.

Ce fameux dimanche matin, Tata Ndu en personne

410

s'était installé à l'avant sur le premier banc. Le chef se présentait rarement à la porte de l'église, c'était donc un signe manifeste, bien que personne ne sût dire s'il était bon ou mauvais. Il ne semblait pas porter un intérêt très vif au sermon. Personne d'autre non plus d'ailleurs, puisque celui-ci n'évoquait en rien la pluie. Un mois plus tôt, lorsque les orages avaient paru imminents, Père avait conseillé à ses paroissiens de se repentir de leurs péchés car Dieu les en récompenserait en leur envoyant la pluie. Pourtant, en dépit de toutes ces contritions, elle n'était pas venue, et voilà que maintenant il nous racontait qu'il ne voulait pas tomber dans le panneau de la superstition. Ce matin, son prêche s'intéressait à Bel dans le temple, un passage tiré des livres apocryphes. Père s'est toujours solidement appuyé sur les Apocryphes, bien que cela lui attirât le dédain des autres prédicateurs. Ceux-ci préten-daient que ces écrits étaient l'œuvre de trafiquants de peur qui ne les ont greffés à l'Ancien Testament que pour mieux terroriser les gens. Ce à quoi Père répondait inva-riablement que s'Il ne parvenait pas à vous éloigner du péché autrement, le Seigneur avait bien le droit de chasser le démon par la peur.

L'histoire de Bel et le serpent n'était cependant pas plus effrayante que ça car il y était surtout question de l'astuce de Daniel. Cette fois-ci, Daniel s'était mis en tête de prouver aux Babyloniens qu'ils adoraient des idoles, mais même moi, j'avais du mal à me concentrer. Ces derniers temps, il faut le dire, l'enthousiasme de Père m'avait rarement touchée, quant à celui de Dieu, pas du tout.

« Les Babyloniens vénéraient, à l'époque, une idole qu'ils appelaient Bel », déclarait-il, d'une voix qui était bien la seule chose qui restât claire au milieu de la brume qui planait au-dessus de nous. L'assistance s'éventait. « Chaque jour, ils octroyaient à la statue de Bel douze boisseaux de farine, quarante moutons et cinquante gallons de vin. »

Anatole traduisit ces mots, en leur substituant *fufu*, chèvres et vin de palme. Quelques personnes s'éventèrent plus vigoureusement encore à l'idée de toute cette nourriture qui allait à un seul dieu avide. Mais la plupart somnolaient.

« Les gens révéraient la statue de Bel et chaque jour allaient l'adorer, mais Daniel vénérait le Seigneur, notre Sauveur. Et le roi lui demanda : "Pourquoi n'adorez-vous point Bel ?" Pourquoi ? Daniel répondit au roi : "Parce que je ne respecte pas les idoles, mais le Dieu vivant, qui est le chef de toute l'humanité." Et les Babyloniens dirent : (Ici, la voix de Père baissa d'un ton pour prendre celui de la conversation) "Croyez-vous que Bel ne soit pas un Dieu vivant ? Ne voyez-vous pas combien il mange et combien il boit chaque jour ?" Daniel lui répondit en souriant : "Ô roi, ne vous y trompez pas ! Ce Bel est de boue au-dedans et d'airain dehors." »

Père fit une pause pour permettre à Anatole de le rattraper.

Personnellement, j'aime bien ce passage de Bel et le temple ; c'est une bonne histoire mais, avec tous ces retards dus à la traduction, elle n'est pas assez enlevée pour retenir l'attention des gens. En fait, c'est une énigme policière. Et c'est ainsi que je la raconterais, s'il ne tenait qu'à moi : Daniel savait parfaitement que les grands prêtres du roi s'introduisaient en douce, la nuit, dans le temple, pour embarquer toutes ces victuailles. Afin de déjouer leur stratagème, Daniel leur tendit un piège. Dès que tous les fidèles eurent déposé leurs offrandes, il retourna sur les lieux et répandit de la cendre partout sur le sol. Cette nuit-là, les prêtres se faufilèrent comme d'habitude par un escalier secret sous l'autel. Mais n'ayant pas vu les cendres, ils laissèrent leurs empreintes de pieds à travers tout l'édifice. Voyez-vous, ils s'organisaient de sacrées petites agapes tous les soirs, aux frais de leur copain Bel. Mais grâce aux cendres, Daniel les prit sur le fait.

Père s'apprêtait à poursuivre son histoire quand, soudainement, Tata Ndu se dressa de toute sa hauteur, l'interrompant juste au moment où il allait procéder à son bourrage de crânes. Nous regardâmes de tous nos yeux. Tata Ndu leva une main et déclara de sa voix grave de grand costaud, accordant à chaque syllabe exactement les mêmes poids et mesure : « Il est temps maintenant que, tous, nous procédions à une élection.

– Comment ça ? » dis-je tout fort.

Mais Père qui, comme d'habitude, sait toujours tout avant que les choses n'arrivent, sauta immédiatement sur l'occasion. Il enchaîna avec patience : « Voyons, oui. Les élections, c'est bien, c'est civilisé. En Amérique, nous avons des élections tous les quatre ans pour désigner nos nouveaux dirigeants. » Il attendit qu'Anatole ait traduit. Sans doute Père insinuait-il par là qu'il était temps pour les villageois de remettre en question la proposition de Tata Ndu.

Tata Ndu répondit avec une patience égale : « *Á yi bandu*, si cela ne vous dérange pas, Tata Price, nous allons procéder à notre élection sans tarder. Ici, maintenant. » Il s'exprimait dans un soigneux mélange de langues compréhensibles de tous les gens présents. C'est une plaisanterie, pensai-je. D'ordinaire, Tata Ndu n'avait pas plus recours à notre style d'élections qu'Anatole.

« Avec tout le respect que je vous dois, dit mon père, ce n'est ni l'heure ni l'endroit convenables pour ce genre d'affaire. Pourquoi ne pas vous rasseoir pour le moment et annoncer vos projets dès que j'en aurai terminé avec mon sermon ? L'église n'est pas un endroit pour voter le maintien ou non de quelqu'un à une charge officielle.

– L'église est l'endroit qui convient, dit Tata Ndu. Ici, maintenant, nous allons voter pour décider si Jésus-Christ peut tenir fonction de dieu à Kilanga. »

Père resta immobile pendant plusieurs secondes.

Tata Ndu le regardait, moqueur. « Excusez-moi, mais je me demande si je ne vous ai pas paralysé ?

413

– Non, tout va bien, dit Père qui avait retrouvé sa voix.

– *Á bu*, nous allons commencer. *Beto tutakwe kusala.* » Il y eut soudain un remue-ménage coloré à travers l'église tandis que les femmes vêtues de leurs pagnes bigarrés commençaient à s'agiter ici et là. Je sentis un frisson me parcourir la colonne vertébrale. Tout ceci avait été préparé à l'avance. Les femmes déversèrent les galets des calebasses dans les plis de leurs jupes et se déplacèrent entre les bancs, posant avec fermeté un galet dans chaque main tendue. Cette fois-ci, apparemment, les femmes et les enfants avaient eux aussi le droit de voter. Le père de Tata Mwenza s'avança devant l'autel pour y disposer les jattes en terre destinées à recueillir les votes. L'une d'elles pour Jésus, l'autre contre. Les symboles étaient une croix et une bouteille de *nsamba*, du vin de palme frais. Tous, ils auraient dû savoir que le match était inégal.

Père tenta d'interrompre le déroulement de toute l'affaire en expliquant d'une voix sonore que Jésus était dispensé des élections populaires. Mais les gens étaient enthousiastes, car ils venaient d'être mis au fait du processus démocratique. Les citoyens de Kilanga étaient donc prêts à y aller de leur caillou. Ils s'avancèrent lentement jusqu'à l'autel, sur une seule file, exactement comme si, en fin de compte, ils allaient chercher leur salut. Quant à Père, il fit un pas en avant comme si, lui aussi, croyait être témoin d'une séance d'embrigadement céleste. Mais la file de gens se divisa autour de lui pour aller voter, comme de l'eau se divise autour d'un rocher dans la rivière. Père battit en retraite du côté de sa chaire faite de frondes de palmier attachées par du fil de fer et il leva une main avec l'intention, je suppose, de donner sa bénédiction. Mais le vote fut terminé avant qu'il ait même pu glisser un mot. Les chefs assistants de Tata Ndu entreprirent illico de compter les galets. Ils les disposèrent sur une rangée et par tas de cinq, de part et d'autre, pour que tout le monde voie bien.

« C'est juste, dit Tata Ndu pendant qu'ils comptaient. Nous pouvons constater de nos propres yeux que c'est équitable. »

Mon Père était tout rouge. « Tout ceci est blasphématoire ! » Il étendit largement les mains comme pour repousser des démons que lui seul pouvait voir, et hurla : « Il n'y a rien d'équitable là-dedans ! »

Tata Ndu se tourna directement vers Père et lui parla dans un anglais d'une perfection surprenante, roulant ses *r*, posant chaque syllabe tel un caillou dans une main. « Tata Price, les Blancs nous ont apporté bien des programmes pour améliorer notre réflexion, dit-il. Le programme de Jésus et le programme des élections. Vous avez dit que c'étaient de bonnes choses. Vous ne pouvez plus dire maintenant qu'elles ne le sont pas. »

Un concert de cris éclata dans l'église, pour la plupart en soutien à Tata Ndu. Presque au même moment, deux hommes hurlèrent : « *Ku nianga, ngeye uyele kutala !* »

Anatole, qui s'était assis sur sa chaise non loin de la chaire, se pencha pour annoncer paisiblement à Père : « Ils disent que vous avez réparé le chaume du toit et que maintenant vous ne pouvez plus vous sauver de chez vous s'il pleut. »

Père ignora la parabole. « Les affaires spirituelles ne se discutent pas sur la place du marché », cria-t-il avec sévérité. Anatole traduisit.

« *Á bu, kwe* ? Où et quand ? » demanda Tata Nguza, se levant hardiment. Selon lui, dit-il, un Blanc qui n'avait même jamais tué un guib pour sa famille ne pouvait être compétent en ce qui regardait le choix d'un dieu protecteur du village.

Quand Anatole eut traduit ce pavé dans la mare, Père eut l'air déconcerté. De là où nous venons, il est difficile de voir le rapport.

Père parla lentement comme s'il s'adressait à un

demeuré : « Les élections sont une bonne chose et le christianisme est une bonne chose. Tous deux sont bons. » Nous autres, de la famille, sentions le danger monter à travers cette parole extrêmement mesurée et la coloration qui gagnait subrepticement le début de son cuir chevelu. « Vous avez raison. En Amérique, nous honorons ces deux traditions. Mais nous en décidons dans deux maisons différentes.

— Eh bien, il se peut que vous le fassiez en Amérique, dit Tata Ndu. Je ne dirais pas que vous êtes déraisonnables. Mais à Kilanga, nous utilisons la même maison pour plusieurs choses. »

Père explosa. « Mon garçon, vous ne comprenez rien à rien ! Vous avez une logique d'enfant en plus de votre ignorance puérile ! » Il assena un grand coup de poing sur la chaire, ce qui eut pour résultat de faire glisser brusquement de côté toutes les frondes de palmier desséchées qui se mirent à choir en avant, l'une après l'autre. Père les écarta d'un coup de pied mauvais et se dirigea à grands pas vers Tata Ndu, mais il s'arrêta à une courte distance de son but. Tata Ndu est beaucoup plus lourd que mon père, il a des bras très épais et, en cet instant précis, il paraissait dans l'ensemble plus imposant.

Père pointa le doigt tel un fusil vers Tata Ndu, puis le promena à la ronde pour accuser toute l'assemblée. « Vous n'avez même pas appris à diriger votre misérable pays ! Vos enfants meurent de centaines de maladies différentes ! Vous n'avez pas de pot de chambre dans lequel pisser ! Et vous vous targuez de pouvoir prendre ou laisser la bonté de Notre Seigneur Jésus-Christ ! »

Si quelqu'un s'était trouvé suffisamment proche pour prendre un coup de poing à ce moment-là, il est certain que mon père aurait témoigné d'une attitude peu chrétienne. Difficile de croire que j'aie pu à aucun moment éprouver l'envie de me trouver à côté de lui. S'il m'était resté l'ombre d'une prière à faire, c'eût été que ce type tout rouge, tremblant de rage, ne portât plus jamais la main sur moi.

Tata Ndu, très calme, ne semblait surpris par rien de ce qui s'était passé. «Á, Tata Price, dit-il de sa voix grave, toute de soupirs. Vous croyez que nous sommes *mwana*, ignorants de tout jusqu'à votre arrivée ici. Tata Price, je suis un vieil homme qui a appris auprès d'autres vieux hommes. Je pourrais vous dire le nom du grand chef qui a instruit mon père et de tous les autres avant lui, mais pour cela il faudrait que vous ayez la patience de vous asseoir et d'écouter. Il y en a cent vingt-deux. Depuis l'époque de notre *mankulu*, nous avons établi nos lois sans avoir besoin des hommes blancs.»

Il se tourna vers l'assemblée, ayant lui-même l'attitude d'un prédicateur. Personne, d'ailleurs, ne somnolait plus. «Notre voie était de partager un feu jusqu'à extinction, *ayi*? De parler entre nous jusqu'à ce que chacun soit satisfait. Les plus jeunes écoutaient les plus âgés. Maintenant, le *Beelezi* nous dit que le vote d'un jeune tête en l'air compte autant que le vote d'un ancien.»

Dans la chaleur embrumée, Tata Ndu fit une pause pour retirer sa coiffure, la retourna soigneusement dans ses mains, puis la replaça sur l'imposant dôme de son front. Les respirations étaient suspendues. «Les hommes blancs nous disent : Votez, *bantu* ! Ils nous disent : Vous n'avez pas à être tous d'accord, ce n'est pas nécessaire ! Si deux hommes votent oui et que l'un dise non, c'est terminé. *Á bu*, même un enfant est capable de voir comment ça finira. Il faut trois pierres dans le feu pour tenir la casserole en équilibre. Vous en retirez une, vous laissez les deux autres, et puis quoi ? La casserole se renverse dans le feu.»

Tous, nous comprenions la parabole de Tata Ndu. Ses lunettes et sa haute coiffure ne semblaient en rien ridicules. Elles ressemblaient à la tenue d'un chef.

«Mais ça, c'est la loi de l'homme blanc, n'est-ce pas ?

demanda-t-il. Deux pierres suffisent. Il nous faut seulement la majorité. »

C'est vrai, c'était ce en quoi nous croyions : la règle de la majorité. Comment pouvions-nous discuter. Je baissai les yeux sur mon poing encore serré autour de mon galet. Je n'avais pas voté, ni Mère non plus. Comment aurions-nous pu le faire avec les yeux de Père rivés sur nous ? La seule d'entre nous qui en eut l'audace fut Ruth May, qui s'avança immédiatement et vota pour Jésus avec tant de force que son caillou heurta la croix sur laquelle il rebondit. Mais j'imagine que, d'une manière ou d'une autre, nous avions tous fait notre choix.

Tata Ndu se tourna vers Père et lui parla presque aimablement. « Jésus est blanc, il comprendra donc la loi de la majorité, Tata Price. *Wenda mbote.* »

Jésus perdit par onze voix contre cinquante-six.

Rachel

Peut-être que je ne devrais pas le dire, mais c'est vrai : c'est Leah qui est à l'origine de tous nos problèmes. Ça remonte au moment où elle et Père ont démarré la Troisième Guerre mondiale à la maison. Quel foutu dingue de spectacle. Leah s'est rebiffée, s'est montrée carrément insolente vis-à-vis de Père et puis après, tiens, ouille-ouille-ouille. Nous, on n'a plus eu qu'à se baisser et à courir aux abris comme quand ils vous larguent une bombe A dessus. Leah avait toujours éprouvé le plus extrêmissime respect pour Père, mais après le chambard à l'église où ils avaient battu Père à l'élection, elle a, comme ça, plof, cessé d'être polie.

Ça a commencé quand elle a déclaré qu'elle partait chasser avec son petit arc et ses flèches. Ma sœur, cette petite Miss Le-Seigneur-est-mon-berger, se prend maintenant pour Robin des Bois. Je suis surprise qu'elle n'ait pas essayé de faire dégringoler une pomme de sur ma tête, enfin je veux dire, si nous avions eu une pomme. Car il n'y a strictement rien à se mettre sous la dent ici. Les fourmis ont avalé tout ce que les gens avaient en réserve, à savoir presque rien à cause de la sécheresse. Ça se couvre de nuages tous les matins, il fait lourd pendant une heure et puis le soleil se met à taper et dessèche tout. Le jour de marché, on a l'impression qu'on vient juste de sortir d'un refuge antinucléaire après un bombardement : il n'y a pas un chat, en dehors de quelques vieux schnoques avec des pièces détachées de voitures, des couteaux et des marmites qu'ils espèrent troquer contre de la nourriture. Bonne chance, Hortense ! C'est tout juste si nous nous en sortons avec ce que Mrs. Fowles nous a remonté du bateau, plus quelques œufs, parce que, Dieu merci, Mama Mwenza nous a fait cadeau de deux poules couveuses après que les fourmis ont croqué les nôtres. Elle laisse ses poulets courir ici et là, dans tous les coins, ce qui fait qu'ils ont échappé à une mort inévitable en battant de l'aile jusqu'en haut des arbres. Il m'arrive de penser qu'Axelroot pourrait bien nous trouver aussi à manger, en se forçant un peu, mais il s'est fait rare depuis des mois maintenant, en principe parce qu'il est en mission secrète. De quoi devenir folle. Il m'avait dit qu'il rapporterait des cigarettes et du chocolat Hershey quand il reviendrait, et j'étais toute contente à l'époque, vous parlez d'une aubaine. Tenez, au moment où je vous parle, je m'enverrais bien tout un paquet de Wonder Bread à l'ancienne.

Enfin. Aux dernières nouvelles, Tata Ndu a annoncé que tout le village allait organiser une grande chasse, grâce à quoi on se tirerait d'affaire. Tous ensemble ! Ça implique beaucoup de choses. L'idée, comme l'a expliqué Nelson, c'est d'allumer un grand feu tout autour de la grande colline derrière le village. Cette colline est surtout recouverte de hautes herbes, pas de jungle, si bien que ça partira tout d'un coup. Les femmes sont supposées agiter des feuilles de palme pour repousser les flammes jusqu'au centre, de façon que les animaux pris au piège tombent complètement mabouls et s'échappent à travers le feu. Ce sera le signal pour les hommes de tirer. Les gamins et les ancêtres auront la splendide tâche de suivre derrière et de ramasser toutes les créatures du bon Dieu qui auront grillé à point. Nelson dit qu'il faudra que tous les gens du village soient là, car il n'y aura pas de temps à perdre.

Très bien, parfait, je suis capable de traverser un champ calciné et de me laisser couvrir de suie des pieds à la tête. Il y a longtemps que j'ai renoncé aux concours de gants blancs. Mais le projet de Leah, c'est de partir carrément devant avec les hommes pour descendre des trucs avec son arc et ses flèches. Son désormais grand ami, Anatole, semble l'y encourager. Quand il y a eu la réunion à ce sujet, il n'a pas arrêté de dire à quel point elle était fin tireur, et vu que nous crevions de faim, qui est-ce que ça intéressait de savoir qui avait tiré sur l'antilope du moment qu'elle était morte ? Et Nelson en a profité, d'accord avec Anatole, pour dire qu'il fallait nous réjouir de la moindre flèche qui irait droit au but, même si elle venait d'une fille. Franchement. Nelson fait juste le malin parce que c'est lui qui lui a appris à tirer. Et d'abord, Leah n'est qu'une prétentieuse.

Tata Ndu et les plus âgés étaient tous contre, à la réunion. Tata Kuvudundu, surtout. Il est resté assis, la bouche pincée, jusqu'à ce que ce soit de nouveau son tour de parler. Alors, il s'est levé dans sa robe blanche entortillée pour nous raconter des histoires à n'en plus finir à propos d'abominations qui se seraient produites autrefois : de l'eau empoisonnée qui serait sortie de terre, des éléphants qui seraient devenus zinzins, etc., tout ça parce qu'on ne l'avait pas écouté et qu'on avait insisté pour faire les choses autrement que la normale. Alors, tous ils ont dit : « Ah, ouais, je me souviens. » Les vieux hochaient tous la tête, assis très droits, les coudes plaqués au corps, les mains sur les cuisses et les pieds à plat sur le sol, légèrement en dedans. Les plus jeunes se balançaient en arrière sur leur tabouret, les genoux largement écartés, prenant toutes leurs aises et ils n'étaient pas les derniers à hurler ce qu'ils avaient sur la patate. La plupart du temps, cela se passait en français ou tout comme, mais Adah a tout noté en anglais sur son cahier de façon que je puisse en prendre connaissance.

Naturellement, Père avait son ordre du jour personnel

pour la réunion. Quand il a réussi à sauter sur l'unique occasion de parler qui lui ait été accordée, il a voulu transformer toute la chasse en une sorte de nouvelle assemblée de prière améliorée, avec carton sur les animaux pour finir. Personne ne l'a écouté car ils étaient tous remontés contre cette jeunesse qui prétendait chasser avec les hommes. Je suis sûre que Père en a voulu à sa progéniture de constituer une telle diversion. Ça tombait plutôt bien pour lui qu'il n'ait jamais eu de garçon. Il se serait peut-être trouvé forcé de les respecter.

Pour finir, seuls Tata Ndu, Tata Kuvudundu et Anatole sont restés et ont continué la conversation. Tata Ndu, le poitrail drapé dans son étoffe rayée orange et blanc, donnant l'impression de « Je suis le chef, il ne faut pas l'oublier », et bien sûr, Tata Kuvudundu, qui est le sorcier vaudou, et qu'on n'a pas intérêt à oublier non plus, avec ses six doigts de pied et ses yeux qui biglent en plein milieu d'une phrase à seule fin de vous terroriser. Mais après tout, Anatole est l'instituteur, et tout un tas de garçons de dix-neuf ans ou plus, et qui ont des femmes et des familles, tiennent leur deux-et-deux-font-quatre de lui au départ. Ils continuent à l'appeler monsieur Anatole au lieu de l'habituel « Tata » parce qu'il a été leur maître. Si bien qu'il y a comme une bataille jeunes contre vieux, Anatole influençant les plus jeunes. Ici, au village, je vous jure, les gens meurent au moindre encouragement, il n'y a donc plus tant de vieillards que ça à traîner encore dans le coin.

Leah a dû rester assise à l'avant de la pièce toute la nuit sans piper mot. Elle regardait sans arrêt Anatole, mais au bout d'un moment on n'a plus très bien su s'il était de son côté. Il n'a plus mentionné à quel point elle tirait bien et il est passé à la question de savoir si on tuait un rat pour sa peau ou pour ce qu'il était. Comprenne qui pourra. Tata Ndu a dit que si l'animal courait sous une peau de rat, c'est qu'on avait affaire à un rat. Puis, ils se sont tous mis à vociférer sur les étrangers, la prise de pouvoir de l'armée, et à propos d'un type qu'on avait jeté en prison, ce qui, si vous voulez mon avis, était tout de même bien plus intéressant que ces histoires de rats.

En fin de compte, il a fallu de nouveau poser cartes sur table, allions-nous discuter de ça toute la nuit ou allions-nous voter ? Anatole était très opposé au vote. Il a dit que c'était une question dont il fallait débattre et qu'il fallait se mettre d'accord pour la bonne raison que, même si à Kilanga on chassait une malheureuse famille de Blancs hors de la ville, il y en aurait un million d'autres de par le monde et que si on n'était pas capable de faire la différence entre un bon et un mauvais rat, on se retrouverait bientôt à vivre avec les deux sous son propre toit. En plus, qu'il ne faudrait pas vous étonner si vos propres filles et femmes se mettaient à vouloir vous tirer dans le dos. Ça a fait rire tout le monde, mais je n'ai pas saisi l'humour. Est-ce que c'était nous, les rats dont il parlait ?

Et puis Tata Ndu en a eu marre tout d'un coup. Il s'est avancé à grands pas et a flanqué deux vastes jattes en terre devant Leah en vue du vote. Ce qui a rendu les gens fous. On voyait bien qu'ils soutenaient Anatole, qu'il fallait encore discuter. Mais, non, on n'avait plus le temps. Quant à Leah, elle avait l'air d'une poule prête à être jetée au pot. Mais fallait-il que je la plaigne ? Elle l'avait bien cherché ! Avec toutes ses manigances pour attirer l'attention. Certains des hommes paraissaient trouver tout ça très rigolo, ils pensaient peut-être qu'elle allait se tirer une flèche dans le pied, est-ce que je sais. Pourtant, quand il a été temps d'aller voter, cinquante et un cailloux sont tombés dans la jatte de Leah, flanquée de son arc et de ses flèches, quarante-cinq dans celle avec la marmite.

Je ne vous raconte pas, mais Tata Kuvudundu n'a pas eu l'air content du tout, à ce moment-là. Il s'est levé et a tonitrué qu'on allait bouleverser l'ordre naturel des choses et que, tenez, on s'en repentirait. Il s'est arrangé pour regarder Anatole en disant ça, mais il a semblé décontenancé que Tata Ndu ait penché en faveur du vote, ce qui d'ailleurs s'est retourné contre lui. Tata Ndu n'a pas dit grand-chose, mais il a pris un air tellement sévère que son grand front chauve s'est plissé comme une pâte à pain que l'on pétrit. Il a croisé ses gros bras de Monsieur-muscle sur sa poitrine et, en admettant qu'il ait pu avoir dans les cinquante ans au minimum, il avait tout de même l'air capable de flanquer une déculottée à n'importe qui dans la pièce.

« Ce soir, les animaux nous écoutent ! » a glapi Tata Kuvudundu et il s'est mis plus ou moins à chantonner les yeux fermés. Et puis, il s'est arrêté. Tout est devenu vraiment silencieux et, des yeux, il a lentement fait le tour de la pièce. « Les léopards marcheront debout sur nos chemins. Les serpents sortiront de terre et chercheront nos maisons au lieu de se cacher dans les leurs. *Bwe ?* Vous l'avez fait. Vous avez décidé que les anciennes façons n'étaient plus bonnes. N'en rejetez pas la faute sur les animaux, c'est votre décision. Vous voulez tout changer et maintenant, *kuleka ?* Vous pensez que vous allez trouver le sommeil ? »

Personne n'a prononcé un mot, tous avaient l'air terrifié. Tata Ndu restait assis, la tête rejetée en arrière, les yeux réduits à de minces fentes, il observait.

« Personne ne dormira plus ! » Tout d'un coup, Tata Kuvudundu a poussé des cris perçants, en sautant et en lançant les bras en l'air.

Tout le monde a sursauté, mais Leah est restée comme une souche. Comme j'ai dit, à faire la maligne. Pas un battement de cils. Ensuite, nous nous sommes tous levés pour partir et elle nous a suivis dehors et personne dans la famille ne s'est permis la moindre remarque de tout le chemin de retour. Eh bien, vous imaginez bien qu'une fois arrivés devant la porte, Père s'est arrêté en bloquant le passage. Houla ! Nous allions devoir rester dehors sous la véranda à entendre la morale de l'histoire.

« Leah, dit-il, qui est-ce qui commande dans cette maison ? »

Elle se tenait le menton baissé, sans répondre. Finalement elle a dit d'une toute petite voix de fourmi : « C'est toi.

– Pardon, je n'ai pas très bien entendu.

– C'est toi ! » a-t-elle crié.

Mère et moi, nous avons sauté en l'air, mais Père a simplement répondu sur un ton normal : « Ce qui s'est passé ce soir entraînera sans doute des conséquences pour le village, mais cela n'en aura pas pour toi. Dieu a commandé que tu honores ton père et que tu te soumettes aux règles de cette maison. »

Leah n'a même pas bougé. Elle avait toujours le menton baissé mais les yeux fixés droit sur lui. « Donc, dit-elle calmement, tu es d'accord avec Tata Ndu et avec le sorcier. »

Père en ravala sa salive. « Ils sont d'accord avec moi. Il est absurde que tu ailles chasser avec les hommes. Tu ne fais que créer des ennuis et je te l'interdis. »

Leah a mis son arc en bandoulière. « Je pars avec les hommes, un point c'est tout. » Elle est sortie de la véranda au pas de charge, pour s'enfoncer directement au plus profond de la nuit où étaient censées se trouver les bêtes bien réveillées, se baladant sur deux pattes comme des humains. Mère, Adah et moi sommes restées là, bouches ouvertes. Une plume aurait pu nous ficher par terre.

Père est devenu fou. Nous nous étions toujours demandé ce qui se passerait si nous lui désobéissions. Maintenant, nous allions voir. Il s'est précipité à ses trousses, sa large ceinture de cuir déjà presque sortie de son pantalon, en martelant la poussière d'un pas lourd. Mais le temps d'arriver au bout de la cour, elle avait disparu. Elle avait filé dans les hautes herbes et se dirigeait vers la jungle où il était clair qu'il ne la trouverait jamais.

Leah grimpe aux arbres comme un chimpanzé, même quand personne ne la poursuit.

Au lieu de revenir, il a fait comme s'il avait simplement décidé de se traîner là-bas à fouetter les arbres à coups de ceinture, et nom d'un chien, il ne s'en est pas privé. Nous l'avons entendu pendant une heure. Nous avons risqué un œil par la fenêtre et vu qu'il avait abattu tout un taillis de cannes à sucre en les lacérant à coups de lanière. Nous avons commencé à avoir la frousse de ce qu'il ferait une fois rentré, car c'était vraiment impossible à dire. Nos portes ne ferment pas à clef, alors Mère est venue nous rejoindre dans notre chambre et nous a aidées à pousser les lits contre la porte pour la bloquer. Nous nous sommes couchées de bonne heure, avec des couvercles de casseroles en métal, des couteaux et des ustensiles de cuisine pour nous défendre car nous étions incapables de penser à autre chose. C'était comme les armures que portaient les chevaliers dans l'ancien temps. Ruth May s'est coiffée d'une casserole en aluminium et a glissé deux bandes dessinées dans son fond de culotte de jeans au cas où il l'aurait fessée. Mère a dormi dans le lit de Leah. Ou plutôt, elle est restée allongée, parce que vraiment aucune de nous n'a pu fermer l'œil. Leah s'est présentée à la fenêtre avant l'aurore et a parlé tout bas avec maman pendant quelque temps, mais je ne crois pas qu'elle ait dormi non plus.

La moitié du village était dans le même bateau que nous, bien que pour d'autres raisons, j'imagine. À la façon dont Tata Kuvudundu s'était emballé pendant la réunion avec son histoire de mauvais œil, personne n'avait pu dormir non plus. D'après Nelson, ç'avait été le seul et unique sujet de conversation. Les gens racontaient que les animaux les regardaient d'un drôle d'air. Ils avaient tué les derniers qu'ils possédaient – chèvres, poules ou chiens. Une odeur de sang flottait partout. Ils avaient disposé les têtes décapitées devant leurs maisons, dans des calebasses, pour éloigner le *kibaazu*, ont-ils dit.

Eh bien, pourquoi avaient-ils été assez idiots pour voter en faveur de Leah, c'est ce que j'ai demandé à Nelson. Ils savaient bien que ça mettrait Tata Kuvudundu hors de lui, non ? Nelson a répondu que certains de ceux qui avaient voté pour elle avaient été perturbés par Tata Ndu et d'autres par Père, si bien que tout le monde avait fini par obtenir ce qu'il ne voulait pas et devait maintenant faire avec. Personne ne s'intéressait tant que ça à Leah, d'un côté comme de l'autre, c'est ce que Nelson a dit. Bon, c'est ça qu'on appelle la démocratie.

Étrange à dire mais, à la maison, le lendemain matin, ç'a été soudain la paix sur terre. Père s'est conduit comme si rien ne s'était passé. Il avait les bras couverts de coupures et de cloques dues au bois vénéneux à force d'avoir fouetté les buissons, pourtant il s'est contenté de boire son thé du petit déjeuner sans un mot, s'est posé des emplâtres sur les bras et il est parti s'installer dans la véranda pour lire sa bible. Nous nous sommes demandé : est-il en train de chercher le verset le plus long à donner à Leah à propos de l'impudence ? Cherche-t-il le point de vue de Jésus sur les prédicateurs qui assassinent leurs propres filles ? Ou peut-être a-t-il décidé que, ne pouvant gagner cette bataille, il prétendrait que rien ne s'était produit et que Leah était le cadet de ses soucis ? Avec Père, la vie n'est qu'une longue suite de surprises.

Leah, au moins, a eu l'intelligence de se faire rare. Elle est restée à l'école d'Anatole ou dans les bois à faire des concours de tir à l'arc avec Nelson pour voir qui réussirait le premier à faire tomber un insecte de sa branche. C'était le genre de choses qu'elle faisait habituellement. Mais je vous jure, la tension était encore grande dans notre maisonnée. Ruth May en a tout simplement fait pipi dans sa culotte quand Père s'est mis à tousser dehors dans la véranda. Et qui est-ce qui est allé la nettoyer, je vous le donne en mille ? Moi ! Franchement, je n'ai pas apprécié toutes ces corvées, tout ça à cause de Leah.

C'était la nuit d'avant celle de la chasse, et Leah gardait encore ses distances. Mais son copain Anatole avait découvert un signe de mauvais augure à l'extérieur de sa case. Du moins c'est ce que nous a raconté Nelson. Mère l'avait envoyé à l'école porter à Leah des œufs durs pour le dîner, et il est revenu en courant nous dire qu'Anatole était là-bas avec l'air d'avoir vu un fantôme. Nelson n'a pas voulu nous avouer de quoi il s'agissait, il a simplement dit que c'était un redoutable *kibaazu*, un mauvais sort jeté à Anatole. Nous avons plus ou moins pensé qu'il avait tout inventé. Nelson en rajoute quelquefois.

Eh bien, non madame. Le lendemain matin, frais et matinal, Anatole a découvert un mamba vert enroulé près de son lit de camp, et c'est un miracle s'il n'a pas été mordu à la jambe et n'est pas mort sur le coup. De la chance, ou un miracle, ou les deux. On a dit que, normalement, il aurait dû se lever avant le jour pour faire sa promenade matinale et qu'il aurait marché carrément dessus, mais ce matin-là, on ne sait pas pourquoi, il s'est réveillé plus tôt et a décidé d'allumer sa lampe pour lire au lit avant de se lever et que c'est à ce moment-là qu'il l'a vu. Il a pensé que quelqu'un avait jeté une corde dans sa maison en signe de malédiction supplémentaire, mais la corde s'est mise à bouger ! Plus question de présage – le mal incarné. L'histoire s'est répandue à travers le village plus vite que s'il y avait eu le téléphone. Les gens couraient partout parce que le grand jour était arrivé et qu'il fallait se préparer, mais ça leur a donné de quoi réfléchir un peu plus et tenez, ils ne se sont pas privés de prier. Peu m'importe s'ils étaient des fidèles du Dieu tout-puissant ou d'autres trucs, remerciant leur bonne étoile que ce qui était arrivé à Anatole ne leur soit pas arrivé à eux.

Adah

Beto nki tutasala veut dire : Que faisons-nous ? Nous-faisons que ? *Alasatut ikn oteb*. La nuit d'avant la chasse, le sommeil fut totalement absent. *Edrager et lieo'l !* On croyait regarder de tous ses yeux mais on ne voyait rien de ce qui était devant soi. Les léopards marchaient sur deux pattes le long des sentiers et les serpents sortaient paisiblement de leurs trous. Le S inscrit sur le sol n'était pas celui du mot sommeil.

Bantu signifie les gens ; au singulier, c'est *muntu*. *Muntu* ne veut pas exactement dire la même chose que le mot personne, car il décrit aussi bien quelqu'un de vivant, de mort, ou qui n'est pas encore né. *Muntu* perdure, inchangé, à travers toutes ces situations. Les Bantous parlent du soi comme d'une vision qui réside au-dedans, et qui surveille à travers l'ouverture de l'œil corporel, dans l'attente de ce qui va se passer. Se servant du corps comme d'un masque, le *muntu* observe et attend sans crainte, parce qu'en lui-même il ne peut mourir. Le passage de l'esprit au corps et le retour du corps à l'esprit ne sont que péripéties. C'est une promenade sur la puissance du *nommo*, la force d'un nom à s'interpeller lui-même. *Nommo* pleut d'un nuage, s'élève de l'haleine d'une bouche humaine : en un chant, un cri, une prière. Un tam-tam donne un *nommo* au Congo, là où ces tambours ont un langage. Une danse donne un *nommo* là où

429

les corps ne sont pas séparés de la volonté qui les habite. En ce lieu d'il y a longtemps, l'Amérique, j'étais un mélange raté de corps trop faible et de volonté trop forte. Mais au Congo, je suis ces deux choses parfaitement réunies : *Adah*.

La nuit d'avant la chasse, puisque personne ne dormait, tous les *muntu* de Kilanga ont dansé et chanté : tambours, lèvres, corps. En chantant, ils ont nommé les animaux qui deviendraient au matin notre festin et notre salut. Ils ont nommé aussi ce dont ils avaient peur : le serpent, la faim, les léopards qui marchent sur deux pattes comme des hommes le long des chemins. C'étaient là les *nommo* qu'ils psalmodiaient, ces corps qui vivaient, dansaient, se joignaient aux autres corps noirs, lisses, tous frappant la chose avec des plumes : frappant le cher, cher espoir, la chance de continuer à vivre. Mais le *muntu* se moquait de savoir si les corps vivraient ou mourraient au matin. Le *muntu* surveillait à travers les ouvertures des yeux, observant ce qui se passerait bientôt.

Avant les premières lueurs, nous nous sommes tous rassemblés aux confins du village, non au bord de la rivière où Notre Père nous aurait conviés, mais loin de là, du côté de la colline où se trouvait notre salut. Nous avons défilé dans le champ d'herbes à éléphant, piétinées à mesure que l'on progressait sur la haute élévation. Des herbes aussi hautes que les vivants et plus hautes encore, mais sèches et blanches comme les cheveux d'une défunte. À l'aide de bâtons, les hommes couchaient ces hautes herbes. Ils les battaient à l'unisson, comme si battre l'herbe était une danse, en grognant doucement, selon un long rythme grave qui nous revenait de l'avant de la file. Des hommes armés de leurs arcs et de leurs flèches, des hommes avec des sagaies, et même quelques-uns avec des fusils, nous précédaient. Leur chant monotone était l'unique son dans la brume fraîche du matin. Des enfants et des femmes suivaient, les bras chargés des paniers les plus larges que pouvaient entourer leurs bras. Le mien était fixé à mon épaule par une courroie. Derrière nous arrivaient les femmes les plus âgées portant des torches sans flamme, massues d'ébène vert enveloppées de guenilles imprégnées d'huile de palme. Bien haut tenaient-elles leurs torches, meurtrissant l'air au-dessus de nos têtes de la fumée de notre procession. Le soleil flottait au ras de la rivière, hésitant à entrer dans ce jour étrange. Puis il s'est élevé dans le ciel violet semblable à un œil noir.

Au signal donné par Tata Ndu, notre file s'est rompue pour se répartir en demi-cercles de chaque côté de la colline. Solennel bréchet de gens déterminés, affamés – c'est sans doute ainsi que nous avons dû apparaître aux *bantu* morts et à naître qui nous regardaient de là-haut. En une demi-heure, les premiers des deux files se sont rejoints, et nous, les gens affamés de Kilanga, nous avons refermé le cercle autour de la colline. Un appel vibrant est monté. Les incendiaires ont abaissé leurs torches. Des femmes plus jeunes ont ouvert leurs pagnes et couru au-devant pour attiser les flammes tels des papillons de nuit qui dansent devant une bougie.

Notre cercle était si large que les cris que nous entendions de l'autre côté avaient l'air de venir d'un autre pays. Bientôt le moindre son fut avalé par le feu. Il ne rugissait pas, mais grondait, craquait, chuintait, aspirant l'air de nos gorges et avec lui tout discours. La flamme montait et léchait l'herbe et nous avancions tous en chassant la ligne d'éclat intense devant nous. Chassant les flammes qui passaient avidement au-dessus de l'herbe effarée, ne laissant rien de vivant derrière elles. Rien, hormis le sol noir, dénudé et de délicats et blancs filaments de cendre, qui s'agitaient et s'effritaient sous le tassement de pieds nus. Maintenant, les hommes se précipitaient devant, leurs arcs dressés, impatients de voir le cercle se rétrécir vers son centre. De plus en plus réduit, le cercle décroissait, avec toute l'ancienne vie d'une

431

vaste étendue herbeuse prise au piège. Les animaux tous embarqués dans la danse, des souris et des hommes. Des hommes qui poussaient et qui piaffaient, nous apparaissant telles de sombres marionnettes en bâtons devant la muraille de feu. Les vieux et les enfants arrivaient lentement derrière. Nous étions comme d'étranges mâts de drapeaux déglingués, cassés en deux, avec nos vêtements bigarrés flottant au vent. De lents nécrophages. Nous traversions en l'éventant le sifflant champ noir et ramassions les insectes carbonisés. Les plus communs étaient les croustillantes chenilles *nguka*, friandise favorite des écoliers d'Anatole, qui ressemblaient à des petites brindilles et que je fus incapable de distinguer jusqu'à ce que j'apprenne à reconnaître leur courbe grise si particulière. Nous les ramassions par paniers entiers jusqu'à me remplir l'œil de l'imagination si entièrement que je savais les revoir plus tard en rêve. Plus faciles à trouver, les *dikonko*, sauterelles et criquets comestibles aux abdomens dodus rétrécis, translucides comme des ballons à moitié pleins d'eau. Les chenilles, l'une après l'autre, je les déposais sur ma langue, leur saveur croquante de soies carbonisées, baume apaisant momentanément un corps en mal de protéines. La faim du corps est bien différente de la faim superficielle, quotidienne, du ventre. Ceux qui ont vécu ce genre de faim ne peuvent plus jamais aimer sans réserve ceux qui ne l'ont pas connue.

Le feu progressait plus vite que nous, les jeunes et les vieilles bergères d'insectes morts. Parfois, je me redressais pour laisser le sang circuler de ma tête jusqu'aux plaques de muscles engourdis de l'arrière de mes cuisses. Maman tenait serrée la main de Ruth May, son enfant élue, mais restait aussi à mes côtés. Depuis la terrible nuit des fourmis, Mère avait coulé ses remords en cercles malhabiles autour de moi sans jamais en parler, arborant sa culpabilité comme les seins gonflés d'une mère qui allaite. Jusqu'ici j'avais refusé de téter et de la soulager, mais je restais dans les parages. Je n'avais pas le choix, car elle, Ruth May et moi avions été reléguées dans la même catégorie, et séparées de Leah, la chasseresse. Par choix, nous restions également loin de Rachel et de Père. Leurs bruyantes présences, de deux sortes différentes, nous gênaient dans ce domaine de travail sérieux et silencieux. Quelquefois, je mettais ma main en visière et cherchais Leah, mais je ne la trouvais pas. Au lieu d'elle, je voyais Ruth May croquer pensivement une chenille. Souillée et déprimée, on aurait dit une petite parente mal nourrie de mon ancienne sœur. Son regard perdu devait être le *muntu* de Ruth May, enchaîné à cette enfant brièvement combative dans l'avant-vie, la vie et l'après-vie, et qui scrutait au-dehors à travers ses orbites.

Le feu allait de l'avant, et parfois flanchait comme s'il se fatiguait comme le reste d'entre nous. La chaleur était indicible. J'imaginais le goût de l'eau.

Tandis que l'anneau brûlait de plus en plus serré, nous avons soudain entrevu son autre versant, les langues orange-rouge et la cendre noire qui se refermaient. Les formes mouvantes des animaux acculés à l'intérieur : antilopes, guibs, phacochères à grosse tête avec leurs petits qui couraient derrière eux. Une bande de babouins détala, la queue en crochet, tandis qu'ils zigzaguaient, n'ayant pas encore compris qu'ils étaient pris au piège. Des milliers d'insectes battaient l'air en une soupe charnue de panique animale. Les oiseaux se heurtaient au mur de feu et s'enflammaient comme des cocktails Molotov. Quand il apparut qu'il n'y avait plus d'air, plus d'espoir, les animaux commencèrent à se sauver à travers le feu vers l'espace ouvert où attendaient les sagaies et les flèches. Les antilopes ne bondissaient pas avec grâce comme j'imaginais qu'elles le feraient, elles tournoyaient comme des chevaux effrayés tout le long du cercle intérieur, puis changeaient soudain de cap, comme par hasard ou par aveuglement. En voyant leurs compagnes atteintes au cou par des flèches, elles frappaient du sabot, prises de panique, quelquefois retournant dans les flammes mais, la plupart du temps, galopant tout droit, tout droit sur les gens et la mort. Une petite antilope tachetée tomba très près de moi et m'offrit l'étrange, l'unique cadeau de sa mort. Je vis ses flancs se soulever lentement et trouver le repos, comme si elle avait enfin réussi à reprendre souffle. Un sang noir suinta de sa délicate bouche sombre sur le sol carbonisé.

À chaque animal touché s'élevait un cri égal et contraire de jubilation humaine. Notre bréchet d'affamés se fendait et dégouttait, luisant de moelle. Les femmes s'agenouillaient et, armées de leurs couteaux, dépeçaient la viande, avant même que les sabots eussent cessé de battre le sol de terreur. Des grands animaux qui traversaient le feu – guibs, phacochères, antilopes – peu en réchappaient. D'autres refusaient de sortir, de sorte qu'ils brûlaient : petits oiseaux aux plumes de flammes, insectes bouillonnant et quelques femelles babouins qui, contre toute attente, avaient réussi à mener à bien leur grossesse pendant la sécheresse. Avec leur ventre auquel pendaient, agrippés, de précieux petits, elles couraient à petits bonds derrière les mâles à grande crinière, qui tentaient de se sauver mais qui, en atteignant le rideau de flammes franchi par les autres, reculaient, se recroquevillaient près du sol, conscients de n'avoir que le choix de brûler avec leur progéniture.

Le rideau de chaleur séparait la volonté de survivre de la survie elle-même. J'aurais pu m'effondrer tremblante sur le sol et pourtant je restais debout et je regardais, je regardais les enfants de Kilanga pousser des cris et danser chaque fois qu'ils trouvaient les corps anguleux et roussis d'une mère babouin et de son petit flétris ensemble. Grâce à ces morts, les joyeux enfants de Kilanga vivraient encore une saison. Les *bantu* qui surveillaient de là-haut auraient vu une noire fête de vie et de mort indiscernables l'une de l'autre sur fond de terre grillée au noir.

Comme devait le révéler cette journée, ma sœur

Rachel se transforma (brièvement) en végétarienne. Mes sœurs Ruth May et Leah, en fouisseuse et chasseresse. Je devins quelque chose d'autre. Le jour de la chasse, je découvris au centre lisse de mes os cette chose unique : que tous les animaux tuent pour vivre, et que nous sommes des animaux. Le lion tue le babouin ; le babouin tue les grasses sauterelles. L'éléphant arrache des arbres vivants, extrayant leurs précieuses racines de la terre qu'ils aiment. L'ombre de l'antilope affamée passe sur l'herbe effarée. Et nous, même si nous n'avions ni viande ni même d'herbe à ronger, nous ferions encore bouillir notre eau pour tuer les créatures invisibles qui aimeraient bien nous tuer les premières. Et nous avalerions des cachets de quinine. La mort du vivant est le prix de notre propre survie, et nous le payons sans cesse. Nous n'avons pas le choix. C'est la seule promesse solennelle qui a fait naître chaque vie sur terre et que nous sommes tenus de respecter.

Leah

J'ai tué mon premier gibier, une bête fauve, magnifique, aux cornes recourbées, aux flancs barrés d'une diagonale noire. Un jeune impala mâle. Il était totalement affolé par le feu, trop jeune pour avoir une stratégie adaptée au danger, mais en âge de faire le fanfaron. Il courait à la débandade, ronflant comme le fier-à-bras de la cour de récréation, si bien qu'à la fin, il fut l'un des derniers de son espèce à rester à l'intérieur du cercle. Je savais qu'il allait bientôt franchir l'obstacle. À la façon – tellement pathétique – dont ses sabots accrochaient le terrain, les siens ayant déjà pris la fuite. Je m'accroupis près de Nelson, attentive. Nelson avait abattu deux guibs, coup sur coup, et il me fit signe qu'il allait récupérer ses flèches. L'impala, il me le laissait. Je suivis la bête des yeux comme Nelson m'avait appris à le faire pendant qu'il cherchait la voie du salut. Soudain, je compris exactement par où il s'échapperait. Il allait venir directement sur moi et bifurquerait sur ma droite, à l'endroit où sa mère s'était enfuie. Même un costaud de cour de récréation a besoin de sa mère dans le désespoir. Je retins mon souffle pour empêcher mes bras de trembler. J'éprouvais toute la faim et toute la soif d'une famine à moi toute seule, de la fumée dans les yeux qui me brûlait, et je n'avais plus de force. Je priai Jésus de m'aider, puis tout autre dieu susceptible de m'entendre. Aidez-moi à

436

garder le bras gauche tendu et le droit bien tiré en arrière, et ma flèche tout contre le boyau, prête à chanter et à prendre son envol. D'une, il arriva et se jeta de côté… de deux, il se rapprocha… de trois, il cassa son allure, marqua une pause… de quatre !

Il fit un bond de côté pour m'éviter, les quatre pattes réunies entre terre et ciel, l'espace d'une demi-seconde, puis il poursuivit sa course. Ce n'est que lorsque je vis le jet de sang brun que je compris que je l'avais touché. Mon cœur fit une embardée et explosa à mon oreille. J'ai tué un animal plus gros que moi ! hurlai-je, comme si j'avais moi-même été frappée d'une flèche. Avant de réaliser que mes jambes me portaient, je poursuivis l'impala le long de sa ligne de fuite – vers la forêt qu'il voyait au bout de la longue vallée carbonisée, là où il trouverait sa mère et la sécurité. Mais il se recroquevilla, ralentit et tomba. Je me tenais au-dessus de lui, haletante. Il me fallut une minute pour comprendre ce que je voyais : deux flèches fichées dans son flanc. Aucune des deux n'était empennée de rouge comme les miennes. Et l'aîné des fils de Tata Ndu, Gbenye, me criait de m'en aller, de partir : «Á, baki !» Ce qui voulait dire que j'étais une voleuse.

Et puis Nelson fut auprès de moi, agitant ma flèche. «Cette flèche a tué l'impala, hurla-t-il à Gbenye. Elle lui a traversé le cou. Regarde les tiennes. Deux petites piqûres dans ses flancs. Il ne les a même pas senties avant de mourir.»

La lèvre de Gbenye se retroussa. «Comment la flèche d'une femme serait-elle capable de tuer un impala d'un an ?

– En lui faisant un trou dans le cou, Gbenye. Tes flèches ont trouvé la queue comme un chien celle de la chienne. Où visais-tu, nkento ?»

Gbenye leva le poing, et j'étais sûre qu'il allait tuer Nelson pour cette insulte. Mais au lieu de ça, il pointa violemment le doigt vers moi et l'agita comme s'il se débarrassait lui-même de sang ou de bave. M'ordonna d'écorcher l'impala et d'en rapporter la viande au village. Sur ce, il tourna les talons et s'éloigna de nous.

Nelson tira son couteau et s'agenouilla pour m'aider à l'ingrate tâche de trancher les tendons et d'arracher la peau. J'éprouvais des sentiments mêlés, à la fois de reconnaissance et d'écœurement profond.

Nelson avait ridiculisé Gbenye en le traitant de *nkento*. De femme.

Rachel

Si vous croyez pouvoir même imaginer à quel point c'était horrible, vous vous trompez. Des agneaux envoyés à l'abattoir. De nous ou des animaux, je ne saurais même pas dire lesquels étaient les plus à plaindre. Ç'a été la journée la plus humiliante de mon existence. J'étais là, au milieu de ce champ brûlé, avec un goût de cendre dans la bouche, de la cendre dans les yeux, sur mes cheveux, sur ma robe, toute sale et tachée. Je me tenais là et je suppliais le Seigneur Jésus – s'il m'entendait – de me ramener à la maison, en Géorgie, pour que je puisse aller me commander un hamburger dans un White Castle, un truc dont les yeux ne se seraient pas révulsés et dont le sang n'aurait pas giclé par saccades.

Oh, ils se sont réjouis de voir ça. Je n'avais pas assisté à tant de réjouissances depuis ma dernière réunion d'anciens. Tout le monde sautait de joie. Moi aussi, au début, parce que je me disais, chic ! enfin un repas presque correct. Si je mange une omelette de plus, je crois bien que je vais être pochée des deux côtés ou me mettre à glousser. Mais à la fin de la journée, on s'était retrouvés couverts de sang comme d'horribles et joyeux vampires, et j'étais malade à l'idée d'en être un moi-même. Et puis, le vent a tourné. Sous mes yeux, les villageois se sont transformés en vandales, la bouche avide, grande ouverte. Ma propre sœur Leah s'était mise à genoux pour

439

dépecer avec enthousiasme une malheureuse petite antilope, en commençant par lui fendre le ventre et par lui rabattre la peau sur le dos avec d'affreux bruits de tissu qu'on déchire. Nelson et elle étaient à croupetons, côte à côte, se servant d'un couteau et même de leurs dents. Ils étaient tellement couverts de cendres tous les deux qu'on aurait dit le pot de fer contre le pot de terre, difficile de dire lequel des deux était le plus noir. Une fois qu'ils ont eu terminé, la bête est restée par terre toute flasque, d'un bleu brillant et rouge, enduite d'une pellicule blanche et lisse. Elle ressemblait à Babe, notre vieille chienne de chasse, mis à part les cartilages et le sang. Les yeux morts, à nu, ressortaient de la tête, implorants. Je me suis penchée et j'ai vomi sur mes tennis. Impossible de me retenir.

Je suis descendue directement en bas de la colline calcinée et j'ai fait tout le trajet de retour jusqu'à la maison, sans même avertir Mère que je m'en allais. J'ai dix-sept ans, après tout, je ne suis plus une enfant et je suis capable de décider seule de mon destin. Les autres allaient tous se rendre vers cette idiotie de place du village, avec l'idée, j'en suis sûre, de faire un bruit de tous les diables et de pousser des cris pour célébrer notre bonne fortune et se partager tout le butin crevé.

Très peu pour moi. Je me suis verrouillée dans le bâtiment de la cuisine, j'ai arraché mes vêtements dégoûtants et je les ai flanqués dans le fourneau. J'ai fait chauffer la grosse bouilloire, j'en ai versé l'eau dans la bassine en métal et me suis assise dedans, comme une patate ébouillantée, absolument seule au monde, à pleurer. La photo du président Eisenhower me regardait, et de honte j'en ai croisé les bras sur ma poitrine nue, en braillant encore plus fort. J'avais l'impression que ma peau rouge allait carrément peler et que j'allais ressembler en tout point à cette pauvre antilope. Ils seraient même capables de ne pas me reconnaître parmi les autres carcasses dépiautées qu'ils ramèneraient à la maison ce jour-là. Ça

440

m'était bien égal de mourir en même temps que le reste de ces pauvres bêtes. Qui ça intéresserait de toute façon ? Pendant que l'eau refroidissait, je suis restée assise, là, à regarder le président. Son crâne rond tout blanc était si amical et bienveillant que j'en ai pleuré comme un bébé, parce que j'avais envie de l'avoir comme père au lieu de mes parents. J'avais envie de vivre sous la protection de quelqu'un qui serait bien habillé, qui achèterait sa viande au magasin comme le prévoyait le bon Dieu, et qui se soucierait des autres.

J'ai fait le vœu, au cas où je survivrais à cette épreuve, de ne toucher à aucun des animaux qu'ils avaient pris au piège et tués comme des enfants innocents, là-bas sur la colline. C'était tout ce qu'ils étaient – les babouins, les phacochères et les antilopes, paniqués par le feu. Et les gens n'étaient pas différents des animaux : Leah et tous ces bonshommes qui se léchaient les babines, savourant d'avance la viande rôtie dans la fumée du feu. Et cette pauvre petite Ruth May qui ramassait des larves brûlées et se les mettait directement dans la bouche parce que ses propres parents n'étaient même pas fichus de la nourrir. Tous autant qu'ils étaient, là-bas, sous le soleil brûlant de ce jour-là, ils n'étaient que des bêtes stupides, marquées au front du sceau de la cendre. C'était tout. Des pauvres bêtes qui luttaient pour leur existence.

Leah

Ç'aurait dû être le plus grand jour de gloire du village, mais au lieu de ça tout a tourné radicalement au désastre. Si dans cinquante ans d'ici je vis encore, je repenserai sans cesse à cette fameuse après-midi ainsi qu'à la matinée qui a suivi. Même alors, je jure que je la reconnaîtrai pour ce qu'elle aura été : la journée la plus effroyable de toute notre existence.

Une fois la chasse terminée, une fête devait avoir lieu, mais avant même que les anciens aient pu traîner leurs tambours sous le kapokier et donner le signal des danses, avait éclaté une mêlée de cris et de coups. Des hommes que nous avions toujours connus comme des pères bienveillants et généreux se transformèrent soudain en étrangers aux poings serrés et aux yeux énormes, se jetant des injures à la figure. Ruth May a fondu en larmes et s'est réfugiée dans les jupes de Mère. Je crois qu'elle n'aura jamais saisi ce qui s'était passé. Jamais.

Je sais bien que j'y étais pour quelque chose. Je le comprends bien. Mais tant de choses avaient déjà mal tourné avant que je ne m'en mêle. Dès le moment où nous avions posé le pied à Kilanga, tout était allé mal, sans que nous nous en rendions compte. Même ce jour glorieux de l'indépendance n'allait pas faire le bonheur de tous comme ils s'y étaient engagés ce jour-là au bord de la rivière, lorsque Lumumba et les Belges avaient

442

brandi leurs diverses promesses et que le Roi blanc s'était caché quelque part sous son déguisement. Il allait y avoir des gagnants et des perdants. Maintenant, il y avait des guerres dans le Sud, des massacres dans le Nord, des rumeurs au sujet d'étrangers qui auraient pris le contrôle de l'armée et voulaient la peau de Lumumba. Le jour de la chasse, une guerre grondait déjà vers nous, celle des Blancs contre les Noirs. Tous emportés par l'appât du gain, nous fûmes incapables de l'endiguer.

Ma dispute avec Gbenye à propos de l'impala que j'avais réellement tué avait fourni prétexte à un concours de cris entre ceux qui avaient voté pour moi et ceux qui avaient voté contre. Certains changèrent d'idée, se retournant contre moi en grande partie à cause des avertissements de Tata Kuvudundu. Les terribles événements qu'il nous avait promis commençaient à se produire. Des yeux nous observèrent dans les arbres tandis que nous traînions notre fardeau de viande vers le bas du village, que nous l'entassions et l'entourions comme un cercle d'affamés. Gbenye fut le premier à s'avancer, tirant mon antilope du tas et la brandissant fièrement en l'air. Tata Ndu la lui prit des mains, leva sa machette et d'un seul grand coup en trancha une cuisse, qu'il ramassa et jeta dans ma direction. Elle fit un son mat en tombant devant moi, éclaboussant de sang mes chaussettes. En l'absence totale de son humain, au-dessus de nous dans les arbres, les criquets rugissaient à mes oreilles.

Je savais ce qu'il aurait fallu que je fasse : la saisir à deux mains et l'offrir à Mama Mwenza. Je devais tendre l'autre joue. Mais le péché d'orgueil s'empara de moi avec force. Je ramassai la cuisse ensanglantée et la lançai à Gbenye, le heurtant de plein fouet dans le dos pendant qu'il se réjouissait méchamment avec ses amis. Il tituba en avant et l'un de ses amis éclata de rire.

Tata Ndu se tourna vers moi, le regard furieux sous son large front aux sillons profonds. De dégoût, il fit un geste violent de la main à notre intention. « Tata Price vient de refuser la part de viande destinée à sa famille, annonça-t-il en kikongo. *Á bu mpya.* À qui le tour ? »

L'air furibond, il fixait chaque visage silencieux tour à tour.

« Anatole ! déclara-t-il enfin. *Anatole báana bansisila áù á-aana !* (Anatole, l'orphelin sans descendants ! L'insulte la plus blessante que puisse supporter un Congolais.) Pour toi, ce sera amplement suffisant », prononça Tata Ndu pointant le doigt sur la même misérable cuisse maigre dans la poussière. À peine quelques heures plus tôt, ç'avait été la solide patte postérieure d'une antilope mâle. Maintenant, elle gisait dépouillée à nos pieds, couverte de souillures. Elle ressemblait davantage à une malédiction qu'à un cadeau.

Anatole répondit de sa voix polie d'instituteur : « Excusez-moi, Tata Ndu, mais non. Ça c'est la moitié de la part de la famille Price. La grande bête, là, c'est la mienne. » Des deux mains, Anatole l'orphelin-sans-descendants entreprit d'extraire un des grands guibs qu'il avait tué sur la colline. Il n'était pas juste de la part de Tata Ndu d'insulter Anatole qui n'avait pas vraiment pris parti pour moi mais plutôt incité les gens à réfléchir par eux-mêmes. Maintenant, je craignais fort qu'il ne soit mis à l'écart pour s'être associé à notre famille.

Tata Boanda s'avança d'un pas pour aider Anatole, ce que je vis avec soulagement. Mais ensuite il recula brusquement et se mit à vociférer, et je crus comprendre qu'il revendiquait le guib d'Anatole pour lui-même. La plus âgée des Mama Boanda se précipita en hurlant et frappa Anatole au visage. Il lâcha prise et vacilla en arrière. Je me précipitai pour l'empêcher de tomber, mais fus éperonnée par-derrière par ce vieux manchot de Tata Kili qui, dans sa hâte à réclamer son dû, voulait passer devant moi. Derrière lui arrivaient les deux Mama Kili, décidées à vérifier ses prétentions et à surenchérir. Tata Ndu parla de nouveau, mais fut emporté par la vague de nos voisins qui déferla en s'écartant et en se refermant autour de lui.

Et c'est ainsi que le normal, l'heureux événement de la répartition de gibier après une chasse devait se transformer en une bataille d'insultes, de fureur et de ventres vides. Il aurait dû y avoir largement assez pour chaque famille. Mais tandis que nous formions un cercle afin de recevoir la part que nous allouait la providence, les flancs épais des bêtes magnifiques que nous avions traquées sur la colline se réduisirent à des tendons desséchés, à des cartilages de carcasses amoindries par la sécheresse. L'abondance s'évanouit sous nos yeux. Là où il y avait eu plénitude, nous ne voyions plus qu'insuffisance. Même les petits enfants giflaient leurs camarades et se chapardaient mutuellement leurs chenilles dans les paniers. Les fils criaient après leurs pères. Les femmes décrétaient des élections et votaient contre leurs époux. Les anciens à la voix à peine plus audible qu'un murmure, habitués à être entendus, furent complètement étouffés au milieu de ce vacarme. Tata Kuvudundu semblait dépenaillé et furieux. Sa tunique blanche était noire de suie. Il leva les mains et une fois encore prophétisa que les animaux et la nature tout entière se dresseraient contre nous.

Nous nous efforçâmes d'ignorer ses bizarres remarques, mais tous nous les entendîmes bel et bien. Quelque part dans nos cœurs, tous nous nous retirâmes, sachant qu'il avait raison. Entre nos mains, les bêtes mortes semblaient nous maudire et se moquer de nous. Pour finir, honteux, nous regagnâmes nos maisons chargés de notre viande, avec le sentiment d'être bannis. La célébration la plus antique de toutes – le partage des richesses – était devenue un désastre entre nos mains.

Rachel

À la tombée de la nuit, mes sœurs et mes parents sont rentrés à la maison et ç'a été la folie. Rien n'a marché comme je l'avais prévu.

Sortie de ma bassine, j'avais enfilé des vêtements propres et je m'étais séché les cheveux avec une serviette de toilette ; j'étais tranquillement installée dans la pièce de devant, prête à annoncer à la famille que j'étais devenue végétarienne. Je savais exactement ce que cela entraînerait : à partir de maintenant, je devrais me nourrir de bananes et me contenter d'une alimentation pauvre. Je savais que Mère m'opposerait de solides objections quant à ce que je deviendrais, avec des jambes en cerceaux et des os mous comme ces malheureux gamins congolais. Mais j'allais m'en ficher, même si mes cheveux se mettaient à tomber. À dix-sept ans, j'en avais le droit et, en plus, j'avais mon plan secret. Dès qu'Eeben Axelroot serait de retour, j'étais décidée à user de mes charmes féminins. Peu importait ce que ça impliquait, je le persuaderais de m'emmener loin d'ici à bord de son avion. « Mon fiancé, Mr. Axelroot et moi-même, avons le projet de retourner aux États-Unis, leur annoncerais-je, un pays libre, où l'on trouve tout ce qu'on veut à manger. »

Mais ce n'est pas ce genre de conversation qui s'est tenue. Quand ils sont rentrés, chacun a piqué sa crise d'hystérie à propos d'une bagarre au village et de qui avait volé à qui sa part de leur ignoble viande. Ils n'ont pas arrêté d'en parler et de faire des remarques là-dessus pendant que Mère préparait le feu dans le fourneau, mettait le gigot d'antilope à rôtir, et réduisait quelques plantains en purée. Ça sentait rudement bon. On entendait que tout ça grésillait, devenait croquant et juteux, et je dois l'avouer, quand l'heure du dîner est arrivée, j'en ai tout de même avalé quelques bouchées, mais uniquement parce que je sentais que j'allais m'évanouir tellement j'avais faim. Et puis je me suis mise à penser à mes cheveux qui tomberaient.

Au dîner, le chahut de la maisonnée n'avait toujours pas cessé, et Leah répétait sans arrêt comment elle avait tué une antilope toute seule et qu'il n'était pas juste que la famille n'en ait pas bénéficié. Père l'a informée que Dieu était sans pitié pour ceux qui bafouaient leurs aînés, et que lui, le Révérend Price, se lavait désormais les mains de son éducation morale. Il a dit ça de sa voix ordinaire de tous les jours, comme s'il parlait du chien qui avait une fois de plus fouillé dans les ordures. Il a déclaré que Leah était un réceptacle indigne et impropre à accueillir la volonté de Dieu, et que c'était la raison pour laquelle il ne s'abaisserait même plus à la punir quand elle en aurait besoin.

Leah lui a répondu d'une voix calme, comme si elle aussi se demandait qui avait fouillé dans les ordures parce que, de toute façon, ce n'était sûrement pas elle. Elle a dit : «Alors Père, c'est donc ton point de vue ? Comme il est intéressant que tu penses ainsi», et ainsi de suite. Ce qui était chic et chouette de sa part, je trouvais, si elle n'était pas punie pour autant ! La veinarde. Ruth May et moi, nous sommes restées en dehors, puisqu'aux dernières nouvelles nous étions encore aptes à recevoir de bonnes beignes, en tant que réceptacles. Tout de même, quelqu'un aurait pu faire remarquer à Père qu'il y en avait au moins une qui s'était donné le mal de

rapporter un peu de bacon à la maison. Quelqu'un aurait
pu dire aussi que c'était Leah qui portait la culotte dans
la famille, ce qui était vrai. Mère avait pris position
contre Père sans le dire ouvertement, si l'on en juge
d'après le bruit qu'elle faisait en empilant les assiettes.

Et puis tout d'un coup, en l'espace d'une seconde, leur
attention s'est reportée sur Nelson qui a déboulé à la maison en courant, la peur au ventre. C'était à propos d'un
serpent. Il était tombé sur un mauvais présage tout près
de notre poulailler. On ne peut pas dire que c'était une
grande surprise étant donné que, ces derniers jours, les
gens avaient trouvé des serpents dans tous les coins.
Chez soi, par exemple, dans un panier à haricots au couvercle bien fermé. Des endroits où personne n'aurait
pensé trouver spontanément un serpent. Tout le monde
avait tellement la frousse, a dit Nelson, qu'on pouvait
voir le mot « Peur » marcher sur deux pattes partout à la
ronde. Quand il est tombé sur ce signe de mauvais
augure, il s'est sauvé en poussant des cris d'orfraie parce
qu'il dormait dans le poulailler. Il était sûr d'être perdu,
et aucun raisonnement n'a pu l'en détromper. Mère s'y
est bien essayée, mais il n'a rien voulu savoir. Il a dit
qu'il était sur le point de se coucher quand il avait
entendu un bruit et qu'il était sorti pour voir. À peine
avait-il posé le pied dehors que deux ombres en forme
de X lui avaient barré la route. Ces temps derniers, il
avait fixé la porte du poulailler avec une corde quand il
y entrait pour la nuit, mais à présent, il était manifeste
qu'aucune corde ne résisterait. Nelson n'irait pas dormir
dans le poulailler pour tout l'or du monde.

Eh bien, deux objets rectilignes peuvent en effet former une ombre en forme de X, lui avait dit Mère, ce qui
est vrai si l'on a une imagination fertile. Il est probable
qu'un rigolo essayait seulement de lui faire peur, ce qui
méritait un bon coup de pied quelque part. Mais Nelson
a dit que ce n'étaient pas des ombres ordinaires. Il a dit
que c'était le rêve des serpents.

Père a déclaré que c'était malheureusement ce qui arrivait quand on croyait aux idoles et qu'il se lavait les mains de toute l'affaire. Mère n'était pas nécessairement d'accord avec lui, mais je voyais bien qu'elle ne voulait pas que nous allions près du poulailler pour vérifier. Père a cité un vers de la Bible disant que la seule chose dont nous devions avoir peur, c'était de la peur elle-même. Il a dit à Mère que si elle laissait Nelson dormir dans la maison ce soir-là, elle jouerait directement le jeu des adorateurs d'idoles et que si elle se comptait parmi eux, elle n'avait qu'à partir les retrouver, elle et ses enfants. Puis il s'est tourné vers nous et nous a déclaré qu'il était grand temps pour nous d'aller au lit et d'éteindre en oubliant ces risibles superstitions congolaises.

Mais Nelson s'est éclipsé de la maison dans un tel état de terreur qu'à vrai dire nous n'avons pas trouvé ça risible du tout. Même Anatole nous avait prévenus de nous montrer extrêmement vigilants, et Anatole, je dois l'admettre, a la tête fermement vissée sur les épaules. Nous avons essayé de nous préparer pour la nuit, mais nous entendions Nelson qui, dehors, suppliait qu'on le laisse entrer et nous nous sommes mises à avoir une trouille monstre. Même Leah. Nous ne croyions pas aux esprits vaudous, et nous nous en sommes persuadées mutuellement à en avoir la figure toute bleue. Mais tout de même, il y avait quelque chose d'obscur par là qui nous observait depuis la forêt et qui venait s'enrouler sous les lits des gens, la nuit, et qu'on appelle ça peur, rêve de serpents, idolâtrie ou quoi – c'est toujours quelque chose. Peu lui importe les prières qu'on récite au coucher, ou qu'on admette croire en lui. Et lui, est-ce qu'il croit en nous, c'était là toute la question.

Nous étions au lit et nous écoutions les supplications aiguës et persistantes de Nelson. Des lézards aux doigts de ventouses couraient en diagonales sur les murs. La lune dessinait des ombres sur nos moustiquaires. Nelson suppliait : «*Bäkala mputu Nelson, bäkala mputu*» sans arrêt, comme un pauvre chien affamé qui gémit depuis si longtemps qu'il ne sait plus comment s'arrêter. Nous entendîmes soudain grincer les ressorts du lit paternel, puis de la fenêtre Père lui hurla de la boucler. Leah se retourna et se cacha la tête sous l'oreiller. Je me sentais malade à en vomir. Nous toutes d'ailleurs. L'odieuse attitude de Père et la terreur silencieuse de Mère nous infestaient l'esprit.

« Ça ne va pas, finit par déclarer Leah. Je vais aller l'aider. Qui a le courage de m'accompagner ? »

L'idée de filer là-bas me flanquait les jetons. Mais si les autres s'y rendaient, je n'allais pas non plus rester ici avec les ombres et les lézards. Je crois que c'est dans la maison que j'avais le plus la frousse. Cette maison était tout le problème, parce qu'elle contenait toute la famille. Il y avait bien longtemps que j'avais cessé de me sentir en sécurité sous l'aile des parents. Sans doute pas au début de notre arrivée au Congo parce que nous n'étions guère que des enfants à l'époque, mais maintenant, tout avait changé, le fait d'être américains importait peu et personne ne nous accordait de crédit particulier. Désormais, nous étions dans la même marmite, que nous soyons blancs ou noirs. Et nous n'étions certainement plus des enfants. Leah dit qu'au Congo il n'y a que deux classes d'âge : les bébés que l'on transporte et les gens qui tiennent debout et qui doivent se débrouiller tout seuls. Il n'existe pas de stade intermédiaire. Rien qui ressemble à l'enfance. Quelquefois, je trouve qu'elle a raison.

Au bout d'un moment, elle a dit de nouveau : « Je vais dehors aider Nelson, et Père peut aller au diable. »

Sans le dire vraiment, nous étions certainement toutes d'accord sur l'endroit où Père pouvait aller.

Chose étonnante, Adah s'est redressée et a commencé à enfiler son jean. C'était sa façon à elle de dire : J'y vais. Si bien que je me suis mise à tâtonner par terre à la recherche de mes mocassins. Leah a habillé Ruth May en lui enfilant sa chemise par la tête et lui a fourré ses tennis aux pieds. Silencieuses comme des souris, nous nous sommes glissées dehors par la fenêtre.

Ce que nous avions décidé de faire, c'était de préparer un piège, comme Daniel au temple. C'est Leah qui en avait eu l'idée. Nelson a raclé les cendres froides du fourneau dans une poêle et ensemble nous les avons répandues partout sur la terre damée, à l'extérieur du poulailler. A l'intérieur aussi. Nous avons agi à la lueur d'une bougie. Nelson guettait pour s'assurer qu'il n'y avait personne pour nous voir. Mais Ruth May ne faisant pas attention, et nous non plus, dans une certaine mesure, nos traces se sont recouvertes les unes les autres. Ensuite, nos deux poules ont été dérangées par nos lumières, car elles avaient mené une autre existence chez Mama Mwenza et n'étaient pas encore habituées au poulailler ; elles se sont mises à foncer au hasard en laissant partout des traces de pattes. Il nous a fallu tout balayer et recommencer. La deuxième fois, nous avons fait beaucoup plus attention. Nous avons obligé Ruth May à rester dans un coin et nous avons forcé les poules à retourner dans le nichoir. De là-haut, elles nous regardaient de leurs petits yeux stupides en gloussant discrètement dans leurs plumes pour se calmer.

Quand tout a été terminé, nous avons fait promettre à Nelson d'aller se cacher chez Anatole pour la nuit et de revenir au début du jour. Leah l'a accompagné au pas de course pendant la moitié du trajet parce qu'il avait peur, et elle est rentrée seule. Sur la pointe des pieds, nous avons regagné nos lits, laissant derrière nous des cendres impeccables comme de la neige fraîchement tombée. Si quelqu'un – ou quelque chose – posait le pied dans notre poulailler —, en admettant que pied il y ait –, nous prendrions le coupable sur le fait.

Adah

Il y a sept façons pour un pied de toucher le sol, chacune ayant son énergie particulière. Savait-il comment
elle se présenterait à nous, en fin de compte ? Aurais-je
dû le savoir ? Car je l'avais observé depuis longtemps.
L'avais observé en train de danser, pied au sol, l'avais
observé en train de distribuer ses ossements. Dans la clairière, derrière la maison, c'était là qu'il exécutait ses
manigances. À l'aide de sa machette, il avait décapité
deux petits chiens vivants et leur avait maintenu le
museau contre terre, en récitant ses engagements. Contre
lui, sereinement, j'avais dénoué ma voix et chanté dans
la forêt. Je chantais contre lui mes chants à- l'envers-à-
l'endroit les plus parfaits, car je ne possédais pas d'autres
pouvoirs.

> *Erre, Ada, erre*
> *L'âme sûre ruse mal*
> *Rions noir*
> *Rions noir*
> *Un soleil du sud lie l'os nu*
> *L'été, ta lèvre, serpent, ne préserve la tête,*
> *Ni l'âme, malin !*
> *Ni l'âme, malin !*

Erre, Ada, erre
L'âme sûre ruse mal*.

Ayant répandu les cendres, le lendemain matin, nous nous sommes réveillées avant le lever du soleil. Tout en nous demandant ce que nous avions bien pu prendre à notre piège, nous sommes restées immobiles, les yeux grands ouverts dans nos lits en attendant que Nelson se montre à la fenêtre ouverte. Puis, pendant que les parents dormaient encore, nous sommes sorties de la maison sur la pointe des pieds. Nelson, armé d'une perche qui faisait le double de lui, nous attendait. Sans autre compagnie que notre peur, nous nous sommes rendus au poulailler.

Étrange à dire mais, qu'il s'agisse d'excitation ou de terreur, ces deux impressions produisent exactement le même effet dans un corps. En nous faufilant devant la chambre des parents et en sortant, nos corps réagissaient comme à Noël, ou comme tous les matins de Pâques du monde, quand le Christ ressuscite et que notre mère dissimule une tribu de petits lapins en guimauve dans l'herbe d'une pelouse de presbytère, à Bethlehem, Géorgie. Ruth May et ses yeux émerveillés, sa main en coupe sur la bouche, je me suis efforcée de les oublier, les oublier, les oublier, et de ne pas les oublier, car ces yeux liront au travers de n'importe quoi, même de mes rêves. Ruth, aux yeux de matin de Pâques.

Comme Nelson pensait où le trouver, il était là, dans le poulailler. Notre ami nous a retenues sur le seuil et nous nous sommes immobilisées derrière son bras tendu, jusqu'à ce que nous le vîmes, nous aussi, dans un angle du fond, dans le nid, étroitement lové autour de nos deux précieuses poules et de tous leurs œufs. Deux malheu-

---

* Tous ces palindromes sont tirés de *Pour tout l'or des mots*, de Claude Gagnière, collection «Bouquins», Éditions Robert Laffont, 1996. (*N.d.T.*)

reuses mères aux plumes ébouriffées, privées de l'espace d'un souffle entre elles, liées dans leur avenir mort-né. Nid, œufs et poules ne formant plus qu'un seul paquet, noué d'une rutilante et mince faveur d'un vert brillant. Il était si ravissant, si subtilement tressé entre poule et œuf, que tout d'abord nous ne comprîmes pas ce que nous avions sous les yeux. Un bijou, un joyau, un cadeau. Nelson leva sa longue perche et l'agita vigoureusement en heurtant le mur au-dessus du nid pour faire pleuvoir de la poussière sur les sombres poules immobiles. La vrille verte se déplaça soudainement, d'une seule pièce, vers le haut, vers le bas, de côté. S'immobilisa, puis avança de quelques centimètres. Une petite tête camuse émergea et pivota pour nous faire face. Très lentement, elle se fendit en largeur, révélant le bleu vif de l'intérieur de sa gueule, deux crochets nus. Une langue, lapant l'air avec délicatesse.

Brusquement, la bête se jeta sur la perche, frappa à deux reprises, puis s'élança hors du nid et passa devant nous par la porte dans le matin lumineux.

Le souffle coupé, nous regardâmes fixement l'endroit où s'était trouvé le reptile jusqu'à ce que nos yeux comprennent et que nous puissions tous témoigner de ce qui avait filé devant nous. Un mamba vert, maître du camouflage, agilité, agressivité, rapidité. L'ingéniosité diabolique de la nature a atteint avec ce serpent le plus haut degré de perfection, proclament les experts du guide des serpents de la bibliothèque. Ce qui avait filé devant nous, c'était un panier de mort, éclaté. Un cadeau destiné à Nelson. Alors, trois d'entre nous reprirent souffle. En même temps. Nous baissâmes les yeux sur le sol couleur de cendre blanche.

Un pied avait laissé sa trace sur ce sol, de toutes les sept façons d'une danse. Des empreintes qui s'écartaient en éventail et en cercles étroits. Non les traces d'un léopard qui marchait sur deux pattes et qui se serait retourné contre les hommes par irrévérence. Non celles de la

reptation ventrale de serpents furieux sortis volontaire-
ment du sol protecteur pour nous punir. Celles d'un
homme seulement, d'un seul et nul autre, qui avait
apporté le serpent dans un panier ou l'avait transporté
engourdi ou charmé tel un présent entre ses deux mains.
D'un seul et unique danseur, doté de six orteils au pied
gauche.

Leah

Je ne me souviens que d'un bruit de gorge, d'un sanglot et d'un cri, tout à la fois, un cri des plus étranges, comme celui d'un bébé qui respire pour la première fois. Nous étions incapables de dire d'où il venait, mais assez étrangement, nous avons tous levé les yeux vers la cime des arbres. Un vent nerveux agita les branches, mais rien de plus. Seul le silence retomba.

Il est très bizarre de se souvenir de ça, que nous ayons tous levé les yeux. Aucun de nous ne regardait Ruth May. Je ne peux même pas dire que Ruth May était là avec nous, à ce moment-là. Simplement, l'espace d'un instant, ce fut comme si elle avait disparu et que sa voix s'était dispersée dans les arbres. Ensuite, elle est revenue vers nous, mais tout ce qui restait d'elle c'était cet affreux silence. L'enveloppe de peau vide, sans voix, de ma toute petite sœur, assise muette par terre, les bras serrés autour d'elle.

« Ruth May, mon poussin, tout va bien, dis-je. Le vilain serpent est parti. (Je m'agenouillai près d'elle, la prenant doucement par l'épaule.) N'aie pas peur. Il est parti. »

Nelson s'agenouilla aussi, le visage près du sien. Il ouvrit la bouche pour parler, pour la rassurer j'imagine, car il adorait Ruth May. Je le sais. J'ai vu comme il chantait pour elle et comme il la protégeait. Mais le terrible

456

silence s'empara de Nelson aussi, et aucune parole ne sortit. Ses yeux s'agrandirent tandis que tous nous regardions le visage de Ruth May se transformer en un masque bleu pâle qui s'étirait de la racine de ses cheveux jusqu'à ses lèvres gonflées. Plus d'yeux. Ce que je veux dire c'est que personne de notre connaissance ne regardait par ses yeux.

« Ruth May, qu'est-ce qu'il y a ? Mais quoi ! Qu'est-ce que tu as vu ? » Saisie de panique, je me suis mise à la secouer et je pense que j'ai dû lui crier ces mots. Je ne peux pas revenir sur ce que j'ai fait : je l'ai secouée trop fort, j'ai crié après elle. Sans doute est-ce la dernière chose qu'elle a connue de sa sœur Leah.

Nelson m'a repoussée. Il avait soudainement repris vie et parlait si vite en kikongo que je n'imaginais pas comment le comprendre. Il lui arracha sa chemise, en la déchirant, et posa son visage sur sa poitrine. Puis recula, saisi d'horreur. Tandis que nous regardions, atterrées, je me souviens d'avoir pensé à faire attention où étaient tombés les boutons, pour que nous puissions l'aider à les recoudre par la suite. Les boutons sont si rares ici. Les choses les plus étranges auxquelles j'ai pensé, si ridicules. Parce que je ne supportais pas de voir ce qui était là, devant moi.

« *Midiki !* » m'a-t-il lancé dans un cri. J'attendis que le mot parvienne à percer l'épaisseur de mon cerveau stupide et qu'il commence à signifier quelque chose. « Du lait ! hurlait-il. Allez chercher du lait. De chèvre, de chienne, de n'importe quelle sorte, pour faire sortir le poison. Allez chercher Mama Nguza, elle saura ce qu'il faut faire, une fois elle a sauvé son fils d'un mamba vert. *Kakakaka*, allez ! »

Mais je me suis rendu compte que j'étais incapable de bouger. J'avais chaud et j'étais hors d'haleine et cinglée comme une antilope atteinte d'une flèche. Je ne pouvais que regarder fixement l'épaule gauche, dénudée, de Ruth May où deux perforations rouges ressortaient comme des perles sur sa chair. Deux points, distants de deux centimètres et demi, aussi petits et nets qu'une ponctuation à la fin d'une phrase qu'aucun de nous ne pouvait lire. Une phrase qui aurait commencé quelque part au-dessus du cœur.

Adah

*Parce que je ne pouvais pas m'arrêter pour la mort –
Elle s'est aimablement arrêtée pour moi.*

Je n'étais pas présente à la naissance de Ruth May, mais maintenant j'y ai assisté, car j'en ai vu chaque étape rejouée à l'envers, à la fin de sa vie. La parenthèse qui s'est refermée, à la fin du palindrome qu'était Ruth May. Sa dernière goulée d'air aussi avide que la première respiration d'un bébé. Ce dernier hurlement exactement comme le premier, et puis, à la fin, un absolu, irrémédiable recul en accéléré hors de ce monde. Après le hurlement, un silence aux yeux exorbités sans respiration. Son visage bleu s'est froissé, sous une pression qui se refermait, la presque proximité de ce-qui-est-autre-que-la-vie qui se serre autour des confins du vivant. Les yeux étroitement fermés, et les lèvres enflées, pincées. Sa colonne vertébrale s'est incurvée et ses membres se sont recroquevillés de plus en plus jusqu'à la faire paraître impossiblement petite. Tandis que nous regardions sans comprendre, elle s'est éloignée vers là où aucun de nous n'a voulu la suivre. Ruth May s'est amenuisée à travers l'étroit passage entre cette brève étoffe de lumière et tout ce qui nous est encore dévolu : la longue attente. Maintenant, elle attendra le reste du temps. Il sera exactement aussi long que celui qui s'est écoulé avant qu'elle ne naisse.

Parce que je ne pouvais pas m'arrêter pour la mort, elle s'est aimablement arrêtée pour moi, ou du moins a fait une pause pour frapper d'un coup en oblique de sa gueule bleu ciel au moment de son passage. Un éclair ne peut frapper deux fois, leçon que nous avons tirée de cette haïssable vitesse de la lumière. Une morsure, à la lumière, pour Ruth, une vérité, un pressentiment bleu ciel et oh comme nous sommes chers à nous-mêmes lorsqu'elle se présente, se présente, cette longue, longue ombre sur l'herbe.

Rachel

Un moment étrange s'installe dans le temps, juste après qu'un événement affreux est arrivé : on sait qu'il est bien réel et on ne l'a encore annoncé à personne. Entre toutes choses, c'est surtout ce dont je me souviens. Tout était si calme. Et j'ai pensé : Et maintenant, il va falloir que nous allions prévenir Mère. Que Ruth est. Oh mon Dieu. Que Ruth est partie. Il fallait que nous allions le dire aux parents et ils étaient encore couchés, en train de dormir.

Je n'ai pas pleuré au début, je ne sais pas pourquoi, mais j'étais effondrée en pensant à Mère, dans son lit, en train de dormir. Ses cheveux noirs étalés de côté sur l'oreiller et son visage plein de douceur et de quiétude. Son corps tout entier encore dans l'ignorance. Ce corps qui avait porté et donné naissance à Ruth May. Mère endormie dans sa chemise de nuit, croyant toujours avoir quatre filles en vie. Maintenant, nous allions poser un pied devant l'autre, marcher jusqu'à la porte de derrière, entrer dans la maison, nous tenir près du lit de nos parents, réveiller Mère, lui dire les mots : Ruth May, dire le mot : morte. Lui dire : Mère réveille-toi !

Le monde entier en serait alors changé, et rien ne serait plus jamais comme avant. Pour la famille. Tous les autres gens du vaste monde entier continueraient ce qu'ils avaient à faire, mais pour nous rien ne serait plus jamais normal.

J'étais incapable de bouger. Aucune d'entre nous non plus. Nous nous regardions parce que nous savions que quelqu'un devait y aller mais je crois que, toutes, nous partagions la même idée bizarre que si nous restions là immobiles à tout jamais, nous pourrions conserver la famille telle qu'elle était. Nous ne voulions pas nous réveiller de ce cauchemar pour réaliser que c'était la vraie vie de quelqu'un et que, pour une fois, cette personne ne se réduisait pas à une pauvre non-entité au fond d'une hutte, aisément oubliée. C'était notre vie, la seule que nous aurions. La seule Ruth May.

Jusqu'à cet instant, j'avais toujours cru que je pourrais encore rentrer en Amérique et prétendre que le Congo n'avait jamais existé. La détresse, la chasse, les fourmis, les ennuis de tout ce que nous voyions et supportions – tout se ramènerait à des histoires que je raconterais un jour en riant, en secouant mes cheveux, lorsque l'Afrique serait loin et imaginaire comme des personnages de livres. Les tragédies qui touchaient les Africains n'étaient pas les miennes. Nous étions différents, pas seulement parce que nous étions blancs et vaccinés, mais parce que nous faisions simplement partie d'une catégorie de gens infiniment plus chanceuse. Je rentrerais à la maison, à Bethlehem en Géorgie, et je redeviendrais exactement la même Rachel qu'avant. Je serais une ménagère américaine sans souci, dans un environnement agréable, avec un train de vie raisonnable, et trois sœurs adultes qui partageraient mes idéaux et avec qui je m'entretiendrais au téléphone de temps en temps. C'était ce que je croyais. Je n'avais jamais prévu d'être quelqu'un d'autre. Jamais imaginé que je serais une jeune fille dont on se détournerait, les yeux baissés, et à propos de qui on chuchoterait, pour avoir souffert d'une perte aussi tragique.

J'imagine que Leah et Adah le croyaient aussi, à leur

manière, et c'est pourquoi aucune de nous ne bougeait. Nous pensions pouvoir suspendre le temps juste une minute de plus, et puis une autre encore. Et que si aucune d'entre nous ne l'avouait, nous pourrions empêcher la malédiction qui deviendrait notre histoire.

Leah

Mère ne se lança pas dans de grandes lamentations, pas plus qu'elle ne s'arracha les cheveux. Elle se comporta comme si quelqu'un d'autre l'avait déjà prévenue avant notre arrivée.

Silencieusement, elle se vêtit, noua ses cheveux sur sa nuque et se lança dans une succession de tâches, en commençant par arracher les moustiquaires de tous nos lits. Nous avions peur de lui demander pourquoi elle le faisait. Nous ne savions pas si elle souhaitait que nous soyons tous frappés par la malaria, en châtiment, ou si elle avait simplement perdu la tête. Si bien que nous nous écartions de son passage et la regardions faire. Toutes les trois, Père aussi. Pour une fois, il manquait de mots pour édifier nos esprits et perfectionner nos âmes, de paraboles qui transformeraient la mort de Ruth May par morsure de serpent en une leçon sur la gloire de Dieu. Mon père, dont les solides mains s'emparaient de tout ce qui passait à leur portée pour le modeler à son idée, semblait incapable d'appréhender ce qui était arrivé.

« Elle n'était pas encore baptisée », dit-il.

Je levai les yeux à ces mots, atterrée d'une observation si malvenue. Était-ce vraiment ce qui lui importait le plus, en cet instant précis – le statut de l'âme de Ruth May ? Mère l'ignora, cependant j'étudiai son visage dans la lumière vive du matin. Son regard bleu, un œil biglant à gauche, affaibli par la guerre, paraissait vide. Ses grandes oreilles rougeâtres m'inspirèrent un dégoût soudain. Mon père était tout bêtement quelqu'un de laid.

C'était vrai qu'elle n'était pas baptisée. Si l'une de nous y avait accordé de l'importance, nous aurions pu le reprocher à Père. Il avait soutenu que Ruth May était trop jeune pour assumer la responsabilité d'accueillir le Christ, mais en vérité, je pense qu'il la gardait en réserve pour les besoins de son spectacle. Il allait baptiser son propre enfant avec tous ceux de Kilanga, lors de ce grand jour au bord de la rivière, et réaliserait enfin son rêve. Cela donnerait un semblant d'authenticité à l'occasion.

Maintenant, il avait l'air d'un benêt, privé de rêves particuliers. Je ne pouvais supporter de le voir debout dans l'encadrement de la porte, son corps comme suspendu au chambranle, sans autre compagnie que ses grandes mains inutiles. Et la seule chose qu'il réussissait à dire à sa femme, c'était : « Ce n'est pas possible. »

Ce n'était pas possible, pourtant ça l'était, et seule Mère parmi nous semblait le réaliser. Un foulard noir sur les cheveux et les manches de son chemisier blanc taché retroussées, elle accomplissait son devoir aussi délibérément que le soleil ou la lune, tel un corps céleste qui aurait poursuivi sa course à travers la maison. Ses tâches l'entraînaient perpétuellement loin de nous – ses ombres frappées de stupeur, un mari et des filles en vie. Résolument efficace, elle ramassait tout ce dont elle avait besoin dans une pièce avant de passer dans l'autre, de la même manière dont je me souviens qu'elle le faisait quand nous étions beaucoup plus jeunes et qu'elle nous était plus nécessaire.

Elle sortit pour aller dans la cuisine, alluma le fourneau, fit chauffer une casserole d'eau, puis la rapporta à la maison et la mit sur la grande table de la salle à manger où Nelson avait déposé le corps sur un drap. Mère lava Ruth May avec un linge de toilette comme si ç'avait été un bébé. Je me tenais adossée au mur, ne me rappelant que trop bien une autre époque au moment même où je la voyais frotter avec soin le dessous du menton et l'intérieur des plis des coudes et des genoux. Chez nous, à Bethlehem, j'avais pris l'habitude de me poster derrière la porte de la salle de bains d'où je pouvais les voir toutes les deux dans le miroir. Mère posant en chantant ses questions tendres et leur répondant par des baisers dans les petites paumes tendues. Adah et moi avions neuf ans alors, trop âgées pour être jalouses d'un bébé, mais tout de même, j'étais obligée de me demander si elle m'avait aimée autant. Jumelles, elle ne pouvait nous avoir aimées qu'à moitié, l'une et l'autre. Et Adah était celle qui avait requis le plus d'elle.

Un guit-guit chantait dans les buissons derrière la fenêtre. Il semblait impossible qu'une journée lumineuse, ordinaire, pût se dérouler au-dehors de la maison. Mère étendit une petite main douce sur la sienne et en lava les doigts un par un. Elle soutint et souleva la tête pour la rincer, prenant soin de ne pas mettre de l'eau savonneuse dans les yeux de Ruth May. En séchant les cheveux blonds pendants avec une serviette, elle se pencha tout près pour respirer l'odeur du cuir chevelu de ma sœur. Je me sentis invisible. Par la force de son désir de mener ce rituel en privé, ma mère m'avait fait disparaître. Et pourtant, je ne parvenais pas à quitter la pièce. Après avoir essuyé et enveloppé son bébé dans une serviette, elle chantonna calmement en démêlant les nœuds des cheveux humides qu'elle natta. Puis elle entreprit de découper nos moustiquaires en longs pans et d'en coudre les épaisseurs ensemble. Enfin, nous comprîmes. Elle était en train de confectionner un linceul.

« Leah, aide-moi à transporter cette table dehors », dit-elle lorsqu'elle eut terminé. C'était la première fois qu'elle parlait à quelqu'un en l'espace de plus d'une demi-journée, et je me précipitai pour faire ce que l'on me demandait. Elle coucha Ruth May sur son propre lit tandis que nous déménagions la grande table pesante au centre de la cour de devant. Nous dûmes la mettre debout pour la sortir par la porte. Quand nous la reposâmes, les pieds trouvèrent naturellement leur place dans la poussière, de même qu'une stabilité qu'ils n'avaient jamais connue à l'intérieur. Mère partit vers la maison et en revint, le corps enveloppé du linceul dans les bras. Avec précaution, elle étendit Ruth May sur la table, passant un temps infini à disposer ses bras et ses jambes sous la mince étoffe. L'ombre du manguier s'étendait sur toute la cour et je pris conscience que nous devions être l'après-midi, ce qui me surprit. Je contemplai plusieurs formes familières, l'une après l'autre : une mangue verte rayée par terre, ma propre main, notre table de salle à manger. Toutes ces choses qu'il me semblait n'avoir jamais vues auparavant. Je contemplai la table et m'obligeai mentalement à accepter ces mots : Ceci est ma sœur morte. Mais Ruth May était enveloppée de tant d'épaisseurs d'une brume de moustiquaire que c'est à peine si je pouvais distinguer la silhouette d'un enfant mort à l'intérieur. Elle ressemblait davantage à un nuage onduleux capable de s'élever à travers les arbres dès que Mère la laisserait enfin partir.

Nelson tressait ensemble des frondes de palmier, confectionnant une arche funéraire de feuilles et de fleurs pour la disposer au-dessus de la table. Cela ressemblait un peu à un autel. Je pensai que j'aurais peut-être dû l'aider, mais je ne voyais pas comment. Plusieurs femmes du village étaient déjà arrivées. Mama Mwenza, la première, avec ses filles. Par petits groupes, d'autres suivirent. Elles s'effondraient à l'extrémité de notre cour en arrivant et se traînaient à genoux jusqu'à la table. Toutes avaient déjà perdu des enfants, réalisai-je, en plein choc. Notre souffrance présente n'était pas plus grande que les leurs, ni plus réelle, ni plus tragique. Aucunement différente. Elles s'agenouillèrent toutes autour de la table, en silence, pendant un long moment, et je savais que j'aurais dû me joindre à elles, mais je me

467

sentais retenue par une crainte inexplicable. Je restai à l'arrière du groupe.

Soudain, une femme se mit à lancer des cris déchirants et j'eus l'impression que mon crâne allait se fendre en deux. Toutes les autres se joignirent immédiatement à elle, en *biläla* aux trémolos aigus. Je sentis mon sang affluer à travers toutes les parties les plus étroites de mon corps : mes poignets, ma gorge, le dos de mes genoux. Adah, livide, à côté de moi, me regardait au fond des yeux comme si elle était en train de se noyer. Nous avions déjà si souvent entendu cet étrange chant de deuil lors des pluies torrentielles au cours desquelles tant d'enfants étaient tombés malades. Il nous avait intriguées plus d'une fois, et au début, nous nous précipitions à la fenêtre pour découvrir quels magnifiques oiseaux exotiques produisaient un cri aussi mystérieux. À présent, bien sûr, nous ne pensions plus aux oiseaux. Les ululements de nos voisines formaient comme un jet de couteaux qui auraient arraché notre chair de nos os et nous auraient jetées à terre avec notre honte, notre amour et notre colère. Nous étions toutes fauchées en même temps par le couteau de notre propre espoir, car s'il y a une seule chose à laquelle on tient vraiment, c'est bien celle-là : que les plus jeunes survivent aux plus âgés.

Dans la famille, la dernière était la première. Je voulais croire qu'elle avait obtenu ce qu'elle voulait. Je m'écorchais les genoux dans la poussière, secouée de sanglots bruyants, la bouche ouverte. Les bras en croix sur ma poitrine, m'agrippant à mes épaules, en pensant aux frêles omoplates pointues de Ruth May sous sa petite chemise blanche. En pensant aux fourmis-lions et à « Maman, tu veux bien, dis ? » En me souvenant de son ombre étrange, transfigurée, la dernière fois que je l'avais poussée sur la balançoire. Le son de nos voix montait vers le ciel à travers les branches des arbres, mais sans Ruth May.

Lorsque les lamentations se turent enfin, nous fûmes

enveloppées par le silence et le bourdonnement des criquets. L'air était épais, pesant d'humidité. On aurait dit une couverture de laine mouillée dont il était impossible de se défaire.

Mère avait commencé à sortir tous nos meubles dans la cour. D'abord les chaises. Puis nos lits et le bureau à cylindre de mon père. Ces lourdes charges, elle les tirait seule, mais j'étais consciente du fait que deux mois plus tôt, elle aurait été incapable de les déplacer. Je restais là à regarder, sans attente particulière tandis qu'elle émergeait de la maison avec nos vêtements et nos livres. Puis avec nos casseroles. Elle empila ces articles sur les chaises et le bureau. Les femmes la surveillaient attentivement, ainsi que mes sœurs et moi, mais aucune d'entre nous ne bougeait. Mère, debout, nous regardait, patiente. Pour finir, elle prit le beau poêlon que nous avions emporté de chez nous, et le mit de force dans les mains de Mama Mwenza. Elle offrit nos chemisiers et nos robes à ses enfants. Ils les acceptèrent des deux mains, la remercièrent et s'en furent. Mama Mwenza posa le poêlon en équilibre sur sa tête, ayant besoin de ses deux mains pour se déplacer et, solennellement, prit la tête de sa famille et s'éloigna de nos funérailles. Timidement les autres femmes vinrent toucher nos biens. Leur réticence initiale céda le pas à des bavardages animés tandis qu'elles entreprenaient de trier les piles d'affaires, présentant sans honte nos vêtements sur la poitrine de leurs enfants, examinant ces étrangetés qu'étaient une brosse à cheveux ou des pinces à ongles, évaluant d'un coup d'index replié nos casseroles émaillées. Puis, elles prenaient ce dont elles avaient besoin et s'éloignaient.

Mais les enfants revinrent bientôt, incapables de quitter le théâtre d'un tel spectacle. Exactement comme ils l'avaient fait lors de notre arrivée ici, ils se matérialisèrent l'un après l'autre dans l'air moite et dans les bouquets de bambous, jusqu'à former un cercle silencieux, attentif, à la périphérie de notre cour. J'imagine qu'ils s'étonnaient autant que nous qu'un membre de notre famille ait pu mourir. Petit à petit, ils gagnèrent du terrain, refermant leur cercle autour de la table, et une fois là, ils restèrent un très long moment les yeux fixés sur Ruth May.

Mère était rentrée dans la maison où nous l'entendions se déplacer étrangement, infatigable, à travers les pièces vides. Notre Père semblait introuvable. Mes sœurs et moi restâmes à l'extérieur avec les enfants car nous avions l'impression d'être englobées dans leur présence. Par pure habitude, nous nous agenouillâmes sur le sol et entamâmes les mornes prières de notre enfance : *Notre Père qui êtes aux cieux,* et *Oui, bien que je marche dans la vallée des ombres de la mort, je ne crains pas le mal.* Je ne pouvais croire de près ou de loin qu'un berger me conduisait le long de cette sinistre vallée, mais les mots familiers me remplissaient la bouche comme du coton, et c'était un certain soulagement de savoir qu'au moins des phrases s'enchaîneraient les unes après les autres. C'était ma seule façon de trouver à m'occuper.

Si je cessais de prier, le bourdonnement des criquets s'enflait, terrible, à mes oreilles. De sorte que je ne m'arrêtais plus. Quelquefois Rachel se joignait à moi, et quelquefois les petits Congolais priaient aussi en fonction des paroles qu'ils connaissaient. Je récitai le psaume 23, le 121, le 100 et le 137, les psaumes 19 et 66, le chapitre xxi de l'Apocalypse, le chapitre i de la Genèse, le chapitre xxii de l'Évangile selon saint Luc, la première Épître aux Corinthiens, et pour finir saint Jean, iii, verset 16 : *Car Dieu a tellement aimé le monde qu'il a donné son Fils unique, afin que tout homme qui croit en lui ne périsse point, mais qu'il ait la vie éternelle.*

Enfin, j'en eus terminé. L'après-midi étant déjà fort avancée, je fus à court de prières. J'étais arrivée au bout de mon répertoire. Je tendis l'oreille au monde qui m'entourait, mais il n'y avait plus le moindre son. Plus aucun oiseau ne chantait. J'en fus terrifiée. L'atmosphère semblait chargée et menaçante mais je ne pouvais plus prier, j'étais incapable ni de me relever ni de faire quoi que ce soit. Retourner dans la maison vide où se trouvait Mère, en particulier, je ne pouvais m'y résoudre. Pour rien au monde. Cela paraissait impossible. Si bien que je restai là, à genoux aux côtés de mes sœurs, la tête basse sous l'air crépitant.

Le ciel murmura et se fendit, et soudain les froides aiguilles stridentes de la pluie transpercèrent nos mains et nos nuques. Un orage éclatait, avec une force aussi intense que la soif des cultures et des animaux, la pluie s'abattit en trombes sur nos têtes. Elle nous cingla sévèrement, en réponse à des mois de prières. Certains des plus petits enfants se précipitèrent pour détacher des feuilles en oreille d'éléphant en guise de parapluie, mais pour la plupart nous restâmes là où nous étions, recevant toute l'averse. Un éclair chanta et siffla autour de nos épaules et le tonnerre gronda.

Notre Père sortit de la maison et, debout, regarda le ciel, les mains tendues. Il nous parut mettre un temps infini avant de réaliser que la pluie tombait.

Le Seigneur s'adressa à l'humble peuple rassemblé autour du puits, dit-il enfin, de son ancienne voix tonitruante qui ne laissait pas de place au doute. Il dut la forcer pour se faire entendre au milieu du vacarme de la pluie torrentielle. *Et le Seigneur leur dit : Quiconque boira de cette eau ordinaire aura soif de nouveau, mais l'eau que je lui donnerai étanchera sa soif à jamais. Elle deviendra une source intérieure qui jaillira pour la vie éternelle.*

Les enfants ne prêtaient pas franchement attention à mon père en cet instant, non plus qu'à sa source jaillissante de vie éternelle. Ils étaient tellement fascinés par la pluie. Ils présentaient leurs visages et leurs bras à l'eau froide comme si la totalité de leur peau avait été un champ de manioc réclamant d'être détrempé.

Si quelqu'un a soif, hurlait mon père, *qu'il vienne à*

moi et boive ! Quiconque croira en moi, verra une abon-
dance d'eau de vie jaillir de son cœur !

Il se dirigea vers un grand garçon, le demi-frère de
Pascal. Je lui avais parlé deux fois et je savais qu'il s'appelait Lucien, mais j'étais sûre que mon père l'ignorait.
Pourtant, Père étendit sa large main blanche au-dessus de
sa tête, les doigts écartés. Lucien regarda mon père dans
les yeux, s'attendant sans doute à être frappé, mais il ne
broncha pas.

Je suis la voix de Celui qui crie dans le désert, pour
préparer la voie du Seigneur ! clamait mon père. *Ce n'est*
que l'eau du baptême que je vous dispense, mais quel-
qu'un se tient parmi vous que vous ne connaissez pas.
C'est l'Agneau de Dieu, qui vient enlever le péché du
monde.

Mon père abaissa la main et referma doucement les
doigts sur le sommet de la tête de Lucien.

Au nom du Père, du Fils et du Saint-Esprit, je te
baptise mon fils. Allez, va dans la lumière.

Lucien demeurait immobile. Père retira sa main et
attendit, je suppose, que le miracle du baptême produisît
son effet. Puis il se tourna vers Bwanga, la toute petite
sœur de Lucien qui s'accrochait de toutes ses forces à la
main de son frère. Leur mère était morte au cours de
l'épidémie et l'autre femme de leur père – la mère de
Pascal – les avait recueillis tous deux chez elle. Pendant
toute cette période de perte et de salut, Bwanga était restée la plus fidèle compagne de jeux de Ruth May. Même
ça, mon père ne l'aurait pas su. J'étais désespérée au-delà
des mots. Il ne connaissait absolument rien aux enfants.
Sous la coupe de sa main, le petit crâne chauve de
Bwanga ressemblait à un avocat trop mûr qu'il se préparait à jeter. Elle se tenait là, avec ses grands yeux, sans
bouger.

Au nom du Père, du Fils et du Saint-Esprit, répéta-t-il,
et la libéra. «Ma-man-tu-veux-bien-dis ?» demanda
Bwanga. Plusieurs autres enfants, se souvenant de ce jeu,

lui firent écho : «Ma-man-tu-veux-bien-dis?» Ils détournèrent les yeux de Père pour les poser sur Ruth May dans son nuage de moustiquaire détrempé sur la table. Ils reprirent tous le refrain, répétant sans se lasser leur supplique qui allait en s'enflant : «Maman, tu veux bien, dis?» Et quoique sûrement conscients qu'aucune permission ne leur serait accordée, ils continuèrent leur persévérante et tendre psalmodie pendant un temps infini sous la pluie diluvienne. L'eau s'accrochait à leurs cils et coulait en ruisseaux le long de leurs visages ouverts. Les maigres vêtements qui leur avaient été imposés par des étrangers collaient à leur torse et à leurs jambes minces comme une seconde peau, finalement prêts à se conformer à leurs corps. La poussière de nos pieds se fit couleur de sang et le ciel devint très noir, tandis que Père faisait le tour du cercle, baptisant chaque enfant à son tour, invitant la progéniture vivante de Kilanga à marcher vers la lumière.

LIVRE V

L'exode

... Emportez d'ici mes os avec vous.

Étant sortis de Socoth, ils campèrent à Etham, à l'extrémité de la solitude...

Jamais la colonne de nuée ne manqua de paraître devant le peuple pendant le jour, ni la colonne de feu pendant la nuit.

Exode, XIII, 19-22.

Orleanna Price

Tant que je restais en mouvement, ma douleur ruisse-lait derrière moi telle la longue chevelure d'une nageuse dans l'eau. J'en savais le poids mais il ne me touchait pas. Ce n'est que lorsque je m'arrêtais et que la sombre masse venait flotter autour de mon visage, s'accrochant à mes bras et à ma gorge, que je commençais à sombrer. C'est pourquoi je ne m'arrêtais pas.

La substance de la douleur n'est pas imaginaire. Elle est aussi réelle qu'une corde ou l'absence d'air, et comme elles, capable de tuer. Mon corps comprenait qu'il n'existait plus pour moi aucun lieu sûr.

Le corps d'une mère se souvient de ses bébés – les plis de chair tendre, le petit crâne au soyeux duvet contre son nez. Chaque enfant adresse ses propres prières au corps et à l'âme. C'est le dernier, cependant, qui prend pos-session de vous. Je n'oserais pas affirmer que j'aie moins aimé les autres, malgré tout mes trois premières furent petites en même temps, et la maternité me consterna pro-fondément. Les jumelles arrivèrent tout juste au moment où Rachel apprenait à marcher. Ce qui se produisit par la suite, je m'en souviens à peine, des années entières à me débattre jour après jour entre menottes et bouches avides, jusqu'au moment où je tombais dans mon lit l'es-pace de quelques heures brèves pour rêver que j'étais mangée vive par petits morceaux. Une bouche qui se refermait sur une cuiller équivalait à deux autres qui criaient famine, si bien que j'allais et venais en hâte telle une maman oiseau, défiant la gueule de la nature avec une couvée trop vaste. Je ne pouvais compter m'en sortir tant que les trois ne tiendraient pas debout toutes seules. Ensemble, elles furent ma première progéniture. Je respirais à chacun des pas qui les éloignaient de moi. C'est ainsi qu'il en est du premier-né, quel que soit le genre de mère auquel on appartienne – riche, pauvre, épuisée ou heureuse et satisfaite. Un premier enfant, c'est le premier pas qui coûte, et comme tu les encourages, ces petits pieds, tandis qu'ils s'élancent. Tu traques la précocité dans le moindre recoin de chair et la cries sur tous les toits.

Mais le dernier : le bébé qui traîne son odeur comme un drapeau de reddition à travers ta vie parce qu'il n'y en aura plus d'autres à venir – oh, c'est l'amour au nom différent. C'est l'enfant que tu tiens dans tes bras pendant une heure après qu'elle se soit endormie. Si tu la déposais dans son berceau, elle pourrait se réveiller autre et s'envoler. Alors tu te balances auprès de la fenêtre, buvant la lumière de sa peau, respirant les rêves qu'elle exhale. Ton cœur gémit au double croissant de lune de ses cils abaissés sur ses joues. Elle est celle que tu ne peux te résoudre à poser.

Mon bébé, mon sang, ma vérité vraie : supplie-moi de ne pas te laisser, car où que tu ailles, j'irai. Où que je logerai, nous logerons ensemble. Où je mourrai, tu seras enterrée enfin.

Plus par instinct que par volonté, je restais en vie. Je m'efforçais de fuir le chagrin. Ce n'est pas l'esprit mais seulement un corps qui me portait d'un lieu à un autre. Je voyais mes mains, j'entendais ma bouche donner des ordres. Évitais les coins et l'immobilité. Lorsqu'il me fallait faire une pause pour reprendre souffle, j'allais dans un lieu ouvert, au centre d'une pièce ou dehors, dans la cour. Les arbres rugissaient et dansaient comme s'ils avaient été en feu dans la pluie torrentielle, m'enjoignant de continuer, de continuer. Une fois la table transportée dehors, avec mon bébé exposé dessus, rien n'avait plus eu de sens pour moi hormis sortir tout le reste. Cet affolant excès de choses que nous possédions à l'usage d'une seule famille semblait inutile désormais. J'emportais au-dehors des brassées de tissu, de bois, de métal, rassemblées de manière déconcertante, et me demandais comment j'avais jamais pu éprouver du plaisir à les avoir. J'avais besoin de vérité et de lumière pour me remémorer le rire de mon bébé. Ce fatras encombrait ma route. Quel soulagement de les remettre aux mains de femmes susceptibles de me décharger de mon fardeau. Leur besoin industrieux m'étourdissait : mes robes seraient des rideaux et mes rideaux, des robes. Mon torchon, une couche de bébé. Les boîtes de conserve vides seraient façonnées en lampes à huile de palme, en jouets, en socs de charrue peut-être – qui pouvait le dire ? Mon ménage traverserait le grand tube digestif de Kilanga et se transformerait en spectacles invisibles. C'était miracle que d'assister simplement à mon propre mouvement amplifié. À mesure que je donnais tout, les arbres déroulaient leurs langues de feu et flamboyaient d'approbation.

Bouger devint mon unique but. Quand il ne resta plus rien à bouger que moi-même, je marchai jusqu'au bout du village, ne cessant d'avancer avec un tas d'enfants en ribambelle derrière moi. Plus rien à faire que de donner mon congé, *sala mbote !* J'allais à pied car j'avais encore des jambes pour me porter.

Ce fut purement et simplement la raison de notre exode : il fallait que je continue d'avancer. Je ne partais pas pour quitter mon mari. Tout le monde voyait bien que j'aurais dû le faire, depuis longtemps, mais je n'ai jamais su comment. À des femmes telles que moi, la responsabilité des commencements et des fins n'incombe pas, semble-t-il. Ni la demande en mariage, ni le sommet conquis, ni la première balle tirée, ni la dernière – le traité d'Appomattox *, le couteau planté au cœur. Laissons aux hommes le soin d'écrire ces histoires. J'en suis incapable. Je ne connais que le terrain moyen où se déroulent nos vies. Nous sifflotons pendant que Rome brûle, ou récurons le plancher, selon. N'osez pas penser qu'il y ait la moindre honte dans le lot d'une femme qui poursuit sa routine. Le jour même où un comité d'hommes décidait d'assassiner l'oisillon Congo, que pensez-vous que faisait Mama Mwenza ? Était-ce différent le lendemain ? Bien sûr que non. Était-elle une imbécile, alors, ou le support d'une histoire ? Lorsqu'un gouvernement saute, il écrase ceux qui vivent sous son toit. Des gens comme Mama Mwenza n'ont même jamais su que la maison existait. Le mot indépendance est complexe dans une langue étrangère. Pour résister à l'occupation, que vous soyez nation ou simplement femme, il vous faut comprendre la langue de votre ennemi. Conquête, libération, démocratie et divorce sont des mots qui, pour l'essentiel, n'ont pas de sens quand vous avez des enfants affamés, du linge à étendre et qu'il semble que le temps soit à la pluie.

Sans doute ne comprends-tu toujours pas pourquoi je suis restée si longtemps. J'en ai presque terminé avec ma version de l'histoire, et pourtant je sens tes petits yeux ronds qui me toisent. Je me demande comment tu appellerais mon péché : Complicité ? Loyauté ? Stupéfaction ? Comment peux-tu connaître la différence ? Mon péché tenait-il à un manque de courage, de compétence ? Je savais que Rome flambait, mais j'avais tout juste la quantité d'eau nécessaire pour laver le plancher, si bien que je faisais ce que je pouvais. Mes dons étaient autres que ceux des femmes qui rompent et quittent leurs maris de

---

* Appomattox, village situé dans l'État de Virginie, aux États-Unis, où l'armée des confédérés du général Lee se rendit aux troupes nordistes du général Grant, mettant ainsi fin à la guerre de Sécession (9 avril 1865). (N.d.T.)

nos jours – et mes qualités probablement difficiles à reconnaître. Mais vois les femmes âgées et garde à l'esprit que nous sommes une autre contrée. Nous nous sommes mariées avec des espérances simples : de la nourriture en suffisance et des enfants qui nous survivraient. Ma vie était de faire pousser ce qui avait été planté et de rembourser les dettes dont l'existence me couvrait. Le compagnonnage et la joie venaient, inattendus, le plus souvent en brefs instants explosifs quand je n'étais pas avec mon mari et les enfants. Le baiser d'un lever de soleil couleur de chair tandis que j'étendais la lessive, le soupir d'oiseaux indigo qui montait de l'herbe. Un okapi au bord de l'eau. Il ne me venait pas à l'idée de quitter Nathan parce que je n'étais pas heureuse, non plus que Tata Mwenza n'aurait eu l'idée de quitter sa femme infirme, bien qu'une épouse plus apte eût fait pousser plus de manioc et maintenu en vie davantage de ses enfants. Nathan était un événement qui nous était arrivé, aussi dévastateur à sa manière que le toit tombé en feu sur la famille Mwenza ; malgré notre destin marqué par l'enfer et le soufre, nous devions tout de même poursuivre notre course. Et c'est finalement grâce à l'enfer et au soufre que j'ai dû continuer à bouger. J'ai bougé, et il est resté immobile.

Mais les gens de sa sorte finissent toujours par perdre. Je le sais, et maintenant je sais pourquoi. Peu importe l'épouse ou la nation qu'ils occupent, leur erreur est la même : ils ne bougent pas quand leurs enjeux s'animent au-dessous d'eux. *Pharaon mourut,* dit l'Exode, *et les enfants d'Israël soupirèrent en raison de leur esclavage.* Les chaînes grincent, les rivières roulent, les animaux tressaillent et s'emballent, les forêts inspirent et s'étendent, les bébés s'étirent, bouche ouverte, hors du sein maternel, les jeunes plants arrondissent le col et rampent dans la lumière. Même une langue ne reste pas inerte. On ne possède un territoire qu'un moment dans le temps. Ils misent tout sur ce moment, posant pour les photographes lorsqu'ils plantent le drapeau, se coulant des statues de bronze. Washington traversant le Delaware. La prise d'Okinawa. Ils ne pensent qu'à s'accrocher.

Mais ils en sont incapables. Avant même que le mât du drapeau ait commencé de s'écailler et de se fendiller, le sol, au-dessous, s'arc-boute et glisse vers son nouveau destin. Des empreintes de bottes marqueront peut-être son échine, mais elles deviendront possession de la terre. Quels souvenirs Okinawa a-t-elle de sa chute ? Interdit de machines de guerre, le Japon a fabriqué des automobiles à la place, et a gagné sur le monde. Tout bouge. Le fleuve Congo, étant d'un tempérament différent, a noyé sur-le-champ la plupart de ses conquérants. Au Congo, une jungle abattue se mue rapidement en champ de fleurs, et les cicatrices deviennent les ornements d'un visage particulier. Appelle cela oppression, complicité, stupéfaction, appelle cela comme tu voudras, aucune importance. L'Afrique a avalé la musique du conquérant et entonné un nouveau chant de son cru.

Si tu es les yeux dans les arbres, qui nous regardent alors que nous nous éloignons de Kilanga, comment parviendras-tu à juger ? Dieu sait qu'après trente années, j'implore toujours ton pardon, mais qui es-tu ? Une petite tombe au milieu du jardin de Nathan, où les vrilles et les fleurs se sont depuis longtemps déroulées pour nourrir insectes et enfants. Est-ce vraiment ce que tu es ? Es-tu toujours ma chair et mon sang, ma petite dernière, ou es-tu désormais la chair de l'Afrique ? Comment puis-je différencier ces deux rivières qui se sont ainsi mêlées ? Tente d'imaginer ce qui n'est jamais arrivé : notre famille sans l'Afrique, ou ce que l'Afrique aurait été sans nous. Regarde tes sœurs maintenant. Toutes trois sans exception, elles ont trouvé leur différente manière d'accommoder notre histoire. Certains en sont capables. Tant d'autres, non. Mais laquelle de nous est sans péché ? J'ai peine à décider où jeter mes cailloux, alors je me contente de continuer à me lamenter sur mes propres pertes, m'efforçant de porter les marques de bottes sur mon dos avec autant de grâce que le Congo porte les siennes.

Ma petite bête, mes yeux, mon œuf volé préféré. Écoute. Vivre, c'est être marqué. Vivre, c'est changer, acquérir les mots d'une histoire et c'est l'unique célébration que nous autres, mortels, connaissions vraiment. Dans l'immobilité parfaite, en toute franchise, je n'ai jamais rencontré que le chagrin.

Les choses
que nous avons rapportées

Bulungu
Tard dans la saison des pluies
1961

Leah Price

Nous n'avons pris que ce que nous pouvions transporter sur notre dos.

Mère ne s'est pas retournée une seule fois, n'a pas jeté un seul regard par-dessus son épaule. J'ignore ce que nous serions devenues si les filles de Mama Mwenza n'avaient couru après nous pour nous offrir des oranges et une dame-jeanne pleine d'eau. Elles savaient que nous aurions soif, bien que la pluie nous ait cloué nos chemises dans le dos et glacées jusqu'à la moelle ; connaître de nouveau la soif nous paraissait totalement improbable. Soit nous n'avions jamais connu une telle pluie, soit nous l'avions oubliée. En l'espace de quelques heures seulement, depuis que l'orage avait éclaté, la route desséchée qui traversait le village s'était transformée en un bouillonnant torrent de boue rouge sang, aux pulsations d'artère. Il nous était impossible de l'emprunter, et c'est à peine si nous pouvions poser le pied sur ses berges herbues. Un jour plus tôt, nous aurions donné n'importe quoi pour une bonne pluie, et maintenant, nous grincions des dents devant ce déluge. Si seulement nous avions eu un bateau, nous aurions pu nous rendre directement jusqu'à Léopoldville sur les vagues. C'est cela le Congo : soit la famine, soit l'inondation. Il n'avait plus cessé de pleuvoir depuis.

Tard, cette après-midi-là, tandis que nous avancions

péniblement, nous repérâmes devant nous un bouquet de couleurs vives qui luisait faiblement à travers la pluie. Je finis par reconnaître l'énorme explosion rose en étoile étalée sur le postérieur de Mama Boanda. Elle, Mama Lo et plusieurs autres, serrées les unes contre les autres sur le bord de la route, réfugiées sous des feuilles en oreilles d'éléphant, attendaient la fin d'une précipitation particulièrement violente. Elles nous firent signe de les rejoindre sous leur abri, ce que nous fîmes, accablées par la pluie. Difficile de croire qu'aucune eau sur terre pût tomber aussi franchement. Je tendis la main et la vis disparaître au bout de mon bras. Le fracas au-dessus de nos têtes était comme un rugissement qui nous réunissait sous notre petit auvent de feuilles. Je laissai mon esprit dériver dans un agréable néant en respirant le parfum de cacahuètes-et-manioc des mamas. Les baguettes de cheveux de Mama Boanda gouttaient aux extrémités comme un petit jardin de tuyaux d'arrosage.

Lorsque la trombe d'eau s'apaisa pour se muer en simple rafale, nous nous mîmes en route ensemble. Les femmes transportaient sur la tête des paquets de manioc enveloppés de feuilles ainsi que d'autres denrées, de la nourriture qu'elles apportaient à leur mari à Bulungu, disaient-elles. Un grand rassemblement politique y avait lieu. Mama Lo avait également pris de l'huile de palme pour la vendre là-bas. Elle portait en équilibre sur sa tête son immense bidon d'huile rectangulaire tout en bavardant avec moi et paraissait tellement à l'aise que j'essayai d'en faire autant avec la dame-jeanne en plastique. À ma grande surprise, je découvris que je pouvais l'y maintenir à condition de poser la main dessus. Tout le temps que nous avions passé au Congo, j'avais été impressionnée par ce que ces dames étaient capables de transporter, mais pas une seule fois je n'avais essayé de le faire moi-même. Quelle révélation de découvrir que je pouvais transporter mon baluchon comme n'importe quelle femme d'ici ! Au bout des quelques kilomètres, je ne sentais plus aucun poids sur ma tête.

Sans aucun homme dans les parages, chacune se sentait le cœur curieusement léger. C'était contagieux, d'une certaine manière. Nous nous amusions de notre manque de féminité en nous enfonçant dans la boue. De temps à autre, les femmes chantaient ensemble par brefs intermèdes en forme d'appel et de répons. Quand je reconnaissais l'air, je me joignais à elles. La mission de Père s'était révélée un succès au moins dans un domaine : les Congolaises adoraient notre musique. Elles étaient capables de faire des miracles à partir des *Soldats de la Croix* interprétés dans leur langue. Même les lamentations chrétiennes les plus geignardes – *Nul ne sait les épreuves que j'ai subies* – prenaient un petit air guilleret et enlevé à travers le gosier de ces femmes tandis qu'elles déambulaient : *Nani oze mpasi zazo ! Nani oze mpasi !* Nous avions enduré des épreuves au-delà de tout, mais, en ce moment même, en marchant sous la pluie qui dégoulinait de nos cheveux, nous avions l'impression d'être parties ensemble vers une grande aventure. Notre tristesse en tant que famille Price semblait appartenir à une autre époque à laquelle nous n'avions plus besoin de penser. Une fois, seulement, je me rendis compte que je cherchais Ruth May des yeux en me demandant si elle avait suffisamment chaud ou si elle avait besoin d'une chemise supplémentaire. Puis je pensai, étonnée, eh bien, Ruth May n'est plus avec nous ! Cela paraissait très simple. Nous marchions le long de cette route et elle n'était plus avec nous.

Mon esprit vagabonda énormément jusqu'à ce qu'il s'arrêtât sur Anatole. J'avais d'étranges pensées qui me pesaient et il fallait à tout prix que je les lui communique. Que l'intérieur de la gueule d'un mamba vert était d'un pur bleu ciel, par exemple. Et que nous avions répandu de la cendre sur le sol, comme Daniel, et qu'elle avait conservé des empreintes à six orteils, ce dont je n'avais parlé à personne. Anatole n'était peut-être pas plus en sûreté que nous à Kilanga. Mais sans doute personne ne l'était-il avec tous ces bouleversements. Quel était le but de ce rassemblement politique de Bulungu ? Quel était cet individu mystérieux qu'Adah avait aperçu dans la cabane d'Axelroot en train de s'esclaffer à propos des ordres du président Eisenhower ? Avaient-ils vraiment l'intention d'assassiner Lumumba ? En traversant la forêt, nous entendîmes des coups de feu au loin, mais aucune des femmes n'en fit la remarque, si bien que nous nous en abstînmes aussi.

La route longeait la rivière Kouilou en amont. J'avais passé une année à Kilanga à m'imaginer que la civilisation était en aval de nous puisque c'était par là, vers Banningville, que se rendaient les bateaux. Pourtant, lorsque Mère s'était mise en marche pour sortir du village, elle avait demandé à nos voisines la direction de Léopoldville et elles avaient toutes dit que le mieux était de remonter dans le sens de la rivière. Elles avaient dit que nous atteindrions Bulungu en deux jours. Là-bas, le chemin rejoignait une route plus large qui se dirigeait vers l'ouest, par les terres, vers la capitale. Il y aurait des camions, affirmèrent les voisines. Nous trouverions probablement quelqu'un qui nous prendrait en stop. Mère avait demandé aux femmes s'il leur était jamais arrivé d'emprunter la route de Léopoldville. Et elles s'étaient regardées, surprises de cette drôle de question. Non. La réponse était non, elles n'avaient aucune raison d'aller par là. Mais elles étaient certaines que nous ferions un agréable voyage.

En réalité, avec nos chaussures remplies de boue et nos vêtements transformés en chape visqueuse, ce ne fut pas une partie de plaisir. Les moustiques, en léthargie pendant la longue sécheresse, se manifestaient à présent et s'élevaient du sol de la forêt en nuages tellement épais qu'ils remplissaient nos bouches et nos narines. J'avais appris à retrousser les lèvres et à respirer lentement à travers mes dents serrées, pour éviter qu'ils ne m'étouffent. Une fois qu'ils nous avaient couvert les mains et la figure de marques rouges, il remontaient dans nos manches et nous piquaient sous les aisselles. Nous nous grattions jusqu'au sang. Mais en posant un pied devant l'autre nous parcourûmes davantage de distance en l'espace d'une journée que nous n'avions jamais rêvé de faire auparavant.

Peu après la tombée de la nuit, nous atteignîmes le petit village de Kiala. Mama Boanda nous invita à venir dans la maison où sa mère et son père vivaient avec deux sœurs célibataires qui semblaient avoir vingt ans de plus que Mama Boanda. Nous ne parvînmes pas vraiment à savoir si elles étaient réellement des sœurs, des tantes ou quoi. Mais, oh que nous étions heureuses d'échapper à la pluie ! Des vaches rescapées de l'abattoir n'auraient pas été plus enthousiastes. Nous nous assîmes sur nos talons autour de la grosse bouilloire familiale et mangeâmes du *fufu* et des légumes verts *nsaki* avec les doigts. Les vieux parents de Mama Boanda se ressemblaient en tous points, tous deux menus et parfaitement édentés. Le tata avait les yeux fixés sur l'entrée, indifférent, mais la mama, elle, était attentive et hochait la tête avec application pendant que Mama Boanda poursuivait son interminable récit. Il nous concernait, nous le comprîmes, car nous entendîmes le mot *nyoka* – serpent – à plusieurs reprises, ainsi que le mot *Jésus*. Quand l'histoire fut terminée, la vieille femme examina ma mère pendant un long moment tout en drapant et redrapant son pagne d'un bleu fané autour de sa maigre poitrine. Au bout d'un instant, elle soupira et partit sous la pluie pour revenir très vite, un œuf dur à la main. Elle le présenta à ma mère et nous invita d'un geste à venir le manger. Mère écailla l'œuf et nous le divisâmes, en l'émiettant avec soin, pendant que les autres nous surveillaient attentivement, comme dans l'attente d'un effet immédiat. J'ignorais si cet œuf précieux avait des vertus spécifiques pour guérir le chagrin, ou s'ils pensaient simplement que nous avions besoin de protéines pour nous soutenir lors de cet horrible voyage.

Nous étions toutes secouées d'épuisement. La boue et la pluie avaient multiplié les kilomètres par dix. Le côté infirme d'Adah était saisi de tremblements convulsifs et Rachel semblait en transe. La vieille femme s'inquiéta à haute voix auprès de sa fille de voir ses hôtes mourir chez elle, ce genre de chose étant ressenti comme portant malheur. Pourtant, elle ne nous jeta pas dehors et nous lui en fûmes reconnaissantes. De ses bras décharnés, en mouvements lents, délibérés, elle tira des bouts de bois d'un tas disposé près de la porte et alluma un feu pour nous réchauffer à l'intérieur même de la case. La fumée rendit notre respiration difficile, mais elle nous libéra des moustiques. Nous nous enveloppâmes des pagnes qui nous furent offerts en guise de couvertures et nous nous installâmes par terre pour dormir au milieu d'étrangers.

La nuit était d'un noir d'encre. J'écoutais la pluie qui tambourinait sur le chaume et les gouttes qui filtraient sans bruit au travers, et ce n'est qu'à ce moment précis que j'ai pensé à Père : «*Ils disent que vous avez réparé le chaume de votre toit et que maintenant vous ne pouvez plus vous échapper de la maison s'il pleut.*» Père n'était plus avec nous. Tous deux, Père et Ruth May, aussi simple que ça. Mon cerveau souffrait comme un os rompu tandis que je luttais pour assumer ce lieu nouveau où je me trouvais. Je ne reverrais plus jamais ma petite sœur, cela je le savais. Mais je n'avais pas encore envisagé la perte de mon père. Toute ma vie j'avais mis mes pas dans les siens, et voilà que maintenant, sans prévenir, mon corps se coulait derrière celui de ma mère, une femme dont le flanc et la mâchoire avaient le dur éclat du sel, agenouillée autour du feu avec d'autres femmes : elle dont les yeux pâles étaient posés sur un ailleurs où il ne pouvait pas la suivre. Père n'abandonnerait pas son poste pour courir à nos trousses, c'était plus que certain.

Il était incapable d'une action qui pourrait paraître une lâcheté aux yeux de son Dieu. Et aucun Dieu, en aucun cœur sur cette terre, n'était davantage aux aguets de la défaillance humaine.

Dans la pluie tonitruante, des mots m'arrivaient aux oreilles, portés par la voix particulièrement sereine d'Anatole : *Vous ne devez pas déserter votre maison s'il pleut.* Anatole traduisait la colère d'un village en une seule phrase paisible capable de clouer au sol un homme à la volonté farouche. Il est surprenant de voir comment mon père et ma mère s'étaient endurcis de manière si différente lorsqu'ils étaient devenus de pierre.

Je le revoyais debout dans la cour, transi sous le déluge, baptisant un cercle sans fin d'enfants qui s'échappaient pour revenir avec de nouveaux visages réclamant sa bénédiction. Je n'avais jamais compris l'envergure de la tâche de mon père en ce monde. Son envergure ou sa funeste absurdité. Je m'endormis, éveil et sommeil alternant au gré d'un rêve bizarre dans lequel je devais déplacer un poids énorme pour me libérer. Une montagne d'œufs durs qui se transformaient en enfants dès que je les touchais, des enfants aux yeux sombres dont les visages me mendiaient une poignée de lait en poudre, mes vêtements, ce que j'avais. Mais je ne vous ai rien apporté, leur disais-je, et le cœur me pesait alors comme une masse de plomb, car peu importe si ces mots étaient vrais ou faux, ils étaient terribles, maléfiques. À chaque fois que je partais à la dérive, je plongeais de nouveau à travers l'odeur moite et fiévreuse et le désespoir bleu sombre de cet horrible rêve. Pour finir, je m'en débarrassai d'un frisson et restai sans dormir, m'agrippant à une mince cotonnade drapée autour de mes épaules, qui sentait la sueur et la fumée. Avec l'épuisement pour seule compagnie, j'écoutai la pluie tomber. Je ne marcherais plus dans les pas de qui que ce soit maintenant. Comment pourrais-je sortir d'ici à la suite de ma mère et fuir ce que nous avions fait ?

Mais après ce que nous avions fait, comment pouvais-je rester ?

Nous ne parvînmes pas à Bulungu le deuxième jour, et le troisième nous fûmes terrassées par la fièvre. Nos corps avaient fini par abdiquer devant la puissante attaque de moustiques. Durant tous ces mois, j'avais imaginé la malaria sous les traits d'un ennemi secret, insidieux, mais maintenant elle s'emparait bien réellement de moi. Je ressentais l'avance du poison dans le flux de mon sang tel un miel infecté, épais. Je le voyais jaune de couleur. Au début, je fus terrifiée, grelottant de froid, mon cœur emballé par la panique qui semblait sombrer à mesure que le poison s'élevait dans ma poitrine. Même si j'avais été capable de donner des mots à ma terreur, il n'y aurait eu personne pour les entendre. La pluie au-dessus de nos têtes évinçait tout autre son. Sans cesse nous marchions, en dépit de notre fatigue et bien au-delà. Avec le temps, je parvins à un étrange calme, je somnolais. J'imaginai des parasites de couleur de miel faisant la fête dans mes organes teintés d'or lorsque tour à tour je gelais et je brûlais. Quand je découvris que mon visage était brûlant comme un poêle, je fus heureuse de pouvoir y réchauffer mes mains glacées. La pluie tournait à la glace en fouettant mes bras. Les arbres se mirent à flamber d'une aura rosâtre qui apaisa mes yeux. Je perdis une chaussure dans la boue et ne m'en préoccupai pas. Puis je perdis l'autre. Mes jambes se mirent à plier bizarrement sous moi. Arrivée à un certain point, je m'allongeai dans un creux irrésistible au pied d'un arbre et suppliai Mère et les autres de continuer sans moi.

Je n'ai aucun souvenir de notre arrivée à Bulungu. On m'a dit que j'avais été transportée sur une palette par quelques hommes que nous avions rencontrés au sortir de la jungle, venant d'un camp où ils fabriquaient du charbon de bois pendant la saison sèche. Je leur dois la vie, et je regrette de ne me rappeler aucun visage ou voix ou même la cadence de leurs pas pendant qu'ils me transportèrent. Je m'inquiète de m'être peut-être montrée indécente à leur égard, leur hurlant des insultes comme l'avait parfois fait Ruth May lorsqu'elle délirait sous l'emprise de la fièvre. Je ne le saurais sans doute jamais.

Bulungu était en pleine effervescence, j'en pris graduellement conscience, persuadée que ce devait être dû à notre arrivée. Qu'il fût peu probable que nous ayons été la raison d'une manifestation ne m'effleura pas l'esprit : des hommes qui battaient le tam-tam et qui dansaient avec, par exemple, des couronnes de palmes posées sur leur crâne. Des femmes à la tête ornée de plumes iridescentes qui leur retombaient le long du dos. L'avion d'Eeben Axelroot avec des halos qui dansaient autour des ailes tandis qu'il touchait terre dans un champ aux vagues d'herbe rose. Plus tard, dans le sombre abri de la maison de la personne chez qui nous étions, j'observai l'homme Axelroot curieusement transformé. Les cornes du démon des conserves Underwood luisaient sous ses cheveux lissés, alors qu'il était assis devant la fenêtre en face de ma mère. Une queue vivante rampait derrière lui comme un secret serpent de velours entre les barreaux de sa chaise. Je ne parvenais pas à quitter des yeux cette sinistre agitation. Il tenait la queue dans sa main gauche, essayant de la calmer pendant qu'il parlait. À propos de Rachel. Le profil de Mère dans la fenêtre virait au cristal de sel, reflétant toute la lumière.

D'autres gens entraient et traversaient l'obscurité où je reposais sous le chaume, réfugiée dans ma grotte de rêves et de pluie. Quelquefois, je reconnaissais grand-père Wharton à côté de mon lit, attendant patiemment que je joue à mon tour. Pleine de culpabilité, je voyais que nous étions en train de jouer aux échecs et que je ne tenais pas mon rôle. Grand-père m'annonçait sans cérémonie que nous étions tous deux morts. Mon père ne vint qu'une fois, des flammes bleues ondulant de ses sourcils et de sa langue : *Innombrables sont les afflictions du Juste : mais le Seigneur l'en a délivré.* La mince ligne bleue des mots montait tout droit de ses lèvres à travers l'atmosphère. Je les regardais, extasiée. À l'endroit où ils touchaient le plafond de chaume, ils se muaient en une file de fourmis. Matin et crépuscule et matin de nouveau, je les observais se diriger vers un trou au sommet du toit, transportant leurs fardeaux minuscules à la lumière.

Rien ici ne m'a surprise. Encore moins la présence d'Anatole Ngemba. Un matin il fut là, puis tous les jours ensuite, portant à mes lèvres une tasse de thé amer brûlant en répétant mon nom : Béene-béene. La vérité vraie. Pendant toutes ces seize années de mon existence, j'avais rarement pensé mériter autre chose qu'un grognement distrait de la part de Dieu. Mais maintenant, sous mon abri de toutes choses impossibles, je dérivais dans un bain chaleureux de pardon, et il semblait vain d'y résister. Je n'ai pas la force de m'améliorer. Si Anatole était capable d'envelopper les péchés de mon tas d'os dans une couverture et de me qualifier de bonté en soi, eh bien il fallait que je le croie.

C'est tout ce que je peux donner comme explication de notre surprenante fréquentation. En m'éveillant de mon sommeil de plusieurs mois, je constate que le cours de ma vie s'est considérablement rétréci, et je me sens me précipiter tel un flot de boue rouge fertile. Je crois que je suis très heureuse.

Je ne pourrais dire combien de semaines nous sommes restées ici avant que Mère ne s'en aille, ou combien se sont écoulées depuis. J'ai eu la chance de trouver un refuge ; cette hutte appartient à un élève d'Anatole, dont le père avait habité là avant de mourir. Anatole avait quitté Kilanga peu après nous et passait maintenant beaucoup de temps dans les villages voisins, à s'entretenir avec les gens et à organiser quelque chose à grande échelle. Il semble bénéficier d'innombrables amitiés et soutiens à Bulungu, et j'ai la possibilité de rester ici aussi longtemps qu'il sera nécessaire. Mais Mère n'a pas pu. Mère ne pouvait pas tenir en place.

Le jour où elle est partie se détache dans mon esprit comme une matinée ensoleillée, détrempée. La pluie diminuait, et Anatole pensait que j'allais suffisamment bien pour abandonner ma moustiquaire l'espace de quelques heures. Nous irions aussi loin que le fleuve Kwenge pour lui dire au revoir. Rachel s'était déjà envolée avec son démon de sauveteur et j'étais clouée à Bulungu puisque mon corps était encore infiltré de tant de poison qu'il ne pouvait supporter beaucoup plus de piqûres de moustiques. Mais Mère et Adah s'en allaient. Un commerçant était arrivé de Léopoldville en camion et, à l'époque de la saison des pluies, c'était un miracle de ne pas se faire rembarrer. Il avait l'intention de rentrer à la ville avec une cargaison de bananes, et menaçait férocement de son bâton les Congolaises qui tentaient de grimper sur son engin massivement chargé. Mais sans doute le commerçant décida-t-il en jaugeant Mère, tout en évitant son regard fixe et bleu, qu'il avait de la place pour la femme blanche. Dans la grande montagne verte de bananes, il aménagea une niche assez vaste pour loger Mère et l'une de ses filles. Je croyais que l'infirmité d'Adah et le désespoir de Mère l'avaient apitoyé. Ce n'est que plus tard que j'appris l'existence de rumeurs faisant état d'énormes récompenses en échange de femmes blanches remises saines et sauves à l'ambassade de Léopoldville.

Le camion était orange. Je m'en souviens bien. Anatole et moi nous leur fîmes un brin de conduite jusqu'au fleuve, le jour du départ. J'entendis vaguement Anatole faire des promesses à Mère à mon égard : il me remettrait sur pied et me renverrait dès que je me sentirais prête à rentrer à la maison. J'avais l'impression qu'il parlait de quelqu'un d'autre, aussi vrai que l'homme aux cornes s'était envolé avec quelqu'un d'autre que Rachel. Tandis que nous étions dangereusement ballottés sur la montagne de bananes, je me contentai de fixer Mère et Adah des yeux, pour essayer de mémoriser ce qu'il restait de ma famille.

Dès que nous atteignîmes la rive souillée du fleuve Kwenge, nous repérâmes une difficulté. Le vieux bac avait fonctionné jusqu'au jour précédent, prétendait le commerçant, mais désormais l'embarcation se balançait nonchalamment sur la berge opposée, en dépit de ses sifflements et de ses gesticulations. Deux pêcheurs arrivant à bord d'une pirogue nous informèrent que le bac était en panne faute de batterie. C'était normal, semblait-il. Mais non totalement insurmontable. Le capot de notre camion se souleva alors pour libérer la batterie que les pêcheurs transportèrent de l'autre côté du Kwenge jusqu'au bac – pour un certain prix, cela va sans dire. Le commerçant paya, tout en proférant des jurons qui semblaient exagérés à cette heure matinale, car ce n'était sans doute que la première cause d'irritation d'un très long parcours. (Ou le troisième, si l'on comptait Mère et Adah comme les deux premières.) On nous expliqua que le passeur du bac se servirait de la batterie pour démarrer son moteur et ferait la traversée pour nous rejoindre. Ensuite nous pourrions pousser le camion sur le bac et remonter la batterie dessus, une fois de l'autre côté.

Immédiatement, un autre problème se posa. L'énorme batterie du camion était d'un vieux modèle, trop large pour tenir dans le ventre de la pirogue. Après maintes discussions, les pêcheurs trouvèrent la parade : deux planches furent disposées en travers du bateau, la batterie reposerait d'un côté, un contrepoids serait installé en vis-à-vis. Ne disposant d'aucune grosse pierre, les pêcheurs nous jaugèrent, Adah et moi. Ils décrétèrent que l'une ou l'autre d'entre nous ferait contrepoids, mais ils craignaient que le handicap d'Adah ne la gêne et qu'en cas de chute dans le fleuve, la précieuse batterie ne soit également perdue. Mère, le regard fixé droit devant elle, concéda que j'étais la plus solide des deux. Personne ne fit mention du fait que j'étais faible et que la malaria me donnait des vertiges, non plus qu'il ne me vint à l'esprit de m'en servir comme excuse. Anatole tint sa langue, par égard pour les miens. Nous avions déjà tant perdu, était-ce à lui de nous dire comment saisir les seules chances qui nous restaient ?

Je montai dans la pirogue. Je devinais que le fleuve avait amorcé sa décrue à son odeur fétide particulière et au bois échoué sur les berges. Je m'émerveillai d'avoir tant appris sur les rivières congolaises. Je pensais à l'éternelle recommandation de ma mère quand, enfants, nous avions l'occasion de monter dans un bateau : s'il se retourne, cramponnez-vous de toutes vos forces ! Mais les pirogues congolaises sont d'un bois tellement dense qu'en cas de naufrage elles coulent comme des pierres. Toutes ces pensées me traversaient l'esprit pendant que le pêcheur pagayait à travers le rapide, le turbulent Kwenge. Je m'accrochais à la grossière planche posée au-dessus de l'eau, pesant de tout mon poids pour maintenir l'équilibre. Je ne me souviens pas d'avoir respiré avant que nous ne soyons parvenus sains et saufs de l'autre côté.

Il est possible que j'aie imaginé tout ceci tant l'épisode semble invraisemblable. J'en ai fait mention à Anatole par la suite et il a ri de ce qu'il appelle ma reconstitution historique. Il prétend que j'étais montée dans le canot sur ma demande, parce que le poids de la batterie aux formes bizarres le faisait pencher dangereusement. Pourtant l'incident ne cesse de venir me hanter en rêve exactement comme je l'ai décrit, assorti de la même succession de visions et d'odeurs que lorsque je faisais contre-poids au-dessus de l'eau. Je ne doute pas que cela ne se soit passé ainsi. Mais je ne peux nier que j'avais encore l'esprit confus à ce moment-là. Je n'ai que le très vague souvenir d'avoir agité la main en adieu à ma mère et à ma sœur dans un nuage de fumée de pot d'échappement et de moustiques, au moment où elles entamaient leur lent exode définitif hors du Congo. J'aimerais pouvoir me souvenir de leurs visages, de celui d'Adah en particulier. Était-elle consciente que j'avais contribué à la sauver ? Où cela faisait-il encore partie de la répartition des chances qui nous avait menées jusquelà, en ce lieu où notre chemin allait se diviser ?

J'ai compensé en me rappelant tout ce qui touche à Anatole dans les jours qui suivirent. L'exact goût des concoctions qu'il faisait bouillir pour me soigner ; la température de sa main sur ma joue. Les motifs des points de lumière à travers le chaume quand le jour pénétrait, l'obscurité où je dormais, moi contre un mur, lui contre l'autre. Nous partagions le compagnonnage des orphelins. Je le ressentais avec acuité, comme une grande faim de protéines, et regrettais l'étendue de terre sèche qui nous séparait, Anatole et moi. Je lui mendiais centimètre après centimètre une proximité plus grande en m'accrochant à ses mains lorsqu'il m'apportait la tasse. Depuis ce temps, le goût de l'amère quinine et du doux baiser sont intimement liés dans ma bouche. Jamais auparavant je n'avais aimé d'homme physiquement, et j'avais assez lu Jane Eyre et Brenda Starr pour savoir qu'un premier amour était très puissant. Mais quand j'ai connu le mien, j'étais droguée de l'exotique délire de la malaria, de sorte qu'il dominait tout. Comment, dorénavant, pourrais-je aimer quelqu'un d'autre qu'Anatole ? Qui d'autre serait capable de faire monter de ma peau les couleurs de l'aurore boréale là où il me caresse le bras ? Ou de m'expédier dans le cerveau des aiguilles de glace au tintement bleu quand il me regarde au fond des yeux ? Qui d'autre que cette fièvre pouvait muer le fantôme de mon père criant « Je t'el ! » en une boucle de fumée bleue partant à la dérive vers un petit trou brillant du toit ? Anatole a banni de mon sang le mal couleur de miel de la malaria et aussi la culpabilité. Aux côtés d'Anatole j'ai été brisée et rassemblée, par Anatole j'ai été délivrée non pas de la vie mais à cause d'elle.

L'amour change tout. Je n'avais jamais soupçonné qu'il en serait ainsi. Amour payé de retour, devrais-je dire, car toute ma vie j'avais farouchement aimé mon père, et cela n'avait rien changé. Mais maintenant, tout autour de moi, les flamboyants se sont dressés de leur long sommeil de sécheresse en murs de fleurs écarlates. Anatole se déplace dans l'ombre mouchetée aux confins de ma vision, vêtu d'une soyeuse peau de panthère. Je meurs d'envie de sentir cette peau sur mon cou. J'en meurs d'envie avec l'impatience d'une prédatrice, oublieuse du temps, aiguisée au silence des chouettes. Quand il s'absente une nuit ou deux, ma soif est inconsolable. Quand il revient, je bois chaque baiser jusqu'au bout, et pourtant ma bouche me fait souffrir comme une grotte vide.

Anatole ne m'a pas prise : je l'ai choisi. Une fois, il y a longtemps, il m'avait défendu de dire tout haut que je l'aimais. J'inventerai donc ma façon de lui dire ce que j'attends, et ce que je peux donner. Je saisis sa main et ne la lâche pas. Et il reste à me cultiver comme un modeste héritage de terre où réside son avenir.

Désormais nous dormons ensemble sous la même moustiquaire, chastement. Je n'ai aucune honte à lui dire que je veux davantage, mais Anatole rit et, en me frictionnant la tête de ses phalanges repliées, il me chasse gaiement du lit. Me dit de prendre mon arc et d'aller tuer un guib, si je dois tuer quelque chose. Le mot *bàndika* qui veut dire : tuer avec un flèche, a deux sens, voyezvous. Il dit qu'il n'est pas temps pour moi de devenir son épouse dans le sens où l'entendent les Congolais. J'étais encore en deuil, dit-il, encore malade, j'habitais encore en partie ailleurs. Anatole est un fermier patient. Il me rappelle que notre arrangement n'est pas le moins du monde inhabituel ; qu'il a connu beaucoup d'hommes qui prenaient même des épouses de dix ans. À seize ans, j'ai bien les pieds par terre selon les critères de certains, et pour tous je suis entichée. La fièvre de mes os a diminué et l'air n'est plus animé de flammes, mais Anatole vient toujours à moi, la nuit, sous sa peau de panthère.

Je me sens assez bien maintenant pour voyager. C'est vrai depuis quelque temps, mais il m'était facile de continuer à rester ici avec les amis d'Anatole à Bulungu et difficile pour nous d'évoquer la suite des événements. Finalement, ce soir, il a dû me le demander. Il m'a pris la main pendant que nous marchions vers le fleuve, ce qui m'a surprise, car normalement il est réticent à me manifester de l'affection en public. J'imagine qu'il n'y avait rien là de très public – seuls étaient visibles des pêcheurs qui réparaient leurs filets sur l'autre berge. Nous nous tenions là à les regarder tandis que le coucher de soleil peignait le fleuve de larges stries de rose et d'orange. Des îlots de jacinthes d'eau flottaient devant nous dans le courant paresseux. Je pensais que je ne m'étais jamais sentie aussi comblée ou n'avais connu autant de beauté de toute ma vie. Et juste à ce moment-là, il a dit «Béene, tu vas bien. Tu peux t'en aller, tu sais. J'ai promis à ta mère de veiller à ce que tu rentres chez toi sans encombre.»

Mon cœur s'est arrêté. «Où croit-elle que soit chez moi?

– Là où tu es la plus heureuse.

– Où veux-tu, toi, que j'aille?

– Là où tu seras heureuse», me dit-il à nouveau, alors je lui ai confié où se trouvait cet endroit. Rien de plus facile. J'y avais énormément réfléchi et décidé que s'il voulait bien me supporter telle que j'étais, je renoncerais au bien-être de la famille pour rester ici.

C'était une proposition inhabituelle, selon les critères de n'importe quelle culture. Nous étions au bord du fleuve Kwenge, en train d'énumérer tout ce qu'il nous faudrait abandonner ou oublier. C'était important de le savoir. En échange de tout ce à quoi je devrais peut-être renoncer, il abandonne bien davantage : la possibilité d'avoir plus d'une femme, par exemple. Et ce n'est qu'un début. Déjà, j'ai l'impression que les amis d'Anatole doutent de sa raison. Le fait que je sois blanche peut le couper d'emblée de multiples possibilités, voire même l'empêcher de survivre au Congo. Mais Anatole n'a pas eu le choix. Je l'ai et je tiens bon. Il y a suffisamment de mon père en moi pour que je ne lâche pas pied.

Rachel Price Axelroot

Want so lief het god die wêreld gehad, dat Hy sy enig-
gebore Seun gegee het, sodat elkeen wat in Hom glo, nie
verlore mag gaan nie, maar die ewige lewe kan hê.

Qu'est-ce que vous dites de ça ? Eh bien ! C'est
l'Évangile selon saint Jean, III, 16, en afrikans. Toute
l'année dernière, j'ai mis mes petits gants blancs et coiffé
mon tambourin pour me rendre à l'église épiscopalienne
de Johannesburg et j'ai récité ça en compagnie de gens
très bien. Actuellement, l'une de mes meilleures amies,
qui se trouve être originaire de Paris en France, me prend
sous son aile pour que je puisse également assister avec
elle à l'office catholique et réciter en français : *Car Dieu*
a tant aimé le monde qu'il a donné son Fils unique… Je
parle donc couramment trois langues. Je ne suis pas restée spécialement proche de mes sœurs, mais j'ose dire
que malgré tous leurs dons et la suite, elles ne peuvent
guère faire mieux que saint Jean, III, 16, en trois langues
différentes.

Sans doute rien ne me garantira une place au paradis,
mais quand on regarde tout ce que j'ai dû supporter de
la part d'Eeben Axelroot l'an dernier, ne serait-ce qu'en
hors-d'œuvre, cela devrait au moins m'en faire franchir
les portes. Sa manière de lorgner les autres femmes, alors
que je suis moi-même encore si jeune et si séduisante,
même avec les nerfs bousillés que j'ai, parce que j'en ai

vu de toutes les couleurs. Sans faire mention du fait qu'il me laisse toute seule pendant qu'il part faire ses tournées, pour soi-disant faire fortune. Si je me fais à l'idée de rester avec lui, c'est surtout par gratitude. Je suppose que le don des plus belles années de sa vie est un juste prix pour quelqu'un qui vous a tirée de ce trou infernal. Il m'a bel et bien sauvé la vie. Je lui ai d'ailleurs promis de certifier ce qui suit : Sauvée d'une mort imminente. Et je l'ai fait pour toute une flopée de formulaires, de façon à ce que nous puissions récupérer de l'argent de l'ambassade des États-Unis. Elle dispose de fonds d'urgence disponibles pour les ressortissants américains en danger à la suite de la crise communiste avec Lumumba et de tout ce chambardement. Axelroot a même réussi à se faire décerner une petite médaille pour conduite héroïque – il en est très fier – qu'il conserve dans un écrin spécial dans notre chambre à coucher. C'est pour cette raison que nous n'avons pas pu nous marier tout de suite. D'après ses explications, ça aurait fait mauvais effet qu'il aille ramasser de l'argent pour avoir sauvé sa propre femme.

Eh bien, idiote que je suis, je l'ai cru. Mais il semble qu'Axelroot soit champion dans l'art de récolter des médailles à la pelle et d'éviter le sacro-saint mariage. Il a cent et une raisons de ne pas épouser la vache s'il en obtient le lait gratis.

Mais, naturellement, je n'y ai pas pensé à l'époque. Vous imaginez ce que ça a pu être pour une jeune fille impressionnable. J'étais plantée là, à grelotter au milieu de la pluie, entourée de tous les côtés de huttes en terre, de routes en terre, de terre partout. De gens accroupis dans la boue qui s'escrimaient à faire cuire quelque chose sur le feu, sous cette pluie diluvienne. Avec les chiens qui devenaient fous et qui couraient partout dans la gadoue. Nous avons pratiquement traversé la moitié du Congo à pied. Tel était mon chemin de croix, comme l'aurait dit notre cher papa, non que j'aie eu d'autre choix, notez. J'ai reçu le baptême de la boue. J'ai dormi par terre, la nuit, sur des sols infects en priant le Seigneur de ne pas me réveiller mordue par un serpent, comme cela s'était tragiquement passé pour ma propre sœur, sachant parfaitement que ç'aurait pu aussi bien être moi. Les mots sont incapables de donner une idée de mon état mental. Quand nous sommes enfin arrivées à ce village, Mr. Axelroot était là, avec ses lunettes de soleil, appuyé contre son avion, minaudant dans son uniforme kaki à larges épaules ; la seule chose que j'ai pu dire c'est : « Complètement marre. Emmenez-moi d'ici ! » Je me fichais bien d'avoir à signer n'importe quel formulaire. J'aurais signé un contrat avec le diable lui-même. Je vous jure.

Voilà donc comment ça s'est passé pour moi, un jour plantée dans la boue jusqu'aux pointes de mes cheveux fourchus, le lendemain en promenade dans les larges rues ensoleillées de Johannesburg, en Afrique du Sud, au milieu de maisons avec des jolies pelouses vertes et des piscines et des tripotées de jolies fleurs qui poussaient derrière leurs belles grandes clôtures aux portails électriques. Des voitures, même ! Des téléphones ! Des Blancs partout où que l'on posait les yeux.

À cette époque-là, Axelroot était justement sur le point de faire son trou à Johannesburg. Il occupe un poste flambant neuf au service de sécurité d'une mine d'or, proche de la banlieue nord, où en principe nous allons bientôt vivre dans l'opulence. Quoique au bout d'un an toutes ses promesses commencent à avoir un léger air de déjà dit. Sans parler de nos meubles dont la moindre esquille a déjà appartenu à quelqu'un d'autre.

En arrivant à Johannesburg, j'ai séjourné brièvement chez un couple américain tout à fait charmant, les Templeton. Mrs. Templeton avait des domestiques différentes pour la cuisine, le ménage et le linge. Je me suis bien lavé les cheveux au moins cinquante fois en dix jours en me servant d'une nouvelle serviette à chaque fois ! Oh, j'ai cru que j'étais morte et au paradis. Le simple fait d'être de nouveau avec des gens qui parlaient enfin un anglais normal et comprenaient le principe des toilettes avec chasse d'eau.

La maison d'Eeben, la mienne, n'est pas aussi luxueuse évidemment, mais nous nous en contentons et j'y ajoute ma touche féminine. Axelroot a plutôt bien manœuvré en tant que pilote au Congo, en assurant le transport des denrées périssables de la brousse vers les villes pour la revente au détail, et il s'est également démené dans le commerce du diamant. Il a aussi travaillé pour le gouvernement pour lequel il a effectué des missions secrètes et le reste, mais il n'en a plus tellement parlé depuis que nous avons commencé à vivre ensemble. Maintenant que nous avons des rapports quand ça nous chante, ce qui en passant ne me paraît pas un péché aussi affreux que ça, alors qu'il y a tant de gens blessés, trompés ou tués à gauche et à droite de par le monde, je disais donc que Mr. Axelroot n'a plus à se vanter de ses grands secrets auprès de la Princesse pour lui soutirer un baiser. Maintenant son secret numéro un, c'est : Je boirais bien une autre bière ! Vous voyez !

Mais j'étais décidée dès le départ à tirer le meilleur parti de ma situation ici, dans mon nouveau foyer de Johannesburg, en Afrique du Sud. Pour commencer, je me fais appeler Rachel Axelroot et je suis bien la seule à le savoir, vraiment. J'ai toujours veillé à fréquenter l'église avec les gens du meilleur monde, et nous sommes invités à leurs réceptions. J'insiste beaucoup là-dessus. J'ai même appris à jouer au bridge ! Ce sont mes amies d'ici, à Joburg, qui m'ont montré comment recevoir, surveiller de près le personnel, et simplement comment passer avec grâce à l'état d'épouse et d'adultéreuse. Mes amies, plus mon abonnement au *Ladies' Home Journal*. Nos magazines arrivent tellement tard que nous sommes déphasées d'un ou deux mois par rapport au style. Nous nous mettons au vernis à ongles corail, alors que toute femme de bon sens est déjà passée au rose, mais zut, au moins nous sommes toutes à la traîne en même temps. Et les jeunes femmes que je fréquente sont très sophistiquées. Surtout Dominique, qui est catholique et qui vient de Paris, en France, et qui au grand jamais ne mangerait son dessert avec la même fourchette que celle dont elle s'est servie au cours du dîner. Son mari est attaché d'ambassade, alors les bonnes manières, elle en sait quelque chose ! Quand nous sommes invités à dîner dans les meilleures maisons, il suffit de jeter un coup d'œil du côté de Dominique pour ne pas se tromper.

Nous autres, jeunes femmes du même monde, restons en permanence entre nous, et heureusement, parce que les hommes sont toujours partis pour une affaire ou une autre. Dans le cas d'Axelroot, comme je l'ai déjà dit, cela se révèle souvent être des affaires louches. Pour autant que je sache, il est allé quelque part sauver une autre demoiselle en détresse avec promesse de mariage un de ces jours quand il aura ramassé sa récompense en espèces sonnantes ! Ce serait du Axelroot tout craché de se présenter avec une femme ou deux en plus, sous le prétexte que cela se fait ici. Peut-être est-il en Afrique depuis si longtemps qu'il a oublié que nous autres, les chrétiens, nous avons notre propre système matrimonial et qu'il s'appelle monotonie.

Eh bien, je le supporte malgré tout. Quand je me réveille le matin, au moins je suis toujours vivante et non morte comme Ruth May. C'est donc que j'ai bien fait. Quelquefois il vaut mieux sauver sa peau et voir les détails après. Comme il est dit dans ce petit bouquin : Écartez les coudes, levez les pieds et laissez-vous porter par la foule ! La dernière des choses à faire serait de se laisser marcher dessus.

Depuis le jour où il m'a fait sortir du Congo à bord de son avion, j'ai un mal fou à me souvenir de ce que je croyais qu'il allait se passer par la suite. J'étais tellement folle de joie à l'idée de sortir de cet horrible trou plein de boue que j'étais incapable de réfléchir correctement. Je suis certaine d'avoir dit au revoir à Mère et à Adah, mais je ne me souviens pas de m'être appesantie sur le fait que je ne les reverrais peut-être pas de sitôt, où même jamais. Je devais être dans le brouillard le plus complet.

C'est drôle, mais je ne me souviens que d'une seule chose. L'avion d'Eeben était à des centaines de mètres dans les airs, bien au-dessus des nuages, quand tout d'un coup j'ai repensé à mon coffre de mariage ! Toutes ces jolies choses que j'avais confectionnées – des serviettes de toilette à monogrammes, une nappe et les serviettes assorties – ça ne me paraissait pas juste de ne pas les avoir en me mariant. Bien que dans les vapes, je lui ai fait promettre qu'il retournerait un de ces jours les récupérer dans notre maison de Kilanga. Naturellement, il n'en a rien fait. Je réalise maintenant que c'était complètement idiot de ma part de penser qu'il le ferait.

Tel que je vous vois venir, vous allez sûrement me dire que mes espoirs se sont envolés.

Adah Price

Dites toute la vérité mais en biaisant, déclare mon amie Emily Dickinson. Et en réalité ai-je d'autre choix ? Je suis une petite bonne femme bancale, obsédée d'équilibre.

Je me suis décidée à parler, on peut donc raconter. Parler est devenu une question de survie pour moi puisque Mère semblait être devenue muette et qu'il n'y avait plus personne pour justifier de ma place en ce monde. Je me suis retrouvée en déséquilibre au bord du même précipice qu'en entrant à l'école primaire : étais-je douée, ou menacée d'éducation spécialisée avec les gamins Crawley tireurs d'oreilles ? Non que la compagnie de crétins m'aurait déplue, mais j'avais besoin de fuir Bethlehem où les murs sont faits d'yeux empilés en rangs les uns au-dessus des autres comme des briques et où chaque bouffée d'air a le goût acide de la dernière médisance d'autrui. Nous sommes rentrées chez nous et nous avons reçu un accueil réservé aux héros : la ville était franchement en manque de ragots croustillants. Alors, bravo ! Bienvenue à ces malheureuses Price ! Ces étonnantes Orleanna et Adah, dépossédées, bizarres et sans abri (car nous ne pouvions plus désormais habiter un presbytère sans pasteur), corrompues par l'Afrique la plus noire – et probablement païenne –, revenues en douce en ville sans leur homme, telle une paire de dalmatiennes * enragées rentrant chez elles en titubant sans leur pompe à incendie.

On pensa que nous étions dérangées. Mère en accepta volontiers le diagnostic. Elle emménagea nos affaires du garde-meuble dans un bungalow en contre-plaqué des environs peuplés de pins de la ville, qu'elle put louer, forte d'un petit héritage laissé par grand-père Wharton. Elle ne brancha pas le téléphone. À la place, elle s'empara d'une binette et mit en culture le moindre centimètre carré de l'hectare de terrain sableux qu'elle avait loué : cacahuètes, patates douces et quatre douzaines de sortes de fleurs. Elle semblait décidée à faire pousser la tragédie hors d'elle-même comme on change une mauvaise coupe de cheveux. Un voisin au bas de la route possédait une oie hargneuse et des porcs dont Mère, telle une bonne Africaine, rapportait quotidiennement le fumier chez elle, en deux seaux égaux d'un boisseau. Je n'aurais pas été autrement surprise si elle en avait mis un troisième sur sa tête. Vers le milieu de l'été, il nous fut impossible de voir quoi que ce soit par la fenêtre tellement il y avait de digitales et d'achillées. Mère disait qu'elle avait l'intention d'installer un cabanon en planches près de la route et d'y vendre des bouquets à trois cinquante l'unité. Je me demandais bien ce que Bethlehem dirait de ça. La femme du pasteur transformée en marchande de fleurs aux pieds nus.

Avec autant de persévérance que Mère s'était attachée aux catalogues de graines, je me plongeai dans celui d'Emory University pour en étudier les possibilités.

---

* Aux États-Unis, les pompiers étaient autrefois attachés à diverses compagnies d'assurance qui les employaient à éteindre les incendies. Des rivalités les opposant parfois, ils étaient contraints de faire garder leurs voitures et leurs matériels anti-incendie par des chiens, notamment des dalmatiens, faute de quoi les feux continuaient à brûler ! De nos jours, le dalmatien reste traditionnellement la mascotte des pompiers. *(N.d.T.)*

Ensuite je pris le Greyhound pour Atlanta et cahin-caha me traînai jusqu'au bureau des inscriptions. On m'autorisa à rencontrer un certain Dr. Holden Remile, dont la tâche, je pense, consistait surtout à décourager les gens de mon acabit de solliciter des entretiens de gens comme lui. Son bureau était immense.

J'ouvris la bouche en attendant la phrase qui, je l'espérais, finirait par sortir. « J'ai besoin de suivre les cours de votre université, monsieur. Et quand j'en aurai terminé, je voudrais faire des études de médecine dans votre établissement. »

Le Dr. Remile fut sous le choc, que ce soit en raison de mon infirmité ou de mon audace, je ne saurais le dire, mais sans doute moins choqué que je ne le fus par le son de ma propre voix. Il me demanda si je disposais de fonds, si j'avais gardé des notes du lycée, et si j'avais au minimum suivi les cours de chimie ou d'algèbre du deuxième cycle. L'unique réponse que je me sentis capable de lui donner fut : « Non, monsieur. » Mais je fis tout de même mention du fait que j'avais lu un certain nombre de livres.

« Savez-vous ce que sont les mathématiques, jeune fille ? » me demanda-t-il comme quelqu'un qui dissimule quelque chose d'effrayant dans une main. Ayant grandi à proximité de celles du Révérend Price, je suis relativement vaccinée en matière de peur.

« Oui monsieur, dis-je. C'est le calcul des changements. »

Son téléphone sonna. Le Dr. Remile constata brusquement que je devais pouvoir bénéficier d'une bourse du gouvernement, étant fille d'ancien combattant. Il prit des dispositions pour m'inscrire aux examens d'entrée pour lesquels je revins à Atlanta le mois suivant. Je répondis à toutes les questions au sujet des mathématiques. Dans celui de vocabulaire, j'en ratai quatre, toutes liées au choix d'un mot intrus dans une série. J'ai toujours eu des difficultés avec ce genre d'exercice.

J'avais dit la vérité : il fallait que je fréquente cette université. Il fallait que je sorte de Bethlehem, de ma peau, de mon crâne, et du fantôme de ma famille. Non parce que j'avais honte de Mère – comment aurais-je pu, moi, l'idiote du village, avoir honte d'elle ? D'une certaine manière, j'appréciais le voisinage de sa folie, et je la comprenais certainement. Mais Mère voulait me consommer comme une nourriture. J'avais besoin d'une chambre à moi. J'avais besoin de livres, et pour la première fois de ma vie, j'avais besoin de maîtres qui m'indiqueraient chaque jour ce à quoi il faudrait réfléchir.

Dans la chimie organique, la zoologie des invertébrés et la symétrie inspirée des lois génétiques mendéliennes, j'ai trouvé une religion utile. Je récite la classification des éléments comme une prière ; je me rends aux examens comme on va recevoir la sainte communion, et l'obtention de mon examen de passage au bout du premier trimestre fut un sacrement.

Comme il m'est impossible de téléphoner à Mère, je prends l'autobus pour rentrer en fin de semaine. Nous buvons du thé et elle me montre ses fleurs. Le plus curieux c'est que, du temps de Père, elle ne jardinait jamais. C'était son domaine à lui et, à nous toutes, il commandait de cultiver utile, tout ça pour la gloire du Seigneur et du saint-frusquin. Nous n'avons jamais connu une seule fleur de toute notre enfance. Ne serait-ce qu'un pissenlit. Maintenant le bungalow de Mère se réduit à un faîte de toit entouré d'un nuage de roses, de bleus, d'orange. Il faut se baisser sous une exubérante arche de cosmos pour remonter l'allée et écarter les roses trémières de toute la longueur de son bras droit pour entrer par la porte de devant. Il semble que Mère ait un talent extraordinaire pour les fleurs. Elle était un véritable jardin botanique en attente.

Quand je lui rends visite, nous parlons peu et nous sommes toutes deux soulagées de ce silence. Nous ne sommes plus que toutes les deux maintenant, et je lui

510

dois la vie. Elle ne me doit rien du tout. Oui, je l'ai abandonnée et désormais elle est triste. Chose dont je n'ai pas
l'habitude. J'ai toujours été celle qui a sacrifié sa vie, ses
membres et la moitié d'un cerveau pour sauver l'autre.
J'ai pour habitude de me traîner, impérieuse, à travers un
monde qui m'est redevable d'irréparables dettes. Depuis
longtemps, je m'appuie sur le réconfort du martyre.

À présent, je subis le poids d'une dette que je suis incapable de rembourser. Mère m'a farouchement empoignée
et elle m'a sauvée. Elle allait me traîner hors de l'Afrique
même si cela devait être son ultime acte en tant qu'être
vivant, ce qui se révéla pratiquement le cas. Voici comment les choses se sont passées : le commerçant dont le
camion était apparu à Bulungu tel un ange rongé de
rouille nous avait promis de nous transporter jusqu'à
Léopoldville en même temps que ses bananes, mais il
devait bientôt changer d'avis et se débarrasser de nous
en échange d'un lot de fruits supplémentaire. À la suite
d'un entretien avec des soldats en cours de route, il se
laissa convaincre qu'en ville les fruits rapportaient alors
davantage que les femmes blanches, à ce moment-là. Si
bien qu'il nous fit descendre.

Nous avons marché, l'estomac vide, durant deux jours.
La nuit, nous nous réfugions à la lisière des bois et nous
nous couvrions de feuilles de palme pour ne pas être vues
des soldats. Mais le deuxième soir, tard, un camion de
l'armée est venu se garer auprès de nous et un type nous
a brusquement flanquées à l'arrière du véhicule où nous
avons atterri pêle-mêle au milieu de genoux, de casques
et de fusils. Aucun doute, ces soldats avaient de mauvaises intentions ; j'étais pétrifiée devant cette perspective. Mais les yeux d'opale de Mère les ont effrayés. De
toute évidence, elle était possédée de quelque farouche
démon qui les pénétrerait s'ils nous touchaient, elle
ou moi. Surtout moi. De sorte qu'ils ont gardé leurs
distances vis-à-vis de nous. Nous fûmes ballottées
silencieusement à l'arrière du camion, franchissant des

douzaines de barrages militaires, puis on nous déposa à l'ambassade de Belgique qui nous recueillit en attendant que quelqu'un trouvât une solution pour nous. Nous restâmmes dix-neuf jours à l'infirmerie, à avaler toute une panoplie de poisons spécialisés car nous avions des parasites intestinaux, des mycoses aux pieds et aux avant-bras, et la malaria bien au-delà de la dose habituelle.

Ensuite, à bord d'un avion sanitaire rempli de personnels des Nations unies et de Blancs malades, nous fûmes transportées dans une longue obscurité ronronnante au cours de laquelle nous dormîmes du sommeil des morts. Lorsque cessa le vrombissement, nous nous redressâmes tous en clignant des yeux tels des cadavres qu'on a dérangés. Le jour brillait dans les hublots. Le ventre de l'avion s'est ouvert dans un gémissement et nous avons été livrées sans transition à la douce atmosphère printanière de Fort Benning, en Géorgie.

Il est impossible de décrire le choc du retour. Je me souviens d'être restée une éternité à contempler la ligne jaune qui avait été peinte avec précision sur un trottoir aux contours nets. Jaune, jaune, ligne, ligne. J'évaluai l'activité humaine, la peinture, le camion de ciment et les formes de béton, tous ces éléments qui étaient entrés en jeu dans la réalisation d'un seul trottoir. Pour quoi faire ? Je ne parvenais pas à trouver de réponse. Pour qu'aucune voiture ne se gare à cet endroit ? Y avait-il tant de voitures que l'Amérique dût être divisée en espaces, avec et sans elles ? En avait-il toujours été ainsi, ou s'étaient-elles multipliées à l'infini en notre absence, de même que les téléphones, les chaussures nouveau style, les radios à transistors et les tomates sous Cellophane ?

Puis je regardai un moment des feux de circulation qui étaient suspendus de manière élaborée au bout de câbles au-dessus du croisement. J'étais incapable de regarder les voitures elles-mêmes. Mon cerveau rugissait de toute cette couleur et de toute cette orchestration d'agitation métallique. Du bâtiment ouvert derrière moi arrivaient une bouffée d'air à l'odeur neutre et un murmure aigu de lumières fluorescentes. Bien qu'étant dehors, j'éprouvais une étrange impression d'enfermement. Un magazine abandonné traînait en bordure de la rue, incroyablement propre et intact. Une brise en feuilletait doucement les pages à mon intention, une à la fois : ici, une maman blanche à la coiffure impeccable à côté d'une énorme machine à sécher, blanche, d'un gros bébé blanc et d'une grande quantité de vêtements étincelants de propreté qui auraient suffi, d'après moi, à vêtir un village entier ; là, un homme et une femme séparés par un drapeau de confédérés sur une vaste pelouse tellement unie et rase que leurs ombres s'étendaient derrière eux sur toute la longueur d'un arbre abattu ; là encore, une blonde en robe noire, collier de perles et longs ongles rouges, penchée au-dessus d'une nappe blanche sur un verre de vin ; ici, un enfant avec toutes sortes de vêtements inconnus serrant sur son cœur une poupée si immaculée et si propre qu'elle ne semblait pas lui appartenir ; là, une femme en manteau et chapeau, un lot de chaussettes écossaises à la main. Le monde semblait tout à la fois plein et vide, privé d'odeurs et trop lumineux. Je continuai à regarder les feux, qui passèrent au rouge. Soudain une flèche verte surgit, pointant vers la gauche, et la rangée de voitures telles des bêtes dociles obliquèrent toutes dans cette direction. J'éclatai de rire.

Mère, entre-temps, avait pris de l'avance. Elle se dirigeait, comme en transe, vers un téléphone public. Je me hâtai de la rattraper, un peu honteuse car elle avait carrément doublé une longue file de jeunes soldats qui attendaient d'appeler chez eux. Elle demanda que quelqu'un lui donne la monnaie exacte pour appeler le Mississippi, ce que deux garçons firent avec un empressement envers Mère digne de celui que l'on réserve à un officier supérieur. Les pièces américaines, neuves pour moi, pesèrent à peine dans mes mains. Je les tendis à Mère et elle téléphona à quelques cousins qui promirent de venir nous chercher presque dans l'instant bien que Mère ne leur eût pratiquement pas parlé depuis dix ans. Elle connaissait encore leurs numéros de téléphone par cœur.

Dites toute la vérité, mais en biaisant. Reste-t-il encore un secret à révéler sur la famille ? Il se pourrait que je retombe dans mon mutisme jusqu'à ce que je sois sûre de ce que je sais. Je pensais l'avoir établi il y a long-temps, voyez-vous. Mon hymne à Dieu : *Oh Allah, ô !* Mon hymne à l'amour : *Noble, bel, bon !* Oh, je savais tout ça, à l'envers comme à l'endroit. J'avais découvert l'équilibre des forces en une seule longue nuit congo-laise, lorsque les fourmis étaient arrivées : les coups sur la porte, la sombre précipitation, les pieds brûlants et, en tout dernier lieu, Adah traînant le refrain incessant de son corps arrière… gauche, abandonnée. Dehors sous la lune, là où le sol bouillonnait et là où Mère se dressait tel un arbre enraciné immobile au milieu de la tempête. Mère, le regard fixé sur moi, Ruth May dans les bras, nous com-parant l'une à l'autre. La tendre enfant indemne aux anglaises dorées et aux solides jambes, ou la sombre ado-lescente muette hâlant une moitié de corps obstinément désarticulée. Laquelle ? Après n'avoir hésité qu'une seconde, elle avait choisi la perfection et laissé l'infirme. Il faut savoir choisir.

L'âme d'Ève rêve de mal, écrivais-je dans mon jour-nal. Vivante à un moment, morte au suivant, car c'est ainsi que mon cerveau divisé prédit le monde. Il n'y avait de place pour rien en Adah en dehors du pur amour et de la haine pure. Une telle existence est satisfaisante et pro-fondément simplifiée. Depuis lors, ma vie est devenue infiniment plus difficile. Car plus tard, elle m'a choisie, moi. À la fin elle ne pouvait emmener qu'une seule enfant vivante hors d'Afrique et je fus cette enfant. Aurait-elle préféré que ce soit Ruth May ? Étais-je un prix de consolation ? En me voyant, oublie-t-elle sa perte ? Ne suis-je en vie que parce que Ruth May est morte ? Quelle vérité ai-je le droit d'affirmer ?

Récemment, j'ai fouillé l'histoire de Notre Père. Dans une vieille malle pleine d'affaires à lui. J'avais besoin de retrouver son certificat de démobilisation qui me donnerait quelques avantages en vue d'un tutorat universitaire. J'ai découvert plus que ce que je cherchais. Sa médaille ne lui avait pas été remise, comme on nous l'avait toujours dit, au motif d'une conduite héroïque. Mais simplement pour avoir été blessé et avoir survécu. Pour avoir échappé à une jungle dans laquelle tous les autres étaient allés trouver la mort. Rien de plus. Les conditions de sa démobilisation étaient en principe honorables, mais officieusement elles signifiaient : Lâcheté, Culpabilité, Disgrâce. Le Révérend, l'unique survivant d'une compagnie de morts qui, depuis, n'a cessé de l'accompagner tout au long de sa vie. Pas étonnant qu'il n'ait pu déserter deux fois cette même jungle. Mère m'avait raconté une partie de l'histoire, et je me suis rendu compte que je connaissais déjà la suite. Condamné par le destin. Notre Père devait payer ces vies du reste de la sienne, et il l'a passée en posant désespérément sous les yeux d'un Dieu qui ne remettait pas la moindre dette. Ce Dieu me tracasse. Dernièrement il m'a cherchée. Ruth May visite mon sommeil ainsi que beaucoup d'autres enfants qui sont enterrés près d'elle. Ils crient « Maman, tu veux bien, dis ? » et les mères se traînent sur les mains, les genoux, essayant de manger de la terre des tombes toutes fraîches de leurs petits. Les chouettes ululent, ululent, et l'atmosphère est pleine d'esprits. Voilà ce que j'ai rapporté du Congo sur mon petit dos difforme. Au cours de nos dix-sept mois à Kilanga, trente et un enfants sont morts, y compris Ruth May. Pourquoi pas Adah ? Je n'imagine aucune réponse qui puisse m'absoudre.

Les raisons qu'a eues Mère de me sauver sont, je crois, aussi compliquées que le destin lui-même. Entre autres choses, elle n'a pas eu beaucoup de choix. Une fois, elle m'aura trahie, une autre, elle m'aura sauvée. Le destin a agi de même pour Ruth May, mais dans l'ordre inverse. Chaque trahison comporte un instant parfait, comme une pièce marquée – pile ou face – du salut de l'autre côté. La trahison est pour moi une amie de longue date, une déesse à deux visages qui regarde devant et derrière soi en doutant sérieusement de la chance. J'ai toujours pensé que je ferais une scientifique clairvoyante justement à cause de cela. Comme il se trouve, la trahison peut toutefois engendrer des pénitents, d'habiles petits politiciens et des fantômes. Notre famille semble avoir produit un exemplaire de chaque.

Nous faire emmener, nous faire épouser, nous convoyer sur l'autre rive, nous faire enterrer : ce sont les quatre moyens que nous avons choisis pour nous en sortir. Cependant, à dire vrai, aucune de nous n'est encore arrivée saine et sauve de l'autre côté. Sauf Ruth May, bien sûr. Nous attendons qu'elle nous donne de ses nouvelles.

J'ai pris le bac. Jusqu'à ce matin précis où nous nous sommes tous rendus au bord de la rivière, j'ai cru que Mère allait emmener Leah, pas moi. Leah qui, au plus fort de sa malaria, s'est tout de même précipitée dans la pirogue et s'est blottie à côté de la batterie afin de l'empêcher de gîter. Une fois de plus je me suis sentie dépassée par son héroïsme. Mais quand nous avons regardé l'embarcation dériver au loin sur le fleuve Kwenge, Mère m'a étreint la main si fort que j'ai compris que c'était moi qu'elle avait choisie. Qu'elle me sortirait de l'Afrique, accomplissant ainsi son ultime acte de vie en tant que mère. J'en suis persuadée.

Leah Price

La démineuse, c'est ainsi que m'appellent les religieuses ici. Celle qui ramasse les mines. Je prends garde à ce que mon habit ne traîne pas par terre. Je porte un pantalon en dessous, et je le coince dans ma ceinture pour me déplacer plus vite ou pour grimper sur un arbre avec mon arc dans le but d'abattre un peu de viande qu'elles sont, je crois, bien contentes de recevoir. Mais je vois dans leurs yeux qu'elles trouvent que j'ai un peu trop d'énergie dans les circonstances actuelles. Même sœur Thérèse, qui est ce qui ressemble de plus près à une amie pour moi, ici, au Grand-Silence, me distingue de cette bande d'immaculées en insistant pour que je ne porte que du brun. Elle est responsable du linge de l'hôpital et prétend que, pour ce qui est du blanc, je suis un cas désespéré.

« Liselin ! » gronde-t-elle en brandissant mon scapulaire taché d'un sang quelconque, celui de quelque chat que j'aurai dépecé.

– Du sang de menstrues ? » lui dis-je, et elle se plie en deux, le rose au visage, en déclarant que j'en fais trop. Pourtant, en regardant autour de moi, je me demande comment, dans la situation présente, on peut avoir trop d'énergie.

Liselin, c'est moi : sœur Liselin, une malheureuse passée en fraude sous un abri d'ombre, à qui on donne asile jusqu'au terme indéfini de l'emprisonnement de son fiancé, engoncée entre-temps dans un trop-plein d'étoffe et mariée au Seigneur pour dissimuler mon nom de jeune fille. J'espère qu'Il comprend lorsque je prie que nos épousailles ne dureront pas une éternité. Les religieuses semblent oublier que je ne suis pas des leurs, même si elles savent comment je suis arrivée ici. Thérèse me fait répéter les détails de mon aventure pendant qu'elle ouvre tout rond ses yeux gris. La voilà donc, âgée de vingt ans au plus et à des milliers de kilomètres de ses pâturages de France, à laver les pansements des lépreux et des fausses couches atroces, et pourtant mon évasion miraculeuse l'électrise. Peut-être parce que je l'ai partagée avec Anatole. Quand nous sommes seules dans l'étouffante moiteur de la buanderie, elle me demande à quoi je reconnais que je suis amoureuse.

« Je le suis sûrement. Qu'est-ce qui, autrement, peut vous rendre assez bête pour mettre des centaines de gens en danger ? »

C'est vrai, c'est ce que j'ai fait. Quand, à Bulungu, j'ai fini par me réveiller de mon état de stupeur, j'ai compris quel lourd fardeau j'avais représenté, non seulement en mangeant jour après jour du *fufu* et de la sauce au poisson, mais en étant une étrangère dans l'œil du cyclone. L'armée de Mobutu avait la réputation d'être sans pitié et imprévisible. Les gens de Bulungu auraient pu se voir accusés de n'importe quoi pour m'avoir recueillie. Le village aurait également pu être incendié de fond en comble sans raison valable. Chacun apprenait vite que la meilleure stratégie consistait à rester invisible. Pourtant ma présence était connue dans toute la région : j'avais été un drapeau voyant qui s'était agité bien haut pendant tous ces mois de maladie et d'oubli, une fille tout bêtement amoureuse, au centre de son propre univers. Finalement, je me suis reprise pour constater que si le soleil se levait toujours à l'est, tout le reste avait changé. J'ai supplié Anatole de m'envoyer quelque part où je ne représenterais pas de danger pour les autres, mais il ne voulait pas que je parte seule. Il répétait avec insistance que je n'avais pas à avoir honte de quoi que ce soit. Il risquait sa peau de partisan de Lumumba en restant près de moi, mais désormais beaucoup de gens prenaient des risques pour ce qui leur tenait à cœur, ou simplement pour ce qu'ils savaient. Bientôt nous partirions, promettait-il, et nous partirions ensemble.

Des amis échafaudèrent des plans pour nous, entre autres des hommes de Kilanga que jamais je n'aurais imaginé courir de tels risques pour Anatole. Tata Boanda en particulier. Avec son pantalon rouge vif et le reste, il était arrivé à pied, tard dans la nuit, avec une valise sur la tête. Il avait de l'argent pour nous qu'il prétendait devoir à mon père, mais cela reste à prouver. La valise nous appartenait. Dedans, il y avait une robe et un album de coloriages de Ruth May, des pièces de nos trousseaux, mon arc et mes flèches. Quelqu'un à Kilanga avait récupéré ces précieux objets à notre intention. J'imagine aussi que les femmes, après avoir fait le tour de la maison, n'en avaient pas voulu. Ou encore, troisième hypothèse : consternées que Jésus n'ait pas réussi à nous protéger, elles avaient choisi de rester en dehors de tout ça.

Les nouvelles de Père n'étaient pas bonnes. Il vivait seul. Je n'y avais pas pensé : mais qui lui faisait la cuisine ? Je n'avais jamais envisagé Père sans femme pour prendre soin de lui. On me disait maintenant qu'il était barbu, hirsute, et qu'il luttait désespérément contre la malnutrition et les parasites. Notre maison avait brûlé, la faute en revenant à l'esprit de Mère ou à la malice des enfants du village, mais d'après les suppositions de Tata Boanda, c'était probablement celle de Père lui-même en essayant de griller sa viande au-dessus d'une flamme de kérosène. Père s'était réfugié dans une hutte dans les bois qu'il appelait la Nouvelle-Église-de-la-vie-éternelle-Jésus-est-bängala. Aussi prometteur que cela pût paraître, peu de gens se montraient preneurs. Ils attendaient de voir comment Jésus protégerait Tata Price maintenant qu'il devait se débrouiller comme tout le monde sans le secours de l'avion ou même de femmes. Jusqu'ici, Père ne semblait pas récolter d'avantages particuliers. En outre, son église était située trop près du cimetière.

Tata Boanda me dit avec une authentique gentillesse qu'on pleurait Ruth May à Kilanga. Tata Ndu menaçait d'exiler Tata Kuvudundu pour avoir flanqué le serpent dans notre poulailler, on savait que c'était lui car Nelson avait montré les traces de pied à de nombreux témoins. Kilanga avait connu des ennuis de toute sorte. Les partisans de Lumumba parmi les élèves d'Anatole s'étaient accrochés avec ce qui restait de l'armée nationale, devenue l'armée de Mobutu, plus au sud, le long de la rivière. Nous fûmes prévenus qu'il nous serait difficile de voyager, quelle que soit la destination.

Ce fut plus difficile que cela. Même lorsque la pluie eut cessé de tomber, c'est à peine si nous pûmes nous rendre à pied jusqu'au Kwenge. De là nous avions le projet de prendre le bac jusqu'à Stanleyville où Lumumba jouissait encore d'un énorme soutien populaire. Il y avait du pain sur la planche, et Anatole avait le sentiment que nous serions en sécurité là-bas. L'argent que nous avait apporté Tata Boanda fut notre salut. C'était une petite somme, mais en solides francs belges. La monnaie congolaise était devenue inutilisable du jour au lendemain. Un million de coupures roses congolaises n'auraient pu payer notre passage sur le bac.

Il en allait de même pour tout : le sol se dérobait pendant que nous dormions, et chaque jour nouveau nous confrontait à une succession de surprises terribles. À Stanleyville, nous découvrîmes rapidement que je représentais une charge plus grande encore qu'à Bulungu. La vue d'une peau blanche outrageait les gens, pour des raisons que j'avais le bon sens de comprendre. Ils avaient perdu leur héros dans un marchandage entre des étrangers et Mobutu. Anatole m'emballa dans des pagnes en batik, espérant ainsi me faire passer pour une matrone congolaise tout en essayant de m'empêcher de tituber de vertige devant les voitures. Je faillis m'évanouir dans l'agitation de Stanleyville – les gens, les voitures, les animaux dans la rue, les regards austères derrière les fenêtres dans les hauts immeubles en béton. Je n'avais pas mis les pieds hors de la jungle depuis mon voyage à Léopoldville avec Père, un an ou cent ans plus tôt, je ne savais plus.

Anatole ne fut pas long à trouver un moyen de nous faire sortir de la ville. À l'arrière du camion d'un ami, cachés sous des feuilles de manioc, nous quittâmes Stanleyville un soir tard et nous nous rendîmes en République centrafricaine, près de Bangassou. Je fus « livrée » à cette mission au fond de la jungle, là où, au milieu de la prudente neutralité des sœurs, une novice un peu chiffonnée nommée sœur Liselin pourrait passer quelques mois incognito. Sans nous poser la moindre question, la mère supérieure nous invita, Anatole et moi, à passer notre dernière nuit ensemble dans ma petite chambre nue. Ma gratitude envers elle m'a permis d'avancer d'une bonne longueur sur une route difficile.

Thérèse se penche, toute proche, et lève les yeux vers moi, ses sourcils en forme d'accents circonflexes au-dessus de ses yeux. « Liselin, de quoi vous accusez-vous ? Vous a-t-il touchée partout ? »

Nous étions censés ne rester séparés que six ou huit semaines au plus, le temps qu'Anatole s'emploie avec les lumumbistes à reconstituer le projet de paix et de prospérité de leur chef déchu. Nous étions naïfs à ce point. Anatole fut retenu par la police de Mobutu avant même d'avoir pu retourner à Stanleyville. Mon bien-aimé fut interrogé au son d'une côte cassée, emmené à Léopoldville et mis en prison dans la cour infestée de rats de ce qui autrefois avait été une luxueuse ambassade. Notre séparation prolongée a jusqu'ici accru mon amour pour lui, amélioré ma grammaire française et ma capacité à vivre dans l'incertitude. Finalement, ai-je confié à Thérèse, je comprends l'emploi du subjonctif.

Je tremble en pensant à ce que Père dirait s'il me voyait ici, cachée au milieu d'un tribu de bonnes femmes papistes. Je passe des journées aussi productives que possible : m'efforçant de ne pas trop me salir, d'affiner mes objectifs et de rester bouche cousue des vêpres jusqu'au petit déjeuner. M'efforçant d'apprendre la ruse qui passe pour de la patience. À plusieurs semaines d'intervalle, je reçois une lettre de Léopoldville qui me tient au courant. Mon cœur s'accélère quand j'aperçois la longue enveloppe bleue entre les mains d'une sœur, qu'elle me livre sous sa manche comme s'il y avait un homme dedans. Ah oui alors, il y est bien ! Toujours doux-amer et sage et, ce qui est mieux, encore en vie. Je glousse, je ne peux m'en empêcher, et je cours au-dehors, dans la cour, pour le savourer en privé comme un chat une fois son poulet volé. J'appuie ma tête contre le mur frais et baise ses vieilles pierres, louant ma captivité, car ce n'est que parce que je suis ici et qu'il est en prison que nous n'avons pas encore la chance d'être l'un à l'autre. Je sais qu'il a horreur d'être inutile, de rester assis pendant que la guerre s'empare de nous. Mais si Anatole était libre de faire ce qui lui plaisait en ce moment même, je sais qu'il se ferait tuer. Si la captivité entame son moral, du moins j'ose l'espérer intact de corps et ferai mon possible pour le reste, par la suite.

Les religieuses m'ont espionnée là-bas et m'ont dit que j'allais ébranler leur institution. Elles ont l'habitude des coups de feu et de la lèpre mais pas de l'amour vrai.

Il est clair que je suis ici pour un moment, mère Marie-Pierre m'a donc mise au travail à la clinique. Si je ne saisis guère le sens du vœu de pauvreté-chasteté-et-obéissance, du moins suis-je capable de tout apprendre sur les vermifuges, les accouchements par le siège, les blessures de flèches, la gangrène et l'éléphantiasis.

Presque tous les malades sont plus jeunes que moi. Nos fournitures viennent du Secours catholique français, et parfois de nulle part. Une fois, un messager est arrivé, incertain sur sa bicyclette, par un sentier de la jungle et nous a remis douze flacons d'antivenin, enveloppés individuellement de papier de soie dans un coffret à bijoux féminin – un étonnant trésor dont nous n'avons pu deviner l'histoire. Le jeune homme nous a dit qu'il provenait d'un médecin de Stanleyville qu'on était en train d'évacuer. J'ai pensé au médecin qui avait raccommodé le bras de Ruth May et j'ai décidé de croire que ma petite sœur elle-même était d'une certaine manière responsable de ce cadeau. Les sœurs ont simplement loué le Seigneur et entrepris de sauver une douzaine de gens de morsures de serpents.

À force de m'entretenir avec les malades, je parle à peu près couramment le lingala, qui est utilisé à travers tout le nord du Congo, à Léopoldville et le long de la plupart des fleuves navigables. Si un jour Anatole vient me rechercher, je serai prête à aller presque n'importe où. Et puis un mois se passe sans courrier, et je suis sûre qu'il s'est laissé mourir ou qu'en retrouvant ses idéaux et le sentiment qu'il vaut mieux rester à l'écart d'une jeune Blanche gravement fourvoyée, il est parti pour toujours. Perdu pour moi comme ma sœur, oh mon Dieu, Ruth May. Et Adah, Rachel, Mère et Père, tous partis également. À quoi rime d'être encore ici sans identité, sans passeport, à faire le perroquet en disant « Comment allez-vous » en lingala ? J'essaye d'obtenir quelque forme d'explication de la part de Dieu, mais aucune ne se présente. Le soir, au réfectoire, nous restons assises, les mains sur les genoux et nous fixons des yeux la radio, notre stridente petite maîtresse. Nous entendons horrible nouvelle sur horrible nouvelle, sans pouvoir agir. Le Congo libre, qui était si près de s'en sortir, s'enfonce à présent. Que puis-je faire d'autre que de jeter mon chapelet contre le mur de ma cellule et de crier violence ?

Les religieuses sont tellement patientes. Cela fait des décennies qu'elles prolongent les courtes vies de sous-alimentés, parfaitement habituées à la tragédie qui se déroule autour de nous. Mais avec leurs yeux qui ne cillent pas, cadrées dans leurs coiffes amidonnées, elles me donnent envie de hurler : « Ce n'est pas la volonté de Dieu que tout cela arrive ! » Comment quelqu'un, ne serait-ce qu'un Dieu distrait par bien d'autres soucis, peut-il permettre que cela arrive ?

« Ce n'est pas à nous de nous poser la question », dit Thérèse. (Aussi convaincante que Mathusalem.)

– J'ai déjà entendu ça, lui dis-je. Je suis certaine que cela fait cent ans que les Congolais entendent ça tous les jours depuis qu'ils sont obligés de supporter les Belges. Maintenant qu'ils ont une chance de se battre, nous sommes assises là à la regarder disparaître, à peine née. Tenez, comme le bébé sorti tout bleu de cette femme atteinte de tétanos ce matin.

– Quelle vilaine comparaison.

– Mais elle est juste ! »

Elle soupire et répète ce qu'elle m'a déjà dit. Les sœurs ne prennent pas parti dans la guerre, car elles doivent s'efforcer de garder un cœur charitable, même à l'égard de l'ennemi.

« Mais qui est l'ennemi ? Au moins, dites-le-moi, Thérèse. Quel côté essayez-vous donc de ne pas haïr, celui des Blancs ou de l'Afrique ? »

Elle attrape un drap qu'elle ouvre brusquement en deux en le tenant par le milieu avec les dents pour le plier. Je pense pour s'empêcher de parler.

« Je me battrais aux côtés des Simbas, s'ils me laissaient faire », lui avais-je avoué une fois.

Thérèse a une certaine manière de me regarder en coin, et je me demande si elle n'a pas prononcé ses vœux un peu trop hâtivement. Le déminage l'attire. « Vous avez un but louable et les nerfs solides, avait-elle admis derrière le drap qu'elle était en train de plier. Allez donc les rejoindre.

– Vous pensez que c'est une blague. »

Elle s'est arrêtée pour me regarder avec sérieux. « Non, ce n'est pas une blague. Mais vous ne seriez pas à votre place avec les Simbas, même si vous étiez un homme. Vous êtes blanche. C'est leur guerre et arrivera ce qui doit arriver.

– Ce n'est pas plus leur guerre que ce n'est la volonté de Dieu qu'elle existe. C'est le fait de ces sacrés Belges et Américains.

– La mère supérieure vous rincerait la bouche avec du désinfectant.

– La mère supérieure a d'autres emplois plus urgents de son désinfectant. Et elle est très loin d'en avoir en quantité suffisante. » Dans le secret de ma petite chambre, j'ai maudit des tas de gens, le président Eisenhower, le roi Léopold, sans compter mon propre père. Je les maudis de m'avoir précipitée dans une guerre dans laquelle la peau blanche se trouve du mauvais côté, c'est clair et simple.

« Si Dieu joue vraiment un rôle dans ces affaires, informai-je Thérèse, Il rend dérisoire tout espoir d'amour fraternel. Il s'arrange pour que la couleur joue définitivement un rôle. » N'ayant plus rien à nous dire – elle, la pieuse fille de la campagne et moi, la démineuse –, nous plions nos draps et nos habits de couleurs différentes.

Les Simbas me tireraient dessus à vue, c'est vrai. Ils forment une armée du désespoir et de la haine radicale. Des jeunes de Stanleyville, des vieux des villages, quiconque arrive à mettre la main sur un fusil ou une machette se liguant ensemble. Ils nouent des *nkisis* de feuilles à leurs poignets et se déclarent invulnérables aux balles, immunisés contre la mort. Et ils le sont, dit Anatole : En effet, comment peut-on tuer ce qui est déjà mort ? Nous avons entendu dire qu'ils aiguisaient leurs dents et prenaient d'assaut les envahisseurs au nord-est du Congo, nourris de rien si ce n'est de rage. Trente Blancs tués à Stanley, deux Américains parmi eux – nous avions entendu ça sur les ondes courtes et savions ce que cela voulait dire. À l'arrivée de la nuit, les Nations unies répondirent par une attaque aérienne et terrestre. Des Américains, des Belges et des mercenaires, le déchet de la baie des Cochons, composaient cette armée d'invasion. Les semaines qui suivirent, nous entendîmes parler une centaine de fois ou plus de Blancs tués par des Simbas, à Stanleyville. En trois langues : sur Radio France, à la BBC, et dans les radioreportages en lingala de Mobutu, les nouvelles n'en formant qu'une seule. Ces trente Blancs, paix à leurs âmes, ont monnayé une invasion maximum aux dépens des pro-indépendantistes. Combien de Congolais on été tués par les Belges, le travail et le manque de nourriture, par la police spéciale et maintenant par les soldats des Nations unies, nous ne le saurons jamais. On ne les comptera pas. Ou on les comptera pour du beurre, si c'est possible.

La nuit où les hélicoptères arrivèrent, les vibrations nous malmenèrent à nous faire sortir du lit. Je crus que le vieux couvent de pierre allait s'écrouler. Nous nous précipitâmes dehors, le souffle des pales nous cinglant depuis les arbres, fouettant nos monacales chemises de nos nuits blanches. Les sœurs manifestèrent leur consternation, se signèrent et coururent se recoucher. J'en fus incapable. Je m'assis par terre, les bras serrés autour de mes genoux, et je fondis en larmes pour la première fois depuis la nuit des temps, il me semble. Sanglotant la bouche ouverte, pleurant à grand bruit sur Ruth May, sur l'inutile gâchis de nos erreurs et sur tout ce qui allait arriver maintenant, sur tout mort à venir, connu ou inconnu de moi, sur chaque enfant congolais sans espoir. Je sentis que je m'effondrais – de sorte qu'au matin je ne serais plus que des os mêlés au terreau du potager des sœurs. Un empilement d'os, rien de plus : le futur que j'avais autrefois prédit.

Pour tenir le coup, je me suis efforcée de pleurer sur quelque chose de plus accessible. J'ai choisi Anatole. À genoux devant notre statuette de la Vierge au visage usé, j'ai entrepris de prier pour mon futur mari. Pour avoir de la chance. Pour un peu de bonheur et d'amour et, si on peut prier ouvertement pour l'amour physique, la possibilité d'avoir des enfants. J'ai réalisé que c'est à peine si je me souvenais du visage d'Anatole, de même que j'étais incapable de m'imaginer Dieu. Il finissait par ressembler à mon père. J'ai alors essayé d'imaginer Jésus sous les traits du frère Fowles. Tata Bidibidi, avec sa jolie femme bienveillante et leur embarcation précaire, qui dispensaient lait en poudre, quinine et amour aux enfants, tout au long de la rivière. Être attentif à la Création, c'était son conseil. Eh bien, les palmiers de notre cour ont été déchiquetés et couchés par le souffle des hélicoptères et ils paraissaient bien trop vaincus par la guerre pour bénéficier de mes prières. Alors j'ai reporté mon attention sur les solides murs du compound et j'ai imploré directement les pierres noires. Je les ai suppliées : S'il vous plaît, qu'il y ait des murs aussi solides autour d'Anatole. S'il vous plaît, qu'ils supportent un toit qui empêchera cet affreux ciel de tomber sur lui. J'adressai ma prière à ces antiques pierres noires d'Afrique, déterrées de ce sol noir ancien qui a de tout temps existé ici. Quelque chose de solide auquel croire.

Rachel Axelroot

Si j'avais su ce qu'était le mariage, zut alors, j'aurais probablement fabriqué une corde avec toutes les pièces de mon trousseau pour me pendre à un arbre !

Ce n'est pas de vivre en Afrique du Sud qui m'ennuie, notez. On n'a presque pas l'impression d'être à l'étranger ici. On trouve absolument tout ce dont on a besoin dans les magasins : du shampooing Breck formule spéciale, du lait, de la soupe de tomate Campbell, vrai, comme je vous le dis ! Et en plus le paysage est magnifique, surtout quand on descend à la plage par le train. Mes amies et moi, nous adorons partir en pique-nique avec un panier rempli de champagne et de biscuits Tobler (qui sont des petits gâteaux, et non des biscuits salés comme en Amérique – imaginez ma surprise quand j'ai voulu en acheter pour accompagner une sauce !) et ensuite nous allons simplement à la campagne pour admirer le relief des collines vertes. Naturellement il vaut mieux regarder ailleurs quand le train longe les *townships*, car ces gens n'ont aucune idée de ce qu'est un beau paysage, ça, je vous le dis. Ils construisent leurs maisons à partir d'un bout de tôle rouillée ou de cageot – le côté imprimé à l'extérieur, pour que tout le monde en ait plein la vue ! Mais il faut les comprendre, ils n'ont pas la même éthique que nous. Ça fait partie de la vie ici. Il faut savoir accepter les différences.

Autrement, le pays est à peu près semblable à ce qu'on trouve partout ailleurs. Même le climat n'est pas très typique. J'ai toujours pensé que les gens des autres pays ignoraient à quel point l'Afrique pouvait être aussi normale. La seule chose embêtante, c'est que l'équateur se trouve au-dessus de nous, ce qui fait que les saisons sont inversées, il faut s'y habituer, c'est tout. Mais est-ce que j'ai l'air de me plaindre ? Bien sûr que non, et je vous décore notre arbre de Noël au milieu de l'été en chantant *Mon beau sapin* et je me prends un martini dans le patio et puis je n'y pense plus. Je suis très accommodante. Ça m'est d'ailleurs bien égal de parler afrikans avec la bonne, ça ressemble pratiquement à l'anglais une fois que vous avez pris le coup. Du moment que vous n'avez que des ordres à donner, qui sont les mêmes à peu de choses près dans toutes les langues.

J'ai la belle vie, du point de vue de l'entourage. J'ai relégué mon passé derrière moi et je n'y pense même pas. Ai-je seulement une famille ? Quelquefois il faut que je réfléchisse un moment. Ai-je une mère, un père, des sœurs ? Suis-je même venue de quelque part ? Parce que je n'en ai pas l'impression. On dirait que j'ai toujours été là. Je possède une petite photo en forme de cœur de mes sœurs et moi, que je portais par hasard dans un médaillon en or quand j'ai quitté ce misérable Congo. Quelquefois, je la sors et je regarde longuement ces pauvres petits visages blancs, en essayant de me retrouver sur la photo. C'est le seul moment où je pense que Ruth May est morte. Ce qui est arrivé uniquement par la faute de Leah comme je l'ai dit, mais en réalité, plus probablement à cause de Père parce que nous devions toutes nous plier à sa volonté. S'il n'avait tenu qu'à moi, je n'aurais jamais mis les pieds dans ce trou infesté de serpents. Je serais restée aux États-Unis et j'aurais laissé les autres jouer les missionnaires s'ils en avaient envie, grand bien leur fasse ! La photo est tellement minuscule qu'il faut que je me la mette pratiquement sous le nez pour reconnaître qui est qui. Ça me fait mal aux yeux de loucher dessus, ce qui fait qu'elle reste le plus souvent dans son tiroir.

Comme je le disais, je suis contente de mon sort, dans l'ensemble. Mes malheurs viennent d'ailleurs : mon mariage. Il n'existe pas de terme assez dur pour qualifier Eeben Axelroot. Qui, je m'empresse d'ajouter, n'a toujours pas fait de moi une femme honnête. Il me traite comme si j'étais son esclave, sa petite amie, sa bonne, qu'il bouscule dans le foin à volonté et ensuite, il fonce faire on ne sait trop quoi pendant des mois d'affilée, en m'abandonnant en pleine fleur de l'âge. Si jamais je menace de le quitter, il me traite de pauvre petite fille riche (ce qui, si nous roulions vraiment sur l'or, serait une tout autre histoire) et me dit que c'est impossible parce qu'aucun type de nos connaissances ne pourrait m'entretenir ! Ce qui est parfaitement injuste. Tous les gens que nous rencontrons ont de bien plus jolies maisons que nous. Il a reçu une grosse somme en échange de ses services au Congo, un beau paquet, on peut dire, mais est-ce que j'en ai vu la couleur ? Eh bien non, madame, et vous pensez bien que j'ai regardé sous le matelas. En réalité, il y avait un fusil là-dessous. Il m'a dit que cet argent, il l'avait investi. Il prétend s'être lancé de nouveau dans le commerce des diamants au Congo et avoir de nombreux clients étrangers, mais ça n'empêche qu'il faut lui dire de prendre son bain le jour voulu. Si, comme il le dit, il travaille avec des étrangers, je n'ai pas l'impression que ces gens-là fassent partie de la bonne société. Je le lui en ai également fait la remarque. Il s'est contenté de lever le nez de sa bouteille de bière, le temps de rire grassement à mes dépens. Il a dit : « Mon bébé, tes aptitudes intellectuelles ne sont pas de ce monde ! » Voulant dire par là que dans mon cerveau, c'est carrément le vide spatial, ah ah ! sa plaisanterie préférée. Il raconte que j'ai le cerveau comme une ardoise vierge, qu'il peut me confier tous les secrets d'État qu'il connaît et me conduire directement à Amnésie internationale

sans se faire le moindre mouron. Il dit que le gouvernement devrait utiliser mes services pour l'autre bord. Et je
vous jure que ça n'a rien à voir avec des querelles
d'amoureux. En disant ça, il rit, mais il rit ! Oh, j'en ai
pleuré presque à m'en gâter le teint, je peux vous le dire.

Mais c'est terminé. Je guette l'occasion et je garde
l'œil ouvert, tout en l'envoyant promener pour de bon
devant la glace de la salle de bains quand je suis toute
seule et qu'il n'est pas là, exactement ce que je faisais
avec Père. Attends un peu, que je lui dis, je vais te faire
voir, moi, qui de nous deux a une ardoise vierge à la place
du cerveau !

Et voilà que Rachel Price est sur le point de connaître
la gloire. J'ai un tour en réserve dans ma manche dont je
n'ai pipé mot à personne bien que ce soit vrai de vrai
pour ce que j'en sais : je vise l'ambassadeur.

À vrai dire, Daniel est premier attaché d'ambassade,
mais les Français sont tellement plus chics quelle que
soit leur situation. Comme je l'ai dit, nous rencontrons
les gens les mieux grâce aux Templeton qui organisent
de sublimes surprises-parties. « Venez donc prendre un
verre à l'heure du *braai* », ce qui signifie barbecue, c'est
ce qu'on dit à Johannesburg. Ces réceptions ont un côté
super international, sans compter le whisky, les 33 tours
américains et les ragots d'ambassade. Après l'histoire du
Premier ministre qui a été tué d'une balle dans la tête,
des mesures énergiques ont été prises à l'encontre des
Noirs, chose absolument indispensable mais qui a
entraîné pas mal de malentendus dans beaucoup d'am-
bassades étrangères. La France, en particulier, a pris de
grands airs et a menacé de supprimer toutes ses implan-
tations en Afrique du Sud. Ça fait des semaines maintenant qu'on entend dire que Daniel va être muté à
Brazzaville. Sa petite Française de femme, Dominique,
ne va pas l'accepter, je vois ça clair comme de l'eau de
roche. Elle est connue pour mettre ses bonnes à la porte
sous le moindre prétexte et en ce qui la concerne, tout ce

qui se situe au-delà du monde civilisé de Johannesburg, c'est l'Afrique la plus noire qui soit. Daniel et elle sont déjà au bord de la rupture, avant même de le savoir. C'est là que j'ai vu une occasion pour moi, si j'ose dire. « Elle ne sait pas à quel point elle a de la chance, lui ai-je murmuré à l'oreille. Je vais vous confier un secret. Si c'était moi, je ne me ferais pas dire deux fois de vous suivre. » C'était il y a deux samedis chez les Templeton, quand nous dansions un slow autour de la piscine sur un air des Four Seasons, *Big Girls Don't Cry*. Oui, je me souviens que c'était cet air-là. Parce que le matin même, j'avais découvert une autre petite entourpoule d'Axelroot, mais comme je suis une grande fille, j'avais relevé mes cheveux et j'étais partie en ville m'acheter un maillot de bain deux-pièces tout neuf, rouge sirène. Tout ça pour mieux assurer mes arrières. Comme ils disent dans les magazines : Un sourire et Jantzen fait le reste ! Et c'est exactement ce qui s'est passé il y a deux samedis, chez les Templeton.

« Après tout ce que j'ai vécu au Congo, ai-je déclaré à Daniel en roucoulant, le sourire aux lèvres, je me contenterais bien de Brazzaville. »

Et devinez quoi, c'est exactement ce qui m'arrive ! Autant préparer mes bagages tout de suite et faire prendre mes mesures pour une robe du soir de chez Dior.

D'après ce que je sais de ce garçon, je n'ai qu'à lever le petit doigt. Et il m'a fait de ces trucs ! Un homme n'est capable de ce genre de choses que s'il éprouve des sentiments. Je peux même vous dire avec certitude que je serai bientôt madame Daniel Vaslin-attaché-d'ambassade. Axelroot va rester en plan sans personne pour lui ramasser ses chaussettes, à part la bonne. Et Daniel, le cher cœur, n'y aura jamais vu que du feu.

Leah Price Ngemba

Il m'arrive d'avoir froid ici, dans la brume du petit matin, en saison sèche. Mais sans doute cela vient-il de moi. Sans doute ai-je le sang appauvri, une faiblesse dont nous accusait Père lorsque nous nous plaignions du froid l'hiver en Géorgie. L'hiver n'existe évidemment pas ici : l'équateur traverse notre lit sans complexe. Anatole me dit que je passe de l'hémisphère Nord à l'hémisphère Sud à chaque fois que je vais tisonner le feu dans le bâtiment de la cuisine, je peux donc considérer que je parcours le monde même s'il m'est presque impossible de quitter le poste ces jours-ci.

L'amère et simple vérité, c'est que cette journée me glace jusqu'à l'os. J'essaye de ne prêter attention ni à la date ni au mois, mais les poinsettias en fleur me claironnent que ce jour arrive inexorablement, et que le 17 janvier je me réveillerai trop tôt, avec une douleur dans la poitrine. Pourquoi donc a-t-il fallu que je dise : Qui se sent assez de courage pour venir avec moi ? La connaissant comme je la connaissais, je savais qu'elle ne supporterait pas de se laisser traiter de lâche par qui que ce soit, encore moins par sa sœur.

C'est un triste anniversaire chez nous. J'ai tué un serpent ce matin, je l'ai tronçonné à coups de machette et j'en ai balancé les trois morceaux à travers les arbres. C'était le grand reptile noir qui traînait derrière la porte du fond depuis la fin des pluies. Anatole est sorti et a salué mon œuvre d'un claquement de langue.

« Ce serpent ne nous faisait aucun mal, Béene.

— Désolée, mais ce matin je me suis réveillée avec un désir de vengeance, œil pour œil.

— Qu'est-ce que ça veut dire ?

— Ça veut dire que le serpent a croisé mon chemin un mauvais jour.

— Il mangeait beaucoup de rats. Maintenant, tu vas les retrouver dans ton manioc.

— Des rats noirs ou des rats blancs ? Je ne suis pas sûre de bien les distinguer. »

Il m'a regardée un long moment, essayant de deviner mes pensées. Il a fini par me demander : « Pourquoi crois-tu que ta tristesse soit si particulière ? Chaque jour des enfants sont morts à Kilanga. Ils meurent tout le temps.

— Oh, comment pourrais-je l'oublier, Anatole ? Elle n'était qu'une parmi le million de gens qui ont quitté le monde ce jour-là, en même temps que le Premier ministre Patrice Lumumba. Je suis sûre qu'avec le temps, Ruth May ne comptera pratiquement plus. »

Il est venu vers moi et a caressé mes cheveux qui sont devenus hirsutes. Quand je n'oublie pas de me conduire en bonne épouse congolaise, je les noue dans un turban. Avec soin, Anatole m'a essuyé les yeux avec un pan de sa chemise. « Tu penses que je ne me rappelle pas Petite Sœur ? Elle avait un cœur de mangouste. Courageuse et intelligente. Elle était le chef de tous les enfants de Kilanga, y compris de ses grandes sœurs.

— Ne me parle pas d'elle. Contente-toi d'aller travailler. *Wenda mbote.* » J'ai repoussé sa main et l'ai regardé durement. *Ne me parle plus d'elle et je ne parlerai plus de ton Lumumba fracassé à coups de machette comme ce pauvre serpent et jeté en morceaux dans une maison abandonnée d'Elizabethville, avec la bénédiction de mon odieuse patrie.* Je suis sortie à grands pas de la cuisine où déjà j'entendais les rats à l'œuvre dans le manioc, en récompense de ma malveillance.

C'est un jour qu'Anatole et moi devons simplement laisser couler. J'ai entendu des gens dire que le chagrin rapprochait, mais ses chagrins et les miens sont si différents. Les miens sont blancs, sans aucun doute, et américains. Je me cramponne à Ruth May pendant que lui et le reste du Congo célèbrent en secret une journée de deuil national en l'honneur de l'indépendance perdue. Je me souviens, il y a de ça des années, d'avoir vu Rachel verser de vraies larmes sur un trou de brûlure dans sa robe verte pendant que, à notre porte même, des enfants nus dépérissaient à cause des trous qui brûlaient leur estomac vide, et je me suis sérieusement interrogée sur la taille du cœur de Rachel, probablement à peine plus grand qu'un dé à coudre. Je suppose que c'est ainsi qu'il me voit aujourd'hui. Un tout autre jour, j'aurais prié comme mes bonnes amies les sœurs bénédictines pour abandonner ma volonté au service d'une plus grande gloire. Mais le 17 janvier, au fond de mon cœur égoïste, il n'y a que Ruth May.

À travers une fente entre les planches, je le vois ramasser son sac de livres et se diriger de son allure sérieuse et carrée sur la route qui mène à l'école. Anatole, ma première prière au Créateur exaucée. Tous deux nous avons été épargnés, du moins physiquement, par les murs de pierre de nos différents enfermements, et nos esprits ont été modifiés d'une manière que nous nous efforçons de comprendre. J'ai égaré tous les mots de mes prières d'enfance. Et Anatole en a trouvé de nouveaux pour donner forme à sa foi.

Sa situation s'est révélée aussi étrange que la mienne, et il a eu beaucoup de chance – nous en sommes d'accord. La plupart des dissidents ont été tués, ou détenus dans des conditions qui les incitaient à souhaiter l'exécution. Mais, en 61, Mobutu commençait à peine à s'organiser et il était encore enclin à d'étranges omissions.

Anatole avait réussi à passer ses journées à jouer aux échecs avec des capsules de bouteilles en compagnie de gardiens assez décontractés pour le laisser lire et écrire dès lors qu'il ne s'enfuirait pas. Ils l'aimaient bien et s'excusaient d'avoir à nourrir leurs familles avec la poignée de pièces ou de riz qu'ils recevaient lorsque les représentants de Mobutu venaient compter les prisonniers le matin. Après ça, il avait eu la possibilité d'organiser des leçons sous le manguier galeux de la cour, alphabétisant tout gardien ou camarade de prison qui éprouvait le désir de s'améliorer. Les gardiens avaient aidé Anatole à trouver des livres et s'étaient donné énormément de mal pour acheminer ses lettres vers divers pays. À la barbe même de Mobutu, il découvrit les écrits du grand nationaliste africain, Kwame Nkrumah, et la poésie d'un jeune médecin d'Angola, Agostinho Neto, avec lequel il commença à échanger une correspondance. Neto est à peu près du même âge qu'Anatole et il a, lui aussi, été élevé par des missionnaires. Parti à l'étranger pour faire des études de médecine, il était revenu au pays pour ouvrir une clinique où son peuple pourrait recevoir des soins convenables, mais cela n'avait pas marché. Une bande de policiers blancs l'avaient traîné hors de sa clinique un beau jour, l'avaient battu pratiquement à mort et emmené en prison. Les foules qui s'étaient présentées pour demander sa relaxe avaient été abattues comme des arbres par le feu des mitraillettes. Non seulement cela, mais l'armée portugaise s'était employée à incendier des villages entiers, pour mettre en sourdine la popularité de Neto. Et pourtant, à la minute même où il était sorti de prison, il avait attiré des flots de gens dans un parti d'opposition, en Angola. Son exemple encourage Anatole qui parle énormément de Neto qu'il espère rencontrer quelque part. J'ai peine à l'envisager alors qu'il est déjà si dangereux pour eux de poursuivre leur échange de courrier.

Il va sans dire que la correspondance la plus fidèle

d'Anatole lors de son séjour en prison était celle qu'il entretenait avec une religieuse de Bangassou, ce qui provoquait la grande hilarité de ses compagnons d'infortune. *Sa planche de salut !* le taquinaient-ils. Il arrive encore à Anatole de m'appeler sa planche de salut. Mais à l'époque où nous fûmes enfin réunis, je n'avais pas encore assez confiance en Dieu et j'étais trop furieuse envers tout pour représenter un quelconque salut. Pourtant, il est certain que j'avais assez de pauvreté-chasteté-obéissance à revendre pour être la femme d'Anatole. Une Jeep chargée des évacuations sanitaires m'a transportée déguisée en cadavre jusqu'à Bikoki, une ancienne plantation de caoutchouc située à l'extérieur de Coquilhatville. Mon amoureux, relâché au bout de trois ans en l'absence de preuves formelles, attendait là pour ressusciter la morte.

Nous avions choisi Bikoki, espérant y retrouver des gens qu'Anatole avait connus là-bas, d'anciens amis et employeurs dans le commerce du caoutchouc, mais la plupart étaient morts ou avaient quitté la région. Nous avons, malgré tout, eu la surprise de retrouver tante Elizabet, la plus jeune sœur de sa mère. Elle était venue, dans l'espoir de le revoir, une dizaine d'années plus tôt. Mais Anatole était déjà parti depuis longtemps, et Elizabet avait accepté un emploi à la mission, avait eu un enfant et n'était jamais repartie. Avoir des parents et une femme représente un grand changement pour Anatole, après avoir vécu si longtemps en orphelin.

La mission est une cité fantôme désormais, et l'exploitation agricole est également presque déserte. Les Simbas ont vidé les Européens des lieux sans jamais mettre les pieds ici. La plantation est pratiquement en ruine. (Je l'imagine démantelée par les fantômes des mains coupées de tous les ouvriers de la plantation.) Le seul bâtiment intact renferme la bibliothèque même où Anatole, jeune domestique, a appris tout seul à lire et à écrire l'anglais. À ma demande, nous avons été mariés

537

dans cette pièce par le chef du village, lors d'une cérémonie ni tout à fait chrétienne ni tout à fait bantoue. J'ai demandé la bénédiction du Seigneur en portant des fleurs de bougainvillées rouges en l'honneur de ma mère. Tante Elizabet nous a entourés les épaules de la traditionnelle étoffe de mariage qu'on appelle *nzole*, un magnifique pagne double qui symbolise l'union du mariage. Il fait également office de dessus-de-lit.

Depuis ses beaux jours en tant que demeure de planteur, des parties de la maison ont servi de bunker à l'armée, de maternité et d'abri pour les chèvres. Maintenant il est prévu de l'utiliser comme école. Le chef de Coquilhatville, qui admire Anatole, a fermé les yeux sur son passé de prisonnier et l'a engagé comme directeur de l'école secondaire régionale. Nous nous efforçons aussi de maintenir le programme de développement agricole en formant d'anciens ouvriers de la plantation aux cultures destinées à l'autoconsommation. Je suis bénévole à la clinique, où un médecin guinéen vient de Coquilhatville une fois par semaine afin de vacciner et de déceler les maladies infantiles. En dépit de tout ce que nous avons dû supporter, Anatole et moi nous nous sommes tenus côte à côte, l'automne dernier, et avons prononcé bien haut le mot *Indépendance*. Nous l'avons dit, les yeux levés vers le ciel, comme s'il avait été un oiseau fabuleux que nous pouvions faire descendre de l'atmosphère.

Il en a fallu beaucoup pour refroidir nos espérances. Mais tout est allé si vite, un vrai tour de prestidigitation : des mains étrangères se sont agitées derrière un rideau et un Roi blanc a été remplacé par un autre. Sauf que son visage est noir. Les conseillers américains de Mobutu ont même tenté d'organiser des élections ici, puis ils sont devenus fous lorsqu'a été élu le mauvais candidat : Antoine Gizenga, le lieutenant de Lumumba. Si bien qu'ils ont renversé le gouvernement à l'aide de l'armée et l'ont réorganisé en faveur de Mobutu.

« Si les Américains ont l'intention de nous enseigner la démocratie, la leçon est tout à fait remarquable, a observé Anatole.

– À vous couper le souffle », ai-je acquiescé.

Il dit que j'ai plusieurs personnalités, qu'en lingala je suis douce et maternelle, mais qu'en anglais je suis mordante. Je lui ai répondu que cela n'était rien par rapport au français dans lequel je me montrais démineuse. « Quelle est celle de mes personnalités qui t'ennuie le plus ? »

Il m'embrasse sur le front. « Le plus, c'est que j'aime ma Béene. » Sa vérité absolue. Est-ce vraiment ce que je suis ? Lorsque les voisins ou les étudiants me demandent ma nationalité, je leur dis que je viens d'un pays qui n'existe plus. Ils peuvent le croire.

Au cours de ces derniers mois, les payes du gouvernement sont passées de presque rien à rien du tout. Nous disons à nos coopérants qu'un manque de fonds ne doit pas décourager nos espoirs. Nous savons que critiquer Mobutu, même en privé, c'est risquer de nous faire ouvrir le crâne comme une noix, ce qui naturellement découragerait définitivement tout espoir. Nous vivons de ce qui nous tombe sous la main, et quand on nous donne des nouvelles d'amis, nous commençons par respirer un bon coup. Mon grand ami Pascal et deux autres anciens élèves d'Anatole ont été assassinés par l'armée sur la route qui est au sud d'ici. Pascal avait un kilo de sucre de canne et un vieux fusil déglingué de la Seconde Guerre mondiale dans son paquetage. Nous avons appris la nouvelle le jour de Noël au moment de la visite de Fyntan et de Céline Fowles. Ils sont maintenant installés à Kikongo, à l'hôpital missionnaire proche du Wamba dont ils nous avaient parlé. J'étais ravie de les voir mais toute réunion est porteuse d'atroces nouvelles et j'ai pleuré comme jamais quand ils sont partis. J'avais presque oublié Pascal, ses yeux largement écartés et son sourire insolent, et maintenant il rôde autour de mes rêves, y ouvrant des fenêtres plus vite que je ne peux les fermer. Quelle parcelle d'audace a bien pu attirer l'attention de l'officier militaire sur la route ? Et si c'était à cause de moi qu'il s'était singularisé en utilisant quelque mot anglais que je lui aurais appris, aussi bêtement que nous avions condamné notre perroquet ?

C'est le genre de folle angoisse avec laquelle il nous faut vivre. Nos voisins sont également terrifiés par les soldats de Mobutu et par leurs ennemis, les Simbas, dont la réputation arpente le Congo du Nord. La colère des Simbas contre tous les étrangers est compréhensible, mais leurs actions le sont de moins en moins. Nous entendons des atrocités sur les ondes courtes, puis nous les entendons amplifiées sur la radio officielle de Mobutu, et il est difficile de savoir la vérité. Je pense à la nourriture, la plupart du temps, et je m'occupe l'esprit en regardant les enfants. Je ne redoute pas vraiment les Simbas, bien que je sois blanche. Anatole est très respecté : mon alliance avec lui me sauvera ou non. La justice obéit aussi à des voies mystérieuses.

Père poursuit toujours son œuvre, l'église tourmentée de Jésus-est-bängala. Ç'a été une autre nouvelle affreuse annoncée par les Fowles : Père s'était rendu à pied ou en stop vers la mission de Kikongo dans un état de vive agitation en hurlant qu'il avait les tripes en feu à cause du venin. Il prétendait avoir avalé un serpent vivant. Le médecin de la mission lui avait donné de la quinine et des vermifuges à en décourager définitivement les oxyures, mais probablement pas un mamba. Pauvre Père. Maintenant, lui aussi, il a quitté Kilanga et il a disparu dans la forêt, semble-t-il, ou s'est dissous dans la pluie. Quelquefois, la nuit, je me dis qu'il est peut-être mort et que je ne le sais pas encore. Il est dur de vivre dans l'ignorance, et je reste éveillée en échafaudant des plans afin de partir à sa recherche. Mais le jour, un mur de colère me pousse dans une autre direction, m'intimant de laisser Père. Quoi qu'il en soit, je ne pourrais pas me lancer toute seule et même avec de l'aide, cela ne vaudrait pas la peine d'en prendre le risque. Je réalise qu'il est dangereux pour moi à présent.

Dangereux pour beaucoup de gens, il l'a toujours été, j'imagine. Fyntan et Céline avaient dû être effrayés par notre mission à Kilanga ; nous avions dormi dans la même maison qu'eux, contrarié leurs anciens amis et transformé leur perroquet en victime de la nature. Et le médecin de la mission avait dû trouver en Père un sacré spectacle à contempler : un pasteur aux cheveux dans tous les sens avec un serpent dans le ventre. Ce médecin était resté sur place avec sa famille, en dépit du danger – ils venaient de quelque part dans le Sud, pensait Fyntan, de Géorgie ou du Kentucky. J'aimerais bien pouvoir leur rendre visite et parler avec eux l'anglais que je connaissais avant d'avoir la langue pleine d'épines.

C'est le seul moment où j'ai le mal du pays, quand l'Amérique atterrit sur le seuil de ma porte sous forme de missionnaire. Il y en a d'autres, comme moi, qui ne sont pas rentrés. Mais ils paraissent tellement sûrs d'avoir raison d'être ici, tellement enracinés dans leur foi – Fyntan Fowles, entre autres, et les étrangers qui se présentent fréquemment pour demander si je peux faire passer un message ou garder une boîte de médicaments en lieu sûr jusqu'à ce qu'on trouve un bateau pour la livrer en amont de la rivière. Avec joie, j'invente un repas et je confectionne un lit par terre, simplement pour entendre leurs histoires. Ils sont tellement différents de Père. Tandis que je supporte le vide d'une vie sans son Dieu, c'est un réconfort pour moi de rencontrer ces hommes à la voix douce qui organisent des hôpitaux sous des toits de chaume, ou qui, dans les villages, se plient en quatre aux côtés des mamas pour planter du soja ou équipent une école d'un générateur électrique. Ils ont bravé le risque de Mobutu et de tous les parasites imaginables dans des trous perdus où l'on a laissé les enfants mourir ou souffrir quand les Underdown et les gens de leur acabit ont fui le pays. Comme nous l'a dit le frère Fowles il y a bien longtemps : il y a chrétiens et chrétiens.

Mais les visites sont rares et la plupart des jours ressemblent à ceux qui les ont précédé. Drôle de parler d'ennui, je suppose. Si j'avais pu imaginer, enfant, ma vie actuelle dans la jungle, j'aurais été sidérée de toute l'aventure qu'elle représente. Au lieu de cela, je suis sidérée de l'ennui d'une vie difficile. Nous nous effondrons sur nos lits, le soir. Je passe la journée entière à trotter entre les champs de soja, la cuisine, le marché, la clinique et le cours d'hygiène alimentaire que je donne à l'école d'agriculture. Le problème c'est le compte de calories. Nous avons du manioc et des ignames pour nous remplir le ventre, mais les protéines sont plus rares que les diamants. Je marchande tout ce que je peux pour un œuf ou des haricots, un précieux poulet, quelque poisson frais de rivière, ou je me fais emmener au marché de Coquilhatville pour contempler des trésors tels que du jambon en boîte, qui coûtent le prix d'une royale rançon. Parfois, je me débrouille même pour la payer ! Mais Anatole a perdu du poids cet hiver et j'en ai même perdu davantage, huit kilos, à une telle vitesse que cela me fait un peu peur. J'ai sans doute de nouveau des vers. Je suis presque sûre d'avoir été enceinte à l'époque de Noël, mais maintenant je suis sûre du contraire, il y a certainement dû y avoir une déperdition là-dedans, mais il est plus facile de ne pas en parler à Anatole.

Je perds ma famille, membre après membre. Père est perdu, où qu'il soit. Rachel, je ne la détesterais sûrement que davantage si je savais avec certitude où diriger ma colère, sans doute vers l'Afrique du Sud, où je soupçonne qu'elle a fini par recevoir le prix de son excessive blancheur et de son mercenaire de mari. Je ne peux compter réussir à correspondre par lettre avec Mère ou avec Adah. Le ministre des Postes – un parent de la femme de Mobutu – a cessé de payer tous les employés postaux depuis un an, de façon à pouvoir affecter cet argent à la construction de sa maison, à Thysville. Il faut maintenant verser d'énormes pots-de-vin ou avoir des contacts personnels pour faire sortir le courrier du pays, et les lettres qui arrivent s'empilent quelque part à Léopoldville, où on les renifle au cas où elles contiendraient de l'argent ou des objets de valeur.

Si les gens sont choqués par ces pertes inexpliquées – le courrier, leur salaire, un ami qui rentre chez lui par la route – ils n'en font pas mention. Que connaissent-ils ici en dehors de la patience ? Il leur suffit de voir une fois les coûteux uniformes de confection étrangère de la police de Mobutu pour apprendre à garder pour eux ce qu'ils pensent. Ils savent qui est derrière Mobutu. Et que, dans un lieu aussi lointain que le paradis, là où les lois sont décidées, les vies blanches et noires sont des monnaies différentes. Lorsque trente étrangers ont été tués à Stanleyville, chacun d'eux était lié en quelque sorte à une solide monnaie d'échange, à un étalon d'or comme le franc belge. Mais la vie d'un Congolais est semblable à l'inutile coupure congolaise, que vous avez beau entasser par poignées ou par seaux dans la main d'un commerçant sans qu'elle vous permette d'obtenir une seule banane en échange. J'en arrive à penser que je vis au milieu d'hommes et de femmes qui ont compris de tout temps que leur existence entière avait moins de valeur qu'une banane pour la plupart des Blancs. Je le vois dans leur regard quand ils lèvent les yeux vers moi.

Janvier est un mois difficile et sec, et je me sens seule. Ceux de mon espèce, quels qu'ils soient, me manquent. Parfois, j'imagine que je m'en vais, que je rentre chez moi pour voir Mère et Adah, mais la logistique de l'argent, du transport et d'un passeport est trop pénible, rien que d'y penser. Mon rêve éveillé ne dépasse pas le portail et s'y arrête net, et je reviens à Anatole qui dit : « Pas toi, Béene. »

Ce soir, il rentrera à la maison soucieux et épuisé. Il n'existe guère de moyen de garder l'école secondaire ouverte un trimestre de plus sans argent, et les parents s'inquiètent de ce que l'éducation expose leurs enfants à de plus grands risques encore. La triste vérité, c'est qu'ils ont raison. Mais il ne le dira pas. Il se faufilera derrière moi dans la cuisine et me passera un bras autour de la poitrine, me faisant pousser des cris et rire en même temps. Il me frictionnera les cheveux de ses doigts repliés et s'exclamera : « Femme, ta mine est plus longue que celle d'un crocodile ! »

Je lui dis que je suis laide, et que ma peau a presque autant d'écailles. Je dis tout ça pour le provoquer. Je suis pénible en janvier. Je le sais. J'ai besoin qu'il confirme que je suis utile et bonne, qu'il n'était pas hors de question pour lui de m'épouser, que ma peau blanche n'est pas un critère de scandale. Que je n'ai pris aucune part à toutes ces erreurs qui nous ont menés jusqu'à maintenant, ce 17 janvier, avec tous ses péchés et ses chagrins à supporter.

Il m'a rappelé une fois que le premier mamba vert lui avait été destiné. Pour avoir provoqué la colère de Tata Kuvudundu en encourageant la discussion sur nous et sur les Blancs en général. Il se reproche d'avoir mal évalué la politique du village. Nous avons tous ce serpent dans le ventre, j'imagine, mais Anatole ne peut pas prendre le mien. Si je suis incapable de pleurer le million de personnes qui ont quitté le monde en l'espace d'une journée, je me contenterai de n'en pleurer qu'une seule. Il ne reste plus grand-chose des convictions de mon enfance que je puisse apprécier ou auquel je puisse me fier, mais je sais encore ce qu'est la justice. Tant que je porte Ruth May à califourchon sur mon dos, avec sa voix dans mon oreille, elle est encore avec moi.

Adah Price

Je suis en train de perdre mon handicap.

À la faculté de médecine, je me suis liée d'amitié avec un jeune neurologue bourré de prétentions, qui croit que je me joue le gros mensonge de toute une vie. Le mensonge d'Adah. À son avis, une lésion au cerveau intervenue aussi précocement que la mienne ne devrait pas avoir d'effets durables sur ma mobilité physique. Il est persuadé qu'une compensation totale a dû se produire dans la partie intacte de mon cortex cérébral, et que le fait que je traîne mon côté droit n'est que la survivance d'une habitude acquise dans l'enfance. Je me moque de lui, bien entendu. En effet, je ne suis pas prête à accepter que toute ma perception d'Adah soit fondée sur un malentendu entre mon corps et mon cerveau.

Mais le neurologue en question s'est montré persuasif, beau à vous intimider, et bénéficiaire d'une bourse de recherche extrêmement convoitée. Surtout pour lui prouver qu'il avait tort, j'ai soumis mon corps à un programme expérimental de son invention. Pendant six mois, il m'a interdit de marcher dans le but de débarrasser mes circuits nerveux de ce qu'on qualifie de mauvaises habitudes. Au lieu de cela, il m'a fallu ramper. Avec l'aide d'amis, j'ai réorganisé mon petit appartement en fonction des besoins d'un bébé adulte, et prudemment j'ai rampé chaque matin de mon matelas à ma machine à café et à une plaque chauffante posées par terre, dans la cuisine. Je ne me suis servie que de la partie basse du Frigidaire. Pour sauver les apparences, je suis allée travailler en chaise roulante. J'entamais un tour de garde en pédiatrie à l'époque – une chance, car les enfants ne tiennent généralement pas les handicapés pour responsables de leur infirmité comme le font les adultes. Les enfants ont été unanimement ravis d'avoir un docteur sur roues.

Chez moi, en même temps que j'entreprends de mémoriser les défauts de mon tapis, mon corps découvre la coordination croisée. Un beau jour, j'ai eu l'impression qu'un ressort remontait ma jambe droite sous moi en même temps que mon bras gauche avançait. Une semaine plus tard, je me suis aperçue que je pouvais facilement rester en équilibre sur les mains et les orteils, remonter les fesses en l'air et retomber assise. Personne n'étant là pour me voir ou pour me féliciter, je me suis spontanément applaudie des deux mains devant la merveille de cette prouesse. En l'espace de quelques semaines, j'ai acquis suffisamment de force dans les deux bras pour me relever en m'appuyant sur les meubles et, à partir de là, j'ai pu me mettre en position debout. Maintenant, timidement, je marche en ligne droite à petits pas hésitants. J'ai accompli chaque étape l'une après l'autre. Je ne réapprenais pas tout ça car je le découvrais pour la première fois ; Mère prétend que je n'ai jamais rien fait de toutes ces choses quand j'étais bébé. Elle affirme que je suis restée couchée sur le dos pendant trois ans à réclamer que Leah reste jouer à côté de moi, jusqu'à ce qu'un beau jour, sans prévenir, je roule du lit et me traîne à sa suite. Mère me dit que je n'ai jamais rien fait d'autre qu'observer Leah, la laissant faire des bêtises pour deux, finissant par les faire moi-même avec une précision acceptable. Mère se montre indulgente envers moi, probablement parce que je suis davantage à portée de main que ses autres enfants. Mais je ne suis pas d'accord. J'ai fait beaucoup de bêtises, de mon plein gré. Seulement je les ai faites au-dedans de moi.

Il m'a fallu tellement de temps pour croire que j'étais sauvée. Non de mon infirmité, je suis encore tordue dans une certaine mesure et encore trop lente. Mais sauvée de l'abandon que je méritais. Et cela jusqu'à ce soir, en fait.

Leah est à Atlanta en ce moment, et c'est là une partie du problème sinon sa totalité. Leah, avec Anatole et Pascal, leur petit garçon, et un autre bébé déjà bien en route. Leah, qui poursuit des études en agronomie, et tous tentent avec une noble détermination de s'implanter en terre américaine. Je vois bien que cela ne durera pas. Quand je vais avec eux chez l'épicier, ils sont, je pense, perdus, affolés et un peu méprisants. Et il y a de quoi. Je me souviens comment c'était au début : ces entrepôts éblouissants, bourdonnants de lumières, où des rayons entiers n'avaient d'autre ambition que de proposer de la laque pour les cheveux, de la pâte à blanchir les dents et des talcs pour les pieds. C'était comme si notre Rachel avait soudain été en charge de tout.

« Qu'est-ce que c'est que ça, tante Adah ? Et ça ? demande leur petit Pascal avec de grands yeux, montrant du doigt dans les travées un pot de crème rose pour éliminer les poils, une bombe parfumée à vaporiser sur la moquette, des piles de récipients fermés par des couvercles de la même taille que les pots que nous jetons tous les jours.

— Ce sont des choses dont les gens n'ont pas vraiment besoin.

— Mais tante Adah, comment se fait-il qu'il y ait tant de choses dont les gens n'ont pas vraiment besoin ? »

Je ne trouve aucune réponse digne de ce nom. Pourquoi certains d'entre nous délibèrent-ils entre des marques de dentifrice pendant que d'autres hésitent entre la gadoue et la poussière d'os pour calmer le feu d'une muqueuse d'estomac vide ? Il n'y a rien de l'Amérique

que je puisse véritablement expliquer à cet enfant venu d'un autre monde. Nous laissons ça à Anatole, car il voit tout clairement et tout de suite. Il pouffe de rire devant les femmes à moitié nues des grands panneaux publicitaires, et fait ami avec les gars postés au coin des rues à Atlanta, les questionnant en détail sur l'endroit où ils dorment et sur la manière dont ils trouvent leur nourriture. Les réponses sont intéressantes. Vous seriez surpris d'apprendre le nombre de pigeons nichant dans les avant-toits de la bibliothèque municipale d'Atlanta qui finissent rôtis au Grant Park.

Je me trouve une extraordinaire affinité d'esprit avec Anatole. Nous sommes tous deux marqués, je suppose. Lui très tôt par sa situation d'orphelin, son exil, son esprit critique et zélé, sa solitude. J'ai noté que, lui aussi, lisait les textes à l'envers : ce que les panneaux publicitaires vendent réellement, par exemple. Et aussi d'où vient la pauvreté, et où elle va. Je ne convoiterai pas le mari de ma sœur, mais je le connaîtrai mieux, à ma façon. Anatole et moi habitons la même sphère de solitude. La différence qui nous sépare, c'est qu'il donnerait n'importe quoi pour Leah, alors que pour ma part, c'est déjà fait.

Vais-je me perdre entièrement en perdant mon infirmité ?

Comment puis-je survivre convenablement au-delà de la mort de Ruth May et de tous ces enfants ? Le salut sera-t-il ma mort ?

Ici, à l'hôpital, j'ai tout le temps de me poser ce genre de questions. Il m'arrive de penser que j'ai accès à une infinie variété de somnifères. Le sommeil est une possibilité dans l'absolu. Dieu ne peut vous voir quand vous dormez, affirmait Ruth May.

Anatole et Leah voient beaucoup Mère. L'année dernière, Mère a abandonné sa retraite florale de Bethlehem et emménagé dans un appartement d'Atlanta, car elle s'est trouvé un nouveau genre de religion. Elle manifeste pour les droits civiques. On la paye pour travailler dans un bureau, mais elle ne vit que pour les manifestations. Elle y excelle, et elle est vaccinée contre le danger. Elle est arrivée chez moi, un soir, après avoir marché plus d'un kilomètre au milieu de gaz lacrymogène, pour que je vérifie l'état de sa cornée. Ses yeux n'étaient même pas rouges. Je suis sûre que des balles la traverseraient qu'elle ne s'en apercevrait pas.

Il m'arrive de penser que j'ai peut-être besoin d'une religion. Pourtant Mère, qui en a une à présent, souffre toujours. Je crois qu'elle parle à Ruth May plus ou moins constamment, implorant son pardon quand il n'y a personne dans les parages.

Leah aussi a une religion, c'est la souffrance.

Rachel n'en a pas, et manifestement c'est elle la plus heureuse de nous toutes. Cependant on peut tout de même dire qu'elle est, d'une certaine manière, sa propre divinité.

Je suis navrée de dire que je ne vois pas Leah et Anatole autant que j'aimerais. Étant étudiante en médecine, j'ai bien sûr des horaires inhumains, et tout le monde l'admet volontiers. Il se trouve aussi que je suis dans une autre aile de l'université, loin des résidences réservées aux couples mariés. Là-bas, ils fabriquent des bébés pendant qu'ici nous nous contentons de les sauver.

Le mois entier s'est révélé difficile : garde par roulement au service des soins intensifs des nouveau-nés. Nous en avons perdu deux au cours de la semaine dernière. Et toute cette journée, la veille de Noël, pendant que les aiguilles de l'horloge faisaient deux tours complets, j'ai surveillé trois minuscules créatures dont les poumons se débattaient comme les ailes aplaties et sans force de papillons nés prématurément. Des triplés. Je réfléchissais sur ce que Nelson pensait qu'on devrait faire des jumeaux, et des conséquences terribles qu'entraînait le mépris de la tradition. Ce que nous avions ici était pire : une triple catastrophe tombée sur le foyer de leurs pauvres parents. Je m'étais entretenue avec le père, un jeune de seize ans environ, qui donnait la nette impression, en parlant au conditionnel des soins parentaux à dispenser à ces enfants endommagés, qu'il ne tiendrait sans doute pas son rôle. Donc l'horreur pour la mère abandonnée. Pendant que les machines ronronnaient doucement dans l'hôpital et que des souliers à semelles blanches chuchotaient le long des salles, un désastre s'annonçait fracassant pour cette enfant-mère. Son cadeau de Noël. Elle serait ligotée à jamais. Plus jamais sa vie ne serait exempte de travail et de déception avec ses trois souris aveugles. Qui aurait pu reprocher quoi que ce soit à Mère si elle avait choisi de m'abandonner ?

Après minuit, je me suis endormie sur mon lit de camp dans la salle de repos des internes, mais mes rêves m'ont turlupinée. Intubés, fragilisés, des enfants de toutes les couleurs dansaient dans ma tête, mes bras et mes mains. Vivre ou mourir, vivre ou mourir ? disaient-ils en chœur. Maman, tu veux bien, dis ?

Je me débats, mi-éveillée, mi-endormie, et soudain, au milieu de mon sommeil enfiévré, volé, me voilà infiniment alerte. Apeurée, tremblante. Couchée sur le flanc, les yeux ouverts. J'ai senti le froid de mes mains. J'ai eu peur. Quelque chose de nouveau et d'horrible que je ne supporte pas. Avoir peur. *Ceci est ma lettre au Monde Qui ne M'écrivit jamais – Les simples Nouvelles dictées par la Nature – Dans sa tendre Majesté. À des Mains que je ne puis voir – Pour l'amour d'Elle – Doux – Concitoyens – Tendrement – jugez-Moi.* *

Malgré moi, j'ai un peu aimé le monde et je vais peut-être le perdre.

Je me suis redressée sur le lit, j'ai passé une main dans mes cheveux emmêlés et trempés, et j'ai senti sur toute la longueur de mes bras des bleus en forme de minuscules traces de pieds. La grande aiguille, sur la pendule murale, poursuivait sa course régulière, dérisoire : tic, tic, tic…

---

* Poème d'Emily Dickinson traduit par Claire Malroux. (*N.d.T.*)

Peur de quoi exactement ?

Suicidaire idylle fratricide. Peur. Que. Mère choisisse Leah.

Parfaite Leah, avec son adorable enfant et son adorable mari. Dans quelques heures, ce sera le matin, ils danseront autour de l'arbre, chargés des petits cadeaux de Mère, et ils resteront, ils resteront sûrement, en fin de compte. Et l'attrait des petits-fils sera irrésistible, et Mère leur appartiendra. Et alors je n'aurai plus qu'à aller m'endormir.

Pendant de nombreuses et pénibles secondes, je suis restée assise sur le bord du lit de camp, ravalant mon indécision et mes larmes. Puis, je me suis levée, me suis essuyé le visage sur la manche de ma blouse d'hôpital, je me suis dirigée vers la salle de repos des médecins, et j'ai composé le numéro que je savais par cœur. Je l'ai appelée. C'était en plein cœur de la nuit. La nuit d'avant Noël et, partout dans la maison, je suis Adah qui n'attend aucun cadeau, Adah qui se fiche bien de savoir ce que disent les autres. Et pourtant, j'ai réveillé ma mère et j'ai fini par lui demander pourquoi elle m'avait choisie, ce jour-là, au bord du Kwenge.

Mère a hésité, devinant qu'il pouvait y avoir un grand nombre de mauvaises réponses. Je ne voulais pas l'entendre dire que les autres pouvaient se prendre en charge, ni qu'elle avait eu l'impression de ne pas avoir le choix.

Pour finir, elle a dit : « Après Ruth May, tu étais la plus jeune de mes enfants, Adah. » Quand il faut se décider, une mère s'inquiète de ses enfants à partir du dernier.

C'est la comptine que ma mère a inventée pour moi. Ma valeur personnelle n'entrait aucunement en ligne de compte. Il n'y a pas de valeur. C'était une question de hiérarchie et de nécessité maternelle. Après Ruth May, c'est de moi qu'elle a le plus besoin.

Je trouve cela formidablement réconfortant. J'ai décidé d'en vivre.

Leah Price Ngemba

Maintenant vous ne pouvez plus aller à Léopoldville,
ni à Stanleyville, Coquilhatville, ou Elizabethville. Les
noms de tous ces conquérants (et de leurs épouses) ont
été effacés de la carte. Vous ne pouvez même plus vous
rendre au Congo, devenu le Zaïre. Nous nous répétons
ces mots comme si nous essayions de mémoriser une
fausse identité : j'habite à Kinshasa, au Zaïre. Les lieux
où nous avions toujours eu l'habitude de nous situer nous
paraissent soudain étrangers, que ce soient les villes, les
villages, et même les rivières. Elizabet s'inquiète, naturellement, bien que nous tentions de la rassurer, qu'elle
et Anatole se voient attribuer de nouveaux prénoms, car
les leurs sont européens et colonialistes. En réalité, cela
ne me surprendrait pas. Les décrets de Mobutu peuvent
aller jusque-là. Le vieux ménage d'à côté semble partager sa crainte : ils oublient tout le temps, disent Léopoldville, et mettent leur main devant leur bouche
comme s'ils avaient laissé échapper quelque propos sédi-
tieux.

Le soir, nous nous mettons mutuellement à l'épreuve,
en cherchant les endroits de plus en plus reculés sur la
carte pour nous prendre en défaut : Charlesville ? Banningville ? Djokupunda ! Bandundu ! Les garçons trouvent les réponses beaucoup plus souvent que moi, en partie parce qu'ils veulent faire les malins. Anatole ne se

trompe jamais car il a l'esprit très rapide et aussi parce que je crois que ces noms indigènes ont davantage de sens pour lui. Ils me sont étrangers, évidemment. Une fois les garçons couchés, je m'assieds à la table sous la lumière capricieuse du kérosène, cheminant à mon rythme sur la nouvelle carte, avec l'impression que Père m'a retrouvée ici pour m'infliger le verset. Nous rééduquons nos langues aux fins de la grande campagne d'authenticité de Mobutu.

Mais où est l'authenticité dans tout ça ? C'est la question que je pose sans cesse à Anatole. La rue principale de Kinshasa s'appelle « Boulevard du 30 juin », en mémoire de ce grand jour de l'indépendance si soigneusement acquise par des milliers de cailloux jetés dans des calebasses et transportés en amont. Quel en est le degré d'authenticité ? Ce qu'il est véritablement advenu de ce vote est une autre affaire qu'aucun monument n'indique nulle part. Il n'existe pas de « Boulevard du 17 janvier, mort de Lumumba ».

Il montre du doigt le chemin de terre qui passe entre notre maison et celle de nos voisins, au milieu d'un fossé où nous retenons nos jupes et marchons sur la pointe des pieds sur des bidons d'essence pour éviter les eaux d'égout avant d'atteindre la route. « Il faut que ce boulevard ait un nom, Béene. Trace un signe ici. » Qu'il est futé. Il est impatient de voir si je vais le faire.

Notre maison est solide, avec son sol en ciment et son toit de tôle. Nous vivons dans ce qu'on appellerait les bas quartiers aux États-Unis, bien qu'ici ce soit un îlot de luxe relatif aux abords de la cité, où la plupart des gens possèdent infiniment moins que nous, c'est le moins que l'on puisse dire. Sous notre toit, nous vivons à six : Anatole et moi, nos garçons, Pascal et Patrice, le bébé, Martin-Lothaire, et tante Elizabet, plus sa fille Christiane, à l'occasion. À notre retour d'Atlanta, nous avons ramené Elizabet de Bikoki, où la situation était devenue assez intenable. Je ne peux pas affirmer qu'elle le soit moins ici, mais notre tante est de bonne compagnie. Je pensais avoir appris à me débrouiller, mais Elizabet a perfectionné mes connaissances en m'apprenant à faire de la soupe à partir de cailloux. *Mondele*, comme elle dit, je suis sa fille blanche. Pourtant, elle est à peine plus âgée qu'Anatole et lui ressemble énormément, les larges épaules et la taille mince en moins. (Ses proportions sont inversées, en quelque sorte.) Avec la même douce patience, elle travaille sans arrêt dans notre maison d'une pièce, chantant en lingala, tenant son pagne de dessus toujours fermé à l'aide de sa main gauche, par pudeur, tandis que sa droite fait plus à elle toute seule que je ne ferais avec trois. Elle m'a raconté tout ce dont elle se souvenait de sa sœur aînée, la mère d'Anatole et, comme un enfant, je lui fais répéter ses histoires. Je suis en manque de famille. Encore heureux si j'entends parler de Mère et d'Adah deux fois par an. Ce n'est pas leur faute. Je sais qu'elles ont expédié d'innombrables colis qui sont entassés quelque part en ville dans le grand bâtiment des postes qui se dégrade. Je suis sûre que le ministre des Postes pourrait se bâtir une deuxième ou une troisième maison avec ces paquets non livrés.

Par miracle, nous avons tout de même reçu un colis à Pâques. Les garçons ont poussé des cris de joie et couru toute la longueur de notre impasse du 17 janvier en brandissant leurs précieux *Mars*. (Lesquels, ai-je entendu Pascal se vanter auprès de ses copains, sont fabriqués sur Mars.) J'ai failli en faire autant avec mon propre butin, cinq livres en anglais ! Et aussi des vêtements, de l'aspirine, des antibiotiques, de la lotion pour les mains, d'épaisses couches en coton, des piles pour notre radio, et de longues lettres. J'ai enfoui mon visage dans les vêtements, espérant y retrouver l'odeur de ma mère, mais bien sûr ils venaient de quelque petit Américain qui ne nous était rien. Mère est bénévole dans une association d'aide à l'Afrique. On peut dire que nous sommes ses bonnes œuvres.

Dans chaque colis, il y a une truc loufoque de la part d'Adah, une sorte de message secret, c'est ainsi que je le prends. Cette fois-ci, c'est un vieux *Saturday Evening Post* qu'elle a déniché dans le fond d'un placard de Mère. Je l'ai feuilleté en me demandant : mais qu'est-ce qu'Adah veut me faire découvrir ? Et j'ai fini par dénicher l'article intitulé « L'Afrique va-t-elle devenir communiste ? » Adah a un œil d'aigle pour traquer le dérisoire. L'article était tout entier consacré à la façon dont les États-Unis devraient mieux surveiller ce Congo réfractaire : mon cœur s'est arrêté de battre en voyant les deux clichés. Sur l'un, un Joseph Mobutu jeune arbore une expression implorante au-dessus de la légende le déclarant en danger. À côté de lui, un Patrice Lumumba à l'air plutôt roublard, accompagné d'un avertissement en guise de légende : « Il va peut-être revenir ! » Le magazine date du 18 février 1961. Lumumba était déjà mort depuis un mois et son corps était enterré sous une cage à poules, au Shaba. Quant à Mobutu, il était déjà bien calé sur son trône. Je vois d'ici les ménagères de Géorgie tremblantes devant la menace communiste, tournant rapidement la page pour ne plus voir ce démon noir de Lumumba au menton pointu. Mais j'étais à peine plus éclairée, me trouvant à Bulungu, le village même où Lumumba avait été capturé. Ma sœur a épousé un type qui a peut-être contribué à son fatal transfert au Shaba, mais même Rachel ne le saura jamais, c'est évident. Dans toute cette histoire, il y a des ignorants, mais sûrement pas de vrais innocents.

Adah dit que l'on parle maintenant d'une enquête, que le Congrès pourrait rechercher des erreurs passées au Congo ou tout rapport éventuel entre la CIA, la mort de Lumumba, et le coup d'État militaire qui a porté Mobutu au pouvoir. Se moquent-ils de nous ? Adah dit que personne n'y croit ; ici, personne n'en a jamais douté. C'est comme si l'histoire n'était rien de plus qu'un miroir destiné à nous renvoyer exactement ce que nous savons déjà.

À présent, tout le monde prétend remettre les choses d'aplomb : ils vont organiser leurs auditions pendant que Mobutu fait son cirque en changeant tous les noms à consonance européenne en noms indigènes, pour nous débarrasser de la domination étrangère. Et qu'est-ce que cela changera ? Il continuera à se précipiter pour traiter avec les Américains qui sont toujours maîtres de la totalité de notre cobalt et de nos mines de diamants. En échange, toute subvention d'aide étrangère ira directement à Mobutu lui-même. Nous lisons qu'il se construit une véritable château avec des flèches et des douves près de Bruxelles, pour se reposer, je le devine, de ses villégiatures de Paris, d'Espagne et d'Italie. Quand j'ouvre ma porte et que je regarde au-dehors, je vois un millier de petites maisons en planches et en carton gîtant en tous sens sur un océan de poussière. C'est à peine si nous disposons d'un hôpital fonctionnel dans les environs, ou d'une route correcte à l'extérieur de Kinshasa. Alors quoi, un château avec des flèches et des douves ? Pourquoi le monde n'ouvre-t-il pas ses mâchoires de baleine pour ne faire qu'une bouchée de ce cynique ? C'est la question que je poserais bien à Père, ces jours-ci. *Qui lui a confié la responsabilité du monde entier ? Si tu as de la jugeote, écoute ça : Et qui est celui qu'il a établi pour gouverner au lieu de lui le monde qu'il a créé ?* Job, XXXIV, 13, merci bien.

Aux dernières nouvelles, Mobutu ferait venir deux grands boxeurs américains, Mohamed Ali et George Foreman, au stade de Kinshasa. On a annoncé ça à la radio cette après-midi. Je n'ai écouté que d'une oreille parce qu'un drame plus important se déroulait dans notre cuisine. Je venais juste de déposer Martin sur sa natte pour sa sieste et je faisais bouillir des couches pendant qu'Elizabet écrasait un oignon fin comme du papier et du *pili-pili* dans un saladier, qu'elle fait frire avec des tomates en purée afin d'obtenir une claire sauce rouge pour le manioc. C'est la grande astuce de la cuisine congolaise : frotter deux feuilles l'une contre l'autre pour donner de la couleur et du goût à l'éternelle boule translucide de manioc, privée de toute valeur nutritive. La casserole destinée à faire bouillir le *fufu* attendait son tour sur le fourneau, après les couches, et après ça viendrait la grande lessiveuse avec les chemises des garçons, les trois draps et les deux serviettes de toilette de notre ménage. Ici, à Kinshasa, nous avons une cuisine avec le fourneau à l'intérieur de la maison, mais qui se réduit à un simple brûleur alimenté par une bouteille de gaz qui est d'une lenteur exaspérante, après des années à faire la cuisine sur des feux de bois ronflants. Beaucoup de gens de la cité cuisinent en effet sur des feux de bois qu'ils doivent se voler mutuellement la nuit, comme des termites.

C'était le jour où Anatole devait recevoir sa paye et à l'école on avait parlé de supplément, c'est-à-dire la possibilité que le gouvernement commence à payer les arriérés des salaires qu'il avait escroqués à toutes les écoles publiques depuis un an. Ce «supplément» est censé être un signe de bonne volonté, destiné à prévenir une grève nationale des étudiants, mais certains ont tout de même déjà manifesté et les signes de la bonne foi de Mobutu se sont jusqu'ici exprimés à coups de matraques. Je me fais sans cesse du souci pour Anatole. Bien que je sache que son aptitude à se contrôler dans les moments dangereux tienne du mystère.

Elizabet et moi savions qu'il n'y aurait pas de supplément mais nous étions joyeusement encore en train de le dépenser en esprit au marché du lendemain. «Un kilo d'anguilles fraîches et deux douzaines d'œufs!» proposais-je et elle se moquait de moi. Mon envie de protéines tourne à l'obsession qu'elle appelle mes fringales de *mondele*.

«Mieux, dix kilos de riz et deux pains de savon», a-t-elle dit, nous en avons terriblement besoin, mais je me lamentais d'une bonne aubaine qui ne nous apporterait rien d'autre qu'un peu plus d'amidon blanc dans cette maison.

« Rien de blanc, déclarai-je.

— Du savon brun, alors, offrit-elle. Oh ! et un peu de joli papier hygiénique rose ! » ajouta-t-elle avec enthousiasme. Nous éclatâmes de rire devant ce rêve extravagant. Le dernier rouleau de papier que nous avions vu, quelle qu'en soit la couleur, venait d'Atlanta.

« Au moins quelques haricots, Elizabet, dis-je en gémissant, des haricots verts frais. Des *mangwansi*, comme ceux que nous avions à la campagne. »

La meilleure amie de Pascal, une petite fille chaleureuse du nom d'Élévée, qui venait d'entrer, s'était assise devant la table en face d'Elizabet, mais elle paraissait inhabituellement calme.

« Qu'est-ce que tu penses, toi ? dit Elizabet en la piquant de la pointe de son couteau émoussé. Dis-lui, à madame Ngemba, qu'elle a besoin d'un nouveau pagne qui ait gardé un peu de couleur. Dis-lui qu'elle fait honte à ses fils avec la serpillière qu'elle porte pour aller au marché. »

Élévée tiraillait la manche courte de son uniforme, de toute évidence réticente à parler de mode. Sa peau, très sombre, était couleur de cendres et ses épaules affaissées trahissaient la fatigue que je reconnais chez mes fils quand ils attrapent des ankylostomes. Je transportai les couches bouillies au-dehors, me lavai les mains soigneusement avec notre petit bout de savon, et interrompis notre défilé de casseroles de l'après-midi pour faire une tasse de thé à Élévée.

Soudainement, elle nous annonça le regard vide qu'elle abandonnait l'école.

« Oh, Élévée, c'est impossible, dis-je.

— Pourquoi ? demanda Elisabet simplement.

— Pour travailler la nuit avec ma mère », dit-elle d'un ton neutre. En clair, comme prostituée.

« Quel âge as-tu ? lui demandai-je rudement. Onze ?

Dix ans ? Mais c'est un crime, Élévée, tu n'es qu'une enfant ! Il existe des lois pour te protéger de ce genre de travail. C'est affreux, tu ne peux pas savoir. Tu auras peur et tu souffriras, et tu peux tomber très malade. »

Elizabet me regardait, consternée. « Mondele, ne l'effraie pas. Elles ont absolument besoin de l'argent. »

Bien entendu, c'était vrai. Et bien entendu, il n'existait aucune loi pour protéger les enfants de la prostitution. La fille d'Elizabet, Christiane, devait avoir dans les dix-sept ans selon moi, et je la soupçonnais de travailler la nuit en ville, à l'occasion, bien qu'il ait été impossible d'aborder le sujet. Quand nous touchons le fond, Elizabet découvre par hasard un petit peu d'argent dans son porte-monnaie. J'aimerais bien que ce ne soit pas le cas. Je regardais intensément Élévée, la petite camarade de mon fils, avec ses genoux écorchés et ses nattes qui rebiquaient en guidon de vélo : une prostituée. Il me vint à l'esprit que sa jeunesse ne lui donnerait que plus de prix, du moins pendant un temps. J'eus envie de crier. Je flanquai la casserole de manioc sur le fourneau, projetant de l'eau partout.

Ici, je ne survis que grâce à l'indignation. Évidemment. J'ai grandi en ayant placé toute ma foi en ce grand homme blanc au pouvoir – qu'il fût Dieu, le président, ou n'importe qui d'autre du moment qu'il servirait la justice ! Alors qu'ici personne n'a jamais la moindre raison de se faire de telles illusions. Quelquefois, je me fais l'impression d'être la seule personne à des kilomètres à la ronde à ne pas avoir renoncé. En dehors d'Anatole qui exprime son indignation de manière plus productive.

Nous sommes restées silencieuses pendant un temps après la déclaration d'Élévée. La radio nous informait que pour venir ici, les deux boxeurs américains seraient payés cinq millions de dollars américains chacun, prélevés sur nos finances. Et qu'il en coûterait autant pour assurer les mesures de haute sécurité et entretenir une atmosphère festive durant le match. « Le monde entier respectera le nom du Zaïre », déclara Mobutu lors d'un bref entretien enregistré à la fin de l'émission.

Respecter ! J'en crachai presque par terre, ce qui aurait choqué davantage Elizabet que l'usage indécent des vingt millions de dollars.

« Sais-tu ce qu'il y a sous le plancher du stade ? lui demandai-je.

– Non », dit Elizabet avec fermeté, bien que je sois certaine qu'elle le sût. Des centaines de prisonniers politiques, mis aux fers. C'est l'une des geôles les plus célèbres de Mobutu, et nous sommes tous conscients qu'Anatole pourrait bien finir là, un de ces jours. À cause de ce qu'il enseigne, à cause de sa foi en une authentique indépendance, à cause de sa fidélité au Parti lumumbiste unifié secret, il pourrait y être amené par un informateur à la patte bien graissée.

« Il se peut que les prisonniers fassent beaucoup de bruit pendant le match de boxe, suggéra Élévée.

– Ce qui ne jouera pas en faveur de la respectabilité du Zaïre en général, dis-je.

– *Likambo te*, dit Elizabet en haussant les épaules. Pascal et Patrice vont être tout excités. Mondele, réfléchis un peu, Mohamed Ali, c'est un héros ! Les petits gamins vont l'acclamer dans les rues.

– Sans aucun doute, dis-je. Les gens viendront du monde entier pour assister à ce grand événement, deux Noirs se tapant dessus pour cinq millions de dollars chacun. Et ils repartiront sans avoir jamais su que dans tout ce sacré Zaïre, aucun employé public en dehors de cette sacrée armée n'aura été payé depuis deux ans. »

Pour une femme, jurer en lingala est une parfaite abomination. Elizabet doit supporter beaucoup de choses de ma part. « Stanleyville, ordonna-t-elle, pour passer à un autre sujet.

– Kisangani », répondis-je sans enthousiasme. Élévée se précipita pour aller jouer avec Pascal plutôt que d'être prise au piège de cet ennuyeux exercice.

« Parc national Albert ?

– Parc de la Maiko. »

Aucune de nous ne nous sommes souciées de savoir si j'avais raison.

Je découvre que les brusques changements de conversation d'Elizabet sont toujours justifiés – en général pour protéger quelqu'un, en l'occurrence, moi. Je l'observe aussi au marché, bien consciente qu'aucune école ne m'a autant appris. Les Congolais possèdent un sens de plus que les autres. Un sens social, je dirais. C'est une façon de deviner les gens au premier coup d'œil, augmentant ainsi les possibilités de troquer, ce qui est aussi indispensable que respirer. La survie est une perpétuelle négociation, car il faut marchander discrètement tout service que le gouvernement prétend vous fournir sans pour autant le faire. Comment même entreprendre de décrire les complications de la vie dans un pays dont les responsables incarnent la corruption absolue ? On ne peut même pas disposer d'une boîte à lettres à Kinshasa, le lendemain du jour où vous l'avez louée, le receveur des postes la vendra au plus offrant, lequel jettera votre courrier dans la rue en sortant de chez vous. Le receveur dira, à sa décharge, qu'il n'a aucun autre moyen de faire vivre sa famille – son enveloppe de salaire arrive vide chaque semaine, avec un imprimé déclarant les mesures économiques à prendre d'urgence. Le même argument vous sera présenté par les standardistes qui ne transmettront votre appel à l'étranger qu'après vous avoir fait préciser l'endroit de Kinshasa où vous déposerez l'enveloppe renfermant votre petit cadeau. La même chose pour les hommes qui délivrent visas et passeports. Pour quelqu'un de l'extérieur, cela peut ressembler au chaos. Mais non. C'est de la négociation, infiniment organisée et sans fin.

Étant blanche à Kinshasa, j'offre sans doute certaines opportunités, pourtant une Noire qui aurait le même sac et les mêmes chaussures de cuir que moi serait tout autant sollicitée dans la rue. J'ai un mal fou à m'habituer à cela. La semaine dernière un jeune homme s'est présenté à moi pour me demander d'emblée trois mille zaïres, et une fois de plus j'en suis restée bouche bée.

« Mondele, il ne demandait pas trois mille zaïres, me dit tranquillement Elizabet tandis que nous avancions et louchions sur les ananas. Il ouvrait seulement la porte à la négociation. Il a quelque chose à offrir, peut-être un renseignement sur des produits du marché noir ou le nom d'un standardiste qui a illégalement accès (et donc à bas prix) aux liaisons internationales. » Elle m'a expliqué ça des douzaines de fois, mais ça n'entre vraiment que lorsque je constate par moi-même ce qu'il en est. Tout le monde a besoin de tout à Kinshasa – que ce soit pour se faire enlever un calcul rénal ou pour trouver un timbre-poste – et doit le discuter avec habileté. Les Congolais y sont habitués et ont mis au point des milliers de raccourcis. Ils évaluent les perspectives d'après les vêtements et l'humeur de chacun, et le processus de marchandage est déjà bien engagé avant qu'ils n'ouvrent la bouche pour parler. Si vous restez sourd à cette conversation subtile, le choc de l'enchère de départ est d'autant plus grand qu'on semble vous dire : Madame, je vous demande trois mille zaïres. J'ai entendu des visiteurs étrangers se plaindre que les Congolais étaient rapaces, naïfs et inefficaces. Ils n'ont pas idée. Les Congolais sont aptes à la survie et doués d'une perception qui dépasse tout ce qu'on peut imaginer, ou alors ils meurent jeunes. C'est le seul choix qu'ils aient.

J'en avais eu un aperçu grâce à Anatole, il y a long-temps, quand il m'avait expliqué pourquoi il traduisait les sermons de Père. Ce n'était pas par esprit d'évangé-lisme, mais seulement par esprit d'ouverture. Ouvrant la table des négociations pour une assistance à venir. Ce jour-là, j'avais multiplié par dix ma perception de l'in-telligence d'Anatole, et maintenant, avec le recul, je dois faire de même pour tous ceux que nous avons connus.

Les enfants qui nous harcelaient quotidiennement en quête d'argent et de nourriture n'étaient pas des mendiants débiles : ils étaient habitués à la distribution des surplus et ne compreniaient pas pourquoi nous nous en dispensions. Le chef qui avait proposé d'épouser ma sœur n'imaginait sûrement pas que Père lui aurait vraiment accordé ce plaintif termite ! Je pense que Tata Ndu nous avait suggéré avec tact que nous deviendrions un fardeau pour son village en temps de famine ; que les gens d'ici s'accommodaient de telles charges en réorganisant les familles ; et que si nous trouvions une telle idée inacceptable, nous ferions peut-être mieux d'aller ailleurs. Tata Ndu manifestait une certaine arrogance dans ses manières autoritaires, au point de susciter un vote dans l'église pour humilier mon père, mais en matière de vie et de mort, je le vois bien maintenant, il était respectueux au-delà de tout entendement.

Il est affligeant de voir le meilleur de l'ingéniosité et de la diplomatie zaïroises gaspillé au bénéfice de la seule survie pendant que des fortunes entières de cobalt et de diamants nous échappent des mains toute la journée. Le Zaïre n'est pas un pays pauvre, dois-je seriner à mes fils jusqu'à ce qu'ils l'entendent en rêve : ce n'est qu'un pays de pauvres.

Pas de chèque ce soir, comme de bien entendu, encore moins de supplément. Mais Anatole est rentré tout excité à la maison à cause de la grève générale et en a parlé tranquillement au dîner, attentif comme toujours à utiliser des mots codés et des noms d'emprunt. Être au courant mettrait les garçons en danger. Mais il me semble bien que même Pearl Harbour leur serait passé au-dessus des oreilles, ce soir, tant ils s'appliquaient à dévorer leur manioc. Pour faire durer le mien, j'attrapais quelques bouchées de la main gauche tout en nourrissant Martin de la droite. À chaque gorgée qu'il absorbait, je me sentais plus affamée encore.

« Un de ces jours, annonçai-je, je prendrai mon arc et

je me glisserai à travers les barreaux de la Résidence. »
La maison de Mobutu à Kinshasa est entourée d'un parc
où quelques zèbres et un malheureux éléphant piaffent
dans l'herbe.

Pascal était tout à fait pour. « Oh maman ! Abattons
l'éléphant ! »

Patrice nous informa avec sobriété qu'il ne pensait pas
qu'une flèche serait capable de transpercer la peau d'un
éléphant.

Cela laissa Pascal indifférent. « Vous avez vu ça ? La
flèche de maman va l'abattre, *Kufwa !* »

Elizabet demanda, toujours raisonnable : « Mondele,
comment comptes-tu faire cuire cette bête ? »

Nous ne mangeons que du manioc, du manioc, encore
du manioc. Qu'il soit teinté de rose grâce à une tomate
ou de vert par une feuille de cresson, c'est toujours du
manioc. Un repas de riz ou de soja nous aide lorsque nous
avons à équilibrer nos acides aminés et à empêcher notre
masse musculaire de s'autodévorer dans ce processus
connu sous le terme pittoresque de *kwashiorkor*. Au
début, en arrivant à Kilanga, je me souviens d'avoir
pensé que les enfants mangeaient trop parce qu'ils
avaient de gros ventres. Maintenant je sais que leurs
muscles abdominaux sont trop faibles pour maintenir
leur foie et leurs intestins en place. J'en vois les signes
chez Patrice. Toute nourriture arrivée à Kinshasa nous
est parvenue de l'intérieur par des voies impossibles à
bord de camions déglingués, de sorte qu'elle coûte trop
cher, en admettant qu'on la trouve. Quelquefois Anatole
me rappelle une conversation ancienne au cours de
laquelle j'avais tenté de lui expliquer que, chez nous, les
cultures poussaient dans d'immenses champs loin des
consommateurs. Maintenant je comprends sa consternation. L'idée n'est pas bonne, du moins pour l'Afrique.
Cette ville correspond à une idée de l'efficacité étrangère

importée sur cette terre, cette idée est désastreuse. En vivant sur place, il est impossible de penser autrement. C'est une énorme accumulation de famine, de maladies infectieuses et de désespoir déguisée en opportunité.

Nous ne sommes même pas capables de faire pousser nos propres légumes. J'ai bien essayé, juste le long de la porte métallique du fond, sous la corde à linge. Pascal et Patrice m'ont aidée à gratter un petit carré qui a fini par donner quelques pâles bouquets d'épinards poussiéreux et des haricots qui ont été croqués, une nuit, par la chèvre de nos voisins. Les enfants de cette maison avaient l'air tellement affamés (comme la chèvre, d'ailleurs) que je n'ai pu regretter ce cadeau.

Nous, au moins, nous avons le choix de partir. En mon for intérieur je me dis que nous pourrions faire un nouvel essai à Atlanta. Tout en restant ici à cause de l'enseignement et de l'engagement d'Anatole, et en vivant du peu que ce travail rapporte, nous bénéficions malgré tout de privilèges par rapport à nos voisins. J'ai emmené mes fils aux États-Unis pour les faire vacciner, chose totalement impensable au Zaïre. Je les ai tous vus naître viables et n'en ai perdu aucun de variole ou de tuberculose. Nous avons davantage de chance que les autres. Le plus pénible à supporter : la vue que nous avons de la fenêtre. La cité est une triste patrie couleur de poussière, et j'ai la nostalgie de la vie que nous menions à l'intérieur des terres. À Bikoki et à Kilanga, au moins, nous avions toujours la ressource de cueillir un fruit sur un arbre. Jamais un jour ne se passait sans voir de fleurs. Des épidémies ravageaient parfois le village, mais elles se terminaient toujours.

Je ris de bon cœur en pensant à ce que j'ai été, en me souvenant de la liste des denrées disponibles que nous dressions, anxieuses, mes sœurs et moi : des oranges, de la farine et même des œufs ! Au plus bas de notre situation de missionnaires, nous étions encore extraordinairement gâtés par rapport aux habitants de Kilanga. Guère étonnant que tout article de ménage laissé par négligence sous la véranda eût trouvé preneur pendant la nuit. Guère étonnant que nos voisines aient froncé le sourcil sur le pas de notre porte quand nous leur montrions le fond de nos poches en guise de preuve de notre misère. Personne d'autre en ville n'avait même de poches. Elles devaient penser exactement comme moi maintenant quand je regarde, furieuse, Mobutu à la porte de ses palais de contes de fées, haussant les épaules, les deux mains puisant à fond dans le butin étincelant de ses mines.

« Il me semble que tu m'avais dit que les Congolais ne croyaient pas qu'il faille garder ses richesses pour soi », avais-je dit à Anatole, une fois, lui cherchant plus ou moins noise. Mais il s'était contenté de rire. « Mobutu ? Qui ? Mais il n'a plus rien d'un Africain maintenant.

– Mais alors, il est quoi ?

– Il est l'épouse de bon nombre d'hommes blancs. »

Anatole expliquait cela de la façon suivante : comme la princesse d'un conte, le Congo était né bien trop riche pour que cela lui réussisse, et cela attirait l'attention d'une foule d'hommes désireux de le dépouiller. Les États-Unis étaient devenus l'époux de l'économie zaïroise et, qui plus est, un époux peu scrupuleux, l'exploitant avec condescendance, sous prétexte de lui éviter la dégradation morale inhérente à sa nature.

« Oh, je connais parfaitement ce genre de mariage, dis-je. Toute mon enfance, j'en ai eu l'exemple sous les yeux. »

Mais il me vient maintenant à l'esprit qu'en fin de compte Mère, en mettant tous nos biens dehors, les avait offerts en cadeaux d'adieu à Kilanga. Il y a épouses et épouses. Seule ma païenne de mère avait compris ce qu'était la rédemption.

Nous autres, nous commençons seulement à l'intégrer, je pense. Dieu nous accorde des vies suffisamment longues pour que nous nous mortifiions nous-mêmes. Le 17 janvier, mort de Lumumba et de Ruth May, est toujours une triste journée chez nous. Anatole et moi devenons muets, le regard fixé au loin sur nos regrets qui ne sont plus si différents. Pendant les nuits de janvier, des rêves désespérés me visitent au cours desquels je m'allonge au-dessus de l'eau en recherche d'équilibre. Quand je me retourne pour regarder la rive, une rangée d'œufs se mue en visages d'enfants affamés, ensuite survient la chute dans un désespoir bleu où il me faut déplacer une montagne qui s'effrite dans mes mains. Quel soulagement de me réveiller trempée de sueur et de sentir le corps d'Anatole à côté du mien. Mais tout son dévouement ne suffit pas à alléger le fardeau qui pèse sur mes épaules. *Ayez pitié de moi, mon Dieu, selon votre grande miséricorde et effacez mon iniquité selon la multitude de vos bontés.* Je me surprends à prier, avant d'être pleinement éveillée à un monde dans lequel je n'ai pas de père et où je ne peux compter sur de tendres bontés.

Anatole dit que les rêves récurrents sont chose commune chez ceux qui ont été gravement atteints de malaria. Quand je suis anxieuse ou triste, je suis facilement atteinte d'affreuses démangeaisons dues aux larves de filaires, petits parasites qui s'insinuent dans vos pores et provoquent périodiquement des crises soudaines. L'Afrique a mille façons de vous entrer dans la peau.

Notre existence, ici à Kinshasa, bénéficie de davantage de privilèges que la plupart ne peuvent en espérer. Je n'ai pas eu, jusqu'ici, à abattre l'éléphant de Mobutu. J'ai même réussi pendant un temps à ramener à la maison un salaire sous la forme d'un joli chèque. Je me suis fait payer par des employeurs américains, pensant en toute logique qu'au moins je couvrirais de dollars les marchands de mon petit voisinage de la cité.

Mrs. Ngemba, professeur d'anglais, fut ma nouvelle identité. Cette dernière se révéla me gratter autant que la bure des bénédictines. J'enseignai dans une école spéciale du compound créé pour les Américains venus installer la ligne à haute tension de l'Inga-Shaba. Un grand cadeau de mariage des États-Unis au Congo. C'est une énorme alimentation électrique qui s'étend sur mille six cents kilomètres de jungle, reliant les centrales hydroélectriques situées au-dessous de Kinshasa à la lointaine région méridionale minière du Shaba. Le projet a attiré des ingénieurs de Purdue, des équipes de manœuvres du Texas ainsi que leurs familles, logées non loin de Kinshasa dans une étrange agglomération appelée la Petite Amérique. Je m'y rendais en bus tous les matins pour enseigner la grammaire et la littérature à leurs enfants curieusement privés de poésie. Ils étaient pâles, désorientés, et regrettaient amèrement l'absence de leurs épouvantables séries télévisées. Ils quitteraient probablement le Congo sans avoir su qu'ils avaient été immergés au plus haut degré dans le vice, les flics et le pur danger d'une jungle infestée de serpents. Le compound était comme une prison, tout en trottoirs et bâtiments enclos de fil de fer barbelé. Comme n'importe quel prisonnier, ces gosses se battaient avec tout ce qu'ils trouvaient de tranchant. Ils se moquaient de ma façon de m'habiller, me surnommant « Mrs. Gombo ». J'avais pitié d'eux, les méprisais et leur intimais secrètement l'ordre de rentrer chez eux par le premier bateau. De temps à autre, je recevais des mises en garde quant à mon attitude ainsi que le formulait le directeur, mais il me supportait faute de pouvoir me remplacer. Je partis à la fin du deuxième trimestre.

L'endroit m'effrayait. Je grimpais dans le bus à l'angle de ma rue au bout de l'allée du 17 janvier, somnolais dans les cahots une demi-heure durant, juste avant le lever du jour, pour ouvrir enfin les yeux sur un autre monde. Le compound était constitué de rangées successives de maisons en métal brillant, de douzaines de bars étincelant d'une aura de vomi frais et de verre cassé dans le petit jour. Le bus s'arrêtait dans un chuintement de freins derrière la grille pour une étrange relève : nous, les professeurs et les domestiques, descendions, et ensuite le bus chargeait des prostituées lasses et échevelées. De jeunes Congolaises aux cheveux orange décolorés, qui connaissaient une ou deux phrases crues en anglais, et dont les bretelles de coûteux soutiens-gorge américains glissaient de leurs épaules sous leurs chemisiers étriqués. Je les imaginais de retour chez elles en train de replier cet uniforme pour se draper dans des pagnes avant de se rendre au marché. Pendant que nous restions tous là, à nous dévisager en clignant des yeux, le temps de repérer notre chemin, les camions du compound nous dépassaient en rugissant pour se rendre dans la jungle, transportant à bord des équipes d'hommes qui, selon toute apparence (à en juger d'après les prostituées), ne dormaient jamais.

L'espace de deux trimestres, j'ai vu ces étrangers s'en aller sans façon construire des milliers de kilomètres de routes provisoires pour acheminer des câbles, des machines-outils et des tôles, sous le nez de villageois qui vivraient toute leur vie sans électricité, sans machines-outils et sans tôles. La province de Shaba gronde de chutes d'eau en abondance suffisante pour produire son électricité, mais les mines devraient leur éclairage à Mobutu lui-même. Il couperait cette électricité venue de la capitale au premier signe de rébellion populaire. Après tout, le Katanga avait essayé de faire sécession autrefois. À l'époque où je travaillais là, nous pensions que c'était la justification de cet étrange projet.

Depuis que je suis rentrée, nous en avons appris davantage, assez pour que je maudisse ma modeste participation au projet de l'Inga-Shaba. Non seulement il était aberrant, mais cynique. Il n'avait jamais été prévu que la ligne à haute tension fonctionne. Sans aucun moyen d'entretenir un réseau qui s'étendait au cœur de l'obscurité, les ingénieurs voyaient la queue du monstre se détériorer aussi vite que la tête était construite. Il finit par être totalement nettoyé à la manière dont un arbre est décapé par les fourmis découpeuses de feuilles : écrous, boulons et tout matériau pouvant servir à faire de la toiture disparaissaient dans la jungle. À coup sûr, n'importe qui aurait pu prédire cet échec. Mais en prêtant au Congo plus d'un milliard de dollars pour cette ligne, la Banque mondiale s'était assurée d'une dette permanente que nous devions rembourser en cobalt et en diamants à partir de maintenant jusqu'à la fin des temps. Ou au moins jusqu'à la fin de Mobutu. L'objet d'un petit jeu apprécié : Laquelle des deux interviendrait en premier. Avec une dette extérieure atteignant désormais des milliards, tout espoir d'indépendance est menotté et le débiteur pieds et poings liés. Maintenant que le marché noir est tellement plus florissant que l'économie légale, j'ai vu des gens se servir de zaïres pour colmater les fentes de leurs murs. Le trafic de minerais à l'étranger est tellement important que notre voisin le Congo français, qui ne possède pas la moindre mine de diamants entre ses frontières, est le cinquième plus gros exportateur de diamants dans le monde.

Et ce qui n'a pas quitté le pays fait partie des réserves du Roi. Le voilà en train de se construire un palais semblable à celui de son ami le shah d'Iran. Cela se passe dans son village natal de Gbadolite. On dit qu'il possède des paons bien gras qui se pavanent dans une cour protégée par de grands murs, et qui picorent du grain dans des écuelles en argent ciselé. Le générateur à essence qui éclaire le palais fait un tel vacarme, de nuit comme de jour, que tous les singes ont fui les environs. L'air conditionné doit marcher en permanence pour que la chaleur de la jungle ne dégrade pas ses lustres plaqué or.

J'imagine assez bien le spectacle. À l'extérieur des murs du palais, les femmes de Gbadolite sont accroupies dans leur cour, à faire bouillir leur manioc dans des enjoliveurs de récupération, et quand vous leur demandez ce que signifie le mot indépendance, elles froncent les sourcils et vous menacent du bâton. Quelle bêtise, diront-elles. Les villes ont toutes des noms nouveaux et, comme si cela ne suffisait pas, nous sommes à présent supposés nous appeler mutuellement « citoyen ».

En ville, à Kinshasa, où de nombreux bars sont équipés d'appareils de télévision, Mobutu coiffé de son calot en léopard nous bat des cils tous les soirs à sept heures dans le but d'unifier le pays. « Combien de pères ? » demande-t-il à répétition au cours de cette démonstration enregistrée, et son public, lui aussi enregistré, répond : « Un seul ! »

« Combien de clans ? Combien de partis ? poursuit-il. Combien de maîtres ? »

À chaque fois, la fidèle assemblée braille : « *Mookoo !* Un seul ! »

L'image sautille et les citoyens avalent leur bière ou poursuivent leurs affaires. Mobutu parle la langue de sa tribu. La plupart des gens d'ici ne la comprennent même pas.

Rachel Axelroot Vaslin Fairley

Écoutez, il ne faut jamais croire aux contes de fées ! Après un mariage du genre ils-furent-heureux-et-eurent-beaucoup-d'enfants, on se garde bien de vous raconter la suite de l'histoire. On a beau avoir réussi à épouser un prince, ça n'empêche pas que le matin on se réveille avec un goût de détartrant dans la bouche et les cheveux complètement aplatis d'un côté.

Pauvre de moi, qui me retrouvais tout d'un coup au fin fond du Congo français, femme de diplomate au bord de la forêt plumitive, en robe du soir de chez Dior et longs gants noirs aux réceptions de l'ambassade de Brazzaville. Ç'a été la partie conte de fées, et c'est vrai que tout a été sensationnel le temps que ça a duré. J'avais l'impression d'être Cendrillon en chair et en os. Mes cheveux étaient formidables avec toute cette humidité et j'avais mon coiffeur français attitré (enfin c'est ce qu'il disait, moi je le soupçonnais d'être belge) qui venait chez nous tous les mardis et samedis. L'existence ne pouvait être plus agréable. Personne n'aurait cru qu'à peine quelques années plus tôt je vivais avec mes parents de l'autre côté du fleuve. Moi ! Cette même Rachel qui trimait dans la saleté ! Prête à vendre son âme pour un pull en mohair bien sec et une bombe de laque Final Net. Ah ! on peut dire que j'ai fait mes classes en politique en étant femme de diplomate. Seuls un simple fleuve et des milliers de kilomètres de pensée moderne contemporaine séparent le Congo français de la Nouvelle République indépendante du Congo, c'est-à-dire le Zaïre. C'est parce qu'ils essayent de se débrouiller tout seuls de l'autre côté et qu'ils n'ont pas le tempérament pour. Ils en sont encore à se démener pour obtenir des services téléphoniques corrects. Alors que, tout le temps de ma mission diplomatique au Congo français, à Brazzaville, le plus dur pour moi s'est borné à houspiller les domestiques pour qu'ils taillent l'hibiscus sur la pelouse et essuient le moisi de la verrerie.

Allez. Beaucoup d'eau a coulé sous le pont depuis. Mission diplomatique ou pas, un homme qui lâche sa femme pour sa maîtresse n'est pas un cadeau, je l'ai découvert à mes dépens. Rien de tel que l'expérience comme on dit. Avec le recul du temps, la vision des choses est de vingt sur vingt.

Rémy, mon troisième mari, m'était très attaché. Il était plus âgé. J'ai beau avoir connu cent un malheurs dont une bonne moitié dans le domaine conjugal, finalement j'ai eu de la chance en amour, avec Rémy Fairley. Lui, au moins, il a eu la décence de mourir en me laissant l'Équatorial.

L'âme de Rémy reposant en paix, j'ai pu donner libre cours à mon inspiration et je ne me suis pas gênée pour faire de cet endroit ce qu'il est, j'ose le dire. L'Équatorial est maintenant le plus bel hôtel pour hommes d'affaires de toute la route qui va de Brazzaville à Owando. Nous sommes à environ cent cinquante kilomètres au nord de la ville, et pourtant nous avons aussi une clientèle de touristes. Il y a toujours des Français et des Allemands et je ne sais plus trop qui encore, à s'arrêter quand ils vont vers le nord surveiller un projet ou un autre, ou à s'échapper de la ville pour voir un peu de l'authentique vie africaine avant de terminer leur mission à Brazzaville et d'aller retrouver leurs femmes. Ce sont généralement des pétroliers ou des entrepreneurs.

Nous occupons le site de ce qui était autrefois une plantation, c'est pourquoi la maison est entourée de très jolis bois d'orangers et de cocotiers. La demeure elle-même a été transformée en douze pièces confortables plus ou moins spacieuses, toutes très luxueuses, avec deux salles de bains complètes à chaque étage. Le restaurant est entouré d'une pergola au rez-de-chaussée sous l'ombrage des bougainvillées. Une petite brise y souffle presque constamment. Dernièrement, nous lui avons adjoint un deuxième patio abrité, de dimension plus modeste, mais avec un bar pour que les chauffeurs aient un endroit agréable où passer le temps pendant que mes clients savourent leurs repas. Le restaurant n'accepte que des hôtes payants, qui sont, faut-il le préciser, exclusivement blancs, car les Africains des environs ne gagnent pas assez en un mois pour s'offrir ne serait-ce qu'un de mes dîners à prix fixe. Mais je ne suis pas de celles qui laisseraient qui que ce soit sous la pluie ! C'est pourquoi j'ai fait bâtir ce local pour eux, pour qu'ils ne soient pas tentés d'entrer et de traîner leurs guêtres dans le bar principal. J'ai aussi la réputation d'aimer les animaux, et j'ai créé une véritable petite ménagerie entre le jardin et le restaurant, pour la plus grande joie de tous. À toute heure du jour on entend les perroquets jacasser dans leur cage. Je leur ai enseigné à dire « Dernier verre ! On ferme ! » en anglais, en français et en afrikans, mais je dois admettre qu'au fil des ans ils ont appris des phrases assez scandaleuses auprès de mes hôtes. Bien que la clientèle de l'Équatorial soit toujours très classe, les hommes restent ce qu'ils sont.

Ce dont je suis le plus fière, c'est la piscine, le patio et les jardins qui sont entièrement mon œuvre. La piscine m'a donné un mal fou. Elle a été creusée par toute une équipe d'indigènes payés au panier de terre déblayée. Tout ça, bien sûr, au prix d'une solide surveillance pour être sûre qu'ils ne bourrent pas de feuilles le fond de leur panier. La tenue d'un établissement de ce genre représente une somme de travail, croyez-moi. Je serais sur la paille si je ne gardais pas tout sous clef et si je ne châtiais pas les coupables d'une main ferme. La plupart des femmes ne tiendraient pas plus d'une semaine à ce poste. Mon secret ? J'adore ça ! Si, si, je vous assure. En dépit de tout, je me promène en bikini à travers le restaurant, mes cheveux platine relevés en chignon, mon gros trousseau de clefs cliquetant à la main pour inciter amicalement mes invités à boire leurs martinis et à oublier les soucis qui les attendent chez eux. Alors je me dis : finalement, Rachel, tout ça c'est ton petit royaume et tu le diriges exactement à ta guise. Qu'est-ce que je ferais d'un mari alors que j'ai autour de moi plus de beaux hommes qu'il ne m'en faut ? Et pourtant, si quelqu'un manque de tenue, allez, ouste, dehors ! Quand l'envie me prend de manger du poulet au curry, je n'ai qu'à demander au chef : un poulet au curry ! Si je trouve que davantage de fleurs ferait mieux, je claque les doigts et on me les plante. Comme ça ! Ah je travaille comme une folle, tenant boutique sept jours sur sept et pendant les weekends. Mes prix sont peut-être un peu plus élevés que la moyenne, mais mes hôtes ne se plaignent jamais. Pourquoi iraient-ils se faire plumer ailleurs alors qu'ils ont toute liberté de venir ici !

À l'Équatorial, je deviendrai très riche et très vieille avant qu'aucun membre de ma famille ne m'y rende visite. C'est vrai, ça ! Ils ne sont jamais venus. Leah est tout près, à Kinshasa, à un saut de puce d'ici aller et retour. Quand il y a eu ce match entre Mohamed Ali et George Foreman, nous avons récupéré des tonnes de touristes. Ils sont venus en Afrique pour l'occasion et ensuite ils ont traversé le fleuve pour faire du tourisme au Congo français, parce que les routes ici, comme tout le reste, sont en général beaucoup plus agréables. J'ai compris que nous aurions beaucoup de monde, à la minute même où ils ont annoncé ce combat. J'ai toujours eu un sixième sens pour repérer les tendances, et j'ai mis en plein dans le mille. J'ai terminé la salle de bains du deuxième étage qui me posait des problèmes et j'ai fait redécorer le bar sur le thème de la boxe. J'ai même fait des pieds et des mains pour me procurer une affiche authentique de l'événement, mais parfois on est obligé de se contenter de ce qu'on a. J'ai demandé à un des boys de me fabriquer des petits gants de boxe miniatures avec des feuilles de plantain séchées cousues ensemble, finalement très réalistes. J'en ai accroché partout, après les lampes et les ventilateurs. Sans vouloir me vanter, c'était mignon comme tout.

Je me disais sans arrêt, tout le monde a l'esprit à la fête, et dire que Leah n'est pas très loin d'ici, en kilomètres. Mère et Adah passent leur temps à raconter qu'elles vont peut-être venir, alors si elles sont capables de traverser tout un océan, Leah pourrait bien faire l'effort de prendre un bus, tout de même. En plus de ça, Père doit être encore en train de vagabonder dans la jungle et je vous demande, qu'est-ce qu'il a à faire d'autre ? Il ne lui serait pas difficile de faire un brin de toilette pour rendre visite à sa fille aînée ; oh, j'en ai rêvé de cette réunion des vieux de la vieille. Imaginez seulement la tête qu'ils feraient s'ils voyaient les lieux.

Pour bien faire il faudrait que je laisse tomber, mais dans mon for intérieur, j'y repense tout le temps. Je me vois bien en train de faire faire le tour du propriétaire à Leah et à Adah, effleurant en passant les élégantes boiseries en acajou du bar ! Ouvrant en grande pompe la porte des salles de bains de l'étage aux miroirs encadrés de faux or (j'aurais pu m'offrir du vrai, s'il ne s'écaillait pas hélico presto avec toute cette humidité !) pour leur donner une impression d'ensemble de luxe à l'européenne avec toilettes et bidet. Mes sœurs seraient rudement épatées de voir tout ce que j'ai réussi à faire, pratiquement à partir de rien. Je me fiche qu'elles soient surdouées et qu'elles sachent le dico par cœur, elles sont tout de même capables de reconnaître la valeur du travail. « Eh bien, Rachel, dirait Leah, avec quel génie et quel allant tu tiens cet établissement ! J'ignorais que tu avais un don pareil pour l'hospitalité ! » Adah, bien sûr, dirait quelque chose de plus rigolo dans le genre : « Dis donc, Rachel, l'hygiène intime est devenue une véritable vocation chez toi ! »

Si vous voulez savoir, c'est justement pourquoi elles ne viennent pas – elles ont peur d'avoir à me manifester du respect, en fin de compte. Je suis sûre qu'elles préféreraient penser qu'elles sont les cerveaux de la famille et que je suis restée la blonde écervelée. Elles ont toujours pris de grands airs, ce qui est bien, mais si vous me demandez mon avis, elles se sont coupé l'herbe sous le pied avec leurs carrières. Adah, évidemment, s'est signalée en étant une tête à la faculté de médecine (Mère m'a envoyé des articles de journaux où on parle d'Adah qui remporte un prix pratiquement à chaque fois qu'elle va aux cabinets), et elle aurait très bien pu réussir en tant que médecin. Mais je découvre, d'après ce que Mère m'écrit, qu'elle travaille nuit et jour, attifée de son horrible blouse blanche, dans quelque gros complexe d'Atlanta où on étudie les organismes des maladies. Très bien, parfait ! Il faut bien que quelqu'un s'y intéresse, j'imagine !

À Leah, maintenant. Celle-là, je ne la comprendrai jamais. Avec le temps, comme tout le monde, je me suis faite aux Africains avec qui je travaille, surtout en ne les enduisant pas en tentation. Mais quant à en épouser un ? Et en avoir des enfants ? Ça me paraît contre nature. Je ne vois pas comment ces petits gamins me sont apparentés.

Je ne le lui dirai pas en face, évidemment. Je jure de n'avoir pas dit un mot de toutes ces années. Ce n'est pas trop difficile, notez, parce que nous ne nous écrivons pas si souvent. Elle se contente d'envoyer des cartes de Noël qui arrivent généralement juste à point pour Pâques. J'ai l'impression que les postiers, là-bas au Zaïre, sont ou fainéants ou ivres la moitié du temps. Et quand je reçois malgré tout une lettre, c'est toujours une grosse déception. Juste : comment vas-tu, je viens d'avoir un autre bébé qui s'appelle truc ou machin. Elle pourrait au moins leur donner des noms anglais, non ? Elle ne pose jamais de questions sur l'hôtel.

Il est sûr qu'on préférerait garder de bonnes relations avec sa famille, mais la vraie – de famille – s'est dispersée aux quatre coins du monde après la mort tragique de Ruth May. On pourrait passer sa vie entière à se sentir mauvaise conscience à cause de ça, et j'ai l'impression que Mère, surtout, broie encore du noir. Leah a décidé de s'en affranchir en devenant l'Épouse de l'Afrique. Quant à Adah, elle devrait bien se trouver un chéri à peu près convenable maintenant que son problème est réglé, mais non, il faut absolument qu'elle gaspille sa jeunesse avec ses éprouvettes à microbes.

Après tout, ça les regarde. Ce qui nous est arrivé au Congo tient au fait qu'il a fallu que, manque de veine, deux mondes opposés se rentrent dedans et provoquent une tragédie. Après un coup tel que celui-là, on ne peut que suivre la voie de son cœur. Et dans la famille, on dirait que nos cœurs renferment des choses foncièrement différentes.

Je me demande si je me suis jamais sentie responsable de quoi que ce soit dans toute cette affaire. La réponse est non. J'avais décidé tout du long de garder mes distances. Rester bien coiffée et faire semblant d'être ailleurs. Dites, je ne l'avais pas répété nuit et jour que nous étions en danger ? Il est vrai que quand tout ça est arrivé, j'étais l'aînée du lot, et je suis sûre que certains diront que j'aurais dû prendre les choses en main. Il y a juste eu un moment où peut-être j'aurais pu me précipiter sur elle, mais ça s'est passé si vite. Elle n'a pas réalisé ce qui lui arrivait. En dehors de ça, on ne peut pas être responsable de gens qui ne sont même pas fichus de vous donner ne serait-ce que l'heure, même dans votre propre famille. C'est donc pourquoi je refuse de me sentir la moindre responsabilité. Non, vraiment.

Ici, à l'Équatorial, je termine généralement la journée en fermant le bar moi-même, je reste assise seule dans le noir avec mon dernier verre et ma dernière cigarette, à écouter les bruits inquiétants d'un lieu que la gaieté a déserté. Il y a des bestioles qui rampent sous le chaume du toit, rats palmistes ou autres, que vous ne remarquez que la nuit. Ils grattouillent, ils m'espionnent là-haut de leurs petits yeux brillants jusqu'à ce que je perde la tête et me mette à crier «Mais enfin, fermez-la!» Parfois, je suis obligée d'enlever une de mes tongs et de la jeter sur eux pour qu'ils la bouclent. Vaut mieux remplir cet endroit d'hommes d'affaires et laisser couler l'alcool à flots, c'est ce que je me dis toujours. Franchement, ça ne rime à rien de passer trop de temps toute seule dans le noir.

Leah Price Ngemba

Anatole est en prison. Peut-être pour la dernière fois. Je sors de mon lit et j'enfile mes chaussures, je m'oblige à prendre soin des enfants. Derrière la fenêtre, la pluie s'abat sur tout ce qui est déjà trempé, les chèvres, les bicyclettes et les enfants, et je reste là à évaluer la fin du monde, regrettant amèrement que nous ne soyons pas restés à Atlanta.

Mais nous devions rentrer. Quelqu'un comme Anatole a tant à donner à son pays. Évidemment pas sous le régime actuel dont le seul but est de se maintenir au pouvoir. Mobutu s'appuie sur un genre d'hommes prompt à manier la gâchette et lent à poser des questions. Pour l'instant, le seul travail honorable consiste à amener ce gouvernement à se démettre. C'est ce que dit Anatole. Il préfère être ici, même en prison, plutôt que d'ignorer un affront. Je connais le sens de l'honneur de mon mari, autant que je connais les murs de cette maison. Alors, je me lève, j'enfile mes chaussures et je me maudis de vouloir partir. J'ai toujours pensé qu'il me serait possible de prendre l'avion pour rentrer en Amérique. Plus maintenant. Maintenant que j'ai sorti cet atout de sa cachette, je l'ai bien examiné et j'ai découvert qu'il ne m'était plus d'aucune utilité, dévalué avec le temps. Comme un vieux billet rose congolais.

Comment est-ce arrivé ? À notre premier voyage,

l'Amérique nous avait paru possible. J'étais enceinte de Patrice – ce devait être en 1968 je crois. Pascal avait presque trois ans et il apprenait l'anglais en intelligent petit perroquet qu'il était. J'étudiais l'agronomie à Emory et Anatole étudiait les sciences politiques et la géographie. Il était étonnant, il absorbait tout ce qui était dans les livres, puis allait au-delà à la recherche de choses que ses professeurs ne savaient pas. La bibliothèque publique était son paradis. « Béene, chuchotait-il, dès qu'il me vient quelque chose à l'esprit, il existe déjà un livre dessus.

– Prends garde, le taquinais-je. Peut-être y en a-t-il un ici qui parle de toi.

– Oh, j'en ai peur ! Un recueil complet de mes crimes de jeunesse. »

Il en venait à se sentir coupable de dormir la nuit à cause de tous les livres qu'il ne lirait pas pendant ces heures-là. Il hésitait un peu à parler anglais, mais il lisait avec une sorte d'appétit que je ne lui avais jamais vu. Et puis j'étais auprès de ma famille. Adah avait bien avancé dans ses études de médecine, elle était terriblement occupée, mais nous vivions pratiquement avec Mère. Elle était si bonne pour nous. Pascal tournait autour de ses meubles et dormait sur ses genoux comme un chat.

J'y étais retournée une seconde fois pour récupérer de la naissance de Martin, car j'étais gravement anémique et il fallait que je fasse faire leurs piqûres de rappel aux garçons. Mère avait réuni l'argent de nos billets d'avion. Seuls les enfants et moi étions venus, cette fois-là, et nous étions restés plus longtemps que prévu pour savourer le plaisir exquis d'une alimentation suffisante. Et aussi pour offrir à Mère l'occasion de connaître ses seuls petits-fils. Elle nous avait emmenés au bord de la mer, un endroit battu par les vents, dans des îles de sable au large de la côte de Géorgie. Les petits étaient fous de toutes leurs découvertes et de ces grands espaces où ils pouvaient courir. Mais cela me donna le mal du pays. La plage avait la même odeur que les marchés de poissons de Bikoki. Je me tenais sur la côte, les yeux fixés sur l'invraisemblable quantité de vide qui me séparait d'Anatole et de tout ce que j'avais laissé d'autre en quittant l'Afrique.

Il peut sembler drôle de s'en plaindre, mais tout ou presque en Amérique est inodore. Je devais déjà l'avoir remarqué, mais cette fois je le ressentais comme un handicap. Pendant des semaines après notre arrivée, j'ai passé mon temps à me frotter les yeux, pensant que ma vue ou peut-être mon ouïe baissaient. Mais c'était mon sens de l'odorat qui avait disparu. Même à la grande épicerie, au milieu d'une travée entourée de plus de sortes de nourriture que n'en connaîtrait un Congolais de toute sa vie, rien ne traînait dans l'air hormis une vague absence aseptisée. J'en avais fait mention à Anatole qui, évidemment, l'avait remarqué depuis longtemps. « L'air est simplement neutre, aux États-Unis, ai-je dit. On ne sent strictement rien à moins de plonger carrément le nez dans les choses.

– C'est peut-être pour ça qu'ils ignorent tout de Mobutu », suggéra-t-il.

Anatole avait gagné un peu d'argent en donnant des leçons particulières à des étudiants, une somme que ses congénères qualifiaient de « misère », bien que cela représentât beaucoup plus que ce que lui ou moi gagnions en une année. Nous vivions une fois de plus dans des résidences universitaires réservées aux couples mariés, un complexe d'appartements en préfabriqué situés au milieu des pins. L'unique sujet de conversation de nos jeunes voisins tournait autour de l'incommodité de ces taudis, véritables pièges à rats. Pour Anatole et moi, ils paraissaient d'un luxe extravagant. Des fenêtres vitrées, chacune avec des verrous, et deux sur la porte, alors que nous n'avions strictement rien qui valût la peine d'être volé. De l'eau courante, chaude, qui coulait

582

directement du robinet de la cuisine, et un autre à dix pas seulement, dans la salle de bains !

Les garçons alternaient les crises de mal du pays et les désirs de consommation. Il y avait des choses en Amérique qui aiguisaient leur appétit, ce qui m'inquiétait, et d'autres auxquelles ils ne prêtaient pas attention, ce qui m'inquiétait plus encore. Entre autres, la façon dont des Blancs bien intentionnés s'adressaient à mes enfants tri-lingues, comme à des bébés, en leur parlant fort, de manière simpliste. Les citoyens de mon pays considé-raient mon mari et mes enfants comme des êtres primi-tifs ou des phénomènes. Dans la rue, de loin, ils fron-çaient le sourcil en nous voyant, croyant avoir à faire à la vermine digne de mépris dont ils avaient l'habitude – le couple mixte avec ses petits bâtards. En approchant, ils dévisageaient toujours Anatole. Son visage de guer-rier aux habiles incisions exprime son élégance dans une langue qui leur est aussi étrangère que le lingala. Ce livre-là leur est fermé. Même les amis de Mère, tout en faisant vraiment de leur mieux, ne m'interrogeaient jamais sur les origines ou les qualités d'Anatole – seule-ment à mots couverts, dès qu'il sortait de la pièce elles demandaient : « Mais qu'est-ce qu'il a sur la figure ? »

Alors, nous sommes rentrés à la maison. Ici. Pour le pire. Anatole s'est vu confisquer son passeport à l'aéro-port. Pendant que Pascal et Patrice se bagarraient d'épui-sement et d'ennui et que Martin se vautrait sur moi en se plaignant de ses oreilles, mon mari fut repéré à mon insu. Il était recherché au Zaïre. Je ne l'avais pas réalisé à l'époque. Anatole me dit que ce n'était qu'une simple formalité et qu'il fallait qu'il donne son adresse à Kin-shasa pour qu'on sache où lui rapporter son passeport le lendemain. J'ai ri et j'ai dit (devant les officiels !) qu'étant donné l'efficacité de notre gouvernement, ce ne serait pas avant l'année prochaine. Ensuite, nous nous sommes entassés dans un vieux taxi Peugeot dans lequel nous nous sommes sentis enfin chez nous, et nous sommes arrivés chez Elizabet pour sombrer dans le sommeil ou dans l'insomnie capricieuse du décalage horaire. J'avais mille choses à penser : inscrire les garçons dans une école, trouver un endroit où habiter, changer les dollars de Mère dans une banque de Kinshasa qui ne nous donnerait pas des zaïres périmés ou des faux billets à la place, trouver de la nourriture pour ne pas affoler la pauvre Elizabet. Aucune de mes pensées n'était allée vers mon mari. Nous n'avions même pas dormi ensemble car les quelques lits de camp, emprunts dénichés à grand-peine par Elizabet, étaient trop étroits.

Les Casques bleus sont venus cogner dans la porte à grands coups de poings, au lever du jour. Je n'étais pas tout à fait réveillée. Elizabeth drapait encore pudiquement son pagne et se dirigeait d'un pas mal assuré vers la porte lorsque quatre hommes sont entrés avec tant de brutalité qu'ils l'ont plaquée contre le mur. Seul Martin était pleinement réveillé, ses grands yeux noirs rivés sur les armes qu'ils portaient à la ceinture.

Anatole est resté très calme, mais il m'a jeté un regard désespéré. Puis il m'a donné des noms de gens à contacter immédiatement – qui nous aideraient à nous installer, a-t-il dit, mais je savais ce qu'il voulait dire – ainsi qu'une adresse qui m'a semblé écrite à l'envers.

« Les garçons… dis-je, sans savoir le moins du monde comment j'allais terminer ma phrase.

– Les garçons t'aiment plus que la prunelle de leurs yeux.

– Ils sont africains à jamais. Tu le sais.

– Béene. Fais bien attention à toi. »

Et il est parti. Et je ne sais pas du tout comment faire attention à moi. Vivre, en général, me paraît une entreprise cruelle au-delà de tout ce qu'on peut imaginer.

Au moins, je sais où il est, Elizabet dit que c'est une bénédiction. Ils l'ont immédiatement emmené à Mbanza-Ngungu qui se trouve à une centaine de kilomètres au sud de Kinshasa par la meilleure route de ce pays, refaite récemment grâce à une aide de l'étranger. J'ai dû me rendre auprès de huit administrations différentes pour obtenir des renseignements, condamnée comme un chien soumis à porter un papier pelure différent d'un service à un autre, jusqu'à ce que je découvre mon maître, renversé sur sa chaise, les bottes sur le bureau. Il fut surpris de voir une femme blanche et, hésitant entre déférence et mépris, il pratiqua l'une et l'autre en alternance. Il me dit que mon mari resterait en détention jusqu'à ce que le dossier d'accusation soit complet, ce qui demanderait de six mois à un an. On l'accusait de trahison, c'est-à-dire d'être contre Mobutu, et le verdict le plus probable serait la prison à vie, bien qu'il y eût d'autres possibilités.

« Au camp Hardy, dis-je.

– Au camp Ebeya », me corrigea-t-il. Évidemment. Le camp Hardy avait été rebaptisé, à des fins d'authenticité.

Je savais qu'il ne fallait pas que je me fasse trop d'illusions sur les soi-disant « autres possibilités ». Il se trouve que c'est au camp Hardy que Lumumba avait été détenu et battu à mort jusqu'à son vol fatal pour le Katanga. Je me demandais quelle consolation mon mari pourrait tirer de ce modeste pan d'histoire commune. Nous avions connu plusieurs personnes, dont un collègue enseignant d'Anatole, qui avaient été emprisonnées là plus récemment On considérait cette prison comme un lieu d'exécution à petit feu, principalement par privation de nourriture. Notre ami nous avait dit qu'il y avait connu de longues périodes où pour tout repas il n'avait reçu qu'une banane tous les deux jours. La plupart des cellules étaient isolées, sans électricité ni sanitaires, pas même un trou dans le plancher. Les seaux n'étaient jamais enlevés.

On m'annonça que je ne pourrais pas voir Anatole avant que les chefs d'accusation soient connus. Je jetai un coup d'œil haineux au casque bleu posé sur le bureau puis au crâne vulnérable de mon commandant que j'aurais voulu faire exploser par la seule force de ma colère.

Quand il n'eut plus rien à ajouter, je le remerciai dans mon français le plus poli, et sortis de la pièce.

Au moins, il n'est pas aux fers sous le plancher du stade, répète Elizabet, et je suppose que même mon cœur brisé doit accepter cela comme une chance.

Je n'ai jamais connu si grande solitude. Les garçons sont tristes, bien sûr, mais Pascal et Patrice, à quinze et treize ans, sont presque des hommes, avec leur manière typiquement masculine de faire face. Quant à Martin, il est tellement perdu, et il a tant besoin d'être consolé qu'il ne peut rien faire pour moi.

Nous avons trouvé tout de suite une maison récemment libérée par la famille d'un professeur qui était partie en Angola. Elle est située très loin du centre, dans l'un des derniers petits lotissements sur la route qui mène vers l'intérieur des terres, si bien qu'au moins nous avons la consolation d'être entourés d'arbres en fleurs et nous disposons d'une cour où faire pousser des légumes. Mais nous sommes loin d'Elizabet et de Christiane qui font d'interminables heures de ménage au poste de police et à l'entrepôt gouvernemental voisin. Je n'ai pas le réconfort de leurs conversations quotidiennes. Et Elizabet n'est pas vraiment une âme sœur. Elle m'aime bien, mais me trouve déconcertante, peu féminine, et pense que je suis une source possible d'ennuis. Elle risque de perdre son travail en restant liée à une famille soupçonnée de trahison.

Je n'avais jamais réalisé à quel point je dépendais d'Anatole pour me justifier et faire pardonner ma présence ici. Pendant tant d'années j'avais joui du luxe de presque oublier que j'étais blanche dans une terre de marrons et de noirs. J'étais madame Ngemba, quelqu'un en compagnie de qui on pouvait déplorer le prix des fruits, la mère d'enfants en quête de bêtises à faire avec les vôtres. Protégée par mon pagne et par Anatole, j'avais l'impression de faire partie des meubles. Maintenant, sans mari, dans ce nouvel environnement, ma peau brille comme une ampoule nue. Mes voisins sont pleins de déférence et de réserve. Jour après jour, que je demande des renseignements ou que j'essaye de parler du temps qu'il fait, ils s'efforcent, anxieux, de me répondre dans un anglais ou un français hésitant. Remarquent-ils seulement que j'ai commencé la conversation en lingala ? Ne m'entendent-ils pas chaque jour crier après les garçons par-dessus la haie avec les accents maternels familiers d'une poissonnière du cru ? La vue de mon teint d'étrangère semble les priver de tout sens commun. Au marché local, une bulle de conversations suspendues se déplace à mesure que j'avance. Tout le monde dans les environs est au courant de ce qui est arrivé à Anatole, et je sais qu'ils compatissent – ils haïssent Mobutu tous autant qu'ils sont, et auraient bien aimé être aussi courageux que mon mari. Mais ils doivent aussi tenir compte de son épouse à la peau claire. Ils ne savent qu'une chose des étrangers, c'est tout que nous leur avons fait. À leurs yeux je n'améliore certainement pas le statut d'Anatole. Je suis sans doute la faille qui l'a fait tomber.

Je ne peux m'empêcher de penser la même chose. Où serait-il maintenant, si je n'étais pas là ? Il était révolutionnaire avant que je ne le rencontre. Mais peut-être n'aurait-il pas été pris. Il n'aurait pas quitté deux fois le pays, cédant à mes plaidoyers en faveur d'une mère vieillissante et à mes fantasmes de steak. Il n'aurait très probablement pas eu de passeport. Et c'est justement à cause de cela qu'ils l'ont pris.

Mais alors, qu'en serait-il des enfants ? C'est ce à quoi nous autres, les mères, nous revenons toujours. Comment pourrait-il regretter le mariage qui a donné Pascal, Patrice et Martin-Lothaire à l'Afrique ? Notre union avait été difficile pour tous les deux à la longue, mais quelle union ne l'est pas ? Le mariage est dans l'ensemble une longue succession de compromis. Il y a toujours un ordre du jour qui l'emporte sur l'autre, une roue voilée qui grince. Mais notre vie à deux n'a-t-elle pas eu davantage de sens pour le monde que celle que nous aurions pu avoir individuellement ?

C'est le genre de questionnement auquel je me livre pour me distraire quand les enfants sont sortis et que je deviens folle de solitude. J'essaye de combler l'espace vide de mes souvenirs, j'essaye de me rappeler son visage quand pour la première fois il a pris Pascal dans ses bras. Me souvenir de nous faisant l'amour dans des milliers d'obscurités différentes, sous une centaine de moustiquaires différentes, me rappeler ses dents sur la chair de mon épaule, tendrement, et sa main sur mes lèvres pour me faire taire si l'un des garçons dormait d'un sommeil fragile auprès de nous. Je me souviens des muscles de ses cuisses et de l'odeur de ses cheveux. Pour finir, je vais dehors regarder longuement mes grosses poules mouchetées, dans la cour, pour tenter de décider laquelle je tuerai pour le dîner. En dernier ressort, je suis incapable d'en choisir aucune, de peur de perdre leur compagnie.

La meilleure façon de survivre, c'est de rester active. J'ai déjà pris contact avec les gens qu'il m'avait conseillé d'aller trouver, pour les prévenir, ou leur demander de l'aide. L'adresse inversée s'est révélée être, après plusieurs erreurs, celle du sous-secrétaire Étienne Tshisekedi, le seul ministre au gouvernement susceptible de nous aider, bien que sa propre situation auprès de Mobutu fût désormais compromise. Et naturellement, j'ai écrit aux amis de Mère. (À «Amnésie internationale », comme l'appelle sûrement encore Rachel.) Je les ai suppliés d'envoyer des télégrammes pour défendre la cause d'Anatole, et ils le feront. Si Mobutu pense être gêné, il y a une chance que sa condamnation soit réduite à cinq ans. Pendant ce temps, Mère réunit de l'argent pour des pots-de-vin afin qu'un peu de nourriture lui parvienne. Je me suis rendue dans les bureaux du gouvernement pour savoir où l'argent devait aller quand nous l'aurions à disposition. Je les ai harcelés à propos des visites et du courrier jusqu'à ce qu'ils connaissent mon visage par cœur et ne veuillent plus le voir. J'ai fait ce que j'ai pu, semble-t-il, et maintenant, je dois faire ce dont je suis incapable. Attendre.

À la lumière de la lampe, quand les garçons dorment, j'écris de courtes lettres à Anatole, lui faisant un bref compte rendu sur eux et sur notre état de santé, et de longues lettres à Adah sur la façon dont je surnage. Aucun d'eux ne les verra jamais, c'est probable, mais j'ai besoin d'écrire, de m'épancher. Je confie mes chagrins à Adah. Je fais dans le tragique. Il vaut sans doute mieux que ces mots finissent étouffés au milieu d'un tas non expédié.

Il se pourrait bien que j'envie Adah, à présent, elle qu'aucun attachement ne déchire. Elle n'a pas besoin d'enfants qui lui escaladent les jambes ou de mari qui l'embrasse sur le front. Et Rachel, avec sa sentimentalité complexe. Ça alors, c'est une vie. Parfois je me rappelle nos coffres de mariage et j'aimerais pouvoir en rire, ils étaient tellement prophétiques. Rachel consacrant farouchement des heures supplémentaires, annonciatrices d'un record conjugal, remarquable par la quantité sinon la qualité. Ruth May, exemptée à jamais. Ma nappe, entreprise à contrecœur mais, avec le temps, suscitant mes efforts les plus appliqués. Et Adah, crochetant des bordures noires sur des serviettes et les jetant au vent.

« Fais bien attention à toi », mumure-t-il à mon oreille, et je lui demande : « Comment est-ce possible ? » Je me balance d'avant en arrière sur ma chaise comme un bébé, affamée de tant de choses impossibles : de justice, de pardon, de rédemption. Implorant de n'avoir plus à porter tous les maux du monde sur mon corps étriqué. Mais aussi, je veux être quelqu'un qui reste, qui continue à ressentir l'angoisse là où elle est nécessaire. Je veux être d'ici, sacré nom. Racler cette peau blanche jusqu'à ce qu'il n'en reste plus rien et que je puisse me promener au milieu de mes voisins, arborant tendons et os à nu, comme ils le font.

Plus que tout, ma peau blanche meurt d'envie d'être touchée et embrassée par le seul homme sur terre de ma connaissance qui me l'ait pardonnée.

Rachel Price

C'est vraiment la première et dernière fois que je participe à une rencontre avec mes sœurs. Je viens juste de rentrer d'un rendez-vous avec Leah et Adah et ç'a été tout simplement une énorme catastrophe.

C'est Leah qui avait eu l'idée de ce voyage. Elle prétendait que le dernier mois à attendre la sortie de prison de son mari allait l'achever si elle ne partait pas faire un tour quelque part. La dernière fois qu'il devait sortir, je crois qu'en fin de compte ils l'avaient gardé une année de plus à la dernière minute, ce qui avait dû être une déception, ça je n'en doute pas. Mais franchement, quand on commet un crime, il faut le payer, qu'est-ce qu'elle croyait donc ? Pour ma part, j'ai eu des maris qui n'étaient peut-être pas ce qu'on pouvait trouver de mieux, mais un criminel… franchement. Enfin, chacun son truc. Elle est rudement seule maintenant depuis que ses deux aînés essaient de faire des études à Atlanta pour qu'on ne les arrête pas, eux aussi, et le plus jeune a passé l'été avec Mère, pour que Leah ait les mains libres afin de préparer ce voyage. Qu'elle a, pour tout vous dire, pratiquement organisé dans le but de ramener une Land Rover des États-Unis jusqu'à Kinshasa, où Anatole et elle ont le projet insensé de monter une communauté agricole dans le Sud, et puis d'aller s'installer en Angola, dès que ce sera plus sûr, ce qui, d'après ce que j'entends dire, n'arrivera pas ce siècle-ci. En dehors de ça, ce pays est communisant, si vous voulez mon avis. Mais est-ce que Mère se préoccupe de ça ? Que sa propre fille combine de déménager dans un pays communisant où les routes sont pratiquement pavées de mines d'un bord à l'autre ? Eh ben non ! Elle et ses amis ont réuni de l'argent pour acheter une Land Rover en bon état, et dont le moteur a été refait à Atlanta. Soit dit en passant, les relations de Mère n'ont jamais trouvé le moindre centime pour moi, par exemple pour m'aider à installer la plomberie à l'étage de l'Équatorial. Mais qui s'en plaindra ?

Je n'y suis allée que parce qu'un ami à moi venait de mourir à la suite d'une longue maladie et que je me sentais cassée en mille morceaux. Geoffrey parlait clairement de mariage avant de tomber si malade. C'était un homme absolument charmant et en plus très riche. Il dirigeait une affaire de tourisme, genre safaris au Kenya, c'est d'ailleurs comme ça que nous nous étions connus, de manière très romantique. Mais il s'est chopé un très sale truc, là-bas, à Nairobi, en plus il n'était plus si jeune que ça. Tout de même, ça n'aurait pas dû arriver à un type bien comme lui. Sans parler du fait que j'ai pris quarante ans, l'an dernier, ce qui n'a pas été de la tarte, mais les gens ne me donnent jamais beaucoup plus de trente ans, alors on ne va pas s'amuser à compter, non ? En tout cas, je me figurais que Leah et moi allions nous raconter nos ennuis, puisque la misère appelle la compagnie, mais elle, son mari est toujours en vie, alors que moi je ne peux pas en dire autant.

Le but du jeu c'était qu'Adah arrive par bateau en Espagne avec la Land Rover et roule jusqu'en Afrique occidentale. Adah, conduire, ça me dépasse complètement. Je me l'imaginais toujours en infirme bien que Mère m'ait écrit que non, qu'elle avait miraculeusement guéri. Il était donc question que nous nous retrouvions là-haut au Sénégal et que nous fassions un tour dans le coin pendant quelques semaines pour admirer le paysage.

Ensuite Adah rentrerait en avion, et Leah et moi irions ensemble en voiture aussi loin que Brazzaville, pour plus de sécurité. Notez que deux femmes seules en voyage courent deux fois plus de risques. Surtout s'agissant de ma sœur et de moi ! Nous avons fini par ne plus nous adresser la parole de toute la traversée du Cameroun et d'une grande partie du Gabon. Anatole, fraîchement sorti de taule, nous a retrouvées à Brazzaville et ils sont rentrés dare- dare à Kinshasa. Vous auriez vu ça ! Elle s'est jetée à son cou au débarquement et que je t'embrasse devant tout le monde, pendant des éternités. Et puis ils sont partis en se tenant par la main comme des adolescents, et que je te jacasse, que je te jacasse en patois congolais. Ils l'ont fait exprès pour m'exclure de la conversation, je parie. Ce qui n'est pas très agréable pour quelqu'un comme moi qui parle trois langues.

Au revoir, et surtout pas à bientôt, moi je dis. Leah s'est comportée comme une maison en feu pendant les cent cinquante derniers kilomètres du voyage. Elle avait passé un appel longue distance de Libreville pour s'assurer qu'il allait bien sortir le lendemain, et après ça, les amis, elle a filé à toute berzingue. Elle se fichait bien de venir voir l'Équatorial alors que nous n'en étions qu'à une demi-journée de route ! Et moi, veuve éplorée. Ça, je ne le lui pardonnerai jamais à ma sœur. Elle a dit qu'elle ne viendrait que si nous nous rendions à Brazzaville d'abord, et que si nous emmenions Anatole avec nous. Il m'était difficile de répondre oui ou non comme ça d'emblée, il fallait que je réfléchisse. C'est tout bêtement beaucoup plus compliqué qu'elle ne le croit. Nous sommes très stricts en matière de règlement et de personnes admises à l'étage, et si on fait une exception on ne sait pas jusqu'où ça peut mener. J'aurais pu faire une exception, notez, mais quand je lui ai annoncé qu'il fallait que je réfléchisse, Leah a tout de suite dit : «Non, non, ne t'inquiète pas. Tu as tes critères de suprématie blanche à respecter, c'est bien ça ?» et puis elle est montée sur ses grands chevaux et a accéléré. Si bien qu'on ne s'est plus parlé, point final.

Quand tout a été terminé, j'étais tellement contente de rentrer dans mon petit intérieur que je me suis offert une double vodka tonic, j'ai envoyé valser mes chaussures et mis le magnétophone en marche pour danser le french cancan en plein restaurant. Nous avions tout un groupe d'acheteurs de coton venus de Paris, si je me souviens bien : «Les amis, il y a rien de tel que la famille pour vous faire apprécier les étrangers!» leur ai-je déclaré. Ensuite, j'ai posé un baiser sur leur crâne dégarni et je leur ai offert une tournée·de la part de la maison.

L'ennui avec la famille, c'est que comme nous nous voyons très rarement, nous avons finalement tout le temps d'oublier les conflits qui nous opposent. Leah, Adah et moi, nous avons commencé à nous chamailler pratiquement à la minute même où nous nous sommes retrouvées au Sénégal. Nous n'arrivions même pas à nous mettre d'accord sur les endroits où aller, où descendre, ou sur ce que nous allions manger. Dès que nous dénichions un endroit un poil moins atroce, Leah trouvait que c'était trop cher. Anatole et elle ont évidemment choisi de vivre comme des fauchés. Et Adah, serviable comme toujours, nous claironnait la liste de tous les microbes sur lesquels on risquait de tomber. Nous nous sommes accrochées à peu près sur tout : même sur le communisme! Sujet sur lequel on aurait pu penser qu'il n'y avait pas matière à discussion. J'ai donné le sage conseil à Leah de réfléchir à deux fois avant d'aller en Angola parce que les marxistes sont en train de s'y installer.

«Les tribus mbundu et kongo y sont en guerre civile depuis longtemps, Rachel. Agostinho Neto a mené les Mbundus à la victoire parce qu'il avait le soutien populaire le plus massif.

– Eh bien, pour ta gouverne, Henry Kissinger lui-même dit que ceux qui sont avec Neto sont des disciples de Karl Marx, et que les autres sont pour les États-Unis.

— Tiens donc, dit Leah. Les peuples mbundu et kongo se font mutuellement la guerre depuis bientôt six cents ans et voilà que Henry Kissinger en découvre enfin le pourquoi : les Kongos sont pro-américains et les Mbundus sont des disciples de Karl Marx. »

Adah était derrière, et Leah et moi, devant. Je conduisais la plupart du temps parce que j'en ai l'habitude. Je devais ralentir longtemps avant un stop, parce qu'en Afrique occidentale les conducteurs sont aussi nuls que ceux de Brazzaville. Il était très difficile de se concentrer pendant que mes sœurs me soumettaient au jeu des mille dollars sur la démocratie dans le monde.

« Vous deux, vous pouvez bien rire, ai-je dit. Mais moi, je lis les journaux. Ronald Reagan nous protège des dictateurs socialistes, et vous devriez lui en être reconnaissantes.

— Des dictateurs socialistes comme qui ?

— J'en sais rien, moi. Karl Marx ! Il est toujours à la tête de la Russie, non ? »

Adah riait tellement sur la banquette arrière que j'ai cru qu'elle allait faire pipi sous elle.

« Oh, Rachel, Rachel, dit Leah. La démocratie et la dictature sont des systèmes politiques qui ont à voir avec ceux qui participent à la direction d'un pays. Le socialisme et le capitalisme sont des systèmes économiques qui ont à voir avec ceux qui possèdent les richesses de ton pays et avec ceux qui obtiennent à manger. Ça, tu comprends ?

— Je n'ai jamais dit que je m'y connaissais. J'ai simplement dit que je lisais les journaux.

— D'accord, prenons Patrice Lumumba, par exemple, élu par un vote populaire. C'était un socialiste qui croyait à la démocratie. Ensuite, il a été assassiné, et la CIA l'a remplacé par Mobutu, un capitaliste qui croit en la dictature. Selon le programme de polichinelle de l'Amérique, tout est bien qui finit bien.

– Leah, pour ta gouverne, je suis fière d'être américaine. »

Adah se contenta d'un nouveau soupir de mépris, mais Leah se frappait le front. « Comment peux-tu dire une chose pareille ? Tu n'as pas mis les pieds là-bas de toute la moitié de ton existence !

– J'ai conservé ma nationalité. J'installe toujours le drapeau américain dans le bar pour fêter le 4 Juillet.

– Impressionnant », dit Adah.

Nous roulions sur le chemin de terre qui longeait la côte en direction du Togo. Il y avait de longues étendues de plage avec des palmiers qui s'agitaient et des petits enfants nus dont la peau sombre se détachait sur le sable blanc. On aurait dit une carte postale. J'aurais aimé qu'on ne parle plus de toutes ces histoires ridicules et qu'on s'amuse simplement. Je ne comprends pas pourquoi il faut toujours que Leah nous cherche des noises.

« Pour ta gouverne, Leah, lui dis-je, histoire de mettre un terme à tout ça, ton cher Lumumba aurait pris le pouvoir et serait devenu un affreux dictateur comme les autres. Si la CIA et les autres s'en sont débarrassés, ils l'ont fait au nom de la démocratie. Tous ceux qui sont vivants le disent.

– Tous ceux qui sont vivants, répondit Adah. Et les morts, qu'est-ce qu'ils disent, eux ?

– Écoute-moi bien, Rachel, dit Leah. Ça, au moins c'est à ta portée. Dans une démocratie, Lumumba aurait été autorisé à survivre après deux mois à la tête de l'État. Les Congolais auraient vu s'ils l'appréciaient et, dans le cas contraire, il l'auraient destitué. »

Alors là, j'ai explosé. « Les gens d'ici sont incapables de décider par eux-mêmes de quoi que ce soit ! Je te jure, mon aide de cuisine ne se rappelle toujours pas qu'on doit prendre une poêle pour faire une omelette ! Enfin, nom d'un chien, Leah, tu devrais savoir aussi bien que moi comment ils sont.

– Oui, Rachel, il me semble que j'ai épousé l'un d'eux.

– Bon, j'ai encore dit une bêtise.

– Comme d'habitude », dit Adah.

De tout le voyage, je pense que toutes trois nous n'avons parlé qu'une après-midi entière. Nous avons réussi à atteindre le Bénin sans nous étriper mutuellement, Adah voulait visiter les fameux villages sur pilotis. Mais, imaginez, la route qui y menait avait été emportée par les pluies. Leah et moi, nous avons essayé de lui expliquer qu'ici, en Afrique, les routes sont là aujourd'hui, disparues le lendemain. On tombe constamment sur des panneaux disant : « En cas d'immersion du présent panneau, la route est impraticable. » Sur ça, au moins, nous arrivions à être d'accord.

À la place, nous avons fini par nous rendre à l'ancien palais d'Abomey, la seule attraction touristique à des centaines de kilomètres à la ronde. Nous avons suivi la carte jusqu'à Abomey, et heureusement la route qui y conduisait existait encore. Nous nous sommes garées au centre de la ville, planté de jacarandas. Ç'a été un jeu d'enfant de trouver l'ancien palais car il est entouré d'énormes murs de latérite et percé d'une vaste ouverture. À l'entrée, plongé dans son somme, nous avons déniché le guide qui parlait anglais et qui a daigné se réveiller pour nous faire visiter. Il nous a expliqué que, avant l'arrivée des Français, les rois d'Abomey avaient possédé d'immenses palais et de somptueux vêtements. Ils consignaient leur histoire sur des tapisseries fabuleuses suspendues aux murs du palais. Ils se contentaient de tuer des gens à droite et à gauche, nous raconta-t-il, ensuite ils se servaient des crânes de leurs ennemis préférés pour décorer leur intérieur. Véridique ! Ça n'avait rien d'un royaume de conte de fées, laissez-moi vous dire. Ils obligeaient les femmes à devenir des épouses esclaves du roi dans le but de fabriquer des bébés à la chaîne. Un seul roi pouvait avoir, je ne sais pas moi, cinquante à cent femmes, facilement. Plus même, s'il était exceptionnel. En tout cas, c'est ce que nous a dit le guide, peut-être dans le but de nous impressionner. Quand ils célébraient de grands événements, a-t-il ajouté, ils embarquaient et assassinaient un paquet d'esclaves, pilaient le tout, sang et os, qu'ils mélangeaient à de la boue pour construire des murs en plus pour leurs temples ! Et le pire, c'est que quand un roi mourait, on tuait quarante de ses épouses pour les enterrer avec lui !

Là, j'ai interrompu le guide pour lui poser la question. « C'étaient les préférées qu'on enterrait avec lui, les plus moches, ou quoi ? »

Le guide a répondu que, d'après lui, ce devait être les plus jolies. Ça, j'imagine assez ! Que le roi tombe malade, et toutes ses femmes n'ont plus qu'à négliger leurs cheveux et à se bourrer de sucreries jour et nuit pour se déglinguer la ligne.

Bien que Leah et moi nous nous soyons disputées toute la semaine, cette après-midi-là, au palais d'Abomey, allez savoir pourquoi, nous nous sommes toutes calmées, on n'aurait pas entendu une mouche voler. J'ai quand même fait le tour de pas mal de trucs : des luttes raciales en Afrique du Sud, des réceptions de l'ambassade à Brazzaville, des courses dans les boutiques à Paris et à Bruxelles, des fauves au Kenya, j'en ai vu des choses. Mais ce palais, c'était spécial. Ça me fichait le spleen. Nous avons parcouru les couloirs étroits, pleines d'admiration devant les œuvres d'art et remplies de frissons devant les bouts d'os qui dépassaient sur les murs. Les raisons qui nous avaient fait nous disputer paraissaient vaines à présent, avec tous ces restes humains qui nous entouraient. J'en tremblais de la tête aux pieds, alors qu'il faisait encore assez chaud dehors.

À un moment, Leah et Adah marchaient devant moi, probablement pour s'éloigner du guide, car elles aiment bien se trouver des explications pour tout, et en les regardant, j'ai été frappée de voir à quel point elles se ressemblaient. Elles avaient toutes les deux acheté des chemises en batik aux couleurs voyantes sur un marché du Sénégal, Adah la portant par-dessus son jean et Leah sur sa jupe longue (personnellement, je ne vois pas l'intérêt de m'habiller en indigène, merci bien, et je m'en tiens à mes tricots en coton). Adah ne boite plus du tout, comme Mère me l'avait annoncé. En plus, elle parle, ce qui prouve bien que son enfance n'a pas été tout à fait réglo. Elle est aussi exactement de la même taille que Leah, maintenant. Elles ne s'étaient pas vues depuis des années, et voilà qu'elles sont coiffées exactement pareil ! Les cheveux aux épaules, rejetés en arrière, alors que ce n'est même pas la mode.

Tout d'un coup je me suis rendu compte qu'elles parlaient de Père.

« Je suis sûre que c'est vrai, disait Leah. Je pense que c'était lui. Je crois fermement qu'il est mort. »

Ça alors ! C'était une nouvelle. J'ai allongé le pas pour les rattraper, tout en jouant encore la troisième roue du carrosse. « Tu parles de Père ? ai-je demandé. Pourquoi n'en as-tu rien dit ?

— J'attendais le bon moment, quand nous pourrions parler », a dit Leah.

Non mais, qu'est-ce qu'elle croyait que nous avions fait pendant ces cinq derniers jours en dehors de parler ?

« Il est resté ces cinq dernières années aux environs de Lusambo, dans un village ou un autre. Cet été, je suis tombée sur un garde forestier qui avait travaillé là-bas, et il m'a dit qu'il avait bien sûr entendu parler de Père. Et qu'il était mort.

— Zut alors, je ne savais même pas qu'il avait déménagé, dis-je. Je m'imaginais qu'il traînait encore autour de notre ancien village, depuis le temps.

— Non, au fil des ans il a remonté le cours de la rivière Kasaï, sans se faire trop d'amis, me suis-je laissé dire. Il n'est pas retourné à Kilanga. Nous sommes restés en contact avec Kilanga. Certains des gens que nous y connaissions sont toujours là. Mais beaucoup d'entre eux sont morts aussi.

– Qu'est-ce que tu veux dire ? Qui est-ce qu'on connaissait ? » Franchement, personne ne me venait à l'esprit. Nous étions partis, Axelroot était parti. Les Underdown avaient fait tout le trajet jusqu'en Belgique et encore ils n'étaient même pas sur place.

« Si on reparlait de tout ça plus tard ? dit Leah. Ici, il y a déjà des morts partout. »

Évidemment, je n'avais rien à répondre à ça. Nous avons donc passé le reste de notre circuit dans le silence, à déambuler à travers les anciennes salles en ruine, évitant autant que possible de regarder les grosses masses d'os couleur crème sur les murs.

Mais les choses ont dégénéré comme de bien entendu. Entre nous, tôt ou tard, ça se termine comme ça. Nous nous sommes promenées dans la petite ville pour aller boire quelque chose de frais, et avons trouvé un coin correct où nous avons pu nous asseoir dehors à une table en fer pour regarder les chiens, les bicyclettes et l'animation, tout le monde sans exception transportant quelque chose sur la tête. À part les chiens, naturellement. Nous avons bu quelques bières et c'était agréable. Leah poursuivait son rapport sur ce village de brousse tellement important de notre enfance qu'il aurait mieux valu, à mon avis, l'oublier complètement. J'attendais le moment d'apprendre de quoi Père était mort. Mais ça aurait eu l'air impoli de pousser à la roue. Alors j'ai retiré mes lunettes de soleil et je me suis éventée avec la carte de l'Afrique de l'Ouest.

Leah comptait sur ses doigts : « Mama Mwenza est toujours solide. Mama et Tata Nguza, tous deux aussi. Tata Boanda a perdu la plus âgée de ses femmes et Eba est toujours là. Le fils de Tata Ndu est devenu chef. Pas l'aîné, Gbenye – ils l'ont chassé du village.

– Celui qui avait volé ton guib ? a demandé Adah.

– Ouais, celui-là. Il s'est révélé du genre à chercher constamment querelle, d'après ce que j'ai compris. Minable, pour un chef. Alors, c'est le deuxième fils, Kenge. Je ne me souviens pas très bien de lui. Tata Ndu est mort d'une fièvre contractée à la suite d'une blessure.

– Dommage, dis-je ironiquement. Mon futur époux.

– Tu aurais pu faire pire, Rachel, lança Adah.

– Elle a fait bien pire », déclara Leah. Phrase que je n'ai pas appréciée, et je le lui ai dit.

Elle m'a ignorée. « Nelson est marié, incroyable, non ? Il a deux filles et trois fils. Mama Lo est morte ; il paraît qu'elle avait cent deux ans, mais j'en doute. Tata Kuvudundu est parti, mort, depuis un bon bout de temps. Il avait perdu toute respectabilité… à cause de ce qu'il nous avait fait.

– À cause du serpent, tu veux dire ? » ai-je demandé.

Elle a pris une longue inspiration en regardant le ciel. « À cause de tout. »

Nous attendions, mais Leah s'est mise à tambouriner avec ses doigts sur la table et s'est comportée comme si elle avait terminé. Puis elle a ajouté : « Pascal est mort, bien entendu. Depuis une éternité. Il a été tué par les Casques bleus sur la route du côté de Bulungu. » Elle ne nous regardait pas, mais je voyais bien qu'elle avait les larmes aux yeux ! Et pourtant, il fallait que je me triture la cervelle pour me souvenir de ces gens.

« Oh, Pascal, ton fils ? »

Adah m'informa que j'étais une imbécile.

« Pascal, notre ami d'enfance, dont j'ai donné le nom à mon fils par la suite. Il est mort il y a dix-huit ans, juste avant la naissance de mon Pascal, quand nous étions à Bikoki. Je ne te l'ai jamais dit, Rachel, parce que j'avais un peu l'impression que cela ne t'intéressait pas. C'était au moment où tu étais à Johannesburg.

– Pascal, notre ami ? (J'avais beau réfléchir, réfléchir.)

601

Oh, le petit gamin à la culotte trouée avec lequel tu te baladais ? »

Leah hocha la tête le regard toujours fixé sur les jacarandas qui ombrageaient la rue. Ils laissaient sporadiquement tomber leurs grandes fleurs mauves, une par une, comme des dames qui laissent tomber leur mouchoir pour attirer l'attention. J'ai allumé une autre cigarette. J'avais espéré que deux cartouches de Lucky Strike me dureraient tout le voyage, mais vous parlez, avec toute cette tension, ces saletés étaient parties en fumée. Je n'osais même pas y penser.

« Alors, ai-je fini par dire, en poussant Leah du coude. À propos, notre vieux père, c'est quoi le scoop ? »

Elle continuait à regarder vers la rue où toutes sortes de gens passaient. C'était presque comme si elle avait attendu quelqu'un. Et puis, elle a poussé un soupir, a allongé la main pour secouer une de mes dernières précieuses cigarettes hors du paquet et l'a allumée.

« Ça va me rendre malade, a-t-elle dit.

— Quoi, de fumer ? Ou de dire quelque chose à propos de Père ? »

Elle a eu un petit rire. « Les deux. Et la bière aussi, je n'ai pas l'habitude. » Elle a aspiré une bouffée, puis froncé les sourcils en regardant la Lucky Strike, comme si c'était quelque chose qui allait la mordre. « Tu devrais m'entendre rouspéter après les garçons quand ils font ça.

— Leah, vas-y, raconte !

— Oh… c'est assez horrible. Il était resté là-bas un certain temps dans la boucle nord du Kasaï, dans la région où on fait pousser du café. Il essayait encore de baptiser des enfants, ça je le sais avec certitude. Fyntan et Céline Fowles remontent là-bas une année sur deux ou trois.

— Le frère Fowles, dis-je. Tu es toujours en rapport avec lui ? Tu parles. Des vieux de la vieille. Et il est encore fichu de reconnaître Père ?

— En fait, il n'ont jamais réussi à le voir. Je suppose que Père était parvenu à un certain stade. Il se cachait des étrangers. Mais ils entendaient toujours raconter une foule d'histoires au sujet de Tata Prize, le sorcier blanc. Ils avaient l'impression en parlant avec les gens qu'il était vraiment vieux. Avec une longue barbe blanche.

– Père ? Je n'arrive pas à l'imaginer avec une barbe, dis-je. Quel âge aurait-il maintenant, soixante ans ?

– Soixante-quatre ans, dit Adah. (Même si elle parlait à présent, cela faisait toujours comme si elle notait ses petites réflexions sur une feuille de carnet.)

– Il s'était fait la réputation largement répandue à la ronde de se transformer en crocodile pour attaquer les enfants.

– Alors ça, je vois parfaitement, dis-je en riant. Les Africains sont très superstitieux. L'un de mes employés jure que le chef de cuisine est capable de se transformer en singe pour aller voler des objets dans la chambre des clients. Je suis persuadée que c'est vrai !

– Toujours en train d'essayer de faire boire le cheval qui n'a pas soif, a commenté Adah.

– Quel cheval ?

– Il s'est donc passé quelque chose d'horrible sur la rivière. Une pirogue pleine de gosses a chaviré à cause d'un crocodile et tous ont été noyés, dévorés ou mutilés. Père a été accusé de l'accident. Il a failli être pendu sans jugement.

– Oh mon Dieu. (J'ai mis la main à ma gorge.) Vraiment pendu ?

– Non, dit Leah, d'un air agacé tout en ayant les larmes aux yeux. Pas pendu, mais brûlé. »

Je voyais bien que c'était très dur pour Leah, j'ai allongé le bras pour lui prendre la main. « Chérie, je sais, lui ai-je dit. C'était notre papa. Je crois bien que tu t'en arrangeais mieux que la plupart d'entre nous. Mais il était plus mauvais qu'un serpent. Il a bien mérité tout ce qui lui est arrivé. »

Elle a retiré sa main de la mienne pour s'essuyer les yeux et se moucher. « Je le sais bien ! (Elle avait l'air furieux.) Les gens de ce village lui avaient demandé de partir une centaine de fois, d'aller ailleurs, mais il revenait toujours furtivement. Il disait qu'il ne s'en irait pas tant qu'il n'aurait pas entraîné tous les enfants du village jusqu'à la rivière pour les y plonger. Ce qui rendait tout le monde malade de peur. Après la noyade, ils en ont eu assez, armés de bâtons ils sont partis à sa recherche. Leur intention se bornait peut-être à vouloir le chasser une fois de plus. Mais Père avait gardé toute sa combativité.

– Oui, sûrement, dis-je. Dans sa fuite, il devait encore prêcher l'enfer et le soufre par-dessus son épaule !

– Ils l'ont cerné dans un ancien champ de caféiers et il s'est réfugié dans une de ces tours de guet branlantes, vestiges de l'époque coloniale. Vous voyez à quoi je fais allusion ? On les appelle des tours de maître. C'était de là-haut que le contremaître surveillait les cueilleurs de café et repérait ceux qui auraient droit au fouet à la fin de la journée.

– Et ils l'ont brûlé ?

– Ils ont mis le feu à la tour. Je suis sûre qu'elle est partie en flammes comme une boîte d'allumettes. C'était du bois de la jungle qui avait au moins vingt ans, abandonné par les Belges.

– Je parie qu'il a prêché l'Évangile jusqu'à la fin, ai-je dit.

– Ils ont dit qu'il avait attendu d'avoir pris feu pour sauter. Personne n'a voulu le toucher, ils l'ont simplement abandonné là, à la merci des bêtes. »

Je me suis dit, eh ben, plus personne dans le coin ne va plus boire de café pendant un certain temps ! Mais le moment ne paraissait pas propice à la plaisanterie. J'ai commandé une autre tournée de bières l'Éléphant et nous sommes restées chacune à ruminer nos pensées.

Et puis Adah a eu un drôle de regard et elle a dit : « Il l'a eu son verset.

– Lequel ? a demandé Leah.

– Le dernier. De l'Ancien Testament. Livre second

des Macchabées, XIII, 4 : *Mais le roi des rois suscita le cœur d'Antiochus contre ce méchant homme.*

– Je ne le connais pas », dit Leah.

Adah ferma les yeux et réfléchit une seconde, puis cita le passage en entier : *Mais le roi des rois suscita le cœur d'Antiochus contre ce méchant homme, et Lysias lui ayant dit que c'était lui qui était la cause de tous les maux, il commanda qu'on l'arrêtât, et qu'on le fît mourir dans le même lieu selon la coutume. Or il y avait dans cet endroit une tour de cinquante coudées de haut, qui était environnée de toutes parts d'un grand monceau de cendres, et du haut de laquelle on ne voyait tout autour qu'un grand précipice. Il commanda donc que ce sacrilège fût précipité de là dans la cendre, à quoi tout le monde applaudit en le poussant à la mort. Ce fut de la sorte que Ménélaüs, prévaricateur de la loi, mourut sans que son corps fût mis en terre.*

– Quelle sacrée merde ! déclarai-je.

– Comment se fait-il que tu connaisses ce verset ? demanda Leah.

– Celui-là, j'ai bien dû le copier cinquante fois. C'est le dernier des versets de l'Ancien Testament, comme j'essaye de vous le dire. En remontant à cent à partir de la fin. Si vous incluez les Apocryphes dedans, ce qu'il faisait toujours, évidemment. »

Après ça, nous sommes restées muettes pendant environ une heure, pendant que nous écoutions nos bruits de déglutition mutuels à chaque gorgée de bière avalée.

Au bout d'un moment, j'ai senti une odeur de feu de bois. Des marchands s'installaient pour faire griller de la viande en bordure de rue. Je me suis levée et j'en ai acheté pour tout le monde avec mon argent pour ne pas entendre Leah rouspéter que c'était trop cher, ou Adah dire quel genre de microbes précis il y avait dessus. J'ai pris du poulet sur des piques en bois et l'ai ramené à la table enveloppé dans du papier sulfurisé.

« Bon appétit ! ai-je dit.

– En mémoire de Père, a dit Adah. (Elle et Leah ont regardé leurs brochettes, ont échangé un regard et sont reparties dans un de leurs petits rires secrets.)

– C'était vraiment quelqu'un qui ne comptait que sur lui-même, il faut lui reconnaître ça, dit Leah, tandis que nous mangions. Il faisait un vrai roman à lui tout seul. Nous recevions régulièrement de ses nouvelles grâce à Tata Boanda et aux Fowles quand il était encore dans les environs de Kilanga. J'aurais sans doute pu aller le voir, mais je n'en ai jamais eu le courage.

– Pourquoi ? lui ai-je demandé. Je l'aurais fait, rien que pour lui dire son fait.

– Je crois que j'avais très peur de le voir en état de folie. Les histoires sont devenues de plus en plus invraisemblables au fil des années. Qu'il avait cinq épouses, et qu'elles l'avaient toutes abandonné, par exemple.

– Elle est bien bonne, celle-là, ai-je dit. Père, le baptiste bigame.

– Le pentagame pentecôtiste, dit Adah.

– C'était vraiment la meilleure façon de s'en aller pour lui, vous savez ? Dans l'éclat de la gloire, dit Leah. Je suis persuadée qu'il a cru bien faire jusqu'à la fin. Il n'a jamais quitté son navire.

– C'est choquant qu'il ait vécu aussi longtemps, dit Adah.

– C'est vrai ça ! Qu'il ne soit pas mort quinze ans plus tôt du typhus, de la maladie du sommeil, de la malaria, ou d'une combinaison du tout. »

Adah ne fit pas de commentaires. Étant médecin, elle savait bien sûr tout sur les maladies tropicales et ça lui était égal que Leah joue les expertes. Voilà comment ça tourne toujours avec nous. Un pas de trop d'un côté ou de l'autre et vous marchez sur les pieds de votre sœur.

« Mon Dieu, ai-je dit tout d'un coup. Tu as écrit à Mère, à propos de Père ?

– Non. Je pensais qu'Adah voudrait lui annoncer la nouvelle de vive voix. »

Adah a dit prudemment : «Je pense que Mère le croit mort depuis longtemps déjà.»

Nous avons terminé nos brochettes et nous nous sommes entretenues de Mère, j'ai même réussi à leur parler un peu de l'Équatorial, et j'ai cru que, pour une fois, nous allions terminer l'après-midi en nous conduisant en famille normale. Et puis, évidemment, Leah s'est embarquée sur Mobutu qui avait jeté son mari en prison, sur l'armée qui terrorisait tout le monde, sur ce qui se passait avec toutes ces dernières histoires de pots-de-vin au Zaïre, ce qui, entre vous et moi, explique pourquoi j'ai des clients de mon côté de la rivière, mais je n'en ai rien dit. Ensuite elle s'est étendue sur la façon dont les Portugais, les Belges et les Américains avaient démoli cette pauvre Afrique de fond en comble.

«Leah, écoute, j'en ai complètement marre de tes histoires à pleurer !» lui ai-je pratiquement crié. J'imagine que j'avais un peu trop bu, en plus mes cigarettes avaient disparu et il faisait chaud. Mais franchement, après ce que nous venions de voir dans ce palais, ces assassinats de femmes et ces ossements d'esclaves dans les murs ! Ces horribles choses n'avaient aucun rapport avec nous, tout ça c'était vieux de plus de centaines d'années. Les indigènes n'attendaient que ça quand les Portugais s'étaient pointés en voulant acheter des esclaves, ai-je fait remarquer. Le roi d'Abomey avait été trop content de découvrir qu'il pouvait échanger quinze de ses anciens voisins contre un robuste canon portugais.

Mais Leah a toujours réponse à tout, et avec tous les mots qu'il faut, naturellement. Elle a dit que nous ne pouvions absolument pas comprendre ce qu'était leur milieu social avant l'arrivée des Portugais. C'était un pays pauvre, a-t-elle dit. Il n'aurait jamais pu subvenir aux besoins d'une population importante.

– Et alors ? (J'examinais mes ongles qui, honnêtement, étaient en piteux état.)

– Si bien que ce qui semble un massacre de grande

envergure est en fait un rituel mal interprété. C'était sans doute un moyen de maintenir l'équilibre de leurs populations en périodes de famine. Peut-être pensaient-ils que les esclaves partaient vers un destin meilleur. »

Adah claironna : « Un petit coup de tuerie rituelle, un petit coup de mortalité infantile, ce ne sont guère que quelques-uns des nombreux et sains processus auxquels nous ne pensons même pas. » Sa voix sonnait étonnamment comme celle de Leah. Cependant, j'imagine qu'Adah plaisantait, alors que Leah, elle, ne plaisante jamais.

Leah commença par regarder Adah en fronçant les sourcils, puis moi, tergiversant entre deux ennemies possibles. Elle se décida pour moi. « Tu ne peux pas décréter que ce qui est bien ou mal pour nous s'identifie à ce qui était bien ou mal pour eux, dit-elle.

– *Tu ne tueras pas,* répliquai-je. Ce n'est pas seulement notre manière de penser. Il se trouve que c'est dans la Bible. »

Leah et Adah échangèrent un sourire.

« D'accord. À la Bible donc », dit Leah en faisant tinter sa bouteille contre la mienne.

« Tata Jésus est bängala ! » dit Adah, levant également sa bouteille. Elle et Leah se regardèrent l'espace d'une seconde, puis éclatèrent toutes les deux d'un rire de hyène.

« Jésus, c'est du bois vénéneux ! dit Leah. À la santé du pasteur au bois vénéneux. Et à ses cinq femmes ! »

Adah s'arrêta de rire. « C'était nous.

– Qui ? dis-je. Quoi ?

– Les cinq femmes légendaires de Nathan. Ils voulaient sans doute parler de nous. »

Leah la regarda fixement. « Tu as raison. »

Adah Price

> *Par cinq brasseş sous les eaux*
> *Ton père étendu sommeille.*
> *De ses os naît le corail,*
> *De ses yeux naissent les perles.*
> *Rien de chez lui de périssable*
> *Que le flot marin ne change*
> *En tel ou tel faste étrange*.*

Rien de mortel ici. L'homme nous a toutes occupées dans la vie et s'accroche encore à son dû. Désormais, nous devrons emporter ses fragments changés par la mer, riches et étranges, vers nos diverses retraites. Aliénées, bouleversées, nous avons passé nos heures les plus sombres à contempler longuement ces perles, ces coraux. Est-ce la matière dont je viens ? Combien de ses péchés sont-ils aussi les miens ? Quelle part de son châtiment ?

Rachel semble incapable de remords, mais c'est faux. Elle bouge ses yeux pâles pour voir dans toutes les directions afin de parer à toute attaque. Leah a pris l'ensemble – os, dents, cuir chevelu – et s'est tricoté quelque chose comme un cilice. La construction de Mère est tellement

---

* Vers 394, acte I, scène II, *La Tempête*, de W. Shakespeare, traduction de Pierre Leyris et Elizabeth Holland, « Bibliothèque de la Pléiade », Éditions Gallimard, 1959. *(N.d.T.)*

élaborée que j'ai peine à la décrire. Elle occupe tant de place chez elle qu'elle doit veiller où poser le pied lorsqu'elle en fait le tour dans l'obscurité.

Après s'être consacrée un temps suffisant à Atlanta et à ses bonnes œuvres, Mère est partie vivre sur la côte de Géorgie, dans un hameau séculaire de maisonnettes de brique, sur l'île de Sanderling. Mais elle a pris avec elle son trésor enfoui dans son petit coin au bord de la grève. Elle est très souvent dehors, pour le fuir, je crois. Quand je lui rends visite, je la trouve immanquablement dans son jardin entouré de murs, les mains plongées dans l'humus, occupée à malaxer les racines de ses camélias. Si elle n'est pas chez elle, je vais jusqu'au bout de l'historique rue pavée et la trouve, debout sur le parapet, en imperméable et nu-pieds, fixant l'océan d'un œil furieux. Orleanna et l'Afrique tenues à bonne distance. Les gamins qui roulent à toute vitesse sur leur bicyclette s'écartent de cette vieille femme sans souliers, au fichu de plastique, pourtant je peux vous dire qu'elle n'a pas perdu la tête. Ma mère a pour sage principe de ne porter que le nécessaire au détriment du reste. Des souliers entraveraient sa conversation car elle s'adresse en permanence au sol sur lequel ses pieds sont posés. Demandant pardon. Reconnaissant, désavouant, abjurant, réorganisant une atroce suite d'événements pour justifier sa complicité. Nous le faisons toutes, j'en jurerais. En essayant de reconstruire notre version de l'histoire. Toutes les odes de l'homme n'en forment qu'une pour l'essentiel : Ma vie, ce que j'ai dérobé à l'histoire et comment j'ai vécu.

Personnellement, je lui ai dérobé un bras et une jambe. Je reste Adah mais c'est à peine si vous me reconnaîtriez maintenant sans mon infirmité. Je marche sans boiter. Bizarrement, il m'a fallu des années pour accepter ma nouvelle situation. En même temps que l'entrave d'un corps, j'ai perdu mon aptitude à lire à mon ancienne manière. Lorsque j'ouvre un livre, les mots se trient sur la page en une seule file mesquine ; les poèmes en forme de miroir s'effacent d'eux-mêmes à demi constitués dans mon esprit. Ces poèmes me manquent. Quelquefois, la nuit, en secret, je fais le tour de mon appartement en boitant à dessein, comme Mr. Hyde, pour retrouver mes anciennes façons de voir et de penser. Comme Jekyll, j'ai faim de cette obscurité particulière qui se love en moi. Quelquefois, elle survient presque. Les livres, sur l'étagère, s'élèvent en gros traits d'un coloris chantant, le monde disparaît et ses formes cachées surgissent brusquement à la rencontre de mes yeux. Mais cela ne dure jamais. Sous la lumière matinale, les livres se poussent de nouveau du coude, dos retournés, fossilisés, inanimés.

L'ancienne Ada ne manque à personne. Même pas à Mère. Elle semble profondément ravie de voir l'oiseau estropié, auquel elle avait donné naissance, enfin redressé dans un bel envol.

« Mais je m'aimais bien telle que j'étais, lui ai-je dit.

– Oh, Adah, je t'aimais aussi. Je n'ai jamais eu moins bonne opinion de toi, mais je te souhaitais le meilleur. »

Comment réussir à expliquer que mes deux moitiés dépareillées comptaient bien davantage qu'un seul entier ? Au Congo, j'étais une moitié de *benduka*, celle qui marchait de travers, et une moitié de *bënduka*, l'oiseau lisse qui piquait en dents de scie sur les berges, avec une gaucherie démente à vous couper le souffle. Nous avions toutes deux nos avantages. Ici, il n'existe aucun nom satisfaisant pour qualifier ce talent, c'est pourquoi il est mort sans autre forme de cérémonie. Je suis désormais le bon docteur Price, qui voit juste. Concédant que tout va bien dans ma tête.

Et comment puis-je raconter ma version de l'histoire si je suis privée de ma vision bancale ? À quel point est-il juste de laisser tomber son ancienne peau et de quitter la scène du crime ? Nous sommes arrivés, nous avons vu, nous avons pris et nous avons laissé, on doit nous autoriser notre angoisse et nos regrets. Mère ne cesse de

611

vouloir s'en purifier mais elle s'accroche à sa glaise, à sa poussière. Mère est encore impitoyable. Elle prétend que je suis sa plus jeune fille désormais et pourtant elle se cramponne sans cesse à son bébé. Elle déposera ce fardeau, je pense, le jour où le pardon lui viendra de Ruth May elle-même.

Dès mon retour, j'ai pris la voiture pour lui rendre visite. Nous nous sommes assises ensemble sur son canapé avec mes photographies d'Afrique, les piochant au hasard et les étalant au milieu des coquillages de sa table basse.

« Leah est mince, ai-je commenté, mais elle marche toujours trop vite.

– Comment se maintient Rachel ? »

Bonne question. « En dépit des circonstances remarquables intervenues dans sa vie, dis-je, si Rachel revient jamais à Bethlehem pour une réunion d'anciens du lycée, elle remportera le prix de "celle qui a le moins changé". »

Mère manipulait les photos avec un intérêt mitigé, à part celles où figuraient mes sœurs. Devant ces dernières, elle marquait une pause, extrêmement longue, comme si elle tendait l'oreille à de silencieuses petites confessions.

Finalement, j'ai fait la mienne. Je lui ai dit qu'il était mort. Elle se montra étrangement détachée des détails, mais je les lui donnai malgré tout, pour la plupart.

Elle restait assise, l'air désorienté. « J'ai quelques pensées à replanter », dit-elle alors, et elle laissa la porte grillagée se refermer bruyamment en sortant pour se diriger vers la véranda de derrière. Je l'ai suivie et l'ai retrouvée, coiffée de son vieux chapeau de jardin en paille, un plantoir déjà en main, et la caissette de pensées en équilibre dans l'autre. Elle se baissait sous l'entrelacs du chèvrefeuille pour prendre l'allée du jardin, se servant du plantoir comme d'une machette pour se frayer un chemin à travers les quelques rejets qui envahissaient sa petite tonnelle sauvage. Nous empruntâmes résolument ce petit sentier qui menait aux rangées de salades près du portail où elle s'agenouilla dans le terreau de feuilles et se mit à creuser des trous dans le sol. Je m'accroupis sur mes talons non loin, pour la regarder. Son chapeau était entouré d'un large bord en paille dont la calotte s'était envolée comme si le contenu de sa tête avait explosé à maintes reprises.

« Leah dit que cela lui aura plu de partir comme ça, ai-je dit. Dans tout l'éclat de sa gloire.

— Je me fiche bien de ce qui lui aura plu.

— Ah, dis-je. (Le sol humide imprégnait les genoux de son jean de larges plaques sombres qui s'étendaient comme des taches de sang à mesure qu'elle travaillait.)

— Cela te peine-t-il qu'il soit mort ?

— Adah, comment cela peut-il avoir du sens pour moi maintenant ? »

Alors qu'as-tu à regretter ?

Elle sortait les plants de la caissette, démêlant les réseaux de leurs fragiles racines blanches. À mains nues, elle les enfonçait dans la terre, les pressant, les flattant comme si elle mettait au lit une ribambelle sans fin de petits enfants. Elle essuya des larmes qui coulaient des deux côtés de son visage du dos de sa main gauche, laissant des traces sombres le long de ses pommettes.

« Tu voudrais oublier ? »

Elle interrompit son travail, le plantoir posé sur son genou, et elle me regarda. « A-t-on le droit de se souvenir ?

— Qui dit que cela n'est pas permis ?

— Aucune femme de Bethlehem ne m'a jamais demandé comment Ruth May était morte. Tu le savais, ça ?

— Je l'avais deviné.

— Et tous ces gens avec qui j'ai travaillé à Atlanta pour la défense des droits civiques et l'aide à l'Afrique. Nous n'avons jamais évoqué une seule fois le fait que j'avais un cinglé d'époux évangéliste, quelque part au Congo. Les gens le savaient. Mais cela les embarrassait. Je suppose qu'ils pensaient que cela ne parlait pas en ma faveur.

– Les fautes du père, dis-je.

– Les fautes du père, on n'en parle pas. C'est comme ça. » Elle se remit à poignarder la terre.

Je sais qu'elle a raison. Même la nation Congo avait tenté de se défaire de son ancienne chair, de prétendre qu'elle n'était pas meurtrie. Le Congo était une femme d'ombres, au cœur sombre, se mouvant au son du tam-tam. Le Zaïre est un grand jeune homme qui jette du sel par-dessus son épaule. Toutes les anciennes blessures ont été rebaptisées. Il n'y a jamais eu de roi Léopold, de présomptueux Stanley, enterrons-les, oublions. Tu n'as plus rien à perdre que tes chaînes.

« J'en parlerai, dis-je. Je le méprisais. C'était un homme méprisable.

– Eh bien, Adah. Disons qu'un chat sera toujours un chat.

– Sais-tu quand je le détestais le plus ? Quand il se moquait de mes livres. De ce que j'écrivais, de ce que je lisais. Et quand il nous frappait, les unes ou les autres. Toi, surtout. Je me voyais aller chercher le kérosène et le brûler dans son lit. Je ne l'ai pas fait parce que tu étais dedans aussi. »

Elle a levé les yeux vers moi de sous le rebord de son chapeau. Ils étaient d'un bleu dur de granite.

« C'est vrai, ai-je dit. Je le voyais nettement. Je respirais l'odeur de kérosène froid et je le sentais imprégner les draps. Je l'ai encore dans les narines. »

Alors, pourquoi ne l'as-tu pas fait ? Tous les deux, en même temps. Tu aurais aussi bien fait.

Parce que tu aurais été libre aussi. Et cela, je ne le voulais pas. Je voulais que tu te souviennes de ce qu'il nous avait fait.

Grande et droite, c'est ainsi que j'apparais, mais au-dedans je resterai Ada à jamais. Une petite personne bancale qui tente de dire la vérité. Notre force en est l'enjeu : nous sommes faits de nos blessures autant que de nos réussites.

Leah Price Ngemba

J'ai quatre fils, tous portent le nom d'hommes que nous avons perdus à la guerre : Pascal, Patrice, Martin-Lothaire et Nataniel.

Taniel est notre miracle. Il est né l'année dernière avec un mois d'avance, à la suite de son long voyage la tête en bas à bord de la Land Rover qui transportait la famille de Kinshasa à la ferme située dans le district de Kimvula. Nous étions encore à dix kilomètres du village, lorsque mon mal aux reins chronique s'est prolongé en une contraction en travers de mon bas-ventre, et j'ai réalisé avec horreur que j'étais en travail. Je suis descendue et j'ai marché très lentement derrière la voiture afin de surmonter ma panique. Anatole devait être malade d'angoisse devant mon étrange comportement, mais il ne sert à rien de discuter avec une femme qui accouche, il est donc venu marcher avec moi pendant que les garçons se chamaillaient à qui conduirait la voiture. Je me rappelle vaguement les feux rouges sur la route sombre de la jungle, tressautant fastidieusement, ainsi que des fausses amorces de pluie d'orage de l'après-midi. Au bout d'un moment, sans rien dire, je suis allée m'allonger au bord de la route sur un tas de feuilles humides entre les hautes racines en arcs-boutants d'un fromager. Anatole s'est agenouillé près de ma tête et m'a caressé les cheveux.

«Tu devrais te relever. Ici, il fait sombre et c'est humide, et nos futés de fils nous ont laissé tomber.»

J'ai levé la tête et cherché la voiture des yeux ; en effet, elle avait disparu. Je voulus expliquer quelque chose à Anatole, mais une contraction forte m'en empêcha. Directement au-dessus de moi, il y avait l'arbre ceinturé de membres rayonnant à partir du grand tronc clair. Je minutai mon travail branche après branche comme sur le cadran d'une pendule, lentement, en respirant à fond à chaque chiffre. Dix-sept. Une minute interminable, une heure peut-être. La contraction se fit moins intense.

«Anatole, dis-je. Je vais accoucher sur place, et tout de suite.

– Oh, Béene. Tu n'as jamais eu aucune patience.»

Les garçons avaient roulé un certain temps avant de s'arrêter et de faire marche arrière, grâce à Dieu et à Martin-Lothaire. Il n'avait pas réussi à convaincre son frère de lui donner le volant et boudait à la fenêtre arrière quand une soudaine inspiration lui fit crier à son frère de stopper : «Attends, attends, maman est sûrement en train d'avoir le bébé !»

Anatole fouilla frénétiquement la voiture avant de mettre la main sur une natte d'herbe à éléphant et quelques chemises (au moins avions-nous emporté ce que nous possédions, et tout était propre). Il me fit asseoir afin de pouvoir glisser ces vêtements sous moi. Je ne m'en souviens pas. Je ne me souviens que de mes cuisses qui se tendaient et de mon bassin qui se projetait en avant sous l'urgence soudaine, tonitruante, qui est tellement plus puissante que toute autre sollicitation humaine – le besoin de pousser. J'entendis un rugissement, venu de moi je suppose, puis Nataniel fut là, ensanglantant une chemise blanche propre d'Anatole et un vieux pagne usé imprimé d'oiseaux jaunes.

Anatole se lança en riant dans une joyeuse série d'entrechats à reculons en manière de félicitations. Cela ne faisait pas encore tout à fait un an qu'il était libéré du camp Hardy et il comprenait la hâte de son fils à sortir de sa prison solitaire. Mais le bébé était faible. Anatole entreprit immédiatement de nous conduire, anxieux, dans l'obscurité tandis que je restai lovée autour de notre petit nourrisson sur le siège arrière, inquiète de constater qu'il n'avait pas la force de téter. Quand nous sommes arrivés à Kimvula, il paraissait fiévreux. À partir de là, il fondit très rapidement en un somnolent petit sac d'os et crâne décharné tendu de peau. Il ne pleurait même pas. Les innombrables jours et nuits qui suivirent furent indistincts pour moi car j'étais terrifiée de le poser, ou même de m'endormir en le tenant, de peur qu'il ne m'échappe. Anatole et moi berçâmes son petit corps inerte à tour de rôle, lui parlant, pour l'obliger à rejoindre le monde des vivants. Martin insista, lui aussi, pour prendre son tour en le berçant et en lui chuchotant des secrets de garçons sous la petite couverture imprimée. Mais Nataniel fut difficile à convaincre. Deux fois, il cessa de respirer. Anatole lui souffla dans la bouche et lui massa la poitrine jusqu'à ce qu'il hoquette faiblement et revienne à la vie.

Au bout d'une semaine, il commença à s'alimenter, et maintenant il semble ne pas regretter sa décision d'être resté parmi nous. Mais durant cette première et atroce semaine de son existence, je fus torturée par les misères d'un corps amoindri, meurtri, et d'une âme en peine. J'avais souvenir d'avoir promis plus d'une fois à un Dieu quelconque que si seulement Anatole pouvait me revenir, je ne demanderais plus jamais rien sur cette terre. Et voilà que de nouveau je frappais à la porte du paradis. Un geste de désespoir de la part d'une femme qui pouvait compter les années pendant lesquelles elle n'avait décelé aucune présence de l'autre côté de la porte.

Une nuit que j'étais assise par terre, berçant, folle de fatigue, cette innocente épave de bébé, je me suis mise simplement à parler toute seule. J'ai parlé au feu : « Feu, feu, feu, s'il te plaît garde-le au chaud, mange tout le bois qu'il te faut, j'irai en chercher d'autre, mais ne t'éteins surtout pas, empêche ce petit corps que j'aime déjà tant de se refroidir ! » Je parlais anglais, à peu près certaine que j'étais devenue complètement folle. Je parlais à la lune au-dehors, et aux arbres, aux corps endormis d'Anatole, de Patrice et de Martin, et finalement à la bouilloire d'eau stérilisée et à la minuscule pipette dont je me servais pour empêcher le bébé de se déshydrater. Soudain, j'eus le souvenir très net de ma mère à genoux en train de supplier – de prier, je crois – un flacon d'antibiotiques, à l'époque où Ruth May était si malade. J'entendais distinctement la respiration de Mère et ses paroles. Je revoyais son visage avec précision et sentais ses bras autour de moi. Mère et moi priions ensemble qui pouvait nous entendre. Cela suffisait.

Si Dieu existe et s'il pense parfois à moi, il doit me voir en mère. Farouchement en quête de nourriture et d'abri, folle entièrement par amour, par définition. Mes garçons crient tous « *Sala mbote !* » quand ils se précipitent dehors, loin de ma protection et de mes conseils, mais sans jamais échapper à mon amour.

C'est Pascal qui s'est le plus éloigné – il est depuis deux ans à Luanda, où il fait des études d'ingénieur des mines et, j'en suis intimement persuadée, il court les filles. Il me rappelle tellement celui dont il porte le nom, mon grand ami, avec les mêmes yeux écartés et les mêmes questions joyeuses : « *Beto nki tutasala ?* Qu'est-ce qu'on fait ? »

Patrice est tout à fait l'opposé : studieux, sobre et physiquement l'exacte réplique de son père. Il veut faire du droit constitutionnel et devenir ministre de la Justice dans une Afrique qui serait très différente de celle-ci. Mes genoux se dérobent d'anxiété et d'admiration en le voyant affiner ses objectifs. Mais c'est Martin-Lothaire qui se révèle être le plus sombre de mes fils, à la fois de teint et de tempérament. À douze ans, il rumine et écrit des poèmes dans un journal à l'exemple du héros de son père, Agostinho Neto. Il me rappelle beaucoup sa tante Adah.

Ici, dans le district de Kimvula, nous travaillons avec des fermiers sur un projet de plantation de soja, essayant de monter une coopérative – un modeste avant-poste de subsistance convenable dans le ventre de la bête de Mobutu. C'est sans doute en vain. Si le gouvernement a vent de quelque réussite ici, le ministère de l'Agriculture nous privera de toute existence. De sorte que nous semons nos espoirs tranquillement, dans la jungle, à quelques kilomètres de la frontière angolaise, au bout d'une route impraticable où les espions de Mobutu ne risqueront pas souvent leurs voitures de rêve.

Nous dénombrons nos petits succès d'un jour sur l'autre. Anatole a réorganisé l'école secondaire qui était restée à l'abandon depuis dix ans – c'est à peine si un jeune adulte du village de Kimvula sait lire. Je suis fort accaparée par mon vorace de Taniel qui tète nuit et jour, porté en écharpe soit d'un côté soit de l'autre pour ne pas avoir à m'interrompre pendant que je fais bouillir ses couches. Patrice et Martin ont été réquisitionnés par leur père pour enseigner respectivement le français et les mathématiques, même si cela rend Martin responsable d'enfants plus âgés que lui. Quant à moi, je me satisfais de vivre à nouveau au milieu des arbres fruitiers et de faire la cuisine au feu de bois. Je ne me plains pas de l'épuisante fatigue d'avoir à transporter le bois et l'eau. C'est l'autre fatigue que je hais, les nouvelles sans fin des excès de Mobutu et des coûts d'une privation à long terme. Les gens, ici, sont d'instinct plus craintifs et moins généreux qu'il y a vingt ans à Kilanga. Les voisines viennent cependant encore offrir de modestes présents, une poignée de bananes ou une orange à sucer pour le bébé qui nous fait rire avec ses grimaces. Mais leurs yeux s'amenuisent quand elles inspectent les lieux. N'ayant jamais rencontré de Blancs auparavant, elles sont persuadées que je connais Mobutu, comme les autres

Américains importants. J'ai beau protester, elles ont sans doute peur que j'aille rapporter qu'elles peuvent se passer d'une orange. Il n'y a rien de tel que de vivre en réfugié dans son propre pays pour transformer une âme généreuse en grippe-sou. Les Zaïrois sont épuisés à mort, c'est visible où que l'on pose les yeux.

Ici, notre maison est faite de torchis, bien spacieuse, avec deux pièces et une cuisine en appentis. Un endroit plus plaisant, certes, que le cube en béton et tôle qui nous contenait tous, nous et nos ressentiments, à Kinshasa. Là-bas, la plomberie grincheuse grondait constamment comme Dieu après Noé, nous menaçant d'un déluge, et Anatole jurait que, quand bien même il devrait vivre encore dix mille matins à Kinshasa, il ne s'habituerait jamais à déféquer au centre de son foyer. Franchement, des latrines sont comme un retour à la civilisation.

Pourtant, notre existence au village nous paraît provisoire. Nous avons un pied de l'autre côté de la frontière en terre promise, ou éventuellement dans la tombe. Nous avons le projet de tout recharger dans la voiture et de rouler d'ici à Sanza Pombo, en Angola, dès que nous le pourrons. Là-bas, nous emploierons nos forces dans un pays neuf, indépendant, dont les espoirs coïncident avec les nôtres. Nous tendons vers l'Angola depuis bientôt dix ans – Anatole avait eu l'occasion d'y travailler pour le gouvernement en 1975, juste après le traité accordant la présidence à Neto. Mais Anatole n'était pas encore prêt à abandonner le Congo. Ensuite Neto est mort, trop jeune. En 1982, une autre invitation est arrivée de la part du deuxième président, José Dos Santos. Anatole fut empêché d'accepter ce poste, forcé qu'il était de vivre dans une pièce de deux mètres carrés en compagnie de son seau d'excréments, au pénitentiaire de Mbanza-Ngungu.

Il y a dix ans, lorsque Anatole avait reçu ce premier courrier tamponné du nouveau sceau officiel de la présidence de l'Angola indépendant, nous avions cru que les rêves étaient réalisables. Après six cents ans de luttes intestines et quelques siècles d'ignominie portugaise, les tribus en guerre de l'Angola avaient fini par s'entendre sur un plan de paix. Agostinho Neto était président, dans un pays africain vraiment libre de tout joug étranger. Nous avons été très près de faire nos bagages et de partir, ce jour-là. Nous désespérions d'emmener nos fils dans un endroit où ils pourraient au moins goûter l'espoir à défaut de manger.

Mais dans les deux semaines qui suivirent l'accord de paix, les États-Unis le violèrent. Ils convoyèrent par air une énorme livraison d'armes destinée à un leader d'opposition qui avait personnellement juré d'assassiner Neto. Le jour où nous apprîmes la nouvelle, je suis restée assise à sangloter dans la cuisine, anéantie de honte et de colère. Patrice est venu s'asseoir par terre le long de ma chaise, tapotant ma jambe avec la solennelle persévérance d'un petit garçon. « Maman, maman, ne pleure pas. Ce n'est pas la faute de grand-mère, maman. » Il ne lui venait pas à l'esprit de faire le rapprochement entre l'infamie américaine et moi. Il croyait que j'étais en colère contre Mère et Adah. Il levait les yeux vers moi, avec son petit visage étroit et ses yeux en amande, et voilà, je me souvenais de son père, il y avait des années et des années, me disant : « Pas toi, Béene. »

Mais à qui nos enfants devront-ils pardonner ? L'assassinat de Lumumba, le maintien au pouvoir de Mobutu, recommencer en Angola – tout ceci ressemble à des complots entre hommes mais ce sont des trahisons perpétrées par eux au détriment des enfants.

Mais qu'est-ce que cela pouvait bien leur faire qu'à la suite de la rupture du traité et de la demande d'aide désespérée de Neto, les Cubains aient été les seuls à répondre ? Nous avons applaudi, les garçons, Anatole et nos voisins, sautant et poussant tous des cris dans notre cour quand la radio a annoncé que les avions étaient arrivés à Luanda. Il y avait des enseignants et des infirmiers à bord, avec des cartons de vaccins antivarioliques. Nous les imaginions en train de libérer l'Angola et de remonter directement le fleuve Congo pour venir nous vacciner tous !

Rachel m'informe que j'ai subi un lavage de cerveau, œuvre d'un complot communiste. Elle a parfaitement raison. J'ai rejoint le clan des instituteurs et des personnels soignants et j'ai perdu toute allégeance aux explosifs. Aucune patrie que je revendique comme mienne ne ferait sauter les barrages hydroélectriques et les alimentations en eau de pays lointains en lutte, inventant l'obscurité et la dysenterie pour servir ses idéaux, et enfouissant des mines sur toute route angolaise reliant la nourriture à un enfant affamé. Nous avons assisté à cette guerre la gorge serrée, sachant ce qu'il y avait à perdre. Un autre Congo. Une autre occasion perdue, poison infiltrant l'Afrique, refermant nos âmes en forme de poings.

Nous sommes tous restés les enfants que nous étions, avec des projets que nous gardons secrets, ne serait-ce que de nous-mêmes. Celui d'Anatole, je crois, est de survivre à Mobutu et de revenir ici quand nous pourrons occuper ce sol et l'appeler « chez nous ». Et le mien, je crois, est de quitter la maison, un jour, sans être marquée du sceau de ma blancheur et d'arpenter une terre compatissante en compagnie d'une Ruth May qui ne me tiendrait pas rigueur. Sans doute ne dominerai-je jamais ma faim d'équilibre, ne cesserai-je jamais de croire que la vie sera juste. Au moment où je commencerai à me sentir excédée de la vie telle qu'elle est, je me réveillerai soudain en fièvre, regarderai le monde, le souffle coupé devant tout ce qui a mal tourné et qu'il faut que je répare. Je suppose que j'aimais trop mon père pour ne pas m'être conformée au moins en partie à sa vision.

Mais l'habitude de pratiquer une langue riche et tonale avec mes voisines a rendu sa voix plus clémente à mon oreille. J'en entends maintenant les nuances qui chatoient sous la surface des mots *bien* et *mal*. Nous étions déconcertés par les mots en kikongo porteurs de tant de sens : *bängala* pour *intolérable entre tous*, et aussi *bois qui empoisonne*. À lui seul ce dernier ruinait les sermons de Père à chaque fois, puisqu'il les ponctuait invariablement d'un « Tata Jésus est bängala ! »

En cette époque reculée, alors que Rachel sortait des mots du néant pour raconter ce qui lui plaisait et que Ruth May inventait les siens, Adah et moi tentions de démêler tout ce que nous pensions savoir et qui voulait dire autre chose en Afrique. Nous nous tracassions à propos de *nzolo* – qui se traduit à la fois par bien-aimé, larve blanche utilisée pour appâter les poissons, fétiche spécial contre la dysenterie, ou encore petite pomme de terre. *Nzole*, c'est le pagne double qui enveloppe deux personnes ensemble. En fin de compte, je vois bien comment ces choses s'articulent entre elles. Dans une cérémonie de mariage, le mari et la femme se tiennent étroitement serrés dans leur *nzole* et se tiennent l'un l'autre pour devenir les plus précieux *nzolani*. Aussi précieux que les premières pommes de terre de la saison, petites et douceâtres comme des cacahuètes de Géorgie. Précieux comme les larves les plus grasses trouvées dans le sol et qui attirent les poissons les plus gros. Et le fétiche contre la dysenterie qu'apprécient tant les mères renferme une parcelle de tous les éléments qu'évoque le mot *nzolo* : il faut extraire la larve et les pommes de terre, les faire sécher, les lier avec un fil de votre étoffe de mariage et les faire bénir au feu par un sorcier *nganga*. Tous mes bébés couleur de cacahuète marron, je les ai appelés mes *nzolani*, ce que j'ai dit avec un goût de poisson, de feu et de pommes de terre nouvelles dans la bouche.

« Tout ce que tu crois bien peut être mal ailleurs. Tout particulièrement ici. » Je le dis fréquemment en faisant bouillir les couches dans l'appentis de la cuisine lors de mes discussions imaginaires avec une Rachel absente. (Qui ne sont pas si différentes de celles que j'ai avec la

Rachel en chair et en os.) Elle me remémore une fois de plus la menace communiste. Je vais jeter l'eau dehors et adresse un signe de la main à ma voisine qui fait cuire ses cacahuètes dans un enjoliveur. Toutes deux nous tremblons au moindre chuintement de pneus. C'est peut-être la Mercedes noire des Casques bleus, les émissaires de Mobutu, venus prendre notre maigre récolte pour aider à financer un autre palais. Et puis me revient soudain, du fond de l'enfance, ma première et hésitante définition du communisme : ils ne craignent pas le Seigneur et ils pensent que tout le monde doit posséder le même genre de maison.

De là où je suis, sœurette, il est difficile d'en mesurer le danger.

Je vis dans une minuscule maison où s'entassent des garçons, des pommes de terre, des fétiches et des livres de sciences, une étoffe de mariage, une vieille valise de cuir pleine de souvenirs. Et notre attente est presque terminée. Cela aura demandé dix ans et paraît presque un miracle, mais les Américains sont en train de perdre du terrain en Angola. Leurs mines antipersonnel sont encore partout dans le pays, elles arrachent chaque jour une jambe ou un bras à un enfant, et je sais ce qui risque de nous arriver en prenant ces routes. Mais dans mes rêves, j'ai encore de l'espoir, et dans la vie, aucune retraite sûre. Devrais-je sautiller à cloche-pied tout du long que je trouverai un endroit où je pourrai prétendre être chez moi.

LIVRE VI

Cantique des trois enfants

Parce que vous êtes juste dans tout ce que vous avez fait, que toutes vos œuvres sont fondées dans l'équité... Délivrez-nous par les merveilles de votre puissance.

Apocryphes, Livre de Daniel, III, 27-43.

Rachel Price

On ne cesse de me faire des compliments sur la perfection de mon teint, mais laissez-moi vous faire un aveu.
Rester bien conservée donne un mal de chien.

Rien de tel que d'aborder la cinquantaine pour vous
faire sentir vieille d'un siècle. Je n'allais sûrement pas
planter des bougies sur un gâteau pour tout incendier
dans les environs. J'ai vécu cette journée sans en parler
à personne. Maintenant que j'ai fermé le bar, je reste
assise là, avec ma Lucky Strike, en balançant ma sandale
au bout de mon gros orteil. Je pourrai m'en souvenir mais
comme d'un jour de plus à ne pas être différent des
autres. Il est certain que ça donne envie de chercher des
compensations.

Me suis-je parfois dit que je finirais ici une fois
vieille ? Jamais de la vie. Et pourtant voilà, je suis là. Je
me suis démariée et j'ai failli me marier plus souvent
qu'à mon tour, mais je n'ai jamais quitté le continent
noir. Je me suis fixée ici et je suis devenue tellement
casanière que je n'ai même plus l'envie de sortir ! La
semaine dernière, il a fallu que je me rende en voiture
jusqu'à Brazzaville pour faire ma commande d'alcools
parce que, franchement, je n'ai pas été fichue de mettre
la main sur un chauffeur assez honnête pour revenir avec
l'alcool et la voiture intacts, mais, en chemin, je suis tombée sur une inondation et deux arbres en travers de la

route et quand enfin je suis arrivée, j'ai baisé le plancher du bar. Si, si, je vous assure. Je l'ai surtout fait parce que tout était encore en place ; c'est vrai, je m'attends toujours à ce que les planches de cette maison soient embarquées une par une par mes gens en mon absence. Mais jusqu'ici, pas de dégâts.

Au moins, je peux dire en regardant autour de moi que j'ai réussi à faire des choses dans ma vie. Ce n'est pas pour me vanter, mais je me suis quand même créé mon univers à moi. Je maîtrise tout. Il y a peut-être un ou deux petits défauts dans la plomberie et quelques menus désaccords au sein du personnel, mais je suis parfaitement confiante en la qualité de mes prestations. Je laisse un bristol dans chacune des chambres demandant aux clients de déposer leurs plaintes éventuelles à la réception entre neuf et onze heures du matin, tous les jours. Est-ce que j'entends parler de quoi que ce soit ? Non. Je tiens l'affaire avec efficacité. Ça, c'est une chose dont je peux me montrer fière. Et secundo, je gagne beaucoup d'argent. Tertio, je n'ai pas le temps de souffrir de la solitude. Comme je me dis dans la glace, malgré ses cinquante ans, elle a toujours la même tête et elle ne paraît pas vraiment ses quatre-vingt-dix ans. Ho, ho, ho !

M'arrive-t-il de penser à la vie que j'aurais pu avoir dans ma chère patrie, aux USA ?

Pratiquement tous les jours, je répondrais. Oh ! qu'est-ce que vous croyez ! Les surprises-parties, les voitures, la musique – la vie sans souci… J'aurais bien aimé prendre part à quelque chose de vraiment crédible. Quand enfin est arrivée la télé ici, pendant un temps ils ont passé Dick Clark et l'*American Bandstand* toutes les après-midi, à quatre heures. Une fois le bar fermé à clef, je me concoctais un double Singapore Sling, et ensuite je m'installais avec un éventail en papier, mais ça me faisait mal, mais mal. C'est que je savais comment les réaliser, ces styles de coiffure. J'aurais vraiment pu devenir quelque chose, en Amérique.

630

Pourquoi ne pas rentrer, alors ? Disons-le tout net, maintenant, il est trop tard. J'ai des responsabilités. Pour commencer, il y a eu ce mari, puis l'autre, qui m'ont passé un fil à la patte. Et ensuite l'Équatorial, qui est loin de n'être qu'un hôtel, c'est vrai, j'ai l'impression de faire marcher un petit pays dont tous les habitants rêveraient d'emporter un bout dès que j'aurais le dos tourné. L'idée même de voir mes affaires éparpillées par monts et par vaux à travers la jungle, ma belle cocotte-minute française, toute noircie à force de bouillir du manioc sur un feu qui sent mauvais, et mes jolis dessus de comptoirs chromés terminer en toiture d'un taudis quelconque ? Merci bien ! Ça, je ne le supporterais pas. On fait quelque chose, du moins on le croit, et puis on passe le restant de ses jours à s'esquinter pour que tout ne file pas en quenouille. Une chose en entraînant une autre, on se retrouve dans le pétrin.

Il y a des années, quand ça a commencé à tourner à l'aigre avec Axelroot, c'est à ce moment-là que j'aurais dû rentrer à la maison. Je n'avais encore rien investi en Afrique à part un petit appartement-boudoir décoré en rose vif. À ce moment-là, il aurait fallu que je le persuade de déménager au Texas où il avait soi-disant des attaches d'après son passeport qui s'est révélé presque entièrement faux. Encore mieux, j'aurais pu partir seule. J'aurais pu prendre la porte sans faire trop d'adieux, puisqu'en principe nous n'étions mariés qu'au sens biblique. Même à l'époque je connaissais déjà des hommes haut placés qui m'auraient aidée à récupérer le prix du voyage en avion, et le temps de dire ouf ! je serai rentrée à Bethlehem, à partager une bicoque avec Mère et Adah. Ah bien sûr, il aurait fallu que je les entende me rabâcher : « Je t'avais bien prévenue à propos d'Axelroot. » Mais j'avais ravalé ma fierté bien avant tout ça, on peut le dire. Je l'ai si souvent fait que j'en ai l'intérieur pour ainsi dire tapissé de toutes mes erreurs, comme une salle de bains qui serait décorée d'un vilain papier.

J'ai préparé mes bagages plus d'une fois. Et puis, au dernier moment, j'avais toujours peur. De quoi ? Difficile à dire. Peur de ne pas pouvoir me réhabituer. Je n'avais encore que dix-neuf ou vingt ans dans ce temps-là. Mes amies de lycée auraient sûrement été en train de pleurnicher sur leurs petits amis et de se disputer des jobs de serveuses au *drive-in*. Pour elles, la lutte pour la vie se bornait à faire l'École d'esthéticienne. Et voilà qu'aurait rappliqué Rachel, avec ses cheveux teints, une sœur morte et d'emblée un mariage pourri derrière elle, sans parler de tous les autres enquiquinements. Sans parler du Congo. Ma longue marche dans la boue m'avait complètement lessivée et rendue trop philosophe pour que je puisse m'accommoder du cirque des jeunes de mon âge.

C'était comment là-bas ? je les entendais déjà d'ici. Qu'est-ce que j'aurais répondu ? Eh bien, les fourmis nous ont presque mangés vifs. Nos amis et connaissances passaient leur temps à mourir d'une maladie ou d'une autre. Les bébés attrapaient tous la colique et se desséchaient dans l'instant. Quand on avait faim, il fallait tuer des bêtes dont on arrachait les peaux ensuite.

Soyons objectifs, je n'aurais plus jamais eu de succès, chez nous. Les gens avec qui j'avais toujours été copine ne m'auraient plus parlé dès l'instant où ils auraient su qu'on allait poser culotte derrière un buisson. Si j'avais voulu m'adapter, il aurait fallu que je joue un rôle et je ne suis pas bien douée pour la comédie. Leah en était capable, elle – elle se serait crevée pour faire plaisir à Père ou à ses professeurs, ou à Dieu, ou simplement pour prouver qu'elle était capable de le faire. Et Adah, évidemment, a fait semblant de ne pas pouvoir parler pendant des années et des années, simplement pour faire la déplaisante. Mais si ç'avait été moi, je n'aurais jamais réussi à me rappeler qui j'étais censée être. La journée ne se serait pas terminée sans que ma mémoire flanche et que je me trahisse.

Pour ma part, je ne suis pas du genre à regarder inutilement en arrière. J'ai bien réussi dans mon genre. J'ai eu des occasions en tant que femme du monde. Femme d'ambassadeur – vous pensez ! Ces filles de Bethlehem, elles doivent être vieilles à présent, grisonnantes, et encore à bourrer leurs machines à laver et à courir après leurs enfants ou même leurs petits-enfants, en rêvant encore de ressembler à Brigitte Bardot, alors que moi, pendant ce temps-là, j'ai été aux Affaires étrangères.

Je n'ai jamais pu avoir d'enfant. Tenez, c'est une chose que je regrette. J'ai eu de très gros problèmes de ce côté à cause d'une infection que m'a passée Eeben Axelroot. On peut le dire, j'ai payé le prix fort avec lui.

Ici, à l'Équatorial, on ne s'ennuie jamais. Alors, quel intérêt d'avoir des gosses quand on a des singes qui se précipitent dans la salle à manger pour chaparder de la nourriture dans l'assiette des clients ! Combien de fois c'est arrivé ! J'ai quatre singes et un renard otocyon qui échappent à la moindre occasion au boy chargé de nettoyer les cages. Ils se ruent dans le restaurant en piaillant, le pauvre renard tente de s'enfuir alors que les singes se laissent facilement distraire par les fruits frais. Ils s'arrêtent même le temps de faucher une bouteille de bière pour la vider ! Une fois, je rentrais d'un tour au marché et voilà que je retrouve mes deux singes vervets, Princesse Grace et Général Mills, complètement ivres en train de tituber sur la table au son de *Boire un petit coup c'est agréable !* braillé par une bande d'Allemands planteurs de café. Eh bien je vais vous dire. La plupart du temps, j'accepte que mes clients prennent du bon temps à leur guise, parce que c'est comme ça qu'on se maintient la tête hors de l'eau dans ce métier. Mais croyez-moi, je n'ai pas oublié de compter les frais occasionnés sur la note de ces messieurs.

Très souvent, il arrive qu'une bande de types en voyage organisé qui s'arrêtent ici l'après-midi se fassent une fausse idée de mon établissement. C'est généralement vrai pour les nouveaux venus peu familiers de l'Équatorial. Quand par hasard ils m'aperçoivent, allongée près de la piscine les clefs suspendues à une chaîne autour du cou, et voient ensuite mes jolies cuisinières et femmes de chambres en train de farnienter, adossées au mur du patio entre les géraniums, ils me prendraient bien pour la patronne d'un bordel, vous savez ! Je ne me prive pas de leur dire ce que je pense. Si vous croyez vous trouver dans une maison close, leur dis-je, c'est bien révélateur de votre moralité.

Je crains que tous ces cours de sainteté dispensés dans mon enfance n'aient glissé sur moi comme du beurre fondu sur un gril. Je me demande parfois si ce pauvre Père ne s'en retourne pas dans sa tombe (ou là où il se trouve). Je suis sûre qu'il s'attendait à me voir évoluer en petite dame de la paroisse surmontée de jolis petits galurins et organisatrice de bonnes œuvres. Mais quelquefois, la vie ne vous donne pas toujours l'occasion d'agir comme il faut. Pas ici, en tout cas. Même Père l'a appris à ses dépens. Il arrive en force, persuadé qu'il allait sauver des enfants, et qu'est-ce qu'il fait ? Il perd les siens. Voilà la leçon. Oh, je le vois bien quelquefois avec les messieurs qui passent par ici pour affaires. Il y en a toujours un qui pense devenir le maître de l'Afrique et qui se retrouve dans un coin avec son beau costume de coupe européenne fripé, rendu à moitié fou par les démangeaisons de filaires. Si c'était aussi facile que ça, notez, ils auraient déjà réussi et l'Afrique ressemblerait à l'Amérique avec plus de palmiers. Au lieu de ça, en gros, ça ressemble exactement à ce que c'était il y a des millions et des millions d'années. Alors que, quand on y pense, les Africains grouillent partout en Amérique et qu'en ce moment même ils organisent des émeutes pour défendre leurs droits civiques et dominent le sport et la pop-musique.

Dès l'instant où j'ai mis les pieds au Congo, j'ai bien vu qu'on ne serait pas les plus for Nous avons été entraînés par ces gens qui nous ont conduits à l'église avec leurs danses dénudées et leur viande de chèvre encore pleine de poils et je me suis dit : Ce petit voyage va être la perte de la famille Price, c'est tout vu. Et Seigneur, ça a bien été le cas. L'erreur de Père, voyez-vous, c'est d'avoir essayé de convertir tout ce bastringue à sa manière à lui de penser. Enfin. Il est mort, maintenant, et repose dans quelque cimetière vaudou africain, ou pire, il a été dévoré par des bêtes sauvages, amen. J'imagine que ça n'a pas plus de conséquence que ça.

Ma vision de l'Afrique, on n'est pas obligé de l'accepter, mais il faut admettre qu'elle se tient là, quelque part. S'il se passe des horreurs au-dehors, équipez votre porte d'un gros verrou bien solide à vérifier plutôt deux fois qu'une avant d'aller vous coucher. Veillez uniquement à vous créer un petit coin le plus agréable possible, comme je l'ai fait, et puis voyez venir. Inutile de se sentir obligé d'endosser les ennuis des autres.

Parfois, je m'étonne moi-même d'avoir vécu tout ce que j'ai vécu et d'être restée entière. Je me dis que si j'ai réussi, je le dois à ce petit bouquin, lu il y a longtemps, et qui s'intitulait *Comment survivre à 101 catastrophes*. Des solutions simples dans des situations désespérées, c'est ce qu'on y apprend.

Mon conseil : laissez les autres pousser tant qu'ils peuvent, laissez-vous porter. En dernier ressort, la tête que vous aurez sauvée ce sera la vôtre. Ça n'a peut-être pas l'air très charitable ce que je dis là, mais restons objectifs, quand je sors de mon petit univers, le soir, et que j'écoute les bruits dans le noir, au plus profond de mes os je sens bien qu'ici il n'y a rien de très chrétien. C'est l'Afrique la plus noire qui soit, la vie y gronde à vos côtés telle une inondation, et il faut vous agripper à tout ce qui passe.

Si vous me demandez mon avis, l'Afrique est comme ça, et elle le sera toujours. Jouez des coudes et gardez de la hauteur.

Leah Price

Il était une fois… dit Anatole dans le noir. Je ferme les yeux et je m'évade grâce à ses histoires. C'est presque un choc de nous retrouver seuls tous les deux dans notre lit, à l'âge mûr, après une présence de trente années de petits coudes, talons et bouches affamées. Quand Taniel a eu ses dix ans, il nous a abandonnés pour son lit de camp rempli des cailloux tombés de ses poches. La plupart des garçons de son âge dorment encore avec leurs parents, mais Taniel s'est montré intransigeant : « Mes frères ont bien leurs lits ! » (Il ne se rend pas compte que ces derniers ont rompu avec leur solitude – même Martin, maintenant à l'université, a une petite amie.) Avec sa tête bouclée, résolu à être à la hauteur des circonstances et à ne faire qu'une bouchée du monde, il me coupe le souffle. Il ressemble tant à Ruth May.

Dans notre lit qu'Anatole appelle la Nouvelle République du Conjungo, mon mari me conte l'histoire du monde. D'habitude nous commençons cinq cents ans plus tôt, à l'époque où les Portugais ont orienté la proue de leurs petits vaisseaux de bois vers l'embouchure du Congo. Anatole regarde de tous côtés, mimant l'étonnement des Portugais.

« Qu'ont-ils vu ? » est la question que je pose, bien que je sache déjà la réponse. Ils ont vu des Africains. Des hommes et des femmes, noirs comme la nuit, qui déambulaient au soleil le long des berges de la rivière. Mais pas tout nus – exactement le contraire ! Ils portaient des coiffures, des bottes souples et davantage d'épaisseurs de jupes et tuniques exotiques qu'il ne semblait supportable sous ce climat. C'est la vérité. J'ai vu des estampes publiées par ces premiers aventuriers au lendemain de leur retour précipité en Europe. Ils ont rapporté que les Africains vivaient en rois et que même ils portaient les étoffes de royauté – du velours, du damas et du brocart. Leur compte rendu n'était qu'à peine faux, les peuples du Congo confectionnaient des tissus remarquables en battant l'écorce fibreuse de certains arbres ou en tissant du fil obtenu à partir du palmier à raphia. Avec de l'acajou et de l'ébène, ils sculptaient et fabriquaient des meubles pour leurs foyers. Ils fondaient et forgeaient le minerai de fer en armes, socs de charrues, flûtes et bijoux délicats. Les Portugais se sont émerveillés de l'efficacité avec laquelle le royaume du Kongo levait ses impôts et constituait sa cour et ses ministères. Il n'existait pas de langue écrite, mais une tradition orale si vigoureuse que lorsque les pères catholiques eurent appliqué des lettres aux mots kikongos, sa poésie et ses histoires s'imprimèrent dans les livres avec la puissance d'une inondation. Les prêtres furent consternés de découvrir que le Kongo possédait déjà sa propre Bible. On la connaissait par cœur depuis des centaines d'années.

Impressionnés, les Européens s'affligèrent également de constater que l'agriculture y était inexistante. Toutes les récoltes étaient consommées pratiquement là où on les cultivait. Aucune ville, aucune plantation géante et aucune route n'étaient donc indispensables dans l'acheminement des denrées des uns vers les autres. Le royaume était réuni par des milliers de kilomètres de sentiers qui traversaient la forêt, et par des ponts suspendus faits de lianes tressées qui se balançaient paisiblement au-dessus des rivières. Je me l'imaginais au fur et à mesure que me le décrivait Anatole : des hommes, des femmes en jupes de velours à étages, marchant silencieusement sur un chemin de forêt. Parfois, lorsque j'ai des rechutes à cause de mon vieux démon, je me niche au creux de son bras et il me console ainsi, me parlant à longueur de nuit pour écarter les mauvais rêves. La quinine parvient tout juste à contenir ma malaria, il en existe maintenant des souches résistantes. Les rêves de la fièvre sont toujours les mêmes, premiers signes de mon proche anéantissement. L'ancien désespoir bleu envahit mon sommeil et je traverse la rivière, me retournant sur les visages d'enfants qui mendient de la nourriture : « Cadeaux ! Cadeaux ! » Puis je m'éveille dans notre pays à deux, enfermée sous les pans inclinés en forme de tente de notre moustiquaire, aux éclats argentés sous la lune, et je pense toujours à Bulungu, là où nous avions commencé à dormir ensemble pour la première fois. Anatole me berçant jusqu'au pardon pendant que je m'agitais, tremblante de fièvre. Notre mariage s'est révélé pour moi une très longue convalescence.

Alors, ils rentrent à pied chez eux, Béene. Avec des paniers pleins de noix de palme et d'orchidées de la forêt. Ils chantent.

Des chants à propos de quoi ?

Oh, de tout. Des couleurs d'un poisson. Et comme leurs enfants seraient bien élevés s'ils étaient tous faits de cire.

Qui sont-ils ? Combien ?

Juste une femme et un homme sur le sentier. Ils sont mariés.

Leurs enfants insupportables ne sont-ils pas avec eux ?

Non, pas encore. Ils ne sont mariés que depuis une semaine.

Oh, je vois. Alors ils se tiennent par la main.

Bien sûr.

À quoi cela ressemble-t-il, là-bas ?

· *Ils sont proches de la rivière, dans une forêt qui n'a jamais été abattue. Ces arbres sont millénaires. Des lézards et des petits singes vivent leur vie entière là-haut sans jamais descendre jusqu'au sol. Là-haut, sous le toit du monde.*

Mais, en bas, sur le sentier où nous sommes, il fait sombre ?

Une plaisante obscurité. De la sorte que tes yeux apprennent à aimer. Il pleut, mais les branchages sont si épais que seule en descend une brume. De jeunes lianes mbika *se déroulent depuis le sol, derrière nous, là où l'eau s'amasse en flaques sous nos pas.*

Que se passe-t-il lorsque nous arrivons près de la rivière ?

Nous la traversons, bien sûr.

Aussi facilement que ça ! Et que se passe-t-il si le bac est en panne, privé de batterie, de l'autre côté ?

Au royaume du Kongo, Béene, pas de batteries. Pas de camions, pas de routes. Ils ont refusé d'inventer la roue parce qu'elle n'aurait rien apporté d'autre que des ennuis dans cette boue. Pour traverser la rivière, nous disposons de ponts qui s'étendent d'un grand arbre d'ébène vert à un autre, sur la rive opposée.

Je le vois, ce couple. Je sais qu'ils sont réels, qu'ils ont vraiment vécu. Ils grimpent sur une plate-forme dans l'ébénier vert où la femme cherche un instant à reprendre équilibre, ramasse ses longues jupes d'une main et s'apprête à s'élancer sous la lumière plus vive et sous la pluie. Elle touche ses cheveux nattés en grosses cordes et noués au bas de la nuque d'un ornement de clochettes. Dès qu'elle est prête, elle risque un pied au-dessus de l'eau sur le pont de lianes qui oscille. Mon cœur s'accélère puis adopte le rythme de ses pas sur le pont qui se balance.

« Mais alors qu'arrive-t-il si c'est un grand fleuve comme le Congo, si large qu'aucune liane n'est assez longue pour le traverser ?

– C'est simple, dit-il. Il ne faut pas le traverser. »

Si seulement une rivière pouvait demeurer infranchie

de sorte que tout ce qui s'étend de l'autre côté puisse vivre à sa guise, sans témoin, immuable. Mais cela ne s'est pas passé ainsi. Les Portugais ont guetté à travers les arbres et ont vu que le peuple du Kongo, bien vêtu, parlant bien, ne vendait ni n'achetait ses récoltes, mais se contentait de vivre sur place et de manger ce qui se présentait, comme les bêtes de la forêt. En dépit de la poésie et des vêtements splendides, un tel peuple n'était sûrement pas tout à fait humain – il était primitif; c'est le terme qu'avaient dû employer les Portugais pour apaiser leur conscience de ce qui allait arriver. Bientôt les prêtres donnèrent le baptême en masse sur le rivage et firent monter leurs convertis à bord de navires en partance vers les plantations sucrières du Brésil, esclaves dédiés au nouveau dieu de la culture vivrière.

Depuis dix ans maintenant, nous vivons en Angola, dans une exploitation agricole située à l'extérieur de Sanza Pombo. Avant l'indépendance, les Portugais y possédaient une plantation de palmiers à huile, arrachée à la forêt vierge un demi-siècle plus tôt. Sous les palmiers rescapés, nous cultivons du maïs, des ignames et du soja, et nous élevons des porcs. Chaque année à la saison sèche, lorsqu'il est possible de voyager, notre coopérative s'enrichit de quelques familles nouvelles. Pour la plupart, des jeunes enfants et des femmes dont les pagnes sont en guenilles, ils arrivent sans bruit de la forêt, se posant ici aussi légèrement que des papillons épuisés après avoir fui la guerre pendant des années. Au début, ils ne parlent pas du tout. Et puis, au bout d'une semaine ou deux, ce sont les femmes qui commencent à raconter, très doucement, mais sans arrêt, jusqu'à ce qu'elles aient tout dit des endroits et des gens qu'elles ont perdus. Presque toujours, j'apprends qu'elles ont accompli une migration circulaire au cours de leur existence, ayant d'abord fui leur village d'origine au profit de la ville, où elles se sont vues purement et simplement confrontées à la faim, et revenant maintenant à ce petit avant-poste lointain où elles ont quelque espoir de se nourrir. Nous parvenons à produire un modeste excédent d'huile de palme que nous vendons à Luanda, mais le plus gros de ce que nous obtenons est consommé ici. La coopérative possède un unique véhicule, notre vieille Land Rover (qui a connu une existence telle qu'elle serait capable de raconter sa version de l'histoire du monde, si elle le pouvait), mais nos pluies débutent en septembre et la route ne redevient praticable qu'à partir d'avril. La plus grande partie de l'année, nous faisons le compte de nos richesses et nous décidons de nous en contenter.

Nous ne sommes pas très loin de la frontière et les gens d'ici ressemblent tellement à ceux de Kilanga dans leur comportement et leur langage que cela m'a frappée à notre arrivée, avec le sentiment de retrouver mon enfance. Je m'attendais toujours à voir quelqu'un de connaissance apparaître au coin de la rue : Mama Mwenza, Nelson, Tata Boanda avec son pantalon rouge, et plus étrangement, mon père. Manifestement, la frontière entre le Congo et l'Angola n'est qu'un trait sur la carte – les Belges et les Portugais ayant délimité leurs lots. L'ancien Kongo s'étendait autrefois sur toute l'Afrique centrale. En tant que nation il sombra lorsqu'un million de ses citoyens les plus sains furent vendus en esclavage, mais sa langue et ses traditions ont survécu. Je me réveille au même pétillant *mbote !* lancé dehors par la fenêtre ouverte de notre maison. Les femmes drapent et redrapent leurs pagnes de la même manière et pressent leur récolte d'huile de palme dans le même genre d'appareil qu'utilisait Mama Lo. Souvent, j'entends des fantômes, le ton montant de la voix de Pascal qui questionne : *Beto nki tutasala ?* Qu'est-ce qu'on fait ?

Je ne l'entends plus très souvent, cependant. Dans le village, il y a très peu de garçons en âge de grimper aux arbres pour aller dénicher des oiseaux ou de filles qui défilent sur la route avec un petit frère porté sur la hanche comme une grosse poupée de chiffons. Je remarque partout leur absence. La guerre a pris son compte de vies chez les enfants de moins de dix ans. Le grand vide tranquille progresse lentement à travers nous. La guerre laisse partout des trous plus nombreux que ceux des digues et des routes qui, elles, peuvent être reconstruites.

Je donne des cours de nutrition, d'hygiène publique et de culture du soja aux femmes qui m'appellent respectueusement Mama Ngemba et qui ignorent les neuf dixièmes de ce que je leur raconte. Notre tâche la plus difficile est celle d'apprendre aux gens à compter sur un avenir : à planter des agrumes, à conserver leurs détritus pour en faire de l'engrais. Au début, cela m'a rendue perplexe. Pourquoi doit-on rechigner à faire quelque chose d'aussi évident que planter un arbre fruitier ou amender le sol ? Mais pour ceux qui n'ont jamais vécu autrement qu'en réfugiés, apprendre à croire en un cycle nourricier exige quelque chose qui reste de l'ordre d'une conversion religieuse.

Si je pouvais tendre la main vers le passé, d'une manière ou d'une autre, et faire à Père un seul cadeau, ce serait la simple, l'humaine consolation de lui faire savoir qu'il a mal agi, et d'avoir à le supporter toute sa vie. Pauvre Père, qui n'a été qu'un de ceux parmi un million d'autres à n'avoir jamais rien compris. Il m'a marquée de sa foi en la justice, puis m'a inondée de culpabilité, et je ne souhaiterais pas un tel tourment ne serait-ce qu'à un modeste moustique. Mais ce Dieu exigeant, tyrannique qui était le sien m'a abandonnée pour de bon. Je ne saurais comment appeler ce qui l'a remplacé insidieusement. Quelque chose de semblable à la passion du frère Fowles, je pense, qui m'avait conseillé d'avoir confiance en la Création qui se renouvelle quotidiennement. Ce Dieu-là n'agit pas selon des voies particulièrement mystérieuses. Le soleil se lève, et se couche à six heures exactement. Une chenille se transforme en papillon, un oiseau élève sa couvée dans la forêt, et un ébénier vert ne sortira jamais que d'une graine d'ébénier vert. Ce Dieu-là apporte la sécheresse, parfois, que suivent des pluies torrentielles, et si ces dernières ne correspondent pas toujours à ce que j'avais à l'esprit, elles ne sont pas non plus mon châtiment. Elles viennent récompenser, disons, la patience d'une graine.

Les péchés de mes pères ne sont pas insignifiants. Mais nous allons de l'avant. J'agite les mains, le jour, la nuit, lorsque mes rêves de fièvre sont de retour et que la rivière est à des lieues de moi, je m'étends au-dessus de l'eau, accomplissant cette traversée sans fin, en recherche d'équilibre. Je languis de me réveiller et puis je me réveille pour de bon. Je me réveille amoureuse, et ma peau noircit à force de travail au soleil équatorial. Je regarde mes quatre garçons qui sont de la couleur du limon, de la glaise, de la poussière et de l'argile, une palette infinie pour des enfants en soi, et je prends conscience que le temps efface entièrement la blancheur.

Adah Price

Il arrive que la lumière tue un crapaud ! nous prévenait Emily, tandis qu'elle surveillait la rue entre ses rideaux tirés. *La mort est le droit commun aux crapauds et aux hommes. Pourquoi donc s'en faire gloire ?*

Mes collègues de l'École de médecine m'accusent de cynisme mais ils ne peuvent pas savoir. Je suis une enfant abandonnée en plein bois, au pied d'un arbre. Je ne suis qu'une victime de la poésie. J'ai livré au souvenir les droits communs aux crapauds et aux hommes. Je ne pourrais m'en enorgueillir même si j'essayais. Je ne dispose pas d'un élan suffisant.

Mon travail consiste à retracer les péripéties de la vie des virus, et il semble que j'y excelle. Je ne les considère pas comme un travail, en réalité. Je les considère comme des parents. Je n'ai ni chats ni enfants, j'ai les virus. Je leur rends visite quotidiennement dans leurs spacieuses coupelles de verre et comme toute bonne mère, je les cajole, me réjouis lorsqu'ils se multiplient, et leur accorde une attention particulière quand ils se comportent bizarrement. Je pense à eux quand je ne suis pas avec eux. J'ai fait d'importantes découvertes sur le virus du Sida et sur celui d'Ébola. Il en résulte que je suis parfois obligée de faire des apparitions dans des manifestations où l'on me loue en tant que bienfaitrice de la santé publique. Cela m'effraye. Je n'ai rien d'une bienfaitrice. Je ne suis certainement pas une exterminatrice enragée prompte à assassiner de diaboliques microbes, bien au contraire, je les admire. C'est le secret de ma réussite.

Je mène une vie agréable et ordinaire. Je travaille beaucoup et rends visite à ma mère une fois par mois à l'île de Sanderling. Mon temps là-bas est un temps de bonheur qui se passe pratiquement sans que nous parlions. Mère me laisse être moi-même. Nous faisons de longues promenades sur la plage, où elle observe ces oiseaux du littoral, les sanderlings, qui s'affairent à retourner le moindre galet. Quelquefois, à la mi-janvier, quand elle semble s'impatienter, nous prenons le ferry et remontons la grand-route de la côte, traversant des kilomètres de garrigue de palmiers nains, inhabitée, avec de temps à autre une cabane de bois où de vieilles femmes sombres sont assises à tresser de beaux paniers de glycérie. Tard dans la soirée, nous nous garons sur le terrain vague du parking d'une maison de prière et nous écoutons les anciens hymnes des Noirs Gullah * monter des fenêtres. Nous n'entrons jamais. Nous savons rester à notre place. Pendant toute leur durée, Mère garde la tête tournée vers l'Afrique, l'œil sur la mer comme si elle s'attendait à la voir soudain se retirer.

Mais lors de la plupart de mes visites, nous n'allons nulle part. Nous nous installons sur la véranda, où je la regarde œuvrer à sa petite jungle, tirant sur les feuilles mortes d'un coup sec, répandant à la fourche du fumier sur ses camélias, parlant toute seule. Son appartement constitue le rez-de-chaussée de l'un de ces blocs centenaires en brique avec chaînages antisismiques, remarquables ouvrages de quincaillerie géants qui traversent le bâtiment d'est en ouest, coiffés à l'extérieur de rondelles métalliques de la taille d'une table à café. Je les imagine

* Gullah, déformation probable du mot « Angola ». Désigne les chants des Noirs habitant les îles et le littoral de la Caroline du Sud. *(N.d.T.)*

aussi traverser Mère. Il faudrait quelque chose de cet ordre-là pour la consolider.

Elle vit dans son monde, dans l'attente du pardon, pendant que ses enfants sont dans les différents endroits qui nous ont revendiqués. Rachel est nettement celle dont toutes les routes vers la défenestration sont verrouillées. Leah fonce devant elle, remettant chaque chose en ordre. Alors je suis celle qui se fait tranquillement une opinion, je suppose. Croyant en toutes choses également. Croyant au droit fondamental d'une plante ou d'un virus à régir le monde. Mère dit que je manque de cœur vis-à-vis de ma propre espèce. Elle n'en sait rien. J'en ai trop. Je sais ce que nous avons fait et ce que nous méritons.

Elle souffre encore des effets de plusieurs maladies qu'elle a contractées au Congo, dont la bilharziose, les vers de Guinée et probablement la tuberculose. Lorsqu'elle tire la langue et m'autorise à soigner ses petits bobos, je vois bien que le moindre de ses organes a plus ou moins été atteint. Mais au fur et à mesure que le temps passe et qu'elle se voûte de plus en plus, elle semble survivre à l'intérieur d'un espace de plus en plus restreint. Elle ne s'est jamais remariée. Si quelqu'un lui demande pourquoi, elle répond : J'ai eu ma part de mariage avec Nathan Price. Je vois bien qu'elle dit vrai. Son corps s'est trouvé fermement bridé, il y a des années, aux frontières de sa précieuse liberté.

Je ne me suis pas mariée non plus, pour différentes raisons. Il se trouve que le célèbre neurologue d'avenir a voulu devenir mon amant et m'a convaincue de partager son lit pendant un temps. Mais sous mon crâne ivre d'amour, l'idée a mis longtemps à pénétrer : il ne m'y avait accueillie qu'après avoir mis au point son programme destiné à me réunifier ! Il fut le premier de plusieurs autres, je le crains, à supporter les blizzards d'Adah.

Je leur fais subir une épreuve : je les imagine là-bas sous le clair de lune, avec le sol grouillant de fourmis tout autour de nous. Alors, laquelle des deux ? La tordue qui boîte ou la petite perfection chérie ? Je sais laquelle ils choisiraient. Tout homme qui est maintenant admiratif de mon corps est traître à l'ancienne Ada. Alors, voilà.

Quelquefois, je joue aux échecs avec un de mes collègues, un anachorète comme moi, qui souffre d'un syndrome postpoliomyélitique. Nous pouvons passer des soirées entières sans prononcer de phrases plus longues que : Échec et mat. Il nous arrive d'aller dans un restaurant de l'*underground* d'Atlanta, ou d'aller voir un film ou une pièce de théâtre dans une salle qui s'accommode de son fauteuil roulant. Mais le vacarme nous accable toujours. Après, nous devons toujours sortir de la ville en direction de Sandy Springs ou de Chattahoochee, n'importe où pourvu que ce soit en terrain plat et à ciel ouvert, nous garons la voiture sur un chemin de terre rouge, entre les champs de cacahuètes, et laissons le clair de lune et le silence s'emparer de nous. Et puis je rentre seule chez moi et j'écris des poèmes sur ma table de cuisine, comme William Carlos Williams. J'écris à propos de sœurs perdues et de ma mère aux pieds nus qui défie l'océan des yeux. Tout ce tintamarre à l'intérieur de mon cerveau. Je le fixe sur la page pour qu'il s'apaise.

J'aime toujours lire, bien sûr. Je lis différemment maintenant que mon esprit est redressé, mais je reviens à mes vieux amis. Chez Mère, j'ai retrouvé il y a peu mes *Œuvres complètes* d'Emily Dickinson, aux marges scandaleusement remplies de mes anciens palindromes : *Rions noir !* croassait cette autre Adah, et je me demande : Qu'y avait-il donc de si noir et de si risible ?

Quelle énergie ai-je dépensé, enfant, à me sentir trahie. Par le monde en général, par Leah en particulier. La trahison me faisait pencher dans une direction tandis que la culpabilité me faisait pencher dans une autre. Nous avons construit nos vies sur un malentendu, et si je voulais l'extirper et le régler maintenant, je tomberais à plat.

Le malentendu est ma pierre angulaire. C'est celle de tout un chacun, si l'on y réfléchit. Des illusions prises pour la vérité pavent le chemin sous nos pieds. Elles sont ce que nous appelons la civilisation.

Dernièrement, je me suis mise à collectionner des livres anciens célèbres pour leurs coquilles. Il y a tout un monde d'ironie là-dedans. Dans les bibles en particulier. Je n'ai, en fait, jamais vu aucune de ces éditions originales, mais au temps où elles étaient rares, les gens les connaissaient par cœur. Leurs erreurs devinrent célèbres. En 1823, lorsque dans une édition de l'Ancien Testament figura un passage dans lequel Rebecca disait à son fils : *Écoute-moi seulement et va chercher les "chevaux"* au lieu de « chevreaux », elle fut connue comme la Bible aux chevaux. En 1804, dans la Bible de rien, il y eut des fils nés « de riens » au lieu de « reins », et en 1801, dans la Bible de la chute, les plaignants de Jude, verset 16, ne chuchotaient pas, ils « chutaient ». Dans la Bible aux poissons debout, les pêcheurs ont dû être très surpris lorsque *Les poissons se sont dressés sur la rive tout du long de Engedi jusqu'à Eneglaim.* Il en existe des dizaines ainsi : la Bible de la mélasse, la Bible de l'ours, la Bible de la punaise, la Bible du vinaigre. Dans la Bible du péché, saint Jean n'exhortait pas les croyants à ne plus pécher, mais à pécher plus !

Je ne résiste pas à ces précieux ouvrages. Ils m'incitent à me demander quelle sorte de Bible mon père pouvait bien prêcher en Afrique. Nous sommes arrivés avec de tels malentendus que nous ignorerons pour l'éternité lesquels auront eu un impact durable. Je me demande s'ils le voient tous encore, dressé de toute sa hauteur face à la communauté, clamant avec vigueur : « Tata Jésus est bängala. »

Oui, je me le demande. Car c'est exactement ainsi que je le revois. Nous sommes un équilibre de nos maux et de nos transgressions. Il était mon père. Je porte la moitié de ses gènes en moi de même que toute son histoire.

Il faut me croire : les erreurs font partie de l'histoire. Je suis née d'un homme qui pensait n'être capable que de dire la vérité, alors que, tout le temps, il imposait sa Bible du bois vénéneux.

LIVRE VII

Les yeux dans les arbres

Un ventre qui glisse sur une branche. La gueule béante, bleu de ciel. Je suis tout ce qui est ici. Les yeux dans les arbres ne cillent jamais. Tu me supplies, moi, ta fille, sœur, sœur, de t'acquitter, mais je ne suis pas une petite bête et je n'ai pas de raison de juger. Pas de dents, pas de raison. Si tu sens quelque chose ronger tes os, cela ne peut être que toi, de faim.

Je suis le *muntu* Afrique, le *muntu* enfant et un million d'autres, tous perdus le même jour. Je suis ton enfant mauvaise, à présent devenue sage, car lorsque les enfants meurent, ils ont été parfaits. C'est ce que tu as gagné avec le temps et ce que tu as perdu. Une mère pleure sur ce dont elle se souvient, mais elle se souvient du nouveau-né précieux déjà fauché par le temps, et il ne faut pas en accuser la mort. Elle voit l'innocence, le royaume inviolé, le grand chef assassiné, le grand trou vide qui a pris la forme de l'enfant devenu grand et superbe. Mais ce n'est pas ce que nous sommes. L'enfant aurait pu grandir en méchanceté ou en pure bonté et pourtant presque imman-quablement ordinaire. Aurait fait des erreurs, t'aurait fait de la peine, n'aurait fait du monde qu'une bouchée.

Mère, ne bouge pas, écoute. Je te vois mener tes enfants vers l'eau et tu appelles cela l'histoire d'une ruine. Voici ce que je vois : d'abord, la forêt. Des arbres tels des bêtes musculeuses grandies au-delà de toute raison. Des lianes qui étranglent leurs semblables dans leur lutte pour le soleil. Le glissement d'un ventre de serpent sur une branche. Un chœur de jeunes plants inclinant leurs cols surgis de souches d'arbres décomposées, aspirant la vie de la mort. Je suis la conscience de la forêt, mais souviens-toi, la forêt se dévore elle-même et vit éternellement.

Au loin, un peu plus bas, en une seule file sur le sentier s'avancent une femme et quatre filles, blêmes fleurs au destin tracé. La mère les conduit, l'œil bleu, agitant une main devant elle pour écarter le rideau de toiles d'araignées. On dirait qu'elle dirige une symphonie. Dans son dos, la plus jeune des filles s'arrête pour briser au passage le bout de toute branche à sa portée. Elle aime l'odeur verte et piquante que libèrent les feuilles blessées. En tendant la main pour arracher une feuille, elle épie une araignée au corps orange et dodu, tombée par terre. L'araignée au gros ventre vulnérable est sur le dos, luttant pour retomber sur ses pattes pointues et se précipiter dans les airs. Délicatement, l'enfant allonge la pointe du pied et écrase l'araignée. Son sang noir jaillit de côté, de manière alarmante. L'enfant court pour rattraper les autres.

Au bord de la rivière, elles mangent leur repas de pique-nique, elles vont un peu plus bas lancer des cris perçants dans l'eau fraîche. Le bruit qu'elles provoquent fait s'enfuir un jeune okapi. Il avait tout récemment commencé à occuper ce territoire aux confins du village. Si les enfants n'étaient pas venues aujourd'hui, l'okapi aurait élu cet endroit. Il y serait resté jusqu'au deuxième mois de la saison sèche, puis un chasseur l'aurait tué. Mais apeuré aujourd'hui par le pique-nique, son instinct de prudence le conduit au plus profond de la jungle où il trouve une compagne et passe le reste de l'année. Tout ça parce que. Si la mère et ses enfants n'avaient pas emprunté ce sentier ce jour-là, les branches pincées se seraient développées et la grosse araignée aurait vécu.

Chaque vie prendra un tour différent parce que vous serez passé par là et que vous aurez infléchi son histoire. Même la petite Ruth May à infléchi l'histoire. Tout le monde est complice. L'okapi s'est soumis à cette loi en vivant, et l'araignée en mourant. Elle aurait vécu si elle l'avait pu.

Écoute : être mort n'est pas pire qu'être vivant. C'est différent, pourtant. Disons que le panorama est plus vaste.

Un autre jour, la même femme mène ses enfants à travers le marché. À présent ses cheveux sont blancs et elle n'a plus que trois filles. Aucune d'elle ne boite. Elles ne restent pas en colonne comme elles le faisaient autrefois. Une des filles s'écarte souvent pour manipuler des coupes d'étoffes et converser avec les marchandes dans leur langue. Une autre ne touche à rien et serre son argent sur son cœur. La dernière, la main posée sur le bras de sa mère, lui fait éviter les cratères poussiéreux du trottoir. La mère est voûtée et trahit une souffrance dans ses membres. Elles sont toutes surprises d'être ici, surprises d'elles-mêmes et des autres. Ces quatre-là ne se sont pas retrouvées dans un même lieu depuis la mort de l'autre sœur. Elles sont venues pour dire adieu à Ruth May, du moins c'est ce qu'elles prétendent. Elles souhaitent retrouver sa tombe. Mais en réalité elles disent au revoir à leur mère. Elles l'aiment démesurément.

Le marché autour d'elles est envahi d'une foule de vendeurs, d'acheteurs. Des femmes venues de villages ont marché des jours entiers pour observer d'un œil mi-clos ce marché citadin. Elles empilent leurs oranges en soigneuses pyramides, puis s'accroupissent sur leurs minces jambes, détendant leurs poignets anguleux entre leurs genoux. Et les femmes des villes qui drapent leurs jupes un peu différemment viennent marchander pour nourrir leurs familles. Espérant faire baisser les prix, elles se répandent en insultes au-dessus des marchandises : « Mais elles sont horribles ces oranges, j'ai payé moitié moins cher la semaine dernière pour des fruits bien plus beaux. » La marchande écarte cette ineptie d'un bâillement. Elle sait qu'en fin de compte chaque besoin trouve son achat.

La mère et les filles se déplacent comme de l'huile à travers le fluide clair-obscur de cette foule, s'y mélangeant puis se reprenant. Les visiteurs étrangers sont rares ici, mais ne surprennent pas. Des yeux à demi fermés les suivent, jaugeant les possibilités. De jeunes garçons les poursuivent, la main tendue. Une fille ouvre son sac et trouve des pièces, une autre des filles tient le sien plus serré encore. Des gamins plus âgés chargés de piles colorées de T-shirts se rassemblent et les suivent en essaim comme des mouches bleues. Ils bondissent les uns devant les autres pour attirer l'attention sur leurs marchandises, mais les visiteuses les ignorent, préférant se pencher pour examiner de banales sculptures de bois ou des bijoux emperlés. Les jeunes, déroutés, se bousculent les uns les autres plus bruyamment.

Noyant tous les autres bruits, de la musique éclate depuis les nombreuses boutiques des vendeurs de cassettes. Cette musique est tellement familière qu'elle ne semble pas venir de l'étranger. Les petits garçons, les visiteurs, les femmes du village, tous remuent la tête au rythme des voix étroitement filées de trois chanteurs différents, des chanteurs connus en Amérique, dont les ancêtres brisés, captifs en larmes, furent prisonniers de bracelets de métal dans la cale d'un navire amarré au port tout proche d'ici. Leur musique a accompli un remarquable voyage circulaire.

La femme et ses filles cherchent quelque chose qu'elles ne trouveront pas. Elles avaient le projet de retourner à Kilanga et, pour finir, d'aller sur la tombe de la petite sœur. La mère avait pour souhait précis de marquer la tombe d'un signe. Mais elles en sont empêchées. Il est impossible de traverser la frontière. En l'espace de six mois depuis qu'elles ont projeté ce voyage, le Congo a été balayé par la guerre. Une guerre terrible dont tout le monde est sûr qu'elle vaudra bientôt son prix. Au bout de trente-cinq ans, l'homme Mobutu s'est sauvé dans la nuit. Trente-cinq ans d'un sommeil de mort et maintenant la terre assassinée reprend souffle, bouge les doigts, reprend vie à travers ses rivières et ses forêts. Les yeux dans les arbres observent. Les animaux ouvrent leurs mâchoires et profèrent des mots joyeux, étonnants. Mathusalem, le perroquet en esclavage dont la chair a été dévorée depuis maintenant de nombreuses générations de prédateurs, pousse sa déclaration d'indépendance par la gueule des léopards et des civettes.

Le même jour, à cette heure matinale, l'homme Mobutu est couché sur son lit dans sa cachette. Les stores sont baissés. Sa respiration est si ténue que le drap tiré sur sa poitrine ne se soulève ni ne retombe plus : aucun signe de vie. Le cancer a attendri ses os. La chair de ses mains est si profondément effondrée que les os de ses doigts sont parfaitement apparents. Ils ont pris la forme de tout ce qu'il a volé. Tout ce qu'on lui a dit de faire, et plus, il l'a fait. À présent, dans la pièce assombrie, la main droite de Mobutu retombe. Cette main, qui a volé plus qu'aucune autre main dans l'histoire du monde, pend, molle, de l'autre côté du lit. Les lourdes bagues d'or glissent vers les phalanges, hésitent, puis tombent, l'une après l'autre.

Dehors, les animaux soupirent.

Bientôt, la nouvelle atteindra chaque ville et se logera comme une respiration ou une balle dans toutes les poitrines. Mais en cet instant, les vies se poursuivent inchangées l'espace d'un ultime moment. Au marché, on achète, on vend et on danse.

La mère et ses filles s'arrêtent net à la vue d'une femme qu'elles semblent reconnaître. Ce n'est pas la femme en soi qu'elles connaissent, mais sa façon de s'habiller et quelque chose d'autre. Sa bienveillance. Elles traversent la rue pour rejoindre l'endroit où elle s'est assise sur le trottoir, le dos à la fraîcheur d'un mur orienté au nord. Étalés tout autour d'elle sur une étoffe vive, des centaines de petits animaux sculptés dans du bois : des éléphants, des léopards, des girafes. Un okapi. Une foule de minuscules animaux dans une forêt d'arbres invisibles. La mère et les filles les regardent attentivement, frappées de leur beauté.

La femme est à peu près de l'âge des filles, mais deux fois plus ample. Son pagne jaune est doublement drapé et son corsage chamarré s'ouvre en un profond décolleté sur sa vaste poitrine. Sa tête est enserrée de bleu ciel. Elle ouvre la bouche, sourit largement. Achetez un cadeau pour votre fils, leur ordonne-t-elle avec gentillesse. Il n'y a aucune trace de supplication dans sa voix. Elle rassemble ses mains en coupe comme si elles étaient remplies d'eau ou de grains tandis qu'elle les pointe vers ses petites perfections de girafes et d'éléphants. Ayant épuisé son unique phrase de français, sans perdre contenance, elle s'exprime maintenant en kikongo comme s'il n'existait aucune autre langue au monde. Cette ville est loin de la région où on le parle, mais lorsqu'une des filles lui répond en kikongo, elle n'en est pas autrement surprise. Elles parlent des enfants. Trop vieux pour des jouets, tous, *á bu*. De leurs petits-enfants alors, insiste la femme et, après quelques délibérations, elles prennent trois éléphants d'ébène pour les enfants des enfants. C'est la grand-mère, Orleanna, qui les achète. Elle examine sa poignée de pièces non familières, puis les tend toutes à la marchande. La femme prélève habilement les quelques pièces qui lui reviennent et puis met de force dans la main d'Orleanna un cadeau : le petit okapi, si parfaitement sculpté. Pour vous madame, dit-elle. Un cadeau.

Orleanna empoche ce petit miracle comme elle l'a fait de tout le reste de son existence. Les autres se tiennent à demi tournées, hésitant à s'en aller. Elles souhaitent bonne chance à la femme et lui demandent si elle ne viendrait pas du Congo par hasard. Bien sûr que si, *á bu*, et pour arriver ici, pour vendre, elle a dû faire toute la route à pied, plus de deux cents kilomètres. Parfois, il lui arrive d'avoir de la chance et de s'offrir un trajet en camion. Mais ces temps derniers, faute de marché noir, les commerçants sont moins nombreux à traverser la frontière et ce sera difficile. Il lui faudra peut-être un mois pour rentrer dans sa famille à Bulungu.

Bulungu !

Eé, mono imwesi Bulungu.

Sur le fleuve Kouilou ?

Eé – naturellement.

Avez-vous eu des nouvelles de Kilanga récemment ?

La femme fronce les sourcils gracieusement, incapable de se souvenir d'un tel endroit.

Elles insistent : Mais si, sûrement. C'est Leah qui parle maintenant, en kikongo, et de nouveau elle explique. Peut-être a-t-il changé de nom pendant l'« authenticité », bien qu'il soit difficile d'imaginer pourquoi. *Le village suivant en aval de la rivière, seulement à deux jours de marche sur la route qui passe par là. Le village de Kilanga ! Il y a des années de ça, il y avait une mission américaine là-bas.*

Mais non, dit la femme. Ce village n'existe pas. La route ne va pas au-delà de Bulungu. Il n'y a qu'une jungle très dense où des hommes se rendent pour faire du charbon de bois. Elle en est pratiquement certaine. Il n'y a jamais eu aucun village sur la route au-delà de Bulungu.

Ayant dit tout ce qu'il y avait à dire, la femme ferme les yeux pour se reposer. Les autres comprennent qu'elles doivent s'éloigner. S'éloigner de cette femme et de la force de sa volonté, mais se souvenir d'elle quand elles iront ailleurs. Elles se rappelleront la manière dont elle tendait les mains comme si elles étaient déjà pleines. Assise à même le sol, avec son étoffe étalée, elle était une marchande, une mère, une amante, une terre vierge pour elle-même. Beaucoup plus qu'une marchande, alors. Mais rien de moins.

Devant elles, un petit garçon, la tête enfoncée dans les épaules, une radio contre son oreille, danse le long de la rue. Il est de la taille de Ruth May, la dernière fois qu'on l'a vue vivante. Orleanna observe l'arrière de ses genoux qui se plient à la manière des petits enfants et entreprend, une fois de plus – combien de fois une mère ne le fera-t-elle pas ? – de calculer l'âge que j'aurais maintenant.

Mais cette fois-ci sera la dernière. Cette fois, avant que ton cerveau n'ait pu calculer la réponse, il aura vaga-bondé dans la rue avec l'enfant, dansant au son de la musique africaine partie au loin et revenue modifiée au pays. L'animal de bois dans ta poche apaisera tes doigts qui cherchent simplement quelque chose à toucher. Mère, tu peux encore continuer mais pardonne, pardonne et donne car aussi longtemps que nous vivrons toutes les deux je te pardonnerai, Mère. Les dents qui rongent tes os sont les tiennes, la faim est la tienne, le pardon est le tien. Les péchés des pères t'appartiennent à toi et à la forêt et même à ceux qui portent des fers, et te voilà debout, te souvenant de leurs chants. Écoute. Laisse glis-ser ce poids sur tes épaules et va de l'avant. Tu crains d'oublier, mais tu n'oublieras jamais. Tu pardonneras et tu te souviendras. Pense aux lianes qui forment des vrilles sur le petit carré de terre qu'a autrefois été mon cœur. C'est la seule marque que tu dois garder. Va de l'avant. Marche dans la lumière.

Rivages poche /Bibliothèque étrangère

Achevé d'imprimer en février 2001
sur les presses de l'Imprimerie Maury-Eurolivres
45300 Manchecourt
pour le compte
des Éditions Payot & Rivages
106, bd Saint-Germain - 75006 Paris

Dépôt légal : février 2001
N° d'imprimeur : 85497